شجرة الرُّمان

رواية

شجرة الرُّمان

لو أنك لم تنادني على هذه الصورة،
لما جئتك على هذا النحو!

نازان بكير أوغلو

ترجمة
أحمد نور الدين قطّان

دار جامعة حمد بن خليفة للنشر
HAMAD BIN KHALIFA UNIVERSITY PRESS

دار جامعة حمد بن خليفة للنشر
صندوق بريد 5825
الدوحة، دولة قطر

www.hbkupress.com

Nar Ağacı

Text Copyright © Prof. Dr.Nazan Bekiroğlu, 2012

This translation of *Nar Ağacı* is published by Hamad Bin Khalifa University Press via Akdem copyrights and Tranlation Agency

جميع الحقوق محفوظة.

لا يجوز استخدام أو إعادة طباعة أي جزء من هذا الكتاب بأي طريقة دون الحصول على الموافقة الخطية من الناشر باستثناء حالة الاقتباسات المختصرة التي تتجسد في الدراسات النقدية أو المراجعات.

الطبعة العربية الأولى عام 2022

الترقيم الدولي: 9789927161025

تمت الطباعة في الدوحة-قطر.

مكتبة قطر الوطنية بيانات الفهرسة – أثناء – النشر (فان)

بكير أوغلو، نازان، مؤلف.

[Nar ağacı]. Arabic

شجرة الرمان : رواية : لو أنك لم تنادني على هذه الصورة، لما جئتك على هذا النحو! / نازان بكير أوغلو ؛ ترجمة أحمد نور الدين قطان. الطبعة العربية الأولى. – الدوحة، دولة قطر : دار جامعة حمد بن خليفة للنشر، 2022.

صفحة ؛ سم

تدمك: 978-992-716-102-5

ترجمة لكتاب: Nar ağacı.

1. الحرب العالمية الأولى، 1914-1918 -- تركيا -- القصص. 2. القصص التركية -- المترجمات إلى العربية. 3. الروايات.

أ. قطان، أحمد نور الدين، مترجم. ب. العنوان.

PL248.B4165. N37125 2022

894.3533 – dc23

202228384581

بدءًا من الآن، كل شيءٍ نسج خيال،
باستثناء الحقائق التاريخية...

رفيقة دربي...

المحتويات

الفصل الأول: شجرة الرُّمان 25

الفصل الثاني: السوق المغطاة في تبريز 119

الفصل الثالث: برج الصمت 215

الفصل الرابع: جول جمال.......................... 241

الفصل الخامس: محطات متفرقة 261

الفصل السادس: خرجت من طرابزون فنجوت بنفسي 335

الفصل السابع: الأقراط الوردية 417

الفصل الثامن: القافية المكسورة 481

الفصل التاسع: متجر صوفيا للكتب.................... 529

الفصل العاشر: المقهى 579

الفصل الحادي عشر: صباح الظل...................... 611

9

نظرتُ إلى العنوان المدوَّن على ظهر الظرف الذي أمسكه، ثم رحتُ أقرأ حرفًا حرفًا اسم المكان الذي أُرسِل منه قبل ثلاثين سنة:

تاء-خاء-تاء.. تخت.

سين-لام-ياء-ميم-ألف-نون.. سليمان.

ثم وضعت ألفًا بعدها كي أنطقها كما هي في الفارسية: «تختى سليمان».

لقد كانت هذه رسالة وصلتنا من تخت سليمان. وهذا يعني أن في انتظاري كثيرًا من الرحلات والأسفار، كلها تضع رحالها في النهاية دائمًا في تخت سليمان. حسنًا، ولكن كم من طريق سوف أسلكه كي أصل إلى هناك؟ بل، هل سأجد ما أبحث عنه في مكانه بعد مرور ثلاثين عامًا؟ كما أنني لم أقل لهم إنني «قادمة»، فهل ينتظرونني؟

فبعد مرور ثلاثين عامًا، فتحتُ مرة أخرى ذلك الظرف الذي اصفرَّ لونه ورقَّ حاله، فيما أشعة شمس شباط الباردة تتراقص فوقه وأنا جالسة خلف مكتبي. لقد كنت مُصرَّةً هذه المرة على أن أجد ذلك الشيء الذي أرهقني التفكير به طوال ثلاثين سنة، والذي ما أزال أفكر فيه؛ أفلم تقل لي ياسمين: «سنجده»؟ ولكن لا أنا كما كنتُ قبل ثلاثين عامًا، ولا إيران أيضًا كذلك. أما الشيء الوحيد الذي لم يتغير، فهو بالطبع تخت سليمان.

خُطَّتْ الرسالة بحبر أزرق ما يزال في رأس الورقة غير المُسطَّرة المطوية عرضيًّا طبقتين، وكانت بدايتها «عزيزي...»، ثم سُرِدَ الكلام مصفوفًا سطرًا بسطر. لم يطرأ عليها أي تغيير أو تلف، ولكنها لم تكن ترضي فضولي، إذ لا تحمل أي أخبار تشفي غليل قلبي، بل كل ما فيها سؤالٌ عن الأحوال والصحة والسلامة، وكثيرٌ من السلامات والأسماء، كما كانت عادة الناس

قديمًا عند كتابة مثل هذه الرسائل.أما أنا، فإني الآن -مثلما كنتُ قبل ثلاثين عامًا- أكثر ما يثير فضولي هو معرفة جدي الذي فقدته عندما كان عمري اثنتا عشرة سنة؛ طبعًا لا أقصد معرفته شخصيًّا، بل أريد معرفة قصته الحقيقية، قصة شبابه وحكايته. ولكن لكل شيء أجلًا، وها أنا قد انتظرتُ هذه اللحظة ثلاثين عامًا، والآن أصبحتُ قادرة على الذهاب، لذا قررتُ السعي وراء هذه الحقيقة.

لقد حان الوقت، ولكنني قلقة! ولا أعلم حقيقة ما يقلقني، أهي قصة جدي التي لا أذكر منها إلا بضعة تخيلات؟ كم كنتُ في غفلة من أمري! قد كان بالإمكان أن أستمع لقصته، وأعرف منه أكثر، وأجعله يحكي لي أكثر، عندما كان بطل هذه الراوية حيًّا يرزق، فكيف لم أطلب منه أن يحدثني عن قصته وهو قريب مني لهذه الدرجة؟! كنتُ في الثانية عشرة، وعذري الوحيد أن مثل هذا الأمر لا يثير فضول طفلة في مثل هذه السن. ولو أن للغفلة كفَّارةً، لدفعتها أضعافًا مضاعفة، ولكن لا كفارة لها، فأنا أسعى وراء زمان قد انقضى.

فما الذي جرى حتى يغادر ذلك التاجر التبريزي وطنه، وينقطع عن بيته وموطنه وأمه وأجداده؟ هل كان ولدًا عاقًّا لأهله فبات شخصًا غير مرغوب فيه بينهم، أم أنه ارتكب ذنبًا لا يُغتَفر حتى لا يتلقى ردًّا على كل الرسائل التي كتبها وأرسلها من وطنه الثاني الذي أسس فيه حياته؟ ومع ذلك، فإنه لم ينسَ أهله ووطنه، بل استمر بإرسال الرسائل لهم، دون أن يأتيه ردٌّ، فقد غُلِّقَتْ أبواب الجنة التي طُرِدَ منها، ولم يسمع أحدٌ نداءاته أبدًا، باستثناء رسالة واحدة أُرسِلَتْ إليه في السنوات الأولى التي استقر فيها في طرابزون، جاء فيها فقط: «اِرجعْ.. لقد ابتعدتَ كثيرًا؛ اِرجعْ!».

ولكنه لم يرجع لأنه اعتقد أن زهرته[1] لن تستطيع العيش بالقرب من جبل سهند، في ظل طبيعة جغرافية مختلفة تمامًا، وعادات وناس مختلفين جدًّا، عن المكان الذي تعيش فيه. ومن ثمَّ، لم يستطع العودة، ولم يستطع أن يعيش كأن شيئًا لم يكن، بل ظلَّت أقصى غاياته أن يصله خبرٌ، أو أن يحافظ على صلة أو رابط يجمع بينه وبينهم، حتى إن كان رسالة تروح وتأتي بينهم، فحواها: «إنني هنا، وأنتم ما زلتم هناك، أليس كذلك؟ ولكنني أعرفكم، فدعوني أشعر بأنكم ما تزالون أيضًا تعرفونني؛ أقروا بهذا واقبلوني ثانية في جنتكم».

ولكن ذلك لم يكن، فقد قطع حدُّ الصمت هذا الجسر الذي كوَّنته تلك الرسالة اليتيمة. فما سرُّ هذا الإصرار الذي كان لديه؛ لقد استمر بإرسال الرسائل إلى تخت سليمان حتى عندما شارف على أن توافيه المنية. ومع هذا، لم يصله جوابٌ عن كل تلك الرسائل.

لقد وهن عظمه، وانطفأ نور عينيه وبهتت لمعتهما، والأكثر إيلامًا أن حافظته بدأت تخونه، فراحت تتساقط الكلمات من ذاكرته كأوراق الأشجار عندما يريد التعبير عن مراده باللغة الفارسية. وعندما زاد الأمر، ولم تعد الكلمات تسعفه في التعبير عن مراده، بدأنا نرى «منيجي» في بيتنا كي يساعده في التعبير عن مراده، وكان طالبًا جامعيًا من مدينة أرومية تعرَّف عليه في القنصلية الإيرانية في طرابزون. وإن لم تخني ذاكرتي الطفولية، فقد كان ذا ابتسامة عريضة برَّاقة، وربما كان أجمل ما فيه عيناه اللتان تشبهان عيون الغزلان شديدة السواد.

كان يملي ما يريد على «منيجي» الذي يخاطبه: «اُكتُبْ فداكَ روحي»، فيكتب الأخير ما يسمعه بحروف رقيقة: «لقد اشتقتُ جدًّا لكم، ولأبي وأمي

(1) اسم زوجته.

وإخوتي وأخواتي، ولتبريز وتخت سليمان وجبل سهند. أنا هنا مرتاح، ومالي ومستقبلي وكل شيء على ما يرام، ولكنني قد كبرت في السن، وبدأت مياهي بالركود، وكذلك دمائي بدأت تجري في عروقي ببطء، غير أن وطني لا يفارق عقلي».

وذات مرة، قال:

- «اقرأ لي ما كتبته، يا عزيزي».
- «حسنًا، عمي سطار خان».

وراح يقرأ ما كتبه باللغة الفارسية أولًا، ثم باللغة التركية. ومن ثمَّ، قبَّل جدي الرسالة التي كانت -كغيرها من الرسائل السابقة- قليلة الكلمات، ثم وضعها داخل الظرف؛ كان كل هذا يجري أمام عينيَّ وأنا طفلة، وجدي ما يزال على قيد الحياة؛ يا إلهي، كم كنتُ غافلة!

لا بد أن الأهل في تخت سليمان كانوا معاندين أشد العناد، فلم يأتِ منهم جواب لكل هذه الرسائل؛ يا لها من عقوبة كبيرة! نعم، لقد مرت السنون والأيام، ولم تأتِ الرسالة المنتظرة. وفي اليوم الموعود الذي طال انتظاره، وصل الجواب المرتجى، ولكن ذلك اليوم كان بعد وفاة جدي بيومين؛ كان كل شيء يحدث كالأساطير والروايات، غير أنه حقيقة. فبينما تذرف خالتي الدموع، أخرجت ظرفًا من حقيبتها، واتصلت بـ«منيجي» كي يأتي، ولكن الرسالة لم يكن بها سوى السلام والسؤال عن الأحوال. وعندما رحل مَن رحل، ولم يبقَ مَن يرد على هذه الرسالة، وطبعًا لم يبقَ شيء نشاركه مع الطرف الآخر، انقطعت الأخبار، ولم تستمر المراسلات.

وبعد مرور زمن، وبينما كنتُ في الكلية، طلبتُ من أحد أصدقائي، وكان فارسيًّا، أن يكتب لي رسالة؛ كان هذا قبل ثلاثين عامًا بالتمام. وحينها، تلقيت ردًّا على تلك الرسالة؛ هو هذا الذي بين يديَّ الآن. ولكن ذلك كان

14

في عام 1979، وإيران في ذلك الزمن كانت بأكملها منغلقة على نفسها، فانقطع الاتصال مرة أخرى بين طرابزون وتخت سليمان. حينها، أضفتها إلى كثير من الرسائل التي لم تجد ردًّا من ذلك العنوان، ورفعتها على الرف حتى يحين وقتها.

في الحقيقة، كانت قصة جدي كقصة تفاحة سقطت من السماء دون معرفة من أين سقطت، وكيف، فجدي الذي قدم من تخت سليمان سقط في طرابزون! ولكن ثمة خطوطًا عريضة تمنح بعض الملامح عن قصته، فقد كان تاجرًا للسجاد، يقوم بتجارته بين تبريز وباطوم وتبليسي وباكو. وذات يوم، وبينما كان في باطوم، اندلعت الثورة البلشفية، فأُغلِقَتْ الحدود، ولم يتمكن من العودة إلى تبريز، غير أنه استطاع بمساعدة قبطان قارب بخاري من طرابزون أن يهرب معه إلى مدينته. كان يفكر في بداية الأمر أن يقيم في طرابزون قليلًا، ثم ينتقل إلى إسطنبول، ولكنه عندما تزوج جدتي استقر فيها. أما جدتي، فحكايتها معروفة، إذ كانت من النازحين الذين فرُّوا من طرابزون إلى إسطنبول إثر سقوط طرابزون بيد الاحتلال الروسي عام 1916، ثم عادوا إليها.

لقد كانا كالنهرين، وقبل أن يجتمعا ويشكلا نهرًا عظيمًا، كان كلٌّ منها يجري في مجراه، وله ضفافه وصفاته ومزاياه. وما أنا إلا نتيجة التقاء هذين النهرين العظيمين، واحتمال واحد من ملايين الاحتمالات من التقاء هذين النهرين الغزيرين. لهذا كان عليَّ أن أجد منبع هذا النهر العظيم، ومُسبِّب هذا الاحتمال. وهذا يعني أن أنجح فيما لم ينجح به جدي؛ أن أنجح في العودة إلى نقطة البداية.

لقد آن الأوان، وبدأ الفضول يزيد ويكبر فيَّ أكثر فأكثر، وشرع مَن كان نتيجة التقاء تاجر بنازحة بالبحث عن أصل الحكاية؛ لقد حان وقت السفر.

لم يكن من السهل عليَّ أبدًا أن أتخذ هذا القرار، وأن أستجمع قواي لخوض غمار هذه التجربة، فلم يكن يكفي أن أقول لنفسي إنني سأسافر، وإن أمامي طريقًا عليَّ أن أمشيه. في الحقيقة، لقد بدأ كل شيء عندما وصلتني قبل ثلاثة أشهر دعوة لحضور مؤتمر في باكو، فقبلتُ الدعوة على رغبة مني في أن أرى المدينة التي مرَّ بها التاجر التبريزي ذات يوم.

وفي البداية، عليَّ أن أحدثكم عن هذا قبل أي شيء آخر، إذ إن أبواب الشرق لم تُفتَح لي إلا في ذلك الوقت، فهناك وجدتُ رفيقة دربي: قبل ثلاثة أشهر، في بدايات تشرين الأول، ذهبتُ إلى باكو لحضور مؤتمر هناك؛ كان ثمة طائرة مباشرة من طرابزون إلى باكو، بيد أنها كانت بدائية بعض الشيء؛ طائرة بمراوح تصل خلال ثلاث ساعات، في حين أن الطائرة النفاثة من إسطنبول تصل في ساعة ونصف الساعة من إسطنبول إلى باكو.

قررتُ أن أستقل هذه الطائرة لأنني لو ذهبتُ من هنا إلى إسطنبول، ومنها إلى باكو، أكون قد استغرقتُ الوقت نفسه، ويكون ذهابي إلى إسطنبول بلا معنى. ليس هذا فحسب، بل إن مثل هذه الطائرات لا تحلق على ارتفاع آلاف الأقدام، وإنما تحلق على ارتفاع منخفض يتناسب مع الطبيعة البشرية؛ وهذا أمر غاية في الروعة بالنسبة لي لأنني حينها سأتمكن من رؤية الأرض من ارتفاع منخفض، أستطيع معه تمييز المدن والجبال والأنهار.

سافرتُ بالفعل على متن تلك الطائرة التابعة للخطوط الجوية الأذرية، وقدمت المضيفات الروسيات اللواتي يضعن المكياج المبالغ فيه القهوة لنا. وأنا أحتسي القهوة، وضعتُ رأسي على نافذة الطائرة، ورحت أنظر إلى الخارج، حيث لم يكن ثمة شيء يتحرك من مكانه وأنا أنظر إليه من بعيد. لقد كان يومًا مشمسًا ساطعًا، فاستطعتُ أن أرى سواحل البحر الأسود بأم

عيني. وكل ما كنتُ أعرفه هو نهر كوره ومدينة باطوم، ولا شيء غير ذلك. في الأصل، كان يجب أن تحلق طائرتنا في أجواء أرمينيا، ولكن أُغلِقَ مجالها الجوي أمامنا، فكنا نحلق فوق جورجيا.

جبال القوقاز هناك لا يمكن أن تبدو أكثر جمالًا وهيبة من هذا المكان؛ لقد كانت تمتد كالأغلال والسلاسل، وتلمع قممها المكسوة بالثلوج تحت أشعة الشمس، وتبدو بين الغيوم البيضاء والسماء الزرقاء شديدة الزرقة وهي تحمل فوقها كثيرًا من الأساطير والحكايات التي لا تنتهي. وقد أطلق الجغرافيون العرب على تلك الجبال الممتدة بين بحر قزوين والبحر الأسود اسم «جبال الشعوب»، إذ ضم كل وادٍ من وديان تلك الجبال شعبًا تقريبًا، فكانت هذه المنطقة الأكثر تعدادًا عرقيًّا وتنوعًا وازدحامًا، حتى أنها تعد من أشد المناطق إشكالًا، لهذا أثرت فيَّ كثيرًا رؤية مكان كهذا من هذا الارتفاع، كأنه مجسمات تجمعت في تلك المنطقة، وهزَّتني من الداخل لأنني عندما رأيتها من هذا الارتفاع لم يعد لكل ما حصل هناك معنى.

هل نشبت كل تلك النيران في حجارة هذه الجبال؟ هل كان الخوف الأكبر من نصيبها؟ هل ما رأته لم يره غيرها؟ هل تحملت كل هذا الحمل على عاتقها؟ هل تحملت عبء الشهادة يوم المحشر على كل ما جرى فيها؟ وهل يستطيع الإنسان حينها أن يكذب أو ينافق؟

لقد كانت جبال القوقاز عظيمة جليلة، ولم تكن تنتهي بسرعة، فكلما انتهى جبل تبعه آخر، وكلما انقضت قمة تلتها أخرى، ولكننا في النهاية عبرناها. في الحقيقة، كنتُ أشعر ببعض الضيق لتجاوز هذه الجبال العظيمة، ولم يكن لديَّ شك أبدًا أنني لو نزلتُ من الطائرة على سفح أحدها، ستبقى جبالًا، وسأظل أنا صغيرة ضئيلة أمام عظمتها. وأخيرًا، انتهت رحلتنا، وهبطنا في باكو، وكانت تلك المرة الأولى التي أقترب فيها من الشرق لهذه الدرجة.

مرَّ اليوم الأول مليئًا بفعاليات المؤتمر وانشغالاته. وتعرفت هناك على فتاة اسمها ياسمين، تعدُّ أطروحة دكتوراه عن تاريخ الموسيقى، لم تبخل عليَّ أبدًا طوال فترة المؤتمر بحسن الاستقبال والاستضافة. فبالأمس، خرجتْ معي في جولة بالمدينة. وحتى تلك اللحظة، لم تكن تعرف، ولا أنا، أنها ستكون رفيقة دربي! ولكنها كانت روح هذه المدينة، أو بالأحرى روح الشرق؛ كنتُ كلما نظرتُ إلى وجهها، أدركتُ أن الشرق لا يمكن أن يكون إلا في الشرق، فكل شيء هناك على طبيعته، كل مرآة تريكَ حقيقتكَ حتى إن تغيرت الملابس واللهجات والتصرفات والعادات الاجتماعية والأزهار والأشجار، ثمة شيء منذ القدم يأتي من الشرق دون انقطاع، ولا يتغير أبدًا، فالشرق هو المنبع الرئيس لكل الأنهار وموطن الورود.

بالأمس، تجولنا كثيرًا، حيث مشينا في معظم الأماكن التي قالت عنها ياسمين، وأعدتها لنا من قبل. وفي نهاية ذلك اليوم المتعب، وصلنا إلى تاركو، حيث الأشجار الضخمة المرتفعة جدًّا المعمرة منذ عصور؛ كانت تلك الأشجار كثيفة تلمع الأضواء بين ظلالها، وعندما تهب رياح خفيفة تتساقط منها أوراق وتتهادى حتى تصل إلى الأرض، وكانت الشوارع تتلألأ بالأضواء التي تشع من القصور الروسية القديمة وقصور أصحاب الملايين الذين يستولون على النفط، وكان المساء يحل هناك مبكرًا في تشرين الأول. وبينما يسحبنا الزمن إلى القديم، سمعنا صوت أنغام موسيقى ناعمة تصدر عن شخص يجلس على جدار منخفض من جدران الحديقة وهو يحمل أكورديونًا على صدره ويعزف عليه؛ كان عجوزًا لكنه قوي البنية، ظريفًا لطيفًا مرتبًا ولكن نظرات عينيه توحي بأنه مغترب جار عليه القدر، يرتدي سترة قديمة مرقعة ذات ياقة مرتفعة وبنطالًا قديمًا وحذاءً مُهترِئًا، يداه نحيفتان طويلتان، ويضع على رأسه قبعة صوفية فضية ممزقة، وعيناه

زرقاوان زرقة البحر، وصندوق الأكورديون مفتوحٌ على الأرض يضع المارة بضعة قروش داخله.

أشارت ياسمين إليه، وقالت:

- «إنه روسيٌّ يستقر دائمًا هنا، ويعزف بشكل جميل جدًّا».

كان في السبعينيات، وهو أحد الذين لم يرجعوا إلى روسيا بعد تفكك الاتحاد السوفيتي، لأنه يشعر بوجود كثير من الأغراب في المكان الذي يعيش فيه. وعندما بدأ بعزف نغمة حزينة جدًّا تحرق القلب، شعرتُ كأن خنجرًا طعن قلبي ومزقه؛ بدأتُ أشعر بنار الغربة. تقدمتُ نحوه كأنني مسحورة، رغم أنني لم أكن أحد الكذابين من أبناء تلك القرية، ولم يكن هو عازف الناي الذي تتبعه الفئران، ولكني لم أتمكن من التخلص من تأثير تلك الموسيقى عليَّ؛ كنتُ ذات قلب رقيق يقع في الحب من أول لحظة، وكان من الذين يفهمون هذا النوع من القلوب، إذ شعر بما بي، ونظر إليَّ وابتسم ابتسامة ترحيب. استندت إلى جدار بالقرب منه، بينما تبتسم ياسمين، وتتساقط أوراق الأشجار رويدًا رويدًا، وتشع الأضواء الصفراء من نوافذ البيوت. لم يكن من الصعب عليَّ أن أعرف أن هذه النغمة تحكي حال الفراق والنوى، فكل هذا الحزن لا يمكن أن يكون إلا بسبب الفراق، ولا يمكن لأحد أن يعزف مثل هذه النغمة إلا وقد ذاق طعم النوى. كانت عيناي تذرفان الدموع، وعندما انتهى من عزفه وضعتُ بضعة قروش في الصندوق على استحياء، فلا يجب أن تكون هذه القروش مقابلًا لتلك المعزوفة الرائعة. أما هو، فلم يتوقف، بل استمر في العزف والغناء. في الحقيقة، لم أكن متبرعة تعطي متسولًا يعزف الموسيقى، بل كنت مستمعة تستمع لموسيقار عظيم.

قلتُ لياسمين:

- «دعينا نذهب؛ لا أحد له وطن هنا».

فقالتْ بلباقة، أو بالأحرى صححتْ ما قلته:

- «تركوا شعوبهم كي لا يتركوا بلادهم».رفعتُ رأسي، ونظرتُ إليها بتمعن، فتبيَّن لي أنها ناضجة أكثر مما توقعتُ.

في صبيحة اليوم الثالث لي في باكو، وبينما أنزل من غرفتي، كانت ياسمين في انتظاري ترتدي معطفًا فضيًّا، بينما شعرها الأشقر ينساب على كتفيها؛ كنت كلما أراها، أشعر بحبي لها يزداد.

قالتْ لي:

- «سنذهب أستاذتي إلى المدينة الداخلية (تعني المدينة القديمة)».

وكانت تتعمد أن تتكلم معي باللغة التركية، ولكنها تلفظ أسماء الأماكن كما هي في لهجتها، ويبدو على محياها تعابير لطيفة جذابة تزيد خدودها الوردية جمالًا، فقلت لها:

- «حسنًا، أنتِ دليلي السياحي هنا».

ذهبنا نحو المدينة الداخلية (القديمة)، فقالتْ ياسمين:

- «المدينة القديمة أقدم منطقة في مدينة باكو، وقد بقيتْ على ما هي عليه تقريبًا، ولم يتغير منها شيء. سآخذكِ أولًا إلى قصر الشروانشاهيين أستاذتي، وبعدها نشرب الشاي في مكاني المفضل، الخان».

كان الخان يعود للقرن الخامس عشر. وما إن وطئتْ قدماي هناك حتى غرقنا في بحر من الصمت والهيبة والسحر! فخلال لحظة، تنقطع بشكل تام عن ضوضاء المدينة وصخبها، وازدحام المرور وصخبه، ويبدأ العصر الحجري، حيث الحجر هو الشاهد الوحيد على ذلك الزمن. وقد كانت ياسمين تمر بين الأقواس وتحت القبب، وتنتقل من ليوان إلى آخر، وتختفي فترة ثم تعود، دون أن تقاطعني أو تقطع عليَّ خلوتي؛ كنا نعيش في زمان واحد لكن منفصلتين تمامًا حتى وصلنا إلى شرفة جلسنا فيها، وبدأت الأمطار

تهطل، فخلعت ردائي وتدثرنا به معًا. وبينما نحن على هذه الحال، شعرتُ أنني يمكن أن أحكي لها تلك الحكاية، وأنني يمكن أن أذهب معها لاكتشاف الجغرافيا التي أتى منها ذلك التاجر، وأنني يمكنني خوض غمار تلك الرحلة معها؛ لا أدري إن كان الوقت الذي قضيته معها كافيًا لأثق بها لهذه الدرجة، ولكنني من زمرة البشر الذين يثقون بقلوبهم، ويعيشون وفق ما تمليه عليهم.

قلتُ والأمطار ما تزال تهطل:

- «ياسمين... هل نذهب إلى تبريز؟».

قلت هذا بالأساس وأنا غير مقتنعة به تمامًا، ولكن في الوقت ذاته لم أقله من فراغ، بل ثمة رغبة قوية دفينة في قلبي تدفعني للذهاب إلى هناك، رغبة يحاصرها عدم الثقة بتحققها، فالطريق والوجهة ليستْ سوى مجهول. بيد أنها قالتْ:

- «نذهب أستاذتي، ولكن متى؟ لا يمكنني أن آخذ إذنًا قبل الصيف، وهذا يعني أنني لا أستطيع الذهاب إلا في تموز».

جملة واحدة قالتها كانت كفيلة بتغيير مجرى الأنهار كلها، إذ حوَّلتْ ما ظننته مستحيلًا إلى ممكن. ممكن؟! إن لم يكن كذلك، فلِمَ سألتني: «متى»؟! قلتُ لها وقلبي يكاد يتوقف:

- «ومن هناك، نذهب إلى باطوم، ثم تفليس».

فابتسمتْ، وقالتْ:

- «نذهب أستاذتي، ولكن في الصيف الذي يليه».

وهكذا، زادتْ الممكنات ممكنًا آخر!

كانت جادة بكل ما تقول، لا تمزح ولا تضحك ولا تتردد أبدًا، بل تتحدث بعفوية وصدق، ولا تنسى ما قالته بعد دقيقة، فليستْ هائمة في خيالها، بل تحدد زمان ذلك بكل جدية.

هكذا، أخطط لرحلة العمر مع فتاة لم أتعرف عليها إلا منذ وقت قصير ونحن في قصر الشروانشاهيين متدثرين بردائي تحت أمطار تشرين. كم كان سهلًا أن تتفتح لي أبواب سفر لطالما حلمتُ به، وفكرتُ فيه لسنوات طوال، وتحمستُ كثيرًا لخوض غماره، ولكنني لم أنوِ ذلك بشكل جدي. أما الآن، فأنا وياسمين نخطط بكل جدية، ونحدد المواعيد لسفرنا، ونرى الظروف المناسبة، إذ قالتْ:

- «في تموز، نذهب أولًا إلى تبريز، فهناك بعض معارفنا، ثم نذهب إلى تفليس وباطوم في صيفين متتاليين».

في شوارع المدينة القديمة وأزقتها الضيقة وشوارعها المتعرجة، تجولنا مارتين تحت القبب والأقواس والأنفاق حتى وصلنا إلى الخان، حيث كانت الأمطار قد توقفت منذ مدة، وبدا الجو صحوًا. فمررنا بباحة الخان، ودخلنا من أحد أبواب الحجرات المفتوحة على الليوان، حيث توجد طاولة خشبية وكرسيان من الخيزران، وتستقبلنا سيدة ذات ابتسامة مشرقة أحضرت إبريق شاي مصنوعًا من الخزف، بينما رائحة الشاي تعبق في المكان، مصحوبة برائحة زعتر أخضر بري، إلى جانبه مربى وشرائح من الليمون المنعش؛ كانت تلك الروائح منعشة للغاية، وكان فاصل الشاي هذا بعد الذي تحدثنا عنه في قصر الشروانشاهيين له طعم ورائحة أخرى غمراني براحة البال. ثم سألتني ياسمين والنسائم العليلة تهب:

- «هل ترغبين بشدة في رؤية تبريز وتفليس، أستاذتي؟».

هذا يعني أننا ما نزال نتحدث في الممكنات، وأن الوقت قد حان لأفصح لها عن السر وراء رغبتي في الذهاب إلى هناك، وأحكي لها. ومن ثم، قلتُ لها:

- «ياسمين، ثمة رواية وأسطورة تغلي بقلبي ولا تهدأ، والحق أني لا أريد أن تبقى أسطورة، بل أود أن أتعقب أثر جدي، وأرى وطنه

ومدينته. تخيلي فرع عائلتي هناك؛ لا، ليس الفرع، بل هو الأصل والمنبع الرئيس للنهر الذي تنحدر منه عائلتي».

توردتْ وجنتاها، وبدأتْ عيناها تلمعان؛ كانت فتاة في مقتبل العمر، ولكنني كنتُ أشعر بأنها تفهم ما أتكلم عنه كأنها في مثل عمري، وهذا يعني أنه يمكنني أن أحكي لها. ومن ثمَّ، بدأتُ أقص عليها القصة بشكل مختصر رويدًا رويدًا. فحكيت لها عن الفضول الذي بدأ يزداد في قلبي في الفترة الأخيرة، ورغبتي في الذهاب إلى هناك، رغم أنني لا أملك شيئًا أو معلومة سوى تلك الرسالة التي عليها ختم تخت سلميان البريدي؛ الرسالة التي وصلتني قبل ثلاثين عامًا! وأخبرتها بأنني بحاجة إلى رفيق يصاحبني في دربي هذا؛ لم أقصد أن أقول الجملة الأخيرة، ولكنني كنت أتكلم بشكل عفوي جدًّا. أما هي، فقالتْ:

- «نجده أستاذتي، لا تقلقي، دعينا نذهب أولًا، ثم نجده».

كلمتها «نجده» هذه كادت تجعلني بعد كل هذه الممكنات أقولها أنا أيضًا. وضعتُ شريحة ليمون رقيقة في فنجان الشاي ببطء، ورحتُ أسمع صوت الأنغام التي تصدرها الملعقة عندما تضرب الخزف، وأدركتُ حينها أنه إن كان لأحد أن يرافقني في هذه الرحلة فلا بد أن يكون ياسمين، ليس لأنني بحاجة إلى شخص يرافقني، بل لأنها كانت تعتقد أننا يمكن أن نذهب، وأن نجد ما نبحث عنه، وأن هذا ليس خيالًا، خاصة أنها من ذلك العالم، وتعرف ما يدور هناك، بل كانت تعتقد أننا سنجد ما نبحث عنه أكثر مني، وترغب في هذا بالفعل بعد أن فهمتْ ما يجول في قلبي، وسهَّلتْ عليَّ هذا الأمر.

هل كان سهلًا لهذه الدرجة أم كان بحاجة إلى الوقت ليكون بهذه السهولة؟! في صباح اليوم التالي، كنتُ سأعود إلى طرابزون، فقد حان وقت العودة، وكانتْ الطائرة تقلع في وقت مبكر جدًّا. ورغم الجو البارد، خلعتُ وشاحي ووضعته على كتفيها، ونظرتُ إلى عينيها الرطبتين قليلًا، فقالتْ:

- «سأجري بعض الأبحاث والاتصالات، وأخبركِ أستاذتي بما وصلتُ إليه في تموز».«في تموز».
أما السائق، فكان يقول:
- «دعينا نسرع يا أستاذة، فثمة زحامٌ شديدٌ».
ومن ثمَّ، قطعنا طريقنا داخل شوارع باكو التي تحولتْ إلى موقع بناء ضخم حتى وصلنا إلى المطار.

الفصل الأول

شجرة الرُّمان

في يدي الرسالة التي وصلتني قبل ثلاثين عامًا، وفي ذهني رفيقة دربي ياسمين، والجو في الخارج بارد ببرودة شباط وشمسه الباهتة، وأمامي كثير من الوقت حتى يأتي تموز. كنتُ أجلس إلى مكتبي، وأمامي أوراق الامتحان النهائي لطلابي التي يجب أن أقرأها، ولكنني كنتُ أتمتم: «تخت سليمان»، وأفكر بالشخصين اللذين قررا السفر إلى هناك، وفي رأسي كثير من الأسئلة وعلامات الاستفهام، غير أنني أجد نفسي موفقة في اتخاذ هذا القرار وأنا أنقر بأصابعي على مكتبي، وأقول: «تخت سليمان».

أقف مكاني، وأخرج صندوقًا معدنيًا عليه صورة برج الفتاة في إسطنبول من الخزانة. كان هذا الصندوق المهترئ الذي يهيمن الصدأ على حوافه في بيت جدي عند وفاته؛ إنه صندوق الكنز الذي خلفه لي جدي. فتحتُ غطاءه وأخرجتُ ما فيه، ثم نشرته فوق المكتب: رسائل كُتِبَتْ ولم تُرْسَل إلى تخت سليمان، ونسخٌ عن رسائل أُرسِلَتْ دون رد عليها، والرسالة اليتيمة التي جاءتْ من تخت سليمان جوابًا عن كل هذه الرسائل، وخاتم عليه فص من الفيروز، وبضع قطع نقدية من الروبل الروسي، ودفتر عائلة، وخمس صور قديمة.

من بين هذه الأشياء كلها، لم يجلب التاجر معه من بلده سوى شيئين: القطع النقدية والخاتم ذي الفص الفيروزي الذي أصبح باهت اللون؛ تُرَى هل هذا كل ما جاء به بالفعل من ماضيه الذي عاش فيه؟ هل كان ما أتى به قليلًا لهذه الدرجة؟ هل هذا كل ما استطاع الاحتفاظ به؟ يا له من حمل

خفيف! ولكنه، رغم قلته، حملٌ ثقيلٌ جدًّا. هل نشب حريق هناك، فكان هذا كل ما استطاع أن ينقذه من النيران؟ ماذا خلف وراءه يا تُرَى؟ أم تراه تُرِكَ لقدره كي يواجه مصيره كالأبطال في الأساطير وهو لا يعرف ما ينتظره؟ هل تُرِكَ هكذا بلا عتاد؟ لا أعرف أي شيء عن هذا حقًّا، ولكن هذا القليل يوحي لي بالصورة التي كانتْ في ذهني عن بطل روايتي الرجل العجوز -حسب ما أذكره- الذي كان شابًا فتيًّا في يوم من الأيام.

أفتح دفتر العائلة، فأجد في الصفحة التي على اليسار صورة سيدة ترتدي حجابًا أسود، كاشفة الوجه، ما تزال في ريعان شبابها، تحتل النظارة مكانها على وجهها النقي نقاء الماء الصافي؛ كم هي جميلة جمال قلادة عاجية مزخرفة! وأما في الصفحة اليمنى، فأرى رجلًا أسمر من مكان بعيد؛ تلك السيدة هي جدتي زهرة، وهذا الرجل هو جدي سطار خان. أقف مكاني، وأنظر من النافذة إلى حديقة صغيرة أمام منزلي، فأرى عصفورين يطارد أحدهما الآخر فوق أغصان أشجار عارية تحت شمس شباط الباردة، وأزهار النرجس قد سلمتْ نفسها لتتراقص مع نسائم الرياح، ثم أتجول بين غرف منزلي حتى أصل إلى النافذة المطلة على البحر الأسود، فأنظر إليه وأنا أعد لنفسي الشاي الذي أحضرته معي من باكو، ثم أصبه في فنجان وأعود مجدداً إلى مكتبي، حيث أوراق الامتحان في انتظاري.

أضع فنجان الشاي الذي ما يزال البخار يتصاعد منه ويتراقص فوقه، وأعود لأحمل تلك الصور التي كنتُ قد فردتها على سطح مكتبي: إحداها لبيت قديم يعود لوالد جدتي؛ والثانية لعبَّارة «جول جمال» التي سافر بها خالي إسماعيل إلى حرب البلقان، كما أخبرتني أمي؛ والثالثة لممرضة تعمل في الهلال الأحمر في «مستشفى الحميدية للأطفال» (الأحرى أنها ليستْ صورة، بل بطاقة بريدية)؛ والرابعة لخان حجري في طرابزون.

وثمة صورة أخرى التُقِطَتْ في يوم عجَّتْ فيه ساحة طرابزون بالناس، وكانتْ أمي تقول عنها:

- «لا أعرف متى التُقِطَتْ هذه الصورة! ولكن بما أن الناس فيها يحملون أعلامًا، فربما يشير هذا إلى أن ذلك اليوم هو يوم عيد وطني».

ثم رحتُ أقلب هذه الصورة وأنا أشعر بشيء ما سيحدث معي: الناس محتشدون بأعداد كبيرة في الساحة، ويبدو أن احتشادهم هذا ليس أمرًا عاديًّا. صحيح أنهم يحملون أعلامًا بأيديهم، ولكن يبدو عليهم الهلع والفزع والغم والهم، فكيف يكون ذلك يوم عيد وطني؟! ليس هذا فحسب، بل إن الرجال والنساء اللواتي يرتدين الجلابيب اجتمعوا معًا في مكان واحد؛ لا بد أن ثمة أمرًا استثنائيًا يحدث! ولكن ما هو ذلك الأمر؟ بين الحشود مُنادٍ ضخم يضع على رأسه عمامة تقليدية، ويرفع عصا همَّ أن يقرع بها على الطبل. وبما أن أهل طرابزون جميعًا، من مسلمين وأرمن وروم، كانوا مجتمعين هناك ينصتون وينظرون إليه بانتباه شديد، فهذا يعني أنه كان يقول أمرًا في غاية الأهمية.

لا أدري كم من الوقت أمضيتُ وأنا أنظر إلى هذه الصورة، ولكن لا بد أنني أخذتُ وقتًا طويلًا وأنا أدقق وأُمعِن النظر فيها، لأن وجوه هؤلاء الناس والأشكال التي كانت فيها غدتْ مشوشة، وبدأتْ عيناي لا ترى إلا تخيلات وأطيافاً. حينها، أدركتُ الحالة التي أصبحت فيها، وبدا لي أن الصورة اقتربتْ مني لدرجة كبيرة، فظننتُ أن هذا بسبب الإرهاق والتعب، وفركتُ عينيَّ جيدًا، فعادتْ الصور أوضح، ولكن الوضوح هذه المرة كان مختلفًا. لقد بدأتُ ألاحظ أوراق الأشجار تتحرك مع حركة الرياح، والألوان تبدو أكثر حيوية، والأشياء تعود لها الحياة، وكل شيء يتلون من جديد، وما هي إلا لحظات حتى بدأ كل شيء حي يتحرك، وبتُ أسمع أصوات صخب تلك الحشود التي اجتمعتْ في الميدان، وأشعر بالحياة وصخب الناس هنا،

وأحس بحرارة الجو ورطوبته؛ لقد كان كل شيء حيًّا في تلك الصورة، إذ أسمع صيحات هذا وكلام ذاك، وحتى الجِمال والإبل ورغائها. لقد كان كل شيء ينبض بالحياة، بينما يقرع المنادي بعصاه على الطبل، ويبدأ كل شيء بالحركة؛ كأن الصورة مشهد من فيلم ضغط أحدهم على زر «الاستمرار»، فبدأ كل شيء يواصل ما كان يفعله قبل إيقاف تلك اللحظة.

وعندما سمعتُ المنادي يصيح: «سفر برلك»[1] ثلاث مرات، أدركتُ أنني دخلت في المشهد؛ كان المنادي يحمل طبلًا ضخمًا يقرعه بقوة كبيرة، ويصيح بصوت جهوري خشن وهو يتصبب عرقًا، وقد التصق قميصه بظهره من شدة الحر والعَرق:

- «يا أيها الناس، اسمعوا وعوا، وليبلغ الشاهد منكم الغائب: هذا إعلان سفر برلك! وقد أمر مولانا السلطان بالتعبئة لكل الجيوش البرية والبحرية، وتسليح كل من هو قادر على حمل السلاح».

وبتكرار المنادي «سفر برلك»، بدأتُ أدرك خطورة الوضع؛ الأمر جَلَل، فالنفير العام يعني حشد كل القوى المادية والمعنوية في البلاد (أي القوى العسكرية والاقتصادية والنفسية والسياسية) لتكون على أهبة الاستعداد جميعها لأن الدولة في حالة حرب، وكل ما في البلاد سيتحول إلى حالة تأهب ونفير عام.

تبعتُ المنادي الذي صاح مرة أخرى:

- «أيها الناس، سفر برلك!».

فصدحتْ كلماته تلك، ورن صداها على قمة بوزتبه، ثم ارتدت لتتردد في الميدان الشرقي، ومطعم فرح، وترجع لترتطم بزجاج فندق شمس.

هذا يعني أن قدومي صادف لحظة إعلان النفير العام في البلاد، ولكن أي نفير عام هذا؟ وفي أي عصر أنا الآن؟ لم أتمكن من معرفة هذا في

---

(1) «سفر برلك»: نفير عام.

البداية، ولكن عندما نظرتُ إلى ما يرتديه الناس، والمباني التي في الساحة، ولمبات الغاز التي في الشوارع، والأرضية الترابية، بات بوسعي أن أقول إنني فعليًا في بدايات عام 1900. فأي نفير هذا، إذن؟ قلتُ في نفسي: لا يمكن أن يكون نفيراً لحربِ الاستقلال التركية، فالتاريخ لا يزال مبكرًا على هذا! فهل هو نفيرٌ للحرب العالمية الأولى أم أنه نفيرٌ لحرب البلقان؟ لا بد أنه لواحدة من هاتين الحربين. على أي حال، كان الجو حارًا رطبًا خانقًا، ولم تزل الأشجار مورقة والرياح شديدة، ورغم ذلك لم تهب عاصفة إلى الآن؛ هل يمكن ألا أعرف مناخ مدينتي التي عشتُ فيها؟ لا بد أننا في الخريف؛ هل نحن في نهاية أيلول أم في أوائل تشرين الأول أو شيء من هذا القبيل؟ يا إلهي! يا إلهي!

أعاد المنادي قراءة ذلك الفرمان مجددًا:

- «أيها الناس...».

صاح بهذه الكلمة، وتوقف قليلًا كي يتأكد من أن الكل يصغي إليه، ثم أردف:

- «ليُبلغ الشاهد منكم الغائب...».

حينها، خيم صمت قاتل على المكان. وبينما ينظر الكل إليه وكلهم آذان صاغية، صاح بصوتٍ عالٍ لا يمكن لأحد ألا يسمعه:

«هذا سفر برلك للحشد لحرب البلقان».

نعم، لم أكن مخطئة؛ هذا نفيرٌ عامٌ لحرب البلقان. وعندما وفقتُ بين ما قرأته عن هذه الحرب وما أعلنه ذلك المنادي، عرفتُ أننا في 1 تشرين الأول عام 1912، فاستندتُ إلى إحدى الأشجار خشية أن أقع على الأرض من هول الموقف، بينما راح المنادي يسرد بنود الفرمان واحدًا تلو الآخر، معلنًا أن الحكومة العثمانية قررتْ إعادة تسليح الجيش الذي كانت قد سرحته

في روملي[1] قبل فترة قصيرة، وأنها عازمة على جمع كل ما لديها من قوة وأسلحة، وتشكيل (الفوج 87) من طرابزون وما حولها، وأن هذه الحرب ليستْ لمن هو مُكلف من الجنود فحسب، بل سيُقبَل أي متطوع، وكل ما عليه الذهاب إلى المحافظة وتسليم نفسه. وأضاف إلى ذلك أنه يجب على الشعب الحفاظ على رباطة جأشهم، وأن يتمالكوا أنفسهم، وألا يتدفقوا أفواجًا على الأفران والمحال التجارية، وأن التجار مجبرون على إبقاء محالهم التجارية مفتوحة حتى يأتي أمر بغير هذا، وكل من أراد المساعدة أو العون يمكنه أن يتقدم بطلب إلى الأماكن المخصصة لذلك. وبعدها، راح يمشي نحو شارع آخر كي يكرر ما قاله هناك وهو يمسح عرقه بقطعة قماش كبيرة جدًا، وأعداد الناس التي تسير خلفه في ازدياد أكثر فأكثر. ويُفهَم من هذا الإعلان أنه يجب بأقصى سرعة أن يُشكَّل (الفوج 87) في مدينة طرابزون، ويُسَاق نحو الجبهة. لقد هزَّ هذا الأمر الصادر من الجهات العليا الشعب بأسره، وكاد قلب أهل طرابزون الذين ما زالوا يعانون من كمية الدماء التي خسروها في الحروب الماضية يقف، مثلهم مثل سائر الشعب.

أما أنا، فبقيت متسمرة هناك، إذ تحقق أكبر أحلامي؛ استطعت العودة بالزمن، ولكن ألم أجد غير هذا الزمن كي أعود إليه؟!

ما «السفر برلك»؟ الكل يسمع عنه ويعرف تبعاته، ولكن ما حقيقته؟ أول الأمر، «السفر برلك» قرار يُتَّخَذُ من قبل مجلس المبعوثان، ثم يقرّه السلطان محمد رشاد، ثم يُنشَر في الصحيفة الرسمية في ذلك العصر (تقويم وقائع)، ثم يُرسَل هذا الأمر إلى كل من وزارتي الداخلية والحربية، ومنهما يُرسَل تلغراف إلى كل الولايات والمدن. وماذا بعد ذلك؟ يُوزَّع هذا الإذعان إلى البلديات

---

(1) «روملي»: اسم أطلقه الترك على أراضي الدولة العثمانية الواقعة في أوروبا التي تشمل الدول الآتية: اليونان، ومقدونيا، وألبانيا، وكوسوفو، وصربيا، والجبل الأسود، وبلغاريا، والبوسنة.

والمخاتير، ويعلنه المنادون بين الناس، ويُعلَّق هذا الفرمان على الجدران في كل مكان، ثم يُتفقَّد الناس بيتًا بيتًا وشخصًا شخصًا؛ أي أن الوقت قد حان للمواجهة بين الدولة التي ربما يتغير مصيرها بعد هذا الأمر والشعب الذي يتعلق مصيره بتغير دولته هو الآخر، كأن الدولة تقول له: «إن وجودكَ وموتكَ من أجلي، من أجلي فقط»!

هذا هو التعريف الأساسي له باختصار.

نزعني صوت المنادي: «سفر برليييك!» على بعد شارعين من أفكاري تلك، فنظرتُ إلى وجه أسمر مليء بالتجاعيد لسيدة محجبة عجوز تسير وعيناها تدمعان نحو الشجرة التي أستند إليها، ثم خطوتُ نحوها خطوتين، بعد أن رفعتُ ظهري عن الشجرة متجاهلة الوضع الذي أنا فيه، وقلتُ لها: «عفوًا، يا خالتي!»، فلم تنظر حتى إليَّ، بل أكملتْ طريقها كأن لم تسمع شيئًا مما قلته لها، فناديتها مرة أخرى، ثم أدركتُ وقد تجمدتْ الدماء في عروقي أن كل هذه الحشود التي تمر إلى جانبي، وليس تلك العجوز فحسب، لا تنظر إليَّ، ولا يلتفتُ أحدٌ منهم نحوي، رغم أنني مختلفة عنهم بشكل كبير، إذ أرتدي بنطالًا من الجينز، وأضع مكياجًا، والأهم أني حاسرة الرأس، وكان هذا أمرًا مستهجنًا جدًّا حينها؛ من الطبيعي إذن أن ينظروا إليَّ، وأن يتعجبوا من حالتي تلك، ولكن أحدًا منهم لم يلتفتْ إليَّ البته. نعم، لا أحد يراني! تلفَّتُّ يمنة ويسرة، فرأيتُ دكانًا لبيع الأدوات الزجاجية بالقرب من المكان، فاتجهتُ نحوه ووقفتُ أمام واجهته مباشرة، ونظرتُ في مرآة فارغة تمامًا، فوضعتُ يدي على قلبي خوفًا من أن يخرج من صدري من الهلع. وعندما بدأتُ أشعر بدوار، أمسكتُ بباب الدكان كي لا أسقط أرضًا؛ إني الآن أَرى ولا أُرَى، أَتكلم ولا أُسمَع، أَلمس ولا يشعر أحدٌ بي؛ إنني موجودة ومجرد طيف في آن!

لم أتمكن من معرفة الحال التي أنا فيها إلا في ذلك الوقت؛ لقد حصل معي ما حصل مع «أليس» التي كانت تنتقل بواسطة المرآة إلى بلاد العجائب، ولا بد أني دخلتُ من تلك الصورة الكرتونية، وعدتُ بالزمن إلى الوراء؛ لقد كنتُ أحلم بهذا كثيرًا، حتى إن كان ضربًا من الخيال المستحيل. ولكن الخيال والحلم كبر داخلي حتى تحقق، والأهم أني انتقلتُ لذاك الزمن وأنا محافظة على وعيي وشعوري اللذين كانا في هذا الزمن الحاضر.

يا إلهي، أليستْ هذه هي اللعبة التي ألعبها مع طلابي من وقت لآخر؟! ليستْ لعبة بلا قيمة، بل كانت أعظم أمنية في حياتي، حتى أنها كانت تمثل لي قطعة من الجنة. كنا نلعبها في القاعة عندما نقرأ كتاب «المدن الخمس»، بالأخص عندما وصلنا إلى الجزء الأخير من فصل «إسطنبول». فعندما كان طانبينار[1] يحاول أن ينوه إلى أهمية معرفة مستوى العلاقة التي يجب أن نقيمها مع الماضي كي نستفيد منه، أنشأ يقول: «الماضي زهرة تُغسَل برياح الحاضر»؛ وهذا يعني أن علينا -إن أردنا أن يعني التاريخ لنا شيئًا- أن ننظر إليه بعيون الحاضر، وأن نأخذ منه دروسًا وعبرًا للحاضر والمستقبل.

وعندما كنتُ أصل في الحديث مع طلابي إلى هذا الموضع، أقول لهم دائمًا:

- «الآن، سنصعد في آلة الزمن، فإلى أين ترغبون في الذهاب؟».

ولأن الزمان شيء محدود بالفعل، كانت الأجوبة متقاربة في كل عام. فمثلًا، كانت الإجابات في الغالب: «إلى فترة حكم السلطان سليمان القانوني.. فترة فتح إسطنبول.. الاحتلال الفرنسي.. فترة الثورة البلشفية..

(1) أحمد حمدي طانبينار، بالتركية الحديثة (Ahmet Hamdi Tanpınar)، وُلِدَ في 23 يونيو (حزيران) عام 1901م بإسطنبول، وتُوفِّيَ في 24 أكتوبر (تشرين الأول) عام 1962م بإسطنبول، وهو روائي قصاص شاعر تركي معاصر.

فترة حكم عثمان باي.. فترة غوك ترك⁽¹⁾.. آسيا الوسطى.. عصر النبي محمد (عليه الصلاة والسلام)».

فكنتُ أقول لهم:

- «حسنًا، لنذهب. ولكن ثمة شيئًا يجب أن تأخذوه معكم، فما هو؟».

ثم أفتح النوافذ كي أجدد الهواء في القاعة إلى أن أتلقى أجوبتهم:

- «دفتر.. قلم.. آلة تصوير.. هاتف.. إنترنت.. شاحن الجوال... إلخ».

فنضحك، قبل أن أقول لهم:

- «لا، ليس هذه الأشياء».

فتعود الجدية للمحاضرة ثانية، وأصمتُ قليلًا حتى يعود الهدوء والصمت إلى القاعة، ولا أسمع أي صوت، ثم أجيبهم:

- «سنأخذ معنا شعورنا ووعينا الذي نحن عليه في زمننا هذا، وإلا فلا معنى أبدًا للرحلة عبر الزمن؛ تخيلوا أننا سافرنا عبر الزمن إلى القرن السادس عشر، ولكننا لا ندري أننا قدمنا من القرن الحادي والعشرين، حينها ما معنى هذا؟ وما الفرق بيننا وبين أي شخص يعيش في القرن السادس عشر؟».

فكل شيءٍ سيأتي عليه الزمان ويُعرَف أصله؛ هذا معقود في الأمور كلها. ومن ثم، كنتُ أضيف:

- «تخيلوا أننا سافرنا عبر الزمان بآلة الزمن هذه، وانتقلنا من القرن الحادي والعشرين إلى القرن الخامس والعشرين، دون أن نأخذ معنا وعينا وشعورنا من عصرنا الحالي؛ لن نتمكن حينها من فهم واستيعاب كل ما يجري وجرى لنا. فكما رأيتم، إن لم نشعر بما

---

(1) «غوك ترك» أو «كوك ترك»، بالتركية (Göktürkler): «الأتراك السماويون»، وهم جماعة رحل من الترك في آسيا الداخلية الوسطى.

جرى، ولم نعرف ما حدث، وأننا قد انتقلنا من عصر لآخر، لن يغدو لسفرنا عبر الزمن معنى، ولن يكون لكل ما سيجري لنا في ذلك الوقت معنى. أما إن كنا مدركين لهذا، فحينها يصبح لكل شيء معنى».

لو أن العصا التي يقرع بها المنادي لم تهوِ بشدة على طبله الضخم، فتعيد الدم الذي تجمَّد، وتجعله يسري في عروقي مرة أخرى، لعشتُ سحر هذه التجربة الفريدة أكثر، واستمتعتُ باللحظات التي سرحتُ بها في خيالي. ولكن فكرة أنني أعرف ما تجهله هذه الحشود، وما سيحل بالمكان خلال الأسابيع والشهور والسنين المقبلة، كانت تثير الفزع والرعب في قلبي. تُرَى هل كان الأفضل ألا أعرف ما سيحدث؟! ليتني لم أقرأ كثيرًا عن تلك الحقبة! ليتني تركتُ وعيي وشعوري ومعرفتي بما سيحدث على مكتبي في غرفتي قبل أن آتي إلى هنا، فأكون مثلي مثل أي واحد من هؤلاء: لا يعي ما يدور حوله، ولا يدري ما تخبئ له الأيام والسنون الآتيات، وأعيش معهم أنتظر ذلك المصير المجهول. بيد أني قد أتيتُ بوعيي ومعرفتي وشعوري، فبتُ أعرف ماذا سيحدث غدًا، ولا يعرف أحد منهم شيئًا، ولا يستطيع أن يتنبأ بما ينتظره خلال السنوات العشر المقبلة، أو أن يتخيل حتى ما سيحدث له.

نظرتُ إلى شاب قروي يضع حزامًا على خصره، ويرتدي عباءة وحذاء في قدميه؛ لا يدري هذا المسكين أنه سيكون على جبهة الحرب خلال أسبوعين، وهو يظن أنه ذاهب للذود عن وطنه. أما أنا، فأعرف أن هذا لن يحدث! هذه الدولة العظيمة تنهار عيانًا بيانًا، وأنا أرى بأم عيني هذه الحقيقة، ولو أن أحدهم يرى ما أرى لأدرك الحقيقة، حتى إن لم يرَ النار، فأعمدة الدخان قد بدأتْ تتصاعد من كل مكان، والشرر يتطاير من مكان لآخر؛ لقد أشرفتْ تلك السفينة الضخمة على الغرق.

آه لو أنني أستطيع أن أعود إلى تلك الساحة التي تعجُّ بالناس، شيبة وشبانًا ورجالًا يعتمرون الطربوش الأحمر ورجال الشرطة الذين يرتدون الملابس العسكرية متقلدين سيوفهم البراقة والملازمين والضباط وطلاب المدارس، فأمسكهم واحدًا واحدًا، وأسحبهم من ياقاتهم وأهزهم بكل ما أوتيتُ من قوة، وأقول: «لا تذهبوا!». أو أقبض على أيدي النساء اللواتي يسدلن الحجاب على وجوههن، وأقول: «لا تدعنهم يذهبون!». ولكن لا أحد بوسعه سماع صوتي. وحتى إن استطاعوا، فما الذي سيتغير؟ هل سيصدقون ما أقول؟ من يمكنني أن أمنعه منهم؟ وحتى إن استطعتُ أن أمنع ثلاثة أو أربعة أو خمسة، فما الذي سيغيره هذا؟!

ها أنا أحيا لعنة «كاساندرا» التي كانت تعرف كل ما سيجري، وتراه رأي العين، ولكنها لا تستطيع أن تحول دون وقوع شيء، فلا سبيل لذلك سوى بوجود مَن يصدق ما تقول. لقد دفعتْ ابنة بريام، ملك طروادة، لعنتها تلك ثمنًا لعدم وفائها بما وعدتْ به أبولو الذي أحبها ووعدها بنعمة التبصر إن استجابتْ لرغباته، فوافقتْ. وما إن حصلتْ على تلك القوى الخارقة حتى سخرتْ منه، ورفضتْ الوفاء بما عاهدته عليه، رغبة في الحفاظ على نفسها طاهرة والبقاء راهبة. ولكن أبولو لم يغفر لها ذلك، وانتقم منها شر انتقام: سترى كل ما سيحدث، وتتنبأ بحدوثه، ولكن لن يصدق أحدٌ تنبؤاتها؛ ستعرف أن طروادة ستدمر على أيدي الجند المخبئين داخل حصان طروادة، وترى ذلك رأي العين، وتنذر به قومها، إلا أن أحدًا لن يصدق ما تقول.

إنني الآن مثل «كاساندرا» في تلك الساحة التي تكتظ بالحشود الغفيرة، بيد أن الفرق بيني وبينها أن الأميرة الراهبة كانت ترى حريقًا واحدًا، أما أنا فعندما رأيت أعمدة الدخان بدأتْ تتصاعد من كل طرف، أدركتُ أنني سأرى النيران تشتعل وتلتهم مئات من المدن مثل طروادة.

وها هو الإحساس الذي كنتُ أشعر به من حين لآخر وأنا بين تلك الحشود الغفيرة يسيطر عليَّ مجددًا؛ ذلك الإحساس الذي ما كنتُ أشعر بمثله في زماني الذي جئتُ منه إلا في شوارع المدينة المزدحمة الصاخبة كشارع الاستقلال، أو في السوق الحلبي، أو ما شابهها من أماكن. غير أني رفعتُ رأسي، وبدأتُ أنظر إلى مَن حولي، ممن كان مشغولًا أو يشعر باضطراب ورهبة أو يحاول أن يلحق بشيء ما. لم أكن أعرف أي شيء عنهم، ولكن ثمة حقيقة واحدة مؤكدة: «هؤلاء جميعهم سيموتون!». أقول «سيموتون» لأني في زمانهم. أما في زماني الحقيقي، حيث يصبح المستقبل ماضيًا، فإنهم قد ماتوا بالفعل.

«كل هؤلاء قد ذاقوا طعم الموت منذ وقت بعيد!»، فكرتُ في ذلك، وكدتُ أقول لهم فاغرة الفم: «أنتم ميتون! هل تعلمون هذا؟ لقد جئتُ من زمان كلكم قد مات فيه، كلكم دون استثناء!»، ولكنني تراجعتُ لأني حتى لو قلتُ هذا، لم يكن أحدٌ منهم ليسمعني. وإن سمعني، هل كان ليصدقني؟!

من جديد، سمعتُ المنادي الذي أتبعه في شوارع المدينة ينادي: «سفر برلك»، وراحتْ تلك الكلمة تنحفر في حجرات مخي. أدركتُ حينها أن نظرية من النظريات قد بان خطؤها، وقلتُ لنفسي: كل هذا أحداث ووقائع اندثرت مع اندثار العصور والدول، ولم يتبقَّ لها من أثر، وها أنا أمر عليها مرور الكرام. بيد أن كل ما انقضى من حكم وعصور وعهود وأحداث يمكننا أن نستفيد منه، فلا شيء يحدث وينتهي هكذا، بل إنه يبقى في زمان لا ينقضي، أو بالأحرى يبقى في اللازمان حيًّا. ولو أنه لم يكن حيًّا، فلِمَ أشعر بكل هذا الألم، رغم أنني أعرف تمامًا أنني قد جئتُ إلى هذا المكان من زمان غير الزمان، وأنني قد جئتُ إلى هذا الزمان وأنا أنظر إلى هذه الصورة التي بيدي جالسة أمام مكتبي وأوراق طلابي التي تنتظر مَن يقرؤها؟!

مرة أخرى، أقف حائرة بين شعورين متباينين: أعرف الصدمة التي ستقع، وأعيش الأحداث التي لم تنقضِ في مرحلة اللازمان. ورغم معرفتي بكل ما سيحدث، فإنني سأحترق به، ولن تمنعني معرفتي من الاحتراق بنار الحقائق. فكل ما أتحدث عنه لا يمكن أن يكون حلمًا، بل هو حقائق وواقع لا سبيل للقول إنها محض خيال، أو أن تُوصَف بأنها كالحلم؛ إنها دوامة كبيرة تمسك بي براثنها بين الحقيقة والخيال. يا إلهي، إنني لم أفقد عقلي بعد؛ في الساحة أعمامي وأخوالي وأجدادي! فرغم أن أمي لم تكن قد وُلِدَتْ، فإنني لو تتبعت طريقها لكان من الممكن أن أقابل جدتي التي لا تزال شابة حينها. لقد كنت في عام 1912؛ أي أن جدتي لا تزال في سن الخامسة عشرة لم تتزوج بعد، بل لم تقابل جدي الذي لم يقدم حتى اللحظة إلى طرابزون. وهذا يعني أن خالي إسماعيل لم يذهب إلى حرب البلقان بعد، ولم تكن جدتي حينها مدركة لأي شيء من هذه الأمور، أما أنا فأعرف ما سيحصل كله.

يا للعجب، رغم أنني أعرف ما يعرفونه بشكل عام، فإنهم لا يعرفون أبدًا ما أعرفه عنهم. كم من أشياء لا يعرفونها، وأعرفها أنا أفضل منهم! نعم، لا تزال «نِجار هانم»[1] على قيد الحياة؛ أما الكاتبة خالدة أديب فقد ذاع صيت روايتها «صفية وطالب»، وبعد سنوات عديدة من الآن ستكتب روايتها «البقالة المليئة بالذباب»؛ وقد عاد يحيى كمال من باريس؛ ولم يكن مصطفى كمال أتاتورك حينها سوى شاب قد سطع نجمه في حرب طرابلس الغرب؛ ولم تقع أحداث الحرب العالمية الأولى وسقوط الدولة العثمانية والثورة البلشفية وحرب الاستقلال وإعلان قيام الجمهورية التركية والحرب العالمية

---

(1) نجار هانم (بالتركية: Nigâr Hanım): وُلِدَتْ في الأول من أبريل (نيسان) 1918، وهي شاعرة عثمانية طورت الأساليب الغربية الحديثة بصيغة أنثوية، وصارت رمزًا بارزًا في تنظيمات الشعر التركي.

الثانية والسوفييت والقنبلة الذرية وكارثة تشرنوبل واختراع التلفاز والإنترنت والهاتف... لا أكاد أصدق أن هذا كله في عداد العدم الآن، وأنه لا سبيل لعيش القدر ما لم يُكتَب على جبينك.

التفتُّ إلى نفسي، وقلتُ: تُرَى كم من مقدرات وغيبيات لا أعرفها أنا؟ كم من اختراع واكتشاف سأشهده قبل أن أفنى؟ لم أستطع أن أخرج من دوامة الأفكار تلك، فقررتُ أن أترك كل ذلك وراء ظهري، وأن أستمتع بهذا الحلم الذي أعيش فيه، وتلك اللحظة التي أحياها، وأطلق العنان لنفسي كي أجد لذة هذا الغموض الجميل.

غادر المنادي يطلق النداء تلو الآخر، ودخلتُ من زقاق ضيق حتى عدتُ مجددًا إلى تلك الساحة، ثم بدأتُ أنظر إلى كل ما حولي بهدوء وسكينة أكبر: لقد كانوا يطلقون على هذا الميدان اسم الميدان الشرقي، بيد أن بعض الأهالي، بسبب وجود السكان النصارى هنا بأعداد كبيرة، كانوا يطلقون عليه ميدان النصارى. ولم تكن التماثيل والهياكل الحجرية الموجودة في زماني قائمة هنا. وعلى العكس، أكثر ما كان في هذا الزمان لم يعد موجودًا في زماني. أما المباني التي أعرف اسمها، ورأيتُ صورها من قبل، فها هي أمامي مباشرة؛ الوكالات وشركات العبَّارات البحرية ومكتب البرق والتلغراف، ومن بعدها فندق السلامة، ثم مدرسة إسكندر باشا، والحديقة العامة وفندق الشفق ومطعم فرح... يا إلهي، كلها هنا أمامي! وذلك شارع الليمون في حي التكية.

من دون أن أفكر في ماذا سأفعل، وإلى أين أذهب، مررت أمام فندق جيهان نحو الطريق المليء بالخيول والعربات المؤدي إلى الرصيف البحري مباشرة. ورغم الصخب والضجة، كانت كلاب في حجم الخراف تقريبًا مستلقية على قارعة الطريق هنا وهناك تغط في نوم عميق واثقة أن أحدًا من المارة لن يؤذيها، بل رأيتُ بعض العجائز يغيرون طريقهم كي لا يسببوا لها

الإزعاج وهي نائمة، وبعضهم يمرون بالقرب منها أو يقفزون من فوقها. وكانت أغصان أشجار الرمان والبرتقال والنارنج والليمون متدلية من فوق جدران الحدائق، وقد بدأتْ ثمار الخرمال بالنضج، ولم تزل رائحة الصيف تفوح من أشجار التين البري التي انبجستْ ونمتْ من بين الحجارة. كنتُ أسير في الطريق المنحدر الذي يأخذني إلى البحر درجة فدرجة، دون أن أدخل في الطرق الجانبية، حتى وصلتُ إلى الساحل، حيث لا يزال الميناء البحري على حالته القديمة. وفي آخر الطريق، كان ثمة طريق رملي ممتد على طول الساحل.

تقدمتُ قليلًا، فرأيتُ عربات الخيول المزينة يقف أمامها السائقون، ومقابلهم مباشرة يقف البوابون بزيهم الرسمي أمام أبواب القنصليات التي كانت على طول الطريق. كان من الممكن أن أرى أعلام روسيا وإيران وبلجيكا وفرنسا وإيطاليا والمجر والنمسا وألمانيا الشمالية، بل كان بإمكاني أن أرى كتابتهم على اليافطات. ثم رأيتُ رجلًا إيطاليًّا يعتمر قبعة عليها ريشة يدخل قنصلية بلده، ورجلًا آخر إيرانيًّا يرتدي معطفًا طويلًا من الكشمير كرزي اللون يخرج من بناء قنصلية بلاده، وسيدة روسية تستقل سيارة أجرة من أمام بناء قنصلية بلادها. حينها، ظننتُ أنني أشاهد مقطعًا من فيلم تاريخي. وبعد قليل، عدتُ إلى الميدان الشرقي الذي ما يزال يعجُّ بالفوضى والدهشة التي أثارها إعلان النفير العام، وبدأتُ أتجول في شوارع مدينتي التي كانت الورود فيها تتفتح بحيوية كأن الصيف لم ينتهِ، مع أننا كنا في تشرين الأول قبل 97 سنة.

يا للعجب، رغم أنني في مدينتي، فإنني لا أعرف كثيرًا من الأماكن، وقد كُتِبَ عليَّ أن أتجول في أزقتها كأنني غريبة عنها. كنتُ في زماني أحب أن أتجول وحدي، دون أن أعرف إلى أين أمضي، كنتُ أحب الناس، ولكنني

أحب وحدتي أكثر. وهأنذا الآن كما كنتُ في زمني الذي جئتُ منه، أتجول خطوة خطوة في الأزقة والشوارع وحيدة غريبة. ثمة فرق كبير بين رؤية وجه طرابزون القديم ورؤية وجوه طرابزون التي لم أكن أعرفها أبدًا. فلم يُشَقّ طريق مرعش من قِبل الروس بعد، بل ثمة طريق صغير مكانه، تقدمتُ فيه وبدأتُ أدخل في الأزقة الجانبية التي تقع على طوله وأخرج منها، مواجهة تلك الوجوه التي لم أكن أعرفها. تُرَى هل كان بإمكاني الخروج من تلك الأزقة لو لم أكن أعرف كنيسة متروبوليتان والكلية اليونانية والمستشفى اليوناني والمدرسة والكنيسة الأرمنية، وهذا البحر وتلة بوزتبة ورأس يورز وفاروز ومالوز وستوكا؟ بالطبع لا، فالأماكن التي لطالما كنتُ أستدل بها على طريقي، مثل طلعة غازي باشا وشارع الجمهورية، والأماكن التي كنت أعرفها، مثل الأزقة الضيقة والبيوت ذات البساتين والحدائق التي تُعرَف بها طرابزون، والتي تضم مقبرة العمارة ومقبرة جول بهار وجامع الجمعة؛ كل ذلك كان -والحمد لله- في مكانه، وكان ذلك الطريق الطويل ممتداً كما هو عليه في يوم الناس هذا.

شعوري بأنني في مأمن من أن أصاب بمكروه، إذ لا يمكن لأحد أن يلمسني أو يسمعني، أو حتى يشعر بي، جعلني أطلق لنفسي العنان للخوض والتجول داخل هذه الضجة والصخب. يا إلهي، كم كنتُ في مأمن! في الحقيقة، لم أكن في مأمن إلا كالقطرة الآمنة داخل سيل عارم! دخلتُ ذلك الشارع الطويل، وعندما مررتُ من أمام مكتبة حمدي أفندي، تلك المكتبة المشهورة جدًّا في طرابزون التي لطالما سمعتُ عنها، تركتُ نفسي تستمع بحلاوة هذه اللحظة التي كثيرًا ما حلمتُ بها، حتى أنني تركتُ التفكير في ما أعايشه، وكيف وصلتُ إلى هذه الحالة، كي أستشعر لذة هذه اللحظات الجميلة.

وعندما رأيتُ عبارة «مرآة الأفكار» تلمع فوق واجهة المكتبة، تيقنتُ أن هذا المحل هو مكتبة حمدي أفندي. تُرَى كم من متجر في هذا الشارع الطويل؟ وما رقم هذا المتجر من بين تلك المتاجر؟ أول ما لفتَ انتباهي كان معجم إبراهيم جودي. كم تجولتُ بين دفتي هذا الكتاب، وكم من مرة تهتُ بين كلماته!

تسللتُ من الباب، فرأيتُ على الرفوف كتبًا مصفوفة لأكرم وأحمد مدحت وخالد ضياء ومحمد جلال وصفوت نزيهي، ورأيتُ أيضًا كومة من الكتب قد جُمِعَتْ في زاوية كي تُرسَل إلى المكتبات، وكومة أخرى فيها كتب حمدي أفندي التي ألفها بنفسه، مثل كتب القراءة للأطفال والقراءة الابتدائية؛ لا بد أن هذا الشخص الذي يحدثه بحرارة هو ذاك المعلم الأديب المشهور إبراهيم علاء الدين جوسا.

ماذا لو أنني ذهبتُ الآن إلى حمدي أفندي، وجلستُ أمامه، وأريته نفسي، قائلة: «هل تعلم أن ثمة حربًا ستشتعل، وبعد أربع سنوات سيحتل الروس هذه المدينة، وأنك -كسائر أهل المدينة- ستغادر تاركًا وطنكَ ومتجركَ الذي كان باب رزقكَ ونبع الثقافة في هذه البلاد، وتهاجر؟». سيقول لي، حينها، على الأغلب: «هل أنتِ مجنونة؟!». ولو أنني لم آبه لما يقول، وأكملتُ: «لكنكَ ستعود، لتجد أن الروم قد نهبوا كل ما في مكتبتكَ»، فسيردد من جديد: «هل أنتِ مجنونة؟!».

لم أستطع على أي حال أن أخبره بكل هذا، بل اكتفيتُ بتمرير أصابعي على الكتب المصفوفة على واجهة المكتبة، المعروضة لكي يستعيرها الناس، التي تضم كتبًا أدبية مشهورة، مثل نجدت المسكينة.

أكملتُ طريقي، ومررتُ بجانب بناء الموقَّت (موقَّت خانه) التابع لجامع السوق. وعندما أدركتُ أنني قد وصلتُ إلى الطريق المؤدي إلى

سوق بيدستان[1]، لم تطاوعني نفسي لأكمل سيري دون الدخول إلى سوق العطارين التي تفوح منها روائح آلاف الأنواع من البهارات وهي تمتزج فيما بينها وتعبق في المكان. وما إن وطئتْ قدماي هناك حتى شعرتُ بتلك الرائحة الرائعة التي أصبتُ بدوار بسببها وكانت لا تُنسَى. وقد تمكنتُ من معرفة بعض أنواع البهارات والتوابل، فتعرفتُ على وسمة الصباغين من لونه، والزعفران من لونه الساحر، والقرفة من شكل عيدانها المميز، وحبوب الفلفل الأسود، واليانسون من رائحته، والصمغ الطبيعي من شكله، وكذلك سكر النبات الذي يُوضَع في أوراق سميكة زرقاء، والبردقوش من لونه، إلا أن ثمة آلافًا وآلافًا من البهارات التي لم أستطع التعرف عليها.

وأكثر ما أثار دهشتي عندما مررتُ فوق جسر «طبق خانه» وجسر «زاكنوس» غزارة المياه وصفاؤها في الجداول وهي تتدفق من تحت الجسر كأنها نهر غزير المياه، بخلاف يومنا هذا الذي انخفض فيه منسوبها لدرجة كبيرة، وأصبحتْ تتدفق ببطء، وتبدو شحيحة للغاية. وعندما وصلتُ إلى «أورتا حِصار»، سمعتُ صوت الأذان يُرفَع من مئذنة المسجد هناك. هذا الصوت الذي تشعر فيه بالقلق والتوتر بسبب إعلان «النفير العام»، الصوت الصافي كخنجر مصقول دون أي التواء أو انحراف، كان بوسعه أن يخترق قلب الإنسان دون أن يردعه رادع أو يقف في وجهه شيء. وفيما يتجهز القوم لأداء صلاة الجماعة، كانوا يتحدثون بحماس عن النفير العام، ويتجادلون في أمر الحرب التي قد أزفتْ، ثم أخذ كلٌّ مكانه في الصف لأداء فريضة الصلاة. فماذا عني أنا؟ هل أنا مقيمة أم مسافرة يجوز لي الجمع والقصر؟ لم أتمكن من معرفة ما أنا عليه! وهل أصلي معهم أم لا؟ فما كان مني إلا أن تركتهم يؤدون فريضة الصلاة، ودخلتُ في زقاق ضيق، البيوت فيه مرصوفة بعضها

(1) البيدستان (أو البازارستان): سوق القماش في إيران وتركيا وما جاورهما.

إلى جانب بعض، وشعرتُ بحلاوة ذلك الظل الظليل الذي أثار نسمة باردة بداخلي. لله دره من قال إن كل شيء في القديم جميل! ليست كذبة، ولا هذياناً أو خرافات سببها الحنين للماضي، بل هي حقيقة أدركها بنفسي وأراها بأم عيني. فمع أن الأزقة متعرجة ضيقة للغاية، فإن لكل بيت من البيوت حديقة، والدار تتكون من طابقين، والأسقف من القرميد الأحمر، وثمة أغصان لأشجار الرمان والبرتقال والنارنج متدلية من فوق أسوار الحدائق. وعندما ألقيتُ نظرة خاطفة من خلال أحد الأبواب المفتوحة بمقدار بسيط، رأيتُ الورد وأشجار الخطمية وأزهار القرنفل الكبيرة ذات الرائحة النفاذة، وشاهدتُ أزهار الغرنوقي الملونة بالأحمر والزهري والأبيض والكحلي مصفوفة تحت سور الحديقة؛ لقد كنتُ شاهدة على هذا المنظر الخلاب الساحر الذي يقدم مزيجًا من كل هذا الجمال.

مشيتُ قليلًا تحت ظل ذلك الزقاق الخالي حينها، ثم بدأتْ تصل إلى مسامعي أصوات جلبة، فرحتُ أدقق النظر أكثر حتى رأيتُ في آخر الزقاق مسجدًا، حيث خفضتُ رأسي ونظرتُ من خلال نافذة مغطاة بشبكة من ورائها، فرأيتُ أشجار السرو والخطمية والورد حتى شعرتُ أنني صادفتُ مجسمًا صغيرًا في وسطه نافورة تفوح منها رائحة الماء الممزوج بالورد، وحول الفناء في الرواق ثماني غرف للدروس فُتِحَتْ أبوابها منخفضة الارتفاع عن الحد المعتاد كي يضطر كل شخص يدخل منها أن ينحني تعبيرًا عن العجز والاحترام والتقدير للعلم والعلماء.

لم يكن يبدو أن أصوات الأطفال وضجيجهم المدوي في كل مكان يمكن أن تتوقف أو تهدأ، ولو للحظة، فابتسمتُ وقلتُ في نفسي إن هؤلاء لا يكترثون لأمر «النفير العام» أبدًا. وما هي إلا لحظات حتى ظهر شيخٌ نحيلٌ، يعتمر عمامة بيضاء، ذو لحية بيضاء، يرتدي جبة سوداء، بدأ الأطفال

عندما رأوه بالجري بسرعة نحو الغرف، إلا اثنين منهم غرقا في اللعب حتى أنهما لم يستطيعا أن يلاحظا قدوم الشيخ، أو فرار أصدقائهما من حولهما إلى الصفوف، فقلتُ لنفسي: «ليتني أستطيع الذهاب إليهما، وأن أربتَ على كتفيهما، وأشير لهما بأصبعي إلى أن الشيخ يتجه نحو الصف وهما لا يشعران»، ولكن هذا كله كان مستحيلًا، فبقيتُ أنظر إليهما، وأنتظر دون حيلة لأرى ما سيحدث لهما.

في غضون لحظات، جاء طالب من الصف أرسله الشيخ فوقف فوق رأسيهما، ولكن الطالبين المشاغبين كانا غارقين في اللعب حتى أنهما لم ينتبها لقدوم زميلهما، أو لصوت الطلاب الذين اجتمعوا داخل الصف يصرخون جميعًا بصوت واحد ونغمة واحدة:

يا علي يا ولي

ها قد جاء الشيخ

وتحت يده عصاه

عصاه طويلة.. طويلة جدًّا.

لم يتنبه الولدان كلاهما إلى كل هذا حتى وضع ذلك الطالب يده الصغيرة التي هبطتْ كأنها مخلب صغير على كتفهما، فتحول لونهما للأحمر من شدة الخجل، وبدأ العرق يتصبب منهما، قبل أن يبدأ كل منهما بالركض بكل ما أُوتِي من قوة حتى دخلا الصف؛ كانت عقوبتهما معروفة: أن يقفا على ساق واحدة طوال الدرس وراء الباب.

مددتُ رأسي من باب الصف المفتوح لأرى صفًا قد جُهِّزَ بخزن ومساطب يقعد عليها التلاميذ، والجدران الأربعة مفروشة بالبسط، والأرائك وحمالات المصاحف في كل مكان. أما الشيخ، فيقعد على مكان مرتفع أُعِّدَ من خشب الكستناء، ولم تكن البسط الشتوية والسجاد الشتوي قد فُرِشَتْ

بعد، فيما الطلاب يجلسون بكل أدب كأنهم أغنام بيضاء أمام شيخهم الذي ينظر للذين يقفان على قدم واحدة ويبتسم، قبل أن يلقِّن الطلاب الجدد المبادئ الأساسية على شكل أحجية وأرقام، ضاربًا بعصاه السبورة، سائلًا إياهم، فيجيبون بصوت واحد وهم يصرخون حتى تنتفخ أوداجهم:

- واحد من؟
- الله.
- اثنان؟
- فريضتا التيمم.

فيؤكد الشيخ معلومة أن الضربتين على التراب واحدة والمسح واحدة، ثم يكمل:

- ثلاثة؟
- فرائض الغسل.
- أربعة؟ (ضاربًا بعصاه أربع مرات)
- فرائض الوضوء.
- خمسة؟
- أركان الإسلام.
- ستة؟
- أركان الإيمان.
- سبعة؟
- أبواب جهنم.
- ثمانية؟
- أبواب الجنة.

وعندها، بدأ الشيخ يشرح للطلاب أن الباب الثامن من أبواب الجنة هو باب التوبة، فغادرتُ الصف، واتجهتُ إلى صف بجانبه، حيث الطلاب

الأعلى في المستوى يعلمهم الشيخ قراءة القرآن والتجويد، ممسكًا بقلم رصاص خشبي، مشيرًا إلى الكلمة التي يغلط فيها الطالب، معلمًا إياه طريقة لفظها، ومخارج أصواتها، مذكرًا بأحكام التجويد، مطالبًا إياه بأن يراجع ذلك عند مراجعة حفظه مرة أخرى كي لا يقع في الخطأ نفسه يوم التسميع. ثم غادرتُ المسجد وطلاب العلم، وإن كان قلبي معلقًا بهم، وعدتُ لأتجول في شوارع وأزقة مدينتي حتى وجدتُ نفسي أمام المدرسة اليونانية.

الطفل طفلٌ في كل مكان، مشاغبٌ كثيرُ النشاط والحركة في كل مدرسة. هنا أيضًا كان وقت الفسحة، حيث يلعب الطلاب فوق رمال الساحل، إذ كانت المسافة بين المدرسة والشاطئ قريبة جدًّا، أما الآن فقد بعدتْ المسافة بينهما كثيرًا. كان الجو حارًّا والبحر هادئًا، ولا حركة على ساحل البحر، وحتى آثار المراكب التي خلفتها جراء سحبها صباحًا على الشاطئ لم تزل كما هي، ولم تتحرك رملة من مكانها. فجلستُ أنا أيضًا فوق الرمال على ذلك الشاطئ، ومددتُ رجليَّ، وبدأتُ باستنشاق رائحة البحر التي اشتقتُ إليها بشدة، ثم بدأتُ أشاهد الطلاب الذين يلعبون على شاطئ البحر، ويجرون خلف الكرة من مكان إلى آخر، وبعض الطلاب المجتهدين الذين يقرءون حتى في فترة الاستراحة الكتب ويطالعونها. ولكن سرعان ما طرأ أمر ما، إذ فكَّ صبيان ربطة عنقهما، ثم خلعا سترتهما وقميصهما وبنطالهما وحذاءهما وجواربهما، وركضا بسرعة قاذفين بأنفسهما في الماء. وعندما سبحا وابتعدا كثيرًا عن الشط، لم يستطيعا إدراك ما يحدث على الشاطئ، ولا سماع الأصوات هناك، في حين أن معلم العلوم الذي يرتدي بدلة وربطة عنق، ويضع قبعة، قد وصل إلى المسار الذي يجري فيه البابوات غالبًا، فرفع يده أولًا مشيرًا للطلاب أن يصمتوا، وأشار بيده الأخرى إلى الصف كي يعودا إليه. ومن ثم، أسند ظهره إلى شجرة التوت هناك، ونظر مدة إلى الطالبين اللذين فرا إلى البحر

وهما يستمتعان بالسباحة، ثم دخل إلى قاعة الدرس، وبدأ يشرح للطلاب عن الهيكل العظمي، بداية من الجمجمة.

أما طالبا البحر، فكانا يسبحان ويستمتعان ويتسابقان، فيصعد أحدهما على كتف الآخر ثم يقفز في البحر ويغوص لأعماقه ويخرج الرمل من الأعماق، ممارسين تحدي «مَن يمكنه البقاء داخل البحر مدة أطول؟». وعندما فرغا من كل هذا، خرجا من الماء، واستلقيا تحت أشعة الشمس كأنهما مركبان متعبان قد رسيا على شاطئ البحر. وإذ لاحظا الصمت الرهيب الذي يخيم على المكان، أدركا ما الذي أوقعا أنفسهما فيه، ولكن بعد فوات الأوان، فقد حدث ما حدث. حينها، توقف المعلم عن شرح الهيكل العظمي للطلاب، وعاد ليقف تحت شجرة التوت ناظرًا إليهما بحدة، كأن عينيه تقولان: سأنتظركما حتى تعودا، ولو انتظرتُ إلى يوم القيامة!

غادرتُ المكان مبتسمة، وتخيلتهما واقفين على ساق واحدة طوال الدرس. أما أنا، فلم يكن لديَّ وقت حتى في اللازمان الذي كنتُ فيه.

عبرتُ من بين مقابر تمتد بين المروج، وتقع أمام مدرسة طرابزون الثانوية التي تخرجتُ منها، حتى وصلتُ إلى ميدان «كافاك» الذي ينطقه بعضهم «كابك»، وهو في الأصل -حسب ما أعلم- مكان كانت تُقَامُ فيه المناسبات الرياضية والأعياد والمهرجانات والاحتفالات والعروض الترفيهية، ومن بينها العروض التي يركب فيها الخيالة الخيول، ويجرون في الميدان حاملين رماحهم وعصيهم. وفيما بدأ الباعة يمرون من أمامي، وصدحتْ أصوات الموسيقى في المكان، رأيتُ دولاب الملاهي لا يزال هناك، فأدركتُ أن العيد لا بد قد انقضى منذ فترة وجيزة. وتنحيتُ جانبًا كي أتفرج، فرأيتُ بهلوانًا قد جاء من روسيا يسير فوق حبل، ثم يقف في منتصفه ويضع كرسيه على الحبل، ويجلس عليه مشعلًا سيجارته. وشاهدتُ باعة الشربات وعصير

العنب والسميت (الكعك) والحلوى وراحة الحلقوم والملبن والحلويات وهم يدفعون عرباتهم المزخرفة المزركشة. أما باعة الشاي والقهوة، فصفوا طاولاتهم كي يجلس عليها الناس ويحتسوا مشروبهم، وكان ظاهرًا من ملابسهم أن أغلبهم من إيران، وهو ما جعلني أشعر بحماسة وتوتر كبيرين، بينما السماور النحاسية روسية الصنع يغلي الماء فيها غليًا شديدًا، وتفوح منها رائحة الشاي الممزوج ببهارات لم أعرف منها سوى القرنفل والزعتر الأخضر، لكنني على أي حال لم أتمكن من احتساء هذا الشاي، أو معرفة ذلك الشاه الإيراني صاحب الشوارب المفتولة الذي تستقر صورته على إبريق الشاي الخزفي وأطباق الشاي المزخرفة باللون الأحمر.

أمضيتُ اليوم كله في مدينتي، أمرُّ بكثير من الأماكن يمنة ويسرة، وأتجول من أولها إلى آخرها، دون أن يكون لي بيت فيها! بيد أن ثمة بيتًا في ذلك الزمن يمكن أن أعده «بيتي»، وها أنا ذاهبة إليه، إذ كنتُ أعرف الحي الذي يُوجَد فيه، فقد كانت أمي في كل مرة نمر فيها عبر باب الفتح، وهو أحد الأبواب السبعة لهذه المدينة، تشير قائلة إن بيت والد جدتي هناك على بعد بضعة أزقة. ومع حلول المساء، تمكنتُ من الوصول إلى ذلك الحي، حيث البحر في مكانه المعهود، وكذلك باب الفاتح الذي كان مدمرًا، ولكنه ظل موجودًا على الأقل. ولكن أين البيت؟ لا بد أنه هنا. ولكن أي بيت من هذه البيوت؟ أسندت ظهري إلى باب بيت أخضر تتدلى أغصان شجرة الرُّمان خارج سور حديقته، وبدأتُ أنظر حولي إلى كمية الأزقة التي تفوح منها رائحة التين البري، والتي دخلتها وخرجتُ منها كثيرًا من المرات. كم أنا قريبة من المنطقة التي أنتمي إليها غريبة عنها في آن! أين ذلك البيت القديم في حي بازار كابي؟ لعلي وجدته دون أن أتعرف عليه؛ لا بد أنني مررتُ بالقرب منه!

عدتُ لرشدي، فوجدتُ نفسي ما أزال جالسة أمام مكتبي، والبخار ما زال يتصاعد من فنجان الشاي، فرجعتُ بظهري ورأسي إلى الوراء، وأسقطتُ يديَّ على جانبي الكرسي؛ هل حدث ذلك بالفعل؟! هل عايشتُ كل هذه الأحداث؟ ارتسمتْ ابتسامة عريضة على شفتيَّ، وبدأ قلبي يخفق بسرعة، فلا شيء يضاهي الإحساس الذي شعرتُ به؛ لقد كنتُ كشخص أفنى عمره يبحث عن مخطوطة أثرية، وعندما وجدها بعد طول عناء لم يستطع فكَّ رموزها أو فهم ما كُتِبَ بها، ثم فجأة تمكن من فهم كل ما كُتِبَ فيها. نعم، فرحتي كانت كفرحة ذاك الشخص تمامًا، فقد نجحتُ أخيرًا في مد جسر يصل الحقيقة بالخيال، والصورة بالواقع، والأفكار بالحقائق، وتمكنتُ من أن أعيش في شيء لم يتمكن أحدٌ من العيش فيه، وأن أشعر بشيء لم يُكتَب لغيري أن يشعر به. إنها المرة الأولى في حياتي التي أفتش فيها عن سبب وجودي وأنا أسعى لمعرفة حياة بطل رواياتي، وتلك الفتاة التي معه، لأجد نفسي معهم، أدخل في تفاصيل يومهم، وأعايش تلك الفترة من حياتهم. لقد كنتُ طوال حياتي أشتكي من بقائي مشاهدة لتلك الأحداث والوقائع، دون أن أعيشها أو أدخل فيها أو حتى أقترب منها. ولكنني إن متُّ الآن، بعد ما حصل معي، لن أحزن، فلقد عدتُ إلى ذلك الزمن، وأصبحتُ جزءًا منه، وأصبح هو زماني والمكان مكاني. ليس هذا في الزمان الماضي فحسب، بل في الحاضر، فقد أصبحتُ جزءًا من تلك الحكاية، أو بالأحرى أصبحت «لا في الماضي ولا في الحاضر»، بل في اللازمان واللامكان، حيث لا وجود لليوم أو الغد أو الأمس. ولكن لمن سأحكي هذا كله؟ ومَن سيصدق ما أقول؟ لا ضير، سأعبِّئ كل ذلك بالصندوق الحديدي الصغير، ثم أغلقه وأدفعه بيدي إلى الزاوية البعيدة فوق مكتبي، وأبدأ بقراءة أوراق الامتحان التي تنتظرني.

في صبيحة اليوم التالي، وكان اليوم يوم أحد، جلستُ من جديد إلى مكتبي ودفتري مفتوح أمامي عليه قلم من الرصاص، والزمن كقبضة رمل تتسرب بسرعة قصوى. كان وقت العصر قد انقضى منذ مدة، وأشعة شمس شباط الباهتة تلقي بنورها من خلال الستارة على دفتري المزركش بالورد. لم أتمالك نفسي عندما شعرتُ بأن ذلك الشيء سيحدث معي مرة أخرى، فمددتُ يدي وأحضرتُ ذلك الصندوق مرة أخرى، ثم فتحته وأخذتُ منه الصورة الثانية، وكانت لمنزل من طابقين بحديقة كبيرة في منطقة بازار كابي المطلة على ساحل البحر؛ إنه بيت والد جدتي الذي لم أتمكن من العثور عليه في المرة السابقة؛ لا بد أن هذه الصورة التُقِطَتْ في يوم هادئ للغاية، فالبحر هادئ يشبه بحيرة. أخرجتُ من درج مكتبي مكبرة، وبدأتُ أنظر بدقة إلى الصورة، فاستطعتُ أن أرى مطبخًا بُنِيَ في مكان غير مكان السكن، وغرفة للغسيل، وغرفًا أخرى، وأماكن لقضاء الحاجة. وعندما نظرتُ إلى الطابق الثاني، رأيتُ نافذة مفتوحة يخرج نصف الستارة منها، فقلتُ لنفسي: لا بد أن الرياح كانت تهب في ذلك اليوم. لا مشهد أنسب للدخول في حكاية تاريخية من هذا! فإن كنتُ سأدخل في حكاية أخرى، يجب أن تكون في ذلك اليوم، ومن خلال هذا المشهد.

بدأتْ الأمواج التي تداعب رمال الشط بالتحرك رويدًا رويدًا، وراحتْ أغصان الأشجار تتراقص شيئًا فشيئًا، ثم بدأتْ ألوان الصورة تتغير إلى اللون البني الداكن، وتخضرُّ أوراق الأشجار أكثر فأكثر، ويتلون البحر باللون الأزرق، والبيت بالأصفر، وسقفه بالأحمر، لتدب الحياة في الصورة. من نافذة المطبخ التي كانت من دون زجاج، رأيتُ فتاة شابة، معها سيدة في منتصف العمر، وبدأتُ أسمع خطوات أقدام، وغليان قدر المربى فوق الموقد، لتواصل الحياة سيرها بعد توقفها عند التقاط الصورة،

كأن فيلمًا يستمر من حيث توقف. وعندما رأيتُ أغصان شجرة الرُّمان المتدلية، ومن خلفها ذلك الباب الأخضر، عرفتُ البيت الذي لم أستطع التعرف عليه يوم النفير العام، وبدأتُ أتلفَّتُ يمنة ويسرة وأنا مندهشة. من بين جدران البيت العالية ثمة جدار مشترك بينه وبين بيت إلى جواره، يوجد فيه شيء لا يجب أن يكون في ذلك الزمان؛ نافذة صغيرة تطل على حديقة ذلك البيت القديم. هذا يعني أن هؤلاء كانوا نعم الجيران، ولم يقع بينهم أي نزاع أو جدال، ولم يرفع أحد منهم دعوة على الآخر في المجلس الشرعي، أو يشكوه لدى القاضي، رغم أن الدعاوى والشكاوى في ذلك الزمان كانت كثيرة للغاية، إذ يشكو أحدهم جاره عند القاضي: «لقد فتح شباكًا يكشف حديقتي».

حاولتُ أن أعرف في أي زمن أنا؛ لقد جئتُ في المرة الأولى إلى طرابزون القديمة يوم إعلان النفير العام لحرب البلقان، أما الآن فلا وجود لذلك الجو الذي كان ساعة الإعلان عن النفير العام، بل على العكس يمرُّ الرجال والنساء بالقرب مني سعداء للغاية. يمكنني أن أقول إنني الآن في السنة نفسها، ولكن في بداية الربيع، وهذا يعني أنني الآن على ما أظن قبل إعلان النفير العام بستة أو سبعة أشهر.

- «زهرة!».

رفعتْ الحاجة رأسها، ونادتْ بصوتها المثقل بتعب وهموم السنين من داخل المطبخ المظلم الذي لم يكن لنافذته زجاج، فأصبح كفمٍ خالٍ من الأسنان مفتوحٍ نحو الطابق العلوي.

- «زهرة!».

نادتْ الحاجة مجددًا، فأجابها صوت من الأعلى:

- «نعم!».

- «يا ابنتي، أحضري السفرجل من العلية؛ أريد أن أصنع لكم كومبوت[1] (خشاف)».

أسندتُ ظهري إلى شجرة الرُّمان التي كانت بالقرب من السور، ولو كنتُ بجسدي الحقيقي هناك لتصببت عرقًا، فـ«زهرة» هذه هي جدتي. إنها الآن وراء تلك النافذة المفتوحة فوق الشرفة؛ اعتدلتُ بجسمي مبتعدة عن الشجرة، وسرتُ في فناء الدار حتى دخلتُ من الباب الداخلي، ومررتُ بالليوان الذي كان على طرفيه غرفتان مفتوحتا الباب، ثم صعدتُ على الدرج الملتفِّ قليلًا إلى أعلى.

رأيتها جالسة على أريكة في تلك الشرفة المطلة على البحر التي يفتحونها في النهار ويغلقونها في المساء. كانت تجلس رجلها اليمنى تحتها، والأخرى ممدوة أمامها، مستندة بمرفقها إلى دربزين النافذة وراحة كفها على صدغها، واضعة وشاحًا على رأسها بلون الكرز، تلمع أذناها الصغيرتان من تحته كحبتي لؤلؤ، تاركة بعض الأوراق ذات الرسومات، ناظرة إلى البحر؛ كان هذا لقاءنا الأول. إنها إذن تجيد الرسم! اتكأتُ على دربزين الدرج الذي عليه ملابس وشراشف، وأخذتُ نفسًا عميقًا؛ لو كان لي صوت يُسمَع لعرفتها بنفسي:

- «انظري إليَّ، هأنذا!».
- «من أنتِ؟».
- «أنا حفيدتكِ! حفيدتكِ التي لم تريها أبدًا، إذ وُلِدتُ بعد موتكِ بكثير. لا تنظري إليَّ وأنا في هذا العمر، فالآن ربما أكون في عمر أكبر من عمركِ بكثير، بل ربما أكون في العمر الذي متِّ فيه».

---

(1) الكومبوت (compote): نوع من الحلى اشتهر في القرن السابع عشر في فرنسا، وهو عبارة عن قطع من الفاكهة تُوضَع في شراب السكر.

ولكن هذا لم يحدث، بل اكتفيتُ بأن أشاهدها بصمت.

- «أحضري السفرجل من العلية، يا ابنتي.. هل تسمعين؟!».

ارتفع الصوت من المطبخ مجددًا، فرفعتْ زهرة رأسها وكشَّرتْ وجهها:

- «مستحيل!».
- «لماذا يا ابنتي؟».
- «لا تتصرفي كأنكِ لا تعرفين أنني لا يمكن أن أمسكَ السفرجل.. إنني لا أستطيع حتى النظر إليه!».
- «هكذا إذن!».

نسيتْ الحاجة أن زهرة لا تستطيع أن تمسك السفرجل بيديها، ولا أن تنظر إليه، بل إنها تنزعج عندما تسمع اسمه؛ كم كانت فتاة مدللة!

أعطتْ الحاجة بعض الملاحظات لـ«كوفية» التي تقف على رأس الموقد، وتعليمات بأن تنتبه كي لا يفور القدر الذي تصنع فيه المربى، وأن تنقي الأرز من الحصى، وتغسل السبانخ، وتكسر البندق، وتمسح حجرة لمبة الغاز الزجاجية التي تُوضَع على مائدة الطعام إن تبقى لديها وقت. ثم أخذتْ وعاء واتجهتْ إلى العلية لتحضر السفرجل، قبل أن تخرج نحو الحديقة الخلفية للدار.

في فناء الدار، رأتْ الحاجة بعض الطحالب التي تجمعتْ عند مضخة الماء من البئر، وكان يجب على أحدهم أن ينظف هذا، غير أنه لن يفعل أحدٌ ذلك إن لم تطلبه. هزتْ رأسها أسفًا، ثم اتجهتْ نحو الباب الخشبي الذي دفعته وخرجتْ إلى الحديقة الغنية بأشجار الفواكه، حيث جلستْ على حجر بالقرب من البئر، ونشفتْ يديها من الماء بالمريول الذي ترتديه. ومن ثم، بدأتْ بحياكة بعض العقد بالوشاح الذي تحيكه، وأفسحتْ لنفسها المجال كي تلتقط أنفاسها وتستريح قليلًا وسط ذلك الصمت والجو الهادئ. كان

الجو في ذلك اليوم حارًّا على نحو غير متوقع في آذار، ولو استمر على هذا المنوال لربما تفتحتْ البراعم مرة واحدة في إحدى الليالي. وعندما بدأتْ الأغصان تتراقص مع نسمات الهواء العليل، أحسَّتْ الحاجة بأن أحدهم ينظر إليها، فرفعتْ رأسها لتجد السيدة سيرانوش، جارتها في البيت المجاور، تنظر إليها حاملة ابنتها أنوش من تلك الطاقة الصغيرة، قائلة:

- «لقد ضجرتْ ابنتي قليلًا، يا جارتنا العزيزة، وشعرتْ ببعض المرض، فأتيتُ بها إلى النافذة كي تستنشق بعض الهواء العليل».

«آه من تلك النافذة!»، قالتْ الحاجة في نفسها، فلو كان الأمر بيد الحاج لرفع دعوى مباشرة عند القاضي بأن «هذه النافذة تتعدى على حرمات داري وعائلتي»، ولأغلقها بالكامل. فالحاج لا تعجبه هذه النافذة، إذ يشعر كأنها عين رجل غريب يراقب داره.

كانت الحاجة قد قالتْ عندما طُرِحَ الأمر للمرة الأولى:

- «لقد اشتروا المنزل على هذه الحال، ولم يفتحوا تلك النافذة. كما أن السيدة سيرانوش تعزُّ عليَّ كثيرًا، ووجودها في حياتي أمرٌ مهمٌّ، وغيابها عني يؤذيني».

والحق أن زوج السيدة سيرانوش لم يُرَ خلف النافذة ولو لمرة واحدة. كيف يقع ذلك والسيد أراميوس تاجر قماش ينشغل من الصباح حتى المساء في السوق والتجارة. وحتى إن نظر منها، فما الضرر في ذلك؟ ما هي إلا نافذة تطل على الحديقة الخلفية للبيت!

وتكشف حكايات الحاجة عن فترة شبابها أن أحياء الأرمن واليونانيين في ذلك الزمن القديم لم تكن متداخلة مع أحياء المسلمين. ولكن مع مرور الوقت واتساع المدينة، تداخلتْ الأحياء فيما بينها، فأصبح بعضهم يسكن في أحياء المسلمين، مع إضافة صفة «ذمي» قبل أسمائهم على

استحياء. وأحيانًا، كانوا يبتعدون عن وسمهم بتلك السمة. وبتعاقب الأزمان، أصبحوا جيرانًا. والجار للجار، يحتاج إليه في كل شيء، ويعتاد كل منهما على الآخر، ويكون له ظهرًا حينًا، وسندًا حينًا، وكفيلًا أو شاهدًا له في المحاكم حينًا، تجمعهما القرابة وحمية الدم التي كانت من طبيعة أهل مدينة طرابزون. هكذا، أصبحوا متقاربين، لا يمكن لأحدٍ أن يفرق بينهم، حتى قيل عن صدق: «لا يمكن للماء أن يتخلخل بينهم». ولكن أحيانًا تتطرأ أسباب للنزاع والاختلاف فيما بينهم، أسباب تقع بين الجيران عادة، لا علاقة لها البتة بعرق أو دين.

وبعد حين، أصبح كل منهم في حاله، فقد كان هذا أسلم وأحسن. ولاحقًا، بدأتْ تُسمَع أخبار سيئة، وتقع حوادث غير محمودة، لم تكن بالقليلة في الحقيقة، ثم بدأتْ الأوضاع تتفاقم وتزعجهم. غير أن الحاجة كانت تحب السيدة سيرانوش، أحبها الله وغفر لها.

وفيما تفكر الحاجة بهذا كله وهي تتحدث مع جارتها السيدة سيرانوش، لاحظتُ شيئًا خارقًا للعادة أكثر روعة مما أنا فيها؛ إنني الآن أقف في زاوية أشاهد أبطال الحكاية يتحدثون بأنفسهم عما يدور في عقولهم؛ إنه «السرد بأسلوب الشخص الثالث».

جُهِّزَتْ مائدة العشاء، وجاء الحاج الذي كان معلمًا متقاعدًا للهندسة من الثانوية السلطانية في طرابزون، إثر إصابة الحرب التي لحقت به في (حرب 93)، إذ بُتِرَتْ ساقه من الفخذ، فكان يمشي مستعينًا بساق صناعية يحملها معه أينما ذهب، فجلس على كرسي صغير من القشِّ بمساعدة الحاجة، إذ لا يستطيع الجلوس على الأرض، وقال:

- «لقد تأخر إسماعيل».
- «سيأتي بعد قليل».

وما هي إلا لحظات حتى جاء إسماعيل الذي كان طالبًا في الصف الأخير بالثانوية السلطانية في طرابزون، وسُمِعَ صوت خربشة عند الباب، فقفزتْ زهرة من مكانها:

- «أنا سأفتح الباب».

تبعتُ زهرة، ووقفتُ عند باب الليوان كي أرى إسماعيل، بينما تركض هي بسرعة نحو باب الدار. وبالفعل،

رأيته يدخل من الباب، ويمشي في أرض الدار، حتى مرَّ بالقرب مني شابًّا مربوع القامة، ذا شعر أشقر ناعم، وعينين خضراوين خضرة العنبر الأخضر الصافي، بشرته فاتحة مائلة للإصفرار قليلًا، تمامًا كأخته زهرة. إذن، هذا هو خال أمي إسماعيل الذي لم تره في حياتها، إذ لقي حتفه وهو يدافع عن الدولة العلية في جبل الروم.

ورغم أنه لا يزال في الصف الأخير من الثانوية، فإنه كان يبدو أكثر نضجًا من كثير من طلاب الجامعة في زماني، فتذكرتُ أمي وهي تقول:

- «الشباب في زماننا وهم في المرحلة الثانوية يكونون رجالًا كبارًا، أما البنات فيصرن في المرحلة الإعدادية كأنهن نساء متزوجات وقد أنجبن».

لقد كانت أمي محقَّة تمامًا فيما تقول. إذا كان الأمر هكذا في زمن أمي، فمن الأحرى أن يكون كذلك في زمن زهرة الذي أشهد الآن على حقيقته. على كل حال، فإن إسماعيل بعد أن يتخرج من الثانوية سوف يذهب إلى إسطنبول، ويسجل في دار الفنون في قسم الفلسفة، حيث سيكتب ديوان شعره الأول.

في منتصف الليوان موقد مغطى بالخزف الصيني ذي اللون الفيروزي، وداخله منقل نحاسي قد اشتعل فيه الفحم وتحول إلى رماد. ووسط المائدة،

كانت لمبة الغاز التي لمعتها الحاجة تتراقص شعلتها. وبالقرب من المائدة، ثمة شمعدانات جُهِّزَتْ كي تُؤخَذ إلى الغرف الأخرى. مررتُ إلى جانبهم حتى وصلتُ إلى الدرج الذي يؤدي إلى الطابق العلوي، وجلستُ على آخر درجة فيه، ثم ضممتُ الدربزين بيديَّ كلتيهما، ووضعتُ رأسي بين قضبانه، وبدأتُ أشاهدهم بصمت وهم يتناولون طعامهم. وعندما رأيتُ زهرة وقد كشرتْ وجهها وهي تحاول أن تخرج بذور الليمون التي سقطتْ في طبق الحساء الخاص بها، كدتُ أضحك ضحكة عالية؛ «آه يا زهرة! إذن، هذا الطبع قد ورثته عنكِ، فأنا أيضًا أحسُّ كأن شعر جسدي كله قد وقف مثل قنفذ عندما أرى بذور الليمون. الآن، عرفتُ ممن أخذتُ هذا الطبع!».

لم يبقَ الحاج طويلًا على المائدة، وبمساعدة الحاجة قام من مكانه، فتبعته كوفية مباشرة وهي تحمل الشمعدان، ثم أشار بيده كي تحضر له كوفية المثنوي من الحجرة المحفورة في الحائط المغطاة بملاءة. لقد كان القرآن دائمًا فوق رأسه على أريكته، ولكنه هذه المرة قرر أن يأخذ المثنوي[1] من تلك الحجرة، قبل أن يترك الليوان، ويتجه نحو إحدى الغرفتين المفتوحتين عليه، تاركًا وراءه قرع خطوات ساقه الصناعية.

أما البقية، فظلوا جالسين حول المائدة، وإن باتوا يتحركون ويتصرفون بأريحية أكبر. وعندما لاحظتْ الحاجة زهرة وهي تمد يدها كي تأخذ خشاف السفرجل، قالتْ:

- «ما شاء الله عليكِ يا ابنتي، لا تستطيعين لمس السفرجل، ولكن عندما أصبح خشافًا لم تسألي حتى إن كان هذا الطبق لكِ أم لا!».

---

(1) المثنوي المعنوي: ديوانٌ شعريٌّ بالغ الإسهاب باللغة الفارسية لجلال الدين محمد بلخي، المشهور بالرومي، وهو يعدُّ أحد أهمِّ الكتب الصوفية وأعظمها تأثيرًا، وهو عند كثير من النقاد والأدباء أعظم قصيدة صوفية في الأدب.

فقطبتْ زهرة وجهها، وقالت:

- «كأنه ليس هو عندما يصبح هكذا!».

عادتْ الحاجة بذاكرتها إلى الوراء، وتذكرتْ حينما كانت في شبابها هي أيضًا لا تحب أبدًا أن تلمس الخوخ والسفرجل، ولكن عائلتها لم تربها على ذلك. أما هذه الفتاة، فيبدو أنها لم ترَ أي مصاعب في حياتها، ولم تُجبَر على فعل شيء. غير أنها غدًا ستذهب إلى بيتها، وتنهض بكل الأعمال رغمًا عنها، وتقشر وتجمع السفرجل أيضًا. فابتسمتْ، وقالتْ لنفسها:

- «يكفيني أن يبقى أولادي بخير، ولا يمسهم السوء، حتى أنهض بكل الأعمال وحدي، وأجمع كل السفرجل بمفردي».

هذه السيدة العجوز التي ربطتْ وجودها بوجود غيرها، وسعادتها بسعادتهم، لم تدع لنفسها مجالًا يكون لسعادتها أو حزنها هي، بل إن كل وجودها أصبح متعلقًا بزهرة وإسماعيل والحاج، بعد أن عاشتْ فاجعة كبيرة عندما فقدتْ ابنتها وهي على فراشها تضع صغيرتها. حينها، شعرتْ أن قطعة من روحها قد انتُزِعَتْ من صدرها. وقد قدَّر الله ألا يأخذ الأم ويدع الأب دونها، فبعد ستة أشهر لقي حتفه هو الآخر، فعاشتْ الحاجة بحزن كبير والألم يعتصر قلبها لفقدها صهرها وابنتها التي لم تدرِ حتى أنها قد أنجبتْ فتاة، تاركين لها ولدين يتيمين كانت في هلع من كيفية رعايتهما وتنشئتهما. غير أنهما كانا السبب في تعلقها بالحياة، حين ظنتْ أنها قد انقطعتْ عنها، فقامتْ على تربيتهما مع زوجها الشيخ العجوز حتى بلغا سن الشباب. كان هذا ما قدره الله؛ أن يبلغ هذان اليتيمان مبلغًا من العمر، وأن يعيشا إلى تلك الأيام. ولكن لا يخفى على الجدة أنهما كانا دائمًا يشعران بنقص، فكان إسماعيل كنهر انحصر في مجراه وقد انطوى على نفسه، دائم التفكير، وفي قلبه حزن عميق. لقد كان يقول الشعر والكلام المقفى بين الحين والآخر،

لكنه لم يكتب ديوانه بعد. أما أخته التي تصغره بثلاث سنوات، فكانت مدللة للغاية، معتادة على أن تكون لها كلمة لا تُرَدُّ، وطلب لا يُرفَضُ، فلم تعرف كيف تتحكم في تصرفاتها أبدًا.

وبينما تعدل الحاجة وشاحها، لاحظتْ أن لوحة «سيمرُّ كل مرٍّ» المعلقة على الحائط كانت مائلة بعض الشيء. ومع أنها، قالتْ في نفسها إنها ستعدلها عندما تنهض، فإنها لم تصبر حتى تلك اللحظة، إذ وقفتْ وعدلتْ اللوحة، ثم رجعتْ خطوتين إلى الوراء كي ترى كيف أصبحتْ، ثم عادتْ وعدلتها مرة أخرى. وفي تلك الأثناء، كانت زهرة تغمز إسماعيل، وتقول:

- «يا حاجة، لم تزل مائلة نحو اليمين قليلًا».

لا بد أنه كان لها اسم تُعرَف به، غير أن الكل يناديها بـ«الحاجة»، كأن الكل قد نسي اسمها، ولم يعد يناديها أحد من الأقارب أو الجيران أو أهل الحي، أو حتى زوجها وأحفادها، إلا بـهذا اللقب الذي صار اسمًا لها، دون أن يتساءل أحد عن اسمها الحقيقي، بل لم يخطر ببال أحد منهم أن يكون لها اسم آخر غير «الحاجة».

نظرتْ الحاجة مرة أخرى لتلك اللوحة، وقالتْ:

- «هل هي مائلة حقًّا؟».

ولكن لا، هي كما يجب أن تكون بالضبط، ليستْ مائلة حتى قدر أنملة نحو اليمين أو اليسار، بل هي معتدلة تمامًا. لذا،

لم تكترث لضحكات الأولاد، وجلستْ في مكانها على المائدة مرة أخرى. هذه السيدة التي لا تتحمل أي خطأ حتى لو كان قدر أنملة لم تكن تجد الراحة إلا إن كان كل شيء يسير وفق هواها وما ترتضيه هي؛ يجب أن تكون الأمور كلها على مستوى عالٍ من الكمال والنظام، فالله -سبحانه وتعالى- خلق كل شيء بقدر، فأحسن خلق كل شيء، ووضع لكل شيء

نظامًا. أما التخريب في هذا النظام، فهو من قِبل العبد الذي أسرف في ذلك. وقد كان هذا أكثر ما يضايق الحاجة ويزعجها، إذ لا تستطيع أن تستوعب سبب تصرف الإنسان هذا، وتقول لنفسها تارة: «إننا في آخر الزمان»، وتارة أخرى: «لقد فسدتْ الدنيا».

كانت الحاجة تعرف حقَّ المعرفة أنه لا يمكنها أن تصلح حال الدنيا، ولكن يمكنها على الأقل أن تضحي بكل ما تملك كي تحافظ على النظام والانضباط في بيتها. وقد نجحتْ بعد تضحية وعذاب أن تصل إلى الحالة التي يمكنها أن تعيش فيها في ذلك البيت، وتتحمل من جهة أخرى مسؤولية كل خطأ أو تقصير أو عيب، حتى أنها كانت تعتقد أنها مسؤولة عن كل حياة أُزهِقَتْ، وأنه سيكون لها نصيب من الحساب على ذلك، وأن وبال عدم تقديم أي شيء يمكن تقديمه للحيلولة دون حدوث ذلك يقع عليها؛ لقد كان أمرًا مؤكدًا أنها لم تؤذِ أحدًا قصدًا. ومع ذلك، كانت دائمًا تحاسب نفسها، فربما أساءتْ لأحد دون أن تشعر. وهكذا، كانت من أصحاب القناعات والأفكار الواضحة في الحياة؛ أصحاب القلوب المرهفة الحساسة.

ووسط إبحارها في أفكارها تلك، جاءها صوت زهرة:

- «هل نذهب غدًا لمشاهدة مباراة كرة القدم، يا إسماعيل؟».

فعلقتْ معترضة:

- «ما شأن الفتيات بمشاهدة كرة القدم؟!».

قالتها ممتعضة، فقد ترددتْ عبارة «كرة القدم» على مسامعها كثيرًا في الأيام الأخيرة، حتى أن النساء في الحي قد شغلهن هذا الأمر.

ولكن إسماعيل أجابها:

- «النساء في يومنا هذا أصبحن يأتين إلى ميدان (كافاك) لمشاهدة مباريات كرة القدم».

ثم التفت نحو زهرة، وقال لها:
- «كوني مستعدة غدًا، ولكن لا ترتدي ملابس مبهرجة مزركشة، والأفضل أن ترتدي أحد جلابيب الحاجة القديمة».

لقد كانت كل كلمة وكل طلب يخرج من بين شفتي زهرة بمنزلة عقوبة لإسماعيل!

في صبيحة اليوم التالي، عندما نزلتْ زهرة إلى فناء الدار ورآها، لم يتمالك إسماعيل نفسه من الضحك؛ كانت زهرة ترتدي بالفعل أقدم جلباب عند الحاجة، وحذاءً قديمًا كان النساء يرتدينه عندما يذهبن إلى السوق. وبعد أن خرجا من البيت، وصلا إلى الطريق المؤدي إلى ميدان كافاك، إثر مرور بالسوق القديمة، حيث تُصنَع الأَسِرَّة والصناديق. أما أنا، فكنت أسير خلفهما ناظرة إلى زهرة التي تمشي إلى جانب إسماعيل بخطوات متسارعة متصنعة جدية لم تنجح البتة في إخفاء ما تتمتع به من أنوثة. ومن مكان مرتفع يُرَى منه الميدان بالكامل، رأيتُ النساء قد انتشرن بين الجمهور كأنهن حبات لؤلؤ أو حبات مسبحة عقيق قد تناثرتْ بين الناس، فأدركتُ ساعتها أن كرة القدم تسري بعروق أهل هذه المدينة مسرى الدماء. وشاهدتُ زهرة وقد جلستْ وأسندتْ ظهرها إلى شجرة، ثم وضعتْ رأسها على كتف أخيها، واستغرقتْ في متابعة أحداث المباراة وكل ما يجري في الميدان.

اقتربتُ منهما وهما يستندان إلى الشجرة ذاتها، ويجلس كل منهما قريبًا من الآخر، ووقفتُ وراءهما مباشرة، ثم وضعتُ رأسي على كتف زهرة الأيمن. كانت منسجمة منجذبة تمامًا حتى أنني جزمتُ بأنني لو لم أكن شخصية خيالية لا تُرَى قد جاءتْ من زمن آخر، بل امرأة حقيقية من لحم ودم، لما شعرتْ بي البتة أو لاحظتْ وجودي نهائيًا. الغريب أنني ربما أكون الوحيدة التي عاشتْ في هذه المدينة ولم تغادرها أبدًا في حياتها دون أن تعرف أي شيء عن كرة القدم؛ كانت هذه أول مرة أشاهد فيها هذه الرياضة، أشاهدها في زمن شباب جدتي واضعة رأسي على كتفها. لا أملك أدنى فكرة عنها سوى أن الكرة عندما تدخل الشباك، فإن هذا يعني أن أحد الفريقين

قد أحرز هدفًا؛ معلومة واحدة على أي حال أفضل من لا شيء. والحق أن النساء المتحمسات في الميدان يثرن اهتمامي أكثر من اللاعبين الذين يجرون وراء الكرة في أرضية الملعب الترابية هنا وهناك، فهن من أعمار مختلفة، عجائز وشابات وصغيرات، وكلهن يعرفن قواعد اللعبة كاملة وأدق تفاصيلها منذ وقت طويل، ويتحركن كأمواج البحر تحركًا متسقًا تمامًا مع أحداث المباراة، فيتحمسن ويصرخن ويهتفن بقوة تارة، ويضربن ركبهن لإضاعة فرصة حاسمة يتحسرن عليها تارة أخرى. يبدو أن كرة القدم مشوقة حماسية مرهقة للجمهور أكثر من اللاعبين أنفسهم؛ لعل هذا هو السر وراء تلك الجلبة والصخب في الميدان.

وفي خضم الجلبة والضجيج، خيم صمت كالصمت الذي يحل بين موجتي بحر، فسرقني من نفسي، وجعلني أشعر أن عينًا تحدق بنا، ثم ألتفتُ فورًا إلى الخلف. لم أكن مخطئة، فقد كانت وراءنا آلة تصوير كبيرة جدًا من آلات التصوير القديمة ذات الأرجل والستار الأسود! هأنذا أمام عدسة أشهر مصور في طرابزون (الأخوان كاكولي)، يقف خلفها الأخ الأكبر. ابتسمتُ رغم أني على يقين تام من أني لن أظهر في تلك الصورة التي سيلتقطها، ولو أني أمام العدسة مباشرة! وبينما النساء يحبسن أنفاسهن وهن يتابعن المباراة بحماس كبير، أغلقتْ الكاميرا عدستها، ووضع المصور الستار ثم رفعه، مخترقًا الخط الزماني، مخلدًا ذلك المشهد.

أفضل كلمة مناسبة لوصف يوم الثلاثاء، والعمل فيه في تلك الدار، هي «خفيف»، فالحاجة لديها قواعد محددة معروفة، وجدول أعمال لأيام الأسبوع يفصِّل أعباء كل يوم منها. ولولا ذلك لما أبحرتْ بهذا البيت إلى بر الأمان، حيث إنه من خلال قائمة الأعمال تلك تضمن الوفاء بكل الأعمال والواجبات دون تقصير.. تقصير؟! إن أكثر شيء يخيفها حدوث تقصير أو خرق للقواعد

يسبب خلخلة في النظام الذي وضعته. فلا سبيل مثلًا لأن تُغسَل الملابس يوم الثلاثاء، بل لا سبيل أمام أحدٍ لأن يقترف ذلك.

بعد أن استيقظتْ صبيحة الثلاثاء، نزلتْ إلى الحديقة الأمامية للمنزل، وتفقدتْ أواني الزهور الفخارية وصفائح الغاز، ثم مسحتْ على الزهور التي ترعاها كحبة عينها، وسقتها ونزعتْ الأوراق اليابسة منها، ثم انتقلتْ إلى الحديقة الخلفية، حيث أشجار الفواكه. وبعد هنيهة، همستْ الحاجة في سرها: «يا لقدرة الله وعظمته! أشجار البرتقال هذه تحمل الفواكه والأزهار والأوراق؛ كل هذا يخرج منها!». وعندما عادتْ إلى الشرفة، كان الحاج قد أعد قهوة الصباح، فقالتْ وهي تأخذ القهوة من يده: «آذار يمر بشكل جيد»، مستطردة: «إيه، إنه في الأيام الأواخر.. وفيه كل شيء: برد الشتاء القارس وحرارة الصيف».

كانت الحاجة بخبرة السنين قادرة -من خلال ملاحظة شكل سقوط أوراق الحور، أو وفرة السفرجل أو قلته، أو موعد نضج الكستناء وسقوطها عن الشجر، أو أشياء أخرى كثيرة- على أن تعرف كيف ستمرُّ فصول السنة، حتى إنها تستطيع أن تعرف من لون البحر موعد هبوب العاصفة. غير أنها لكي تضع تقويمًا لحالة الطقس، وترسم خريطة تفصيلية للسنة بالكامل، كان لديها طريقة أخرى بالتأكيد، إذ إنها تثق بالتقويم الذي كان الناس منذ القدم يرسمونه ويضعونه وفقًا لمراقبة أول اثنا عشر يومًا من آذار أكثر من التقويم المكتوب على الأوراق.

تبدأ السنة في التقويم الرومي من 1 آذار. وقد كانت الحاجة في كل سنة تبدأ بكتابة حالة الطقس والجدول الزمني بداية من ذلك اليوم، حيث تبقى طوال اثنا عشر يومًا في الشرفة المطلة على البحر، ناظرة إليه، مراقبة إياه في ساعات اليوم المختلفة، ملاحظة حركته والغيوم في الأفق مثل البحارة المخضرمين. ثم تعود إلى النافذة المطلة على الجبل، حيث تبدأ بمراقبة الغيوم

وتحركاتها. ومن ثم، تسجل كل ما تلاحظه يوميًّا، من 1 حتى 12 آذار، عقب مراقبة دقيقة لكيف بدأ اليوم، وكيف كان لون وجه السماء، وكيف انتهى. وكان كل يوم من هذه الأيام الاثنتي عشرة بمثابة مرآة لأشهر السنة الاثنتي عشرة، فـ1 آذار هو شهر آذار، و2 آذار هو شهر نيسان، و3 آذار هو شهر أيار، وهكذا حتى نهاية شهور السنة. وكانت الحاجة قد تعلمتْ هذا التقويم من أمها التي تعلمته من الأمهات اللاتي قضين قبلها، وبلغتْ أهميته عندها أنها عزمتْ على تعلم الكتابة من أجله، رغم كونها أمية، شأن مثيلاتها من النساء، فوثقتْ بنفسها وذكائها، وأمضتْ ليالي الشتاء الطويلة تتعلم من زوجها الكتابة والقراءة، حتى وصلتْ إلى القدر الذي مكنها من كتابة هذا الجدول الزمني.

وهي تضع فنجان قهوتها على الصينية، قالتْ الحاجة:

- «انتبهي، بُنيتي، حتى لا تكسريه!».

ولقد كانت محقة، فعلى الفتاة أن تنتبه قبل أن يقع أي حادث. وبعد أن تحركتْ إلى الداخل، تأكدتْ الحاجة من اكتمال الاثني عشر يومًا، وجاهزية التقويم للتحليل،

ثم جلستْ على إحدى الأرائك المفروشة على الأرض، ولبستْ نظارتها فاتحة الورقة أمامها، وبدأتْ تتنقل بنظراتها بين تلك السطور في الورقة، محاولة أن تحلل ما كتبته، كأنها كاهن يحاول التنبؤ بالمستقبل.

الأول من آذار لم يكن واضحًا، أما الثاني فكانت شمسه ساطعة مشرقة؛ وهذا يعني أن آذار لا يُعرَف كيف سيكون الطقس فيه بالتحديد، أما نيسان فسيكون وقت حلول فصل الربيع. وفي الثالث من آذار، انخفضتْ حدة البرد لدرجة كبيرة، ولكن الغيوم تلبدتْ في السماء بعد فترة الظهيرة، وبدأتْ رياح خفيفة بالهبوب؛ وهذا يعني أن أيار سيكون الجو إلى منتصفه ربيعيًّا، أما ما بقي منه فسيكون جوه خريفيًّا. ووفقًا لما كتبته أمام الرابع من آذار، فإن

حزيران سيكون جوه مشمسًا حارًّا. أما الخامس من آذار، فينبئ بجو ممطر في تموز. وفي السادس من آذار، كان الجو جيدًا حتى الظهيرة تقريبًا، ثم أصبح غائمًا بعد الظهر، وفي المساء بدا باردًا جدًّا؛ وهذا يعني أن آب سيكون الجو في نصفه الأول صيفيًّا، وفي نصفه الآخر خريفيًّا. ومع كل هذه التقلبات طوال تلك الأيام، فإن سطح البحر لم يتحرك إلا في السابع من آذار، مما يعني أن أيلول وتشرين الأول سيكون الجو فيهما كما اعتادوا عليه من قبل.

ولكن في التاسع من آذار، حدث ما حدث للبحر، إذ بدأتْ مياهه تتجه نحو مدينة ريزا، كأنه قد تحول إلى نهر يسيل بقوة، ثم بدأتْ أمواجه تهيج وتموج وترتفع حتى هبتْ عاصفة.. ويا لها من عاصفة! لقد كان الجو في ذلك اليوم باردًا ممطرًا مطرًا غزيرًا، وكان البحر الأسود عالي الأمواج، تتبع الموجة فيه الأخرى حتى تتكون موجات كالجبال العِظام، وترتطم بشدة بالساحل، متجاوزة أحيانًا الميناء والمرفأ، مصدرة هديرًا ودويًّا صاخبًا لا يهدأ؛ وهذا كله يعني أن عواصف شديدة في انتظارهم في تشرين الثاني. أعان الله حينها الناس الذين يقيمون في سفوح الجبال، والمشردين الذين لا يملكون مأوى ويبيتون في العراء، ومَن فارق بلاده ووطنه، ومَن يركبون البحر بحثًا عما يسد الرمق. ولكن على العاقل ألا يخرج رأسه من منزله في طقس كهذا، وليشكر الله حينها أن أنعم عليه بمأوى يحتمي به. وبعد نظرة إلى باقي الأيام، طوتْ الحاجة التقويم وخبأته، ثم نزلتْ إلى المطبخ لتبدأ في تنقية الأرز من الحصى.

لم يمضِ وقتٌ طويلٌ حتى سمعتْ زهرة تناديها: «جدتي!»، ثم إسماعيل يصرخ كذلك: «جدتي!»، فرفعتْ الحاجة رأسها وأجابتْ: «نعم!». كانت تعرف أن تلك البحة في صوتهما تنبئ بأنهما اقترفا ذنبًا لا سبيل للتراجع عنه، كما أنهما نادياها بـ«جدتي»، وهذا نذير على أن الذنب الذي اقترفاه ذنبٌ عظيمٌ!

في صوتٍ واحدٍ، صاحا مرة أخرى: «جدتي!»،

فتركتْ صينية الأرز على طرف، ووضعتْ نظارتها جانبًا، ورمتْ ما وجدته من حصى، ثم اقتربتْ من النافذة مجيبة:

- «ماذا هناك؟ ماذا حدث؟».

كانا يقفان على درج الشرفة، ويشيران إلى الحديقة: «تعالي قليلًا».

عند خروجها من المطبخ إلى صحن الدار، رأتْ أن الأقحوان والزهر والخطمية والورود والياسمين والقرنفل والفلة التي زرعتها في أحواض على طرفي الشرفة، وكانت تعتني بها كمقلة عينها، قد انكبتْ على الأرض كأن وحشًا ضخمًا قد مرَّ من فوقها ودمرها تدميرًا؛ لم تصدق ما رأته بأم عينها، وانهارتْ فوق سور منخفض في الحديقة. وحين همتْ أن تسأل: «ماذا حدث!؟»، شعرتْ بشيء خلفها يضع مخالبه على ظهرها وأظافره قد غُرِزَتْ فيه، ثم اشتمتْ رائحة نفس كريهة تفوح بالقرب من كتفها، ورأتْ شيئًا ثخينًا سميكًا قاسيًا كأنه ورق صنفرة رطبًا للغاية يلعقها من خدها.

وما إن بدأتْ بالصراخ حتى خرج الحاج بسرعة، وجاءتْ السيدة سيرانوش تجري. وعندما فتحتْ الحاجة عينيها، رأتْ كلبًا أصفر على صدره بقع بيضاء يقف فوق رأسها، ويهز ذيله بفرح، وينبح ويجري حولها ويقوم ويقعد. عندها، قالتْ السيدة سيرانوش ضاحكة:

- «لا تخافي يا جارتي، ما هو إلا كلب لا ضرر منه!».

فقالتْ الحاجة كأنها لم ترَ كلبًا في حياتها:

- «كلب! آه.. كذلك؟».

وكانت ستسمعها بعض الكلمات الجارحة، لولا ما تكنه لها من معزة في قلبها، وما تشعر به الآن من عدم القدرة على القيام من على الأرض.

بعد إمساكهم بها من ذراعيها، وشدها حتى تقوم عن الأرض، أحضروا ماء من البئر وكولونيا الليمون وصابون غار حلبي، وحاولوا أن يعيدوها إلى وعيها. وبعد هنيهة، استعادتْ وعيها عقب أن ظنتْ نفسها قد سقطتْ في جب سحيق، وسمعتْ زهرة تقول:

- «القهوة جاهزة».

بينما تخاطبها السيدة سيرانوش:

- «هيا يا حاجة، أعطني يدكِ».

فاتكأتْ عليها، قبل أن يحملوها ويصعدوا بها إلى الشرفة، حيث فهمتْ ملابسات ما حصل: وهو في طريق العودة إلى المنزل أمس، تبع إسماعيلَ هذا الكلبُ ومشى وراءه حتى وصل إلى البيت، فأخفاه الحفيدان الماكران ليلًا في الحديقة الخلفية. ورغم كل ما حدث، فإنهما أكدا أنهما لا يستطيعان التخلي عنه لأنه صغير جدًّا.. فماذا سيفعل؟ وأين سيذهب؟ وكيف سيعيش بمفرده؟ وإن تخليا عنه، ألن يغدو في حالة مأسوف عليها؟ ألا يمكن للجدة أن ترضى بأن يعيش في إحدى زوايا هذه الحديقة الواسعة؟ بالطبع، لا يمكن الآن أن ترضى أبدًا!

قال إسماعيل:

- «انظري كم هو جميل!».

فقالتْ غاضبة:

- «جميل! يا لجماله الساحر!».

وبدأتْ زهرة بسرد كل القصص والمواعظ العالقة بذهنها عن الرحمة مع كل المخلوقات والعطف عليها، وطبعًا لم تغفل ذكر تلك القصة التي سمعتها وعلقتْ في ذهنها من دروس المثنوي التي درستها، وفيها أن مولانا جلال الدين الرومي قد سمع يومًا من مكان يبعد عنه فراسخ عدة أنين كلبة

فقدتْ صغارها وبقيتْ جائعة، فسار نحوها يحمل إليها الطعام والحلوى، وأطعمها بيده.

أما إسماعيل، فقد تحول إلى علَّامة عصره، إذ جلس بين يدي الحاجة، وبدأ يمسح عليها وهو يقصُّ القصص التي وصلتْ حتى سليمان القانوني، دون أن يغفل عن ذكر المناقب والمحاسن في التاريخ الإسلامي عن الرفق بالحيوان، وكيف كان أبو الدرداء رحيمًا بالحيوان حتى أنه طلب من دابته أن تسامحه وهو على فراش الموت، فكادتْ عينا الحاجة تفيض من الدمع، ولكنها صممتْ على مقاومة كل هذه الإغراءات، وعاندتهم عنادًا شديدًا رافضة أن يحدث هذا الأمر مطلقًا، قائلة:

- «إنني امرأة قائمة صائمة، لا أريد أن يدخل هذا الكلب بيتي أبدًا، فإن دخله لن تدخله الملائكة».

فابتسم إسماعيل، قبل أن تغمزه زهرة وتقول:

- «حسنًا، لن يدخل البيت أبدًا.. سيبقى في الحديقة الخلفية فقط».
- «لا حول ولا قوة إلا بالله».

قالتها الحاجة وقد تمكنتْ على الأقل من منع هذا الكلب من دخول البيت، وفرضتْ كلمتها على الجميع. والحق أنها لو لم ترَ الحاج راضيًا مبتسمًا، لما وافقتْ البتة.

سألتها زهرة:

- «هل تعرفين اسمه؟».
- «لا.. ولا أريد أن أعرف».
- «حسنًا، هيا أطلقي أنتِ عليه اسماً».

قالتها زهرة وهي تضع رأسها على كتف جدتها، وتتدلل عليها كالقطط. أما الجدة فكانت تمنع نفسها بصعوبة كبيرة من معانقتها واحتضانها، إذ يجب ألا تدللها أكثر من ذلك، فسارعتْ إلى القول

- «لا.. أنا أسمي هذا الكلب؟!».

فقد كانت تعرف أنه إذا سمته هي، فإن هذا يعني أنها قد قبلتْ بوجوده، وأنها قد أصبحتْ صاحبته، وهي لا تريد ذلك. ولكن زهرة لم تعطها فرصة، إذ قالتْ:

- «ما رأيك في أن يكون اسمه (نينا)، مثل اسم ذلك الأمير المسحور الذي حولته الساحرة إلى كلب».

فقالتْ الحاجة في سرها: «ليتها لم تخبرني بتلك القصة». فكل قصة تحكيها لها، كانت تتخيل أبطالها كأنهم يقفون أمامها.

في صبيحة اليوم التالي، حينما حان وقت القهوة، كانت الحاجة تنظر إلى الورد والياسمين والأقحوان في الحديقة الأمامية وقد أصبحتْ في حالة يُرثَى لها، ونُبِشَتْ من مكانها فغدتْ كالصوف المنفوش. ورغم أنها استطاعتْ أن تتخلص من ذلك الشعور الذي سيطر عليها عندما رأتْ الأزهار وهي على تلك الحال، فإنها لم تستطع التخلص من سحر كلام السيدة سيرانوش المعسول التي كانت عندما دخلتْ من باب الحديقة تسحب أنوش بيد، وتحمل صندوق راحة حلقوم وزجاجة عطر بيدها الأخرى، وتقول وهي تمد يدها:

- «إليكِ هذه يا جارتي؛ لقد وصلتني من إسطنبول، وهي لكِ».

ثم شرَّق الحديث وغرَّب حتى عاد لقصة الكلب! يبدو أن في الأمر «إنَّ»؛ لعل زهرة تحاول فتح القلعة من الداخل، لذلك أرسلتْ السيدة سيرانوش لتحدثها في قصة الكلب، فما شأن السيدة بهذه القصة؟!

وبينما تحتسي القهوة التي ساعدتها على التخلص من النعاس الذي سببته لها الشمس، وتتبادل الأحاديث مع جارتها عن الأحوال وأمور الحياة، وتنتقلان من سيرة إلى أخرى، وتأخذهما الحكايات من مكان إلى آخر، كانت

أنوش تلعب في إحدى زوايا الحديقة بدميتها المصنوعة من القماش التي تعاملها معاملة الأم لابنها منعمة في جنتها الخاصة.

ورغم أنها استعادتْ فرحتها وسعادتها، فإن إسماعيل وزهرة ما يزالان يشعران بضيق شديد. ولو أن السيدة حفيظة هانم الإيرانية لم تتحدث في درس المثنوي عن أن الروح قد وهبها الله لكل المخلوقات، وأن الحياة والعيش حقٌّ مقدسٌ لكل مخلوق وكائن على وجه هذا الأرض، وليس حقًّا للبشر فقط، لاستمر ذلك الضيق معهما إلى ما لا نهاية.

من أين خطرتْ فكرة الدرس هذه على عقل السيدة حفيظة، أم أنها قد سمعتْ شيئًا عما حدث؟! لم تقف الحاجة كثيرًا عند هذا، وحاولتْ أن تنقذ ما بقي لها من الورد والأزهار، فزرعتْ ما بقي منها على أمل أن تعيش مرة أخرى، ووضعتْ قفلًا كبيرًا على الباب الذي يفصل بين الحديقتين، وقفلته بإحكام، مع أنها لم تكن تقفل بابها في وجه أحد، وعلقتْ المفتاح في خصرها، ثم نادتْ حفيديها لتسرد عليهما القوانين والشروط:

- «لا يحق له أن يخطو خطوة واحدة داخل الحديقة الأمامية؛ يستحيل أن يدخل البيت؛ لا أريد أن تراه عيني أو يصدر عنه صوت وإلا وجد نفسه أمام الباب مطرودًا...».

ولكن ما هي إلا أيام قليلة حتى شُوهِدَتْ وهي تقف وراء النافذة ممسكة بالستارة التي حاكتها بيدها، وكانت ضمن جهاز عرسها، ناظرة إليه، قائلة: «الله.. الله!». يا له من مخلوق جميل! يبدو أنه حيوان لطيف، خاصة عندما يتعمد النظر إلى الجهة التي تقف فيها، ثم يجري بسرعة ليقف تحت النافذة، ويرفع رأسه ناظرًا بفضول إليها محركًا أذنيه. لعله أحب الحاجة كثيرًا، ولكن هل يمكن أن تحبه الحاجة؟!

لقد رفضتْ مرارًا لمسه. لمسه؟! إنها مستعدة لقص ثوبها إن هو لمسه. بيد أنها عندما يحل الظلام ويخيم الليل، ويخلد الكل إلى النوم، كانت تتغاضى عن الضجة والأصوات التي يصدرها.

بعد بضعة أيام، تركتْ التفكير في تلك المسألة، وتحول تفكيرها كله إلى الدعوة التي وصلتها من القنصلية الإيرانية لحضور الاحتفال بعيد النيروز، إذ دعتْ السيدة جميلة السيدة حفيظة الإيرانية لحضور حفلة النيروز التي ستقام بالقنصلية الإيرانية، وأخبرتها بأن تحضر معها زهرة. وعندما همتْ السيدة جميلة، أم السيد لطف الله الذي يعمل في القنصلية الإيرانية، بالانصراف، فكرتْ الحاجة في الاستئذان لمرافقة السيدة سيرانوش لها، ولكنها قالتْ في سرها: «أيعقل هذا؟!»؛ هي نفسها ضيفة، فكيف يأتي الضيف بضيف؟! غير أن السيدة حفيظة شعرتْ بالحرج الذي تحسُّ به الحاجة، وبما يدور في ذهنها، فقالتْ:

- «لا ترددوا في دعوة أحدٍ، فمائدة النيروز مباركة، كلما نقص الأكل فيها يزيد».

تنحدر السيدة حفيظة من عائلة قدمت إلى طرابزون من أرومية قبل سنوات عديدة. وتشتهر هذه العائلة بتدريس وشرح المثنوي. وقد كانت السيدة حفيظة هانم عندما جاءتْ إلى طرابزون في السابعة من عمرها. ومع مرور الوقت، تبخرتْ كل الذكريات التي كانت في ذاكرتها عن وطنها الأم، ولم يبقَ في ذهنها وذاكرتها سوى أمرين لم تكن لتنساهما أبدًا: الأول ورش صناعة السجاد المنتشرة في الحي الذي عاشتْ فيه في أرومية، كما في كل إيران في ذلك الزمان؛ والثاني لغة مولانا جلال الدين. أما الذكرى الأولى، فلم يكن بطرابزون ما يبقي عليها عالقة في ذهنها. وأما اللغة، فقد تحولتْ حياتها كلها إلى اللغة التركية، ولو لم تكن تنحدر من سلالة من عاداتها

وتقاليدها قراءة المثنوي باللغة الفارسية على الناس، وشرحه لهم ونشره بينهم، لنسيتْ لغتها الأم أيضًا. ولكنها استطاعتْ أن تحافظ على ذلك التقليد، واستمرتْ في الحفاظ على تلك الروح، حتى أصبحتْ مشهورة بين نساء الحي باسم «السيدة حفيظة الإيرانية»، مع أنها في الأصل آذرية. وقد حاولتْ عدة مرات أن تشرح لهن هذا، وأنها ليستْ فارسية، ولكن النساء كن قد طبعن هذه الصورة في ذهنهن، ولم يتمكن من استيعاب ذلك الأمر، حتى يئستْ من إقناعهن، وتركتهن ينادينها بما يرينه مناسبًا.

النيروز حياةٌ جديدةٌ، برأي السيدة حفيظة هانم، وهو أيضًا قيام دولة منهارة مجددًا، وإشراقة غد ومستقبل جديد. ولأجل الاحتفال بهذه المناسبة العظيمة، مدتْ الحاجة يدها إلى درج الخزانة المصنوعة من خشب الجوز، وفتحتْ قفلها، وأخرجتْ عقد اللؤلؤ الذي تنظفه من فترة لأخرى، ولا ترتديه إلا مرة أو مرتين في السنة. ثم عدلتْ ياقة الفستان المزهر ذي اللون الوردي، وربطتْ حزامها حول خصرها، ووضعتْ على كتفيها سترتها الصوفية السوداء، ثم جمعتْ شعرها خلف رأسها، ووضعتْ حجابها أرجواني اللون، ونظرتْ إلى المرآة بعد أن أخرجتْ مكحلة نحاسية من صنع أصفهان، ووضعتْ الكحل، ثم ابتسمتْ وهي تنظر إلى الدرج مرة أخرى، وتلبس خاتم الألماس بإصبعها، محتفظة بالأقراط الزمردية التي ارتدتها ليلة عرسها، وجعلتها في أذنيها طوال الوقت. وبعد أن نظرتْ بشفقة إلى الحاج الذي لم يستيقظ بعد، وبالقرب من سريره رجله الصناعية، ورأتْ أنه يغطُّ في نوم عميق، ويبدو مرهقًا للغاية كأنه جاب كل طرق العالم، مشتْ على رؤوس أصابع رجليها، وخرجتْ من الغرفة دون أن تصدر صوتًا، ثم نزلتْ إلى المطبخ، حيث قلبتْ البورك التي أعدتها ليلة أمس، وتأكدتْ أن كل شيء جاهز، بداية من محشي ورق العنب الذي جهزته بطريقة بديعة فكان برفع

القلم، إلى البقلاوة المقرمشة للغاية، والعصائر المعدة وفق الأصول تمامًا، والأكواب والشاي المخمر الجاهز للشرب، وحتى أكواب الحساء الجاهزة لكي يحتسيها الحاج ويلدرم.

مخاطبة «كوفية»، قالت الحاجة:

- «هيا يا ابنتي، خذي هذه الأشياء إلى الليوان، وسأتبعكِ وأشغل المدفأة».

فمع أن الطبيعة نهضتْ من سباتها الشتوي، وأشرقتْ الشمس لتنشر الدفء في الحدائق، فإن البرد لم يزل يخيم على المنازل ويجعلها باردة. وفي طريقها من المطبخ إلى الليوان، أخذتْ الحاجة نفسًا عميقًا، واستنشقتْ رائحة الربيع التي تعبق في المكان، بعد أن تفتحتْ البراعم وأزهرتْ أشجار الفواكه، وعادتْ المياه لتجري في جداولها، وقد مُنِيَتْ جيوش الشتاء بالهزيمة ساحبة ذيول الخيبة رويدًا رويدًا، وأصبحتْ رائحة الأرض والتراب تفوح في المكان، ثم قالتْ: «سبحان من ينفث الروح في الأموات، ويحيي الأرض بعد موتها!». ولكن ينبغي أخذ الحذر، فجو آذار لا يُؤتَمن، فما إن تنحجب الشمس خلف السحب إلا ويصبح الجو باردًا.

بعد أن قامتْ عن المائدة، عادتْ الحاجة إلى يلدرم، فاليوم ستستضيفها نساء القنصلية الإيرانية وحرم القنصل الإيراني، هي وحفيدتها، وسيجهزن مائدة فاخرة لا تُنسَى لآلاف السنين، وليس من اللائق أن تذهب بيدين فارغتين، فهل كل ما أعدته لتأخذه معها جاهز؟ نعم، إنه كذلك، ولكنها لا تطمئن لهذا، خاصة أنها تعلم أن يلدرم لا يؤدي عمله بشكل متقن.

يلدرم من الجنود الذين كانوا في خدمة الحاج في (حرب 93)، وقد حاول الفرار مرة من الحرب، وكان سيُعدَم رميًا بالرصاص لولا تدخل الحاج الذي أنقذ حياته في اللحظة الأخير. وعندما انتهتْ الحرب، بقي ملازمًا له أينما ذهب حتى عاد معه إلى بيته، وعاش فيه، وأصبح من الخدم. كان رجلًا طيبًا ضعيف

العقل نوعًا ما، تزوج في عمر متقدم، وعاش هو وزوجته سهر في إحدى الغرف الموجودة في الحديقة، وأصبح أبًا وهو كبير في السن، وقد وُلِدَتْ ابنته «كوفية» على يد الحاجة. أما سهر، فكانت تقضي معظم أيام السنة في القرية في بيت أبيها الذي تساعده في أعمال التبغ، وتنزل في أيام الغسل والتنظيف من القرية إلى المدينة لتعاون الحاجة. غير أن «كوفية» ما كانت تعجبها الحياة في القرية، ولا أعمال جدها الذي يقضي معظم وقته في أعمال تهريب التبغ أو أعمال التخريب والعنتريات والبلطجة. كان الفرق بينهما واضحًا، فهي مستعدة للعمل في قطاف البندق وجمعه أو لف التبغ، ولكن هذه الأعمال لم تكن تقنع جدها الذي كل همه الأعمال التي تدر عليه أرباحًا، وتدخل النقود إلى جيبه.

عادتْ الحاجة إلى زهرة، وقالتْ:

- «هيا يا بُنيتي، جهزي نفسكِ، وضعي حجابكِ، ولا تدعينا نتأخر».

ثم خرجتْ إلى الحديقة الخلفية، ونادتْ على السيدة سيرانوش من خلال النافذة الصغيرة:

- «هيا يا جارتي، دعينا ننطلق».

كانت الجارة قد تجهزتْ منذ وقت طويل، فارتدتْ معطفها ووضعتْ حجابها، وخلال دقيقة كانت تنتظر أمام الدار. وفي طريقهن، مروا ببيت السيدة حفيظة هانم، وأخذنها معهن، حيث كن يمشين في المقدمة، وخلفهم يلدرم المحمل بالصُرر، حتى وصلوا إلى الطريق المؤدي إلى الميدان الشرقي.

بعد أن وصلن إلى شارع «ريهتيم»، مررن من أمام البوابة الرئيسية للقنصلية الإيرانية حتى وصلن إلى الحرملك[1]، حيث صعدن الدرج، ووجدن سيدة جميلة سمراء، ذات ابتسامة عريضة وعينين واسعتين وحاجبين شديدي السواد، يقترب أحدهما من الآخر حتى يوشكا أن يتصلا؛ إنها السيدة

(1) الحرملك: مكانٌ مخصصٌ لأهل الدار من النساء والولدان.

جميلة هانم تقف لاستقبالهن والترحيب بهن، وإلى جانبها السيدة بوران فارعة الطول، قليلة الكلام، بخلاف السيدة جميلة هانم تمامًا، رغم أنها من بدأ الكلام: «آه.. سيدة!»، بصوت منخفض جدًّا كأنه مبحوح. ومع ذلك، فقد تبيَّن أنها لا تجيد التركية، حتى أن زهرة وقفتْ حائرة أمامها، تفكر كيف يمكنها أن تتكلم بهذا الصوت دون أن تختنق، ظانة أنها لو نطقتْ بثلاث جمل أخرى لاختنقتْ لا محالة. أما السيدة جميلة هانم، فقد بدا جليًا أنها لا تنتوي الصمت حتى إن اختنقتْ!

راحتْ زهرة تنظر من إحدى النوافذ التي تطل على البحر إلى السفن والقوارب والزوارق، والازدحام الحاصل على الرصيف، حتى ملتْ فعادتْ بنظرها إلى القاعة التي تجلس فيها، وبدأتْ تجول على كل ما فيها، فرأتْ أنواع السجاد الفاخر المفروش على الأرض بأعداد لا تعد ولا تحصى، والتحف والمنحوتات المذهبة التي تتناثر في كل مكان كأمواج البحر، ولاحظتْ على الجدران اللوحات والرسومات والمرايا والخزف الصيني والمزهريات والشمعدانات ومصابيح الزيت والسماور والوسائد... إلخ، فاستغربتْ من وجود كل هذه التحف في ذلك المكان، وشعرتْ كأنها تقف في متجر سركيس لبيع التحف والأنتيكة؛ لقد كانت القاعة مزدحمة للغاية، فعادتْ لتنظر للمرفأ مرة أخرى، ثم أدارتْ رأسها لتنظر إلى هؤلاء النسوة اللواتي كن كلهن قد تجاوزن الأربعين.. يا إلهي! كيف سينقضي هذا اليوم؟!

أما الحاجة، فكانت تخبر الحاج بأنها ستذهب غدًا إلى السيدة سيرانوش التي ستأتي لزيارتها زوجة ابن أخيها، مع ابنتها مارتا. فلم يعجب هذا الأمر الحاج الذي قال ممتعضًا:

- «زوجة ابن أخي سيرانوش هانم، أغوب؟!».
- «لا أعرف ما اسمه، ولكن ربما يكون هو».

- «ما يُقَال عن هذا الشخص ليس جيدًا، فقد أُشِيعَ عنه أن له علاقات ببعض العصابات المسلحة، حتى إنه قبل يومين وُجِدَ في منزله عددٌ كبيرٌ من السلاح!».
- «لا دخل لي بذلك! ما شأني أنا بأغوب هذا؟! إن كان كما قلتَ، فلينتقم الله منه. أما أنا، فذاهبة لزيارة السيدة سيرانوش».

لما زادتْ الحرارة في منتصف حزيران أكثر من المعتاد، بدأتْ الحاجة تشتكي من شدة الحر: «لم يمر علينا موسمٌ حارٌ كهذا من قبل قط». وفي يوم من تلك الأيام الحارة، خرجتْ إلى السوق الشهيرة في طرابزون كي تشتري لزهرة قميص نوم من قماش البوبلين، حيث كان الباعة والتجار يصطفون على قارعة ذلك الطريق من أوله لآخره، وكل قسم مخصص لبيع بضاعة معينة، فكل صنف من الأصناف كان في زقاق معين، ما عدا محلات القهوة والشاي المنتشرة في كل مكان. كان يُبَاع في تلك السوق كل شيء تقريبًا، من السجاد الفاخر الإيراني إلى القماش النادر الأصفهاني والحجارة الكريمة من بورصا وديار بكر، والتحف والأسلحة الأنتيكة والعملات النادرة، حتى أنه كان يُبَاع فيه الثعالب والقرود والطيور وكل ما يخطر على البال. وكان بعض التجار، من أتراك وإيرانيين وآذريين وعرب وأفغان وروس وأرمان ويونانيين، يقف أمام دكانه وهو يصرخ بأعلى صوته، ويتلفظ بالكلام المعسول، بينما يؤدي بعضهم الحركات بيديه ليجلب الزبائن إليه، في حين يقف بعضهم بوقار وصمت منتظرًا رزقه. لا توجد سوق كهذه السوق، في تنوعها وحركتها ووجود الناس فيها من كل حدب وصوب، إلا في أسواق حكايات «ألف ليلة وليلة». أما بالنسبة لحفيظة هانم الإيرانية، فلا يضاهي هذه السوق إلا أسواق تبريز، حيث يفتتح الباعة فيها دكاكينهم بقولهم: «يا فتاح يا عليم.. يا رزاق يا كريم».

كان كل ما يردن شراءه هو بضع أذرع من القماش، ولو كان الأمر بيد الحاجة لعادتْ إلى بيتها قبل الظهر، ولكن لم يتفق الحساب الذي أعدته في البيت مع حساب السوق، فلم يتمكن من العودة إلا مع حلول العصر.

وبينما كن في طريق عودتهن إلى البيت، مررن من أمام محلات صناعة المرايا والزجاج فارغات اليد، حيث رأين قافلة كبيرة من الجمال ذات السياقان الكبيرة يسحبها الجمَّالون الآذريون والعجم وهم في طريقهم إلى تسليم البضائع المحملة عليها، فقالتْ الحاجة:

- «يبدو أن هذه القافلة ستحطُّ رحالها في الميدان الشرقي».

وليتها لم تقل! فما إن دخل الحاج إلى غرفته حتى صاحتْ زهرة:

- «إسماعيل!».

كانت زهرة كالهرة الشقراء المدللة المحبوبة. أما الحاجة، فقالتْ في نفسها: «يا ويلتي!»، ورفعتْ رأسها عن الشرشف الذي تعدله على ضوء مصباح الغاز؛ كانت تعرف هذه النغمة، وتدرك أن هذا الصوت المدلل الذي تتصنع فيه البراءة يتبعه دومًا طلب من طلباتها الشقية.

قال إسماعيل:

- «نعم!».

- «لقد جاءتْ قافلة، فما رأيكَ أن نذهب غدًا كي نرى الجِمال؟».

كانت الحاجة محقَّة تمامًا فيما أحسَّتْ به، وقد توجه نظرها إلى إسماعيل الذي ما كان يرفض طلبًا أبدًا لزهرة التي تطلب كثيرًا، وترغب في فعل كثيرٍ من الأشياء، ولا تتوانى عن خوض كثير من المغامرات.

عندما حلَّ الصباح، خرج إسماعيل وزهرة عابرين الطرق والأزقة الضيقة المحفوفة بالأشجار والزهور، المغطاة جدرانها بنبتة اللباب المتسلقة، حتى وصلا في النهاية إلى الميدان الشرقي. وبالنظر إلى كمية الحشود التي تجمعتْ في الميدان لرؤية القافلة والجِمال، يتضح أن عدد الذين انتابهم الفضول لرؤيتها في طرابزون ليس بالقليل، إذ تجمعتْ الجماهير وتدفقتْ إلى الميدان، كأن اليوم يوم عيد، فأصبح المكان يعجُّ بالناس الذين تجمهروا من كل حد وصوب.

كانت القافلة كبيرة فخمة مجهدة، فلقد خرجتْ من تبريز، ومرتْ بـ«دوجوبايازيت» فـ«أرضروم» فـ«جوزليك»، حتى حطَّتْ رحالها في طرابزون. ولعل هذا الطريق الذي قطعته يكون قصيرًا قياسًا بالطرق التي كانت تقطعها القوافل قديمًا، بيد أنها -رغم هذا- كانت محملة بكل تلك الألوان والروائح والحلويات والأصناف الغريبة، وقد استطاعتْ قطع كثير من بساتين التفاح وحقول الفستق والجبال والوديان، ومرتْ بكثير من الخانات والقصور، ونجتْ من كثير من المصائب والآفات، وما واجهها من مشاقٍّ ومصاعبَ، كالضباب والأمطار والثلوج والجليد والصقيع، كل هذا جنبًا إلى جنب خوفها من أن يتعرض لها قطاع الطرق. ولكنها مع كل هذه المصاعب والمشقات، استطاعتْ في نهاية الأمر أن تحطَّ رحالها، وأن تصل إلى وجهتها. أما قائد تلك القافلة الذي كان أسمر تبدو عليه الحدة، فقد كان يتكئ على جنبه الأيمن ممسكًا بنرجيلته فوق سجادة فرشها بالقرب من جماله، شاعرًا بالفخر والاعتزاز بأن القافلة كلها تابعة له وتحت أمره.

كان التجار العجم والأرمن والآذريون والجورجيون الذين يضعون «الباباك»[1]، ويرتدون أثوابًا طويلة تصل إلى ركبهم، وأحذية طويلة، ويشبه بعضهم بعضًا، يتنقلون بين الناس، ويعملون بجد لإتمام الصفقات وبيع ما لديهم من بضائع. أما أهل المدينة واليونانيون والأرمن، فقد تغلغلوا بين الجِمال بينما تتعالى الأصوات والصيحات من كل مكان، كأن ميدان طرابزون في تلك اللحظة قد أصبح ميدانًا في مدينة أخرى في بلد غريب. بالطبع، يجد الإنسان في تغيير المكان ما يسره، ويبدو أن المكان نفسه قد يلقى السرور عندما يحدث تغيير فوقه!

سعدتْ زهرة بمشاهدة الجِمال في هذا الحشد الغفير أكثر من أي شيء آخر، إذ جذبتها الجِمال المزينة الأنيقة أكثر من الجمَّالين أنفسهم وهي تهدر بغضب كاشفة عن حيوان صعب المراس عنيد، وكان يمكنها أن تبقى لمشاهدة الجِمال وهي تصدر تلك الأصوات وتجتر ما في أحشائها وتأكله لساعات طوال، ولكن زهرة من النوعية التي تملُّ بسرعة، وكان إسماعيل يعرف هذا فيها جيدًا، ويعرف نظرتها عندما تصل إلى هذه الحال، فقال:

- «هل مللتِ؟».
- «لا، ولكن دعنا نذهب لنشرب ليمونادة!».
- «حسنًا».

وبينما تشرب الليمونادة مع أخيها على شرفة متجر نيكوس للمثلجات بكؤوس مصنوعة من الزجاج الرقيق الصافي مزركشة، كانت تشاهد في الأفق البعيد خلف الميناء في البحر العاصفة التي تنتقل من مكان لآخر برعدها وبرقها، وهي إحدى العواصف التي لا تعد ولا تحصى، ولا تهدأ، في طرابزون طوال فترة الصيف. وفجأة، قالتْ:

- «هيا، هاتِ ما تعرف من كلمات بقافية (اء)».

---

(1) البابالك: نوعٌ من القبعات يعتمرها الناس في شرق آسيا.

فبدأ بسرد كل ما يعرف دفعة واحدة:

- «آباء، أحباء، أنباء، أدباء، أطباء، إيباء...».
- «حسنًا، بقافية (ون)».

فلم يفكر ولو للحظة، بل رفع عينيه إلى السماء، كأن العاصفة ورقة يقرأ منها:

- «جفون، جنون، حسون، حنون، دهون، ديون، سجون، سكون، شؤون، طاحون، طاعون، عيون...».

وبدا أنه لن يتوقف حتى يعد قاموسًا يحتوي قوافي للشعراء المبتدئين لو لم تقاطعه زهرة:

- «هذا يكفي.. هذا يكفي!».

ثم تردف:

- «إسماعيل، نحن نسمعكَ دائمًا تُقفِّي الكلمات، ولكن أين شعركَ؟ لماذا لم تكتب الشعر حتى الآن؟».
- «عليَّ أن أتقن القوافي أولًا، ثم أشرع بالكتابة كي يأتي شعرًا متقنًا».

ثم ضحك هو نفسه على ما قاله، فيده ما كانت تطاوعه على كتابة الشعر، إذ ما يزال يشعر برهبة تجاه الأمر، فيحوم حوله دائمًا، ولكنه يقف على حافة القوافي، ولا يجرؤ على اقتحام قلعة الشعر تلك. بيد أنه عندما يذهب إلى دار الفنون، سيبدأ بكتابة ديوانه، فكل شيء في إسطنبول سيتغير تمامًا.

بعد الليمونادة، تناولا المثلجات في الحديقة العامة. وفي النهاية، وبينما يمران من أمام مطعم فرح، نظرتْ زهرة بطرف عينها، ومدتْ رأسها، قائلة:

- «إسماعيل! أحضرني يومًا إلى هنا».
- «حسنًا، سأفعل عندما أسجل في الجامعة؛ قبل أن أذهب إلى إسطنبول، سأحضركِ إلى هنا».

فكافأته زهرة بقافية جديدة:

- «اد».

- «آساد، أبداد، أجداد، أجساد، أجناد، أجواد...».

وبعد يوم مفعم بالحيوية والنشاط، بكل ما فيه من جِمال وجمَّالين، وقافلة محملة ببضائع جاءتْ من مختلف أصقاع الدنيا، وليمونادة باردة، وعواصف، وقوافٍ، قرَّرا العودة إلى البيت. وبينما هما في طريق العودة، شاء القدر أن يريهما مشهدًا مغايرًا تمامًا، إذ صادفا منصة إعدام نُصِبَتْ عند مخرج الميدان! لم يرغب إسماعيل في التوقف، فسحب زهرة من يدها، ولكن كان ما شاهدته من بعيد كافيًا، فلم تفارق مخيلتها طوال الليل صورةُ ذلك الرجل المشنوق بثوب أبيض ويداه مغلولتان، وقرارُ الإعدام الذي كُتِبَ فيه الجرم الذي ارتكبه، ومن أجله حُكِمَ عليه بالإعدام، معلقٌ من رقبته التي كُسِرَتْ، ولونُه الذي شحب بسبب عدم تدفق الدماء إلى وجهه، وعيناه نصف المفتوحتين وقد انطفأ النور فيهما وبدتا جامدتين، وفمه المفتوح كأنه يحاول أن يقول شيئًا قبل أن تزهق روحه، ولكن فاته الأوان وبقي كلامه حبيس قلبه! ما الجرم الذي يمكن للإنسان أن يقترفه حتى يُحكَم عليه بعقوبة كهذه؟ حاولتْ أن تتخيل أشنع الجرائم التي تعرفها، ولكنها لم تتمكن من الاقتراب حتى من ذلك الجرم، فثمة كثيرٌ من الجرائم في الحياة لم تكن تعرفها، ولا تخطر على بالها حتى.

اجتاح آب طرابزون كلها بجوه الحارِّ الخانق الرطب. وعندما استيقظتْ زهرة في الصباح، مع أصوات جوقة الموت المثيرة للضجر المسببة للكآبة، وضعتْ رأسها تحت وسادتها، وأغلقتْ أذنيها بكلتا يديها، كي لا تسمع صوت حشرات الزيز التي تملأ المكان. وفكرتْ حينها أن الشمس ستكون حارقة في الخارج، وأن اليوم كغيره من الأيام المليئة بالملل والضجر التي يشبه بعضها بعضًا، ولا تنتهي إلا بطلوع الروح. فثمة وقتٌ طويلٌ حتى يحلَّ الخريف، وينكسر هذا الحرُّ، وتهب الرياح، وتسقط أول قطرة من المطر، رغم أن الحاجة كانت تقول: «جاء آب ومعه البرد والصقيع»، فقد كان آب برأيها نصفه حر كحر الصيف، ونصفه الآخر بارد كبرودة الشتاء. ولكن أين كل هذا الآن؟! التفتتْ زهرة يمنة ويسرة، ونظرتْ إلى المكان الذي تشير إليه أشعة الشمس على الحائط، ومقدار ارتفاعه؛ كان الوقت مبكرًا للاستيقاظ، ولكنه أيضًا متأخرًا للعودة إلى النوم مجددًا. فبقيتْ بين النوم واليقظة فترة لا تعرف مدتها، ثم جلستْ في فراشها، وربطتْ فوق رأسها شعرها الأشقر الذي بدا بسبب حر آب كالفرو الذي يكاد يخنقها، واستمعتْ إلى الأصوات الآتية من الخارج؛ لقد كانت الحاجة تتحدث مع إسماعيل. فقامتْ من مكانها، واتجهتْ نحو النافذة، وتدلتْ منها حتى وصلتْ إلى خصرها، ثم عادتْ وأخرجتْ غطاء الوسادة الذي لم تلمسه منذ فترة طويلة من صُرة الأعمال اليدوية، ثم نظرتْ إلى زهرة السوسنة التي لم تكملها، وأخرجتْ خيطًا برتقاليًّا وضعته في سم الإبرة كي تكمل تطريز تلك الزهرة... حتى انتهتْ منها، فحكَّتْ تلك النقشة وطوتها بطرف ظفرها، ثم فرشتها فوق الوسادة، ونظرتْ إليها من بعيد، ثم وقفتْ وابتعدتْ أكثر عنها، ونظرتْ إليها ثانية؛ لقد

أصبحتْ جميلة، ولكن الألوان في الغطاء لم تكن مقنعة لها، أو كافية برأيها، لذا نزعته ورمته وهي تشعر بضجر وملل؛ كانت تشعر بأنها بحاجة إلى أن تعبر عن ذاك الشيء الجميل الذي يدور في خاطرها ويراودها بأطراف أصابعها.

في الواقع، كانت هذه الرغبة تراودها منذ زمن. ففي اليوم الذي ذهبتْ رفقة الحاجة لزيارة سيرانوش هانم التي تستضيف كنتها، وابنتها مارتا الجامدة مقطبة الوجه المتحفظة في الكلام معها، أحضرتْ المضيفة صندوقًا ضخمًا مليئًا بالصور والبطاقات البريدية الملونة، وأعطته لهما كي تنشغلا به؛ يا لكثرة ما كان في ذلك الصندوق! لقد كان مليئًا بصور لـباقات البنفسج الأرجواني، وباقات الورد المعقودة بشرائط حريرية زهرية، ومناظر حيوانات الرنة وهي تجري فوق الثلوج وخلفها البيوت، وبطاقات رأس السنة المُذهبة، وحقول الخزامى، وبواخر تشقُّ عباب البحر وأشرعتها البيضاء ترفرف فوقها، وهررة حول رقبتها شرائط حمراء، وجراء لطيفة. وقد التقطتْ زهرة من بين تلك الصور صورة باقة البنفسج الأرجواني، ونظرتْ طويلًا إلى ضوء الشمس المتساقط على الأوراق الخضراء الداكنة المرسومة على شكل قلب، والجزء شبه المظلل من الخلف، وآثار فرشاة الرسام التي تحركتْ ذهابًا وإيابًا على البنفسج الأرجواني. حينها، شعرتْ بإحساس جميل داخلها، ورغبة كبيرة في أن تعبر عن ذلك الإحساس بأناملها. ومنذ ذلك اليوم، باتتْ تلك الرغبة في تزايد مستمر حتى تلك اللحظة.

نزلتْ زهرة إلى الشرفة، ثم التفتتْ إلى الحاجة وإسماعيل، وقالتْ:
- «سأرسم».

إنها فتاة طيبة القلب، تفضل رائحة الطلاء الزيتي على أي شيء آخر، ولكن الألوان التي يشتريها إسماعيل من أجل درس الرسم في المدرسة الثانوية السلطانية استخدمتها حتى استهلكتها كلها، بيد أن الرسوم التي

أبدعتها كانت جميلة جدًا، رغم أنها لا تعرف قواعد الرسم وأصوله، حتى أن إسماعيل قال لها دون أن يشعر:

- «زهرة، دعينا نحضر لكِ معلمًا يعلمكِ الرسم».
- «موافقة».

كانت تلك المرة الأولى التي لم تتأفف الحاجة فيها من هذا الأمر، فأضاف إسماعيل:

- «لكن يجب أن نتكلم مع جدنا أولًا. فإن سمح، نتحدث بعدها مع السيد جليل حكمت».

تثق الحاجة بأن معلم الرسم السيد جليل حكمت شاب ذو خلق، ولكنه مع ذلك غريب عن زهرة، فكيف هذا؟! لم يطمئن قلبها أبدًا، وتمنتْ أن يقدر الله ما فيه الخير، ثم عادتْ للقطعة التي تحيكها، غير أنها استمرتْ طوال اليوم تفكر في الأمر، وأملها الوحيد ألا يسمح الحاج بحدوثه. ولكن خاب أملها، إذ قال الحاج لإسماعيل عندما أخبره بهذا:

- «لقد اقترب رمضان! ادعُ خليل صفا وخالدة لتناول الإفطار معنا في أحد الأيام. وحينها، نطرق الأمر معه، وهو بدوره يتكلم مع السيد جليل حكمت».

عندما جاء خليل صفا، الشاب الأسمر ذو العينين الشبيهتين بعيني الصقر، انحنى وقبَّل يد الحاجة أولًا، ثم يد الحاج، بكل احترام، قبل أن تسأله الحاجة بحيرة:

- «أين خالدة؟ ألم تحضرها معكَ، بُني؟».

كان بين المعلم المشهور الوسيم الذي تُعجَب به كل بنات الحي وخالدة التي لا يناديها أحدٌ إلا بالسيدة خالدة، حتى إخوة خليل صفا أبناء أخي الحاجة، شيءٌ من الهيام والحب، وإن لم يلحظ أحدٌ ذلك، فقد شغفها حبًّا وشغفته،

ولم يرفض أحدٌ من الأسرة زواجهما. وبما أن الكل راضٍ، فقد وافقتْ خالدة على الزواج منه حين تقدم لها، أما هو فكان منذ الأزل يحلم بها.

احمرَّ وجهه خجلًا، وقال:

- «لم تستطع القدوم، فهي لا تتحرك من الفراش منذ وقت طويل، وأمي معها طوال الوقت».

فضحكتْ الحاجة التي تعرف أن خالدة حامل، وقالتْ:

- «حسنًا بُني حسنًا، المهم أن تكون بخير؛ سنذهب نحن لزيارتها غدًا».

وقال الحاج:

- «دعوني أتحدث مع ابني خليل صفا حتى يحين وقت الإفطار».

وبينما يتجاذبان أطراف الحديث بحرارة في أجمل وقت من أوقات اليوم، كان إسماعيل يصغي لهما بأدب دون أن يتكلم. في البداية، تحدثا عن الأحوال التي تنتقل مع مرور الوقت من سيئ إلى أسوء، والغليان في بلاد البلقان؛ كانا متفقين على أن البلاد تشهد حالة حرجة، وتمر بمرحلة صعبة للغاية، ولكنهما يختلفان تمامًا في سبب حدوث كل هذا، وطرق حل تلك المشكلات، إذ كان كلٌّ منهما يتجه في طريق مغاير تمامًا.

قال الحاج:

- «لم تكن البلاد هكذا في عهد السلطان عبد الحميد».

فلم يتوانَ خليل صفا عن الردِّ:

- «يا عمّ، لم تكن الأمور على ما يرام في عهد سلطانكم عبد الحميد؛ لقد زاد في زمنه الظلم والاضطهاد، ولم يصل إلى سدة الحكم ويرسخ حكمه إلا بالاستبداد الذي بلغ عنان السماء، فكيف يمكن أن تترحم على أيام كتلك، مع أنكم عشتم فيها ورأيتم ذلك رأي العين؟!».

فنظر إليه نظرة المجرب الذي عايش تلك الحقبة، وعرف ما دار فيها، وقال:

- «يا بُني، سيد خليل صفا، لدينا مثلٌ يقول: ليتَ الشباب يعرفون، وليتَ العجائز يفعلون».

- «ما ذلك الذي ليتنا نعرفه، يا عم؟ حينها، لم يكن أحدٌ يعرف مَن كان مخبرًا على مَن، حتى أن الأب كان يخاف من ابنه، والجار من جاره! هل تعلم أنه بسبب ذلك، وبسبب ما يُسمَّى (الرقابة)، حدثتْ مصائب مضحكة مبكية؟!».

سكتَ الحاج، فأكمل خليل صفا:

- «طبعًا، لا تعرف! ولكن نحن نعرف، نعرف كل هذا بفضل جماعة (الاتحاد والترقي) التي تكرهها!».

فتبسم إسماعيل خفية، فيما ابتسم خليل صفا ابتسامة غاضبة. أما الحاج، فسرح بخياله بعيدًا، وتذكر المرة الوحيدة التي استطاع فيها رؤية ذلك الرجل الوقور، عندما كان في إسطنبول يدرس في مدرسة الهندسة. كان حينها قد ذهب لرؤيته مع طلاب المدرسة الذين يحضرون مراسم «السلام ليك»؛ مراسم إلقاء التحية والسلام على السلطان. وعندما خرج السلطان من قصر يلدز لأداء صلاة الجمعة في جامع الحميدية، وكان ذلك هو الوقت الوحيد الذي يستطيع فيه الناس رؤية السلطان والسلام عليه، مرَّ بعربته من أمام الحاج. كان ذلك الرجل الذي يمتلك كل شيء يرتدي معطفًا أسود خالصًا، لا يوجد عليه حتى دبوس أو وسام أو نيشان أو مجوهرات، بل كان معطفًا أسود شديد السواد، ويضع على رأسه الطربوش الأحمر الذي كان كل العثمانيين يضعونه، بداية من الناس البسطاء حتى الصدر الأعظم. أما السياسيون الذين يحيطون به، فكانوا يرتدون ملابس أكثر بهرجة من السلطان عبد الحميد، بل إن سائقي

العربات كانوا يرتدون ملابس أكثر زينة وتفاخرًا منه. وبقدر ما كانت عربته فخمة، تشدها ثلاثة خيول جميلة جمالًا لا مثيل له إلا في الأساطير، بدتْ ملابسه بسيطة للغاية.

مرَّ سلطان الدنيا المثقل بالهموم بعربته تلك بين حشود من السفراء الأجانب، وشيوخ قبائل من اليمن، وطلاب المدارس ودار الفنون، وعمال القصر والجنرالات وقادة الأساطيل البحرية، معتمدًا على حرسه الشخصي فقط، يبدو على وجهه الشامخ الهمُّ، ولكنه كان قويًّا جدًّا، ولا يظهر أبدًا أنه جبان أو ظالم. ورغم موسيقى الجوقة التي تصم الآذان، والضجة والجلبة التي تحدثها الحشود الغفيرة، كان الصمت والوقار والهيبة هو الذي يشعر به كل مَن ينظر إليه. حينها، أدرك الحاج أنه لا بد أن يكون وراء ذلك الصمت والوقار توكلٌ متينٌ.

وبينما يمرُّ السلطان من أمام الجماهير الغفيرة التي تقف وراء الحواجز المنتشرة على طول الطريق، كان الناس يهللون ويكبرون ويصرخون ويصفقون بحرارة كبيرة، حتى أن أصوات التهليل والتصفيق طغتْ على صوت الموسيقى والأناشيد. وقد بقي السلطان نصف ساعة داخل المسجد. وخلال ذلك الوقت، لم يدر جندي ظهره عن المسجد ولو للحظة واحدة.

تذكر الحاج أغلى يوم على قلبه في شبابه، فانكسر قلبه، وأسرَّ في نفسه:

- «آه، يا سلطاني، لو ترى حالتنا الآن! فعصبة من الشباب الطائش الأغرار لا تعرف ما تفعل، وتطلق على نفسها جماعة (الاتحاد والترقي)، قد أصبحتْ أئمة لجامع آيا صوفيا، وحزَّبتْ شعب العثمانيين إلى طوائف وشعب، وهي تلهث وراء أطماعها وأحلامها».

أما خليل صفا، فكان يتحدث بحماسة، ويعبِّر عن رأيه بالسلطان واستبداده وجبروته، وأعوانه ورقابته وقمعه، بحرقة كحرقة الضباط الذين

يتبنى أفكارهم. فكَّر الحاج قليلًا: من الواضح أنه يسلك طريقًا مغايرًا تمامًا لطريق هؤلاء الشباب، ولكنه على الأقل لا يريد أن تبقى تلك الفكرة والصورة السلبية عن السلطان، وأنه كان شخصًا مستبدًّا ظالمًا، في عقله، فقال:

- «يا بُني، ألم تروا في عهد السلطنة أن السلطان في ذلك الزمان كان محاطًا بأناس أصحاب سلطة ونفوذ أكثر من السلطان نفسه؟!».

- «بلى، ولكن أليس من الواجب على السلطان حينها أن يقف في وجه أولئك ويقطع عليهم الطريق؟ وإن هو لم يفعل، ألا يكون مقصرًا، ويُوصَف حكمه بالاستبداد، ويُخلَّد ذلك في التاريخ».

تبسَّم الحاج ضاحكًا، فمن الواضح أن هذا الشاب لديه جوابٌ لكل سؤال، وهو بكل جواب من تلك الأجوبة يحافظ على حصن أفكاره منيعًا في وجه أي فكرة دخيلة، ولكن مع ذلك قال له:

- «بُني، خليل صفا، لم يجد السلطان عبد الحميد حينها وسيلة أخرى سوى الضغط على الشعب. ماذا عساه أن يفعل؟ هل كان عليه أن يتركهم يتفرقون مثلما تتفرق حبات المسبحة عندما تنقطع؟ لم يكن يريد ذلك، ورضي بكل شيء حدث معه ثمنًا لفعلته تلك. ولكن ماذا عن أصحابك الذين لم يهدءوا ولم يسكنوا وهم ينادون بما يُسمَّى (المشروعية)؟ أنا لا أقول شيئًا عن المشروعية، ولكن أتعتقد أن الحال السياسية اليوم أصبحتْ أفضل؟! إن كل شيء بدأ يتملص مما يربطه مع غيره، وباتتْ الدولة تفقد زمام الأمور! ولو استمر الوضع على هذا المنوال، فإن جماعة (الاتحاد والترقي) هذه ستُوصَف في التاريخ بأنها (طائفة الرجال التي شتتْ دولة عظيمة). وإن أكثر ما يخيفني هو أن يستمر هذا التفتت والتشرذم، وتظل أوصال الدولة العثمانية تُقتَلع من أصولها حتى يصل الأمر إلى الجذر، فيُقتَلع هو

الآخر. وإن حدث هذا -لا قدر الله- ستبقى هذه وصمة عار على جبيننا لن يستطيع أحدٌ مسحها ولو بعد مئة عام».

لما وصل الحديث إلى موضوع «العثمانية والأتراك»، وجد إسماعيل الصامت طوال الوقت الذي لم يتدخل في الحديث أن كلام السيد خليل صفا مقنعًا أكثر، فمهما كان الشيوخ أكثر تجربة، فإن الشباب يتحدثون استنادًا إلى معلومات ووقائع. ومن ثمَّ، وافق ضيفهم الذي قال:

- «لقد تغيَّر الزمن كثيرًا يا عم، ولم تعد الدولة العثمانية قادرة على سد احتياجات ومتطلبات هذا العهد الجديد. فات الأوان، ولا يمكن أن يعود كل شيء كما كان من قبل؛ فات منذ زمن طويل، وأصبحتْ الدولة العلية ماضيًا منصرمًا لا يمكن الرجوع إليه، فقد تفرقتْ السبل بالأمم التي كانت ضمن الدولة العثمانية، وأصبح من المستحيل العودة مرة أخرى. ومثلما فطن الأرمن إلى هويتهم الأرمنية، والروم إلى هويتهم الرومية، حان الوقت كي يفطن الترك إلى هويتهم التركية؛ الحل الوحيد الآن هو السير على هذا الدرب، فلم تعد الهوية التركية موضوعًا للتغزل بها في الأشعار فقط، بل هي المخلص الوحيد لنا لأننا لا يمكننا أن نخرج من هذا الحريق سالمين بالعثمانية، بل بهويتنا التركية».

فانتفض الحاج، ونهض من على الكرسي المصنوع من القش، شاعرًا بألم ينخر ساقه السليمة، وقال:

- «هذه الدولة...».

وعقب أن شعر باحترام شديد وهيبة في قلبه عندما نطق بهذه الكلمة، أكمل:

- «استطاعتْ أن تجمع بين شعوب الترك والعرب والأرمن والكرد والروم والأرناؤوط واليهود، وشعوب وقوميات كثيرة أخرى

لا أعرف اسمها، وحمتهم في ظلالها، ووفرتْ لهم التعايش لمئات السنين. لقد كانت تلك الأمم تعرف أنها تابعة للأمة العثمانية، وما كانت تعرف تلك التفرقة القومية، لأنها كانت تتعايش معًا دون تفرقة فيما بينها، ودون أن تطغى قومية على أخرى. ولم تكن الهوية العثمانية تجمع شمل كل هذه القوميات لتطبعهم أو تشكلهم على شكل واحد، بل كانت كل واحدة منها تعيش تحت ظل الدولة العثمانية محافظة على لغتها ودينها وثقافاتها وعاداتها الخاصة بها. ولكن عندما تصل القضية إلى الانتساب، كان الكل ينتسب إلى الدولة العثمانية، وتبقى تلك الأشياء فرعيات لا قيمة لها ولا معنى؛ لم تكن هذه الدولة تفرق بين الرومي والأرمني، ولا ترى لتركي فضلًا على غيره، بل ما كان ذلك يخطر على بالها قط! فقد كان في ذلك الزمان أن تكون عثمانيًا مقدمًا على كونك روميًّا أو تركيًّا أو عربيًّا، فلا فرق بينهم البتة. كان الكل يعمل لمصلحة الدولة كائنًا من كان، حتى إن لم يكن مسلمًا، فالدين الإسلامي لم يكن شرطًا للترقي في مناصب الدولة، بل كان الشرط الوحيد أن يكون أي شخص يعيش على الأراضي التركية قد أثبت جدارته وإخلاصه للدولة والعمل لصالحها، ومن ثم ينال منزلة ومنصبًا رفيعًا فيها. فحتى لو كان أرمنيًّا أو يهوديًّا أو روميًّا، ولكنه ذو فطنة ودهاء، فإنه يمكن أن يكون باشا أو سفيرًا للدولة العثمانية، ويمثلها في المحافل الدولية. وما إن أصبح الانتماء إلى القوميات أكثر أهمية من الانتماء إلى العثمانية، فأصبح الأرمني يعتد بكونه أرمنيًّا، والرومي بكونه روميًّا، واليوناني بكونه يونانيًّا، أكثر من كونه عثمانيًّا، حتى اختلتْ الموازين كلها».

ثم راح الحاج يسترجع أيام الرخاء والسعادة تلك، عندما كان يعيش الرومي والتركي والأرمني جميعهم على أرض واحدة سواسية لا فرق بينهم؛ تذكر كل ذلك بحسرة، وتمتم: «لقد انقضتْ تلك الأيام». ربما تغيرتْ الحياة حتى أصبح من الصعب على مَن هو في مثل عمره أن يستوعبوها، وأصبح العصر مختلفًا تمامًا. فعندما نُزِعَ الرأس عن الجسد، قُطِعَتْ الأوصال وتفرقتْ، وانهارتْ الدعامة التي تمسك البنيان، فانهار كل شيء وتفرق. وعندما تغيرتْ الأبجدية، لم تعد ثمة جملةٌ واحدةٌ ذات معنى مفيد؛ لقد أصبح كل لون في تلك اللوحة الجميلة المكونة من كل ألوان الطيف يريد أن يستقل بنفسه، لهذا كانت المنطقة تغلي على صفيح ساخن، وكل شيء ينهار، وأوصال الدولة تتقطع.

كرَّر خليل صفا:

- «لقد انقضى ذلك العهد!».

وكانت تلك المرة الأولى التي يجتمع فيها الرجلان على رأي واحد، فواصل الحاج:

- «كيف تفرقون بين الناس وفقًا لعرقهم وقوميتهم؟ كيف تفرقون بين التركي والكردي والأرمني والصربي واليوناني والرومي...؟ ألا تعلمون أنه لا فضل لعربي على أعجمي، ولا لأعجمي على عربي، إلا بالتقوى؟!».

قالها الحاج ظانًّا أن ضيفه لا يملك جوابًا لهذا السؤال، ولكنه كان مخطئًا، فقد ردَّ خليل صفا:

- «الحمد لله، نحن أتباع ديانة سماوية، ولا شك لدينا في أن خالق الأكوان رب للعالمين جميعهم، ونعرف جيدًا أنه لا فضل لقوم على قوم، ولكننا نفتخر بأننا فرعٌ عظيم الشأن في شجرة الإنسانية، لهذا يجب علينا أن نعتني بأنفسنا أولًا».

سكتَ الحاج، وشعر براحة، وربما بأمل ملأ قلبه؛ لعل هذا الشابَّ محقٌّ فيما يرى. ولو سار الأمر كما يقول، فربما لا تكون النهاية سيئة كما يعتقد، ولكن قلبه لا يطمئن لأولئك الاتحاديين الأغرار عديمي المسؤولية، فهو لا يثق بهم أبدًا، خاصة أنه لم يرَ فيهم بذرة تدل على خروج شجرة تركية ذات أصول عثمانية.

أخرج الحاج جريدة «الشورى» التي كانت تصدر في ذلك الزمن، وأراه خبرًا عن الغليان والبلبلة التي تحدث في بلاد البلقان، وقال:

- «إن استمر الوضع على هذه الحال، فستندلع حرب طاحنة!».

فردَّ بحماس:

- «فلتكن تلك الحرب، إذن!».

تنهد الحاج تنهيدة عميقة؛ يبدو أن هؤلاء الشباب الأغرار عديمي الخبرة لا يعرفون معنى نشوب حرب، خاصة في أوضاع من عدم الجاهزية كهذه الأوضاع. لقد كان دائمًا يجد أعذارًا لهؤلاء الشباب (ربما لديهم نقصٌ في المعلومات، أو قلة تجربة في الحياة)، ويضع ذلك في حسبانه. ولكن في موضوع الحرب، ما كان لأحد أن يعرف معناها مثله، لذا كان في هذه المسألة شديد الحدة، يغتم لحدوثها كثيرًا، ويفكر بما يمكن أن تجلبه من مصاعب ومصائب؛ كيف يمكن إعادة حشد هذا الجيش الذي سُرِّحَ في روملي، خاصة بعد أن نشب خلاف بين صف الضباط وضباط الاحتياط والجند والمقاتلين، وبلغتْ المناوشات السياسية أوجها بين جمعية «الاتحاد والترقي» وحزب «الحرية والائتلاف» حتى تحولتْ إلى حروب سياسية طاحنة فيما بينهم، فكانوا في كل محفل سياسي يحشدون ويجمعون الجند كأنهم سيغزون دولة أخرى؟ كيف يمكن لهؤلاء خوض حرب في هذه الظروف، فضلًا عن الانتصار فيها؟ لا شك أن هؤلاء الشباب المتحمسين يعشقون الموت،

ويظنون أن الاحتراق بالنار يشبه شعورهم عندما ينظرون إلى صورة فيها نار؛ إنهم لم يجربوا الاحتراق بنار الحرب، وكل أمانيهم مبنيةٌ على محض أحلام وأوهام! يا لحال هؤلاء الصغار!

كان الحاج يعرف مآل هذا الطيش والرعونة وحب المغامرة، وعدم الجاهزية والتخطيط للمستقبل، حق المعرفة؛ ثمة أيام صعبة جدًا في انتظار هذه الدولة. لا يريد أن يتفوه إلا بالخير، ويتفاءل به، لكن العاصفة التي تلوح في الأفق لن تكون كسابقاتها؛ ستهب وتقتلع كل ما يقف في وجهها.

وعندما شعر الحاج بألم في ساقه السليمة مرة أخرى، وهبّتْ نسمة هواء حارة، سُمِعَ صوت المؤذن، وبدأتْ الشمس تسحب خيوطها عند المغيب إيذانًا بحلول موعد الإفطار، فدخلوا تاركين وراءهم ما كان بينهم من نزاعات، مجتمعين حول مائدة واحدة، غير واعين بأن الأيام تحمل في جعبتها ما لم يكن بحسبان أيٍّ منهم.

وفي وقت متأخر من الليل، بعد عودة الحاج من صلاة التراويح، طُرِحَ تلقي زهرة لدرس في الرسم، فأُعجِبَ السيد خليل صفا بالفكرة، بينما حاولتْ الحاجة أن تعترض عليها، بيد أنها خشيتْ أن يُقَال لها: «إن هذا كان في الماضي، وقد انقضى ذلك الزمان»، فلم تتفوه بكلمة. وعندما همَّ خليل صفا بالمغادرة، استدار إلى إسماعيل، وقال له:

- «تعالَ غدًا إلى الثانوية السلطانية، لنتحدث مع جليل حكمت».

في صبيحة اليوم التالي، انطلقتْ الحاجة ترافقها زهرة لزيارة خالدة. أما إسماعيل، فذهب إلى المدرسة السلطانية التي سار في حديقتها تحت ظلال أشجار اللباب حتى وصل إلى بوابتها الرئيسة، حيث يقف بوابٌ عصبيٌّ تلقى أوامرَ بعدم السماح لأحدٍ بالدخول. وبعد مجادلات ومحايلات كثيرة، نجح إسماعيل في إقناعه بالسماح له، فدخل وطرق باب غرفة المدرسين، حيث يجلس خليل صفا وجليل حكمت حول طاولة كبيرة جدًّا غارقين في حديث أكملاه مدة ليست بالقليلة، كأن إسماعيل ليس موجودًا، متطرقين لاحتمال نشوب حرب قريبة، ورمضان، والجو الذي لا يشكو منه جليل حكمت القادم من مدينة مانيسا، بخلاف خليل صفا الذي قالتْ أمه الأرملة عند تعيينه في المدنية: «لا يمكن أن أترك ابني يذهب وحيدًا إلى هذه الدنيا»، خاصة أنها كانت قد فُجِعَتْ بفقد زوجها ركن البيت وعماده. وبالفعل، أغلقتْ بيتها هناك، وجاءتْ لتستقر معه في طرابزون. ورغم أنها لم تعتد على طبيعة الناس أول مجيئها، فإنها بمرور الوقت اعتادتْ عليهم وتفاهمتْ معهم حتى أنها أحبتهم، بيد أنها لم تكنَ لتعتاد على طبيعة الجو الغائم هنا أبدًا، بل كانت دائمًا في شوق إلى جو مانيسا المشمس.

قال جليل حكمت:

- «أحيانًا، نستطيع رؤية الشمس هنا».

فضحك خليل صفا، قائلًا:

- «انتظر، يا عزيزي، إنكَ لم ترَ شيئًا بعد؛ إن مدينتي الغالية هذه تستمر الأمطار فيها أحيانًا مدة أسبوع، بل أسبوعين أو ثلاثة أو شهر، وربما أربعين يومًا، دون انقطاع. وهي تمطر بغزارة تارة، وتجود

بزخات خفيفة تارة، وتغرق كالسيل العرم تارة. وإن رأفتْ بنا ولم تمطر، حلَّ الضباب، لتغرق الأزقة والشوارع برطوبة شديدة حتى يشمَّ الناس رائحة الرطوبة، وتتشكل الطحالب على أسوار البيوت والديار صابغة إياها باللون الأخضر. وأحيانًا تشتد الرطوبة حتى أنكَ لو أخرجتَ رأسكَ من الباب، كادتْ الطحالب تتشكل على رأسكَ وأنفكَ!».

فظهر من حديثه كأن المدينة يابستها البحر، وسماءها المطر والغيوم فقط، بيد أن الحقيقة أنه لم يتخلَّ قط عن الشوق لمدينته مانيسا.

وفي النهاية، قال خليل صفا:

- «سيد جليل حكمت، أريد أن أطلب منكَ شيئًا.. أنتَ تعرف إسماعيل؛ إنه ابن عمتي».

فردَّ جليل حكمت وهو ينظر إلى إسماعيل:

- «وكيف لا أعرفه؟! إنه طالبي الشاعر الذي يفكِّر في أن يكمل دراسته في قسم الفلسفة».

وتبسم، ثم أكمل:

- «لم يبدأ بكتابة الشعر بعد، ولكنه حاذق في القوافي».
- «لدى إسماعيل شقيقة تجيد الرسم، ويداها ماهرتان وألوانها وضربة فرشاتها متقنة إلى حد ما، ولكنها لا تعرف تقنيات الرسم وأصوله بعد لعدم وجود من يرشدها وتلجأ إليه، فهي ترسم وفق هواها».

فأصغى جليل حكمت إليه حتى دخل في صلب الموضوع مباشرة:

- «ما أردتُ قوله صراحة أنها لو أخذتْ درسًا في الرسم، فسيكون هذا أمرًا جيدًا لها؛ لا حاجة إلى أن يكون هذا الدرس جادًا للغاية، ففي نهاية المطاف لن تصبح رسامة بالفعل، بل كل ما تبحث عنه هو

إرضاء هذه الرغبة والهواية.. لا أدري، هل أوصلتُ إليكَ ما أريد قوله؟!».

- «بالتأكيد، طلباتكَ أوامر. كما أن إسماعيل غالٍ عليَّ، وله عندي مكانة، فمتى نبدأ؟».

لم يتمالك إسماعيل نفسه، فتدخل في الحديث:

- «سريعًا، فلا وقت لدينا».
- «إذن، ليكن غدًا درسنا الأول، سأنتظركَ لتأخذني إلى البيت من هنا».

في منتصف آب، حدث تغيرٌ في الجو لم يتوقعه أحدٌ، وبدا أن الخريف قد هلَّ في ذلك اليوم، إذ صار الجو باردًا، وبدأتْ الرياح تهب عاصفة بالأوراق الضعيفة على أغصان الأشجار التي تحولتْ بين ليلة وضحاها إلى اللون الأصفر الذهبي، وراحتْ تتساقط واحدة تلو الأخرى.

سُمِع قرع الباب، ثم دخل إسماعيل ومعه جليل حكمت الذي انحنى ليقبل يد الحاج والحاجة، بينما لاحظ أن زهرة تشبه إسماعيل أشقر الشعر، ذا البشرة البيضاء المائلة للصفرة والعيون الخضراء الواسعة، النحيف مربوع القامة، قبل أن يتوجه إلى غرفة إسماعيل التي اختِيرَتْ لتكون مشغلًا للرسم، إذ تقع في الطابق السفلي إلى جانب الليوان، وتسمح للحاجة بأن يكون كل شيءٍ تحت نظرها.

في اليوم الأول، أمضيا معظم الوقت من بعد الظهيرة في تعلم كيفية شد القماشة على العيدان الخشبية للوحة وإحكامها عليها، وهو الأمر الذي ظنتْ زهرة أنه سهل يمكنها فعله بمفردها، لكن المعلم أصرَّ على أن يعلمها الأصول والأساسيات التي لا بد أن تكون ملمة بها كي لا تستعين بأحدٍ، إذ على الرسام أن يفعل ذلك بنفسه، ولا يعتمد على أحدٍ أو يأتمنه على لوحاته. كما علمها كيف عليها أن تنظِّف فرشات الرسم. وقد أشعر

ذلك زهرة بالملل لأنها تريد أن تدخل مباشرة في دروس الرسم، غير أن المعلم كان رأيه أن الدرس الأول مهم للغاية، من دونه لا يمكنها أن تكمل بقية الدروس.

وفي اليوم الثاني، فكَّر المعلم في أن يختبر طالبته، فأراها كيفية إضافة الألوان وخلطها، وكيفية الضرب بالفرشاة، وكيفية إسقاط الضوء على اللوحة والتظليل. ورغم أن إسماعيل كان قد أخبرها بأن رغبتها سوف تتبخر من اليوم الأول أو الثاني، وأنها ستغير رأيها وتترك هذا الأمر، فإن جليل حكمت عندما رآها تتابع كل خطوة يخطوها، وتركز مع كل كلمة أو تفصيلة يقولها، وتلاحق نظراتها حركاته، أدرك أنها لن تملَّ هذا الأمر أبدًا، فهذه النظرات، والتركيز والنهم الشديدين لتعلم المزيد، دليلٌ على أن رغبتها هذه ليست نزوة عابرة. وعندها، لم يستطع منع نفسه من النظر إليها بإعجاب، مسرًّا لنفسه: «تُرَى هل تكون هذه الفتاة المركب التي ترسو في مياه مينائه الراكدة؟ هل يتخذ قراره هذه المرة؟».

وفي اللحظة التي ينظر فيها نظراته تلك إليها، رفعتْ رأسها لتلتقي عيونهما معًا، وترى عينيه الخضراوين تشع نورًا، وينتابها إحساسٌ غريبٌ وارتياحٌ، كأن شيئًا قد تسلل إلى أعماق قلبها وهزَّه بقوة، فشعرتْ بسعادة غامرة، وأحسَّتْ كأنها تعرفه منذ أربعين سنة، وأن المرء لا يمكن أن يشعر بملل أو يصيبه مكروه في حضرته أبدًا. نعم، يا لدرجة الشبه بينه وبين إسماعيل! في تلك اللحظة، اتخذتْ زهرة قرارها، وأسرتْ لنفسها: «مَن يشبه إسماعيل هو حتمًا شاب جيد، مَن يشبه إسماعيل يمكن أن يكون أخاها.. أو حبيبها»! وعندها، أطرقتْ برأسها بسرعة البرق، إذ شعرتْ بخجلٍ شديدٍ، ولا بد أن وجنتيها قد احمرَّتا للغاية.

في ذلك اليوم، وبينما يهمٌّ بمغادرة المنزل، تحدث المعلم مع الحاجة التي كانت دائمًا ما تدخل غرفة الدرس بسبب ومن دون سبب، حيث سألته

عن حال أمه سعاد هانم، وكيف تقضي أوقاتها، خاصة أنها ليستْ من أبناء المدينة، ثم قدمتْ له طبقًا فيه حبات رمان كي يقدمه لها (وكان الوقت موسم الرمان). والحق أن الحاجة كانت تفتعل الأشياء كي تثبتْ لهما أنها موجودة، وأنها ترى ما يفعلانه، فكانت تدخل من وقت لآخر بحجة فتح النافذة، أو رفع الستارة كي يدخل نور الشمس للغرفة، أو حتى إسقاط شيء من يدها والبحث عنه، أو فتح الأبواب وإغلاقها؛ المهم أن تصل الرسالة: «إنني هنا؛ إياكما أن تظنا أنكما وحيدان!».

وقد قال جليل حكمت للحاجة:

- «إن السيدة الصغيرة زهرة هانم ماهرة موهوبة أكثر مما كنتُ أتوقع، لهذا يجب أن تحرص على تنمية هذه الموهبة أكثر، وأن تعمل على ضمان ذلك».

وإن كان ما أراد قوله حقيقة:

- «كنتُ أظن أني جئتُ إلى هنا من أجل السيد خليل صفا وإسماعيل، ولكن الآن أنا متطوع للقدوم في أي وقت تطلبونه. وإن غيرتم رأيكم، وقررتم التخلي عن دروس الرسم، فسأكون في غاية الحزن. وحينها، سأتردد عليكم بسبب ومن دون سبب، وسأجد ألف حجة وحجة كي أدخل هذا البيت، فكرامة لله لا تتخلوا عن هذه الدروس أرجوكم؛ لا تغيروا رأيكم وتتخلوا عني!».

وفي نهاية اليوم الثالث، بعد أن غادر جليل حكمت، دخلتْ الحاجة غرفة إسماعيل، واتكأتْ على طرف الكنبة، بينما تنظف زهرة يديها من بقع الألوان والدهان، ثم قالتْ:

- «ماذا فعلتِ اليوم؟ أين ما رسمته؟ هيا، أريني إياه!».

ولكن حتى اللحظة، لم تكن زهرة قد رسمتْ شيئًا بعد، وإن كان المعلم قد عرف منذ النظرة الأولى أنها فتاة موهوبة، وأصرَّ على أن يعمل على إخراج

99

هذه الموهبة وتنميتها، بيد أن الحاجة لا تعي شيئًا من هذا بالطبع. ومن ثم، أرسلتها رأسًا إلى المطبخ كي تنتف ريش الدجاج.

في اليوم التالي، جاء جليل حكمت يحمل صندوقًا مغلفًا بورق مقوى قدمه إلى زهرة، قائلًا:

- «هذا من أجلكِ».

فأخذته زهرة من يده وفتحته، لتجد علبة ألوان زيتية وفرشًا ولوحة ألوان نظرتْ إليها، بكل ما فيها من ألوان الأصفر والأزرق والأحمر والبني والأبيض، وشعرتْ بالحماس يملأ قلبها؛ حماس يفوق ما يمكن أن تثيره تلك الألوان لديها عادة، فقالتْ:

- «أهذا كل شيء؟ أقصد.. هل هذه كل الألوان؟».

نعم، هذه كل الألوان؛ حتى لو كان البرتقالي والأخضر غير موجودين، فمن تلك الألوان يمكن إنتاج ألوان لا حصر لها.

في صبيحة اليوم التالي، أخذتْ تلك الألوان والفُرَش ولوحة الألوان وخرجتْ إلى الحديقة، بعد أن ارتدتْ ملابس قديمة لأنها لم تكن قد اشترتْ مريلة بعد، ثم حاولتْ بداية أن تتخيل المنظر الذي سترسمه، ولكن في كل مرة كانت الأفكار تطير من ذهنها. وعقب أن فكرتْ مليًا، اتجهتْ نحو الشرفة، واحتضنتْ مزهرية كبيرة نزلتْ بها إلى الحديقة، ووضعتها في أكثر منطقة مشمسة، ثم وضعتْ قليلًا من كل لون على لوحة الألوان، وخلطتْ الألوان ونسقتْ بينها، إذ نسقتْ بين الأحمر والأخضر، وابتعدتْ عن الأبيض والأصفر، ثم تنفستْ عميقًا وهي تشمُّ رائحة الألوان الزيتية، وتظن أنه لا يمكن للمرء أن يعيش دون هذه الرائحة، وشرعتْ برسم تلك المزهرية من أكثر موضع تسقط عليه أشعة الشمس ويشع منه النور، فراحتْ تضرب بفرشتها، وتنتقل فوق اللوحة من مكان إلى آخر، واضعة لمساتها بالطريقة

التي علمها إياها جليل حكمت تمامًا. وبعد أن فرغتْ من رسمها، انتقلتْ إلى رسم الزهور والشرفة خلفها، فبدأتْ برسم الزهور المتفتحة وهي تفكر بأن الحاجة عندما ترى ما ترسمه سوف تشعر بالخجل من جماله، حتى أنها ستقعد مذهولة وهي تقول:

- «الله.. ما هذا الجمال؟!».

أعجبتْ زهرة بالرسمة جدًا، فقررتْ أن ترسم في اليوم التالي، قبل أن يصل أستاذها، منظرًا لبحر تشبه أمواجه أمواج البحر الأسود، فبدأتْ بالسماء، ولكن الأزرق الذي رسمتها به لم يكن مقنعًا لها؛ لقد كان فاقعًا للغاية، في حين أنها تريده أزرقًا زرقة السماء، باردًا برودة البحار، بيد أن ذلك لم يكن سهلًا على النحو الذي تخيلته. ومرة أخرى، وضعتْ قليلًا من اللون الأبيض، ثم أضافتْ إليه الأسود، ووضعتْ قليلًا من اللون الأزرق على رأس الفرشاة، دون أن يفلح الأمر. فاللون الذي حصلتْ عليه لم يكن كالذي ترغب به، بل كان كزرقه ملابس الحاجة! ومن ثم، زادتْ من اللون الأسود، فتحول إلى لون قاتم، ثم قللتْ منه فأصبح رماديًا لا معنى له! ليس هذا ما تبحث عنه! لقد تلطختْ يداها ووجهها وعيونها، وأهدرتْ كمية كبيرة من الألوان دون فائدة.. لماذا لم تضم هدية جليل حكمت ذلك اللون الأزرق البارد؟!

عندما جاء أستاذها بعد الظهر، قالتْ وهي تلهث:

- «أريد ذلك اللون الذي يكون في السماء قبل أن تثلج، أو قبل أن تهبَّ عاصفة، ذلك اللون الذي يملأ الأفق فوق البحر الأسود؛ لا أستطيع أن أحصل عليه من الألوان التي جئتَ بها؛ يبدو أنها ليستْ كافية للحصول عليه».

فابتسم جليل حكمت، وتأكد أن ظنَّه كان في محله، إذ شعر برجفة في قلبه، خاصة عندما لاحظ جمالها مرة أخرى، وراح يسرد الأسباب التي

تجعل من الممكن أن يقع في حبها: «هذه الروح ستكون لي؛ هذا الجسد سيكون لي؛ كلها ستكون لي!». ولكنه بالطبع لم يجرؤ على قول هذا، وإنما قال:

- «إذن، لقد لاحظتِ ذلك اللون الذي لا يستطيع كثير من الناس ملاحظته.. أنتِ مختلفة عن غيرِكِ!».

وفكَّر جليل حكمت بمئات الناس الذين يعيش معهم ولا يلاحظون العشرات من الألوان في كل يوم، وقال لنفسه: «لو أن هذه الفتاة استطاعتْ أن تلاحظ وتشعر بهذا اللون، وأن تصفه بتلك الطريقة، فهذا يعني أنني يمكن أن أتزوج فتاة مرهفة الإحساس». ثم تذكَّر أمه التي تلحُّ عليه مرارًا: «تزوج يا بُني.. تزوج يا بُني»، وفكَّر بابنة أختها التي تريده أن يتزوجها وهو ينظر إلى زهرة وقطرات العرق المتبرعمة على شفتيها. ثم نظر إليها لفترة أطول بجرأة أكبر، والتفتَ إلى اللوحة ليخلط الألوان كي يحصل على لون كلون البحر والسماء والأمواج والأعاصير ومنظر الثلج البارد، رغم أن قلبه كان يغلي كالنار المستعرة. ثم راح يحرك الفرشاة فوق لوحة الألوان يمنة ويسرة، بعد أن وضع كثيرًا من اللون الأبيض، وقليلًا من الأزرق والأخضر، وبضع قطرات من الأحمر، حتى قدَّم لزهرة اللون الذي تبحث عنه؛ ذلك اللون الأزرق الرمادي الجليدي البارد، بينما تنوح طيور النورس في الخارج في الأيام الأخيرة لعام 1912، قائلًا:

- «هل هذا هو اللون الذي أردتِه؟».

ففتحتْ عينيها مذهولة، كاشفة عن لونهما الذي يشبه لون ورق الشجر اليابس، وسألته:

- «ألم تستخدم اللون الأسود؟!».
- «بلى».

استغربتْ زهرة؛ كيف استطاع السيد جليل حكمت أن يجد ذلك اللون الذي كانت تبحث عنه بهذه السرعة؟ ثم فكرتْ مرة أخرى: «مَن يشبه إسماعيل، ويعرف الرسم، ويمكنه أن يجد ذلك اللون الرمادي، يمكنها أن تحبه.. ليس هذا فحسب، بل يمكنها أن تتزوجه!».

في كل مرة يغادر فيها جليل حكمت الدار، كانت الحاجة وزهرة يرافقانه حتى الباب الخارجي للدار، إلى أن تحولتْ هذه إلى عادة. وفي ذلك اليوم، حصل الشيء نفسه، غير أن جليل حكمت عندما التفتَ للخلف كي يلقي عليهما السلام الأخير، نظر إلى عيني زهرة نظرة محملة بكثير من المعاني التي تفوق التحية والسلام، ثم ابتسم لها وغادر.

جرتْ زهرة بسرعة إلى غرفة الحاجة، ووقفتْ أمام مرآة فوق الدرج الخشبي المصنوع من خشب الجوز، لترى في أي زمن قد أصبحتْ بعد تلك النظرات؛ لقد أصبحتْ في زمن جديد جميل عميق مثير مبهج، زمن مغاير تمامًا لقوانين الحياة والعالم، كأنها قد انتقلتْ إلى دنيا غير تلك التي هي فيها. ثم قامتْ بخلع غطاء رأسها، وتساءلتْ: هل كانت أقراط المرجان التي تضعها براقة دائمًا إلى هذه الدرجة؟! ما العشق إلا حجة، فكل شخص يحب نفسه، وما كانت تريد ذلك الوقت إلا لتتأكد من جمالها، وتنظر في مرآة كالتي أمامها تريها ذلك الجمال.

اليوم، ستذهبان مرة أخرى لزيارة خالدة. وبعدما ارتدتْ الحاجة جلبابها، وكذلك زهرة، وأسدلا الخمار على وجهيهما في فناء الدار، بدأتْ الحاجة كعادتها قبل أن يخرجا من الباب دائمًا بسرد تحذيراتها وتنبيهاتها:

- «لا تتلفتي يمنة ويسرة وأنت تمشين، ولا تضحكي في الطرقات، ولا تجعلي أحدًا يلتفت إلينا؛ يجب أن تكوني دومًا الفتاة الرزينة التي لا تجلب الكلام لنفسها. ولا تفارقيني أبدًا، ولا تمري بالقرب من الرجال الذين يجلسون أمام متاجرهم».

ثم انطلقتا أمامي؛ أنا التي أحكي لكم كل هذا، إذ كنتُ خلفهما بخطوتين تقريبًا، وكان بوسعي أن أسير وسطهما، ولكني حتى ذلك الوقت لم أعتد على كوني غير مرئية لهما، فكنتُ أتحرج من الاقتراب الزائد.

بعد أن دخلتا زقاق أورتا حِصار، بدا أن التنبيهات والتحذيرات التي قالتها الحاجة عند باب الدار قد سقطتْ تمامًا، إذ مشتْ بخطى سريعة جدًّا، تاركة وراءها الحاجة تمشي على مهل، حتى وصلتْ إلى بوابة «مقبرة العمارة»، فصعدتْ بضع درجات، بينما هبَّتْ نسائم لطيفة كانت تداعب الأعشاب البرية وأشجار السرو التي راحتْ تنحني مع الريح. ومع أن الوقت كان وقت ظهيرة في آب، فإن الجو داخل المقبرة كان معتدلًا لطيفًا، فحمدتْ الله الذي منَّ بهذه النسائم العليلة على «مقبرة العمارة» وهي تنظر حولها لترى شواهد القبور في كل مكان: منها ما لم يزل سليمًا عليه شكل عمامة، ومنها ما كان عليه طربوش، ومنها ما كان مغطى بالحشائش والأعشاب البرية، ومنها ما انحنى قليلًا ومال، ومنها ما انهار وتحول إلى ذرات اختلطت بتربة المقبرة. وقد كان منقوشًا على تلك الشواهد أشكال تعبر عن المهنة التي كان يشغلها صاحب الضريح قبل موته، فعلى بعضها يوجد قلم أو فرشاة أو بندقية أو قذيفة، كل حسب مهنته وعمله. نظرتْ زهرة إلى تلك القبور وداخلها ذلك الشعور الفريد الذي يجعلها تشعر بأنها جزء من تلك الكائنات، ثم جلستْ على جدار منخفض في المقبرة، وأسندتْ ظهرها إلى حجر هناك.

ارتحتُ أنا أيضًا عندما شعرتُ بهذه النسائم العليلة، ووقفتُ على مقربة منها وقد أسندتُ ظهري إلى أحد شواهد القبور، ورحتُ أنظر إلى أشجار السرو فيها والزهور وأشجار الزيتون، ثم أخذتُ نفسًا عميقًا فشممتُ رائحة الحجارة التي غُسِلَت بالماء قبل قليل، وسمعتُ أصوات الفتيات الصغيرات مضفورات الشعر وهن يلعبن القفز على الحبل، وأصوات الصبيان المشاغبين

وهم يحاولون أن يفسدوا عليهن لعبتهن، ويقف أحدهم خلف أحد الشواهد وهو يحمل مرآة يصوب من خلالها ضوء الشمس على عيونهن كي يضايقهن. وبينما أخذتْ الجدة توبخه، تلفتتْ زهرة يمنة ويسرة، ثم مسحتْ عرقها بطرف جلبابها الذي فتحته قليلًا كي تأخذ نفسًا، ثم أغمضتْ عينيها وراحتْ تصغي إلى صوت أشجار السرو وهي تتمايل مع النسائم، قبل أن تقرأ الفاتحة على روح صاحب القبر الذي كان إلى جانبها، والذي لم تكن تعرفه، ثم اتجهتْ نحو مقام السيدة خاتون تاركة الحاجة وراءها.

لقد كان الحاج يقول لها دائمًا وهو يحدثها عن إسطنبول:

- «لكل مدينة، بل لكل حي، صاحبٌ روحي. فمثلًا، صاحب حي أسكودار في إسطنبول هو الشيخ عزيز محمود هودائي. أما صاحب إسطنبول بأسرها، فهو من دون شك الصحابي الجليل أبو أيوب الأنصاري».

فكانت زهرة تقول لنفسها: «نعم، لكل مدينة صاحبٌ روحي، وكلهم من الذكور، إلا طرابزون، فإن صاحبتها سيدة، وهي ترقد هنا: صاحبة الفخامة والشأن والنسب والحسب والأصالة السلطانة كولبهار».

ولا يظننَّ ظانٌّ أن فتح طرابزون قد وقع خلال يوم من أيام تشرين الثاني، فقد كان السلطان محمد الفاتح من السلاطين الذين حققوا فتوحاتهم في فصل الربيع. كما أنه قد وُلِدَ في آذار، وتُوفِّيَ في أيار، وحاصر إسطنبول في نيسان، وفتحها في أيار. وكذلك فعل في طرابزون التي قدمها هدية لا تُقدَّر بثمن لزوجته كولبهار خاتون، أم بايزيد الثاني.

حسنًا، ولكن ما الذي كان لدى كولبهار خاتون في طرابزون؟ لقد كان الحاج يحكي لها تلك القصة:

- «في يوم من الأيام، بينما كانت السلطانة كولبهار خاتون تبحر في البحر الأسود وهي في طريقها لزيارة الشاه زاده سليم، وقعتْ بين

براثن عاصفة مشهورة في البحر الأسود تُدعَى (عاصفة كستانى كراسي). وعندما أدرك قبطان السفينة حينها أنه لا يستطيع الإبحار أكثر من ذلك لأن ذلك سيعرض حياتهم للخطر، قرر أن يلجأ إلى ميناء (فول). وبلدفول هذه كانت بلدة صغيرة أهلها يشتغلون بصيد الأسماك لتأمين لقمة عيشهم، فلم تكن بالبلدة الكبيرة التي بإمكانها استضافة سلطانة كالسلطانة كولبهار. ولكن منذ ذلك الوقت، لم تتخلَّ السلطانة عن المكان، وتعهدته بالرعاية والعون، كأن في رقبتها دينٌ عليها ردُّه له، إذ أوقفتْ جزءًا كبيرًا من أملاكها لصالح تلك المنطقة سُمي (الوقف الكبير)، ثم انتقل الاسم بعد ذلك إلى ميناء فول الذي أصبح يعرف بـ(الميناء الكبير)».

وهي واقفة أمام شباك صاحبة المقام، قرأتْ زهرة الفاتحة لروحها، ثم أتبعتها بقراءة سورة الإخلاص 11 مرة، قبل أن تقرِّب شفتيها من زجاج ذلك الشباك المغبر، وتنفخ على قبر السلطانة كولبهار. لم تكن تخفي ما يحيك في صدرها، فهي تعرف أن صاحبة المقام أنثى مثلها، والأنثى تفهم الأنثى بطبيعة الحال، فقالتْ من قلبها:

- «معلم الرسم ذلك...!».

كانت بحاجة ماسَّة لأن تبوح بما في قلبها، فالتفَّتْ حول ذلك المقام، ودخلتْ برجلها اليمنى من بابه المفتوح بعض الشيء، ثم جثتْ على ركبتيها إلى جانب الضريح المدثر بغطاء مخملي مطرز بخيوط من فضة تلمع تحت وهج القناديل، وأمسكتْ بطرف ذلك الغطاء وقبلته، فاشتمتْ رائحة الورد والعنبر والقرنفل التي تفوح منه، وهمَّتْ بفتح قلبها للسلطانة كولبهار، ولكنها لم تستطع إكمال جملة: «معلم الرسم ذلك...!»، فقد دخلتْ الحاجة وجثتْ إلى جانبها.

لا أعلم كم مكثنا نحن الثلاثة إلى جانب ذلك الضريح حتى سمعنا أذان صلاة الظهر. وعندما خرجنا من المقام، راحتْ زهرة تنظر إلى حجارة وقبة ذلك الضريح ذات اللون الفاتح الذي لا يناسب خضرة وزرقة هذه المدينة؛ مَن أنشأ هذا المقام؟ كانت تلك المرة الأولى التي يثير فضولها هذا الأمر، فحاولتْ أن تقرأ اللوحة المعلقة فوق باب المقام، واستطاعتْ أن تجد اسم «علي الأعجمي التبريزي».

كان هذا المهندس ضمن الأسرى الذين أحضرهم السلطان يووز سليم خلال فتوحاته في الشرق، وهو من أتراك أذربيجان، ولكنه اشتهر باسم المنطقة الجغرافية التي أتى منها أكثر من عرقه، فأصبح يُطلَق عليه «علي الأعجمي».

لقد شعرتْ زهرة بامتنان كبير في قلبها ناحيته، إذ ترك هذا الصرح الحضاري هنا، ولكن لا أحد يعرف كم كان يعاني من لوعة الشوق إلى وطنه وهو بعيد عنه، لذا قرأتْ الفاتحة لروحه، ثم أكملتْ طريقها مع الحاجة.

أما أنا، فبينما أصعد طلعة تكفورساير، تعرفتُ على ذلك البيت الذي كانت أمي تأخذني معها إليه في طفولتي مرات عديدة، فكم من يوم من أيام طفولتي قضيته هنا في هذا البيت الذي يشبه عش النسر، ويُحَاط بآثار تاريخية مثل جسر زاجانوس وأورتا حِصار وتيكفور سراي! لم تزل العريشة في مكانها، وأغصان شجر العسلية والورود والأزهار. لكن الأزهار ذبلتْ منذ فترة، وحتى اليرقات والحشرات التي أشمئز منها منذ صغري كانت موجودة؛ مددتُ يدي إلى إحداها ولمستها، فشعرتُ بالشعور نفسه مرة أخرى.

استفقتُ من الأفكار التي سرحتُ بها بسبب الأصوات التي وصلتْ إلى مسامعي، أو بالأحرى الهمس والضحكات التي سمعتها عندما نزلتْ فتاتان وقعدتا تحت العريشة في الحديقة، فاتجهتُ نحوهما. ولو لم تنادي زهرة الفتاة التي معها بـ«خالدة»، لما تعرَّفتُ عليها؛ هذه إذن السيدة التي

لا يمكن أن أنساها، فصورتها محفورة في ذهني في فترة طفولتي «الخالة خالدة»، بيد أني لم ألحق بها إلا وقد شاختْ وكبرتْ، بينما كنت أنا في أول مرحلة من طفولتي. عندما نظرتُ إلى وجهها وهي شابة، عرفتُ ماذا يسلب العمر والزمن من الإنسان، وما الذي يبقيه له! لقد تغيَّر كل شيء فيها: شعرها وأسنانها ولون بشرتها ورائحتها وبدنها، حتى طولها قد تغير مع مرور الزمن، ولكن الشيء الوحيد الذي صمد فلم يتغير كان نظراتها، فقد بقيتْ نظرات «الخالة خالدة» كما هي، تمامًا كما أتذكرها في طفولتي؛ النظرات نفسها من العيون نفسها.

غاصتْ الفتاتان، مثل أي فتاتين من الممكن أن تجتمعا في العالم، في الأحاديث والحكي والقصص؛ ما إن تنتهي قصة حتى تدخلان في أخرى، وأحيانًا تدخلان في قصة جديدة وتكملان الأولى التي لم تنتهِ في موضع آخر. في الواقع، كانتا تتحدثان عن خليل صفا، وعن حمل خالدة، وما إلى ذلك، ولكن ثمة شيئًا في زهرة لم يخفَ على خالدة، فقد كان خداها متوردين محمرين، وتعتلي محياها ابتسامةٌ عريضةٌ، وفي عينيها لمعةٌ لم تكن تراها من قبل. ولقد همَّتْ بأن تسألها عن السر أكثر من مرة، ولكنها تراجعتْ لأنها تعرف زهرة جيدًا، وتدرك أنها هي التي ستخبرها بكل شيء من تلقاء نفسها.

وبالفعل، حدث ما كانت تتوقعه، فما هي إلا لحظات حتى بدأتْ زهرة الكلام:

- «معلم الرسم ذلك...!».

اعتادتْ الحاجة ألا تبقى في المكان الذي تذهب إليه حتى العصر لأن المرأة يجب أن تعود إلى بيتها قبل غروب الشمس، ويجب عليها أن تشعل لمبات الغاز وتجهز البيت قبل الغروب. وقد كانت تلتزم بذلك حتى في أيام آب الطويلة، لذلك كان عليها أن تخرج لتعود إلى بيتها، فنادتْ على زهرة:

- «هيا يا ابنتي، دعينا نذهب».
- «سأبقى هذه الليلة هنا».
- «حسنًا، ابقي!».

كان بإمكان زهرة البقاء، فالبيت ليس بيتًا غريبًا، ولن يقلق أحدٌ عليها، ولكن لو أن هذه الفتاة تتحدث بلباقة أكثر، وتقول ولو لمرة واحدة: «هل يمكنني البقاء هنا؟»، عوضًا عن: «سأبقى هنا»!

صاحتْ زهرة قائلة لجدتها:

- «سأعود غدًا.. ظهرًا».

بالطبع، ستعود قبل هذا الموعد، فلديها بعد الظهر درس رسم!

استمرتْ دروس الرسم حتى بعد أن أصبح النهار أقصر من الليل، وصار العصر يؤذن في وقت أبكر، وتطلع الشمس في وقت متأخر. فلقد انقضى آب، وانتهى جوه الحارُّ المحرقُ، وأقبل أيلول بجوه البارد، حتى أن ربعه تقريبًا قد انقضى، واقتربتْ أيام هجرة طيور النورس جهة مدينة ريزا، ودنتْ لحظات هيجان البحر وثوراته واضطراب موجاته.

في الأوقات التي يأتي فيها جليل حكمت إلى البيت، كان وجه زهرة يبدو أشد حمرة، وفستانها أشد بياضًا. لم يفصح أحدهما للآخر عما يكنه من الحب، ولكن الجدة لم يخفَ عليها ذلك، واستطاعتْ أن تشتم رائحة هذا الحب العذري، فأصبحتْ تختلق أعذارًا وحججًا أكثر من السابق بكثير كي تدخل عليهما أكثر من ذي قبل:

- «لقد صنعتُ لكما هذا العصير.. أعددتُ لولدي هذه البقلاوة بيدي...».

في الواقع، ما كانت الجدة لتعترض على زواجها منه، بل ستوافق وقلبها مطمئن، فلقد كان شابًا خلوقًا صاحب مهنة، روحه حلوة والخير أمامه، والأهم أنه من عائلة معروفة ذات حسب ونسب، حتى أنها حاولتْ ذات ليلة أن تجسَّ نبض الحاج لتعرف رأيه به، فلاحظتْ أنه أيضًا لا يرى مانعًا:

- «ولِمَ لا؟ هل سنجد أفضل منه؟».

بيد أن الشيء الذي يؤرق الحاجة أن هذا الشاب مشهور في طرابزون بأنه صاحب فن، وأهل الفن يختلفون عن بقية الناس، فهل يسبب هذا الشخص مرهف الإحساس لزهرة مع الوقت ما يضايقها أو يزعجها؟ هل سيتحمل في البداية أي شيء ويكبتْ في قلبه حتى يأتي يوم ينفجر في وجهها كالبركان الثائر؟ هل تفكيره وتقييمه للأمور سيكون مختلفًا عن أي شخص آخر؟ هل

سيخوض غمار تجارب ومغامرات سعيًا وراء أحلام وأوهام غير منطقية؟ هل سيكون قلبه قاسيًا ويملُّ من زهرة فيتركها في مهب الريح؟ بقيتْ الحاجة ليالي عديدة تفكِّر بهذه الأمور وهي تتأمل الجبال والبحار والوديان، وتضرب أخماسًا في أسداس، فهذه الطائفة من الناس ليستْ محل ثقة برأيها. بيد أن الأمر مختلف في حالة جليل حكمت، فتصرفاته وكلامه وأدبه تجعلها مقتنعة به، تقول عنه: «إن حسناته تطغى على سيئاته». لقد كان معلم الرسم في الثانوية السلطانية في طرابزون نقيًا كالماء الصافي، لا يمكن لأحد أن يفهم روحه تلك إلا فتاة مثله، تشبهه ويشبهها.

وذات يوم، جاء السيد جليل حكمت ومعه كتاب عن أشهر الرسامين كان قد أحضره من باريس منذ زمن. فأخذتْ زهرة الكتاب، وبدأتْ تقلِّب صفحاته.

وعندما راح جليل حكمت يتحدث عن التصور التاريخي لصورة المسيح، تذكرتْ زهرة تلك الصورة التي كانت ضمن الصندوق الذي قدمته لها السيدة سيرانوش عندما كان طفلًا يشبه قطعة من النور في حجر والدته؛ ما الذي جرى حتى يصبح في هذه الحال؟!

كانت زهرة تستمع وتحكي مثل كل الأوقات، ولكن اليوم بدا الجمال الذي يشع منها يكاد ينير كل ما حولها، فشعر جليل حكمت أنه لم يرَ شيئًا كهذا من قبل، وتوقف عن الإتيان بأي حركة مكتفيًا بالنظر إليها وهي تقلب الكتاب صفحة صحفة. وعندما تخيل أن أحدًا غيره يمكن أن يلاحظ هذا الجمال، شعر بخوف كبير يملأ قلبه، فلا بد أن يرسل أمه في أسرع وقت. وبينما يحاول كبت إحساس الخوف والفزع الذي بدأ يستشري في قلبه أكثر فأكثر، راح يحكي لها عن غيوم لوحة من عصر النهضة، وعن كمية الظل والضوء فيها.

في صباح اليوم التالي، استيقظتْ زهرة من نومها، وقعدتْ على فراشها. وعندما همَّتْ بأن تقوم، فتحتْ ستارة إلى جانب سريرها، واقتربتْ من زجاج النافذة حتى التصق أنفها بالزجاج. في الخارج، كان البحر الأسود بلونه اللؤلؤي ممتدًا أمامها بكل هدوء وسكون، والزوارق المحملة بالخضراوات والفواكه تطفو على سطحه، تحط عليها طيور النورس وتطير، وعن بعد ترسو بضع بواخر، وفي الأفق تصطف غيوم جليل حكمت في صف واحد كأنها كتيبة من الفرسان. ولأن الوقت كان لحظات الشروق الأولى للشمس، انعكستْ الغيوم عليها بنور أحمر، فبدتْ مجوهرات أو شيئًا عجزتْ زهرة عن وصفه، وشعرتْ بإحساس جميل يغزو قلبها، وقشعريرة كأنها قد رأتْ شيئًا تعرفه ولكنه منسي. وفي هذه اللحظة، سمعتْ خطوات إسماعيل في الأسفل، فجرتْ بسرعة إلى السلم، ونادتْ بصوت منخفض:

- «إسماعيل، تعالَ وانظر إلى تلك الغيوم».

جلسا على الفراش ذاته، ووقفا خلف النافذة نفسها، وراحا يشاهدان الغيوم واضعين أنفهما على زجاج النافذة. أما أنا، فوقفتُ بالقرب منهما ناظرة إلى الغيوم. وعندما فتحتُ فمي كي أقولها، سبقني إسماعيل:

- «هذه غيوم الجنة».

فنظرتْ زهرة إلى زهور السجادة المسكينة، ثم عادتْ بناظريها إلى الغيوم، وقالتْ:

- «لقد حدثتني حفيظة هانم، عندما كنا ننظر إلى السجاد التبريزي، عن الأبدية والأزلية والخلود، غير أنني لم أتمكن من رؤية هذا، ولكني بفضلكَ، يا إسماعيل، استطعتُ أن أرى غيوم الجنة».

هذا يعني أن جزءًا مني كان من إسماعيل، والجزء الآخر من زهرة، لذا جثوتُ إلى جانبهما على الفراش.

قبل أن ينقضي وقت الظهيرة من اليوم الذي رأتْ فيه زهرة «غيوم الجنة»، سُمِعَ طرق سُقَّاطة الباب التي كانت على شكل يد «طق طق»؛ في البداية، قُرِعَتْ مرتين، ثم توقف الصوت، حتى سُمِعَ صوتها ثلاثًا. حينها، عرفتْ الحاجة أن الطارق ليس من أهل الدار، فأومأتْ إلى زهرة كي تفتح الباب. جريتُ معها حتى وصلنا إلى الباب، حيث كان الطارق سعاد هانم، أم معلم الرسم، ومعها «مولودة» ابنتها.

في البداية، قُدِّمَ ماء الورد لهما بقمقم فضي ظريف مزخرف. والحق أن كل شيء كان يضحك في ذلك اليوم الذي بدأ بغيوم الجنة، فقد سهوتُ وظننتُ أني معهم حقيقة، ففتحتُ راحة يدي كي تضع لي فيها ماء الورد، ولكنها لم ترني. ثم جلبتْ زهرة فناجين قهوة فضية وقدمتها لهم. وبعدها، قدمتْ لهم الشربات على طبق من الفضة مزركش كان محفوظًا في صندوق جهاز زهرة. وعلى أي حال، لقد قُدِّمَ كل شيء لسعاد هانم دون أن يبخلوا عليها بشيء. وعندما ذهبتْ زهرة مع مولودة إلى غرفة إسماعيل، لتريها اللوحات التي رسمتها، تطرقتْ سعاد هانم للأمر الذي جاءتْ من أجله. في الواقع، كانت الحاجة تعرف سبب الزيارة. ولرضاها عن حدوث ذلك، لم تعسر الأمر الذي حدث بسرعة أكبر مما توقعتْ، ولكن خير البر عاجله! في تلك الأثناء، كانت سعاد هانم تقول لها:

- «لقد جئناكم طالبين يد ابنتكم زهرة هانم لابننا جليل حكمت على سنة الله ورسوله».

كانت هذه الزيارة لرؤية الفتاة، ومعرفة رأي أهلها، فهل سيقبلون بقدومهم كي يطلبوا يدها بشكل رسمي؟ هل سترحب الحاجة بأن يتفضلوا ليلة الخميس كي يطلبوا يدها في تلك الليلة المباركة؟

لقد ارتفعتْ حرارة الحاجة عندما سمعتْ ذلك، وبدأتْ تتصبب عرقًا، حتى أنني شعرتُ بحرارة جسمها من مكاني، ومع ذلك أجابتها:

- «ولِمَ لا؟ إنه يومٌ مناسبٌ، فليتفضلوا مساء الخميس».

ولكن ذلك الخميس لم يأتِ أبدًا. وكان واضحًا أنه لن يأتي ليس من يوم الأربعاء، بل من الثلاثاء. أما أنا، فكنتُ أعرف أن هذا الأمر لن يحصل، لا في تلك الليلة ولا في غيرها، ولكنني لستُ متأكدة من السبب.

في يوم الثلاثاء، عندما رجع الحاج من صلاة الظهر إلى البيت، قال تلك الجملة المشؤومة:

- «لقد أُعلِنَ النفير العام».

لم يكن جليل حكمت قد أدى الخدمة العسكرية بعد، لهذا سيُسحَب إلى الحرب لأنه ملزم بأداء الخدمة العسكرية. ولقد كان ثمة متطوعون يرغبون في الذهاب للحرب، فجُهِّزَتْ كتيبة من المتطوعين في طرابزون، توافد طلاب السنة الأخيرة من الثانوية السلطانية للانضمام إليها.

حُبِسَتْ أنفاس الحاجة وهي تفكر: «طلاب السنة الأخيرة من السلطانية؟»؛ أي صف إسماعيل!

عندما عدتُ إلى رشدي، كنت جالسة أمام مكتبي. وبالنظر إلى كلمة الحاج التي قالها إثر عودته من المسجد، فإني أكون قد بقيتُ في ذلك الزمن الغابر ستة أشهر، ومع هذا لم تزل أشعة شمس شباط الباردة تتراقص فوق دفتري.

أسندتُ ظهري إلى الكرسي، وفي رأسي آلاف المشاهد والصور التي أتخيلها بيد أن صورة بعينها استأثرتْ بتفكيري؛ إنها الصورة التي التُقِطَتْ من قبل الأخ الأكبر في الأخوين كاكولي لمباراة كرة القدم التي كانت النساء فيها يتابعن المباراة، وتأكدتُ أنني رأيتُ هذه الصورة من قبل. لم أكن بحاجة إلى أن أفكِّر كثيرًا، فكم قضيتُ من وقت وأنا جالسة أمامها أحتسي القهوة أو الشاي؛ لقد كانت معلقة على الجدار المقابل للطاولة التي أجلس عليها مع أصحابي في المقهى الذي نلتقي فيه باستمرار. ومع أن المقهى به مئات من الصور القديمة لطرابزون، فإنني لم أجلس إلا أمام تلك الصورة. لم أستطع التحمل أكثر من ذلك، فجهزتُ نفسي، وانطلقتُ نحو ذلك المقهى قاطعة الطريق الطويل المؤدي إليه بأقصى سرعة.

كان المقهى خاليًا، فجلستُ إلى الطاولة التي أجلس إليها دائمًا، ونظرتُ إلى الصورة المعلقة على الحائط؛ نعم، هي الصورة نفسها، والمشهد نفسه. إن المصور الذي جاء طرابزون في ذلك الزمن، حاملًا تلك الآلة الضخمة على ظهره يجوب بها المدينة ليلتقط صورًا لأماكنها ومعالهما التاريخية، قد التقط هذه الصورة الجميلة لهذا المكان من ميدان كاباك الذي يوجد مكانه الآن ملعب عوني عسكر، حيث كان النساء يقفن لمشاهدة الشباب وهم يلعبون كرة القدم.

وقفتُ مكاني، ثم اقتربتُ من الصورة ونظرتُ إليها عن قرب، ثم نظرتُ إليها من بعيد وغيرتُ الزاوية التي أنظر منها، فاقترب النادل الذي يأخذ الطلبات مني دائمًا، وسألني:

- «هل ترغبين بشيء، أستاذتي؟».

- «لا، أنظر فقط إلى تلك الصورة».

وبينما أنظر إلى الصورة من أولها إلى آخرها مرارًا وتكرارًا، كنتُ في كل مرة ألاحظ فيها شيئًا مختلفًا، حتى أنني تمكنتُ من ملاحظة أشياء لم أكن قد لاحظتها حتى عندما كنتُ داخلها في ذاك الزمن، لأن ذلك كان بحاجة إلى تدقيق ونظرة عميقة أكثر ونظرة خارجية شاملة لكل تفاصيلها. فقد لاحظتُ ذاك الشاب الواقف لحظة التصوير وقد ضرب بيده على رأسه كأنه نسي شيئًا ما، وذلك الحصان الذي كان بحالة يرثى لها رغم أنه يتمم جمال المشهد، وتجمعات النساء، وإسماعيل وزهرة معه.

لقد كان ظهرهما مباشرة نحو عدسة الكاميرا كغيرهما، فرحتُ أدقق في جلباب الحاجة القديم الذي ترتديه، والخطوط التي عليه، والتي تبدو في الصورة سوداء، ولكنني عندما رأيتها لم تكن كذلك، بل كانت كحلية. كانت زهرة تشاهد تلك اللعبة التي يُطلَق عليها كرة القدم، دون أن تخلع حجابها أو تفتح جلبابها. وكان جوربها الأسود السميك ظاهرًا من تحت الجلباب وقد انزلق من كاحلها قليلًا لأنه قد اتسع. يا إلهي، لقد كانت زهرة تخلع حذاءها من رجلها اليمنى لأن حذاء جدتها الذي ترتديه كان ضيقًا يضايقها، فخلعته ووضعتْ قدمها اليسرى فوق قدمها اليمنى.

أما أنا، فلم أظهر في تلك الصورة، مع أنني كنتُ داخل اللقطة في ذلك الزمن، بل كنتُ أمام عدسة الكاميرا تمامًا وجهًا لوجه! كم تمنيتُ أن أكون أنا أيضًا جزءًا من هذه الصورة الخالدة، ولكن يبدو أن ذلك المصور المشهور

في طرابزون لم يرني حينها. ألم يكن هذا المصور المشهور مضربًا للمثل والمديح من قِبل الناس بأنه قادر على إظهار ما لا يُرَى في الحقيقة؟! هذا يعني أن عبارة أن الصورة تظهر حتى الروح التي فيها ليستْ صحيحة!نظرتُ إلى زهرة التي تضع قدمها اليسرى فوق اليمنى، والتي بقيتْ صورتها مخلدة إلى الأبد وهي تشاهد تلك المباراة التي تُلعَب أمامها. لقد كنتُ إلى جانب كتفها الأيمن تمامًا.. كان ذلك مكاني! ابتسمتُ بشوق لها، مع أني لم أظهر في الصورة، ولكني كنتُ في هذه الزاوية بالضبط، وناديتها داخل الصورة:
- «أنا إلى جانبكِ وأنتِ لا تدرين!».

الفصل الثاني
السوق المغطاة في تبريز

مرت شهور... وكم من مرة سافرت فيها بخيالي إلى إيران منذ شباط حتى اليوم! وكم من خيال حلمت به! وكم من وهم ووسوسة طرقت باب قلبي: «ماذا لو أني أجري وراء سراب ووهم»؟! فكل ما أملكه بضعة أشياء تركت لي ذكرى أبحث وأتحرى عنها، وأفتش وراءها، ورسالة يتيمة عليها ذلك العنوان وصلت قبل ثلاثين سنة! وكم من أشياء تغيرت خلال تلك الثلاثين! فماذا لو كان هذا العنوان قد تحول إلى مركز للتسوق أو موقف للسيارات أو مجمع سكني.. ماذا عساي أن أفعل حينها؟ ولنقل إنني استطعت أن أجد ذلك العنوان، فهل سيكون ثمة باب أقرعه؟ ولنقل إني ذهبت، ووجدت العنوان، وقرعت الباب، فهل أهل تلك الدار على استعداد لاستقبالي؟ هل من الممكن أن أصل في يوم غسل السجاد؟ هل سيستضيفونني ويسمحون لي بالدخول أم سيتهربون مني؟ ماذا لو استضافوني ودخلت.. هل الرابط الأسري الذي فقدناه منذ زمن ما زال قائمًا؟ والأهم من ذلك هل الأجداد والكبار يعرفون تلك الحكاية؟ هل تناقلتها الأجيال فيما بينها؟ هل تناقلتها الألسن حتى بلغت الناس في يومنا هذا، أم أنهم يحكون في عطلة الصيف والأعياد عن المدارس والامتحانات والبيوت والسيارات؟!

لقد كنت قلقة، وكان الحق معي تمامًا في هذا، فأنا أعيش في بلد لا يستطيع إلا قليلًا الحفاظ على نفسه طوال ثلاثين سنة. ومن ثم، ظننت أنني لن أجدهم بهذه السهولة، كأني أنا التي تركتهم في ذلك مكان، وأعرف أين هم.

ولكن لا بد أنهم هناك. وإن لم يكونوا كذلك، لما شعرت بهذه الراحة الكبيرة والإحساس بالأمان وأنا عازمة على الذهاب إلى بلد لم أذهب إليه من قبل قط، ولا أعرف فيه شيئًا. يا إلهي.. أرجو أن يكونوا هناك!

أشعر بخوف كبير من أن يحدث طارئ أو مشكلة فلا أستطيع السفر. يا إلهي.. لا أريد أن أشعر بألم في معدتي أو تُكسَر رجلي أو يتوقف قلبي؛ ليحدث ذلك متى شئت.. ولكن ليس في هذا التوقيت.

لقد كنت متحمسة حتى أنه لو كان الأمر بيدي لجهزت حقيبتي من الآن، رغم أنه لا توجد أشياء كثيرة أضعها في هذه الحقيبة، فكل ما سآخذه معي سترتان سوداوان وحجابان ودفتران وكثير من الأقلام وحاسوبي الشخصي. أخيرًا، سأسافر في أخف رحلة في حياتي، وأتخلص من تصفيف شعري الطويل، والتزين كل صباح، والملابس الكثيرة، وحمل الحقائب الثقيلة؛ سأتخلص من هذا كله، فهذه الرحلة في مخيلتي ستكون رحلة بحقيبة ظهر فقط. أخيرًا، ستكون زينتي كلها خاتمًا في إصبع يدي اليمنى ذا حجر أسود.

وبما أنني ممن لا يتركون شيئًا للظروف والصدف، فقد صورت كل ما لدي، خاصة تلك الرسالة المهترئة التي أخذت نسخًا لها وحملتها على الحاسوب إذ كانت تراودني أفكار عن أنني ربما أفقد هذه الرسائل والذكريات. ومع أنني أحفظ تلك الرسائل سطرًا سطرًا، بل حرفًا حرفًا، فإنني لم أكن لأثق بهذا وحده. كنت واثقة جدًّا من أنني سأجدهم حتى أنني صنعت ألبومًا من الصور، جمعت فيه صور جدي وجدتي وخالاتي وأمي وأخوالي، والبيت الذي عاشوا فيه، والطرق التي مشوا بها، والبحر المقابل للبيت. ليس هذا فحسب، بل إنني أخذت لهذا كله نسخة ورقية، وأخرى إلكترونية احتفظت بها على الحاسوب، لأنني سأترك لهم تلك النسخ الورقية. وفي الأخير، وضعت ذلك الصندوق المعدني بأكثر زاوية آمنة في حقيبتي.

لا يزال أمامي عشرون يومًا حتى السفر، بيد أن الحماس دخل حتى في أحلامي، فكيف ستمضي الأيام المتبقية؟ حسنًا، وجدت الطريقة التي تخلصني من ذلك الشعور؛ إنها الطريقة التي تجتمع فيها كل نساء العالم: التسوق والتجول في الأسواق. ومن ثم، نزلت إلى السوق وقد تصورت في عقلي عائلة، فقررت أن أشتري لكل فرد منها هدية.

فكرت أولًا أن الأجداد ومَن هم من الرعيل الأول ليسوا على قيد الحياة، ولكن أبناء الجيل الثاني ربما يكونون أحياء، وقد ألتقي بأحدهم حتى إن كان في التسعينيات أو الثمانينيات؛ لا بد أنه على قيد الحياة، وما زال يحافظ على صحته وذاكرته وينتظرني؛ عليَّ إذن أن أشتري له شيئًا كي يعرفني ويتذكر هذه البلاد. ولكن ما هو ذلك الشيء؟ أمضيت نصف اليوم أتجول بالأسواق، وفي النهاية قررت أن أشتري مسبحة من حجارة الكهرمان الأصفر. لقد كنت دقيقة في انتقاء مثل هذه الأشياء حتى أنني جعلت الصائغ يعيد صف الأحجار مرة أخرى غير مكترثة لما يقوله: «ما الخطأ فيها؟!»، وطلبت منه أن يغير لي الشاهد والفاصلتين في المسبحة، ولأختار الجديد منها قلبت له الدكان رأسًا على عقب. لعله كرهني بعدها، ولكن ما فعلته كان يستحق.

أما أبناء الجيل الثالث والرابع؛ أي مَن هم في مثل عمري، فكان الأمر سهلًا، خاصة النساء، فكل نساء العالم يتكلمن لغة مشتركة. وآخر جيل هم الأطفال، وقد أخذت للفتيات ألعابًا صغيرة توضع على رؤوس الأقلام وحقائب مزينة وأشياء أخرى كثيرة. ربما يكون هناك رضع أيضًا في اللفة، وقد أخذت لهم أحذية صغيرة وبعض الفساتين المزهرة.

ماذا يحب الصبيان: سيارات؟ كرة قدم؟ بينما أنا واقفة أمام قسم الأطفال بدكان لبيع الهدايا التذكارية المحلية، اقتربت مني فتاة تعمل في المتجر، وسألتني مبتسمة:

- «كم عمره؟».
- «لا أدري!».

فابتسمت من كل قلبها، ثم قالت:
- «أما يزال رضيعًا؟».

فأجبت مبتسمة:«لم أتعرف عليه بعد!».

لم تستطع أن تستوعب ما أقول، وما حاولت أن أشرح، ومع ذلك جعلتها تلف لي كثيرًا من الهدايا. لم آخذ في حياتي مثل هذه الأشياء الصغيرة؛ لقد كانت حقيبتي مليئة بالهدايا إلى أشخاص مجهولين لا أعرفهم. على أي حال، لقد جهزت حقيبتي، ومَن كان له نصيب سيأخذ من تلك الهدايا.

غدًا موعد سفري، واليوم أذهب إلى آخر مكان أزوره قبل السفر.

ركبت حافلة صغيرة كي أنزل بها إلى مركز المدينة، كما كنت أفعل في كل مرة منذ زمن طويل. وقد لفتت انتباهي درجة الحرارة التي يشير ميزان الحرارة إلى أنها كانت (33)، فهذه المدينة غير معتادة على حرارة مثل هذه. فتحت نافذة الحافلة، وشغل السائق الراديو، وإذا بأغنية نيلوفر.. حقًّا، لا أدري من أين خرجت في هذا الوقت:

ليس لنا حبيب بعد الآن،

ولا حب بعد الآن؛

ألم تقل لي وأنت تغادر:

يجب على المسافر أن يمضي في طريقه!

شعرت بألم شديد في قلبي. وعندما نزلت في موقف «أتابارك»، مشيت نحو مقام السلطانة كولبهار، ولكن باب المقام كان مغلقًا، فأمسكت بشباك المقام، ووضعت جبهتي عليه، متجاهلة زجاجه الغارق بالغبار، ومصابيح الداخل التي حلت محل القناديل، واختفاء الغطاء المخملي المطرز بخيوط

فضية حتى أصبح الضريح صندوقًا أخضر. توقفت هناك قليلًا، ولم أبحث عن أحد يفتح لي الباب، فالأفضل ألا أدخل إذ «يجب على المسافر أن يمضي في طريقه»، ثم ذهبت إلى مقبرة العمارة.

لقد كانت تجلس هناك! إلى ذلك الحجر كانت تسند ظهرها، فجلست في المكان الذي جلست فيه، وأسندت ظهري إلى الحجر ذاته، ثم أدرت وجهي نحو بيت الخالة خالدة الذي كان كعش النسر، والذي اندثر منذ زمن. وبدأت نسائم باردة تهب في أواخر تموز، فأغمضت عيني وناديت: «زهرة، آه لو تعرفين إلى أين أنا ذاهبة!».

ها أنا الآن في طريقي من طرابزون إلى أرضروم، ومن أرضروم إلى أغري، ومنها إلى دوغبايزيد، حيث أبيت ليلة، وفي الغد صباحًا أستقل سيارة أجرة إلى تبريز. لقد نُسِّقَت كل الأمور، ورُتِّبَ كل شيء، فقد تواصلت مع المرشد السياحي والسائق، وكان كل شيء محددًا، من سيارة الأجرة إلى الفندق الذي سنقيم فيه. وياسمين أيضًا ستخرج من باكو هذه الليلة، وغدًا صباحًا ستكون في تبريز، حيث سنلتقي معًا في الفندق.

أبدأ رحلتي تلك جالسة في المقعد الأمامي من الحافلة، أشاهد مجرى نهر يرافقنا على طريق السفر، وأتخيل عمري الذي مضى أمام عيني كأنه خريطة أو صورة من الماضي. باسم الله.. ها قد بدأنا؛ أسأل الله أن ييسر لي سفري هذا. في أرضروم، ثمة نقطة لتبديل واسطة النقل. وقد لفت انتباهي عندما كنت في قاعة الانتظار في محطة الحافلات، حيث كانت نسائم تلك البلدة الباردة التي أعرفها جيدًا تهب حتى في فصل الصيف وتداعب وجهي، سماور ضخم. لا تزال هذه المدينة تبهرني، وهذه المرة الأولى التي يمكنني أن أفصح فيها عن سر حبي لهذه المدينة التي ظللت لسنوات طويلة أقول إنني أحبها؛ هذه المدينة أول الأبواب التي فتحت لي نحو الشرق، حتى قبل باكو.

رحلتي التي بدأت بحافلة مريحة فخمة ستشهد نقطة تحول، فبعد أرضروم سأكمل رحلتي بحافلة أصغر حجمًا وأقل راحة؛ وهأنذا الآن في أكثر حافلة رثّة في المدينة. كنت أظن أن جسدي النحيل هذا لن يحتمل مشاقَّ ذلك الطريق بتلك الحافلة، ولكني مع ذلك استطعت أن أعبر أوعر الطرق وأشدها صعوبة.

أما الفندق في دوغبايزيد، فحتى أفخم جناح فيه ليس به مكيّف للهواء. وإن يكن، لا شيء يمكنه أن ينغص عليَّ فرحتي. أخرج إلى الشرفة، فلا أرى شيئًا حولي بسبب الظلام الدامس، ولكن أشعر أن جبل أغري لا بد في إحدى تلك الجهات لأن الرياح تهب، وثمة شيء يحجب نور النجوم. وعندما تنفس الصبح وفتحت الستارة، تأكدت مما خمنته بالأمس، فهو في المكان الذي توقعته تمامًا.

قبل أشهر، مررت من فوقه، وتمنيت لو كنت بالقرب منه أو حتى عند سفحه، ورضيت ساعتها برؤيته من بعيد. أما اليوم، فهأنذا أقف بالقرب منه وهو أمامي مباشرة يقف شامخًا تحت شمس النهار الساطعة، دون حجاب بيني وبينه، وها أنا أبثه أطيب التحيات والسلام من كل مَن حملني بها أمانة.

في الصباح، بدأت أجرب ارتداء الحجاب لأول مرة؛ لقد كان أمرًا شاقًّا عليَّ، إذ كنت أجد صعوبة في تحمل شعري في ذلك الطقس الحار جدًّا، فكيف سأتحمل هذا الحجاب معه؟ لكنني مجبرة، فقد عزمت واتخذت قراري. أنحني لأرى وجهي في المرآة وهو في أبسط حالاته لأول مرة؛ أكاد لا أتعرف على نفسي، كأنني قد صغرت خمسة عشر عامًا.

عندما نزلت من غرفتي، وجدت سائق السيارة الأجرة الذي سيأخذني إلى تبريز في انتظاري. المسافة من هنا إلى تبريز تُقطَع في ثلاث ساعات أو ثلاث ساعات ونصف. ننطلق في طريقنا نحو البوابة الحدودية وجبل أغري يرافقنا في الرحلة. المسافة بيننا وبين جوربولاك قصيرة جدًا، وبعد هنيهة كنا نقترب من الحدود أكثر فأكثر، فالشاحنات والقاطرات تتزايد، ويصطف بعضها وراء بعض. بعد قليل، ندخل الحدود؛ هل أنا في حلم؟!

السائق كردي، ويُدعَى هابيل، وهو شاب محترم مفعم بالحيوية، يزين سيارته بمسابح وخرز ومجسمات صغيرة وريش تهتز طوال الطريق مع حركة السيارة.

وكان الأسفلت يتوهج من شدة الحرارة ويلمع من وهج الشمس. ونحن في طريقنا، لاحظت شيئًا أمامنا يتحرك، يُفتَح ويُغلَق؛ عندما اقتربنا عرفت: جسد طائر دُهِسَ والتصق بدنه بالإسفلت، وكانت الريح تحرك أحد جناحيه الملتصق بجسده فتفتحه وتغلقه كلما هبّت؛ لا أظن أنني سأنسى ذلك المشهد أبدًا.

نمر من معبر تركيا الحدودي، وأنا أجلس في المقهى حتى ينتهي هابيل من الإجراءات وظهري إلى جبل أغري ووجهي نحو إيران. يا للعجب! هنا علم تركيا، وفي الطرف الآخر علم إيران؛ هل الفاصل الوحيد بين هذه الأراضي وتلك هذه الأسلاك الشائكة فقط؟! على أي حال، فإن هذه الشجرة الضخمة لم تعترف بتلك الحدود، ولم تكترث لها، فمدت قسمًا من جذورها وأغصانها في أرض، وقسمًا آخر في الأرض الأخرى. وبينما أرتشف الشاي الذي آتاني كأنه دواء في ذلك القيظ، جاء إليَّ هابيل عقب أن انتهى من إجراءات جواز السفر، قائلًا:

- «أستاذة، هل ترين هذين الشخصين هناك؟!».

وأردف وهو يشير بيده:

- «إنهما مخطوبان».

- «إيهِ».

- «وهما قادمان من أرمينيا إلى موش في تركيا بحثًا عن أثر لجد لهما هناك».

أنظر إليهما، ثم أحني رأسي قليلاً، وألقي التحية عليهما بكلمة الابتسامة الشائعة المتعارف عليها في جميع لغات العالم. تُرى لو قلت لهابيل: «اذهب وادعهما إلى طاولتنا، ولنقدم لهما الشاي»، فجاءا.. هل نبدأ حديثًا أبتر عن الحال والرحلة والشاي؟! حديثًا يخفي في قلوبنا أضعاف ما نبوح به، إذ لن نستطيع القول: «إنه أمر مؤلم للغاية»!

يقول السائق:

- «أستاذتي، سنعبر الآن الحدود الإيرانية».

فأترك خلفي هذين الشابين الأرمنيين وأنا أفهم حالهما وقصتهما، إذ يبحثان عن أثر لأجدادهما في استقامة مغايرة تمامًا لاستقامتي ووجهتي؛ أتركهما ورائي كما أترك جبل أغري، كأني أقول لهما من قلبي: «إنكما ذاهبان إلى الوجهة التي قدمت منها، وأنا ذاهبة إلى الوجهة التي أتيتما منها، فليس لأحد منا جذور في أرضه»!

سنعبر الحدود الإيرانية بعد قليل. ولكن خلال لحظات، حدث جدل بين بعض التجار الإيرانيين وموظفي الجمارك، فوقعت أجمل مفاجأة لي؛ لقد سمعت كلمات كنت أسمعها وأنا صغيرة كثيرًا من فم جدي وهو يتحدث إلينا: «قربان، عزيز جانم، مان أوزم».

في تلك الأثناء، كنت أقف تحت ظل شجرة صفصاف كبيرة وأنا أضع الحجاب على رأسي. ومن تلك اللحظة، كنت مغمورة بالسواد من رأسي حتى أخمص قدمي. أما هابيل، فكان يقول لي:

- «أستاذتي، هل معك في الحقيبة شوكولاتة أو كولونيا أو أي مشروب كحولي؟».
- «لديَّ علبة شوكولاتة فقط».
- «حسنًا، دعينا نرى؛ أظن أنهم سيأخذونها إن رأوها».

ليأخذوها؛ ألم آتِ إلى هنا كي أوزع ثروتي؟

لم يقترب أحد من حقيبتي حتى، وبدوا محترمين كل ما يهمهم معرفة السبب الذي جئت من أجله، فبادر هابيل:«للسياحة».

- «سفر خوبى داشته باشى».

فهمت ما يقصدونه «رافقتك السلامة»، فقد كانت هذه الكلمات تتكرر كثيرًا على مسامعي.

نصعد السيارة مرة أخرى تاركين وراءنا من يصرف العملة عند المعبر، وسيارات الأجرة المنتشرة في كل مكان متجهة إلى تبريز، فيقول هابيل:

- «كل شيء تمام.. نحن الآن في إيران».

لولا كتابات باللغة الفارسية على الجدران طوال الطريق، لظننت أنني في إحدى المناطق في شرق الأناضول. وبينما مؤشر الحرارة في السيارة يشير الآن إلى (36) درجة، التفت خلفي ناظرة إلى الأراضي التركية؛ هناك بلدي وليس هنا، هناك تركيا. ثم نظرت مرة أخرى خلفي فوجدت صورة أتاتورك، وهنا صورة خامنئي، أما الجبل فراسخ مكانه. دائمًا ما يكون عبور معبر حدودي تجربة أقرب إلى المعجزة، فرغم أن الأرض واحدة، فإنك ما إن تعبر ذلك الشريط الحدودي حتى تصبح لغتك ونقودك غير متداولة وغير معمول بها.

عندما دخلت تبريز، ظننت أن مَن سيستقبلني هنا «الشمس»، فقد أتيت وفي ذهني تلك الصورة عن ذلك البلد المشهور في الأساطير، تبريز بلد التجارة والتجار، جئت أبحث في ذلك البلد المشهور بتجاره الماهرين منذ نعومة أظافرهم، ذلك البلد المشهور بالقوافل والحانات والقصور. ولكن هل يقولون الآن عن هذه المدينة الحديثة تبريز؟! بالطبع، كنت أضع في الحسبان أنه سيكون ثمة فرق بين ما سأراه وما تخيلته في ذهني عن بلدة ضربت سبع مرات بالزلازل ودمرت، ثم أُعِيدَ بناؤها. ما الذي تبقى من أصالة تبريز بعد هذا الدمار؟ ما ظل باقيًا لم يكن كافيًا حتى لتتخيل ما قد سلف! تبريز بصورتها تلك لم تزل تعيش في الذكريات التي في عقول الناس عنها، أما الآن فليست نفسها؛ إنها تقبع تحت نقاب، ولا بد سيأتي يوم يُرفَع عنها ذلك النقاب.

في الفندق، وجدت دليلنا «شهاب زاده» والسائق «سلمان» في انتظاري، وكلاهما من أذربيجان. وعلى الرغم من أن البرنامج سيبدأ من الغد، فإنني لم أتمالك نفسي حتى ذلك الوقت، بل أخرجت تلك الرسالة والعنوان، وأعطيتهما لشهاب زاده الذي بدأ يتفحصهما، فسألته بخوف:

- «أين تخت سليمان؟ أسنذهب إلى هناك؟».

وكأنه سيقول: «ماذا؟ لا يوجد مكان بهذا الاسم!»، لكنه قال:

- «في تيكاب».

فانهلت عليه بالأسئلة:

- «أين تيكاب؟ وهل هي مثل تبريز.. أقصد هل حُدِّثَت المباني فيها مثل تبريز؟ وهل أصبح وجه المدينة القديمة تحت وطأة هذه المباني العالية والحديد والصلب؟ والأهم هل هي مزدحمة هكذا؟».

كاد قلبي يقف حتى قال شهاب زاده:

- «لا، فتخت سليمان محمية أثرية، والناحية التابعة لها قديمة صغيرة جدًا».

ها هو بصيص أمل يتبدى لي، فأقول:

- «هذا أمر جيد، فلو اضطررت سأقرع الأبواب هناك بابًا بابًا؛ ليت العنوان كانت فيه تفاصيل أكثر، فحتى لا يوجد اسم لشارع فيه!».

- «لا، هذا العنوان فيه تفاصيل كافية، فالعناوين في إيران هكذا».

شعرت بأمل أكبر. لا أعلم ماذا سيحدث غدًا، ولكني أظن أنني سأجدهم في مكانهم كأنني أنا مَن تركهم فيه. بيد أن الأوهام بدأت تطاردني من جديد: حتى لو بحثت عنهم إلى يوم القيامة، فلن أجد لهم أثرًا. فلم ينقذني سوى صوت شهاب زاده:

- «غدًا ستصل السيدة ياسمين، وبعد أن تستريح قليلًا نخرج في جولة في تبريز، وفي اليوم التالي ننطلق نحو تخت سليمان».

إذن، سأتأخر يومًا آخر! ولكن لا مفر من الثقة بالدليل الذي حذرني:

- «في اليوم الذي سنسافر فيه إلى تخت سليمان، يجب أن نستيقظ مبكرًا».

لا مشكلة لديَّ، إذا لزم الأمر فإني مستعدة أن أستيقظ في الثالثة فجرًا، بل ألا أنام أبدًا!

في صبيحة اليوم التالي، عندما نزلت من غرفتي لتناول الفطور، كانت ياسمين رفيقة دربي قد وصلت. لم تكن متعبة، بل بدت سعيدة مفعمة بالحيوية والأمل. أما أنا، فكنت أفكر هل أنا في حلم أم علم في تلك القصة التي بدأت في باكو، واستمرت حتى وصلت إلى هذه المرحلة. هذا مستحيل! ولكن نحن الآن تحت رداء واحد؛ ذلك الرداء ذاته الذي كنا نختبئ تحته من المطر في قصر شيرفان شاه.

ننتقل إلى مائدة الفطور، فتبدأ ياسمين الحديث:

- «وأنا في طريقي، نظرت إلى قرة باغ، وعبرت نهر أراس الذي يفصل بيننا؛ إنني أيضًا ضيفة في هذه البلاد».

يا للعجب، ياسمين التي جاءت إلى بلادها تشعر أنها هي أيضًا ضيفة!

بعد قليل، جاء شهاب زاده، ومعه سلمان الذي عرفنا بزوجته السيدة زُهْرة، ثم انطلقنا جميعاً نحو تبريز، بينما عقلي وتفكيري منصب على تخت سليمان.. آه، لو يأتي يوم غدا!

في نهاية يوم مرهق من التجول في تبريز، اتجهنا نحو السوق المسقوفة. حينها، عرفت أنني سأعود من هذه الرحلة التي سافرت فيها بحقيبة ظهر واحد حاملة حقائب كثيرة، فقد كانت السوق المسقوفة في تبريز التي يوجد فيه حمل ألف بعير مثل الأسواق في حكايات «ألف ليلة وليلة»،

فرحنا نتجول بين أزقة تلك السوق المليئة بالحياة والحركة وآلاف التوابل والبهارات، مثل القرنفل والقرفة والزنجبيل والزعتر الأخضر والفلفل الأسود والبرغموت وشيح ابن سينا والورد والسوسن والمحلب والكزبرة المصفوفة والممدودة بألوانها الزاهية البديعة، وكل أنواع الفواكه المجففة والمكسرات المكومة بالسلال، والأقمشة الملونة والمزركشة، والأواني الفخارية والزجاج؛ كل ما يخطر على البال كان يُبَاع في قسم مخصص بتلك السوق.

أراد شهاب زاده أن يرينا فخر تبريز وأكثر شيء تشتهر به في العالم: السجاد التبريزي الشهري، فدخلنا في مكان يكاد يكون بحجم حي كامل تقريبًا، إذ سلكنا أزقة كثيرة، ومنها إلى أخرى وأخرى، ورأينا المئات بل الآلاف من أنواع السجاد حتى أنني لم أعد قادرة على التفريق بين كل ما رأيت، وأكاد أموت من شدة التعب، متمنية العودة إلى الفندق الآن. وفي تلك الأثناء، قال شهاب زاده إنه سيأخذنا إلى مكان ما، فمشينا وراءه بهدوء. وما إن انعطفنا بعد إحدى الزوايا حتى صادفنا ميدانًا داخليًا تحت قبة منتصبة على أعمدة، حيث كان الضوء خافتًا جدًّا حتى أن المكان يكاد يكون مظلمًا، لولا حزمة من النور ممزوجة بالدخان وذرات من الغبار تتسلل من فتحة في السقف على جدائل الخيطان المعقودة على أشكال عناقيد، وأمامها تاجر تحت بقعة النور تلك ينسج من تلك الخيوط سجادة، ويعقد منها عقدًا، بينما بقعة الضوء مسلطة عليه وعلى ما فيه يده فقط، تاركة كل ما حوله غير مرئي غارقًا في ظلام دامس. عندها، شعرت بإحساس غريب جدًّا؛ ألم أقل من قبل: «إن النقاب سيُرفَع عن هذه المدينة»؟! لو أن تبريز كلها أُبِيدَتْ عن بكرة أبيها بسبب زلزال مدمر، ولم يبقَ منها إلا هذا المشهد الذي رأيته قبل قليل، لكفاني لأقول: «لقد رأيت تبريز الحقيقية بالفعل»؛ رحت أنظر إلى ذلك

المشهد مسحورة.. لم أجد ما أبحث عنه في هذه المدينة مُذ أتيت إليها إلا في هذه اللحظة تحت حزمة النور تلك بالتحديد.

لقد بقيت أنظر إلى ذلك المشهد بتمعن واندهاش لفترة طويلة حتى أصبحت حزمة النور تلك تغمر تبريز وتاريخها بأكمله، وبدأت الأصوات من حولي تتداخل وتتحول إلى دوي قوي، ثم تنخفض وتبتعد رويدًا رويدًا حتى اختفت بالكامل في النهاية، لتختفي الرائحة من بعد ذلك، وتنسحب الحرارة، وتبهت الألوان، وتتوقف الحركة، ويتحول كل شيء في لحظة لصورة فوتوغرافية بالأبيض والأسود، ثم يبدأ كل شيء بالحركة مجددًا، وتبدأ الحياة في تلك الصورة من جديد، فتعود الحركة والنور والألوان والرائحة والصخب مرة أخرى.

أمسكت بذراع ياسمين وصوتي لا يكاد يُسمَع، رغم أني أتمالك نفسي بصعوبة كي لا أصرخ.

أعدت النظر مرة أخرى إلى مكان تدفق حزمة النور المتدفقة من القبة، واستطعت في النهاية أن أعرف من ذلك التاجر التبريزي؛ أنا أعرف هذا الرجل.

كان يجلس مادًّا قدمه فوق كومة مكدسة من السجاد، فخفت من أن يراني -كأنه قادر على رؤيتي- ثم خطوت خطوة خطوة حتى اقتربت منه جيدًا وجلست بالقرب منه. لم أتجرأ على أن تلامس ركبتاي ركبتيه، ولكن كنت أمامه وجهًا لوجه، رفعت رأسي وبدأت أُفتش في ملامح وجهه تحت حزمة النور تلك عن ملامح وجهي.

جدي؟ يا إلهي! ابتسمت بدهشة كبيرة.

كان الرجل إلى جانبي أصغر مني سنًّا، ذا جبهة عريضة وأنف ممشوق ولحية خفيفة، يرتدي قميصًا بلا ياقة ورداءً طويلًا حتى ركبتيه وحذاءً لامعًا برجليه؛ كان شابًّا يستحق أن يكون بطلًا لرواياتي بكل ما تعنيه الكلمة من معنى. وبينما كنا تحت حزمة الضوء تلك، نظرت في عينيه العسليتين طويلًا، ثم همست: «أرجوك لا تته مني!».

ثم عايشت لحظة بيعه لسجادة، عندما أتى إليه عجوز شركسي يريد أن ينتقي سجادة، فطلب التاجر من صانعه أن يفتح ما لديهم من بضاعة، ومدها أمام الشركسي. كانت تلك المرة الأولى التي أسمع فيه صوته، حين قال: «افتح لنرى!»؛ كان بصوته بحة ودفء ونقاء ماء عذب، ولكنه فخيم قوي كقوة الجبال في الآن ذاته.

بقي التاجر يقف بشموخ بعيدًا عن صانعه، دون أن يتوانى عن عرض النفائس التي لديه، إذ أشار بيده إلى صانعه أن «قلب السجاد»؛ حينها رأيت يديه النحيلتين.

- «هذه سجادة أردبيل، وهذه أورومية، وهذه زنجان، وهذه سلماس... ماكو، الجبل الأسود، هوي، ميراغا».

قالها التاجر بينما صانعه يعرض تسع سجاجيد ويقلبها بين يديه كأنه يقلب صفحات قرطاس. وعند كل سجادة، كان التاجر يسرد القصص عنها:

- «انظر، هذه الفصول الأربعة.. هذه التنين وسيمرغ.. هذا مجنون ليلى...».

كانت الرسومات متناسقة الألوان والنقوش حتى تكاد تبدو حية، إذ ترى أكثر الألوان أصالة وروعة تمر أمام عينيك: الأحمر الغامق، والريحاني، والماروني، والوردي، والأزرق الداكن... حتى الأخضر الداكن نادر الوجود. بدأ الشركسي يشعر بدوار من جمال وروعة ما رآه من زخارف ونقوش وألوان طبيعية، إذ كانت تلك السجاجيد لوحات فنية. ولكن التاجر كعادته دائمًا ترك أكثر تحفة قيمة لديه حتى يعرضها أخيرًا؛ إنها «السجادة التبريزية».

كان العجوز الشركسي زبونًا من ذوي الخبرة الذين يستطيعون التفريق بين النفيس والجميل، وأنهما لا يمكن أن يجتمعا معًا في مكان واحد، لكن ها هما قد اجتمعا، فهذه السجادة نفيسة بشكل خارق فائقة الجمال في آن. فكل ما يجب أن يتوافر في سجادة نفيسة موجود في هذه السجادة؛ ليس هذا فحسب، بل على أكمل وجه وأحسنه وأعلى طرز. ما كان ليخفي إعجابه بتلك السجادة لو لم يخشَ من أن يغالي ذلك الآذري الأسمر في ثمنها، فكبت إعجابه داخله. ففي النهاية، هذه تجارة لها قواعد متعارف عليها في البيع والشراء، خاصة في أصول المساومة، لذا لم يظهر صراحة إعجابه بها، ولكن لا مانع من أن يطيل النظر إليها، وأن يتمعن في حبكتها ونقوشها: أرضية السجادة بلون أرجواني، فوقها نقوش لحديقة مليئة بالبراعم والورود والأوراق قد فُرِشَت تحت الأقدام وزُركِشَت بأكثر لون يليق بذاك اللون الأرجواني بالرمال والحجارة والشمس. تريث الشركسي ولم يتخذ قراره، وبدا أنه يريد أن يصعب الأمر على التاجر، فأمسك السجادة من طرفها، ثم هزها كجناح طائر مُحدِثًا تموجًا في تلك السجادة من أولها إلى آخرها، ثم

أمسكها بيده فكانت ناعمة كالحرير، ثم قلبها على الطرف الآخر ومرر يده فوقها كأنه يحاول أن يعد العُقَد فيها. فبدت النواجذ البيضاء للتاجر الذي قال مبتسمًا:

- «لا يمكنك أن تعدها أيها الشركسي، فلا يمكن لأحد أن يعرف عدد العُقد في مسافة الإصبع إلا الغازل نفسه الذي غزلها».

من وجه السجادة يُعرَف جمالها، أما ظهرها فيُعرَف منه اتجاه الحبك، وتقنية العقد وجودتها، وهل اقتُصِد في الجهد والحرفة أم لا، وهل استُخدِمَت الأدوات بشكل مناسب أم لا، وهل حُبِكَت حبكًا رصينًا أم لا، وكم عدد العُقد. لهذا يُنظَر دائمًا إلى ظهر السجادة، فإن كانت سليمة نُظِرَ إلى وجهها واطُّلِعَ على جمالها. وقد كان التاجر يفرز الزبائن إلى قسمين: قسم ينظر إلى وجه السجادة أولًا، وقسم ينظر إلى ظهرها. أما القسم الأول فكان لا يضيع وقته معهم، بل يرسل لهم أحد العاملين لديه. لكن إن صادف أن جاءه زبون ينظر إلى ظهر السجادة أولًا، عرف أنه أمام زبون مميز، فيهتم هو بأمره شخصيًّا.

قلب الشركسي السجادة مرة أخرى، فقال له التاجر:

- «لن تجد في حرفتنا أو مهنتنا وفننا أي نقص أو قصور، فصناعة السجاد حرفتنا وفننا وثروتنا وأصلنا».

ثم سكت وانتظر.

وثق الشركسي بهذا الشاب، فالحرفة والفن واضحان أمامه، أما الثروة فلا أحد يدري، وأما الأصالة فالواضح أنه ليس من عائلة ثرية فحسب، بل هو من عائلة عريقة ذات حسب ونسب. وحينما أدرك أن جمال هذه السجادة وروعتها بمستوى أصالتها وعراقتها، تبادل النظر مع التاجر، وفهم كل منهما الآخر فلم تأخذ المساومة وقتًا، فـ«فالمشتري راضٍ والبائع راضٍ». ومن ثم، قال:

- «سلمت يمينك، أخلف الله عليك».

وبعد أن انقضى البيع، جلسا في أحد المقاهي في السوق كي يأخذا قسطًا من الراحة، وراحا يتحدثان عن طريقة الدفع والنقل وغيرها من التفاصيل، ثم شعر الشركسي بفضول لمعرفة اسم التاجر، فقال:

- «ما اسمكَ أيها التركي؟».

فابتسم التاجر ابتسامة عريضة مليئة بالشباب، ثم أجاب:

- «سطار خان».

فكررت أنا: «سطار خان». بالطبع كنت أعرف أن هذا اسمه، ولكنها المرة الأولى التي أسمعه من فمه.

وصل الشاي، فمد العجوز الشركسي يده إلى وعاء خزفي بلون المرجان عليه صورة شاه مهيب صاحب شوارب عريضة مفتولة، وأخذ منه قطعة سكر وضعها في فمه، ثم وضع الكأس على طبق عليه صورة الشاه ذاتها، وبدأ يرتشف الشاي.

أما سطار خان فعندما نظر إلى كأس الشاي التي له، صاح على القهوجي وقال له:«خذ هذه الكأس واملأها حتى آخرها».

فرفع القهوجي رأسه، وقال:

- «ألا نترك مسافة من أجل الشفتين، سيدي؟».

- «لا، أريدها مليئة تمامًا حتى الشفة».

تبسمت، فزهرة لا تحب بذور الليمون، وإسماعيل عرف سحاب الجنة، وسطار خان يطلب كأس الشاي إلى الشفة تمامًا فهو لا يتحمل أي نقص فيها. وكل هذا موجود فيَّ أنا.. أهكذا جُبِلت على كل هذه الطباع؟ أمنهم أخذت كل هذه الخصال؟ أهكذا حُبِكَت قماشتي؟ أهذا ما نتج عن اجتماع كل هذه الأنهار؟

عندما عاد سطار خان إلى متجره، صاح على صانعه:

- «سأذهب كي أحلق. قل لياقوت أن يأتي مساء إلى مقهى الجورجي، فأنا ذاهب إلى تخت سليمان بعد يومين؛ لقد أرسل أبي لي برقية يطلبني فيها، والظاهر أن طريق سفر في انتظاري».

كان ياقوت هذا شريكه. أما الصانع فقال في قلبه: «اذهب أنت سيدي حتى لا يأتي ميرزا خان إلى هنا، فمنذ وُلِدت وأنا أخاف منه».

وبينما يخرج سطار خان تذكر شيئًا، فقال له:

- «وأخبر السايس أن يجهز لي فرسي (سربلند)، ويحضرها عصرًا إليَّ أمام الصائغ كيركور، فقد أصبح إيجاد عربة في تبريز أمرًا صعبًا للغاية».

وما إن أدار سطار خان ظهره، وراح يمشي على جناح السرعة، حتى قال صانعه:

- «عليَّ أن أعد قائمة أكتب فيها كل طلبات سطار خان آغا».

كان يسير أمامي عندما مررنا داخل السوق المسقوفة بأزقة ودكاكين وبسطات بسرعة، حيث قابله بعض أصدقائه في الطريق فسلم عليهم. وفي أحد الأزقة المزدحمة، دخل إلى دكان صغير لمطعم، ففتت قطعة خبز في وعاء حساء بارد فيه قطع من الثلج، جريًا على العادة في أيام الصيف هناك، وراح يأكل بسرعة وشراهة. ثم جاءه طبق في وسطه بيضة قاسية كالحجر، ومعها أشهر طبق في تبريز: الكفتة التي كانت زينة الموائد وبركتها، إذ تكفي القطعة الواحدة منها لإشباع اثني عشر رجلًا. أما أنا، فجلست على حافة الطاولة التي يحط الذباب عليها ويطير ناظرة إليه وعلى وجهي ابتسامة، فيما يفكر هو في أمه؛ لا يستطيع أحد أن يعد الكفتة مثلها، فقد كانت تغلي المرق -والله أعلم- ساعتين أو ثلاثًا حتى يصبح لذيذًا صافيًا. وعندما تخيل أنه سيراها بعد يومين، داعبت السعادة قلبه. كما أن ثمة شخصًا آخر سيراه هناك، وهو ما جعل قلبه يكاد يطير من مكانه.

بعد أن خرج سطار خان من الدكان، اتجه نحو الحلاق مرتضى الذي كان أمامه مباشرة، فدفع الباب. مغلق؟ غريب! لقد اعتاد سطار خان أن يحلق ذقنه في كل مرة عند مرتضى، ولا يذهب إلى أحد غيره، ولم يكن هذا الدكان يغلق قط، فقد اعتاد مرتضى ألا يغلق مكان رزقه البتة حتى في أصعب الظروف. دفع الباب مرة أخرى.. مغلق! حينها نادى الطباخ من دكانه:

- «لقد توفيت زوجة الحلاق مرتضى.. ألم تسمع بهذا؟! واليوم دكانه مغلق».

ضرب سطار خان بيديه على ركبتيه ثم على رأسه تحسرًا، فقال الرجل المزعج:

- «عليك أن تذهب إلى حلاق آخر».

ما إن خرجنا من إحدى بوابات السوق المغطاة التي كانت بالعشرات حتى سمعنا رجلًا يصيح: «بلاغ!». ثم بدت عربة فخمة تسحبها خيول تثير الغبار والأتربة في المكان، وتشق طريقها بسرعة بين الحشود كأنها ستدهسهم، وكأن السائق يقول لهم: «أفسحوا الطريق!». حينها، فزعت امرأة ترتدي جلبابًا شديد السواد، وضمت صغيرها إلى حضنها، قائلة: «يا حفيظ!». ولقد فزعت أنا أيضًا وأفسحت الطريق، ولكن سرعان ما ضحكت على نفسي!

بعد أن خرجنا من رطوبة وبرودة السوق المغطاة، مع أننا لا نزال في أول النهار، صادفنا جوٌّ حارٌّ للغاية مثيرٌ للدهشة. وبينما أحاول ألا أفقد أثر سطار خان الذي يشق صفوف الحشود كأنه يطير من بينهم، كنت أنظر حولي محاولة معرفة التاريخ الذي أنا فيه. كان من الواضح بسبب ذاك الحر الخانق أنني في فصل الصيف، فإما أنني في تموز وإما في آب، ولكن حتى تلك اللحظة لم أكن أعرف في أي عام نحن. وعندما رأيت جنودًا وعساكر من اثنين وسبعين ملة وعرقًا وشعبًا بين تلك الحشود، شعرت بقبضة وغصة في قلبي وغثيان. كان بعض هؤلاء الجنود ضباطًا إيرانيين متباهين قد تلقوا تدريبهم في إسطنبول، ومنهم من كان بإمكاني التعرف عليهم من بزاتهم، فهم الجنود السويديون العائدون إلى ثكناتهم أو الذاهبون إلى تنفيذ مهام أوكلت إليهم من بين تلك الحشود. ولكن عندما رأيت أن الغالبية العظمى كانت للجنود الذين يرتدون بزة عسكرية روسية أو إنجليزية، شعرت بضيق وغثيان أكبر من السابق بكثير؛ دعونا ننتظر لنرى، لعل العاقبة تكون خيرًا بإذن الله.

مررنا بعدد من الأزقة، وصادفنا لواء القوقاز الإيراني يرتدون البزة العسكرية الروسية، فأدركت حينها أن فزعي لم يكن من فراغ. كان الزي

الذي يرتديه أفراد فيلق القوقاز الإيراني لافتًا للانتباه، إذ كانوا يرتدون القبعة الشركسية العالية والسترة الروسية. وقد كانت مخيفة حقًّا هيمنة الروس، فعلى الرغم من أن الضباط والعساكر كانوا إيرانيين، فإن الذين يحكمونهم ويديرونهم كانوا ضباطًا من الروس، وهذا يوحي بأنني في سنوات الحرب العالمية الأولى. وأخيرًا، وبينما أمر من أمام وراق، رأيت تقويمًا على واجهة ذلك المحل، فاقتربت منه ووضعت أنفي عليه محاولة أن أقرأ التاريخ، شاكرة أستاذي في الكلية الذي كان يعطينا دروس اللغة الفارسية، فقد استطعت بفضله أن أقرأ التقويم الفارسي وأحوله إلى التقويم الميلادي؛ إنني في الأول من تموز عام 1916.

فزعت، واستطعت حينها أن أفهم سر هذا الجو المحموم، وكل هذه الأعداد من عسكر الإنجليز والروس الذين صادفتهم في الأسواق، فهذا كله يعني أن الحرب العالمية الأولى قد بدأت. ومع أن إيران قد أعلنت حيادها في تلك الحرب، فإن الروس فتحوا جبهة وشنوا عليها حربًا، ووقع قسم كبير منها تحت سيطرة القوات الإنجليزية، فيما احتلت قسمًا آخر القوات الروسية، فغدت إيران محل نزاع بين الروس والإنجليز يسعى كل منهما لبسط نفوذه عليها حتى يتمكن من إبقاء أذربيجان تحت سيطرته. وهكذا كانت روسيا وإنجلترا دولتين حليفتين متنافستين فيما بينهما في آن. ومع أن الروس قرروا الانسحاب من هذا النزاع عام 1917 بسبب اندلاع الثورة البلشفية، فإن الإنجليز استمروا على هذه الحال سنتين؛ أي حتى عام 1918 (منتصف الحرب العالمية الأولى بالتحديد).

وعندما مررنا من أمام مبنى الحكومة، وبدأت الجوقة العسكرية التي ترتدي بزة رسمية موحدة بمعطف أزرق وبنطال بلون الكبريت الأحمر بإنشاد النشيد الوطني (شاهينشاه)، انتباني شعور مضحك مؤلم، فهذا اللقب

(شاهينشاه) الذي يعني «ملك الملوك»، والذي يُطلَق على كل من يعتلي سدة الحكم في إيران منذ مئات السنين، ظل صامدًا منذ أن كانت ديانة الدولة زرادشتية حتى دخلت الدولة في الدين الإسلامي، إذ كان الحاكم عندهم دائمًا يلقب بـ«ملك الملوك». ولكن عندما اعتلى العرش أحمد ميرزا خان قاجار وهو ما يزال في سن الطفولة، والدولة في حالة تدهور واضطراب سياسي وركود، كان يجب أن يوقفوا إطلاق هذا اللقب على الحاكم الذي كان عاجزًا عن السيطرة على أوضاع البلاد، فضلًا عن أن يكون «ملك الملوك». فعندما يعتلي العرش شخص كأحمد شاه قاجار، والأوضاع على ما هي عليه من اضطراب وتفلت أمني، يصبح تدمير السلطنة أمرًا ممكنًا بسيطًا للغاية، إذ كانت سلطنة في مهب الريح بوسع أي هزة أن تقتلعها من الجذور.

بعد أن جاوزنا مبنى الحكومة، دخلنا في إحدى الأسواق المفتوحة في تبريز التي كانت لا تعد ولا تحصى لكثرتها وتنوعها، إذ كان هناك كل ما يخطر على قلب بشر من ناس وبضائع. وقد بدأت أنظر حولي بدهشة، فرأيت باعة اللحم المشوي على عرباتهم الجوالة وهم يجلسون أمامها ويشون أسياخ الكباب على الفحم، وباعة الكفتة المشوية التي تعبق رائحتها في المكان، والصيادين الذين يضعون أسماكًا ضخمة في سلالهم، الواحدة منها بحجم نعجة، وباعة القهوة والشاي أمامهم سماور ضخم بحجم خزانات وبراميل كبيرة جدًّا، والفرانين الذين يخبزون وينشرون الأرغفة على حبال كأنها غسيل، وبائعي الحلوى الذين يقطعونها بالسكاكين، وباعة البقوليات والحبوب أمامهم الشوالات وأكياس الخيش المفتوحة والمائلة، وباعة البالة الذين يغسلونها ويعرضونها أمام المارة على الأرض، والتجار المرهقين الواقفين أمام محلاتهم ينتظرون الزبائن، والعمال الكسالى الذين يستلقون فوق أكياس البضائع المكدسة أمام المحلات، ومنهم من يسعل

ويضرب على صدره من شدة التعب، والملالي أصحاب العمائم والجُبب الذين يمكن تمييزهم من بين كل الناس من النظرة الأولى، والمجاذيب الذين يشبهون غيرهم من البشر، عدا تلك النظرة الغامضة في عيونهم التي يتميزون بها، والمتسولين السليم منهم والأعرج والأطرش والأعمى، والنقاشين الذين يرسمون صور الشاه على الخزف، والسقاءين الذين يحملون على ظهورهم قِرْبَات ماء ضخمة كبيرة وبيدهم الأبريق، والزور خانات[1]، وأماكن المراثي وتوزيع الأضاحي فداء للنذر، والأقزام الذين يدخنون الأفيون، والمشعوذين، وأشياء أخرى كثيرة جدًّا؛ كل هذا كان في ذلك المكان.

وعندما بدأت أتوه في ذلك المشهد الذي أنظر إليه وأشاهده باستغراب حتى كدت أنسى أن أخطو وراء ما جئت إلى هنا من أجله، وأسعى خلف السراب الذي لا أكاد أطوله، لاحظت ثلاثة أو أربعة من المحتالين يجوبون السوق ومعهم أسد مربوط يخوفون الناس به، ويأخذون المال منهم عنوة، وسمعت صاحب محل يوبخ صانعه لأنه تأخر: «لا بارك الله فيك»، وطرق المطرقة والسندان للحدادين الذين يصنعون النعال وسلاسل من حديد، تختلط معه همهمة الحيوانات. وبالنظر إلى الأسواق المفعمة بالحياة المكتظة بالناس، لاحظت أنه لا الحرب ولا الاحتلال استطاع أن يوقف حركة البيع والشراء في أسواق تبريز. ولكن هذا الجرح الذي سببته الحرب التي فُرِضَت على هذا البلد عنوة، والتي لم يشارك فيها بإرادته، قد تعفن وبدأ يستشري وتتسع رقعته أكثر فأكثر في جسد هذا البلد. فعلى سبيل المثال، رأيت خمس إلى ست نساء يرتدين جلابيب مرقعة، وينبشن في القمامة وما يرميه الناس في السوق. وقد بدأ الناس من كل فئة بالمجتمع، سواء أكانوا من المعممين

(1) الزورخانة: كلمة تعني باللغة الفارسية «بيت القوة»، وهو المكان الذي يتدرب فيه المصارعون على رياضة المصارعة الشعبية.

بالبياض من أتباع قبيلة بختاري، أم من المعممين بالسواد من أتباع قبيلة قاجار، أم من حاسري الرأس الذين لا يتبعون قبيله أو لا يُعرَف إلى أي قبيلة ينتسبون، أم من الشباب الذين يتضورون جوعًا من شدة الفاقة، أم من العجائز الذين حنى الزمن ظهورهم؛ كل هؤلاء قد بدأوا بالحفر لمد أنابيب النفط التي ستصب الذهب في خزائن الإنجليز. لم أستطع المكوث أكثر من ذلك، فتركت ورائي أحد الباعة من قبيلة قاجار يصيح بأعلى صوته ويساوم في السعر، مع أن كل الذي يبيعه بضع فطائر بالزيت، ورحت أركض حتى استطعت بعد أن تجاوزت بصعوبة سربًا من الإوز أن ألحق بسطار خان.

مررنا فوق جداول ماء شُقَّت لتعطي المدينة جمالًا ورطوبة، ولكنها مع الحالة تلك لم تكن إلا مصدرًا للأوبئة والأمراض، ثم دخلنا وخرجنا من بوابات تفصل الأحياء بعضها عن بعض، ومشينا في أحياء وأزقة ضيقة متسخة، حيث البيوت مبنية بالطوب القديم المتهالك، والجدران مهدمة، ومصارف المياه مكشوفة، حتى دخلنا إلى زقاق مليء بمستودعات ومكاتب، فدفع سطار خان باب دكان الحلاقة لإسفنديار الذي لم يأتِ إليه من قبل قط.

ما إن دخلنا إلى دكان الحلاقة حتى وجدنا أنفسنا أمام نوع آخر من الصخب، حيث يوبخ الحلاق إسفنديار صانعه:

- «لفمك ريح كريهة، ويداك ترتجفان، فكيف ستحلق للزبائن؟ وكيف ستمسك بالشفرة في يدك وتمررها على خد الزبون؟!».

كان إسفنديار يرتدي ملابس العمل، إذ يضع مئزرًا حريريًّا حول خصره، ويرتدي قبقابًا في قدميه، وقد شمَّر أكمام قميصه عن ساعديه إلى المرفقين. وكانت الأدوات والآلات الغريبة مصفوفة على الرفوف، والمراهم التي يستخدمها لمعالجة الناس في آنية صغيرة؛ وقد كان يتباهى -كغيره من أرباب هذه المهنة- بأنه حكيم للأسنان وحجّام وختان للصبيان، وهو أول باب

يُطرَق من قبل المرضى لعلاج الجرب والأكزيما والدماميل والخراجات. وكانت على جدرانه المتسخة لوحات وصور معلقة بأشكال وألوان مختلفة لكل ما يخطر على عقل بشر.

أما الحلاق إسفنديار الذي لم يبقَ من شعر رأسه سوى بضع شعرات بيضاء هنا وهناك، والذي يبدو أنه لم يستخدم أو يدهن شعره بأي من تلك المراهم التي يصفها على الرفوف والتي تعالج الصلع، فإنه عندما رأى سطار خان داخلًا محله لأول مرة انحنى تحية له، ثم فتح يديه المخضبتين بالحناء التي كان يضعها على لحية بائع الكباب «أكبري»، وأشار إليه كي يجلس على المقعد. ثم عهد بلحية أكبري المخضبة بالحناء إلى صانعه الذي ترتجف يداه، مع أنه غير مطمئن له، إذ لا يتسنى له إبقاء الزبائن الجدد منتظرين.

نفض إسفنديار المريول الذي كان يُفترَض أن يحتفظ بلونه الأبيض، ولكنه تغير مع الوقت واصفرَّ، ثم وضعه تحت رقبة الزبون، وصب ماءً ساخنًا في وعاء زجاجي متصدع في أماكن متفرقة، ورغى الصابون فيه قبل أن يغمس الفرشاة، ثم راح يشحذ شفرة الحلاقة بحزام خشن معلق بالقرب من المرآة. بالطبع، لم تكن شفرة الحلاقة المصنوعة في زنجان بحاجة إلى الشحذ، ولكن القصد من تلك الحركة إشعار الزبون بأنه مهم، وأن الحلاق يقدره ويهتم به. وفي الحقيقة، لم يكن ذلك الشاب الشهم بحاجة إلى هذه الحركات كي يعرف قدره كما هو واضح، ولكن كان كافيًا للحلاق أن يشعره بأنه مهم لديه. ومن ثم، جرب الحلاق شفرة الحلاقة على ظفر إبهامه الأيسر: تمام.. لقد أصبح مشحوذًا حادًا بشكل جيد. لم يدعَ الحلاق شيئًا إلا وقد فعله كي يظهر مهارته وبراعته! ثم همس: «باسم الهادي» بصوت منخفض، ووضع إناءً نحاسيًا مقصوصًا من أحد طرفيه تحت ذقنه، قبل أن يضع رغوة الصابون على خده الأيمن أولًا، كما يصنع مع كل زبائنه المسلمين.

كان إسفنديار معتادًا على أن يركز في عمله، إلا أنه لم يسعه عدم النظر في المرآة إلى شعر هذا الشاب الأسمر الكثيف المموج، ولحيته الخفيفة السوداء وشاربه، وأنفه المدبب ومنكبيه العريضين؛ لقد كان بحلته التي أنعم الله بها عليه، وبما زينه به من محاسن وجمال. والأدهى من ذلك أن الحلاق الذي أمضى عمره أمام تلك المرآة ومئات الناس يجلسون بين يديه، والذي يعرف معادن الرجال، قد استطاع أن يعرف من قميص الشاب وإزاره المصنوعة وجلد حزامه الذي على خصره ومقبض خنجره المرصع بالفضة وحذائه اللامع في قدميه أنه ابن سيد من سادات القوم. ولو سرد أحدهم حكاية عن بطل من أبطال الشرق لكان هو بطل تلك الحكاية. وعندما لاحظ الحلاق أنه ينظر إلى وجهه ونفسه بالمرآة بسرور، خمن أنه في بداية قصة عشق، فهل ينظر أحدٌ لنفسه بكل هذا السرور والإعجاب إلا إذا كان عاشقًا؟! وهل يقف أمام هذه المرآة شخص يبلغ من الجمال والوسامة هذا المبلغ إلا إذا كان قد وقع في العشق وهام في الهوى؟! إن عشقه لم يتكدر بعد بعُقد الدنيا ومساوئها، وهو لا يزال في بدايته، وإلا لما بقي متفائلًا تغمره السعادة، فيما الناس كلهم في إيران وتبريز يفكرون في الحرب وتبعاتها. ولقد كان إسفنديار بارعًا في كسب رضا الزبون كي يزيد إرضاءه أضعافًا مضاعفة؛ وليرى مدى قابلية الشاب لفتح حديث معه، ابتدأ كلامه ببيت شعر يقول:

في البدء كان العشق سهلًا
وفي الختام جاءت متاعبه

لكنه لم يلقَ جوابًا، فاستمر في عمله، وحلق الزوائد عن لحيته، وحددها دون أن يفسد شكلها. والحق أنه لم يخرج حتى اللحظة من هذا الدكان زبون مجروحًا أبدًا، فقد كان الحلاق المتمكن من عمله ذائع الصيت بين الناس لا ترتجف يده أبدًا حتى إن مررها من فوق شريان الرقبة. وقد كان إسفنديار

يعرف جيدًا أن كل من يجلس بين يديه، من آباء وجنود وأبطال وقادة وضباط روس وبريطانيين، حتى إن لم يظهروا ذلك له، يشعرون بالقلق ويتمنون لو أنه أنهى عمله بأسرع وقت، خاصة عندما يحسون بشفرته على أوداجهم، فيحبسون أنفاسهم ويتسمرون في أماكنهم كأنهم خشب مسندة. لذا تعجب الحلاق من هذا الشاب النبيل الذي تغمر وجهه البهجة والسعادة، ويشع النور من عينيه، وهو ينظر إلى اللوحة المعلقة على الجدار، ويقرأ الشعر المكتوب عليها، بل يحفظه في اللحظة ذاتها:

الحمد للهادي الذي منحنا هذه الدولة والمنة

ومنحنا صيت سلمان الفارسي وشهرته وفنه

فرفع إسفنديار الشفرة عن وريده، وقال:

- «يا إلهي! دستور يا سيدي، واضح أن ذاكرتك قوية جدًّا، ولكن جرأتك تخيف الإنسان!».

لم يخطر في بال سطار خان أبدًا أن يُمدَح بقوة ذاكرته، رغم مئات الأبيات التي يحفظها. ولكن هذه كانت حقيقة لا يمكن إنكارها، فهو لا يقرأ بيتًا أو يسمع قصة مرة واحدة إلا حفظها، ولا يكاد ينسى جملة سمعها. أما إسفنديار، فقد أكمل عمله بعد أن نظر إلى سطار خان من خلال تلك المرآة ذات الشرخ الكبير في وسطها وهو مقطب جبينه. وكي يجعل أول من يجلس بين يديه متحدثًا والشفرة على شريانه يتوقف عن الكلام، بدأ هو بترديد أبيات من الشعر حتى وصل إلى آخر بيت في القصيدة:

في كل يوم باسم الله نفتتح العمل

وسلمان الفارسي المعلم والأمـل

ثم راح إسفنديار يحكي قصة سلمان الفارسي، فحدثه وهو يسرح شعره بأن سلمان وُلِدَ في أصفهان لعائلة مجوسية، ثم أصبح نصرانيًا، ولكنه

لم يجد الطمأنينة في قلبه فجرى في الأرض كما تجري المياه حتى تجد سبيلها إلى البحار. وبعد أن أمسك المقص بيده، راح يحدثه كيف وقف في سوق النخاسة، وأصبح عبدًا لأكثر من عشرة أشخاص حتى نال شرف صحبة النبي (ﷺ)، فوجد في خدمته الحرية، وأدرك أنه كان عبدًا عندما كان حرًّا، وأن من يبحث عن الحقيقة لا بد أن يجدها. وقد كان من الواضح أن إسفنديار يغلف حديثه بمعسول الكلام والمجازات والمبالغات التي لا يقبلها عقل. وقد ذكر قول الرسول (ﷺ) عندما كان سلمانُ إلى جانبه، فضرب على فخذه وقال: «والذي نفسي بيدهِ لو كانَ الإيمان منوطًا بالثُّريا لتناولهُ رجالٌ من فارس».

أنزل إسفنديار الإبريق الفضي المرصع الذي لا يستخدمه إلا في غسل رؤوس الزبائن المميزين للغاية ليظهر الإطراء والتودد أكثر فأكثر. وبينما يضيف للماء ماء الورد، بدأ يحدثه عن أن فكرة حفر الخندق كانت فكرة سلمان الفارسي، ثم أنهى كلامه بعد أن دهن وجه الشاب النبيل بماء الورد.

وبعد أن تخلص سطار خان من المريول الذي كان تحت رقبته، مد يده إلى جيبه وأخرج صرة من النقود، ثم أخذ منها قطعة ذهبية كبيرة وضعها في يد الحلاق الذي قال:

- «على رسلك سيدي، من أين لشخص فقير مثلي أن يعيد لك بقية هذا؟!».
- «لا أريد بقية».

فارتسمت الدهشة على وجه إسفنديار، بينما يشير سطار خان إلى رأسه قائلًا:

- «ألا يساوي هذا الرأس قطعة ذهبية؟».
- «بلى، يساوي والله».

وبعد أن غادر سطار خان المحل، تاركًا وراءه ريحه وعطره، ظل إسفنديار ممسكًا بالقطعة النقدية بكلتا يديه اللتين يضعهما فوق كرشه الضخم، قائلًا:

- «هذا الشاب عاشق نبيل، ولكن الأهم أنه سخي للغاية! لا بد أن له طبعًا آخر غير هذا».

وفكر في أنه حتى طريقة شربه للماء تختلف عن أقرانه من الشباب، وأن لمعة عينيه تلك التي لا توجد إلا في النادر من الشبان توحي بأنه من ذلك النسل المستعد لأن يضحي بكل أسنانه كي يستطيع أن يضع رأسه في حجر «أصلي»[1] ولو لمرة واحدة. ثم بدأت الدعوات تنهمر من فمه كوابل من المطر: «حفظه الله من الحسد، وأدبه، وجمع بينه وبين بنت تكون ذات أخلاق، وأنار له دربه، وسهل له أمره». ولم يتمالك نفسه، فدعا على أعدائه بأن يأخذهم الله أخذ عزيز مقتدر، وألا يربح لهم تجارة، وألا يسدد لهم رأيًا.

وفي تلك الأثناء، سمع صوت أكبري بائع الكباب الذي نجا من بين يدي صانعه دون إصابة أو جرح وهو يشير لسطار خان، قائلًا:

- «هل عرفت من يكون؟».

ثم راح يحدثه عن سطار خان وهو لا يزال واقفًا يقلب القطعة المعدنية المسكينة بين يديه. والواقع أن أكبري لم يكن يعرفه شخصيًا، لكنه يعرف والده عز المعرفة.

لم يخطئ إسفنديار الذي يعرف معادن الرجال في ما خمنه عن الشاب، فسطار خان الابن الأصغر لكبير التجار ميزا خان الذي له في كل مدينة في إيران تقريبًا متجر. وعندما رزق الله ميرزا خان غلامًا بعد ثلاث بنات، قرر أن يسميه باسم الجبل سهند كي يكون وراءه كالجبل قويًّا، لكنه منذ صغره بدا أنه لا يمكن أن يشبه ذلك الجبل، بل حتى لا يمكن أن يشبه هضبة صغيره، فأدرك الأب أنه لا يمكن أن يواجه نسمة ريح، بل إنه من الممكن أن يسقط دون هبوب رياح، فقد كان ملولًا، لم يفلح في الدراسة ولا التجارة، بل لم يفلح

---

(1) إحالة إلى قصة «كرم وأصلي» والعشق الذي كان بينهما.

في أي عمل يسند إليه. ولكن ما لم يمنحه الهادي للأب في سهند، أغدقه عليه في ابنه سطار خان، فكان خير العوض. وإذا بالنيران التي انطفأت في بركان سهند تفور وتغلي في سطار خان الذي وُلِد وترعرع في تخت سليمان، وكان يأتي مع ميرزا خان إلى تبريز من وقت لآخر بقصد التجارة، فتعلم منذ نعومة أظفاره كيف تسير أمور التجارة، وحفر ذلك في ذهنه، إذ بات يعرف من نظرة واحدة كيف يفرق بين السجاد الجيد والرديء، ولم تكن هذه الموهبة متوارثة من الأب فحسب، بل هي نابعة من شخصيته، فقد كان بإمكانه من نظرة واحدة إلى السجاد المحمل على ظهور البعير أن يعرف إن كانت قادمة من شاهنامة أو من خمسة. وبالطبع، لم يَخْفَ على ميرزا خان أن هذا الفتى يعرف كيف يقبض على من يتهرب من العمال، والفرق بين أنواع النول التي تنسج السجاد بشكل أفضل، وكيف يُعرَض السجاد على الزبائن، وكيف يتواصل مع أفرع المتاجر الأخرى، وكيف تُحمَّل القوافل، وكيف تُسيَّر. ومعلوم أن التجارة مهارة تؤخذ بالدربة والعمل، وليس بالتعلم، وهذا ما توفر في شخصية سطار خان. وهكذا أدرك ميرزا خان أنه بات لديه جبل يستطيع الاعتماد عليه، وهو لا يزال بكامل صحته وعافيته، ومن ثم يمكنه أن يوكل إليه أمر تجارته وأملاكه. ومع أنه سجل ابنه في الجامعة في تبريز، فإن سطار خان قضى السنة كلها في السوق المسقوفة، عوضًا عن الذهاب إلى الجامعة، حتى قرر أخيرًا:

- «لن أدرس في الجامعة».

وفي الواقع، لم يكن ميرزا خان يتطلع إلى أن يدرس ابنه في الجامعة، بل إنه شعر بالسرور والرضا عندما اتخذ ابنه هذا القرار، فالكل يمكنه أن يدرس ويتخرج في الجامعة، ولكن لا يمكن لأحد أن يدير أعمال وأموال ميرزا خان سوى سطار خان، لهذا ليبقَ هو على رأس عمله، وليشتغل الآخرون بالدراسة في الجامعة.

وثمة أمر آخر لم يكن فيه الحلاق إسفنديار مخطئًا، فقلب ذلك الشاب كان منذ فترة يخفق، وقد غلف العشق قلبه وروحه، ولكنه إلى الآن لم يرَ إشارة. ولو رأى، لرضي بكل تأكيد بأن يضع رأسه في حجر أصلي.

عندما خرجنا من دكان الحلاق إسفنديار، ورحنا نمشي في الطريق، كان الوقت قد أصبح بعد الظهيرة. وبعد أن مشينا في طرقات تبريز قليلًا، نزل سطار خان إلى دكان منخفض بضع درجات على طرف الطريق، فدفع الباب ودخل. وللوهلة الأولى، بدا المحل كغيره من محلات المجوهرات، كل ما فيه وزنه خفيف ولكنه باهظ الثمن. وعندما رأى الأسطة كيركور سطار خان، وقف مرحبًا به وأشار إلى المكان الذي يجلس فيه، وسأله عن أحواله، ثم قال:

- «تفضل سيدي، لديَّ قلائد وسلاسل ومسابح وجنزير للساعات وإبزيم للحزام وتميمة وحافظة؛ كل ما يخطر ببالك.. أنا رهن أمرك».

- «أريد خاتمًا، وليكن من الذهب».

فقال الأسطة كيركور الذي وُلِد ونشأ في تبريز في نفسه: «ربما هذا الشاب من المسلمين الذين يرتدون الذهب، فقد أصبح هذا موضة هذه الأيام»، ولكن سطار خان أضاف:

- «وأريد أن يكون فص الخاتم فيه حجر أزرق».

- «إذن، سيكون حجر الفيروز».

- «لا أدري، ولكن أريده أن يكون أجود أنواع الحجارة الكريمة».

لو كان الأمر بيد الأسطة كيركور، لصنع لهذا الشاب الهمام خاتمًا من ألماس، لذا نصحه به، قائلًا:

- «ما رأيك بالألماس؟ إن قسوته سبب صفائه، ولا يمكن لشيء أن يخترقه، وهو يعكس نورًا أكثر مما يستقبله بكثير...».

- «أريده حجرًا أزرق، وليكن من أجود أنواع الأحجار الكريمة».

- «سأقدم لك حجرًا لا مثيل له، وسيكون ذا لون يتغير وفقًا لنبض قلبك وتدفق دمك، ويخبرك بأحوال روحك حتى قبل قلبك. فإن صار براقًا لامعًا فهذا يعني أنك سعيد، وإن بهت لونه وخفت فهذا يعني أنك حزين. فكلما تدفق الدم في عروقك أكثر زها لونه وتوهج أكثر وازداد بريقًا، وإن خف نبض قلبك خف لونه وبريقه؛ إنه فيروز نيسابوري».

ثم فتح درجًا وأخرج منه صرة مصنوعة من جلد طبيعي ناعم فتحها أمامه على الطاولة. لقد كان فيها العشرات من أحجار الفيروز النيسابوري، الخام منها والمصقول، الكبير والصغير، الفاتح والغامق، البراق والباهت، الذي يبدو أنه قد اجتز من جذره حديثًا والمقصوص على شكل مربع أو مستطيل أو مثلث؛ كل هذا كان ممدودًا أما عيني سطار خان، قبل أن يقول الأسطة كيركور:

- «اختر ما تريد».

فدفع سطار خان حجرين أو ثلاثة بظهر يده، إشارة إلى أنها لا تصلح معه، مع أنها في الواقع حجارة جيدة، فالأسطة كيركور لا يسمح بدخول حجر غير جيد من باب دكانه. ولكن هذا الشاب كان يريد قطعة نادرة من أجود الأنواع على الإطلاق. وبعد هنيهة، أخذ الأسطة كيركور حجرًا من دون أن ينتظر اختيار سطار خان، ووضعه على طرف، قبل أن يطوي الصرة الجلدية بعناية ويضعها في الدرج، ثم يأخذ ذلك الحجر بيده، قائلًا:

- «انظر!».

كان ثمة عرق داخل الحجر أشد لمعانًا وبريقًا من جسم الحجر ذاته؛ إنه حجر يليق بالشاه والباشوات. وقد كان من الصعب جدًّا تمييز الفيروز النيسابوري عن غيره من الفيروز، ولكن الأسطة كيركور صاحب نظرة ثاقبة، كأن عينيه الحجر الذي يُختبَر به الذهب والأحجار الثمينة، إذ كان قادرًا على

التمييز بينها بنظرة واحدة، وفرز الحقيقي عن المزيف، وكان يقول متفاخرًا: «إن لم أستطع رفع عيني عنه، فهذا يعني أنه فيروز خالص».
سأله سطار خان:

- «متى ينتهي؟ لا وقت لديَّ، فسأسافر بعد غدٍ، وأريد منك أن تنتهي منه بسرعة».

فتبسم الأسطة كيركور الصائغ الذي يمتهن الحرفة منذ سنوات طوال، ويعرف زبائنه معرفته براحة يده. فمثلما كان الحلاق إسفنديار يعرف زبائنه من خلال النظر إلى وجوههم، فإن كيركور يعرفهم من طلباتهم، فكل مَن يأتي إليه يطلب منه أن يصنع له خاتمًا أو حلقًا أو عقدًا، وكل غايته -ذكرًا كان أو أنثى- إظهار جماله وإضافة بريق إلى هذا الجمال، لذا لم يكن لدى أي منهم وقت؛ إنه يعرف هذا عن زبائنه، ولم يخب ظنه أبدًا في واحد منهم، فهل يمكن أن يخيب الآن؟

- «حسنًا، سأبذل قصارى جهدي حتى لو اضطررت للعمل ليل نهار، فإن لم أنتهِ منه غدًا، فبعد غد على أبعد تقدير يكون بين يديك».

قالها الأسطة كيركور، ثم أردف:

- «يجب أن آخذ مقاس إصبع يدك، فليس كل موديل يتناسب مع كل الأصابع».

كانت أصابع سطار خان طويلة رفيعة ذات عظم بارز، لذا يليق بها الخاتم الرفيع، وليس العريض. وبعد أخذ القياس، هز سطار خان رأسه بامتنان، ثم قال:

- «سأمر عليك قبل السفر كي آخذه».

وقبل أن يغادر، تناول الحجر من على الطاولة، وقلبه بين كفيه محاولًا تقدير وزنه، ثم دحرجه في راحة كفه ووضعه على الخنصر ليرى حجمه،

ثم لامس به خده وأغلق قبضته عليه لفترة، ثم فتحها وترك مبلغًا من المال على الطاولة، مغادرًا بعد أن سمع صهيل حصان يأتي من الخارج؛ لا بد أن السايس قد أرسل سربلند.

وعندما اتجه نحو الباب، أخذ الأسطة كيركور الحجر بيده، فوجده ساخنًا للغاية، ورأى ذلك العرق به وقد تحول إلى لون شديد الزرقة، ففهم حالة الشاب الذي يريد هذا الخاتم في أسرع وقت؛ لابد أن الدم الذي يجري في عروقه دم قلب مكتوٍ بنار العشق، وإلا لما نبض العرق في الحجر الكريم لهذه الدرجة.

وبينما يرافقه حتى الباب كي يودعه، رأى الأسطة كيركور فرسًا شديد السواد قد رُبِطَ بحلقة على جدار دكانه، فأسر في نفسه: «الخيول خُلِقَت من الريح». وكان هذا شطر بيت باللغة الفارسية، أردف بعده: «آه منكم يا شعب القوقاز!»؛ والقوقاز منطقة يعيش فيها كثير من الشعوب التي ربما لا يعرف بعضها لغة بعض، ولكن يقارب بينهم ويجمعهم الموقع الجغرافي، وحب بالغ للخيل، حتى جاب صيتهم الآفاق بسبب حبهم الجم لهذه الخيول.

سأله الأسطة كيركور:

- «ما اسم هذا الفرس، يا سيدي؟».

مفكرًا في أنه لا بد أن يكون له اسم قد أُطلِقَ عليه بسبب شخصيته وطبعه، ومن ثم فهو اسم فريد،

بينما قال سطار خان وهو يمسح على رأسه:

- «سربلند».

- «سربلند!».

رددها وهو يهز رأسه. نعم، كما توقع، لم يختر له اسمًا من حرف أو حرفين، كما هي العادة، بل جعل له اسمًا طويلًا يحمل معاني كبيرة في كل

حرف من حروفه تتناسب مع طبعه وشخصيته. ولم يطق صبرًا أكثر من ذلك، فمد يده ووضعها على رقبة سربلند الذي جَفِل عندما شعر بيد غير يد صاحبه قد لامسته! رقبة دافئة متعرقه بعروق كثيرة مختلجة؛ ابتسم الأسطة كيركور متعجبًا: كيف يمكن أن يكون مثل هذا الجسم الضخم حساسًا جدًّا إلى هذه الدرجة؟! وكيف لهذا البدن الضخم أن يتخلص من الجاذبية الأرضية ويسابق الريح كأنه يطير من فوق الأرض ولا تلامس حوافره الأرض تحته؟! إن كل شيء فيها، من هذه النظرات ووقفتها بشموخ في مكانها وسرجها العالي وصهوتها، يوحي بأنها ذات شخصية متمردة. وبعد أن تخلص من الدهشة والصدمة الأولى تحول الآن إلى الإعجاب والغزل بهذه الخيل التي يضفي كل شيء فيها إلى حسنها جمالًا وحسنًا: ضخمة لكنها رشيقة، ثقيلة لكنها تسابق الريح، عريضة لكنها تمر من سَمِّ الخياط. ثم راح ينظر بإعجاب إلى ذيلها وردفها وظهرها وأرجلها القوية وحوافرها وبطنها وجبهتها... وإلى رموش العيون العميقة التي تجذب النظر كأنها بئر سحيق. أينما يمسح بيده كان يرى جمالًا أكثر من الذي قبله، وقد أضفت شخصية وجمال صاحبها على كل هذا الجمال جمالًا. حينها، أفاقت لديه رغبة تعتمل في قلب كل رجل: «ليت لي فرسًا مثله»، خاصة أنه هو أيضًا من أبناء القوقاز المحبين للخيل. وبعدما اعتلى سطار خان صهوة خيله وابتعد، ظل ينظر إليه حتى غاب عن ناظريه، ثم دخل إلى دكانة مرة أخرى.

برأي الأسطة كيركور، فإنه كي تحصل على تحفة فنية، لا بد أن يكون لديك أولًا مادة خام جيدة، وأن تكون حرفيًّا ماهرًا يعرف كيف يتعامل معها ويصقلها، ولكن إن أردت أن تحصل على تحفة فنية فريدة لا مثيل لها فمكانة الشخص الذي تُقدَّم إليه مهمة أيضًا، فالتحفة ليست إلا جزءًا من الزبون. وإذا كان الأمر كذلك، فها هو الآن أمام حجر كريم من الفيروز، وهو الأسطة

الشهير كيركور، وها هو صاحب المكانة والرفعة سطار خان. إذن، كل شيء تام. ومن ثم، ارتدى المريول، وأشعل السراج، ولف لفافة من التبغ، وأشعل النار تحت سماور الشاي، ثم أمسك بالحجر وراح يقلبه بين كفيه، ناظرًا إليه من هذا الطرف ومن ذاك الطرف، ثم قرّبه من السراج وحمله تحت نوره، ليحسب أفضل زاوية لانعكاس الضوء فيه. ثم نظر إلى مدى قبوله للنور وانكساره فوقه، ثم انتقل إلى زاويةٍ كان الضوء فيها خافتًا للغاية، لينظر إلى مدى انعكاس النور منه في الظلام، وليرى كمية النور والضوء التي سيعكسها في المساء. لم يكن مخطئًا، فهذا الحجر الذي بيده قطعة فريدة. لذا، ملأ كأسًا من الشاي من السماور، ولف لفافة أخرى من التبغ، ثم سحب نفسًا عميقًا للغاية وهو يستند بظهره إلى الكرسي الذي يجلس عليه، ثم نهض ببعض الأعمال حتى حان المساء، دون أن يضع يدًا بذلك الحجر، لأن العمل عليه لا يمكن أن يبدأ إلا في وقت السحر. ومن ثم، سحب الفراش، ونفخ في السراج كي ينام مبكرًا، ويستيقظ مع ساعات الفجر الأولى، ثم أغمض عينيه وحوله مطرقته وسندانه والمرايا والأقلام والموقد والأبواب، وراح يفكر بالمراحل التي مرَّ بها في هذا الفن منذ شبابه حتى اليوم إلى أن غطَّ في نوم عميق.

ومع بزوغ الفجر، استيقظ الأسطة كيركور الأرمني وأشعل النار تحت السماور، ثم جلس إلى طاولته، وبدأ يشتغل على صقل هذا الحجر الكريم بكل مهارته وبراعته وهو يردد كلمته الشهيرة عند بدء العمل:

- «يا ستَّار يا غفَّار!».

ثم راح ينظف العرق من جميع الشوائب التي كانت حوله.

عندما خرجنا من دكان الصائغ كان الوقت بعد العصر. وهذه المرة، كنت أجري خلف سربلند الذي جمع آيات الحسن في العالم كلها. يا إلهي! كم هو نشيط سطار خان! فلم يبق زقاق من أزقة تبريز إلا ودخله أو مر عليه. وعندما حل المساء، دخل شاي خانه[1] جورجو التي كانت في إحدى زوايا شارع متطرف قليلًا، حيث كان ثمة حكواتي يقص على الحضور من حفظه من ملحمة الشاهنامة[2] قصة الحرب الشهيرة التي دارت بين رستم وإسفنديار. وكان يغير نبرة صوته وفقًا لمن يتكلم بلسانه، فعندما يحكي على لسان رستم يصدر صوتًا مختلفًا عن الصوت الذي يصدره عندما يتكلم بلسان إسفنديار.

لم يأتِ ياقوت بعد. فجلس سطار خان على مجلس مفروش على الأرض إلى جانب نافورة المياه بمكان قريب من الحكواتي. ومن ثم، لاحظ وجود مرآة أمامه فنظر إلى وجهه فيها، وأسر في نفسه: «عليَّ أن أتردد على دكان الحلاق إسفنديار كثيرًا من الآن فصاعدا». ثم نظر إلى حجرة محفورة في الحائط إلى جانب تلك المرآة، حيث ملحمة الشاهنامة وديوان حافظ الشيرازي، وكلاهما قد بليت أوراقه من كثرة الاستخدام والقراءة فيهما. ثم خلع نعليه، وأسند ظهره إلى إحدى الوسائد، وصاح:

- «جورجو.. مثل كل مرة».

ثم راح يقلب أوراق جرائد حزب التجديد وآزاديستان المليئة بالأخبار والمقالات التي تتحدث عن حرب عالمية، وعن أهمية الحفاظ على استقلالية أذربيجان، ثم تركها على طرف ورفع رأسه، وجال بنظره على جدران الشاي

---

[1] شاي خانه: يُطلَق على أماكن تناول الشاي بسبب شهرة الشاي في الأراضي الإيرانية عن القهوة.
[2] الشاهنامة: ملحمة فارسية ضخمة تقع في نحو ستين ألف بيت.

خانه التي لا يكاد يوجد مكان فارغ فيها. فوراء ظهر مَن يعد الشاي مباشرة لوح خُطَّ عليه جداول لديون الأشخاص الذين يترددون على المكان، ومنهم من لا يسدد حسابه إلا مرة في كل سنة، أو لا يفعل هذا حتى، لكن جورجو لم يكن يهتم بذلك، إذ يكتفي بما يربحه، ويعد ما نقص أجرة لمسامرته والحديث معه. لهذا كان كل شيء منظمًا في المكان، وفي حدود آداب الحديث، كما كان الوضع في كل الشاي خانه في إيران.

وفي وسط الشاي خانه، ثمة بركة ماء مصنوعة من الرخام يتدفق الماء فيها من نافورة، وقد وُضِعَت الوسائد والأرائك على مدار الجدران كاملة، وفُرِشَت الأرض كلها بالسجاد والبسط. ونظرًا لكمية فناجين ودِلَال القهوة المصفوفة في الزاوية التي خصصت لإعداد الشاي والقهوة، نجد أن القهوة لم يُبخَس حقها. وفي الحقيقة، لو عاد الأمر إلى جورجو لما سمح بدخول القهوة عتبة المكان، حتى لو كان سعر الفنجان منها أغلى من الشاي أربعة أضعاف، لكنه إكرامًا لبعض الزبائن الذين اعتادوا على القهوة وأصبحوا مداومين عليها كان يقدمها لهم. لهذا كانت أدوات إعداد القهوة متوفرة، ولكن الاهتمام كله بالطبع كان منصبًا على الشاي. ومن ثم، كانت متوفرة كل لوازم إعداد الشاي، من كؤوس زجاجية وفناجين وأطباق خزفية، وطبعًا السماور المختلف في أصل اسمه: أمن الصينية أم الفارسية أم التركية أم الروسية، بيد أن الموجود هنا كان صناعة روسية، مكونًا من قطعتين بحجم كبير، وهو يلمع لمعانًا لافتًا. ولم يقتصر ما يُقدَّم على الشاي والقهوة فقط، بل تُقدَّم مشروبات كالليموناضة والزيزفون، والمربى وراحة الحلقوم وبعض الأعشاب المجففة؛ كل هذا كان متوافرًا لدى جورجو، ولكن الأصل الذي من أجله أُنشِئ المكان هو الشاي فقط، وكل شيء آخر تتضاءل قيمته إلى جانبه.

والملاحظ أن الشاي والقهوة، وحتى النرجيلة، يُشرَب بكل أدب، فللحديث في ذلك المجلس آداب وأصول، ومقاطعة أحد في أثناء الحديث تُعَد قلة أدب كبيرة. فلا يمكن لأولئك الحشاشين المدمنين على شرب الحشيش والأفيون الذين تحمرُّ أعينهم للغاية، وتكاد الدماء تسيل من أجسادهم، ويغيب وعيهم، أن يدخلوا هذا المكان البتة. فأبواب هذا المجلس مؤصدة في وجه الحشاشين، مفتوحة على مصراعيها أمام كل رجل مهما كان وضعه الاجتماعي. ففيه يمكنك أن تصادف أناسًا من كل طبقات المجتمع، ويمكن للرجال أن يفعلوا كل ما يخطر على بالهم، إذ يمكنهم أن يقرءوا الشعر أو أن يكتبوه، أو أن يجتمعوا من أجل بعض الأعمال، فيتفقوا ويعقدوا الصفقات أو يفضوها. كما يمكن أيضًا أن تُلقَى الخُطب والمواعظ. وقد يقع شجار من حين لآخر، إذ يمكن للكل هنا أن يعبر عن آرائه السياسية بكل حرية، بل إنه بإمكان كل واحد أن يتكلم حتى عن الشاه نفسه. كما أن هذا المكان يعد الأنسب لاجتماع التجار وأرباب العمل لعقد صفقات العمل والتجارة، طبعًا إذا بقي محافظًا على القيم، ولم يتحول إلى خمارة وحانة لشرب الخمور والنبيذ.. فكان هذا المجلس، مثله مثل باقي الشاي خانه في إيران، مكانًا لاجتماع ضدين من البشر: نوع يقتل الوقت بإضاعته بشرب الشاي، ونوع لا يجد وقتًا لشرب الشاي إلا وهو يتحدث من أجل عقد عمل أو صفقة تجارية.

لم يمضِ وقت طويل حتى وصلت النرجيلة. وكما يفعل كل مرة، ملأ سطار خان أولًا كأسًا من إبريق الشاي الخزفي ذي اللون النيلي، ثم أضاف الماء المغلي من السماور، ثم أخذ قطعة من السكر قرضها بأسنانه ووضعها بفمه، ومن ثم ارتشف رشفة من الشاي. وبعد أن حبس ذلك الطعم بين حلقه وأسنانه، أخذ نفسًا من نرجيلة ذات بلورة بلون الزمرد الأخضر ورأس من

الكهرمان، ثم حبس ذلك الدخان الناتج من الماء والنار والهواء والمعسل في صدره، فكان هذا الخليط سببًا لإضفاء السعادة وإدخال السرور على قلبه، ثم نظر إلى الماء في قارورة النرجيلة، وكيف يتحرك عندما يسحب نفسًا منه، وأغلق عينيه مبتسمًا بسرور، فبعد يومين سيذهب إلى تخت سليمان.

وما إن ملأ سطار خان كأس شاي أخرى حتى جاء ياقوت. وفي الوقت ذاته، دخل شخص آخر دخلة أسكتت الحكواتي وهو في أكثر اللحظات حماسة في قصة رستم؛ إنه حيدر المجذوب.

كان حيدر المجذوب رجلًا ضخمًا، يخيف منظره فقط وهو يرتدي معطف الجوخ الترابي الذي لا يخلعه صيفًا أو شتاءً الجالسين في المكان، حاسر الرأس في بلد لا يمشي فيه رجل حاسر الرأس إلا إذا كان مجنونًا. وعندما دخل، وبدأ يمشي في المكان، كانت الأرض تهتز من وقع خطواته، والمياه في زجاجات النراجيل تموج بشدة، بينما لاذ الجميع بالصمت، حتى الحكواتي الذي كان في أكثر المواقف حماسة في الشاهنامة. وبعد أن التفت الجميع إليه، دار حول نفسه أولًا، ثم فتح ذراعيه، وما إن بدأ بالكلام حتى أثر الحضور ببلاغته، فقد كان ذا بلاغة ولسان سليط، بيد أن الذي منَّ عليه بهذا المَلَكة حرمه من تمام نعمة العقل. لم يكن قليل العقل.. حاشا! بل كان عاقلًا وزيادة، ولكن هكذا هي الأمور في الدنيا، فحين يزيد الشيء عن حده تبدأ الموازين في الاختلال. باختصار، لم يكن ثمة خلل أو نقص في طلاقة لسانه، فبدأ الكلام:

- «تفضلوا إلى مسرح الدُّمى!».

ثم انطلقت الكلمات من فمه نارية، وتبعت الجملة أختها وهو يصف تبريز، ويتحدث عن الرياح التي عصفت بها في السنوات العشرة الأخيرة، وشعره المجعد متدلٍ على كتفيه، ونظرات عينيه المصوبة إلى الحضور تبدو ناظرة إلى زمان غير الزمان.

عدل الجالسون الأرائك التي يتكئون عليها، وجلسوا متأهبين، فها قد بدأ العرض بمقدمة نارية:

- «هذه مسرحية عن شاه دولة الدمى. وكما يكون في كل مسرحية من مسرحيات الدمى، ثمة شخصيات مصنوعة من الورق المقوى تُحرَّك بخيوط لا تُرَى للمشاهد، وخلف الستارة ثمة مَن يتحكم

بكل تلك الشخصيات. ولعل الدمى تظن أنها مَن يؤدي الدور في العمل المسرحي، ولا تعرف أنها ليست سوى دمية تُحرَّك كما يحلو لمَن يمسك بالخيوط.. تفضلوا إلى مسرحية الدمى لآخر عشر سنوات مضين».

ووسط ضجة وجلبة بين الحضور، كان المجذوب مرهقًا يتصبب عرقًا. ومع أن الخيوط مقطوعة والدمى مبعثرة، كانت المسرحية نارية، يعرفها الكل في قرارة نفسه، ولكن لا يستطيع الحديث عنها سوى مجذوب.

بدأ المجذوب بالحديث عن انعدام الفطنة والبصيرة لدى الحاكم، والامتيازات الكثيرة التي مُنِحَت للروس والانجليز، وأكثر شيء لا يستطيع أن يستوعبه عقله: كيف يموت الشعب جوعًا بينما يذهب الشاه وحاشيته في موكب فخم كله بذخ وترف وتباهٍ إلى أوربا للسياحة. وهكذا يبدأ واضعًا يده على الجرح الأكثر إيلامًا في جسد هذه الدولة الممزق:

- «شاهين شاه (ملك الملوك)، باديشاه، الحاكم الأعلى، قائد المؤمنين، شمس إيران وأسدها، ناشر العدل... لا تلقوا بالًا لما يفعله كل شاه من نحت لنفسه على المرمر وهو يصيد الأُسد مثل بهرام جور».

فخيم الصمت على الحضور، فهذه المقدمة ليست بشارة خير على ما سيأتي بعدها.

- «لقد أعلن شاهنا المعظم حياديته في هذه الحرب! مَن يسمعك؟! حتى الغربان تضحك على فعلتك تلك!».

ثم فتح ذراعيه كأنها أجنحة، وراح يرفرف بها بضع مرات، قائلًا:

- «افتحوا أعينكم وأبصروا، فأذربيجان في خضم هذه الحرب. وإنجلترا تعطي إنذارًا وتحذيرًا أخيرًا، فتسحب روسيا جنودها؛ الجنوب في يد الإنجليز والشمال للروس. وكل هذا...».

ثم حنى ظهره، وأكمل:
- «يبقى حملًا على ظهر ذلك الغلام».
ويقصد به أحمد شاه قاجار الذي اعتلى العرش وهو في العاشرة.
- «أنين الجياع يصل صداه حتى قمة جبل دماوند. وفي تبريز، تتصارع القبعة الروسية مع المعطف الإنجليزي، وكلاهما يتصارع مع الطربوش العثماني».

وبينما يرفع أحد الجلوس يده اليمنى ليحتسي الشاي وقد شكلت ذراعه شكل قوس مصوب نحو المجذوب مباشرة، صرخ المجذوب:
- «قف! وإن كنت مجنونًا اعترف بجنونك، ولا تخلط بين العثمانيين والروس والإنجليز، فلولا العثمانيون لسحقت روسيا أذربيجان منذ زمن. لقد حكم العثمانيون أذربيجان حتى قبل هذه الحرب، وإن شاء الله يبقون كذلك حتى نهايتها».

ثم ضحك، وأردف:
- «حسنًا يا سعادة الشاه المبجل الموقر، ليكن ما تقول. ولكن هل خرجت روسيا من الأراضي التي استولت عليها؟! اصحوا أيها السادة! لقد قسمت إيران منذ زمن بعيد».

ثم اتجه نحو طاولة، وأزاح ما عليها من ورد وقرنفل وزهور وضعها على طرف، وأشار إلى كعكة كبيرة متخيلة أمامه:
- «تفضلوا إلى مراسم تقطيع الكعكة بين الروس والإنجليز: تلك القطعة لك، وهذه لي. ماذا عن هذه القطعة؟ دعها لإيران. آآآآه، ولكن ماذا عن فرنسا! هل تسكت أم تقول: وماذا عن حصتي؟ ماذا لي أنا؟ ابتعدي أنت قليلًا، ولا تتدخلي في عملنا»

وأخذ نفسًا ثم أكمل مراسم تقطيع الكعكة:

- «تبقى عيونهم ومطامعهم مصوبة على القطعة الثالثة التي أبقوها لإيران. لنعيد القسمة من جديد. هذه المرة تُقسَّم الكعكة مناصفة تمامًا: هذه لك وهذه لي، حتى إن لم يبقَ لإيران شيء».

وبينما يسحب أحد الحضور نفسًا من نرجيلة بيده، قال للمجذوب:

- «ألا يوجد مَن يعترض على هذا؟».

- «لا يعترض؟! حرقني الله كفتيل هذا القنديل، وصرت كرماد هذه السجائر، إن اعترض أحدهم أو فتح فمه؛ الكل حريص على حصته ونصيبه الذي سيأخذه من هذا التقسيم، فإيران ستُقسَّم إلى قسمين، والدولة العثمانية يعلم الله إلى كم! ولا أحد منهم يهتم للمصريين أو المغربيين أو الهنود، أو يسألهم عن رأيهم، كأن هذه الأراضي لا أهل لها ليكترثوا بهم. كل هذه المخططات للقتل والاغتيال سرية».

أحضر جورجو كأسًا من الشاي للمجذوب، قائلًا:

- «حيدر، خذ نفسًا وارتح قليلًا».

فارتشف حيدر رشفتين، ولم يمضِ وقت طويل حتى وقف مرة أخرى، وأكمل: «الآن، انظروا إلى ما استقر عليه أمر الامتيازات التي قدمتها إيران: أيها الإنجليز، خذوا هذه لكم. وأنتم معشر الروس، لا يسوء خاطركم شيء، فخذوا هذه لكم. ماذا في هذه الامتيازات؟ إبادة الغابات واستخدامها، وأعمال الحفر العلمية، ونهب الحجارة الكريمة والأراضي، ومد خطوط التلغراف، ومد السكك الحديدية، وفتح المناجم، والتنقيب عن النفط ومعالجته وبيعه، وزراعة التبغ وحصده وتصديره، والتحكم بالجمارك، ومد الطرق وفتحها، وفتح البنوك....!».

حدثت جلبة وشوشرة بين الحضور، فحول حيدر المسرحية إلى كوميديا سوداء:

- «آآآه! لكن لنكن منصفين، فشاهنا المبجل، حفظًا للمصالح الوطنية، حَرَم الإنجليز من التنقيب عن الذهب والمجوهرات».

ثم راح يتحدث مع شخص خيالي إلى جانبه:

- «تفضل سيد تالبوت، يمكن أن تكون بيدك كل زراعة وتجارة التبغ، ويمكنك أيضًا ألا توظف إيرانيين، وأن تحضر جميع العمال والموظفين من إنجلترا، ولن نكلفك أي شيء، حتى أسلاك النحاس في خطوط التلغراف الخاصة بك ستتكفل بها إيران».

ثم استدار نحو شخص خيالي آخر:

- «سعادة رويتر المبجل الموظف المكلف بإنشاء البنك الوطني الإيراني، تفضلوا أهلًا وسهلًا».

وفجأة انقلب جادًّا:

- «ما الذي يفعله سعادة رويتر في إيران؟».

وضع إصبعه على فمه مشيرًا إليهم أن اصمتوا، ثم جال بناظريه على الحضور وأكمل:

- «اسكتووا! إياكم أن تصدروا صوتًا أو تعترضوا، فجمال الدين أسد آبادي ما إن علا صوته حتى وجد نفسه منفيًا إلى إسطنبول!».

كان الشاي قد برد منذ زمن، ولكنه ارتشف رشفة أخرى، فيما الحاضرون تهتز رؤوسهم يمنة ويسرة تحسرًا، ويأخذون أنفاسًا عميقة.. يا لعمق الكلمات الصادقة ووقعها على البشر!

- «وطبعًا ملوكنا لهم زيارات وجولات وصولات في أوروبا. وكي يرى الناس هناك جناحي طائر الهوما[1] مرصعين بالمجوهرات

---

(1) الهوما: طائر أسطوري مذكور في الأساطير والخرافات الفارسية، وقد استمر فكرة مشتركة في الأشعار والأدبيات الفارسية. ورغم كثرة الأساطير التي تدور حوله، فإن الشيء المشترك بينها أنه يُقَال إنه لا يحط على الأرض أبدًا، بل يعيش حياته كلها طائرًا على ارتفاعٍ عالٍ بخفاء فوق الأرض.

والأحجار الكريمة، كما هي في حكايات وسلطنة (ألف ليلة وليلة)، دعونا نأخذ القروض والديون من بنوك إنجلترا، فخزينة الدولة خاوية.. ولكن مَن يكترث لهذا؟! أما روسيا، فكل ما تفعله أن تتصدق على إيران ببضعة قروش من حين لآخر، وتبقي زمام الحكم وخيوط اللعب كلها بيدها».

- «مَن الذي فرَّط بالأراضي الإيراني؟».

يسأل ويجيب هو بنفسه:

- «قاجار».

- «مَن جوَّع شعبه وجعله فقيرًا يشتهي كسرة الخبز؟».

- «قاجار».

- «مَن سلط علينا الروس والإنجليز والفرنسيين؟».

- «قاجار».

- «مَن باع أملاك الدولة للأغاوات؟ ومَن رفع الضرائب اثنتين وثلاثين مرة؟ ومَن أغدق على القوى الأجنبية الامتيازات واحدًا تلو الآخر؟».

- «قاجار».

ثم ضرب الأرض برجليه مقلدًا صوت خطوات الجنود:«مَن يسيطر على الجنود ورجال الشرطة الإيرانيين؟ الدرك السويدي. وماذا عن الفيلق القوقازي؟ إيران تتكفل بكل مصاريفه وتدعمه ماليًّا إلا أنه تابع إداريًّا لروسيا! انظر، روسيا تمد الطرق وتفتحها؛ هؤلاء الكفرة يفتحون طرقًا في أراضٍ لن يمكثوا فيها!

- ولأنك ذكي، أعطِ صلاحية شق الطرق للروس كي لا يجدوا صعوبة في إيجاد الطرق لتدميرك في أثناء الحرب، فحينها سيصلون في التو إلى مبتغاهم! هؤلاء الروس يحشدون جيوشهم ساعة الحرب على

مدينتي رشت وأنزلي، ومع ذلك يطلبون من إيران أن تتولى تكاليف هذا الحشد! ثم يرسلون لنا الموظف البلجيكي ناوس ليُعيَّنَ مديرًا عامًّا للجمارك.. ولا يكفي هذا، فيُعيَّن مديرًا للبرق والتلغراف.. ولا يكفي هذا، فيعين مديرًا عامًّا للمحاسبة ودائرة الجوازات وعضوًا بمجلس الشورى.. يا إلهي، ألا ترغبون يا بشاوات في تعيينه شاهًا، ليكون الشاه ناوس؟!».

ضجَّ الحضور بالضحك، فيما يكمل:

- «الآن، هذا الشاه الموقر المبجل أعلن وقوفه على الحياد في هذه الحرب، أليس كذلك؟».

ثم يصنع بيديه شكل بوق، ويصدر صوتًا غريبًا، فتتعالى الضحكات أكثر فأكثر، قبل أن يواصل:

- «أيها الظالم، هل كان لك موقف أو طرف حتى تقف على الحياد؟!».

فصاح أحد الحضور وهو يشرب الشاي:

- «أيها المجذوب، صدَّعت رؤوسنا بحديثك عن المرض المستشري في جسد الدولة، وكلنا يعرفه، فقد انتشرت التقرحات وسال القيح والصديد من كل أشلاء الدولة؛ ألا تخبرنا عن الحل.. عن العلاج؟!».

عدَّل المجذوب ملابسه، وقال:«الحمد لله رب العالمين. إن سبب المرض الابتعاد عن روح تبريز الحقيقية، لذا علينا قبل فوات الأوان...».

ثم راح يسرد كثيرًا من المرادفات الدالة على المعنى ذاته:

- «يجب العودة إلى روح تبريز، والاعتصام بحبل الله، واتباع سنة نبيه المصطفى (ﷺ)، وكل هذا -ولله الحمد والمنة- موجود مشهود في تبريز».

ثم بدأ بخطبة مطولة عن تبريز:

- «لا يمكن أن تجدوا حملة تطوير وتحديث أو انتفاضة قامت في إيران إلا ولتبريز الدور الأهم فيها. فالمشروطية التي وُلِدَت في طهران كانت تبريز مهدًا لها، والمجلس الذي أُسِّس في طهران حُوفِظ عليه في تبريز. ولأن كل الطرق المؤدية إلى طهران تمر بتبريز، فكل الرياح في إيران تهب أولًا في تبريز. فإن هبت نسائم في تبريز كانت العاصفة في طهران، وإن لم ترتجف تبريز لا تشعر إيران بالبرد، وإن أُغلِق باب بقوة في تبريز فالأرض ستتزلزل في طهران، وإن أُصِيبَت تبريز بوعكة مرضت طهران مرض الموت، وإن مرضت تبريز لقيت طهران حتفها.. فمصير طهران معلق بمصير تبريز».

ثم جال بناظريه مرة أخرى على جميع الحضور، وخفض صوته لدرجة كبيرة كأنه سيقول سرًّا خطيرًا، ثم وضع يديه على طرفي فمه وانحنى نحو الحضور، قائلًا:

- «لأن تبريز هي البوابة، وكل شيء يمر عبر تبريز أولًا، ولا شيء آتيًا من يريفان أو تبليسي أو باكو أو باطوم أو موسكو أو بطرسبرغ أو إسطنبول يمكنه دخول إيران دون المرور بتبريز، فتبريز دار السلطنة يحكمها الأمير؛ وهذا يعني أنه حتى باب السلطنة يُفتَح من تبريز...».

وسكت وهو يغرِّد بعينه لفترة، ثم رفع إصبعه السبابة وأشار إلى باب الشاي خانه، وقال:

«ومن هنا يُغلَق! ألم تبدأ حركات التمرد لأبطال المشروطية، أمثال سطار خان وباقر خان وخياباني، من هذه المدينة؟».

ثم وقف بكل أدب وخشوع، كأنه يقف في حضرة رجل مهم مهيب ينحني أدبًا بين يديه، وصاح:

- «لكن!».

وأكمل وعيناه تدمعان ووجهه متجهم مليء بالحزن والأسى:

- «انظر إلى ما يحدث اليوم في تبريز التي ضحت بكثير من الأرواح من أجل الثورة الدستورية».

ثم التفت إلى سطار خان، وأشار إليه بإصبعه، وقال:

- «عندما أقول سطار خان، فأنا لا أقصدك أنت سيدي، بل شخص آخر سَمِيُّك».

وابتسم ابتسامة ازدراء، وأكمل:

- «التشابه بينكما بالاسم فقط».

فأسر سطار خان في نفسه: «لا حول ولا قوة إلا بالله»، ثم أخذ نفسًا جديدًا من نرجيلته وسرح بخياله، وتذكر المرة الأولى والأخيرة التي رأى فيها سطار خان الحقيقي، أحد أبطال الثورة الدستورية، الذي رآه رأي العين قبل عشر سنوات عندما كان عمره ستة عشر عامًا. حينها، كان يرتدي معطفاً أسود قد بهت لونه، وغطاء رأس تبريزي مائلًا قليلًا، وحذاءً قديمًا في قدميه. لقد كان شخصًا لا يلفت الانتباه للوهلة الأولى، إذ كان رجلًا في أواخر الثلاثينيات، هادئًا، يظن من يراه لأول مرة أنه أحد عمال الفضة في السوق المسقوفة، ما لم يقطب جبينه وتحتد نظراته ويبدأ في الحديث. عندها، تخرج الكلمات من فمه كالموج الهادر، ولا يمكن لمَن ينظر إلى عينيه أن ينسى تلك النظرة طوال حياته. «أيها التبريزيون!»، هكذا بدأ خطابه يومها، قبل أن يكمل: «إنكم الآن تقفون وحبل المشنقة ملفوف حول عنقكم، وتحت أرجلكم كرسي خشبي». أصغى يومها سطار خان إلى كلام الشخص صاحب الاسم ذاته، وإن كان الاسم المشترك لا يعني أن يكون قدرهما مشتركًا أيضًا، فسطار خان البطل يلهب مشاعر من حوله من التبريزين، ويؤجج النار فيهم، بينما هو يقف كظل

أمام تلك النار، لا يقدر على أن يكون صاحب فكر مثله، ولا موقف كمواقفه، أو حتى أن يتحدث ويخطب في الناس مثله. والآن، هذا المجذوب يقولها بوضوح: «التشابه بينكما بالاسم فقط».

وبينما همس أحد الجلوس بأن هذا المجذوب «قد ثار وهاج»، قال حيدر:

- «آه يا إيران، حيثما أنظر إليك أراك جريحة مكلومة، ولكنك قادرة على الوقوف على قدميك مرة أخرى، إن اتحد أبناؤك من الفلاحين المنهوبين حتى مَن لم يمس بأذى، وشاركوا جميعهم في نصرتك ووحدتك».

ثم مد يده إلى كوب شاي فارغ على المنضدة، وبنقرة واحدة أوقعه في طبقه، مستطردًا:

- «فليخافوا، فهذه الدولة اعتادت على الانقلابات. وعندما تفقد الحشود الثقة بالحاكم، فإن الفلاحين والملالي والتجار كلهم يصبحون صفًا واحدًا، وينسفون السلطنة نسفًا، فالمنطق واحد والقلب ينكر ويتمرد على الظلم.. وهذا ليس ببعيد. فإذا سمعتم صوت النار، فهذا يعني أنها قريبة جدًا لتحرق أرواحكم».

لقد كان محقًّا في كل ما يقول، ولم يكن أحد ليعترض عليه، ولكن المجذوب أنكر عليهم صمتهم هذا، وقال:

- «ما لكم تنظرون إليَّ كأنكم أموات، ولا تنطقون؟!».

لكن لو جاء أحد من شرطة الشاه أو جنود الروس والإنجليز، وأخذ كل من في المكان، فلن يشعر أحد بهم أبدًا. وبينما همَّ المجذوب بأن يكمل حديثه الذي يكاد يقلب الأمور رأسًا على عقب في إيران، اقترب منه جورجو حاملًا فنجان قهوة هذه المرة؛ كان جورجو معتادًا على أن يُنْتَقد الشاه في هذا المجلس، بالقرب من هذه البركة، ولكن اليوم هذا القدر يكفي، لذا قال له:

- «يكفي يا حيدر، تعالَ.. اجلس والتقط أنفاسك واشرب القهوة، وفيما بعد تكمل الخاتمة».

في تلك الأثناء، تدخل أحد الملالي في الكلام، وقال:

- «حسنًا يا مشهدي[1]، معك حق؛ لقد خسرنا نصف أذربيجان لصالح روسيا وإنجلترا وفرنسا بسبب معاهدة تركمانجاي، ولكن لو لم تُمنَح هذه الدول كل هذه الامتيازات لكان النصف الآخر قد ذهب!».

فارتشف المجذوب من فنجان القهوة رشفة يصحبها صوتٌ عالٍ، ثم قال:

- «ما يبقى في التاريخ، يا ملا، النتائج وليس الأسباب؛ أنا أريد دولة قوية».

ولم يمكث طويلًا، إذ وثب من مكانه وهبَّ كالريح وانصرف، تاركًا وراءه فنجان قهوته وريحًا تعصف بالحشود.

وبعد أن انتهى عرض المجذوب، أعطى سطار خان تعليماته لياقوت، ثم خرج من المقهى مع أذان العشاء، وامتطى صهوة جواده سربلند، ومضى في ليل صيفي تحت سماء تبريز المظلمة الملبدة بغيوم سوداء تنذر بهطول المطر في أي لحظة. وهو في طريقه، استوقفته دورية تابعة للروس واستجوبته، وفي مكان آخر دورية إنجليزية؛ لقد كان المجذوب محقًّا في كل ما قال: إيران تقبع تحت الاحتلال.

وعندما وصل إلى الخان، أعطى سربلند للسايس، وأخذ شمعدانًا صعد به إلى غرفته، حيث استلقى فوق فراشه بجسد مرهق. أما أنا، فجلست تحت قدميه، والتفت حول نفسي أفكر بكل ما دار من أحداث، من مسرحية ذلك المجذوب إلى الدوريات وفيلق القوقاز المشؤوم، خائفة من أن تنتهي هذه

────────────

(1) مشهدي: كلمة فارسية تُقَال لمن يتردد على مدينة مشهد في إيران.

الشمعة التي تضيء تلك الغرفة. وفي تلك الأثناء، سمعت همسًا في أذني: «أعظم»! لا أدري هل كان هذا صوت سطار خان أم أنه صدر من طريق السرد عبر الشخص الثالث. ولكنني تسللت إلى خيال وذكريات وحُلم سطار خان، كما فعلت ذلك من قبل، فصرت في البيت الكبير في تخت سليمان، حيث تعرفت على أعظم.

حين استيقظ سطار خان، كان نور الشمس المتسلل عبر نافذة الغرفة مرتفعًا، ما يشير إلى أن الشمس قد ارتفعت في السماء كثيرًا. وعندما نزل إلى فناء الخان، أمسكت به «أعظم» التي استيقظت قبله ومكثت تنتظره، قائلة:

- «سطار خان، لماذا تأخرت؟ ما كل هذا النوم؟!».
- «خيرًا إن شاء الله، أعظم. ماذا حدث مجددًا؟».
- «هل نسيت؟ كنت ستمدَّ السَّدَى[1] لي».

كان سطار خان قد وعدها ليلة أمس بأنه سيفعل هذا من أجلها، ولكن هذا العمل يتطلب كثيرًا من الجهد، فمدّ السَدَاة الأولى بين عارضتي النول والنسج عليه حتى إنهاء السَّدَى كلها والوصل بينهما عمل شاق يكافئ السفر لأميال عديدة وقطع طرق طويلة تعادل الطرق والأميال بين تبريز وتخت سليمان. يا له من أمر لا يُطَاق!

ضرب على فخذيه مبالغة وتهويلًا، وقال:

- «سلطانة أعظم، انظري إلى الشمس.. لقد قاربت على الزوال، ومثل هذا الأمر يجب أن يكون مع بركة البكور وساعات الفجر الأولى. أعدك أنني سأستيقظ غدًا مع بزوغ الفجر، وأفعل هذا وهذا...».

ولكن أعظم الفتاة العنيدة للغاية لم تقنع بما يقول. كانت تبدو فتاة قوية الشخصية قادرة على أن تلاعب الدنيا كلها وتضعها خاتمًا في إصبعها وهي تقف مكانها بالقرب من البركة الرخامية في وسط هذا الخان. ومع أن سطار خان تَبِعَ أعظم إلى مَشْغَل الفتيات في الفناء الخلفي للخان، فإنه كان مضطرًا لذلك، فقد كان يتبعها وهو يقدم خطوة للأمام ويعود اثنتين للخلف.

(1) السَّدَى: الخيوط الممتدة طولاً، وهي التي يُنسَج منها السجاد.

دخلا أولًا من باب المشغل، حيث صادفا كثيرًا من الأنوال ورائحة الصوف وصوت الآلة التي تُدقّ بها العقد على المنول (المِضرب)، وسط صمت مطبق بين الفتيات اللاتي لا يُسمَح لهن بالثرثرة أو التحدث فيما بينهن، فالثرثرة تشتت الانتباه، والبسط والسجاد الآذري يجب أن تُنسَج على أكمل وجه دون هفوة أو خطأ. فهنا أذربيجان، حيث يحاك التاريخ ويكتب بين خيوط البسط والسجاد هذه. فإن لم تقدم هذه الأراضي عبر التاريخ سوى هذه التحفة الفنية التي أهدتها لتاريخ وإرث الفن البشري لكفاها. فأذربيجان التي استطاعت أن تحافظ على استقلاليتها وهي ضمن الأراضي الإيرانية، استطاعت كذلك أن تحافظ على اختلافها واستقلاليتها في اللغة، وفي صناعة السجاد وغزله وطريقة حياكته. فالسجاد الذي يُنسَج بعقدة واحدة هو سجاد إيراني، أما الذي يُنسَج بعقدتين فهو سجاد تركي بامتياز، وهذا يكاد يكون معروفًا في كل أصقاع الأرض، فإن كان ثمة سجاد بعقدتين فهو سجاد تركي أصيل أصالة وعراقة اللغة التركية. وهذا الذي يميزه عن غيره، ويشترك فيه كل الأتراك في العالم، فعقدة واحدة تجمع كل الأتراك، وسجادة واحدة من تلك أصبحت هوية تعريف للأتراك حول العالم.

ومع فتح ذلك الباب الضخم، حصلت بعض التحركات والجلبة الخفيفة بين الفتيات اللواتي ينسجن السجاد. وإن كان ذلك الارتباك الواضح عليهن لم يكن مثل ما حصل للنساء اللواتي قطعن أيديهن عندما رأين يوسف (عليه السلام)، فإنه لم يكن أيضًا بالأمر الهين الذي لا يجعل سطار خان يلاحظه. في الواقع، لم تكن واحدة من العاملات تشطح بخيالها وأحلامها لتصل بها إلى سطار خان، ولكن ليس الأمر بأيديهن؛ لقد أتى ورأينه أمامهن، فبدت حركاتهن أشد سرعة، وأصبح الضرب بالكيركيت[1] أسرع، كأن الرتم والسرعات بينهن قد

---

(1) الكيركيت: مِضرب يُستعمَل لدق العقد على السجاد.

بدأت بالتفاوت، وارتعشت الأيدي التي تمسك بالمقص، وتطاير الزغب في الهواء، وكادت الفتيات اللواتي يطرزن يفسدن عملهن كله.

مرَّ سطار خان، ومعه أعظم، من بين النوال المصفوفة يمنة ويسرة، حتى خرجنا من الباب الخلفي على ممر كبير، حيث تنتصب آلة كبيرة ضخمة للنسج وإنشاء السدى، عارضتاها الضخمتان تقفان أمامها كجنديين من جنود لاوند. فقالت أعظم:

- «هيا.. منذ متى وأنت تماطلني؟! ابدأ الآن!».

فرد سطار خان، وكان هذا أمله الأخير:

- «سلطانة أعظم، إن بدأت في هذا العمل الآن، فسأظل أروح وآتي بين هاتين العارضتين حتى يحين المساء، وأنت لا تقدمين لي ماءً ولا شايًا، ولا أستطيع حتى أن أتوقف لأخذ قسط من الراحة!».
- «طبعًا لا أعطيك ولا يمكنك أن تستريح.. هذا صحيح، فإنك إن توقفت أفسدت القياسات وفقدت المعيار الذي كانت عليه يدك».
- «ولكن المشي بين هاتين العارضتين يعادل السفر مشيًا من هنا إلى تبريز ذهابًا إيابًا.. ألا تشفقين عليَّ؟!».
- «لا، لا أشفق عليك.. هيا ابدأ!».

وجد سطار خان أن صوته يرتد إليه كأنه يرتطم بحجر أصم، وفهم أنه لا مفر من إنجاز هذا العمل، فهمس بالمثل الفارسي: «البداية تعني النهاية»، ثم خلع رداءه وشمر عن ساعديه حتى مرفقيه، وبدأ بالعمل الذي استمر إلى غروب الشمس، بل إلى أذان العشاء، دون أن يتوقف أبدًا، ولا أحد يعلم سوى الله كم مرة راح وجاء بين هذين المحاربين.

في البدء، أخذ خيطًا عقد طرفه في أول عارضة، ثم مده إلى العارضة الأخرى محافظًا على عيار يده، بحيث لا يكون الخيط رخوًا ولا مشدودًا، على أن يستمر على هذا المعيار مع كل الخيوط. وبعد أن انتهى من الأول، وانتقل

للثاني، جلست أعظم على نول فارغ تحتسي الشاي، وتلقي حبات اللوز المغمسة بالسكر في فمها، وتراقب وتعد خطوات سطار خان الذي صار حبيس عينيها الواسعتين اللتين تنظران إليه نظرة تمتزج فيها البراءة بالخبث. ففيما تنظر إليه ببراءة، كان اهتمامها وتركيزها منصبًّا على يديه وكيفية مدّه السدى على النول.

بدأ سطار خان عمله بعد الخطوات بين عارضتي النول: 1-2-3-4-5-6-7-8؛ ثماني خطوات؛ هذا يعني أن هذه السجادة ستكون سجادة كبيرة! ثم لف الخيط الأول على العارضة الثانية، والتف عائدًا إلى نقطة البداية، ليعد الخطوات ذاتها وينتهي من الخيط الثاني. ومن ثم، ربطه بسلسلة وانتهى من خيطين، ثم رفع رأسه ونظر إلى أعظم التي ظلت تنظر إليه تلك النظرة. وعندما همَّ بأن يعقد الدورة الثالثة، سألها:

- «لماذا لا تتولين أنت هذا العمل؟ ألن تكون هذه تحفتك الفنية؟».
- «مدّ السدى بحاجة إلى عزم رجل. كما أن السجادة تبدأ بعقد العقدة الأولى، وكل شيء قبل هذا لا يعنيني».

وبعد أن انتهى من الدورة الثالثة، قال:

- «أنت مخطئة؛ ألا تُعدُّ السدى بمقام الهيكل والأساس الذي عليه تُبنَى السجادة؟ فكيف لا تعدين هذا القسم جزءًا مهمًّا منها، مع كل ما يعانيه ويكابده من حمل ثقل الصوف، والبقاء في الخلف بطلًا مجهولًا يتحمل كل هذه الأعباء؟! فإن كان الأساس فاسدًا، ألا يكون ما يبنى عليه فاسد باطل؟ وإن مُدَّ السدى بطريقة خاطئة، ألا تكون السجادة خاطئة منذ البداية؟!».

كانت هذه المرة الأولى التي لم يصدر فيها جواب عن أعظم التي كانت تدعي أنها تعرف الكثير. ثم بدأت الأدوار تتوالى وأعظم مكانها تعدُّ الرابع، ثم الخامس والسادس والسابع والثامن. وعندما بدأ العدد يكبر أكثر

فأكثر، راحت تخطئ بالعدّ. وفي كل مرة ينتهي فيها سطار خان من دور، يرفع رأسه ناظرًا إليها، بينما تنظر هي إليه تلك النظرة التي نصفها طفولي ونصفها أنثوي، نصفها نظرة مظلوم ونصفها نظرة ظالمة، نصفها براءة ونصفها دلع ومكر.

حقًّا، متى كبُرت هذه الفتاة وأصبحت في هذا العمر؟! ألم يضعوها بين يديه بالأمس، ويقولوا له: هذه الفتاة ستكون أختًا لك، تكبر معك وتكون أنت لها سندًا يحميها ويدافع عنها ويساندها؟!

عقب إحدى الدورات، سألها:

- «أعظم، من أين تعلمت هذه النظرات؟».

ثم بدأ دورة أخرى، وأسرَّ في نفسه: تُرَى ممن أخذت هذه النظرات ونبرة الصوت؟ وإلى متى تستمر هذه الدورات؟ ليتها لا تنتهي إن كانت أعظم ستبقى تنظر إليه هكذا في كل مرة. ولكنه خجل من أفكاره تلك، وبدأ يزيد من سرعة خطواته من فرط حيائه مما يفكر فيه حتى صدمه تنبيهها:

- «سطار خان، أدِّ عملك دون انقطاع أو إفساد لعيار يدك؛ لا تسرع ولا تبطئ».

- «حسنًا، سأؤدي عملي دون انقطاع أو إفساد لعيار يدي؛ لن أسرع ولن أبطئ».

وأخيرًا، ورغم غياب الشمس منذ زمن، انتهى من عمله وهو يتصبب عرقًا، وقد التصق قميصه بجسده وشعره برقبته من شدة التعب والعرق، ولكنه في النهاية نال حريته، رغم أن ساعات الأسر تلك كانت تعجبه، فلا يرغب البتة في مغادرة المكان. فلو ظلت أعظم تنظر إليه بهذه النظرات طوال بقائه، فإنه مستعد لأداء هذا العمل وهو يدور بين عارضتي النول حتى لو اضطر لقطع مسافة تفوق المسافة بين تبريز وتخت سليمان بمئات المرات.

وعندما جلس على نول فارغ، وراح يرتشف من فنجان الشاي الذي قدمته له، كانت أعظم هي حبيسة نظراته هذه المرة.

وفي هذه اللحظة، جاءت الأسطة فردوس، ونقلت السدى إلى المشغل، وثبتته على النول، ثم نظرت باستياء إلى أعظم، وعبست في وجه سطار خان رافعة أحد حاجبيها السوداوين؛ لا بد أنه أخطأ وفقد تقدير شد الحبال على النول، مما أدى إلى أن تكون رخوة أكثر من اللازم، ومن ثم ستكون متدلية من فوق النول كأنها وتر من أوتار الكمان الرخوة.

- «هل أعجبك ما صنعته، سطار خان؟!».

فشعر بالخجل الشديد ظنًّا منه أن أعظم استطاعت أن تشعر بما كان يدور في خلده حينها. ولكن ما دار في خلده كان عميقًا جدًّا، حتى أنه هو نفسه كان من الصعب عليه الإحساس به؛ إنه يعرف جيدًا في أي دور من الأدوار وقع بهذا الخطأ، ويشكر الله على أن أحدًا لم يشعر بما كان يدور في قلبه وقتها، خاصة أنه سمع ذلك الصوت فيما كانت تلك النظرات مصوبة إليه!

أما أعظم، فكانت لا تتوقف عن الكلام، شارحة أن السدى الرخوة لا تنتج إلا سجادًا غير متماسك منحرفًا، وأن كل ما نراه من قصور من هذا النوع في السجاد يكون بسبب هذا الأمر. ولكن، والحمد لله، استطاعت الأسطة فردوس أن تقوم بشد الحبال الرخوة من خلال السنارة، وأعادتها إلى الوضع الذي يجب أن تكون عليه، مصلحة ذلك الخلل، فأصبحت متناسقة مشدودة متساوية المسافات فوق النول جاهزة، ولم يبقَ إلا أن تُضرَب العقدة الأولى عليه. وقد كانت أعظم ترغب في أن تجثو على ركبتيها أمام ذلك النول، وتغرز الغرزة الأولى، ولا ترفع رأسها من أمامه حتى تفرغ منها بشكل كامل. فشعرت برعشة في يديها وأناملها ومعصمها غير محتملة الانتظار أكثر من ذلك لتقوم بعقد عقدتها الأولى على تلك السجادة. ولكن الليل كان قد

أسدل ستاره، وأصبح الجو مظلمًا، والسجادة الجيدة يجب أن تبدأ حياكتها مع ساعات الفجر الأولى؛ هذا ما كانت تقوله الأسطة فردوس التي كانت كلماتها أوامر في المشغل، تسري على الجميع حتى أعظم.

وقبل أن يغادوا المشغل، مررت أعظم أناملها المرتعشة فوق حبال السدى تلك وهي تداعبها، فشعر سطار خان كأن نياط قلبه ترتعش مع ارتعاش الحبال، وأسر في نفسه أن هذا يعني أنها ستقضي شهورًا طويلة أمام هذه الحبال كأنها تحفر بئرًا بإبرة، وتفرغ عليها كل ما في قلبها، وما تشعر به من غضب وسعادة وسرور وفرح. وإن هي غضبت، فستكز على أسنانها وتعض على شفتيها. وبينما يمد خيوط السدى تلك، كان يتخيل أعظم تلامس روحه وتداعب قلبه بأناملها فيما تغزل وتحيك سجادتها. ولو لم تقل فردوس: «هيا، سنغلق المشغل»، لبقي سارحًا في خياله حتى حين.

في صبيحة اليوم التالي، وبينما تتجهز أعظم لعقد أول عقدة على ذلك النول، كان سطار خان قد تسلل إلى المشغل. ومع أن الشمس لم تكن قد أشرقت بعد، فإن الفتيات جميعهن كن مستعدات، تجلس كل واحدة أمام نولها، وأعظم من ضمنهن. فنظر إليها وهي على تلك الحالة كأنه يراها لأول مرة؛ لقد كانت مطأطأة الرأس أمام نولها وكأن تاريخ أذربيجان، بل تاريخ تخت سليمان وإسفنديار وبرسبوليس وحافظ كله، قد نُقِشَ بين عينيها شديدتي السواد المكحلتين، ورموشها التي تنسدل أمام عينيها كستارتين من الحرير الأسود، ونظراتها من بين تلك الستارتين التي تكشف عن تاريخ إيران بأكمله. ولو أن هذه النظرات لامست قلبه، فإنه سينزف بألف ألف أعظم.

لقد كانت أعظم في عيني سطار خان بحيرة ساكنة، ولكنها غريبة فريدة عميقة للغاية، أمواجها السُمر كلها مكنونة مخبئة داخلها؛ ما كل هذا الجمال؟!

حتى هو نفسه لم يرَ جمالًا كهذا من قبل، ولكم يتمنى ألا يرى أحد جمالها الذي رآه هو أبدًا!تبدأ حياكة السجادة دائمًا بعقد بعض العقد. وما إن مدت أعظم سلسلة لتعقد أول عقدة لها على ذلك النول حتى صاحت فردوس:

- «يا بنات».

ثم راحت تعطي لهن التعليمات والتوجيهات، مراعية أن كل واحدة منهن في مرحلة مختلفة عن الأخرى وهي تواصل:

- «لا تدعن مسافة كبيرة بين العقدة وأختها، وإلا سيظهر أثر ذلك على ظهر السجاد، ولا تضيقنها أيضًا وإلا أصبحت السجادة قاسية، بل حكنها بشكل معتدل، ولا تضيعن الوقت، وحافظن على شغفكن هذا وحيويتكن حتى تخرج السجادة من بين أيديكن على النحو الذي ترغبن به».

والواقع أنه لو كان الأمر عائدًا للأسطة فردوس، لاتهمت كل هؤلاء الفتيات اللواتي تتراوح أعمارهن بين العاشرة والثامنة عشرة بأنهن كسالى لا يعملن كما يجب، وأيديهن ليست بالمهارة المطلوبة، ولا حتى استيعابهن، وربما أوصت ميرزا خان بأن يطردهن كلهن. ولكن الأمر، والحمد لله، ليس بيدها. ولكنها، على أي حال، لم تكن تمر بين الفتيات دون أن تقف عند كل واحدة منهن، وتنحني لتنبيهها للأخطاء التي تقع فيها، والإشارة إلى ما يجب عليها فعله، وتوبيخها بكلامٍ قاسٍ وألفاظ جارحة، ولكن الأمر لا يتجاوز ضرب أنامل المخطئة خطأً جسيمًا بالعصا ضربة أو ضربتين.

وبعد هنيهة، عادت وصاحت:

- «يا بنات».

ويبدو أنها كانت تقصد أعظم تحديدًا، على قول المثل: «إياكِ أعني واسمعي يا جارة!». فرغم أنها تثق بها، فيدها ماهرة وذكاؤها متقد، فإن فيها

خصلة لم تكن في كثير من البنات، إذ كانت عنيدة جدًّا. لذا أعادت فردوس سرد التنبيهات والتعليمات:

- «لا تتخطين صفًا، فتصبح السجادة قصيرة، وتفسدن النقوش والرسومات. والسجادة تُعرَف جودتها من ظهرها، فإياكن أن تصببن جل اهتمامكن على الوجه وتنسين الظهر. واضربن العقد بالمضرب بقوة وإحكام لتحافظن على العيار ذاته، وانتبهن للشكل الذي تعقدن به العقد، واقطعن الخيط كما يجب تمامًا، فلا يكون طويلًا فتسرفن بخيوط الصوف، ولا يكون قصيرًا فينغرز بين العقد، ويرجع إلى ظهر السجادة عند ضربه بالمضرب، واحبسن أنفاسكن وأنتن تقصصن الخيوط، فالعقد إن لم تقص بعناية، مهما كانت معقودة بحرص، تفسد وتختل».

يا إلهي، من أين تجد السيدة كل هذه المواعظ والنصائح والغضب والتذمر؟! أعظم تكاد تُجن ويُغمَى عليها؛ إنها تعرف كل هذا، وعلى أهبة الاستعداد للبدء بضرب أول عقد في سجادتها في أسرع وقت. ومن ثم، راحت تلامس الخيوط بأناملها فتهتز تحتها وتصل اهتزازتها إلى قلبها.. آه، السجاد الحقيقي لا يُحَاكُ إلا بهذه المشاعر، لذا تركت نفسها تغرق في تلك المشاعر كأنها قد ألقت بنفسها في بحر لُجِّي.

ما هي إلا لحظات تلك التي تفصلها عن هبوب العاصفة في قلبها، فكرات الصوف المصبوغة بالألوان الطبيعية المأخوذة من جذور النباتات كلها حاضرة مجهزة، وكل شيء على ما يرام، فأكثر الصوف لديها بلون أزرق بحري، إذ تريد أن تحيك سجادة الأرضية فيها زرقاء، قد نقشت فوقها حديقة ربيعية، ألوان الزهور فيها معروفة. ولكن الأحمر الكبريتي ما ينقص أعظم في الواقع، رغم أنه لديها، بيد أنه ليس من الألوان الطبيعية، بل من الألوان الصناعية.

قالت فردوس لأعظم التي هرعت إليها:

- «هذا صعب، بل يكاد يكون من المستحيل الحصول على هذا اللون من الألوان الطبيعية، لذا استخدمي هذه الخيوط من أجله».

لقد تناقص إنتاج الأصباغ الطبيعية والخيوط الصوفية المصبوغة بها بشكل كبير في إيران، وحلت محلها الأصباغ الرخيصة المصنوعة في ألمانيا. وبكل تأكيد، هذه الألوان ليست أجود من الألوان الطبيعية، وإن كانت أقل تكلفة وأسهل؛ هذا كل ما في الأمر. والواقع أنه لم يعد يوجد في إيران من يستخرج الألوان الطبيعية من جذور النباتات، فلا أحد مستعد لتحمل عبء استخراج اللون الأسود من الجوز، والأحمر من الكينا، والأزرق من نبتة النيلي، بل أصبح الكل يعتمد على الأصبغة الألمانية الجاهزة، فكل ما يتطلبه الأمر أن تضع الصوف في القدر، وتغمسه بالأصبغة حتى تأخذه مصبوغًا. ولكن أعظم كانت تقول:

- «لا يمكنني أن أقبل بحياكة سجادة بخيوط مصبوغة بألوان ألمانية».

ومع أن سطار خان وفردوس يعرفان حق المعرفة أن الفتاة عندما تقول هذا، فإنها ستبقى على موقفها أبد الدهر، فإن فردوس قالت:

- «اليوم انقضى، وغدًا تنتهي سجادتان وتسحبان من النول. عندها، سنبحث لك عن خيوط بهذا اللون، ولكني لا أعدك بشيء، فليس لديَّ أمل في العثور عليه!».

وعلى الرغم من أنها قالت: «سنبحث»، فإنها كانت مستاءة من هذا الوضع، فهذا يعني أن السجادة التي ستحيكها أعظم سيُعلَّق العمل عليها حتى يحين وقتها، وهو ما لا تفضله فردوس، إذ لا ترغب أبدًا بأن تُترَك السجادة قبل أن يُحَاك منها بضعة صفوف على الأقل. أما إن تُرِكَت هكذا منذ البداية، فهذه إشارة إلى أن حياكتها ستستغرق أكثر من الوقت المحدد لها. وبرأي

فردوس، فالسجادة الجيدة تُحَاك على يد غازلة واحدة بنفس واحد ونسق واحد، لهذا يجب أن تكون اليد التي عقدت أول عقدة فيها هي اليد ذاتها التي تعقد العقدة الأخيرة، ويجب أن تبقى هذه اليد هي التي تحيكها طوال تلك الأيام. ولكن هل هذا ممكن دائمًا؟ بالطبع، لا. فكيف تُحَاك سجادة مثالية في هذه الدينا غير المثالية. ومن ثم، فكلما خرجت السجادة على أكمل صورة بأسرع وقت، كان هذا يعني أن يدًا واحدة قد عملت على حياكتها. ولكن والحال هذه، وقد توقف العمل على سجادة لم تكتمل العقد الأولى بها بعد، فإن هذا لا يعجبها أبدًا، لذا كشرت وجهها ونظرت إلى النول، بيد أن أعظم ظلت تحرك يديها كالريح فوق الخيوط على نولها، وتحاول أن تعوض تقصيرها وهي تنساب كالماء بينها وتنطلق كالسهم قاصدًا هدفه. ما كان لديها ليس الهوى والهواية فحسب، بل العزم والإصرار، وهذا ما أراح قلب الأسطة فردوس.

في صباح اليوم التالي، عندما جلسوا لتناول حساء الفطور معًا، قالت أعظم لميرزا خان:

- «اليوم، سأذهب مع الأسطة فردوس إلى سوق الصباغيين لأنه لم يتبقَّ لدينا صبغة طبيعية باللون الأحمر الكبريتي، وآمل أن نجدها هناك».

كشر ميرزا خان، فقد كان يعرف بالمسألة، ويدرك أن أعظم إن أصرت على شيءٍ ستبقى وراءه حتى تحصل عليه. ورغم ذلك قال لها:

- «يا ابنتي، استخدمي خيوط الصوف المصبوغة بالصبغة الألمانية».

- «لا يمكنني أن أستخدم هذه الصبغات المزيفة».

فازداد استياؤه من حساسيتها المفرطة تلك، وقال:

- «هل ستحيكين سجادة ربيع خسرو؟!».

فنظرت إليه نظرة حادة، وقالت:

- «نعم، أستطيع.. ولِمَ لا؟!».

لم يبدِ ميرزا خان غضبه، بل كظم غيظه. في الواقع، لم يكن يعرف الإحساس الذي شعر به هل كان غضبًا أم شيئًا آخر، فأمر بأن تُجهَّز له النرجيلة، ونزل ليجلس بالقرب من البركة، حيث سحب أول نفس وهو غارق بالأفكار مشغول البال. فهذه الفتاة اليتيمة التي تركتها أخته الكبرى أمانة في عنقه قد ورثت من العائلة خصلة العناد التي كانت موجودة في أمها، وخالها أيضًا. لقد كان يشعر بالسعادة والسرور عندما يرى بعض الخصال التي ورثتها منه، ولكنه أحياناً يخاف من عنادها هذا. فقد كان لديها تشبث برأيها لا يُوجَد في ولده سهند، ولا حتى في سطار خان، وهو ما يخيفه ويضايقه

في كثير من الأحيان أكثر من أن يسعده؛ إنها في النهاية فتاة! إن لم يُوضَع حد لعنادها، فإنها في المستقبل قد تجلب لأهلها مصائب لا تحمد عقباها. وبعد أن سحب نفسًا آخر من نرجيلته، ونظر إلى الماء في البركة، ونفث الدخان، تبين له أن الوقت قد حان ليكشف عن ما يدور في رأسه منذ زمن، وهو قضية تزويج سطار خان من أعظم؛ هذا الزواج سيكون مناسبًا، فهما يليقان أحدهما بالآخر. ولكن لتمضِ هذه السنة على خير، ولتكبر أعظم سنة أخرى، فتبلغ الثامنة عشرة. حينها، يقسم الله ما يشاء ويقدر، ويكون الخير إن شاء الله.

ولأن وقت الظهيرة قد حان، غادر تاركًا البركة. ففي صيفٍ حارٍّ كهذا، تغدو القيلولة أفضل وسيلة لقضاء ذلك الوقت. وفي حين صعد ميرزا خان لغرفته، نزل سطار خان وجلس على المسطبة إلى جانب البركة، ولم يمضِ وقت طويل حتى جاءت أعظم وجلست على حافة البركة، ثم انحنت قليلًا وأدخلت يدها في الماء، فنظر إلى تلك اليد السمراء وأصابعها الناعمة التي ينساب منها الماء نظرة مسحور. يا لهذه اليد! ما الذي يميزها عن غيرها؟! تذكر ساعة كان يراقب بخفاء أناملها وهي تعقد العُقد على النول، ويشعر أن أناملها وراحة كفها تلك على السجادة كأنها تنثر الورود على رأس كل عقدة. من يومها، صار يرى هاتين اليدين أينما اتجه وحيثما نظر. وكي يتهرب من نظراته تلك، بدأ بالحديث عن موضوع آخر:

- «لماذا أغضبتِ خالك، يا أعظم؟ ألا تخافين من غضبة ميرزا خان؟! ثم أليست هذه الألوان والصبغات الجديدة أفضل؟!».

كان يعرف دون شك جواب سؤاله، ولكن عليه أن يفتح معها موضوعًا ما وإلا خنقه هذا الصمت، ولم يجد منجى منه إلا بمعانقتها وضم يديها المبللتين، لذا أنصت إليها وهي تقول:

- «لا، خيوطي كلها من الصوف الطبيعي الخالص، والألوان فيها طبيعية من النباتات والأشجار والجذور، لذا تبدو نقية براقة دائمًا. ولئن مت فيجب أن تبقى هي، ولن تلامس يداي تلك الألوان الصناعية أبدًا».

كان وجهها قد احمرَّ من الغضب، ولكن بما أنها بدأت الموضوع فلا بد أن تكمله:

- «سطار خان، أنت تعرف أنه لا أحد يعقد عقدًا مثلي، ولا أحد ينسق ويوفق بين الألوان مثلي فيشكل منها لوحة متناسقة بديعة، حتى أنني قادرة على رسم الزخارف والرسوم دون حاجة لورق أو تصاميم، فلديَّ ما يكفي من المهارة والحرفة لرسم النجوم والورود والأشجار والأغصان والخطوط، ولديَّ المهارة الكافية للجمع بينها كلها لصناعة تحفة فنية. وحتى لو اهترأت السجادة التي حكتها، فسيُعرَف من النمط الذي رسمته عليها أنني مَن حاكها».

نظر سطار خان إليها فزعًا من هذه العنجهية التي تتحدث بها عن مهارتها. ما خاف منه لم يكن ثقتها من نفسها، ولا إعجابها بنفسها، إذ يحق لها أن تفتخر بنفسها وتتكبر. ولكن ما خشي منه في الواقع أنها تمدح نفسها. وإن مدحت أنثى نفسها، فهذا يعني أنها لا تمدح مَن أمامها. وإن هي لم تمدحه، فهذا يعني أنه لا قيمة له في نظرها.

فزع سطار خان من تكبرها، ولكن لم يجرحه ذلك منها. فبقدر ما تحب نفسها تزداد جمالًا، وبقدر ما تُعجَب بنفسها تزداد بهاء وقيمة. لقد كانت هذه هي أعظم، بكبرها وعنجهيتها وغرورها، وهي بحالتها تلك اسمها أعظم وصفاتها كلها أعظم، فهي بكل ما فيها من صفات وخصال حسناء.

قال سطار خان وهو يحاول أن يرسم على وجهه تعبير أنه لا يعرف:

- «إيه، أيتها السلطانة الصغيرة».

ولكنه وجد صعوبة كبيرة عندما نطق بالصغيرة، فالجمال الذي يراه أمامه قد كَبُر كثيرًا، وألهب في قلبه شيئًا لا يقدر على أن يصفه بعد، بل يحاول إخفاءه، فتمسك بحجة «ربيع خسرو» وهو في الرمق الأخير، وقال:

- «وماذا عن ربيع خسرو؟».

فنظرت إليه كأنها تقول له: «ألا تعرف حقًّا؟!». إنه بالطبع يعرف، فكيف لا يعرف تاجر سجاد مثله شيئًا كهذا؟ ولكنه كان يريد أن يطيل الحديث معها، وأن يسمع من فمها تلك القصة، فكلما تكلمت أكثر بقي بالقرب منها وقتًا أطول. فحكت أعظم له حكاية ربيع خسرو؛ إنها سجادة فارسية قديمة ربما تكون الأغلى والأكثر روعة على الإطلاق، كان يُطلَق عليها «ربيع خسرو» نسبة للملك الساساني «خسرو» الذي قُدِّمَت إليه ممثلة بالحرير والذهب والفضة والجواهر الحقيقية روعة الربيع المزهر.

فسألها سؤالًا آخر:

- «حسنًا، وماذا حدث لهذه السجادة؟».

ماذا حدث لها؟! ثمة غرابة في تصرفات سطار خان اليوم! كأنه لا يعرف أنها عندما وقعت بيد العرب، قُطِّعَت إربًا، ووُزِّعَت على القوات غنيمة. لذا، تجاهلت سؤاله وقالت منزعجة:

- «أنا ذاهبة لأنام».

بعد أن غادرت، بقي سطار خان بالقرب من بركة الماء وحيدًا، فغمر يديه بالماء الذي لامسته يدها، ووضعه على جبينه ورقبته، ثم صعد هو أيضًا إلى غرفته لأن المرء إذا لم ينم في هذه الأيام وقت الظهيرة لا يمكن أن يحل المساء.

قرابة العصر، استيقظ وقد رأى حلمًا يراوده منذ ذلك اليوم الذي مدَّ فيه السدى لأعظم، فكلما أغمض جفنيه اقتربت منه فتاة لا يرى ملامح وجهها

بجسدها، محتضنة إياه واضعة رأسها على كتفه. وقد حاول مرارًا أن ينظر إلى وجهها، ولكن لم يستطع رؤيته بحال من الأحوال. بيد أنه كان ينتابه إحساس لا مثيل له وسعادة غامرة، كأن فراغًا في قلبه قد امتلأ حبًا وحنانًا، أو كأن قلبه المتناثر قد ضُمَّت جميع أجزائه بعضها إلى بعض، وبهذه اللمسة السحرية عوضته عن كل حرمان وقر في قلبه من الماضي إلى المستقبل؛ إنه لم يشعر بشعور مثله من قبل مطلقًا. والآن، عرف أن تلك الفتاة هي أعظم، أو بالأحرى لا يمكن إلا أن تكون أعظم، ولا أحد سواها.

وعندما نزل إلى فناء الخان، كانت قد استيقظت قبله بكثير، بل إنها ذهبت مع فردوس إلى السوق لتبحث عن صبغة اللون الأحمر الكبريتي. ولما رجعت، كان على ظهر الحمّال الذي معهما أحمال تشير إلى أنهما وجدتا ما ذهبتا من أجله. وحين دخلت من باب الخان، ومرت بالقرب من البركة مرتدية جلبابها الأسود سواد الليل متجهة نحو الدار، كانت نظراته تتبعها، متخيلًا إياها شجرة سرو شيرازي تمشي أمامه بقوام ممشوق، وما هو إلا ماء مسكوب يسري وراءها ليلامس جذورها. ولما داعبت نسمة ريح جلبابها الأسود فتطاير مع الريح وهفهف فوق جسدها النحيل، رفعت يدها تحاول أن تمسكه، وكانت تلك حركة كفيلة بإشعال النار في قلبه الثمل، كأنه لم يرَ في حياته مشهدًا كهذا. لكنه هذه المرة لم يخجل من أفكاره، ولم يشعر بالخوف من أحاسيسه تلك التي اجتاحت قلبه، كأن نارًا اشتعلت فيه، أو بالأحرى كأن أبواب السماء الدنيا انفتحت ونزلت منها هذه الأحاسيس فأصابته في الصميم قاطعة نياط قلبه. لقد ظلت هذه الأحاسيس تغلي في قلبه وتشتعل، ولكن هذه المرة اقتحمت كل الأبواب المؤصدة أمامها، وتحررت من كل الأغلال والقيود، إذ لا يذكر أنه شعر بمثلها من قبل، وإن كانت دفينة في أعماق قلبه، وإلا فكيف ينبض قلبه من دونها طوال تلك الفترة؟!

ذُهِلَ من هذا الإحساس؛ لقد كان يشعر أن شيئًا في أعماق قلبه يجعله يرتعش كلما رآها، ولكنه لا يعرف كنه ذلك الشيء، لذا هز رأسه متأثرًا بهذا الذهول والسُكر يمنة ويسرة تعبيرًا عن حيرته واستغرابه.. إنه لشيء عُجاب!

آه، لو أنها تلتفت إليه ناظرة بعيونها الساحرة تلك، ثم تخطو نحوه خطوة واحدة.. آه، لو تفعل.

لم تنظر، ولكنه كان يشعر لأول مرة في حياته بحلاوة الحياة، كأنه في سُكرٍ وطربٍ قد أخذاه من هذه الدنيا، وجعلاه يدور في ذلك الكون الرحب مع الكواكب والنجوم والشمس والقمر؛ إنه لا يستوعب ما يجري له، كأنه نسي وتذكر وتاه وعاد. ثمة شيء يهز كيانه، يسرقه من نفسه ثم يعيده إليها، وإلا لما كان في حالته تلك، ولعله من الآن فصاعدًا غير سطار خان الماضي، فأينما تكون أعظم يكون، وما يصيبها يصيبه.

لقد بات راضيًا بأن يفني عمره كله فداء لعيش هذا الإحساس ولو للحظة واحدة، وللمرة الأولى أصبح يخاف من الموت، ويسر في نفسه: «يا الله، أتضرع إليك أن تأخذ روحي في أي وقت تشاء، عدا اليوم. حرام أن أموت وفي قلبي هذا الإحساس!». والحق أنه لو قُدِّرَت هذه النار المستعرة في قلبه بنار جهنم المستطيرة لكانت جزءًا منها.

دخل إلى الدار، وراح ينشد بيتًا من الغزل من ديوان حافظ:

ما يقول هذا اللسان أيشكر أم يشكو؟

فهذا الفؤاد يطيل في ذي الحكاية ويسطو

ثم قرأ الفاتحة وسورة الإخلاص ثلاثًا لروح حافظ، وعند قوله «الحمد لله رب العالمين» شعر بقلبه ينتفض.

لا بد لهذا الشاب من نصيب وإشارة من ذلك العَلَمِ الذي كان يتكلم بكلام العشق، ويبلغ به عنان السماء. ومن ثم، أمسك ديوانه بين يديه، وحاول

أن يقلب صفحاته فاتحًا صفحة على غير تعيين لتكون حظه، ففتح على صفحة، ونظر إلى أول بيت في رأسها على اليمين، وراح يقرأ:

يقولون إن الجاذبية أحلى من الحسن
وحِبي قـد جمـع بين الحسـنيين

لا! مع أنه بيت جميل، فإنه لا إشارة فيه. لذا حاول مرة أخرى:

عشـق حـافـظ لا يخفـى علـى أحـد
حتـى سـليـمـان كـليـم الطيـور

فشعر بقشعريرة تجتاح بدنه كله من رأسه إلى أخمص قدميه، وأصابه ذهول ورهبة؛ لقد صادفته كلمة «عشق» التي تشي بأن هذا الذي في قلبه عشق.. هذه هي الإشارة، وهذا هو الاعتراف بأنه عاشق.

أعاد الديوان إلى مكانه ووقف، لكنه لم يتحمل فأخذه مرة أخرى وفتحه:

لديَّ حِبٌّ يقول برمش عيني أرديكَ صريعًا
آه أرجو ألا يتوانى وليردني سريعًا

فجرى بسرعة نحو المشغل كي يقتل نفسه بسهام لحظ محبوبته التي تكون أمام نولها عادة. وهو في طريقه إلى هناك، خاف أن يتخطفه القدر فيموت قبل أن يلقى محبوبته ويسمع صوتها ويرى صورتها. لقد غدا هائمًا في العشق، وإلا فلِم يخاف من الموت؟ لم يمت، ولكن أعظم لم تكن في المشغل، فسأل عنها الأسطة فردوس التي أجابته عن غير طيب خاطر بأنها في المصبغة تصبغ الصوف، فذهب إلى حيث قالت، ولكنها لم تكن هناك أيضًا. وأخيرًا، رآها تنشر خيوط الصوف ويداها ملطختان باللون الأحمر. آه، لو أنه هو مكان تلك الخيوط، فتلمسه بيديها وتلونه كما يحلو لها. وعندما عادت إلى البركة، وجلست على المسطبة، ذهب خلفها، وجلس بالقرب من البركة، وراح ينظر إلى الماء دون أن يتفوه بأي كلمة حتى قالت:

- «سطار خان، أتعرف؟ لقد حلمت هذه الليلة بأنه قد جاءني منك طرد مغلف بإحكام».
- «...».

لم يكن يركز فيما تقول، بل كان فقط يصغي إلى صوتها الشجي الذي لم يسمع مثله من قبل، لهذا ما كان مهمًا ما تتحدث عنه، بل يكفيه أن يسمع صدى صوتها في أذنيه، وأن يزورها في منامها فيملأ عليها دنياها، وتزوره هي فتملأ عليه أحلامه، وأنها في كل صباح أو بعد كل قيلولة تأتي إليه وتحكي ما تراه في حلمها كأنه ملحمة من ملاحم رستم التي لا تعرف نهاية. على أي حال، فإنه لم يستطع سماع سوى بداية المنام ونهايته:

- «... لا أدري لماذا تأخذ حجرًا بيدك وترميني به، فتصيبني هنا بالتحديد، ثم يسقط البلبل المسكين من يدي. لماذا تفعل هذا في الحلم، سطار خان؟!».

حاول أن يتصرف تمامًا كما تصرف يوم مد السدى لها بين العارضتين، ولكنه لم يستطع، خاصة عندما رأى يديها الملطختين باللون الأحمر الجذاب. فقد بدا عليه الارتباك والحيرة كأنه طفل صغير. وفي كل مرة ينظر إليها، يشعر أنه يسقط كالماء المنهمر على شلال شعرها الأسود الممدود، ويرتعش كلما اقترب منها أو خطا خطوة نحوها أو التقت عيناه بعينيها. سطار خان الأمس ليس سطار خان اليوم، فكيف يتصرف كأن شيئًا لم يكن وجسده قد ارتعدت أواصره وزُلزِلَت؟ فما كان منه إلا أن يرد بقوله:

- «لا تحمليني مسؤولية أحلامك».

مع أنه لم يكن يعرف ما جرى في ذلك الحلم.

ذهبت البنات والمعلمات إلى بيوتهن، وبات المشغل فارغًا إلا من أعظم التي ما تزال جالسة أمام نولها وقد انزلق حجابها من رأسها وأصبح على

كتفيها وهي مشغولة بالحياكة تدندن بأغنية قرة باغ بين تلك الأنوال والخيوط والنقوش. فراح يراقبها دون أن تشعر بوجوده لفترة. وكان من الممكن أن يخجل من فعلته هذه لولا أن قلبه يخفق بسرعة بين أضلعه كأنه سيخرج منها ويرقص فرحًا. وقد حاول أن يصدر أصواتًا كي تشعر بوجوده، ولكنها كانت في عالم آخر. فذهب من أمامها ومن خلفها وتجول، بيد أنها لم تشعر بوجوده قط.

فنادى وعلى وجهه ابتسامة عريضة جريئة للغاية:

- «أعظم».

ولم يلاحظ أن نداءه أخافها وجعل أواصرها ترتعد. ليته يحتضنها ويدخلها إلى أعماق قلبه! بيد أنه نظر إليها، وأسر في نفسه: «كتم هذا العشق أصعب من البوح به! وإن كان مصيري الموت، فلا بد أن أموت هكذا»! ولكنه خاف فلم يبح بما في قلبه، ولم يخرج من فمه في ذلك الظلام الخافت إلا اسم «أعظم» وصوته يرتجف.

أما هي فقالت وهي تقوم من مكانها:

- «آي».

قالتها مع تنهيدة من صدرها تحمل في طياتها كثيرًا من المعاني، فالألف ونبرتها تنسجم وتتناغم مع الياء، وتنسج بينهما صداقة أبدية؛ ربما كانت هذه الكلمة من فمها تحمل معاني أكثر من أربعين بيتًا لحافظ.

ولكن عندما لاحظ أن عينيها لا تحمل تلك المعاني التي تدور في ذهنه، أدرك أنها لا تشعر بما يعتمل في قلبه، وإلا لما تكلمت معه بهذه العفوية؛ إنها تتكلم معه كأن شيئًا لم يكن، قائلة:

- «أتدري سطار خان؟ إنك تشبه خيوط اللحمة هذه التي تحمل كل خيوط الصوف، ولكنها لا تظهر، وإن ظهرت قلت قيمة السجادة كثيرًا».

- «أنا سبب المتاعب، إذن!».

قامت أعظم من مكانها، وأدارت وجهها عنه، ثم اتجهت نحو البيت.

أما هو فدخل إلى غرفته، وفتح ديوان حافظ مرة أخرى، وقرأ:

اسكت حافظ هذا أيضًا سيمرُّ وينقضي

ثم ابتسم، فالزمان يحمل في جعبته كثيرًا من الأشياء. ولو تنهدت أعظم ألف تنهيدة، فإن هذا العشق الذي في قلبه لن يموت.

وفيما أنا في غرفة ذلك الخان في تبريز، تحت ضوء تلك الشمعة التي تتلوى وتنير المكان، خائفة من أن تنطفئ أو يحل الظلام، قررت الانسحاب من ذكريات وأحلام سطار خان. لقد غصت في أعماق قلبه وذكرياته وأحلامه، وتعرفت على أعظم. ولكن الغريب في الأمر أنني لم أسمع هذا الاسم من قبل، لا من أمي ولا خالتي ولا أحد من عائلتي، فلا أذكر أن أحدًا قد ذكر هذا الاسم أمامي من قبل. تركت كل هذه الأفكار، وانكمشت على نفسي في المكان الذي أجلس فيه، منتظرة حلول الصباح بحماس شديد، فبعد يومين أمامنا رحلة لتخت سليمان، وطبعًا سأرافق سطار خان في رحلته تلك.

استيقظ سطار خان صبيحة السفر قبل بزوغ الفجر بكثير، وذهب مباشرة نحو السوق المسقوفة دون أن يمر بأحد أو يتكلم مع أحد. وفي طريقه، مرَّ بسوق القماش التي تمهد لسوق السجاد، حيث محلات الأقمشة تعرض أمامها أقمشة جمعت بين الجمال والجودة والمهارة والأناقة، بألوانها ونقوشها وروائحها التي تقدم حكاية لما يمكن لليد البشرية أن تنسجه وتحيكه، وما يمكن لليد المبدعة أن تبدعه. ولما كان ذلك العصر قد عرف الحياكة بالآلات والماكينات حتى كادت صناعة القماش يدويًّا تتوقف، بدت الأقمشة المصنوعة يدويًّا المعروضة في هذه السوق ذكرى من الماضي. وفي كل مرة تأتي بضاعة من تلك الأقمشة، وتُعرَض للبيع، تأخذ مكانها ومكانتها مباشرة بين الأقمشة المنسوجة بالآلات، لما تتميز به من ألوان زاهية ورائحة فريدة.

عندما وصل، كان شريكه ياقوت يتفحص السجاد الحريري الذي وصل حديثًا للمتجر قبل أن يقول:

- «لقد أتيت بأجود أنواع السجاد، سطار خان... مثل كل مرة!».

والواقع أن سطار خان كان خبيرًا في انتقاء السجاد، إذ ينتقي أجود الأنواع التي تليق بالقصور. وقد اكتسب بفضل خبرته تلك ثقة بين الناس، وأصبح مشهورًا في هذا المجال. ولم تكن هذه الشهرة من فراغ، بل إنه يستحقها، فهو دائمًا على رأس عمله يتابع كل المتاجر في تبريز وتيكاب وأورومي وأردبيل وكازفين وجيلان، وحتى على الضفة الأخرى من نهر أراس. ولما كانت لديه ارتباطات وشركاء في كاراباخ وغانجا وباكو وكوبا وشماخي، فإنه يسافر ويتجول في تلك المنطقة الجغرافية بأكملها مرتين في السنة، ولا يدفع ثمن أي سجادة إن لم يرها أو يلمسها بيده؛ وهذا يعني أنه يقضي نصف

السنة تقريبًا في الترحال والسفر، فهو بطبيعة الحال كغيره من التجار رحالة. ومع أنه لم تُكتَب له زيارة إسطنبول بعد، فإنه زار تفلس وباطوم وباكو مرات عديدة، وخاض كثيرًا من المغامرات، وواجه كثيرًا من المشكلات والعقبات والأخطار منذ طفولته، عندما كان يسافر مع قافلة أبيه، وتعرف على أناس وطرق وعادات وتقاليد عدة، وتعلم من اللغة الروسية والأرمنية والجورجية ما يُمكنه من عقد الصفقات والمساومة مع التجار وقضاء ما يحتاج إليه من طلب طعام أو شراب، كما أنه يمكنه أن يعبر عن مراده باليونانية، إلى جانب الفارسية والكردية، أما اللغة التركية فكانت لغته الأم.

جلس سطار خان على حمولة بضائع أمام متجره كي يشاهد السجاد الحريري، حيث راح الأجير يفتح تلك السجادات واحدة تلو الأخرى أمام عينيه، كالستائر المرصعة الملونة بكل الألوان تقريبًا. وفي كل مرة يفتح فيها سجادة، ينظر إلى وجهه ووجه شريكه ياقوت، فإما ينتظر قليلًا وإما ينتقل إلى التي تليها.

كان هذا السجاد الحريري، المعروف باسم سجاد تبريز، من أندر أنواع السجاد، مهما كان المكان الذي نُسِجَ فيه. فقد كانت الأولوية دائمًا له لأنه عادة ما يتميز بالتقنية المستخدمة لتنعيمه وجعل ملمسه حريريًّا. وهذه الحرفة كانت من أصعب الحرف، وهي التي أكسبته هذه الجودة والقيمة، فهذا التضاد بين ملمس السجادة الحريري وحجمها الضخم كان سببًا في شهرتها وتميزها عن غيرها. هذا من جهة، ومن جهة أخرى كانت العقد فيها صغيرة ناعمة لدرجة كبيرة. ولقد زاد الغازلون أعداد العقد بشكل لا يصدق، وبمهارة عالية للغالية في الرسم والنقوش، حتى وصلوا إلى تشكيل مُنَمْنَمَات عن طريق حياكة السجاد، فحاكوا ونقشوا قصصًا ووقائع تاريخية، وصورًا لأساطير وأعلام كحافظ وسعيد ونظامي الكنجوي، والأكثر كان تصويرًا لملاحم

ووقائع من ملحمة الشاهنامة. وقد استطاع هؤلاء الحرفيين والغزالين أن ينقشوا كل تفصيل، بل إن أدق التفاصيل التي خطها النقاشون والرسامون على اللوحات التي رسموها، حتى قطرة الندى على ورق الأزهار التي رسمها الرسامون، استطاع الغزالون بأناملهم الماهرة أن ينسجوها على السجاد بالعقد والغرز، بكل دقة وأناقة. لهذا كانت أناملهم بارعة للغاية، وعقدهم صغيرة جدًّا تحتاج إلى صبر وحلم كبيرين. وما يبدعونه كان بحاجة إلى عين ثاقبة للتفريق بين السجاد الذي حاكوه ورسومات المُنَمْنَمَات، فمَن لا يمتلك تلك النظرة قد يظن أنه يقف أمام لوحة فنية من لوحات المُنَمْنَمَات.

كان سطار خان مسرورًا من أول سجادة عُرِضَت أمامه، فاضطجع فوق كومة الحمولة تلك كعادته دائمًا، فهو مَن اختار كل هذه السجادات، حتى وهي لم تزل بعد على النول، ولم يكن مخطئًا في قراره ذلك، وها هي النتيجة واضحة أمامه. فهذه السجادات الإيرانية الحريرية التي استطاعت أن تجمع بين الألوان المتناقضة وتوفق بينها، نجحت في نقل صور لملاحم ووقائع ومشاهد من العصر الإسلامي، وحتى قبل انتشار الإسلام، وبثها حية أمام أعين الناس. فكل ما فيها من طيور وأشجار وأغصان وأوراق وحيوانات وأماكن ومراقد لا تطغى واحدة منها على الأخرى، بل كانت متناسقة في غاية الانسجام، منعدمة الظل، لها عمق وبُعد خاص، يشع منها نور داخلي يجمع بينها وبين النور الإلهي.

ومن بين تلك السجادات سجادة عليها لوحة شيرين وخسرو الذي يشاهدها وهي تستحم على طرف جدول ماء، وينظر إليها وهو يعض على أنامله من فرط إعجابه بها، معتليًا صهوة جواده الأبيض المُشرب بحمرة، بينما حصان شيرين الأدهم -مع أن الحكاية تقول عكس ذلك تمامًا: حصان شيرين هو الأبيض وحصان خسرو هو الأسود- مطأطأ الرأس ينظر إلى الماء

كأنه قد رأى شيئًا غريبًا فيه ينظر إليه بغضب. ولقد كانت اللوحة تصور كل ذلك، وتعرضه بكل تفاصيله التي لا تنقص منها شيئًا مهما كان دقيقًا.

وفي أخرى تصوير لمجلس اللهو واللعب، وما فيه من تقديم الخمر ورقص الصبيان والغلمان أمام الحاضرين ومعاقرة ملائكة في السماء الخمر الذي يقدمه بعضهم لبعض؛ كل ذلك حِيكَ ونُقِشَ بكل تفاصيله على تلك السجادة. كذلك نُقِشَت كثير من المنمنمات واللوحات على السجاد، مثل «أنوشيروان والبومتان» و«بهرام جور وهو يصيد الأسود» و«تخليص رستم لهرش من سطوة أفراسياب»، وأشهر منمنمة على مر التاريخ ذاع صيتها، واستحقت كل هذه الشهرة بسبب جمالياتها وألوانها الزاهية، ألا وهي «مجلس كيومرز». وقد أُعِيدَ نقش كل تلك الصور واللوحات من جديد بالجمالية ذاتها على ظهر هذه السجاجيد، ولكن هذه المرة بعقد من خيوط الصوف والحرير، عوضًا عن الفرشاة والألوان؛ وإن لم تكن هذه حرفة وفن، فلا بد أنها سحر آسر.

عندما فرغ الأجير من عرض السجاد عليهما، قال ياقوت له:

- «يمكنك عَدُّ هذه السجاجيد صفوية، فلا يمكن أن ترى مثل هذا الجمال والروعة إلا عندهم».

فبرأي ياقوت، كل روائع وتحف صناعة السجاد، مَثلها مثل أي شيء آخر في أذربيجان، لم تكن إلا في العصر الصفوي. فالشاه إسماعيل هو من وحد جنوب وشمال أذربيجان، وجعل لغة الدولة اللغة التركية، والمذهب الشيعي مذهبًا لدولته، وجعل من تبريز عاصمة له. وشاه كهذا استطاع أن ينجح في تحقيق كل ذلك لا يمكن أن يأتي شاه مثله مرة أخرى في تاريخ إيران. ومع أن ياقوت لم يكن يعرف من التاريخ إلا القليل، فإنه لا يسمح لأحد أن ينتقد الشاه إسماعيل أمامه، وبطبيعة الحال لم يكن أحد يخطر بباله أن ينتقد الشاه إسماعيل أصلًا.

ربت سطار خان على كتفه فرحًا، وقال له:

- «ابقَ هنا، فلديَّ بعض الأعمال التي يجب عليَّ الانتهاء منها».

ثم انطلق نحو أغلى قسم في السوق المسقوفة، مرورًا بمتاهات ومتعرجات، حتى وصل إلى وجهته في النهاية. وحتى تلك المنطقة من السوق، يمكن النظر إلى السوق المسقوفة على أنها تمازج واختلاط بين المحلي والخارجي والأوروبي، ولكن ما إن تطأ قدمك هذه المنطقة حتى تشعر أنك في عالم آخر، وتحس بحزن عميق يجتاح قلبك، فالدكاكين في هذه المنطقة لا تشتري شيئًا من حي وتبيعه إلى آخر، بل كل ما هو معروض للبيع يمثل أشياء مستعملة لأشخاص عاشوا في فترة من الزمن، تاركين ما خلفوه وراءهم وأثمن ما كان لديهم ليعُرَض للبيع هنا، وإن كان العيش والحياة أثمن ما يمتلكه المرء، فهو لا يُشتَرى ولا يُبَاع بثمن مهما كان باهظًا؛ لقد كانت هذه المنطقة هي سوق تجارة التحف.

ذهب سطار خان إلى دكان تاجر التحف سُهراب، ذلك الأعجمي الثري، مثله مثل باقي أبناء حرفته، الذي بلغ من الثراء والغنى مبلغًا عظيمًا، ورغم ذلك كان جالسًا على حصير في دكانه قد تناسى كل ما حدث معه في حياته، وراح في حالة نعاس وهو يكاد يغفو. لقد كان سُهراب يبدو قطعة من الأنتيكة، مثل كل ما حوله من سماور مرصعة وأزياء مستعملة ولكنها لم تهترأ كثيرًا وقبعات مصنوعة من الريش وفوانيس مشمعة ولمبات غاز قديمة وقلائد مصنوعة من أحجار ليست بكريمة، ولكنها تضاهي القلائد المصنوعة من أحجار كريمة بسبب اكتسبته من قيمة قدمها، وخواتم وأقراط وأساور وأقداح مرصعة ملونة بالأحمر والوردي والخمري، بالإضافة إلى السيوف التي جُرِّدَت من أغمادها ومقابضها المرصعة والخناجر والمناجل والسترات المصنوعة من ريش البجع والأقواس والسهام والأقواس المزركشة

والمزخرفة والبنادق بفتيلة وبشعلة والدروع والخوذات والواقيات للأذرع والركب والجعبات... باختصار، كان لديه كل ما يلزم من أسلحة وأدوات وترسانة للحرب والقتال، فقد كان ثمة مشهد مأساوي لذخيرة حرب كاملة. لكن كل هذه الأشياء كانت للعرض فقط، فالكل يعرف أن الكنز الحقيقي لتاجر التحف والأنتيكة سُهراب موجود في الغرفة الخلفية لمحله، محفوظ هناك بالأدراج والخزانات. فالدروع المصنوعة من جلد لا يبتره سيف ولا يخترقه سهم، والقمصان السحرية التي لا تحرق نار من يرتديها ولا يغرق في ماء، والرماح المجنحة والمسننة، والمقامع من حديد المصنوعة على شكل رؤوس النمور، والدروع المصنوعة من جلد وحيد القرن؛ كلها في تلك الغرفة الخلفية. كما أن الكل يعرف أنه يحتفظ بمخطوطة من ديوان حافظ، وديوان نظامي الكنجوي، وكتاب كلستان السعدي، ومنمنمة للشاهنامة التي لم يكن لها مثيل في البلاد كلها، فالكل يعرف أن مثل هذه التحف ما إن ترد إلى السوق حتى تُوضَع بين راحتيه، فيتحسسها بيديه الضخمتين وعينيه الواسعتين، ويشمها بأنفه الكبير، فإن أعجبه شيء لا يمكن لأحد أن ينتزعه من يده مرة أخرى. وكل هذه الأغراض والأشياء الثمينة ما كان ليعرضها على الملأ، بل يحتفظ بها داخل ذلك السرداب الخلفي الخفي.

عندما رآه سُهراب رحب به ترحيبًا حارًّا، واستقبله استقبالًا طيبًا، ثم سأله عن أحواله، وتحدثا قليلًا عن مشاغل الدنيا. ولو كان الأمر بيد سهراب لأحضر الشاي والقهوة والنرجيلة، وأتبعها بالكباب واللحم والشحم، ولكنه عندما بدأ يسترسل في الحديث، قاطعه سطار خان معتذرًا بأنه ليس لديه وقت، وأن أمامه طريق سفر. وما كان أحد من الإيرانيين ليتقبل أو يتفهم كلمة «ليس لديَّ وقت»، ولكن يبدو أن سطار خان، مثل كل الأتراك، دمه حار كثير الحركة. ومع ذلك، تطرق سهراب إلى كثير من المواضيع، من

ارتفاع درجة الحرارة في إيران والحالة الحرجة التي باتت فيها، وهو يقول أبيات شعر لحافظ ويتمثل بحكم للسعدي. وعندما هم أن يشتكي له من تغير الزمن، واستبداد الإنجليز والروس، ويحلل مواقفهم وسياساتهم، قاطعه سطار خان بقوله:

- «سهراب آغا، أنا بحاجة إلى هدية قيمة للغاية».

فضحك سهراب بصوتٍ عالٍ، واهتزت كرشه أمامه، فبمجرد وجودك في ذلك المتجر فأنت بلا شك وسط كل ما هو قيم. ولكن لمن الهدية؟ وبأي مناسبة؟ فإذا تمكن من معرفة هذين الأمرين، سهل عليه أن يقدم له الهدية المناسبة.

فكر سطار خان قليلًا: «لمن؟ لمن هذه الهدية؟ ولماذا؟»، وكاد يقول لـ«أعظم»، بيد أنه غير رأيه وقال:

- «لابنة عمتي الكبيرة.. إنها عندنا في تخت سليمان!».

فكر سهراب قليلًا، وحك رأسه، وقبض على لحيته وفركها بأصابعه، ثم وقف من مكانه ودخل إلى ذلك السرداب الخلفي. وعندما عاد، كان يحمل بيده صُرة. وكي يزيد فضول سطار خان أكثر، ويكون وقع ما سيريه له عليه أكبر، لم يحكِ له أي شيء عما في تلك الصرة، بل أزاح ما على الطاولة أمامه من أشياء، ثم فتح الصرة وأخرج منها قطعة قماش بحجم مفرش مائدة مدها أمامها، ثم أسند ظهره إلى الكرسي وأخذ نفسًا من نرجيلته، وراح يرمقه بنظراته.

كانت قطعة قماش مخملي حِيكَت بخيوط من ذهب وفضة فزاد بريقها أكثر، ونقش الغزالون عليها واحدة من المشاهد الشهيرة التي استخدمها النساجون باعتزاز لعدة قرون، فقد نُقِشَتْ عليها صورة تجمع بين مجنون ليلى وحيوانات برية في الصحراء. كانت الأرضية بلون صحراء حقيقية، ونُقِشت الزهور في الفراغات في الأرض، غير أنه لم يكن في تلك اللقطة المشاهد

المعروفة التي تعاهد الناس على رؤيتها، من صراع للحيوانات فيما بينها، بأن يكون أحد النمور أو الأسود قد أنشب مخالبه في ظهر أحد الحيوانات أو راح يصارع حيوانًا آخر، وغير ذلك من المشاهد واللقطات الدموية، بل على العكس كانت الغزالان واليحمور تسرح تحت أشجار السرو التي تداعبها النسائم أمام حيوانات مفترسة، وبخلاف المتعارف عليه كانت كل تلك الحيوانات مستلقية بعضها إلى جانب بعض بكل ود. فمجنون ليلى الذي قلب موازين العالم وخرق قوانين الطبيعة بما كان يبثه من عشق حوله قد جعل من الغزال صديقًا للنمر الذي كان في هذه المنمنمة جالسًا مع غزال يمكث بين ذراعيه.

قال سهراب بائع التحف:

- «انظر جيدًا أيها الشاب الوسيم، هذه واحدة من أجمل الأقمشة على الإطلاق، فقد غُزِلَت على نول في قصر الصفوي. والآن، لم تعد تُنسَج قطعة قماش واحدة بهذا الشكل، ولم يعد أحد يحيك القماش بيده، بل أصبح كل شيء يُحَاك على الآلات، ويتم على وجه السرعة».

فهم سطار خان جيدًا هذا، ولكن ما لم يفهمه هو ماهية هذا القماش، لذا سأل:

- «جميل جدًّا، لكن هذا القماش لأي شيء كان؟».

فقال سهراب وهو يضحك:

- «هذا الآن لا شيء لأنه قطعة قماش قُصَّت وفُصِلَ بعضها عن بعض وبِيعَت قطعة قطعة، ولكن انظر إليها يا رجل كم هي جميلة! إن هذا وحده يكفيها لأن تكون شيئًا ما».

كلفته قطعة القماش هذه مالًا طائلًا، ولكن ما كان يليق بأعظم إلا شيئًا كهذا. ومن ثم، شعر بحرارة لطيفة على وجنتيه من السعادة والسرور.

وعندما خرج ياقوت ومعه الصانع إلى بوابة السوق كي يودعاه، كان السائس قد جهز له فرسه سربلند، ومعها حصان آخر احتياطًا. فنظر سطار خان إلى سربلند التي كانت بانتظاره كأنه ينظر إليها لأول مرة في حياته. وفي كل مرة ينظر إليها، يشعر بدوار خفيف في رأسه من فرط جمالها، مع أنه منذ فتح عينيه على الدنيا امتطى عشرات الخيول، فقد أمضى معظم وقته على صهوة الخيل مسافرًا بين تبريز وتخت سليمان. وكان من ضمن الخيول ما يُفاخَر بامتلاكها لأسعارها الباهظة وأصالتها التي لا تُقدَّر بثمن، ولكن حتى تلك كانت تتخلى عنه وترميه عن ظهرها في أوقات لم يكن يتوقعها. وكان من بينها ما جمعه بها رابط وصلة عاطفية، وبينها ما لم يكن يجد لوجودها أو فراقها أي أثر. بعضها كان يقبلها من عيونها، وبعضها كان يضع رأسه على جبتها، وبعضها كان يضم رؤوسها إلى صدره، ولكنه لم يبكِ وهو يضم واحدًا منها. ولطالما تذكر قصص الخيول التي كانت تُروَى في ليالي تبريز الباردة الطويلة، وشعر بثقة في فرسه سربلند كثقة رستم في فرسه راهش التي كان يجابه ويصارع بها الأسود، فلقد كانت سربلند بالنسبة له هدية من السماء على هيئة خيل، كأن الله قد وهبه «دُلْدُل»[1] ومنحه سيف ذي الفقار، ولكنه لم يكن محاربًا، بل كانت وجهته ومبتغاه وأقصى حلمه هي أعظم.

لم يبق له إلا شيء واحد، فمر بالصائغ كيركور، وأخذ الخاتم الفيروزي ولبسه بيده، وربت على رقبة فرسه سربلند، وقال:

- «هيا بنا يا ابنتي».

ولقد كان لون الحجر الفيروزي داكنًا متوهجًا مثل السماء الصافية على قمة جبل سهند.

---

(1) دُلْدُل: اسم بغلة النَّبِي الشهباء التي كان يركبها في غزواته.

استقبل سطار خان المتعب من السفر أمه هنكامه وأخواته وأبناء إخوته الذين لم يكن يعرف عددهم وأخاه سهند وأعظم على باب الدار، وكانت بالقرب منهم عمته جيجك ذات البنية الجسدية العظيمة. أما أبوه ميرزا خان، فكان ينتظر ابنه في الداخل. فحتى إن كان القادم ابنه الأغلى عليه من روحه، لا يليق أن يستقبله عند الباب، بل اللائق أن يدخل هو عليه، ويأتي كي يسلم عليه. وقد ظن سطار خان للحظة أنه سيختنق بين ذراعي أمه وهي تضمه إلى صدرها، وتبكي من شوقها إليه، وتدعو له وتضربه على ظهره من شدة حنينها إليه. وبعد أن نجا منها، وجد نفسه هذه المرة في حضن عمته جيجك التي كانت أكبر من أبيه ميرزا خان، حتى أنه لم يكن أحد يعرف عمرها الحقيقي، ومع ذلك لم تتزوج مطلقًا. بيد أن هذه السيدة الوقور كانت مرهوبة الجانب، ولها مكانتها في العائلة، حتى أنه كان لها مكان ومكانة خاصة حتى في مجالس الرجال. وكان لها سيط وباع لا يمكن إنكاره أو التقليل منه في تفسير الأحلام والرؤى. وبعد أن فارق سطار خان صدر عمته، احتضن أخاه سهند النحيل للغاية غائر العينين أسمر البشرة مع صفرة شديدة الذي بدا في حالة بين الصحة والمرض، وإن غلب عليه المرض حتى يُظَن أنه يمكن أن يخر مغشيًا عليه في أي لحظة. وأكثر ما يثير جنون ميرزا خان من حالة ابنه تلك أنه لم يكن مريضًا تمامًا فيقطع الأمل منه ويعالجه، وليس سليمًا قويًّا فيعتمدا عليه، ولكنه معلق بين الحالتين كأنه ممزق بين عالمين مختلفين. وقد شاءت الأقدار أن تأتيه امرأة تتحمل كل هذا وتصبر عليه وتعاني معه، فأنجب منها ولدين: الكبير يدعى علي أكبر، والصغير جعفر حسين؛ وكلاهما -ما شاء الله- كالأسود.

حاول سهند أن يحكي مع سطار خان بما يقدر عليه، فسأله بعض الأسئلة بصوت مخنوق والكلمات والحروف تتعثر وتتلوى في فمه وعلى وجهه ابتسامة حزينة عميقة تكفي لتعم العالم بأسره حزنًا وأسى تجليا في نظرات عينيه. ومع أنه كان في حالة عجز واستسلام، لا يرى أو يعي ما يدور حوله، ويعجز عن النهوض بأي شيء، ولا يدرك سر العالم، فإن كل شيء كان برأيه جميلًا على خير ما يكون. لقد جرح بعينيه تلك التي تحمل ألف معنى ومعنى سطار خان مثل كل مرة، وجعله يشعر بحزن شديد في قلبه لأجله. وبين كل هذا الزحام، لمح أعظم بطرف عينه، فكانت هذه النظرة الخاطفة كافية لمسح كل الحزن والهم من قلبه. ومن ثم، قطف عرق ريحان ودخل إلى المجلس كي يسلم على والده ويقبل يده.

وكانت أم سطار خان امرأة ستينية تحني شعرها، وتبدو كركن من أركان الدولة العلية، إذ كانت امرأة مهيبة لها وجودها وكيانها، ويعد مجرد تحركها من مكانها أمرًا ذا بال. ورغم ذلك، فإنها لم تفارق المطبخ منذ جاءها خبر قدوم سطار خان من تبريز، مع أنها كانت دائمًا ما تشتكي من ألم في رجليها. فقد ربت أبناءها على الدلال والترانيم، ثم على القصص والحكايات والبطولات، فكوّنت مخيلتهم وأفكارهم من خلالها، وعززتها بأمثال وطرائف الأجداد. وعندما انقضى وقت الدلال، لم تجد طريقًا أفضل لإشعار أولادها بحبها لهم إلا الطبخ. ولذا، فإنها من ساعة ما قُرِئ التلغراف الذي أرسله سطار خان ليقول فيه إنه قادم، أقامت الدنيا ولم تقعدها على رؤوس الخدم في المطبخ، وراحت تظهر كل مهارتها وخبراتها وفنها في إعداد الطعام، حتى أعدت مائدة تقدم للملوك والسلاطين. وقد دعا ميرزا خان لتناول الطعام معهم عددًا من معارفه ومُلا واثنين من الآخوند[1] وأحد أقاربه، وكان طالبًا

(1) آخوند: كلمة فارسية تُطلَق على رجال الدين عامة في إيران وبعض الدول المجاورة.

يدرس في الجامعة في إسطنبول، وبدا أن أعين هؤلاء جميعًا تنتظر ما سيقوله سطار خان، وما سينقله من أخبار.

فقال ميرزا خان:

- «إيه سطار خان، أخبرنا عما يحدث في تبريز، وكيف هي الأمور هناك؟».

كان أكثر ما يشغل بال الحضور ويريدون معرفته: ما الذي يفعله الروس والإنجليز في تبريز؟ وكيف يعاملون الشعب هناك؟ وما وضع الطرق؟ وهل ثمة رقابة شديدة؟ وما وضع العالم؟ وهل تنتهي هذه الحرب المستعرة بين دول العالم؟

فراح سطار خان يحكي لهم عن حال تبريز، والعساكر الإنجليز والروس هناك، والتوقعات والإشاعات عن الحرب، وانعدام البصيرة والحنكة عند الشاه، ثم حدثهم أخيرًا عن التمثيلية التي أداها المجذوب في مقهى جورجو، وكيف «فاق الحكواتي بأدائه».

واستمر الكلام الناري بالحديث عن أذربيجان وطال، حتى قال أحد الآخوند إنه واثق من أن الأمة الإيرانية قد نشأت وتكونت من الأمم والأعراق المختلفة، وأن إيران ليست للفرس، فهي لا تعني الفرس فقط، بل إنها على مر القرون تعبر عن كل من يعيش على أراضيها، من أكراد وأتراك وأرمن وجورجية وعرب، مسلمين ومسيحين ويهود ومجوسيين وسنة وشيعة. فإيران برأيه كتلة واحدة ومزيج من كل هذه الأعراق والملل، حتى أن السلالة الحاكمة كانت من كل هذه الأمم والأعراق، فقد اعتلى سدة الحكم عبر العصور قادة وحكام من كل هذه الطوائف، فكان منهم الفرس والترك والكرد والعرب. بيد أن إيران نجحت في أن تصبغهم كلهم بصبغتها هي، وتجعلهم كلهم ينتمون إليها. أما أذربيجان، فقال إنها «جزء لا يتجزأ من إيران».

فابتسم الشاب الذي يدرس في الجامعة في إسطنبول ساخرًا مما يقوله هذا الآخوند الذي يبدو أنه -في نظره- ما يزال يعيش قبل 100 سنة، وإلى الآن يظن أن الأوضاع كما كانت عليه قبل 2500 عام، في حين يعيش هو ريعان شبابه في إسطنبول، ويرى بأم عينيه ويقرأ في الصحف والمجلات هناك كيف بدأ العالم كله (بما في ذلك الدولة العثمانية) يتغير. والحقيقة المرة أن النار المستعرة الآن قد بدأت بفصل كل هذه العناصر بعضها عن بعض، فراح كل عنصر ينكمش على نفسه ويعود إلى أصله. وقد استطاع هذا الطالب الشاب أن يدرك تلك الحقيقة المرة الظالمة في إسطنبول ويراها في باكو. فمنذ أن وقع شمال أذربيجان تحت سطوة الروس، كانت الغالبية للآذريين والأتراك، ومع ذلك فإن الأوضاع هنا تغلي على صفيح ساخن. فقام الشاب من مكانه منزعجًا، وطلب الإذن بمغادرة المجلس، فقِيَمُ الأدب عندهم لا تسمح بمخالفة مَن هم أكبر سنًا، حتى في شؤون السياسة. وبعد أن غادر المجلس، سار في إحدى الحدائق حتى جلس تحت شجرة من أشجار السرو، وراح ينظر إلى النجوم البعيدة كأنما ينظر إلى مستقبله. وفي تلك الأثناء، تبعه سطار خان حتى جلس بالقرب منه. ومع أنه قال له: «حدثني عن إسطنبول قليلًا»، فإنه كان يحكي هو أكثر من أن يستمع.

فلطالما كانت إسطنبول تشغل تفكيره وتدور في عقله، أما أبوه فكان يرى أنه يكفيه أنه قد رأى نصف الدنيا، فلا حاجة له أن يرى النصف الآخر، إذ كان يقول: «نصف جهان أصفهان»؛ أي أن أصفهان نصف الدنيا. وبرأي سطار خان أن النصف الآخر من هذه الدنيا هو إسطنبول. ومع أنه لم تكن إسطنبول على خريطة التجارة لعائلته، فلم تبلغ بهم السبل إلى كل هذه المسافة، فإنه عندما يسمع عنها من التجار الذين يسافرون إلى هناك ويعودون، وما يقرأه عنها في الصحف والمجلات، كان يتخيلها عروسًا، بمساجدها ومآذنها وقببها

وقصورها وخطوط الكهرباء والهاتف والتلغراف وسفنها، تقف أمام بوابة أوروبا كالملكة.

ولو قُدِّرَ لسطار خان يومًا أن يعيش في بلد غير تبريز أو تخت سليمان، فلا بد أن يكون إسطنبول. فلو كان المرء غير قادر على العيش في تبريز، ففي أي مكان يمكن أن يعيش سوى إسطنبول؟ فهذه الدنيا برأيه لها مركزان: أحدهما تبريز والآخر إسطنبول. وإن لم يعترف صراحة، لو وُضِعَت إسطنبول وتبريز في ميزان لرجحت عنده كفة إسطنبول.

نظر ذلك الشاب إليه، وأسر في نفسه: هل هذا سطار خان آغا؟ إنه رجل صالح طيب، لكن ألم يعبر حي صحراب في تبريز أبدًا؟! ألم تلفح وجهه النار التي تستعر هناك؟! لقد وصل الروس إلى تبريز، والإنجليز يحاولون أن يثبتوا أقدامهم في إيران، في حين يتحدث الآخوند عن الأمة الإيرانية بتفاؤل، ويحلم سطار خان بإسطنبول! ثم ترك الشاب أفكاره تلك جانبًا، وراح يحدثه عن إسطنبول كما يريد. نعم، ربما لم يُخلَق في هذه الدنيا مدينة مثل إسطنبول، وربما هو نفسه يشعر بالشوق والحنين إليها من الآن.

بعد أن احتسى سطار خان حساء الصباح، تسلل نحو المشغل لأنه إلى الآن لم يجد الفرصة المناسبة ليقدم لأعظم الهدية التي جلبها لها. ومع أنه كان يتردد من قبل كثيرًا على المشغل، دون أن يشتكي منه أحد أو يشعر به أو يتضايق من وجوده أو يستغرب دخوله إلى المشغل، فإنه هذه المرة جاء إلى المشغل وفي قلبه ذلك الإحساس والشعور، فكان يظن أن الكل ينظر إليه ويراقب تحركاته. وعندما رأى أعظم هناك، ارتبك كثيرًا ولم يستطع أن يتكلم معها، فعاد من حيث أتى. وفي وقت الظهيرة، عندما انسحب كلٌ إلى حجرته كي يأخذ قيلولة، صادفها مرة أخرى بالقرب من بركة الماء -إذا كان بالإمكان عد ذلك صدفة طبعًا حيث كان يراقب تحركاتها منذ الصباح- فاقترب منها على مهل، وجلس على طرف البركة ومد رجليه، ثم سألها وهو متحمس يحاول أن يكبح جماح توتره البالغ:

- «ما أخبار سجادة ربيع خسرو؟».

فضحكت، وقالت:

- «لقد انتهيت منها، فأي سجادة تبقى بين يدي أكثر من سنة؟! الآن أعمل على سجادة أخرى».

ثم قامت من مكانها تريد أن تعود إلى نولها مرة أخرى، فقال لها:

- «توفقي توقفي.. لقد أحضرت شيئًا لك!».

ثم ركض نحو سرج خيله، وأخرج قطعة القماش المخملية التي نُقِشَت عليها صورة مجنون ليلى، وأعطاها إياها، فقالت:

- «ما هذه؟».

- «افتحيها».

ففتحتها وراحت تنظر إليها، واستطاعت أن تخمن قيمتها، فقالت:
- «سطار خان، لا بد أنك قد دفعت كثيرًا من المال ثمنًا لهذه؛ ليتك سألتني لأخبرك ما أريده فتحضره لي!».
- «في المرة الآتية، سأسألك».

وعندما اجتمعوا على مائدة العشاء، رآها مرة أخرى، وكان من الممكن أن يقول لها شيئًا أو ينظر من جديد لوجهها ويرى قوامها أو يتتبعها ويعترض طريقها، لو لم يقل له أبوه:
- «سطار خان، تعالَ، اقترب مني».

فعقد يديه أدبًا، وجلس أمام ميرزا خان الذي قال له:
- «جهز نفسك؛ ستذهب إلى يزد. وسوف تنطلق بعد غدٍ صباحًا».

يزد؟! إنها مدينة تقع في الطرف الآخر من إيران؛ ما الأمر الذي يضطره إلى الذهاب إلى يزد التي تقع في قلب الصحراء في وقت شديد القيظ مثل هذا؟!

وبينما يصدر صوتًا عاليًا من فمه وهو يقضم تفاحة، راح ميرزا خان يتحدث معه بصوت سلطوي كأنه أمر لا يقبل الرفض، ويخبره بأن الطلبية التي وصلتهم من فرعهم في يزد قد اكتملت مع إتمام أعظم السجادة التي كانت تنسجها، وأن الزمن الذي ضربه لهم موعدًا لتسليم البضائع قد شارف على الانقضاء، وأن القافلة ستنطلق بعد غدٍ صباحًا من تبريز إلى يزد. وطبعًا كان يعرف أن والده يفضل الموت على أن يخلف وعده؛ ولكن ماذا جرى لريحان الذي كُلِفَ بالذهاب إلى يزد وما حولها؟ لما لا يذهب هو؟!

قطع ميرزا خان أفكاره، وراح يشرح له بإسهاب سبب عدم ذهاب ريحان الذي كان عازمًا على الذهاب، لولا أن زوجته التي لم تحمل منذ سبع سنوات قد جاءها المخاض قبل يومين، فاضطر أن يرافقها إلى المستشفى،

وقد وضعت له الولد الذي ينتظره منذ سنين، ولا أحد عندها ليقيم معها، فعند مَن يمكن أن يترك زوجته وولده أمانة؟!

أصغى سطار خان إلى كل هذه الحكاية منزعجًا. ورغم أنه لو تُرِكَ الأمر للأب لبقي يحدثه عن ماضي ريحان ومستقبله وحاضره وكل ما يدور حوله، فإنه لم يقاطعه احترامًا له، بل أصغى إليه بكل أدب ورزانة حتى وجد الفرصة المناسبة، فتدخل في الحديث:

- «ألا يوجد شخص آخر يذهب مكانه غيري؟».
- «لا يوجد».

قالها ميرزا خان بحدة ليقطع عليه الطريق، ثم أكمل:

- «الطريق هذا مليء بقطاع الطرق، وأنا لا أثق بأحد، فجهز نفسك فقد جهزت الأحمال، وعليك غدًا أن تتفقد القافلة والبضائع، ثم تلتحق بالقافلة صبيحة بعد غد».

حتى إن كان ذهابه في ذلك الوقت مع هذه القافلة يسبب له مشكلة، فإن سطار خان يعرف أباه جيدًا، ويدرك أيضًا أنه محق، فقد سُرِقَت كثير من البضائع من على ظهر الإبل والقوافل بسبب أن أصحابها لا يرافقون أموالهم وبضائعهم، لذا واصل الاستماع إلى

ميرزا خان الذي أضاف:

- «وتجهز بعد أن ترجع، لتأخذ جولة على باطوم وتفليس وباكو، فقد حان موعد رصد الحساب السنوي وجمع الطلبات الجديدة».

ثم ترك التفاحة التي أكلها على المائدة أمامه، ونظر إليه مبتسمًا وقد تذكر مسألة تزويجه بأعظم التي حدَّث بها أمه الصيف الماضي، فوجدت زوجته التي تزوجها قبل أربعين سنة الفكرة صائبة، وشعرت بفرح وسرور جعلها تنسى ألم رجليها أسبوعًا كاملًا، وتعيش على أمل أن يتم ذلك الأمر هذا

الصيف. وقد كان ميرزا خان يضع في رأسه أنه سيفاتحه في الموضوع عندما يعود من سفره هذا.

وقبل السفر بليلة، أعاد ميرزا خان التعليمات على ابنه، وأعطاه عنوان الدكان في يزد، واسم شريكه هناك، وعدد السجاجيد وأحجامها وألوانها، وأنه يمكنه أن يترك كل هذه السجاجيد في الدكان هناك إلا واحدة منها، وهي التي حاكتها أعظم، يجب أن يسلمها لصاحبه بنفسه في داره.

طلب سطار خان الإذن كي يذهب للنوم، فغدًا ينتظره طريق سفر طويل، وطلب من الخدم أن يفرشوا فراشه على السطح بسبب الحر والرطوبة. ليته يستطيع أن يرى أعظم ولو لمحة قبل أن يغادر، ولكنها كانت في الحرملك، ولم يمر حتى طيفها أو خيالها من هناك، ومهما نظر إلى تلك الناحية فلن يرى شيئًا.

لقد كان أمر تسيير قافلة بالنسبة لميرزا خان الذي قضى معظم عمره في التجارة والسياحة والسفر أهم حدث في العالم، كما أن أسلم الطرق وأضمنها لنقل البضائع والسجاد هي قوافل البعير والجمال. وحتى إن مُدَّت خطوط حديدية في كل إيران مثل روسيا، فستبقى تلك القوافل الأكثر أمنًا. وفي الواقع، فإن الخطوط الحديدية التي مدتها روسيا لا تتجاوز مساحة كبيرة، لهذا فإن أسلم الطرق وأكثرها أمانًا بين يزد وتبريز هي ذلك الطريق الذي تقطعه القوافل.

بقي وقت قليل حتى شروق الشمس، ولا يزال الجو باردًا بعض الشيء، وإن كان الأفق ينبئ بأن الجو سيصبح حارًّا رطبًا جدًّا بعد شروق الشمس. ورغم أنه يثق بسطار خان بكل تأكيد، فإن ميرزا خان تفحص بنفسه الجمال الأربعة الخاصة به مرة أخرى، ووبخ الجمّالين على تقصيرهم ونبههم، فلو لم يتفحص هو بيده كل الأحمال والعقد والحبال والسجادات واحدة

واحدة، خاصة تلك السجادة الزرقاء التي حاكتها أعظم، للمرة الأخيرة، ما كان قلبه ليطمئن، ولما سمح للقافلة بالسير. لقد قضى ميرزا خان كل شبابه وهو على صهوة خيله أو على ظهر الجمال والبغال مسافرًا من بلد إلى آخر، فكان يعرف تقريبًا كم كيلومترًا يفصل بين مكان وآخر، وكم من الوقت يستغرق السفر بين مكانين، وخلف أي صخرة يمكن أن يختبئ قطّاع الطرق، وأيًّا من الآبار يوجد بها ماء وأيها بئر معطلة. كان يعرف هذا كله كاسمه، فهو لم ينل كل هذه الشهرة والسيط والثروة بهذه السهولة، وما كان ليترك أي شيء للصدفة، لذا كان الحظ دائمًا حليفه. فكان مثلًا يعقل خيله بشكل جيد بشجرة متينة، ومن ثم يتوكل على الله. كان يؤمن أن كل شيء بيد الله وقدره، ولكن لم يكن أبدًا يتراخى عن أخذ الحيطة والحذر، والأخذ بالأسباب والتدابير اللازمة.

راح ميرزا خان يتفرج وهو مستمتع على مشهد الجمّالين الذين يصرخ بعضهم على بعض، وكيف يثرثرون ويتحدثون بغضب، ويحومون حول القافلة يمنة ويسرة، ويشتمون الجِمال والإبل عندما لا تطيع أوامرهم، وكيف كانت الحيوانات تهمهم وهي تساق بأيديهم. وقد كان يعتقد أن الإنسان والإبل كل منهما بحاجة للآخر، مثل احتياج النخلة لجذعها ولبّها. ليته يستطيع السفر مع هذه القافلة، ولكن هذا أمر مستحيل مع الأسف، فقد شاخ كثيرًا حتى أن جسده لم يعد يحتمل عناء السفر، وإن قلبه لا يزال يغلي كأنه بركان ثائر.

وما إن حان وقت السفر حتى انتفضت الحيوانات وقامت من مكانها واحدًا تلو الآخر كالسلسلة المتموجة، فاهتز مَن يركبونها فوقها. أما أصحاب البضائع الذين يرافقون القافلة ليراقبوا بضائعهم، فقد كانوا فوق أحصنتهم بالقرب من الجمال، وبعد لحظات يسيرون أمام القافلة التي ستتبعهم.

نظر ميرزا خان إلى ابنه الذي يمتطي صهوة سربلند، ومعه حصانان آخران للاحتياط، بينما تداعب الريح شعر خيله الذي يجلس فوقه مشدود الظهر بادي القوة والشباب، فشعر بالغرور والفخر يملأ قلبه. فهذا الشاب الهمام الشجاع من دمه وروحه وصلبه، وهو يحمل اسمه، وكما يقول المثل: «الولد سر أبيه». ومن ثم، فإن هذا الشاب هو سره، وسيأتي يوم يكون هو نفسه وخليفته. ولكنه كتم ذاك الشعور، وسأل الله ألا يمتحنه في أبنائه، فلا يجوز أن يفتخر الرجل بأبنائه. وقبل أن تتحرك القافلة، اقترب من سربلند وأمسكه من رسنه، ورفع رأسه ناظرًا إلى ابنه الذي دعا له بالخير، وشعر برغبة كبيرة في أن يمسك بيده السمراء الرفيعة التي على ركبته ويمسح عليها، ولكنه لم يجد أن ذلك يليق به، فرمى بيده على رقبة سربلند، وترك جسده يتراقص مع الريح التي تهب من جبل سهند.

في تلك الأثناء، تقدم آخوند ووقف أمام القافلة، وراح يدعو بصوتٍ عالٍ جهوريٍّ دعاءً طويلًا مؤثرًا، ختمه بالصلاة والسلام على سيد الكائنات خير الورى محمد المصطفى، وعلى آله وأصحابه.

أما قائد القافلة، فكان رجلًا أسمر، وجهه مرقط بالنمش والحبوب، ونظراته عميقة غامضة. ورغم أنه تجاوز الأربعين من العمر، فإنه ما يزال في كامل طاقته، مشهورًا بإيصال كل قافلة تُوكَل إليه إلى وجهتها بسلام. ومع أنه لا يحب التباهي والتفاخر، فإنه بحكم العادة وقف هو الآخر أمام القافلة، وألقى خطبة قصيرة، ثم نبه الجمّالين إلى أن يحافظوا على السير على طريق واحد، وأن دربهم قد يتغير تبعًا لشروط الطريق والصحراء والمناخ، وأنه سيسعى دائمًا إلى إخفاء أثرهم في الصحراء حفاظًا على أرواحهم. وفي النهاية، بدأت القافلة كلها بالحركة، وراحت أصوات أجراس الجمال والخيول والبغال والغبار تملأ المكان فيما شرعت القافلة في المسير.

ضرب ميرزا خان سربلند برجليه، وجرى به حتى تجاوز الجمال ووصل إلى بقية الخيول. وهناك، جعل سربلند تقف على قدميها الخلفيتين فقط، رمزًا للسلام والوداع بين الأب وابنه. ومن ثم، استدار ليلحق بالركب.

لا يزال أمامهم وقت حتى شروق الشمس، وكلما ساروا في الظل والهواء البارد وقطعوا مسافة أكبر، كان ذلك في مصلحتهم. ولقد كانت الخريطة التي سيسيرون عليها مرسومة في ذهن قائد القافلة بأكملها. أما ميرزا خان، فظل واقفًا مع الحشود المجتمعة لتوديع القافلة بالقرب من جبل سهند حتى غابت في الأفق وأصبحت خيالًا. هذه القافلة المكونة من مئات الجمال والأرواح والأموال والبضائع كلها أمانة في عنقه؛ لقد كان حملًا ثقيلًا ومسؤولية كبيرة، ولكنه بدا قادرًا على تحمل هذه المسؤولية، وكان يسر في نفسه: «بإذن الله، سينجح في إيصال القافلة سالمة. أسأل الله أن يحفظهم من كل مكروه وسوء، وأن يرده لي سالمًا غانمًا».

الفصل الثالث
برج الصمت

عندما عدت إلى رشدي وأنا في السوق المسقوفة في تبريز، فتحت عينيَّ لأجد نفسي ما زلت ممسكة بذراع ياسمين أنظر إلى حزمة النور المتسللة من القبة في السقف.

كانت ياسمين تهزني من يدي، وتنظر في وجهي، قائلة:
- «أستاذتي!».

أما أنا، فنظرت إلى السجاد الذي كانت حزمة النور ساقطة عليه، وأسررت في نفسي: «هل عشت كل هذا؟ هل أصبحت شاهدة على كل هذه الأمور؟».
حينها، صاح شهاب زاده:
- «أستاذتي، دعينا نغادر، فغدًا أمامنا طريق سفر، وعلينا أن نستيقظ مبكرًا».
- «هيا بنا».

سنذهب إلى تخت سليمان، أليس كذلك؟ لقد ذهبت قبلكم بكثير، ولكن لِنذهب مرة أخرى.

لقد كانت تخت سليمان أبعد مما أتصور، وكان الطريق بين تبريز وبينها كثير الجبال، فما إن نصعد جبلًا ونقترب من السحب حتى ننزل مرة أخرى، وكانت جبال إيران في هذا الفصل يكسوها اللون الأزرق والبنفسجي. وفي الحقيقة، فإن تلك الجبال التي ظننت أنها جبال لا تعد ولا تحصى لم تكن إلا قممًا لجبل واحد، هو جبل سهند. وقد كنا نسير ونتسلق قممه السبع تلك وأنا لا أدري في أي قمة نحن الآن. ففي كل مرة أقول فيها: «إن الجبال قد انتهت، وسنسير في طريق منبسط»، تصادفنا قمة جبل أخرى. لقد كنا نموج فوق قمم ذلك الجبل بسيارتنا القديمة المهترئة كحبة جوز تتقاذفها أمواج المحيط المتلاطمة. وها نحن الآن نعبر في طريق ترابي ضيق للغاية قديم جدًّا، لا تمر فيه بالقرب منا سيارة أخرى أو بشر أو حيوان؛ استغربت الأمر، ولكن السائق قال بعد هنيهة: «لقد ضللت الطريق». بالطبع، لم يقل هذا إلا بعد أن عدنا إلى الطريق السريع؛ لقد كنا نسير في الطريق القديم، أي أننا كنا نسير فوق الطريق الذي مر به التاجر من قبل؛ من حسن حظي أننا قد ضللنا الطريق.

هذه الجبال التي مررت بها قد مرَّ بها هو أيضًا، ومرَّ بحقول القمح ذاتها والريح ذاتها والغروب ذاته، وأحسَّ بالرائحة والأصوات والألوان نفسها. فتخيلت نفسي سنبلة قمح في أحد تلك الحقول تداعبها الريح. لقد كنت بعيدة عن كل شيء قريبة منه، وذلك لأنني بعد أن عايشت كل هذا ورأيته بأم عيني، لم أكن أسلك الطريق الذي سلكه يومًا جدي فقط، بل إنني أسلك الطريق الذي مرَّ به بطل روايتي، فكان ذلك نقطة لالتقاء الحقائق بالخيال. ومن ثم، فلا يمكنني أن أصف الشعور الذي غمر قلبي حينها، فهذا الحظ لا يكون من نصيب كثيرين بهذه السهولة.

لقد كان كل شيء في الطريق يغلي بكل ما تعنيه الكلمة من معنى، وكل الكائنات تغط في سُبات عميق بسبب هذا الحر الشديد، مع أننا ما زلنا في شمال إيران. فرحت أهمس بهدوء لجسدي الضعيف الذي من المؤكد أنه سيختبر قدرته على التحمل في هذه الرحلة: «إياك أن يغمى عليكَ وتتركني في منتصف الطريق».

توقفنا لنأخذ استراحة ونلتقط أنفاسنا قليلًا. ومع أننا توقفنا على مجرى نهر -كما يقولون- فإنه لم يكن ثمة أثر لنهر. فقد كنا نقف أمام مجرى ماء جاف، لا شيء فيه سوى الرمال والصخور، وعلى أطرافه بعض السدود الصغيرة المصنوعة من الخيزران والحصير. ثم توارينا إلى الظل، حيث أحضر السائق من السيارة حافظة للماء الساخن وكؤوسًا زجاجية وكيس شاي. يا إلهي، ما هذا؟! «السُكريّة» منقوشة عليها صورة ذلك الشاه! فسألته:

- «من هذا؟ هل هو الشاه عباس؟».
- «لا إنه الشاه ناصر الدين».

وبعد أن شربنا الشاي، أكملنا طريقنا. ومجددًا، قابلتنا جبال وجبال وجبال. وكلما مررنا بأحدها، ظننت أننا سنتوه، فنحن نسير في طريق متعرج وعر ملتوٍ للغاية، حتى أنني عندما أنظر من داخل السيارة إلى الطريق أمامنا لا أرى سوى حافة ومنحدر شاهق من المستحيل والخطر أن نمر به كي نصعد تلك القمة أمامنا. ولكن عندما نقترب ونمر منها، أقول لنفسي: «يا إلهي، هل مررنا من هنا حقًّا؟ وهل سنذهب إلى هناك؟». والحق أنه عندما كنت أنظر إلى الطريق من بعيد، يبدو الأمر لا يُصدَّق، فهو صعب شاق للغاية، ولكن عندما نمر به ونسلكه، يبدو أسهل مما كنت أتوقع.

وفي كل محطة نتوقف فيها، كنت أظن أن هذا الموقع هو وجهتنا ومقصدنا، ثم نبدأ من جديد ونكمل طريقنا. ليس هذا المكان ولا هذا ولا

ذلك، حتى ظهرت أمامنا لوحة معدنية صدئة مائلة كُتِبَ عليها: «تخت سليمان 55». يا إلهي، اللوحة التي أنتظرها لم تكن سرابًا أو خيالًا، بل هي واقع وحقيقة تمثل لي العالم كله!

ها نحن نصل إلى وجهتنا أخيرًا: تخت سليمان، تلك الناحية النائية الصغيرة، حيث رأيت دكاكين قد صدئت أبوابها تعرض للبيع سماورًا وأطباقًا من النايَلون ولمبات غاز وملاقط غسيل ملونة وخراطيم للحدائق، وحتى بطيخًا؛ كل شيء كان مكدسًا في تلك المحلات، مهمًّا أو غير مهم، معروضًا للبيع. ومن ثم، اقتربت من الأشياء التي أثارت فضولي وانحنيت نحوها. ولكن بما أن الشمس كانت ورائي، فإنني كلما هممت بالتقاط صورة، خرج ظلي دائمًا فيها منعكسًا على واجهة المحلات الزجاجية.

في تلك الأثناء، صاح شهاب زاده:

- «دعونا نزور تخت سليمان أولًا».

وكان يقصد الموقع الأثري الذي سُمِّيَت البلدة باسمه، وهو ما سيتيح لنا أن نلتقط أنفاسنا ونستريح قليلًا.

لنذهب إلى ذلك الموقع؛ لقد انتظرت طوال تلك السنين، فهل سيضرني أن أنتظر نصف ساعة أخرى؟!

تخت سليمان صرح ومعلم تاريخي أثري يعود إلى الحقبة الساسانية والإيلخانيين (المغول). ومع أني لم أدخل من أسوار ذلك الموقع الأثري بعد، فإن اللوحات التي أمام الأسوار، وعليها مخطط الموقع، كانت تثير دهشتي، فتخت سليمان هذا يقع على ضفاف بحيرة؛ أي أن النار والماء كانا جنبًا إلى جنب في هذا الموقع. وهذا يعني أن الحكاية الأصل قد بدأت من ذروتها حتى قبل أن أدخل إلى هذا المعْلَم الذي دُفِعَت بوابته الرئيسة، فخطوت خطوة متجاوزة عتبته.

وبعد أن تجاوزت تلك الأسوار العالية، واجهتني مساحة شاسعة تكاد تكون مدينة بأكملها مخفية خلف تلك الأسوار. لا بد أن التاجر قد أمضى طفولته وشبابه هنا، فهل وقف في مكاني هذا الذي أقف فيه الآن عند هذه البوابة، أو نظر إلى أشعة الشمس الذهبية تلك التي تحرق كل ما سقطت عليه، أو جلس على إحدى تلك الصخور ولف سيجارة؟ لا أدري، ولكنني أشعر بأنني على مشارف تجاوز عتبة جديدة.

جلست على صخرة بالقرب من شاطئ البحيرة تحت أشعة الشمس المحرقة وأنا أحمل مظلتي الرمادية بلون الغيوم. وبينما أنظر إلى تحركات الناس، لفتت انتباهي المياه الخضراء العميقة، فخفت من تلك البحيرة الغريبة التي لا ينعكس ظلي على سطح أمواجها. وما إن اقتربت منها كي أرى ظلي وانعكاس صورتي على وجه مياهها حتى سمعت صوتًا خارجًا من مكبرات الصوت يحذر الناس من الاقتراب من مياه هذه البحيرة. حتى تلك اللحظة لم أكن قد استوعبت بعد أن هذه المياه لا تعيد ما تبتلعه أبدًا؛ يبدو أن هذه البحيرة ليست أليفة لطيفة كما تبدو، فهي عميقة متوحشة للغاية؛ وكل عميق لا بد أن يكون خطيرًا. ولكن ما كان أحد يلتفت إلى تلك التنبيهات والتحذيرات غيري أنا. وربما أنا أيضا هذه المرة لا ألقي بالًا لكل هذه التحذيرات، وأترك نفسي لتغوص في جاذبية هذه المياه البراقة. وبعد خطوة للإمام، شعرت بدوار خفيف في رأسي، وأحسست كأنني أغرق في تلك المياه. وفي هذه الأثناء، بدأت تظهر صورة ضبابية فوق سطح الماء ليست من تلك الصور التي يحتفظ بها صندوق أعده كنزي، ثم بدأت أشعر بتغير الزمن للماضي، فيما أصوات الناس من حولي والأصوات المنبعثة من مكبرات الصوت تنخفض رويدًا رويدًا.

هذا سطار خان الذي تركته آخر مرة مع القافلة المتجهة نحو يزد. وهأنذا أردد الكلمات التي قالها ميرزا خان وهو ينظر إلى القافلة التي تغيب عن ناظريه في الأفق:

- «بإذن الله، سينجح في إيصال هذه القافلة سالمة. أسأل الله أن يحفظهم من كل مكروه وسوء، وأن يرده لي سالمًا غانمًا».

باسمه الحفيظ حفظهم الله من كل ضر، ولم يمسسهم سوء، فوصلوا إلى مدينة يزد الصحراوية في يوم شمسه حارقة، والسماء صافية، والرمال تلتهب بفعل حرارة الشمس، بعد أن قطعوا الفيافي، ونزلوا في أماكن عدة، وتنقلوا من خان إلى خان، ومروا في طريقهم بكثير من الآبار. كان وصولهم في أشد أيام آب حرارة، حيث كانت الريح كأنها تهب من جهنم، وقد مضى على مغادرتهم تبريز شهر وخمسة أيام، ولم يستوقفهم في طريقهم إلا خمس دوريات روسية وست إنجليزية كي يتفحصوا أذونات السفر وما يحملونه معهم من وثائق تسمح لهم بالتجارة ونقل البضائع.

وبعد أن أمضى سطار خان أول ليلة في يزد في الخان، اتجه صباح اليوم التالي إلى شعبتهم كي يسلم البضائع. وقد كانت هذه المرة الأولى التي يأتي فيها إلى يزد، ويرى متجرهم وشريكهما هناك الذي بدا رجلًا طيبًا. وعندما أخرج له العنوان كي يسلم سجادة أعظم بنفسه، قال له: «هذه الدار في المدينة القديمة»، مشيرًا إلى الطريق المؤدي إليها. ولكن ما كان للرجل أن يترك ابن ولي نعمته يغادر دون أن يقدم له الطعام ويكرمه، فجاء بالطعام والشراب، ومن بعده الشاي والنرجيلة. وبعد أن فرغا من الطعام، أرسل معه أجيره بعد أن حمل السجادة الزرقاء على ظهر أحد حصانيه الاحتياطيين، وكم من مرة عرض عليه أن يذهب هو مكانه: «دعني أوصلها له، سيدي»، ولكنه رفض ذلك مرارًا حتى رفضه رفضًا قاطعًا آخر مرة، خاصة بعدما رنت كلمة أبيه في أذنه: «سلمها باليد». ومن ثم، أخذ خيله، ومعه الأجير، وانطلق في طريقه كي يجد بيت ذلك الزرادشتي الثري.

عندما دخلا المدينة القديمة، كانت الشمس قد أصبحت أشد حرارة وارتفعت في كبد السماء أكثر فأكثر. فمر بحارات وأزقة فيها مساجد

وجوامع صغيرة قد كسيت قبابها بالخزف الأزرق، كما مروا من أمام أماكن تربية وتدريب الروح والجسد، وما يُطلَق عليه «زور خانة»[1]. وكلما سارا في الطرقات أكثر، ضاقت الطرق وتقاربت أسوار البيوت والديار والقبب والقناطر، حتى تحولت في مكان من الأماكن إلى أنفاق باردة مظلمة. وباتت الطرق كلها يشبه بعضها بعضًا، فأضاع الصبي الطريق، فدخلا تارة في طرق مسدودة، ومرا تارة من الطريق ذاته مرتان أو أكثر ثم عادا أدراجهما، حتى وصلا إلى زقاق واسع نوعًا ما رفع الصبي يده في أوله وأشار:

- «وجدته.. ذاك هو!».

ولكن بالنظر إلى التجمعات التي كانت أمامها، يبدو أن أمرًا طارئًا قد حدث بهذه الدار، خاصة أن وجوه الناس المتجمعين أمام الباب بدت شاحبة قد ران عليها الهم والحزن، وكانت أصواتهم لا تتجاوز الهمس.

قال سطار خان للأجير: «اذهب أنت»، ثم ربط الحصانين بحلقة على أحد الجدران وهو يحاول ألا تغفل عيناه عن السجادة الثمينة على ظهر حصانه، وإن تخلى لاحقًا عن ذلك، فأهل المدينة يشتهرون بالأمانة والثقة والصبر، إذ علمتهم مدينتهم التعايش مع أقسى الظروف في الصحراء، واحترام حق وجهد الغير، وإغاثة الملهوف. وبهذا ترسخت لهم سمعة حسنة في إيران كلها؛ لقد ربتهم هذه الصحراء، وجعلتهم من أجلد الناس وأكرمهم نسبًا وأحفظهم لحق الجار والجوار. ففي هذا البلد الأمين، حتى لو تُرِكَ باب دار مفتوحًا طوال الليل، ما كان لأحد أن ينظر منه للداخل أو يقترب منه.

فكَّر سطار خان في أن يسأل الجموع عما يجري في تلك الدار، ولكنه قرر ألا يفعل، واتجه مباشرة نحو البوابة الرئيسة لها، حيث سقاطتان على

(1) زور خانة: كلمة تعني باللغة الفارسية «بيت القوة»، وهو المكان الذي يتدرب فيه المصارعون على رياضة المصارعة الشعبية.

الباب: واحدة كبيرة وأخرى صغيرة؛ الكبيرة يطرقها الذكور ليعلم أهل الدار أن الطارق ذكر، والصغيرة تطرقها النساء ليعرفوا أن الطارق أنثى. ومن ثم، أمسك بالكبيرة وطرق الباب مرتين. وبعد برهة، جاء رجل يبدو عليه أنه من خدم الدار، ففتح الباب وأدخله.

كانت الدار مثل دور الأثرياء والأغنياء في إيران؛ في الخارج سور من قرميد وحجارة بسيطة، وفي الداخل جنة حقيقية، حتى أن سطار خان ظنَّ نفسه يقف في واحة غنَّاء في تلك الصحراء القاحلة. وفي وسط تلك الجنة دانية القطوف بركة ماء مرصعة بالخزف الفيروزي، يلمع الماء فيها تحت أشعة الشمس كالبلور، ويخرج منها أربعة جداول ممدودة داخل البساتين والحدائق، على أطراف كل جدول أشجار السرو دانية القطوف. وبالقرب منها تمامًا شجرة رُمَّان محاطة بشجيرة الياسمين الزرقاء الملتوية المتشابكة. لقد كانت الدار، بأروقتها وأعمدتها وإيوانها العظيم، قصرًا مشيدًا أكثر منها دارًا؛ صدق ميرزا خان في قوله إن هذا الزبون ذو شأن ومكانة بين قومه، فقد دخل ولده بيت رجل ثري جدًّا، مع أنه لم يرَ شيئًا بعد سوى هذه البركة والجنة الخلفية للدار، فإن كان الماء أغلى من الذهب في إيران كلها، فهو في يزد لا يقدر بثمن البتة.

عندما وصلا إلى البركة، قال سطار خان للخادم:

- «لقد جئت لألتقي باهمان منصوري؛ أنا قادم من تخت سليمان لأسلمه سجادة كان قد طلبها منا».

فانسحب الخادم بصمت تاركًا إياه وحيدًا بالقرب من البركة، حيث جلس على أحد الكراسي الصغيرة التي كانت دون مسند للظهر، وشبَّك يديه حول ركبته راجعًا بظهره إلى الخلف؛ ما زال ظهره يؤلمه من مسيرة السفر التي استغرقت أربعين يومًا تقريبًا. وبعد هنيهة، قام من مكانه وأدخل يده في

بركة الماء البراقة، ثم خلع عمامته ومسح على رأسه وشعره ورقبته. ومن ثم، أغمض عينيه، ولو تركوه على هذه الحال لغط في نوم عميقٍ.

ولكنه عندما سمع صوت شاب يقول له: «حللتم أهلًا»، فتح عينيه ليرى صاحب الصوت الذي كان مثل ريح الصحراء، عاصفًا حارًّا. وما إن قام من مكانه واستدار حتى رأى شابًّا يرتدي ثوبًا أبيض. باهمان منصوري.. هل هذا هو؟! لا.. لا يمكن؛ هذا رجل في ريعان شبابه لا يشبه الزرادشتية إطلاقًا! عندها، غضب سطار خان من نفسه بسبب تفكيره بهذه الطريقة، فكيف له أن يفرق بين الزرادشتية وأهل إيران، أليسوا جميعًا من تربة واحدة، بعضهم من بعض، بتنوعهم واختلافهم مثل تربة إيران؟! بيد أن ما يميزهم عن غيرهم فقط حبهم لارتداء الملابس البيضاء، وأجوبتهم المتشابهة القريب بعضها من بعض، حتى إن قالوا جملًا مختلفة. وبسبب تعرضهم للاضطهاد والظلم، تفرقوا في أنحاء العالم وتشتتوا. أما في إيران، فوجدوا في يزد أفضل مأوى لهم، فالناس هنا أكثر تفهمًا وتسامحًا معهم.

قال الشاب:

- «أنا بيروز منصوري».

فنظر سطار خان إلى وجهه؛ إنه في عمره تقريبًا، وطوله وحجمه أنفسهما، حتى يداه كانتا نحيلتين سمراوين مثل يديه، بيد أن شعره كان بلون غير منتشر في أرض صحراوية كهذه، فقد كان بلون الصحراء. أما عيونه، فزرقاء زرقة السماء الصافية. وعندما صافحه ونظر في عينيه، شعر بلمعة فيها دفء وأمن وعمق.

- «أنا سطار خان».

طلب بيروز من ضيفه أن يجلس، ثم جلس قبالته. وكان من المعيب عندهم أن يُسأَل الضيف عن سبب زيارته، بل كان يُنتَظر حتى يتحدث هو عن سبب قدومه. ومن ثم، بدأ سطار خان الحديث، قائلًا:

- «أنا قادم من تخت سليمان، وقد جئت لأسلم سجادة لباهمان منصوري، وهي الآن في الخارج».

ثم قدَّم له صكَّ الطلب والفاتورة ليسلم السجادة ويعود سريعًا، فعقله وتفكيره لا يزالان عند مَن تجلس خلف النول في تخت سليمان. فنظر بيروز إلى الورقة بصمت، وأطرق رأسه وقد اعتلت وجهه مسحة حزن، ثم قال:

- «نعم، طلب أبي هذه السجادة من أحد المتاجر هنا، ولكنه الآن على فراش الموت يلفظ أنفاسه الأخيرة».

فخيم صمت رهيب، ولم يدرِ سطار خان ماذا يقول، فبادر بيروز:

- «دعهم يدخلون السجادة، وارتح أنت قليلًا؛ لا بد أنك متعب من السفر».

لم يدرِ سطار خان ما ينبغي أن يقوله، فهو لا يعرف عاداتهم وتقاليدهم: هل عليه أن يبقى قليلًا ليواسيهم أم يجب أن يرحل بسرعة كي لا يسبب لهم إزعاجًا؟! ولكنه على أي حال، قال:

- «معذرة، أنا لا أعرف عاداتكم، ولكن هذا أمر محزن للغاية، فماذا يسعني أن أقول؟!».

وكانت على طرف لسانه كلمة «رحمه الله»، إلا أنه تدارك نفسه وقال:

- «نسأل الله أن يمنَّ عليه بالصحة والعافية».

ثم نظر إلى بيروز، وأدرك أنه لو ترك هذا الشاب اللطيف وغادر مباشرة، فإن هذا سيكون تصرفًا غير لائق وقد تحولت العلاقة التجارية بسبب هذا الموقف إلى حالة إنسانية، فأباه على فراش الموت. لذا، فكَّر في أنه لو بقي قليلًا، ربما كان هذا أفضل.

بيروز! كيف دخل إلى حياته؟ وبأي صفة؟ سيكون أمام سطار خان وقت طويل ليفكر بكل هذه الأمور. ليته غادر إثر تسليمه السجادة ولم يمكث أكثر،

بيد أن ثمة ما يُسمَّى القدر الذي يُكتَب على جبين البشر حرفًا حرفًا مثلما تغزل الغازلة تلك السجادة الزرقاء عقدة عقدة.

عندما دلفا إلى الداخل، رأى سطار خان باهمان منصوري مستلقيًا على فراش الموت وقد نحل جسده ووهن عظمه، ولم يبقَ منه سوى العظم والجلد، فكان للأموات أقرب منه للأحياء، إذ يتنفس بصعوبة بالغة وقد شحب لونه واصفرَّ وجهه وارتخى حنكه السفلي، وبدت في عينيه المفتوحين قليلًا لمعة مخيفة توشك أن تنطفئ في أي لحظة.

هذه المرة، همَّ سطار خان بالفعل بالذهاب، فانحنى ناحية بيروز وهمس في أذنه:

- «إئذن لي؛ عليَّ أن أذهب».

- «لا تذهب».

ماذا يمكن أن يقول له الآن؟! لا بد أن هذه السيدة العجوز زوجته، وهؤلاء بناته وأولاده وأخواته وأولاد إخوته وأحفاده. وفي تلك الأثناء، بدأت تُتْلَى بعض التراتيم والأدعية التي لم يفهم منها حرفًا. وعندها، مال جهته بيروز وهمس في أذنه:

- «إنهم يطلبون منه أن يتوب عن ذنوبه، ويندم على ما قصر فيه».

شهق باهمان شهقة ونُزِعَت روحه من جسده؛ لقد مات باهمان منصوري.

في تلك اللحظة، نظر سطار خان إلى وجه بيروز، فشعر بأن هذا الوجه الشاحب، وإن بدا صامتًا، يذرف الدموع في أعماق روحه جاريات كالأنهار، فربت على كتفه الأيمن. لقد زُلزِل هذا الجسد زلزالًا هز كيانه، ولكنه -مثل غيره- ظل محافظًا تمامًا على رباطة جأشه ضابطًا لأعصابه، فلم يكن ثمة صراخ أو نحيب أو نواح أو أيٌّ من هذه الأصوات، بل تُسمَع فقط أصوات تنهيدات حزن وغمّ وغصة وألم. ورغم كل هذا الكبت لمشاعر الحزن وعدم

الصراخ والبكاء بصوت، كانت عيون بعضهم تسيل من الدمع حزنًا بصمت رهيب، حتى أنه لم يفتح أحد فمه ليكلم مَن كان إلى جانبه، وإن كان يشعر برغبة كبيرة في التعبير عن حزنه، بل يكتفي بالنظر إليه؛ يبدو أن هؤلاء القوم قد تعلموا الكلام بالنظرات أكثر من اللسان.

وقبل أن ترتفع الشمس في كبد السماء، دخل رجلان عظيما الجثة يرتديان ملابس بيضاء وتجاوزا الحشود كلها كي يحملا جثة الميت. لقد كانا معتادين على هذا العمل، فمهما كان وزن الميت فإنهما قادران على حمله، إذ كانا أصحاب بنية وقوة، وقد رُبِطَ حزام بين معصمهما أيضًا. ثم حدثت ضجة وجلبة بين المجتمعين، فها قد حان الوقت للفراق الأبدي لهذا الجسد، وإن بقيت الذكريات لا تنسى ما بقوا أحياء. ومن ثم، رفع الراهب صوته أكثر محاولًا منع الحشود من التصرف بطيش أو تهور في أصعب لحظات الفراق تلك.

وضع الرجلان إلى جانب الجثة نعشًا من حديد له أرجل قصيرة وقبضات من الجانبين، فقال بيروز:

- «جهان.. نعش من حديد يحمل عليه الميت».

فنظر سطار خان إلى ذلك النعش الذي انحنت العوارض الحديدية فيه وصدئ وانحنى، والله يعلم كم من ميت قد حُمِلَ عليه حتى اهترأ وصدئ وأصبح هكذا؛ الظاهر أنه قد حُمِلَ عليه عدد كبير من الموتى.

بدأ الموكب يسير، يتقدمه راهبان يتبعهما الناس اثنين اثنين في صف واحد حتى وصلوا إلى إحدى تلك التلال وأبراج الصمت، وبدأوا يتسلقون التلة تحت تلك الشمس المحرقة. وبينما يسير مع بيروز على بعد ثلاثين خطوة على الأقل، التفت سطار خان وراءه عند أحد المنعطفات فرأى الناس قد ملأت المنحدر الملتوي وامتدت حتى آخره. ومن ثم، استدار وتابع تسلق التلة وأمامه حاملا النعش غير قلق على الجثة من الوقوع إذ كانت بأيد أمينة بعد أن وُضِعَت رأسها في مقدمة النعش تحت شكل هلال، وكي لا تسقط

وهم يتسلقون المنحدرات رُبِطَت بحبال بالنعش. وعندما وصل إلى قمة التلة، رفع رأسه ليرى فوق ذلك البرج المصنوع من الطوب على شكل أسطواني قمة مرتفعة قليلًا كأنها تلة أخرى فوق برج الصمت ذاك. لقد كان وجه السماء خاليًا، فما من طير إلا حول ذلك البرج الذي تجمعت حوله طيور جارحة كثيرة، كالنسر الأصلع وطيور أخرى كثيرة لا يعرف لها اسمًا. وما إن بدأت أصوات تلك الطيور تصل إلى مسامعه حتى شعر بالغثيان؛ كم كانت أعدادها كثيرة! وكم كان سوداها كثيفًا!

وبعد أن وصلوا إلى قمة التلة، ووقفوا أمام الأسوار العالية المصنوعة من الطوب، وُضِعَ النعش على الأرض، وأخرج الراهب مفتاحًا صدئاً كان معه دائمًا، وأدخله بقفل ذلك الباب الحديدي المؤصد، وراح يحركه على مهل بينما أصوات رفرفة أجنحة الطيور التي تنتظر بفارغ الصبر ونعيقها يملأ المكان. ثم فُتِحَ الباب الحديدي الكبير الذي يفصل بين الحياة بعد الموت والحياة الدنيا، وما كان لأحد أن يتخطى عتبة هذا الباب أو يدخل منه أبدًا، رغم أن الكل يريد أن ينظر منه ليعرف ما يجري وراءه، إذ كانت العيون كلها ممدودة نحوه، قبل أن يُغلَق بسرعة كبيرة إثر وضع جثة الميت في الداخل.

سأل سطار خان:

- «ألن يدخل أحد؟».
- «ليس لأحد أن يدخل من هذا الباب، فلا حي قادر على أن يدخل منه أو يرى بعينيه ما يجري خلفه».
- «ماذا لو رأى؟ ما الذي يحدث؟».

لم يجد جوابا عن هذا السؤال، فما من أحد يجرؤ على فعل هذا.

عندما عادا إلى البيت، لم تكن الشمس قد غابت بعد، ولكن صورة الجدران المصنوعة من الطوب العالية وطيور النسر الأصلع وأصواتها وهي تنعق مع صرير ذلك الباب الأسود وهو يغلق على الجثة لم تفارق ذهنه.
التفت للمرة الثالثة منذ قدومه لهذه الدار، وقال لبيروز:
- «دعني أذهب؛ أنا متعب للغاية».
فنظر لوجهه، وقال:
- «لا تذهب سطار خان؛ أنا أيضًا متعب مثلك».
كان شعره الأشقر مبللًا ورموشه تفوح منها رائحة الماء.

وفي تلك الليلة، وبينما تُرفَع الحُجب واحدًا تلو الآخر عن قلب بيروز، ويفصح عما في قلبه، عرف سطار خان أن هذا الجسر القوي والحبل المتين بينهما والعلاقة الأبدية ما كان ليحدث لولا النظرة الأولى التي استقبله بها والابتسامة الحارة. ولتكن هذه النجوم شاهدة عليه، فلم يشعر في حياته بشخص قريب إلى قلبه مثله، ولم يشعر بالأمن والثقة برجل مثله. ولم يكن يفكر أبدًا في سبب هذه الثقة العمياء التي يثقها به، فقد بات على استعداد لأن يفعل كل ما يطلبه منه بيروز.

فنظر إلى وجهه بحب، وبقدر ما كان أسمر كان بيروز أسمر، وبقدر ما كانت عيونه شهلاء كانت عيون بيروز زرقاء؛
لقد كانا كالصحراء والسماء، وما ينقصهما هو الغيث.

وفي تلك الأثناء، ظهر ظل عند باب الدار؛ لقد كانت أم بيروز. فوقف كلاهما احترامًا للمرأة التي تحمل في يدها سترتي صوف، إذ سرعان ما يطغى برد الصحراء ليلاً. فحتى في آب، لا مثيل لهذا البرد.
حينها أشار بيروز إلى السجادة التي وضعوها جانبًا صباحًا، وقال:
- «أمي، هل نمدُّ هذه السجادة؟».
- «دعنا نمدها في غرفتك».
ففُرِشَت السجادة ذات اللون الأزرق الداكن وقد نُثرت عليه الورود وجواهر أعظم الزرقاء والزهور اللؤلؤية البيضاء والمصابيح الزيتية والقلائد والرسوم والتعرجات وسط غرفة بيروز الذي قال لسطار خان:
- «ما أروعها! حقًا لم تكن شهرتكم التي جابت الآفاق ووصلت حتى يزد من فراغ».
فأمسك دموعه، وذهب مع مستضيفه الذي خلع نعليه ومشى بضع خطوات فوق السجادة، ثم جثا على ركبتيه فوقها وراح يلامس ويتحسس الرسوم فوقها، فتبعه بعد أن خلع نعليه هو الآخر وجلس قبالته، فكانا يجلسان وجهًا لوجه وأيديهما على فخذيهما وسط تلك الغرفة التي انصبت أشعة الشمس عليها طوال اليوم.
وفي حين يداعب بيروز أغصان الورد وأزهار اللؤلؤ بأصابعه، بدأ الحديث وهو ينظر إلى تلك الجنة تحت قدميه:
- «سطار خان، لقد أحضرت لي في يوم عصيب كهذا ربيع تخت سليمان على شكل سجادة؛ لم أرَ في حياتي ألوانًا زاهية جميلة كهذه».
وفكر في الصحراء القاحلة التي لا ينبت فيه زرع ولا زهر ولا ورد، وقال:

- «لا بد أن حدائقكم وبساتينكم مليئة بالزهور والورود الجميلة للغاية، وإلا لما أمكنكم تصوير هذه المناظر بكل هذا الإبداع والروعة، وما كان لأحد أن ينسج جنة من وحي خياله إن لم يرها بعينيه».

وأكمل وهو لا يزال يداعب سطح السجادة:

- «ولا يمكن لمن نسج سجادة بديعة كهذه، بحرفية كبيرة من ناحية عدد العقد التي لا تحصى ودقة عالية، أن تكون عيونه لا تبصر».

فسرح سطار خان بخياله، وتذكر عيني أعظم اللتين كانتا بالنسبة له بئرين عجيبين فيهما سر وجوده وبقائه على قيد الحياة، فداعب بأنامله تلك الورود كأن في قلبه جنة وحديقة من العشق والحب، ولكنه كان كالمشلول غير قادر على التعبير عن حبه، وما يتفجر في قلبه من شوق، أو أن يتلفظ حتى ببنت شفه أو يومئ برأسه. آه لو يعرف بيروز ما الذي يجول في قلبه! شعر سطار خان برغبة في الابتسام في تلك اللحظة، حتى إن كان في بيت حزين. فالإنسان عندما يعشق، لا يبقى للموت معنى، ويظن المرء نفسه خالدًا. لذا، قال مستجمعًا قواه التي منحها ذلك الخلود الموهوم بعد أن ركز بصره على نقطة واحدة:

- «ليست عمياء، ولكنها تصيب بالعمى».

ثم شعر بندم لقوله هذا، ومسح الابتسامة عن وجهه وأخفاها في صدره؛ لقد كان يشعر أنه بحاجة لأن يحكي لأحد عن حالة العشق التي هو فيها، ولكنه أيضًا يشعر بخجل كبير من جهة، ويخاف من أن يُفضَح أمره من جهة أخرى، فكان هذا أمر لا مفر منه.

في صباح اليوم التالي، التحق سطار خان بالقافلة المتجهة نحو تبريز. وبعد أن يقيم في تبريز ليلتين، سيسافر على صهوة خيله سربلند إلى تخت سليمان بأقصى سرعة كي يرى العيون التي تقتله وتصيبه بالعمى.

وقبل أن يغادر، كرر دعوته لبيروز:

- «تعالَ، ولا تتأخر».

- «سآتي».

عندما عدت إلى رشدي، كنت لا أزال جالسة على البحيرة فوق ذلك الحجر حاملة مظلتي الرمادية التي أتشبث بها وأنا أنظر إلى مياه البحيرة الخضراء التي بدأت تتموج برقة، فيما تواصل ذلك النداء الصادر من مكبرات الصوت يحذر الناس من الاقتراب من المياه.
ثم رفعت رأسي عندما سمعت شهاب زاده يقول:
- «أستاذتي، دعينا نغادر».
ها نحن الآن ننطلق إلى نهاية الطريق؛ هل سنجدهم؟

وجدناهم بالفعل، وكل شيء حدث وانتهى. لقد وجدتهم كأني كنت أعرف مكانهم بالضبط، أو تركتهم هناك من قبل. وكان المكان الذي حددته للوقوف فيه أمام بابهم بالضبط حيث توقفت السيارة تمامًا. باختصار، لقد سألتهم عن أنفسهم، واستغرق الأمر مني يومًا كاملًا حتى أعود إلى وعيي وأستجمع قواي، وكان عليَّ أن أتخلص من تلك الأحلام التي راودتني طوال تلك الليلة حتى أستطيع أن أحكي ما حدث معي حينها. وها أنا الآن، في الليلة التالية من قدومي من تخت سليمان، جالسة في غرفتي في الفندق في تبريز أكتب ما جرى معي.

عندما غادرنا تخت سليمان، كانت تلك الجملة التي رافقتني منذ اليوم الأول الذي سافرت فيه من طرابزون تكبر في ذهني أكثر فأكثر: «ماذا لو أُنشِئ مركز للتسوق كبير مكان بيتهم أو حُوِّلَ البيت إلى موقف سيارات؟ كيف سأجدهم حينها؟». بيد أن شهاب زاده طمأنني قليلًا:

- «لا تقلقي يا أستاذة؛ الوقت في هذا القسم من إيران لا يجري بهذه السرعة».

وما إن انعطفنا غير بعيد حتى ظهرت ثلاث أشجار تحيط ببيت ريفي بسيط، فأشار سلمان بيده وقال:

- «هناك! العنوان الذي نبحث عنه هناك».

ثم التفتَ للخلف ناظرًا إليَّ، وقال:

- «هل أطرق الباب؟».
- «لا، سأطرقه أنا».

نزلت من السيارة، ونزل الكل: ياسمين وشهاب زاده والسيد سلمان وزوجته، ووقفوا خلفي ينظرون إليَّ.

كان باب الحديقة مفتوحًا فدخلت. حينها، شعرت بأن برودة دمي وتمالكي لأعصابي تكاد تتخلى عني، وحجابي ينزلق من فوق رأسي بسبب رعشتي، ويداي تتعرقان، ووجنتاي تلتهبان كأنهما مستهما النار، ولكني استعنت بالله، وأمسكت بمضرب الباب طارقة إياه. وبعد قليل، خرجت سيدة ثلاثينية طويلة ذات وجه حسن مبتسمة.

أريتها الرسالة والعنوان المكتوب عليها، وقلت بالتركية:

- «أبحث عن الناس الذين يعيشون في هذا العنوان».

حينها، اقترب منا السيد سلمان، ولخص لها الحكاية كلها باللغة الفارسية، فأخذت السيدة الظرف من يدي وقلبته بين يديها، ثم أعادته إليَّ بلطف، والتفتت نحو البيت منادية:

- «تعال يا سيد، لدينا ضيوف».

لن أنسى ما حييت تلك اللحظة. لقد كانت كحلم تحقق.

دخلنا وجلسنا على البسط والأرائك. وبعد أن تخلصنا من الصدمة الأولى وهدأنا قليلًا، سألتها:

- «ما اسمك؟ ومَن تكونين؟».

وكان شهاب زاده أو السيد سلمان أو زوجته زُهرة يتدخل أحدهم أحيانًا للترجمة بيننا من التركية إلى الفارسية،

حيث قالت:

- «أنا نظام».

وراحت تتحدث عن نفسها وهي تحرك يديها بسعادة غامرة:

- «أنا كنة هذه العائلة، ولكنني تزوجت من ابن عمي؛ أي أنني من العائلة ذاتها... مولود يعرف كل شيء».

لم يكن مولود قد بلغ الأربعين بعد، وهذا يعني أن هذه العائلة من الجيل الثالث. حينها، بدأت زوبعة من الأفكار تدور في عقلي، فسألتهم أولًا عن آبائهم وأجدادهم؛ لم يبقَ أحد من الأجداد على قيد الحياة، فالكل قد انتقل إلى جوار ربه. وفي الحقيقة، كنت أتوقع شيئًا كهذا. حسنًا، ماذا عن أبناء الجيل الثاني؟ ألم يبقَ منهم أحد على قيد الحياة.. مَن هم من جيل أمي وخالتي؟

في الواقع، كل ما كنت أريد معرفته يتلخص في سطرين، ولكن الفضول كان يُوجِب عليَّ أن أطلب الشرح والاستفسار أكثر فأكثر.

السطر الأول: هل كانوا يسكنون هذه الدار طوال عمرهم؟ وإن لم يكن، فهل عاش سطار خان شبابه فيها؟ هل كان هذا الباب هو الباب ذاته الذي خرج منه لآخر مرة ولم يعد؟

والثاني: لماذا ترك سطار خان تخت سليمان وتبريز وإيران وأذربيجان؟ لماذا ترك وطنه الأم واستقر في تركيا؟

وقد أجابت نظام وهي تضع أكواب الشاي في الصينية:

- «نعم، هذه دار أبيه».

فتبعتها إلى المطبخ، ومعنا السيدة زُهرة، قائلة:

- «هذه دار أبيه؟!».

كيف ذلك؟! مستحيل، فالبيت الذي ذهبت إليه مع سطار خان لم يكن هذا البيت. ولقد هممت بأن أقول لها هذا، لولا أني تماسكت ولم يزل لساني. وحسنًا فعلت، فقد أردفت نظام:

- «لكن البيت القديم تدمر كليًّا عندما ضرب هذه المدينة زلزال مدمر. لقد كان بيتًا كبيرًا فخمًا. ولكن بعد ذلك، قسَّم الأولاد والأحفاد الأرض، وبنى كل واحد منهم بيتًا خاصًا به».

الآن فهمت، أما هي فأكلمت:

- «كان بيتًا في غاية الجمال؛ هكذا كانوا يتحدثون عنه؛ ليتني تمكنت من رؤيته».

- «ليتك بالفعل رأيته».

فقالت دون أن تنتبه لما قلت:

- «لقد كان جميلًا جدًّا».

أرسلوا خبرًا لأقاربهم بالجوار، فجاءوا هم أيضًا، ولكنهم كلهم كانوا في عمر الشباب. لقد تناقلت الأجيال اسم سطار خان جيلًا بعد جيل، ولكن لم يكونوا يعرفون أكثر مما أعرفه عنه. فما كانوا يعرفون سبب رحيل سطار خان، ولا أي تفصيل مما يعتمل في رأسي بالمئات ربما أو الآلاف. فكل ما يعرفونه بعض الأسماء وبعض الذكريات فقط؛ أي أن ما أبحث عنه ليس لديهم. ولقد سألتهم كثيرًا، ولكنهم لم يعرفوا أي جواب عن كل تلك الأسئلة حتى يئست في النهاية، وتخليت عن السؤال، فقال مولود:

- «ربما العم باهزات يعرف الإجابة عن أسئلتك».

- «من العم باهزات؟».

- «إنه ابن جدنا سهند».

سهند! يكاد قلبي يخرج من مكانه. أهو ابن صاحب تلك الابتسامة المنكسرة والنظرة الحنونة العاجزة والبدن النحيل؟ نعم، إنه ابنه.

- «كم عمر العم باهزات؟».

- «لا أدري تحديدًا، ولكنه جاوز الثمانينيات».

لا، لا يمكن أن يكون قد رآه، فسطار خان رحل عام 1917، ولم يعد بعدها أبدًا. وإن كان عمر العم باهزات في الثمانينيات، فهذا يعني أنه قد وُلِدَ تقريبًا عام 1930. ولكنه على أي حال من أبناء الجيل الثاني؛ أي أنه أقرب من

جيله. وحتى لو لم يره، فإنه رأى العيون التي رأته. وحتى إن لم يكن لديه ذكريات معه، فإنه لا بد قد سمع عنه. ومن ثم، سألت:

- «أين يعيش؟ هنا؟ هل يمكن أن نذهب إليه؟».

فضحكت نظام، وقالت:

- «لا، ليس هنا؛ إنه يعيش في يزد».

- «في يزد؟! لماذا يعيش في يزد؟».

- «لقد انتقل أولاده للعيش هناك بعد أن نقلوا أعمالهم وأشغالهم إليها، وأخذوا أباهم معهم. ولكن العم باهزات يسكن مع أحد أحفاده وزوجته لأنه ما استطاع أن يتعايش مع أولاده وزوجاتهن، فهو رجل صعب المراس.

- «غير أنه كان متفقًا مع حفيده يلدز هذا وزوجته معصومة».

وبعد أن قدمت الفواكه إثر الحلويات والمكسرات، سألت نظام ومولود:

- «حسنًا، أين يعيش في يزد؟ وهل إذا ذهبنا إلى هناك يمكننا أن نجده؟».

ففكرا قليلًا، ثم قالا:

- «لا يوجد لديه هاتف في المنزل؛ إنه طاعن في السن، ولكنه يتردد من وقت لآخر على مدينة المشهد».

- «أليس لدى أحد أحفاده هاتف محمول؟».

- «لا. لا يستخدمونه».

فسألتهما بإصرار:

- «أليس لديكم عنوانهم؟».

- «بلى، لدينا».

فأخذته. ولأن موعد العودة قد شارف، وزعت كل الهدايا التي أحضرتها معي عدا السبحة المصنوعة من الكهرمان الأصفر، فقد وضعتها جانبًا وخبأتها

في الجيب الداخلي لحقيبتي لأنني لم أجد أحدًا أقدمها له. ثم نظرت إلى نظام وقلت لها متشبثة بأملي الأخير:

- «ألا يوجد شيء آخر لديكم؟ ألم يترك لكم أي شيء؟».

لا شيء! حتى إن كان الزمان يسير ببطء في إيران، فإنه مثل ذلك الزلزال المدمر الذي لم يبقِ من تبريز سوى المسجد الأزرق الذي لم يتبقَّ منه إلا شيء لم يكن أحد يتخيل أن يبقى: الجزء العلوي من بوابة المدخل. بيد أن نظام تذكرت شيئًا فقالت:

- «انتظري، لدي صورتان».

وجرت بسرعة وأحضرت ألبوم صور، ثم جلست إلى جانبي.

بدأت أقلب صفحات ذلك الألبوم على عجل؛ كانت الصور عن زواجها وذكريات للعسكرية وطفليها جولأندم وميرزا خان، حتى وصلت إلى الغلاف الأخير لألبوم الصور، فقفزت فرحًا إذ رأيت صورتين من تلك الصور القديمة الكرتونية ذات الملمس نفسه في كل الصور القديمة والألوان ذاتها. لقد كان سطار خان في إحداهما يقف إلى جانب سيدة لم أستطع التعرف عليها. أما الصورة الثانية، فقد كانت السيدة نفسها وحدها فيها.

أشرت بأصبعي إلى السيدة، وقلت:

- «من هذه؟».

- «هذا سطار خان».

- «لا، لقد تعرفت على سطار خان؛ أنا أسأل عن المرأة التي تقف إلى جانبه».

فضحك مولود، وقال:

- «هذه حبيبته الروسية صوفيا».

ثم أشار إلى الصورة الأخرى، وقال:

- «وهذه هي أيضًا».

فقالت نظام:

- «بعد أن سافر سطار خان إلى تركيا، أُرسِلَت هذه الصور لنا من باطوم. وقد أرسل ضابط روسي أو شيء من هذا القبيل هذه الصورة لنا، وقال إن هذا كل ما تبقى في جعبة سطار خان».

صوفيا؟! نعم، لقد سمعت بهذا الاسم من قبل، من أمي وخالتي، ولكن ما كنت لأصدق هذا لو لم أرَ هذه الصورة بأم عيني. فكيف يمكن أن يكون لسطار خان حبيبة روسية وقلبه معلق بأعظم؟! يا إلهي! لقد كانت صوفيا في الصورة التي تقف فيها وحيدة ترتدي الملابس المنتشرة في ذلك الزمان، أما في الصورة الثانية فكانت كأنها قد خرجت من قصر من قصور العصور الوسطى. لم أقف كثيرًا عند تلك التفاصيل، واستأذنت نظام وأخرجت الصورتين من الألبوم، ثم أخرجت الألبوم الذي جهزته في طرابزون، وقلت:

- «انظروا، وأنا أيضًا أحضرت لكم صورًا معي».

حينها، كنت أحمل جولأندم في حجري وأداعب شعرها، بينما أريهم صور أمي وخالتي وخالي، وبيتنا العتيق وسفينة جول جمال، وصور جدي وجدتي في دفتر العائلة، وغيرها كثير. فشعرت نظام بحزن، وقلبت صورة البيت العتيق بيدها، وقالت:

- «بيت من هذا؟».

- «هذا بيت والد زهرة التي تزوجها سطار خان؛ جدتي».

ثم أخذت صورة سفينة جول جمال، وقالت:

- «ما هذه؟».

فانحنيت أنا وهي فوق الصورة، وقلت:

- «هذه جول جمال».

لقد كنت أنظر إلى مياه البحر الأسود الباردة وأنا في وسط الصحراء بين الحجارة الملتهبة من أشعة الشمس في تخت سليمان، وأسأل: «هل هذه السفينة التي سافر بها إسماعيل؟ وأين زهرة الآن؟ وماذا تفعل؟». أعرف أنها الآن تعيش في مكان ما في ذلك الزمان اللامتناهي. «يا إلهي! كيف التقى هذان القلبان اللذان كانا يعشقان ويهيمان بشخصين آخرين؟ كيف التقى هذان النهران في مجرى واحد؟!»؛ هذا ما لا أعرفه حتى أنا الكاهنة كاساندرا.

وعندما رفعت جولأندم رأسها، ونظرت إلى وجهي بكل براءة، بدأ دخان المركب الرمادي بالتصاعد والتلوي يمنة ويسرة رويدًا رويدًا، ثم بدأت مياه البحر تتلاطم حتى أصبحت تموج بقوة كبيرة، وتناهى إلى مسمعي لهيب أنفاس، وشعرت بأن عيونًا أخرى تنظر إلى المكان الذي أنظر إليه بحزن وأسى شديد وحرقة كبيرة؛ لقد كنت أقف بالقرب من زهرة التي تدثرت بلحافها وهي تجلس فوق فراشها ناظرة إلى سفينة جول جمال التي تنظر إليها هي أيضًا.

الفصل الرابع
جول جمال

- «سيسافر إسماعيل على متن هذه السفينة، أليس كذلك».

همست بذلك زهرة، ثم أضافت:

- «سيسافر بعد يومين فقط، ومعه جليل حكمت».

في الحقيقة، كان جليل حكمت اسمًا له خصوصيته في حياة زهرة، ولكن الألم والوجع الذي يعتصر قلبها بسبب ذهاب إسماعيل كان عميقًا جدًّا موجعًا للغاية، لذا لم يكن فراق جليل حكمت إلا خاتمة لهذا الألم. نظرت من نافذتها للخارج، فكان أمامها البحر ممتدًا على طول المدى، ولكن إن رميت إبرة ما كانت لتسقط في البحر لكثرة السفن والقوارب والمراكب والصنادل البحرية، بدخان مداخنها وزيوتها وروائحها وضجيجها وأصواتها. وفي الأفق البعيد من البحر، كانت ترسو قوارب أكبر حجمًا وبواخر وعبارات. ولكن أكبر باخرة فاقت كل تلك المراكب والبواخر والأفلاك كانت جول جمال التي فاقتها جميعًا بحجمها الكبير وبدنها الأسود الضخم ومدخنتيها الكبيرتين وصواريها الأربعة. كانت تلك الباخرة على أهبة الاستعداد، وقد أُشعِلَت كل الأضواء التي عليها فبدت تشع جمالًا في الأفق البعيد وهي تطلق صفَّارتها من وقت لآخر. أليست هذه الصفَّارة هي التي تنبئ بأنها ستجمع كل شاب وفتى في طرابزون وترحل بهم؟

منذ أن أُعلِنَ النفير العام لحرب البلقان، تبين أن طرابزون مستعدة لتقديم كل ما بإمكانها للمشاركة في هذه الحملة، حتى أنها مصرة على أن تقدم

أكثر مما هو مطلوب منها بكثير. ويبدو أن الحملة تسللت حتى دخلت بيت الحاجة، وكشَّرت عن أنيابها بينما أهل الدار مجتمعون حول مائدة الطعام. فقبل أسبوع، تحدث إسماعيل شارد الذهن:

- «الكل يعرف أنه يجري تجهيز (الفوج 87) في طرابزون، ولكن ثمة أمر آخر، حيث تُشكَّل كتيبة أخرى للمتطوعين».

استوقفت الجملة الحاج المتوجس خيفة الذي يفتت الخبز في حسائه للحظة، والصمت أولى من الكلام في هذه الحالة، فأخذ ملعقته وراح يقلب حساءه ويغمس الخبز فيه، لكن إسماعيل لم يكن ينوي الصمت، فأردف:

- «السيد جليل حكمت سيذهب، وهذا وذاك كلهم سيذهبون....».

فأحسَّ الحاج أن مقدمة الكلام هذه لا تشير إلى أن نهايته ستأتي بخير، فترك ملعقته ورفع رأسه ونظر إلى وجه إسماعيل، وقال:

- «هؤلاء مكلفون بالخدمة العسكرية».

فشعر إسماعيل بأنه لا حاجة لأن يطيل النقاش، فقال:

- «ولكن حتى غير المكلفين سيذهبون».

ثم قال ما في قلبه دفعة واحدة دون تردد:

- «حتى خالص أفندي سيذهب، وأنا قد بلغت الثامنة عشرة، ويمكنني أن أنضم إلى المتطوعين».

وسكت قليلًا، ثم تابع:

- «إن سمحتم لي، سألتحق بهذه الكتيبة التي تغادر بعد يومين».

لقد كان الحاج في الواقع يعرف هذا الأمر. ليس هذا فحسب، بل كان يخاف منه. فمنذ أيام وجريدة «المشورة» تنشر الأخبار والمقالات، وتتحدث عن تشكيل (الفوج 87)، وتشكيل كتيبة للمتطوعين، وتبجل وتقدس هذا الأمر محاولة جذب وإغراء الشباب للالتحاق بهذه الكتيبة، حتى أن صفحات

الجريدة كانت مليئة بالحديث عن تضحيات ومساعدات الأشراف والأعيان والنساء في طرابزون. وفي نهاية الأمر، فإن هذه الكتيبة قد شُكِّلَت، والتحق بها إسماعيل واضعًا رقبته مع رقاب هؤلاء الشباب تحت تلك المقصلة. ولكن هذه الدولة ليست إبراهيم كي يفتدي الله هؤلاء الشباب بِذِبْحٍ من السماء.

ثم تحدث إسماعيل بكل براءة عن مطالب تلك الكتيبة وهو يبتسم، فسأله الحاج:

- «وما الذي تطالب به؟».
- «تطالب بألا يشارك أحد في الحرب بالملابس العسكرية، بل يرتدي ملابس الحياة اليومية».

فتذكر الحاج أن هذا الأمر نفسه قد حدث في (حرب 93)، قبل أن يضيف إسماعيل:

- «كما أنهم يطالبون بأن تكون لهم راية خاصة بهم».

وهذا أيضًا حصل في (حرب 93). لذا، قال الحاج:

- «حسنًا، وهل جرت الموافقة على هذه المطالب؟».

فبين إسماعيل أنه رُفِعَت هذه المطالب إلى الحكومة في إسطنبول، إلا أنها قُوبِلَت بالرفض أول مرة لأن اللباس العسكري الموحد يعني تعاضدهم وتوحدهم واجتماعهم على قلب واحد. وحينها، نبض عرق وحمية أهل طرابزون، وقالوا هل يمكن أن تُرفَض مطالب بسيطة كهذه مع أنهم يقدمون أرواحهم؟ أيجدون تلبية مطالبهم هذه أكبر من الروح التي سيقدمونها فداء للوطن؟ فوافقت الحكومة على المطالب شريطة أن تكون الأقمشة المصنوعة منها ملابسهم قريبة من قماش البدلات العسكرية.

فأسر الحاج في نفسه: «آه يا بُني، أأغرتك حربة وخوذة؟ هل تظن الموت إغماءة تصحو بعدها؟!». ولكن الأوان كان قد فات، وحصل ما حصل. حينها، تدخلت الحاجة في الحديث:

- «إسماعيل، بُني، لا تذهب.. يمكنك ألا تذهب».

- «جدتي، كل رفاقي في الصف سيذهبون، حتى أستاذ الأدب التركي السيد إبراهيم علاء الدين، فكيف تكون القيامة قائمة هناك، والجميع يسعى ليقدم كل ما بوسعه، وأتخلف أنا؟ كيف يمكنني أن أنام في فراشي مرتاحًا هكذا؟».

لم يكن لدى الحاجة جواب ترد به على هذا السؤال. هذا يعني أنه عازم على الذهاب، مصر على أن يضع رأسه تحت السكين بكل رضا. لقد كادت تتحسر وتندم على اليوم الذي سمته فيه إسماعيل، لولا خشيتها من الله الذي فوضت الأمر إليه ورضيت وسكتت.

اليوم، سيغادر إسماعيل! لذا، أخذت زهرة ورقة، وكتبت عليها بقلم حبر أزرق جاف بخط كبير:

أَشهدُ أن لا إله إلا الله   وأَشهدُ أن محمدًا رسول الله

ثم طوت الورقة، بحيث جعلت «إلا الله» في مكان الطي، والقسم الآخر الذي يبدأ بـ«وأشهد أن محمدًا رسول الله» في القسم الثاني، وحددت محل الطي بأظافرها، وقطعت الورقة إلى نصفين: نصف فيه أول جزء من كلمة الشهادة، والنصف الآخر يحتوي على تتمتها. ومن ثم، وضعت القسم الأول في دفتر فارغ، وذهبت إلى غرفة إسماعيل ومدت إليه الدفتر:

- «خذ يا إسماعيل، هذا الدفتر لك، وفي داخله ورقة كُتِبَ فيها النصف الأول من كلمة الشهادة، والنصف الثاني سيبقى معي. وعندما تعود بالسلامة، سنجمع بينهما؛ إياك أن تضيعها».

فتبسم، وقال:

- «لن أضيعها أبدًا».

شعرت أن صوته كان حزينًا تمامًا كابتسامته! فصعدت إلى الشرفة، وفتحت المصحف الشريف على غير تعيين كي تضع داخله الورقة، فكان المكان الذي قدر الله أن تأتي فيه عند سورة الواقعة!بعد أن تجمعت الحشود، وغصَّ الميدان الشرقي بالناس، وقُرِئَ القرآن وذُبِحَت الأضاحي وأُلقِيَت الخطب النارية، نزل الناس إلى الميناء أفواجًا أفواجًا. وعندما أطلقت الباخرة جول جمال صفَّارتها الأخيرة إيذانًا بالرحيل، بدأت أصوات بكاء النساء ونحيبهن تختلط بدموع الشيوخ والعجائز وصياح الأطفال وأصوات طيور النورس وأصوات الهارمونيكا والأبواق؛ كلها في مزيج واحد.. لا بد أن يوم القيامة كان ليبدو هكذا! وبين كل تلك الأصوات والضجة والصخب والصراخ والبكاء والنحيب والصياح، ارتمت زهرة على صدر إسماعيل الذي يحمل كيس البحارة على ظهره، وعانقته بشدة للمرة الأخيرة، ثم ضمته لصدرها أكثر فأكثر، ثم أمسكت يديه ونظرت إليه ودموعها تختلط بعرقها، وأنفها يسيل على شفتيها من شدة البكاء. وفي الأثناء، دعس على عرق ريحان كان تحت قدمها، فزلت رجلها قليلًا، وسقطت من أذنها قطعة من قرطها اللؤلؤي لم تشعر بفقدانها إلا بعد مرور وقت طويل.

وعندما ابتعد، صاحت محاولة أن تسمعه صوتها بين كل هذه الحشود:

- «إسماعيل، اكتب لنا رسائل».
- «سأفعل».
- «لا تنس الدفتر الذي أعطيته لك؛ اكتب فيه كل ما يجري لك، وعندما تعود تعطيني إياه».
- «حسنًا، سأفعل».

ثم نقلت الزوارق والمراكب (الفوج 87) إلى الباخرة «جول جمال». وقد بقيت مهمة التجديف في هذه الزوارق والمراكب للرجال كبار السن لأن

أغلب أصحابها من المجدفين الشباب قد التحقوا بذلك الفوج الذاهب إلى الحرب، فكان أولئك العجائز يقبلون أيدي هؤلاء الجنود الصغار الذين ربما كانوا في أعمار أولادهم، أو حتى أحفادهم. ولم يكتفوا بأنهم لم يأخذوا منه أجرة، بل قدموا لهم الهدايا، حتى ما كان لديهم من بارود. وبعد أن أوصلوهم بأمان إلى الباخرة، بدأ إطلاق النار من الميناء تحية لهم، فردت جول جمال السلام بقذيفة. وقد استمر ذلك الوداع حتى صعد آخر جندي على متن الباخرة. وما إن وطئت قدم هذا الجندي ظهر جول جمال حتى بدأت الألعاب النارية تتطاير في الهواء من الباخرة.

لم تكن الباخرة محملة بالجند والضباط فقط، بل بالذخيرة والغذاء والمواشي؛ لقد كانت مدينة كاملة تبحر فوق سطح البحر. وعندما بدأت تبتعد بالأفق، تحولت الباخرة فارهة الجمال التي تنير البحر بأضوائها وجمالها الذي يشبه سفن الأحلام والحكايات إلى سفينة مخيفة تشبه عربة الجنائز. حينها، انهارت الحاجة ولم تتمكن من تمالك نفسها، فصرخت سهر وكوفية، وحاولت سيرانوش هانم أن تمسكها من ذراع بينما يمسكها الحاج من ذراعها الأخرى غير قادر على حملها. أما يلدرم، فوقف محتارًا ما الذي يمكنه أن يفعل، حتى صاحت خالدة: «النجدة. عمتي!». لقد كان هذا آخر ما استطاعت الحاجة تحمله، فانهارت بالكامل، قبل أن يمسكها خليل صفا ويسحبها من بين الحشود حتى نجح في نهاية المطاف في أن يجعلها تجلس فوق حجر. لم يلتحق خليل صفا بتلك الكتائب، مع أنه كان من بين مَن ألقوا خطابًا ناريًا على طلاب الثانوية السلطانية، لأن زوجته خالدة كانت حاملًا.

بعد تلك الضجة والصخب، خيم صمت رهيب إذ كانت العيون جميعها معلقة بجول جمال في الأفق، كأنها ستكون في أمان من كل مصيبة وبلاء إن ظلت عيونهم تنظر إليها. ولم يمر وقت طويل حتى ارتفع صوت حزين

مجروح فيه لوعة وانكسار، صوت يصدر من حنجرة عجوز يكاد يختنق من القهر، ولا يجد السلوى لقلبه المكلوم، مع أنه يعرف أن كل من معه مصابون مكلومون قلبهم معلق بتلك الصواري الأربعة مثله تمامًا. فاستجمع كل ذلك القهر والهم والكدر وحمله على آخر شيء بقي فيه، وهو صوته المخنوق باللوعة والحرقة، وراح يغني لائمًا «جول جمال»، وهو لا يدري أن السلطان رشاد قد أطلق اسم أمه على تلك الباخرة، منشدًا:

آه منك جول جمال آه
نفثت دخانك وأخذت حبيبي مني
آه منك لا أمان لك!

عندما سمعت الحاجة هذه الكلمات، ظنت أنها المقصودة بها، فرفعت يديها ولهجت بالدعاء: «اللهم، لا تضرنا بهم». لم يكن بمقدورها أن تفعل شيئًا سوى الدعاء، فراحت تقرأ آية الكرسي، وتلهج بكل ما تعرفه من أدعية. فمن الآن فصاعدًا، لن يكون أي شيء كما كان عليه من قبل أبدًا.

بعد فترة، عادوا إلى البيت. كانوا قد خرجوا من بيتهم مع بزوغ الفجر، والآن اقترب وقت العصر، فصار الكل منهكًا. ومن ثم، انزوى الحاج إلى غرفته، وجلست الحاجة في الليوان، أما زهرة فقد صعدت إلى غرفتها، وراحت تنظر إلى الأفق مراقبة جول جمال وهي تبحر في عرض البحر تاركة وراءها ذلك الدخان الأسود المتصاعد منها. لقد كانت تحب البحر الأسود وهو ثائر هائج الأمواج، وترى الحياة فيه عندما يثور وتتلاطم أمواجه كالجبال وتكون الريح عاصفة فوقه، ولكنها للمرة الأولى تضرع إلى الله أن يظل هادئًا ساكنًا لا تضطرب فيه أمواجه، فبين فكي السماء والبحر قطعة من روحها.

وفي لحظة غفت بسبب ما أصابها من تعب وإرهاق طوال اليوم، وانحنت برأسها على كتفها. حينها، رأت عاصفة هوجاء تضرب البحر وإسماعيل يركب

سفينة في عرضه، ومعه على متنها معلم الرسم الذي كان في مكان قريب منه، ولكنه لم يكن إلى جانبه مباشرة، بيد أن زهرة كانت قلقة على إسماعيل أكثر منه. وقد ظلت الأمواج تضرب السفينة بقوة وتهيج وتموج في عرض البحر، فصحت زهرة من غفوتها فزعة. وكما هي الحال، فدائمًا ما تحمل رؤيا البحر الهائج والعواصف في المنام في معجم تفسير الأحلام معاني لا تدل على خير، وها هي الآن قد رأت رؤيا كان البحر فيها هائجًا، وفوقه جول جمال التي على متنها إسماعيل. لقد كان إصبعها المصبوغ بالحناء عند ظفره مجروحًا، فشعرت بوخزة وألم شديد كأن الظفر قد فارق اللحم، وهذا بالضبط ما كان يشبه فراقها لإسماعيل. وبعد قليل، وقفت مكانها وعادت لرفع الستارة ناظرة صوب البحر مرة أخرى. حينها، كانت جول جمال قد ابتعدت كثيرًا، واختفت خلف يوروز.

وعندما رأت قميص إسماعيل المعلق على مسمار صدئ وراء الباب في تلك الغرفة، تأوهت بحرقة كبيرة والنار تشتعل في قلبها، وظنت أن القميص سيشتعل نارًا جراء تلك النار، ثم راحت تتمتم بكلمات تكاد تمزق القلب وتقطع نياطه. ومع أن صوتها وصل إلى حديقة منزلها، فإنه لم يتجاوز يوروز ويصل إلى مسامع من على متن جول جمال:

- «غُربَتي أنتَ ودُموعي سيول عليك».

وقد كانت هذه لمعلم الرسم الذي لم تستطع أن تعطيه وشاحها أو منديلها ذكرى منها، ولم تستطع حتى أن تلتقي معه ويتصارحا. وأوشكت أن تنهار من البكاء حتى تسقط على الأرض، لولا صعود الحاجة التي اقتربت منها حاملة صينية، ومعها أنوش ابنة سيرانوش التي جاءتهم زائرة وقد أحضرت لهم بعض الحساء.

جلست أنوش بالقرب منها صامتة لا تتكلم لفترة من الزمن، مكتفية بالنظر إليها فقط، حتى قالت:

- «هيا، ارسمي لي رسمة».

فوضعت أمامها ورقة، ورسمت سفينة، حيث بدأت أولًا برسم جانب السفينة، ثم صواريها، ثم الدخان وظهر السفينة وعليه الحبال والسلاسل وقد امتلأ بالعساكر الذين يحملون كيس البحارة على ظهورهم. وطبعًا، لم تغفل عن أن يكون البحر هادئًا في تلك الرسمة. ومن ثم، قالت:

- «خذي، هذه سفينة جول جمال».

ثم عادت ونظرت إلى البحر مرة أخرى، ووضعت يديها على حول عينيها محاولة أن ترى بوضوح، فقد حل الظلام، وكان البحر ما يزال هادئًا، ولكنه لم يستمر على تلك الحال. ففي صباح اليوم التالي، حدث ما حدث، وتغير لون البحر والسماء. وكانت الجدة دائمًا ما تقول: «إن بدأت الأمواج تتجه نحو ريزا فهذا يعني أن عاصفة ستهب». وعندما لاحظت في الأفق البعيد أن الأمواج ترتفع حت تصير كالجبال البيضاء وهي تقترب من اليابسة، أدركت أن العاصفة التي ستهب ليست مثل كل العواصف التي اعتاد عليها الناس. ولم يمض زمن طويل حتى اتصلت جبال الأرض بالسماء، وهاج البحر وماج وثار بقوة كبيرة، وجول جمال فوق سطحه.

حينها، تذكرت الحاجة التقويم الذي أعدته في آذار، فجرت مسرعة وأخرجت الورقة. وفي الحقيقة، لم تكن بحاجة إلى أن تنظر في ذلك التقويم، فقد كانت تتذكر ما سيحدث في ذلك اليوم، إذ بدأت أمواج البحر تعلو في الصباح، وفي النهاية هبت عاصفة هوجاء. وطوال النهار، كان البحر يقترب من اليابسة أكثر فأكثر بأمواج كالجبال، ويرتطم باليابسة، وتدوي أصوات الأمواج وتهدر بقوة دون توقف طوال ذلك اليوم ولو للحظة واحدة. حينها، دعت: «حماهم الله على الأقل حتى يعبروا البحر، وينزلوا في البر كي يحتموا بأي مأوى»، وحمدت الله أنهم في مأوى. آه، من أين لها أن تعرف أن هذا سيحدث؟

مرت عشرة أيام عجاف لا طعم لها ولا لون وقد بلغت القلوب الحناجر منذ أن رحل إسماعيل. وفي صبيحة اليوم العاشر، قالت الجدة:
- «أنا ذاهبة إلى حفيظة هانم؛ هناك درس للمثنوي، فتعالي معي أنتِ أيضًا، يا ابنتي».

فارتدتا الجلباب، وخرجتا حتى طرقتا باب دار السيدة حفيظة هانم الذي كان بعد زقاقين من دارهم.

كانت الدار كلها، بغرفها وإيوانها، تعبق فيها رائحة القرنفل الكثيفة. وقد ارتدت النساء أجمل الملابس، ووضعن على رؤوسهن أجمل الشالات والحجابات المزركشة والمطرزة بأشكال وألوان ورسوم، فكن كحوريات من الجنة، وصنعن البورك والفطائر والشراب والطعام. وعندما دخلت زهرة ورأت ذلك المنظر أمامها، أسرت في نفسها: «أليس لهن غالٍ كإسماعيل يفتقدنه؟»، ثم عبست.

ورغم الإلحاح والإصرار على السيدة حفيظة هانم الإيرانية كي تجلس في مكان مرتفع أكثر من الحضور، فإنها رفضت وأصرت أن تجلس معهن في مجلس واحد، على المستوى نفسه، بالقرب منهن، ثم فتحت المثنوي. ولكن بما أن رقعة الحضور قد اتسعت، وصارت بعض قضايا الحياة أكثر أهمية، انتقلت من الصفحة التي تقف عندها في الدرس السابق إلى الديوان الكبير.

شرعت حفيظة هانم بشرح معنى «كل شيء في هذه الدنيا ظل» بينما تلقي الشمس بأشعتها على الورد المنسوج فوق السجادة في ذلك المجلس إيذانًا باقتراب حلول العصر، ثم قرأت من المثنوي:

- «الدنيا نهر، ونحن خارج هذا النهر، فما نحن إلا ظلال فوقه».

فهم بعض الحضور ما ترمي إليه هذه المقولة مباشرة، فصدقنها وهززن رؤوسهن متأثرات بالكلمات، ووضعن أيديهن على قلوبهن وقد بدت في عيونهن لمعة حزن وهم عميق، وإن كان يعلوها الأمل.

أما زهرة، فكانت في عالمها الخاص. وبدا أن الحاجة لم تفهم للوهلة الأولى معنى الجملة، ولكن عندما راحت السيدة حفيظة هانم تشرح معناها، وتشير بيديها وعيونها وتبين لها، بدأت الصورة تتضح: ما الدنيا إلا حلم، والحياة الحقيقية إنما تبدأ بعد أن نستيقظ من هذا الحلم. ومع أن بعض الأمور كانت غير واضحة لها، فإن القدر الذي فهمته من الكلام كان ذا معنى جيد.

ثم قالت حفيظة هانم:

- «اسمعن، لا بد أنكن قد شاهدتن، مرة واحدة على الأقل، مسرحيات كراكوز وعيواظ التي يقدمها فيَّاض في حديقة الحي».

فصدقن كلامها، وقلن:

- «نعم».

كان فيَّاض هذا أشهر رجل يقدم تلك المسرحيات في طرابزون، ولا بد أن كل واحدة من الحضور قد مرت، ولو مرة في ليلة من ليالي رمضان الكريم أو العيد، من الحديقة وشاهدت إحداها.

- «أليست هذه الشخصيات التي تتكلم فيما بينها، وتتشاجر وتتصالح، ويحب بعضها بعضًا ويبغض، وتتحرك وتتصرف خلف ذلك الستار، ما هي إلا ظل؟».
- «بلى!».
- «إذن، لو انتقلنا إلى ما وراء ذلك الستار، ألا نستطيع حينها أن نعرف أصل هذه الشخصيات، والأهم ألا نعرف تلك اليد التي تحركها كيفما تشاء؟».

- «طبعًا، بكل تأكيد».
- «هذا ما أعنيه، فكل شيء في هذه الدنيا ظل، وما نحن في الأصل إلا ظل وراء ستارة، وما إن تنتهي المسرحية... أووووف!»

ثم نفخت كأنها تطفئ شمعة بيدها:

- «تنطفئ الشمعة، وتنتهي المسرحية، وتُجمَع الدمى كلها وتُوضَع في صندوق يُغلَق، فلا يبقى ستار ولا شخصيات».

وقرب زوال الشمس ومقاربة المغيب، وبينما بدأ تقديم الطعام والشراب للضيوف، انسلت الحاجة من بين الجلوس، واقتربت من السيدة حفيظة هانم، وهمست في أذنها:

- «بما أن كل ما في هذه الدنيا ظل، فما الذي يحدث لكل هذا الوجع والألم؟».

مَن يدري كم كانت تكبت السيدة حفيظة هانم في قلبها من ألم ووجع ولوعة، خاصة حدادها وحزنها على ابنها الشاب الفتي الذي خسرته وهو في ريعان شبابه، وزوجها الذي ظل ألم فقده يكبر في صدرها كل يوم أكثر فأكثر، وكانت تدرك أن الحاجة تعرف عنها ذلك، وما يشغلها هو كيف استطاعت تحمل كل هذا!

فقالت السيدة حفيظة:

- «يا حاجة، إذا أدرك المرء تلك الحقيقة، فإنه لا يهتم عندئذ بهل ثمة ألم فَقْدٍ ووجعٍ أم لا. حينها، تنتهي كل الشدائد والمصائب التي ظننت أنها لن تنتهي؛ تنتهي لأنه لم يعد يهمك أنتهت حقًّا أم لم تنتهِ».

ولكن الحاجة لم تستطع أن تكبت ألمها وتريح قلبها، حتى بعد أن عرفت تلك الحقيقة، فلم يتغير شيء بتغير الأيام وتعاقبها، فهي تنام وتصحو

على ذكرى إسماعيل، وتشعر كأن صخرة كبيرة تجثو فوق صدرها وتكاد تخنقها. وما زاد من معاناة فقدها أنه لم يصل إليها خبر منه حتى تلك اللحظة.

مرت الأيام حتى أصبح البرد قارسًا. وفي أحد هذه الأيام، سُمِعَ طرق سريع على باب الدار، وعادت زهرة التي ذهبت لفتح الباب وهي تلوح بظرف بيدها وتصرخ:

- «لقد وصلت رسالة من إسماعيل... بل رسالتان!».

ثم جرت مسرعة وصعدت إلى الغرفة، حيث جلست على الفراش واضعة رجليها تحتها. ومع أن الجو كان باردًا للغاية، فإنها لم تكن ترتجف. وعندما خلعت غطاء رأسها ورمته جانبًا، بانت فردة الحلق التي أضاعت أختها يوم الوداع لجول جمال. وإثر فتحها أحد الظرفين المختومين بختم الدولة العلية، راحت تتأمل الورقة المصفرة المطوية أربع طبقات التي خطَّ إسماعيل كلماته المنمقة عليها بخط جميل مستخدمًا قلم حبر ناشف، وظلت شاخصة إلى تلك الحروف والكلمات فترة من الزمن. ولو لم تقل لها الحاجة: «هيا يا ابنتي، اقرئي ما كُتِبَ فيها»، لما بدأت ربما بالقراءة أبدًا. ولكنها على أي حال، بدأت بالبسملة، وراحت تقرأ ما كُتِبَ في الرسالة حرفًا حرفًا.

لقد كُتِبَت هذه الرسالة على متن الباخرة جول جمال. وبعد التحية والسلام، كان إسماعيل يحكي عن رحلته على متن تلك الباخرة:

7 تشرين الثاني 1912

لا بد أنكم أيضًا رأيتم ما حصل ذلك اليوم، فما إن تجاوزنا يورروز حتى هبّت عاصفة هوجاء. ساعتها، بدأت الغيوم الرمادية تتلبد في السماء، ثم صار لونها أغمق وتجمعت أكثر فأكثر حتى خيّم علينا ظلام دامس، وفُتِحَت أبواب السماء بماء منهمر حتى أننا لم نعد نرى شيئًا أمامنا على المدى البعيد، وشعرنا كأن الأفق قد أصبح ضيقًا، وكنا مذهولين من الأمواج التي تحولت

أمامنا إلى جبال عالية في غضون لحظات قليلة، حتى بتنا لا نرى شيئًا أمامنا. وقد قطعنا مسافة ليست بالقصيرة بين تلك الأمواج العاتية والضباب الكثيف حتى أصبحت الأمواج تتقاذفنا حيثما أرادت؛ لم يكن لدي أدنى ثقة بأنه في هذه الدنيا قبطان يمكنه أن يتحكم بالسفينة ويبحر في جو كهذا.

لقد كانت السفينة تغّص بالجنود والعساكر، وخُصِّصَت المقصورات للضباط، أما الجنود فكانوا يجلسون في أي مكان يجدونه لأنفسهم، في الممرات أو الطرقات أو العنابر أو المستودعات أو على سطح السفينة. وكانت الأمواج ترفع السفينة وتهزها بقوة كبيرة حتى أن الصواري باتت تصدر أصواتًا مخيفة من الحبال والسلاسل، وغدت هذه السفينة الضخمة تتأرجح فوق سطح البحر كأنها قشرة جوز فارغة، وتنتقل من موجة إلى أخرى، فما إن نصل إلى قمة موجة حتى ترتفع أمامنا أخرى أعظم وأكبر منها، ثم راحت تلك الأمواج تغطي السطح وتضربه كأنها طوفان مدمر؛ لقد وصلت المياه إلى كل مكان على متن السفينة حتى أنها وصلت إلى العنابر والمستودعات.

وبالنظر إلى أن الرياح كانت تهّب من الشمال، فهذا يعني أن هذه ربما أعتى عاصفة تضرب البحر الأسود. ولو أن الحاجة كانت معنا، لأخبرتنا عن اسم هذه العاصفة التي نحن في قلبها الآن، وإن كنت لا أظن أن هذه العاصفة مسجلة في تقويمها.

لقد أصيب أغلب الجنود بدوار البحر، فكل منهم يحمل بيده علبة كونسورة فارغة، ويجلس في زاوية ليتقيأ فيها، وقد بدوا مرهقين للغاية حتى أنهم لم يكونوا قادرين على رفع رؤوسهم، وكان كل منهم منزويًا في زاوية، وسط هذه العاصفة العاتية التي مهما قطعنا من مسافة فيها ما كانت تنتهي؛ إنها ليست كتلك العواصف التي نشاهدها من وراء زجاج شباكنا في المنزل.

وقد أخبرنا القبطان أنه يبحر في البحر الأسود منذ سبع سنوات، ولكنه لم يرَ في حياته عاصفة كهذه مطلقًا. فرحت أفكر من أين حصل البحر الأسود على هذا السواد: هل حصل عليه من مياهه أم من رماله أم من طبعه أم من حظه ونصيبه؟ لا أدري، ولكنه في تلك الأثناء لم يكن ذلك البحر الأسود الذي عهدناه وعرفناه، بل كان أسودَ بشكل مغاير تمامًا. فكلما نظر إليه المرء، يشعر برهبة وخوف شديد، وأنه يجذبه نحو الأعماق أكثر فأكثر، ويزيد تعاظمه عليه فيزداد فزعًا منه. كان أمر غرقنا فيه بين لمحة وأخرى وعدم النظر أفضل من النظر إليه بكثير.

تحول طريقنا الذي سلكناه إلى ميديا، فالعاصفة شديدة للغاية لا تهدأ أبدًا، وقد وصلت برقية من أركان الحرب إلى ربان جول الجمال تأمرهم بالانتظار في إسطنبول التي اتجهنا مجبرين نحوها. والحق أنني عندما سمعت بهذا الخبر، شعرت بفرح شديد، فسوف أرى إسطنبول، هذه المدينة العظيمة، لأول مرة في حياتي، وإن كنت لن أراها كما ظللت أتخيل: قادمًا إليها طالبًا في قسم الفلسفة في دار الفنون، بل سأراها في هذه الظروف العصيبة. وإن لم يكن هذا من قسوة القدر عليَّ، فما هو إذن؟ ولكنها قسوة جميلة. فعندما ألتقي بها، سأقول لها: «إسطنبول، انظري ها أنا قد جئت لأجلك، وحتى إن كان لي روح واحدة فسأضحي بها فداء لك لأنك الوطن بذاته، فإن كنت كان الوطن، وإن ذهبت ذهب الوطن».

بقينا نصارع تلك الأمواج أيامًا وليالي حتى هدأ البحر وسكن كأنه ليس ذلك الذي كان هائجًا من قبل! لقد كان هادئًا للغاية حتى أنني عندما استلقيت على ظهري، ورحت أنظر إلى السماء من بين الحبال والأشرعة محاولاً أن أنام، نسيت أنني في عرض البحر. والشيء الوحيد الذي لم يتغير هو تلك المياه الممتدة أمامنا على مد البصر تغطي كل ما في الأفق. فغفوت قليلًا،

وعندما صحوت كنا على وشك الوصول إلى إسطنبول. ولقد انتابني الفضول، فمتى سأرى مضيق البوسفور؟! ولم يمضِ وقت طويل حتى أطلق القبطان صفَّارة الباخرة ثلاث مرات تحية للمنارات البحرية التي مررنا من بينها كأننا نمر من بين مشاعل من نار حتى دخلنا مضيق البوسفور. ونحن الآن ننتظر على متن سفينتنا.

صَفُّنا بأكمله كان على متن السفينة. وحتى خالص أفندي الذي لم أكن على وفاق معه أيام المدرسة أصبحنا مقربين أحدنا من الآخر. ومعنا جليل حكمت أيضًا، لكن بنيته ضعيفة فقد أثر عليه البحر تأثيرًا بالغًا. ومع أنه كان يحاول دائمًا أن يستريح، فإن شحوب وجهه ولونه الأصفر كان يخيفني.

أما أنا، فأجلس فوق كومة من الحبال، وأضع فوق ركبتي هذه الورقة، وأكتب لكم هذه الرسالة التي سأعيطها لموظف البريد عندما يُجمَع البريد.

ها نحن الآن نعبر مضيق البوسفور. وسأنهي حديثي معكم هنا.

فهمت زهرة أن إسماعيل ذكر اسم خالص أفندي لأنه يريد أن يحكي عن جليل حكمت، فعادت بنظرها مرة أخرى للسطر الذي كُتِبَ عليه اسم جليل حكمت، ثم انتقلت إلى الرسالة الثانية التي كُتِبَت أيضًا على متن تلك الباخرة، والتي تحدث فيها إسماعيل بعد التحية والسلام عن إسطنبول:

8 تشرين الثاني 1912

لم يجمعوا البريد بعد، وها أنا الآن أكتب رسالتي الثانية قبل أن أرسل لكم رسالتي الأولى التي حكيت لكم فيها عن دخولنا من مضيق إسطنبول، حيث كنا ننتظر والجو ساطع، ولكن قبيل الصباح هطلت الأمطار، فعبرت جول جمال ذلك المضيق رويدًا رويدًا. وقد بقيت لفترة طويلة غير قادر على رؤية شيء بسبب الأمطار الغزيرة التي شكلت أمامنا ستارة كثيفة تحجب الرؤية، ولكن عندما وصلنا مقابل ساراي بورنو خفت الأمطار وانقشعت

كأن الستارة تنفتح رويدًا رويدًا. ومع خيوط الشمس الأولى المتسللة من بين السحب والغيوم، بدت القبب والمآذن والقصور والأبراج والصروح والأسوار والحصون. وعندما لمع زجاج القصور والأبراج والقلاع تحت أشعة الشمس، قلت: «لا بد أن هذا خيال»، فقد كان من الصعب جدًّا تصديق أن هذه المدينة الخيالية تعيش في أيام عصيبة، ولكن لم يمضِ وقت طويل حتى استطعت أن أرى تلك الحقائق رأي العين. ولولا الفوضى التي يحدثها الناس، لقلت عن إسطنبول إنها مدينة الجوامع والمساجد والمآذن والقبب والقصور والأسوار والأسواق التي فرشت على بساط أخضر، مدينة كثيرة الظل عميقة السكون والهدوء. ولكني لم أتمكن من قول هذا، فالهدوء والصمت يحمل في ثناياه غليانًا في كل مكان بين تلك الحشود والجموع.

عبرنا المضيق ببطء شديد، وأبحرت السفينة على مقربة من اليابسة، فشاهدت تلك القصور المصفوفة على الجانبين، وتلال البوسفور وخضرتها، وأشجار السرو والصنوبر، كأنني أمام مجسم مصغر. لم تكن هذه المشاهدة من قبل طرف واحد، إذ كانت سواحل إسطنبول مكتظة بالناس الذين جاؤوا للترحيب بمن جاء للدفاع عن المدينة، والتهليل والتصفيق لهم، فكنا نتبادل النظرات بينما يشجعوننا، ونبث نحن فيهم الطمأنينة، فنكبر تحية لهم ويكبرون دعاء لنا؛ لقد احتضنت إسطنبول جول جمال، وشد كل منهما من أزر الآخر.

لم أجد صعوبة في التعرف على قصر طوب كابي، ولكنني طبعًا لم أتمكن من رؤية حريم السلطان بأقراطهن المرصعة بالألماس من وراء تلك الستائر، ولا حتى أن ألمح ظلهم. لكن حماسنا بلغ ذروته عندما كنا نمر من أمام قصر السلطان رشاد، فبدأت الفرقة الموسيقية بعزف تحية السلام، فيما رفع فيلق المتطوعين رايته عالية في السماء.

«استعد! احمل سلاحك! اضرب التحية! عاش السلطان!»

أين كان؟ هل يقف خلف تلك الستائر السميكة؟ هل يقف في إحدى تلك الشرفات؟ لم أستطع رؤيته. ولكن عندما شعرت بأن وجودي قد ذاب في وجود شخص آخر، أحسست بأنني على قيد الحياة أيضًا، فاغرورقت عيناي بالدمع. ليت هذا لم ينتهِ، ولكن أجمل اللحظات دائمًا ما تنقضي بسرعة! مررنا من مضيق البوسفور تاركين وراءنا تحياتنا لعيون بريئة قد شاخت. ولكن حتى خلال هذه المسيرة القصيرة في مضيق البوسفور، رأيت وجهًا آخر غير ذلك الوجه الشاحب للشعب الجائع الذي كان يحيينا بدموع فائضات؛ رأيت وجهًا مفعمًا بالحيوية والراحة والصحة. فهؤلاء السادة لم يهملوا حتى حلاقة شعرهم، وبدا في نظراتهم فرح وسرور، وعلت وجوههم ابتسامة ساخرة.

ولم يمضِ وقت طويل حتى وجدنا أنفسنا نرسو في ميناء كابا طاش، ولكن جاءنا أمر معاكس بالتوجه هذه المرة نحو چاتالجه. لم نكن نفهم ما جرى حينها: چاتالجه قريبة من هنا للغاية، وهذا يعني أن البلغار قد وصلوا إليها! حسنًا، ولكن كيف يمكن أن يحدث هذا؟! ذكّرنا القائد أن السلطان محمد الفاتح قال عن چاتالجه: «لقد استودعت هذه المدينة أمانة عند الله». وها نحن الآن قد جئنا لحفظ هذه الأمانة وضمها إلى صدرنا. وإن كان حقيقة أن البلغار الذين دحرتهم الجيوش العثمانية، وجعلتهم يتراجعون وينسحبون حتى قرقلر إيلي وولولبورغاز، قد وصلوا إلى چاتالجه، فما الذي يفعله هؤلاء الرجال الذين انشغلوا في أمور حياتهم اليومية، ولم يكن يعجبهم حال البلد، وأظهروا تذمرًا وسخرية من كل شيء هنا على شواطئ إسطنبول؟ كيف لم يصابوا بالجنون وتأخذهم الحمية؟ كيف يستطيعون العيش هكذا كأن شيئًا لم يكن؟ نحن في عرض البحر منذ أيام، ولا نعرف ما يجري على اليابسة، أما هم فيعرفون كل شيء! فإن كانوا يعرفون، فكيف يمكنهم الصمود هكذا دون فعل شيء؟ أم أن إسطنبول قد أصبحت لا تعني لهم شيئًا؟!

مرت أيام طويلة دون أن يأتي من إسماعيل سوى ظرف صغير جدًّا، في داخله بطاقة بريدية كُتِبَ عليها: «**أنا بخير؛ لا تقلقوا**»، وتاريخ: **15 تشرين الثاني 1912**.

ولم يأتهم خبر آخر إلا بعد مرور شهر. وفي هذه المرة أيضًا، كان المكتوب داخل ظرف صغير خفيف، فخاب ظن زهرة في أن يكون رسالة طويلة حتى قبل أن تفتحه لتجد بطاقة بريدية، بيد أنها شكرت الله وحمدته، فهو في النهاية آتٍ من إسماعيل. ثم قلبت الظرف بين يديها كأنه كُتِبَت على إحدى زواياه حروف سرية تحاول قراءتها، ولكنها لم تجد شيئًا، ففتحت الظرف لتجد ثلاثة أسطر وسبع جمل:

12 كانون الأول 1912

أنا مريض بعض الشيء، لهذا أوصاني الأطباء بالاستراحة قليلًا، ونُقِلت إلى إسطنبول. والحمد لله، لا داعي للقلق، فقد انتصر جيشنا في چاتالجه. وقبل يومين جاءنا وفد من الهلال الأحمر، ومعه الشاعرة نِجَار هانم. سأكتب لكم في مقبل الأيام.

أدخلت زهرة بعناية بين إطار المرآة والزجاج البطاقة التي كانت عليها صورة لممرضة من الهلال الأحمر منحنية على جرح أحد الجنود المستلقين على أسرّة مصفوفة صفًا وراء صف، وقد كُتِبَ على سطر أسفل الصورة «مستشفى حميدية للأطفال».

الفصل الخامس
محطات متفرقة

لم أخرج بعد من حياة زهرة التي تلقت أول رسالتين وبطاقتين بريديتين في حياتها، بل كنت جالسة إلى جانبها على فراشها. كل شيء قد يبدأ من فك الرموز والطلاسم وتحليلها، ولكن هذه كانت المرة الأولى التي أشعر فيها وأنا أقرأ الحروف التي خطَّها إسماعيل على رسائله بأنني لست ضيفة في تلك الفترة الزمنية، بل جزء من ذلك وقطعة لا تنفصم عنه؛ ما عدت طيفًا أو خيالًا، بل بت حقيقة وواقعًا.

وبينما تحاول زهرة تهجئة هذه الحروف، كنت قد حفظت ما كُتِبَ على ظهر ذلك الظرف. فتبسمت ابتسامة مريرة وأنا أشعر أن قلبي يتمزق ألمًا وقهرًا عندما أنظر إلى الجمل السبع والأسطر التي خطَّها إسماعيل بيده. فلم يمر وقت طويل حتى تحول ذلك الشيء الذي بدأ بقرع الطبول والعزف وتقديم الأضاحي والقرابين إلى عذاب وقهر ووجع وألم مستتر وراء الكلمات التي خُطَّت بقلم حبر ناشف.

آه يا إسماعيل! مهما حاولت أن تخفي مواجعك وتعبك والنار المستعرة في حشاشة قلبك، فإن الدخان يفضحك وهو يتسرب من تحت الغطاء الذي تحاول من خلاله كبت كل ذلك، ولكن ما من أحد يستطيع رؤيته الآن؛ لا زهرة ولا الحاجة ولا الحاج حتى. أما أنا، فقد كنت الأميرة كاساندرا الكاهنة؛ الوحيدة التي تعرف الصمت أكثر من الكلام، والكتمان أكثر من

البوح بكل ما تعرف. لقد كان الفرق بين الرسالة الأولى وهذه البطاقة الموجزة المختصرة فرق ما بين المشرق والمغرب.

رميت رأسي على كتف زهرة، ولكنها لم تشعر بشيء. حتى لو كنت أعرف كل شيء، فإنها ما كانت لتشعر بي، فلست أمثِّل لها نسمة حتى.

عدت إلى وعيي على صوت زقزقة جولأندم التي لا تزال تجلس في حجري ناظرة إلى وجهي؛ ما زلت في ذلك البيت في تخت سليمان بين أقاربي.

كانت نظام حينها قد تركت صورة سفينة جول جمال، وأمسكت بيدها البطاقة البريدية، ثم قلبتها على الطرف الآخر، لتجد حروفًا تعرفها ولغة تستعصي على فهمها، فقالت:

- «ما المكتوب هنا؟».

فرحت أقرأ الجمل التي تبدأ بـ«أنا متعب قليلًا...».

فقال مولود:

- «كأنك تحفظين ما كُتِبَ عليها!».

- «لقد قرأتها للتو».

وأخيرًا، حان وقت الفراق، فألحوا عليَّ:

- «أرجوكِ ابقي هنا، ونأخذك معنا في جولة إلى صرح تخت سليمان».

فقلت لهم آسفة: لقد مررنا به ونحن في طريقنا إليكم.

وعندما أدرت ظهري كي أغادر، ومشيت قليلًا ثم انحنيت على الأرض لآخذ حفنة من تراب الدار أنثرها على قبر جدي في تركيا، التفت ورائي لأشاهد أولئك الناس الطيبين، برجالهم ونسائهم وأطفالهم، تفيض أعينهم من الدمع، فسالت دموعي أنا أيضًا، ولم يسعني إلا التفكير في نوع المستقبل الذي يمكننا الحفاظ عليه بيننا، فلا يجمعني بهذه العائلة سوى ذلك العرق الذي يجمع بيننا؛ جدي.. وهو عرق قُطِعَ منذ زمن بعيد! هم أيضًا لا يعرفون

عنه الكثير مثلي. حينها، فهمت أن شعور الانتماء أمر يفوق صلة الدم بكثير. فهذا الشعور يمكن أن يتكون على أرض ذات ماضٍ مشتركٍ. على أي حال، تبادلنا العناوين وأرقام الهواتف؛ من يدري؟ ربما تعود حبال الود للتواصل وتتلاحم مع الوقت، فقد ترك قدومي عندهم حلمًا لا يُنسَى، وكذلك تركوا هم عندي؛ أهذا لا يكفي؟!

ركبنا السيارة، وبقي عقلي وتفكيري معهم.

ما كان لشيء أن يرافقني في طريق العودة سوى ذكرى ليلة كهذه تمامًا، فما أحتمل الحديث أو سماع أي كلمة من هذه الدنيا، بل كل ما أرغب فيه وأتحمله رؤية الشمس ساعة المغيب تسحب ذيولها من فوق حقول القمح التي تداعبها الرياح. يا إلهي، ماذا لو عدنا من الطريق الذي تهنا فيها ونحن في طريقنا إلى هنا؟! فبعد لحظات، تتلألأ النجوم في السماء، وتهب نسائم جبلية، ويصبح كل شيء حولنا مروجًا وسهولًا. لم يحدث هذا للأسف، ولم يمر وقت طويل حتى وجدنا أنفسنا بين زحمة السيارات في الطريق السريع، فأغلقت عينيّ، ولم أفتحهما إلا ونحن أمام الفندق، وياسمين تقول لي:

- «لقد وصلنا، أستاذتي».

لقد وصلنا هذه المرة بسرعة إلى تبريز.

جلست مع ياسمين في حديقة الفندق. وبينما نحتسي الشاي، أنشدت قصيدة من القصائد المقفاة لـ«شمس التبريزي». يا رباه، أهذه السنوات والجبال والبحيرة والشمس كلها تبريزية؟!

بعد هنيهة من الصمت، نظرت إليَّ رفيقة دربي ياسمين بحنان، وقالت:

- «ما الذي تفكرين فيه، أستاذتي؟».
- «يزد! أنا مستعدة لقطع كل هذه المسافة، فقد أجد عند العم باهزات بغيتي، ولو كانت معلومة صغيرة للغاية».

فنظرت إليَّ مرة أخرى بحنان وشفقة، وقالت:
- «لنفعل؛ لقد وصلنا إلى هذا المكان، ولن نتراجع وقد قطعنا نصف الطريق». «لن نتراجع!».

فتناولت الهاتف، وأخبرت شهاب زاده والسيد سلمان أننا نرغب في الذهاب إلى يزد.

في صباح اليوم التالي، كنا جالستين أمامنا الخريطة نخطط للطريق الذي سنسلكه بين هذه الجبال والأنهار والصحاري. لكن الطريق من هنا إلى يزد يبلغ آلاف الأميال، والجو حار للغاية، لهذا قررت أن أسافر أنا وياسمين بالطائرة، ويسافر السيد سلمان مع زوجته زُهرة بالسيارة قبلنا، ثم نلتقي هناك. غير أننا عندما أجرينا بعض الاتصالات، وصلنا الخبر المفاجئ؛ لقد كان اليوم الخميس، ورحلة الطائرة إلى يزد ستكون في الأسبوع المقبل يوم الأربعاء. ولما كنا لا نستطيع الانتظار كل هذا الوقت، وكان السفر بالحافلة متعبًا للغاية، قررنا نحن أيضًا أن نسافر بالسيارة، فقال شهاب زاده:
- «وهكذا، ترون في طريقكم أصفهان وشيراز، وتمكثون هناك ليلة أو ليلتين، فقطع كل هذه المسافة دفعة واحدة أمر مرهق للغاية». لنرى! أليس السفر قطعة من العذاب، كما يقولون؟ فيا أهلًا بعذاب السفر ومشقته.

هذه الليلة، سيحضر السيد سلمان وزوجته زُهرة كل ما يلزمنا، ويرسمون مخطط السفر. أما شهاب زاده، فلن يأتي معنا؛ من الآن فصاعدًا، أصبح السيد سلمان دليلنا السياحي وسائقنا.

وغدًا صباحًا، أنطلق في طريقي حاملة معي خزامى أذربيجان ليس بحثًا عن جدي، بل عن بطل روايتي. وها أنا أكتب هذه الأسطر في الليلة الأخيرة لي في تبريز.

في الصباح، جاء السيد سلمان وزوجته، وها نحن الآن ننطلق في طريقنا إلى أصفهان. حتى تلك اللحظة في تبريز، كان كل شيء قريباً من تركيا، فلم يكن ثمة اختلاف كبير بين البلدين. أما من الآن فصاعداً، فستبدأ إيران الحقيقة. لم يكن ينقصنا في سفرنا هذا شيء من الراحة والرفاهية، فمن وقت لآخر كانت السيدة زهرة تقدم لنا المشروبات الباردة والفستق الإيراني والماء البارد كالثلج؛ لقد كنا في رفاهية طائرة تقريبًا.

وعلى الطريق، توقفنا لأخذ قسط من الراحة، وكانت هذه استراحتنا الأولى؛ والاستراحة -أو «النزهة» كما يطلقون عليها في إيران- ليست عادة من عادات السفر، بل هي ضرورة من ضروراته، لأن الطرقات لم تكن مجهزة بمرافق خدمية للاستراحة، ولا حتى بمطاعم، بل كان كل شخص يتوقف على طرف نهر أو جدول ماء أو نبعة أو عين أو حتى على بركة ماء، ويستريح قليلًا ويرتب أموره، ثم يكمل طريقه. أما أنا، فقد كنت أشعر بسعادة كبيرة وسرور، خاصة عندما جلسنا تحت العرائش المغطاة بالقصب، واستمتعنا بظلها. وإن لم نجد العرائش، جلسنا تحت ظل شجرة، وفرشنا البطانية التي عليها صورة لطائر الطاووس الذي نُقِشَ على خلفية ذات لون بُنيٍّ مصفرٍّ، وهو بلون أزرق وأحمر يقف بكل تكبر وقد نفش ريشه وفرش ذيله بكل فخر وخيلاء. ومن ثم، يُصفُّ فوقه ما تحتويه الزوادة من حافظات مياه ساخنة وكؤوس وطعام خفيف. لا رغبة لأحدٍ منا في أكل طعام ثقيل، فكنا نتناول بعض المقبلات والحواضر مع الشاي، وأمامنا صورة الشاه ناصر الدين بشواربه المفتولة والقُلباب(1) فوق رأسه على السكرية التي نضع منها السكر

---

(1) القُلباب: ما يلبسه العجم والترك والأرمن على الرأس.

265

في الشاي. فلقد كانت هاتان الصورتان -صورة الطاووس وصورة الشاه- دائمًا ترافقننا في كل استراحة، وتكادان تكونان لازمة من لوازم الاستراحة والنزهة. وفي كل مرة تمدُّ زهرة البطانية وتضع السكرية فوقها، كانت تنظر إليَّ وتبتسم ابتسامة سخرية.

كان كل ما لدينا من عدة تحضير الشاي هو حافظة ماء ساخن وأكياس شاي وكؤوس زجاجية زجاجها ثخين؛ لم يكن لدينا حتى ملعقة للسكر، فكنت أحرك السكر إما بطرف ملعقة الطعام أو برأس السكين. ومع هذا، كان ذلك الشاي الذي شربته فوق البطانية ذات صورة الطاووس ربما ألذ شاي شربته طوال عمري، وسيبقى ذكرى لي طوال حياتي.

ها نحن نكمل طريقنا نحو أصفهان والجو حارٌ جدًّا. ومع ذلك، كنا نتجه جنوبًا باستمرار، فكيف سيكون الحر الذي ينتظرنا هناك؛ لا يمكنني حتى تخيل ذلك. كنا نستمع إلى القرص المضغوط (CD) الذي اشتريناه من تبريز لساعات ونحن نقطع جبال زاغروس، بينما يترجم لنا السائق بعض المقاطع مما يغنيه المطرب:

«لقد سمعت أنكِ تتحدثين بنظرات العيون

وكل ما أريده أن أستشير من الآن فصاعدًا عيونك بصمت».

وقالت السيدة زهرة إن هذا المطرب اسمه «إيرج»، بينما استمر السِيد سلمان في ترجمة ما يقول محاولًا أن يجعله في قوالب من الشعر:

«إن كان في حجر الزمرد الكبير هذا ذكرى لحبٍّ طويلٍ

وإن كان لكل عاشقٍ ولكل ولهانٍ أيامٌ وليالٍ طوالٌ

فنحن أيضًا لنا وجود بروحنا في ذلك الجرح الزمردي العميق».

وسكت قليلًا وأنصت، ثم أكمل:

«وأنا سأموت وأرحل وحيدًا».

في الواقع، أعرف أن كل الشعراء يخافون من الشيء ذاته؛ كلهم يخشون الفراق والوحدة.

وقد قالت زُهرة:

- «قبل بضع سنوات، عندما ضرب زلزال كرمان، دفن جسد إيرج تحت الأنقاض».

يا لكثرة الزلازل التي تخبئها هذه الجبال!

ومع حلول المساء، وصلنا إلى أصفهان أخيرًا، حيث بتنا ليلتين. لقد كنا منهكين للغاية، فاتجه كلٌ منا إلى غرفته بسرعة. وفي صباح اليوم التالي، طرقت ياسمين باب غرفتي برفق، ونزلنا معًا لنتناول طعام الفطور في أحد المطاعم. وهناك، رأينا فتيات إيرانيات جميلات لم يقدر الإرهاق وتعب السفر على إفساد جمالهن، وفتيانًا شبابًا كأنهم قد خرجوا من إحدى منمنمات بهزاد، وأزاوجًا وزوجات في عمر الورد كأنهم قد تزوجوا مبكرًا في سن الطفولة، وجماعة من الناس والعائلات والأطفال، وجدات وأجدادًا من عائلات ثرية؛ كل هؤلاء كانوا يتناولون الفطور معنا في المطعم ذاته. من أين أتى كل هؤلاء الناس؟ وإلى أين هم ذاهبون؟ كان الأمر بالنسبة لي كأنه لا سبب عند أحد للسياحة في إيران إلا للبحث عن أثر جدي الذي صنعت منه بطلًا لروايتي، وكأنه لا يعيش في هذه الدنيا أحدٌ سواي. أعرف جيدًا هذه الحالة، ولا أكتب هذه الرواية إلا وأنا فيها، وها أنا أكتبها.

وعندما عدنا، جلست أنا وياسمين في مقهى (شاي خانه) تقليدي، وشربنا «مرق»، ثم وصل الشاي فبدأنا نشربه ساعة المغيب تحت نور هلال شعبان على أنغام موسيقى حزينة جدًّا. فراحت تشنف آذاني أصوات الحب والشوق واللوعة والصحراء؛ كنت أفهم بعض الكلمات وأجهل بعض، ولكنه كان يغني بحرقة ولوعة لا يخفيان، فلغة العشق مشتركة بين العشاق، يفهمها

كل عاشق، وتفوق كل اللغات. ومع ذلك، حاولت أن أركز فيما يقول: «نار العشق»؛ يبدو أن النار في هذه اللغة تأتي قبل العشق.

صعدنا إلى غرفنا، فنقلت الصور التي في الكاميرا إلى الحاسوب، ثم جلست على الكرسي، وصببت لنفسي فنجانًا من الشاي الذي كنت قد طلبته من قبل، ووضعت القرص المضغوط لـ«إيرج»، ثم فتحت الألبوم الذي وضعت فيه الصورتين اللتين أخذتهما من نظام:

الصورة الأولى كانت صوفيا فيها وحيدة.

والصورة الثانية كانت صوفيا مع سطار خان..

بدأت أنظر إلى الصورة الأولى بكل دقة وتمعن كي لا تضيع مني تفصيلة مهما كانت صغيرة. نظرت بإمعان إلى وجه صوفيا التي ترتدي فستانًا طويلًا فاتح اللون، عليه أزرار من أوله إلى آخره. هل بدت جميلة؟ نعم، ولكن جمالها لم يكن ذلك الجمال الطفولي البريء، بل كان جمالًا مختلفًا، فيه حدة وحزم وقوة. كانت تبدو جلفة قليلًا متسلطة كثيرًا واثقة من نفسها لا تكترث لكل ما في هذه الدنيا. كانت ذات بشرة نقية وأنف مدبب وعظام خدين بارزة. أما شعرها، فكان قصيرًا يصل إلى محاذاة أذنيها. وخلف نظراتها وابتسامتها التي تحاول إخفاءها تختبئ شخصية مشاغبة كشخصية طفلة مشاكسة. كانت عيناها ملونتين، فانتابني فضول لمعرفة لون عينيها. إذن، هذه صوفيا.

ولكن أمرًا غريبًا لاحظته في الصورة الثانية. فبينما يرتدي سطار خان الواقف وراءها ملابس عادية مثل التي يرتديها في كل مرة، كانت صوفيا ترتدي ملابس تعود إلى زمن أو حتى حقبة تاريخية مختلفة عن الزمن الذي تعيش فيه، إذ ترتدي ملابس كملابس القصور التي كانت قبل خمسين أو ستين سنة على الأقل، كأنها قد خرجت من الحكايات والروايات التي تتحدث عن روسيا في القرن التاسع عشر.

أقف وأتجول داخل الغرفة قليلًا، ثم أعود لأجلس مرة أخرى، وآخذ صورة صوفيا الأولى بيدي، وأركز فيها كأنني أصنع «زووم» عليها، ثم أثبت الصورة. حينها، كان «إيرج» يغني مقطعًا يقول:

«يا كل حبي وكل روحي».

وقد كنت أعرف المقطع الذي يليه، إذ حفظته من كثرة ما سمعته طوال الطريق:

«يا كل وجودي وكل عمري».

ولكنه لم يقلها، فشعرت وقتها بأنني أهوي في ثقب زمني عميق، وأتدحرج واقعة في تبريز زمن تلك الصورة.

انتهى عناء السفر من يزد الذي استمر مسيرة أربعين يومًا، ونزل سطار خان في تبريز في آخر أسبوع من أيلول، فاتجه مباشرة نحو السوق المسقوفة وسأل عن ياقوت، فأجابه الأجير:

- «لقد خرج قبل قليل، سيدي، وأغلق جميع الحسابات».

وراح يشتكي له من توبيخ ياقوت وتعنيفه له حتى قال أخيرًا:

- «تعلم سيدي، أين تجده؛ في حانة الروس».

ابتسم وصعد إلى غرفته في الخان حتى يحل الليل، ويجد ياقوت في تلك الحانة. وعندما استيقظ، خرج من الخان متجهاً نحو حانة الروس. ومع أن حر الصيف الشديد قد انكسر قليلًا، فإن الجو لم يزل حارًّا نسبيًّا. ولكن الحمد لله، فالحرارة هنا قياسًا بالحرارة الجهنمية في يزد ما هي إلا برودة خان في يزد. أما تبريز، فكانت كما تركها، إذ لا يزال الجنود الإنجليز والروس منتشرين في كل مكان، وعلى ناصية كل جادة وشارع، يوقفون كل من يمر من أمامهم.

وفي طريقة إلى شارع الروس، مر سطار خان من أمام تكية من تكايا داغستان، بابها موارب بعض الشيء، فانتهى إلى مسامعه نشيد من الأناشيد الصوفية التي ينشدها شيوخ ودراويش الصوفية داخل التكية:

«اشتعل ودُر ثانية أيها السماور
فثمة خطبٌ فيكَ أيها السماور».

فكرر هذا المقطع وهو ينزل من الدرج إلى الطريق المختصر إلى شارع الروس؛ وقد أطلق هذا الاسم على ذلك الشارع لأن الجنود الروس والإنجليز يترددون كثيرًا على الحانات الموجودة به، وإن لم تكن الحانات هناك حكرًا

عليهم، فحانة العجوز إسكندر تفتح أبوابها على مصراعيها أمام الناس جميعهم، حتى من أهل إيران وأذربيجان. وعندما دفع باب الحانة القديم، هجمت عليه موجة من الدخان والضجيج ورائحة الدخان والمشروب. وبعد أن دخل ورآه ذلك العجوز، انتفض من مكانه، وراح ينظف يديه بمسحهما بالمريول الذي يضعه على صدره وهو يقول:

- «أهلًا وسهلًا بك، أيها النبيل! لقد جعلتنا نشتاق إليك!».

لم يكن ياقوت قد جاء بعد، فتجول بنظره في المكان، فلم ير أحدًا يعرفه. ومن ثم، اتجه نحو زواية وراح يحتسي قدحه الأول بصمت. وبينما يتسلل أثر الجعة إلى رأسه بصمت، أتبعه بالثاني. يا للعجب! فمع أن العجوز إسكندر قال له: «لقد جعلتنا نشتاق لك!»، فإن سطار خان لم تكن من عادته أبدًا التردد على هذه الحانة، بل إنه في كل مرة يأتي إليها يكون ذلك من أجل أن يلتقي ياقوت، ولم تكن من عادته أيضًا أن يحتسي كل هذا النبيذ.

ابتسم وقال: «أوي أوي أوي»، وتذكر صدى صوت أعظم وهي تقول له هذه الكلمة. وعندما قالها للمرة الرابعة، تلفت وراح ينظر إلى من حوله: كان الروس والإنجليز قد جلسوا في جماعات اتخذ كل منها طاولة خاصة جلسوا وتجمعوا حولها، وكذلك تجمع الأرمن والجورجيون. أما الترك والعجم، فكانوا موجودين بأعداد قليلة جدًّا. ولكن أكثر ما يلفت الانتباه هو الشباب الروس. وبدا كل جالس حول تلك الطاولات الخشبية القذرة إما فاغرًا فاه أو محول العينين أو منكبًّا على وجهه سكران أو في حالة من النحيب والبكاء أو يضحك ضحكات هستيرية؛ كل هؤلاء كأنهم لجأوا إلى هنا لينسوا شيئًا ما أو ليتذكروا شيئًا قد نسوه. وعندما راح يردد الكلمات التي سمعها وهو في طريقه إلى هنا: «**اشتعل ودُر ثانية أيها السماور**»، تكشفت عنه كل الحُجب، وفاض العشق الذي في قلبه لأعظم كالسيل الهائج في وجهه. أتمها خمسًا

كاملة دون أن يلاحظ أحدٌ أن هذا النشيد الديني لا يتناسب مع تلك الحانة. ومن ثم، أكمل ذلك المقطع وهو يفكر في حالة تلك: «**فثمة خطبٌ فيكَ أيها السماور**»، ثم راح يضحك على حاله، قبل أن يتذكر كلمة من أوبرا «مجنون ليلي» لعزير حاجبايوف، يقول فيها: «الهَجْرُ أوله عِتَابٌ...». ولو لم يتمالك ما بقي من إرادته وضبط نفسه، لانتهت حالته تلك التي يضحك فيها على نفسه إلى البكاء والنحيب.

لكنه تمالك نفسه، أو هكذا ظَنَّ، لأنه لاحظ إحدى الفتيات اللواتي يجلسن مع مجموعة من الشباب على طاولة بالقرب منه تكز صديقتها من مرفقها وتشير إليه، فالتفتت الصديقة ذات الشعر القصير وكان ظهرها إليه، ونظرت إلى سطار خان، ثم أدارت ظهرها له مرة أخرى.

استطاع أن يميز أن هؤلاء يتحدثون الروسية. وبما أن هذه المجموعة من الفتيات والفتيان قد اجتمعوا معًا في حانة، فهذا ينذر بأنهم لا بد من الشباب الجامعيين الذين يقضون مضاجع سعادة تسار[1]. ومن زي أحدهم، أدرك أنهم ما يزالون في رتبة ضباط صف؛ كان أمثال هؤلاء منتشرين في كل مكان يقع تحت سيطرة روسيا، كما هو الحال هنا في تبريز. ولم تزل آمال تسار معلقة عليهم، ولكن يبدو أن حبال الأمل التي يعقدها على هؤلاء الصبيان الذين لم يشتد عودهم بعد كانت رخوة للغاية، وهذا واضح جدًّا من كلام ذلك الصبي الأشقر الذي بدأ شاربه بالظهور حديثًا، والذي يصرخ بصوته الطفولي الذي لم يبلغ بعد:

- «لن أذهب للجبهة. وحتى إن ذهبت، فلن أقاتل دفاعًا عن تسار (القيصر)، بل إنني سأسلم نفسي للأتراك».

فراح الذين يجلسون حوله من الصبيان يصفقون له ويضحكون بصوتٍ عالٍ، ثم يشاركون السيدة التي تعزف على الأكورديون وتغني أغنية حزينة وهم

(1) سعادة تسار: لقب يُطلَق على قيصر روسيا قديمًا.

يتجادلون ويتحدثون فيما بينهم بحرارة. ومن ثم، استطاع سطار خان الذي فقد تركيزه، والذي ظن أنه لم يجهش بالبكاء بعد ضحكته، أن يلاحظ الفتاة ذاتها وهي تقول للفتاة الأخرى بعد أن وكزتها من يدها مجددًا واستدارت إليه: «إنه تركي!»، ثم راحتا تضحكان بصوتٍ عالٍ.

أهذا ما تقولانه: «إنه رجل تركي مسلم يبكي، أليس كذلك؟!»؛ أراد سطار خان أن يضع حدًّا لهذه السخرية الموجهة له ولرجولته وإسلامه وتركيته، فقام متجهًا نحو طاولتهم وهو يترنح، ثم وضع إحدى يديه على طاولتهم، فصمت الجميع ورفعوا رؤوسهم ناظرين إليه بتعجب.

ومع أنه رفع سبابته وهزها وحاول أن يتكلم، فإنه لم يستطع أن يتفوه بكلمة. فما الذي سينكره عليهم؟ هل سينكر عليهم أنه رجل أم أنه تركي أم أنه مسلم؟ فالحمد الله، فجميع تلك الخصال والصفات والشيم كانت فيه. إذن، لماذا جاء إلى تلك الطاولة؟ هذا يعني أنه بالفعل قد بكى دون أن يشعر، فراح يردد مرة أخرى: «**اشتعل ودُر ثانية أيها السماور**». ولكن الفتية كانوا في حالة سكر أكثر منه، فلم يفهم أي منهم ما يقول، بيد أن الفتاة ذات الشعر القصير حتى أذنيها التفتت إليه وقالت:

- «أيها التركي، نحن مستمتعون بحالة السكر هذه، فلا تفسدها علينا، بل تعالَ وشاركنا. لا ندري ما بك، ولكن بلا شك يمكننا أن ننقذك كما ننقذ روسيا».

ثم تعالت أصوات الضحكات وضرب الأقداح والكؤوس والضوضاء والأغاني وهم في حالة من السُّكر، فضرب على صدره وقال:

- «أنا سطار خان».

فقالت الفتاة بعد أن وقفت على قدميها:

- «أنا صوفيا».

ثم مدت يدها؛ هكذا إذن تعرف سطار خان عليها. مد يده وصافحها، ومن ثم عرفته على البقية:
- «هذا فاسيلي؛ سيصبح ضابطًا عن قريب، وسيحمي التسار (القيصر)».
كان فاسيلي ذلك الفتى الذي يتحدث بحرقة وبكلام ناري؛ لقد كان صبيًا صغيرًا بالفعل.

وبعد أن تعرف عليهم، أمسكته صوفيا من يده وسحبته حتى جعلته يجلس على الكرسي الفارغ إلى جانبها، ومن ثم نسي الجميع وجوده معهم على الطاولة نفسها.

لم يكن سطار خان مخطئًا فيما ظنه عنهم، فهؤلاء الصبية هم الذين يلقون الخطابات النارية فوق كل صخرة مرتفعة يجدونها أمامهم، وهم الذين يكتبون تلك الكتابات على الجدران الفارغة، وهم الذين يجتمعون ويغنون للثورة، ويتغنون وتصدح حناجرهم بها، وبأنها ستنفجر في أقرب وقت. وها هم الآن يواصلون ما كانوا يتحدثون عنه دون توقف: روح الثورة وروح روسيا العظيمة.

وبعد أن أنهت عازفة الأوكورديون وصلتها، صعدت على المسرح راقصة راحت تتلوى كاشفة عن بطنها وفخذيها وخصرها، مرتدية خلخالًا برجلها وأساور تملأ يديها كلتيهما وقلائد تهتز فوق صدرها، مكحلة عيونها مثل راقصات ذلك الزمن. ولكن مع كل ذلك، لم تستطع جذب انتباه الشباب الروس الذين تصدح عقولهم بأغاني الثورة، والأرمن الذين هاموا في عشق الاستقلال.

كان سطار خان يسمع منذ زمن أن الأوضاع في روسيا في مرحلة الغليان، ولكنه لم يكن يعرف أي تفاصيل عن الحالة تلك. ولكن لفت انتباهه شجاعة ذلك الصبي فاسيلي، وكذلك تلك الفتاة ذات الشعر القصير. فقد كان فاسيلي

عندما يتحدث، ترتجف شفتاه الحمراوان، وتشع النار من عينيه الزرقاوين. ومع أن شاربه لم يظهر بعد، فإنه يتحدث بكل حرارة وحماسة، ويضرب بقبضته على الطاولة الخشبية المتهالكة أمامه؛ لقد اعتادت تلك الطاولة على مثل هذه الضربات كثيرًا، فهل سينهار القيصر المبجل ويسقط بنقرة من قبضة هذا الصبي؟!

ولكن عندما بدأ الصبي يلقي خطابًا مطولًا غامضًا عن آلام روسيا العظيمة، أشفق عليه سطار خان، وقال له:

- «أيها الصبي، هل كل الآلام والأوجاع التي تحدث في روسيا تجمعت في قلبك، وبت أنت المسؤول عنها؟!».

فرفع فاسيلي رأسه وقال:

- «لا. إن كنت تظن هذا، فإنك مخطئ. ليس فقط ما يحدث الآن في روسيا هو ما يدمي قلبي، بل ما حدث في الماضي، وما سيحدث في المستقبل...». ولم يكمل كلمته، بل ضرب صدره بقبضته، وقال بصوت فيه بحة:

- «هنا كل شيء.. هنا!».

ثم تهاوى وسقط على الطاولة كأنه دمية قُطِعَت الحبال التي تُربَط بها وحُلَّت مفاصلها.

كان سطار خان مشوش الفكر مشغول البال. فبرأيه، ما هؤلاء الفتية إلا حفنة من الصغار العاطفيين قد جذبهم حب المغامرة. ولكن عندما رأى أن هذا الفتى الصغير قد جمع في قلبه هموم روسيا العظيمة كلها، آلمته حالة اللامبالاة في إيران. فماذا عنه هو؟ أين إيران منه يا تُرى؟

حينها، قال:

- «أنتم».

ثم أشار لكل الجنود والضباط الروس في الحانة، وأكمل:
- «إذا كان هذا همكم، فلماذا أتيتم إلى إيران؟ ما الذي تفعلونه هنا؟!».
فضحكت صوفيا، وقالت:
- «نحن لم نأتِ إلى هنا من أجل هذا. أما بالنسبة إلى الأماكن التي تقع تحت نفوذ روسيا، فإنها قد فاقت إيران بكثير، ووصلت إلى أرضروم وطرابزون حتى».

انتهت وصلة الراقصة الأعجمية، فنزلت من فوق المسرح، وصعد بعدها أشغو[1] الأرمني، وراح يدندن بالساز ويقول أشعارًا وقصائد حزينة ترامت إلى مسامع سطار خان من بين تلك الحشود. وفي تلك الأثناء، وصل ياقوت، فقال:
- «سطار خان آغا! خيرًا؟ أنت لا تفعل مثل هذا! ولكن يبدو أنك قد استمتعت بوقتك. تعالَ لنكمل معًا.. هيا ننتقل إلى طاولتنا!».
- «هيا بنا».

ثم نهض سطار خان، فراحت كلمات الوداع بالتركية والفارسية والروسية تتطاير في الهواء، فيما قالت صوفيا:
- «أيها التركي، إن صادف ساقك طريقًا إلى باطوم يومًا، فمرَّ بي؛ متجري في الشارع الرئيس في باطوم أمام الأوبرا تمامًا. عندما تصل إلى هناك، سيدلك أي شخص تسأله عن متجر صوفيا للكتب. لا تنس، مرَّ بي كي أقدم لك الشاي».

وبينما يمشي وهو يترنح نحو طاولة ياقوت، التفت إلى الخلف وأشار بإصبعه نحو صوفيا، قائلًا:
- «لا، غدًا سأذهب إلى تخت سليمان».

---

(1) أشغو: اسم يُطلَق على مَن يلقي الأشعار ويعزف الساز.

عندما وصل سطار خان إلى تخت سليمان، ودخل من باب الدار، قابلته أمه هانكمه بفرح وسعادة غامرة مختلفة عن كل مرة يعود فيها من السفر، وكان من الواضح أن لديها ما تقوله له:

- «تعالَ، أريد أن أتحدث معك يا بُني قليلًا؛ ثمة أمور يريد أبوك أن يخبرك بها».

وراحت تحكي له فرحة سعيدة كأن الورود تتفتح على خديها؛ لم يصدق ما سمعته أذنيه: هل حقًّا أمر ميرزا خان بتزويجه من أعظم؟! لا بد أنه الآن في الجنة.

- «نعم».

حسنًا، ولكن هل لدى أعظم خبر عن هذا الأمر؟ «ليس بعد!».

ولكن عرفت الفتاة أو لم تعرف، فما الذي سيتغير؟!

- «انتهِ أنت من رحلتك هذه إلى باطوم وتفليس وباكو وعد لنعلن خطبتكما، ولكن عُدَّ نفسك من الآن خاطبًا، فوالدك قد أمر بهذا».

لقد خفَّت شكوى السيدة هانكمه من آلامها تلك الليلة، ولم يكن ذلك الدار وتلك المائدة سعيدين يومًا كسعادتهما في تلك الليلة.

وعندما بقي مع أبيه وحدهما، بدأ الأب الحديث بقوله:

- «سطار».

وفي كل مرة يخاطبه فيها بـ«سطار»، يكون الحديث بعدها بود وتقارب بينهما كثيرًا. وهذه الأوقات نادرة للغاية؛ الأوقات التي يسمح فيها ميرزا خان بتقريب المسافات ورفع الحدود بينه وبين ابنه كي يتحدثا بكل صراحة وعفوية.

- «اذهب إلى رحلتك هذه، وانتهِ منها، ثم تعالَ فلديَّ شيء لك».

كان ميرزا خان رجلًا لا يضحك، ولكن كانت هذه المرة الوحيدة التي بدت على شفتيه وهو يضع يديه على المائدة ابتسامة خفيفة؛ لا بد أن سطار

خان كان يطير من الفرح من الداخل، فهذه المرة سوف يسافر كل هذا الطريق بواسطة السيارة والقطار، ولكن ما الفرق في هذا؟ إنه مستعد لأن يجوب الدنيا كلها بقارتها السبع على قدميه ويعود، إن كان سيلتقي في نهاية هذا الطواف أعظم.

وفيما بقي من وقت في تلك الليلة، تحدثا عن تفاصيل الرحلة، فسطار خان سينطلق في رحلته هذه بعد ثلاثة أيام؛ سيسافر أولًا إلى باطوم فتفليس ثم باكو. وقد أرسل ميرزا خان تلغرافًا إلى الأفرع هناك يخبرهم بقدومه كي يجهزوا الحسابات. سيسافر على صهوة فرسه سربلند أولًا مسافة قصيرة، ثم يكمل طريقه بالقطار والسيارات، لهذا سيأخذ معه سايس الخيل كي يعيد سربلند فلا تبقى في إسطبلات الخانات، إذ لا يرغب في التفريط بها.

وفي صبيحة تلك الرحلة، وبعد أن اعتلى صهوة فرسه، وهمَّ بنخْسِها على خاصرتها بمهمازه، جاءته أعظم تسعى، وقالت:

- «سطار خان، قف!».

ثم وقفت على رؤوس أصابعها، وناولته ورقة، وقالت:

- «لقد كتبت لك ما أريد فيها».

ثم ابتسمت، وقالت:

- «لكن لا تفتحها الآن. ولا تنس الهدايا!».

أخذ الورقة من يدها، ووضعها مبتسمًا بصرة في حزامه، ثم قال:

- «لا يمكن أن أنسى!».

دخل قطار باطوم إلى المحطة في التوقيت نفسه لوصول قطار موسكو المزدحم. وحين وطئت قدماه الرصيف، كانت المحطة تغص بالناس من كل عِرق ولون ولغة وجنس. ومع أن باطوم التي تعد مركزًا لتلاقي الحضارات والتاريخ، فضلًا عن تلاقي الحركات والتيارات السياسية، كانت تقبع تحت حكم الإمبراطورية الروسية منذ (حرب 93)، فإن مَن يعيشون فيها كانوا من مختلف الأجناس والأعراق والممل. وبالنظر إلى اللغات المحكية فيها، مثل الروسية والتركية والأرمنية والميغريليانية واللازية والجورجية والسفانية والأبخازية والفارسية، وغيرها كثير من اللغات التي لا يكاد يُعرَف اسمها، فلا أحد يعرف لمن تتبع هذه المدينة: أهي تابعة للجورجيين أم العثمانيين أم الروس؟ لم يجد سطار خان حلًّا لهذه المعضلة، خاصة أنها كانت مكتظة بمختلف الجنسيات. فهنا، بإمكانك أن ترى الإيرانيين والآذريين السمر يتحدثون بصوتٍ عالٍ، والأجاريين الذين يرتدون ملابسهم الزرقاء وعلى صدورهم جعبتهم، والشركس الذين يرتدون معاطفهم الطويلة، والجورجيين الذين يُعدون من أقدم الناس الذين قطنوا هذه الأراضي، والذين يفتخرون بهذا الأمر، والبيروقراطيين الروس والجنود والعسكر الذين يعبئون ويُحشَدون باستمرار. ولكن الوضع في باطوم كان كما هو الحال في العالم أجمع في حالة الحرب. ففي حين تستمر الحياة بكل سرعتها، ويتعايش كل هؤلاء بعضهم مع بعض، ويتبادلون التجارة فيما بينهم، فإنهم جميعًا في مرجل يغلي، وكلٌّ منهم مستعد أن يخنق الآخر ويذبحه في كل لحظة. لقد جاء إلى هنا مرات كثيرة، وهذه المرة أيضًا لم يتأخر عنه ذلك الشعور بالسعادة لرؤية البحر، حيث يضع هموم الحرب والتفكير بها جانبًا، ويستنشق عبير البحر وهواءه، ويستمتع به.

أعطى أشياءه الشخصية للأجير الذي جاء لاستقباله، وقال له:
- «أحضر عربة، ودعنا نذهب إلى الفندق، فإنني متعب للغاية، وأريد أن أستريح هذه الليلة. وغدًا صباحًا، سآتي إلى الدكان».

وبعد أن وضع حزامه وجعبته بالقرب من فراشه الذي استلقى عليه، أراد أن يقرأ الورقة من جديد، فاعتدل بجسمه فوق الفراش مستندًا إلى كوعه، وحاول أن يحضر جعبته، لكنه لم يتمكن من ذلك، فنهض وأشعل فتيل السراج، وأخذ الورقة المطوية أربع طبقات، وراح يقرأها للمرة التي لا يعلم عددها إلا الله. كان مكتوبًا على ظهرها بحروف مائلة: «الهدايا التي ستُشترَى لأعظم هانم»، فشعر بالسعادة تملأ قلبه، وكرر مرة أخرى: «أعظم هانم!». لقد بات يحفظ طلبات أعظم هانم تلك عن ظهر قلب من كثرة ما قرأها، فمنذ أن فارقه السايس كان يفتح الورقة ويقرأها عند كل موقف ومحطة، ولكنه راح يقرؤها مجددًا: «علبة من صابون الغار المعطر»، وتحت كلمتي «معطر» و«غار» خطين؛ أي لا بد أن يكون الصابون مصنوعًا من الغار معطرًا، وليس أي نوع من الصابون. ثم انتقل إلى السطر الذي تحته: «زجاجة كولونيا»، ولكن هذه الجملة لم يكن تحتها أي خط، فانتقل إلى السطر التالي: «شال!»، فبرم شفتيه؛ هذا يعني أن أعظم هانم سوف يضمها هذا الشال. أما في آخر سطر، فكانت جملة كُتِبَت ثم شُطِبَ عليها، ثم كُتِبَت مرة أخرى: «وأي شيء تريده أنت». وتحت كل هذه الطلبات جملة تنبيه وتحذير: «إياك أن تنسى هداياي».

وضع سطار خان الورقة فوق وسادته، ثم وضع رأسه إلى جانبها، وراح يفكر في أعظم، وكيف بإمكانه أن يستوفي حساباته من زبونه الجورجي الذي لم يدفع ما عليه من مال، ثم غفا وغط في نوم عميق مع أصوات أمواج البحر التي تصل إلى غرفته.

لقد استغرق إتمام عمله يومين: في اليوم الأول، دقق الحسابات والفواتير والعقود والطلبات مع شريكه. واليوم الثاني أمضاه مع التاجر الجورجي الذي كان التفاهم معه أسهل مما توقعه. وفي النهاية، فرغ من أعماله، وعاد بمكسب وربح جيد، فكان سعيدًا بما أنجزه من أعمال. وبعدما خرج من المتجر، راح يمشي أمام القصور ذات الشرفات المزركشة بالخشب المنحوت، وبين عربات الخيل التي تقف على طول الطريق الساحلي أمام المصايف والقصور، والخيول التي أرهقها الجوع والتعب، والسيارات نادرة الوجود. ثم اتجه نحو حديقة هناك سالكًا الشارع الرئيس الذي يعج بالسيارات العسكرية والمدفعية والعساكر والبحارة، والمتسولين الذين يعزفون الموسيقى بالشوارع، والفتيات الصغيرات اللواتي يضعن على رؤوسهن غطاء أحمر ويبعن الورود، والسيدات الثريات ذوات الحسب والنسب. واستمر بالسير بين أشجار المنغولية والنباتات الاستوائية الغريبة والزهور نادرة الوجود والمشاتل الكثيفة حتى دخل إلى حديقة أليكساندروفسكي، حيث تقف فرقة عسكرية أمام ذلك التمثال البرونزي الشهير في بطرسبورغ تعزف مقطوعات من أوبرا كارمن. فجلس على أحد المقاعد ناظرًا في الأفق إلى السحاب الذي كان في طرف القسم العثماني، وضوء الشمس ينعكس عليه، وأطلق لنفسه العنان مستسلمًا للريح التي تداعب وجنتيه مغلقًا عينيه. لقد كان كل شيء جميلًا لطيفًا بالنسبة له؛ حتى لو ضرب مدفع هنا بالقرب منه، فلن يشعر بشيء لأن أعظم كانت في كل مكان، واليوم كله لأعظم فقط: «كولونيا، صابون، شال، وما تريده أنت»؛ الأمر سهل بالنسبة للكولونيا والصابون، وكذلك بالنسبة للشال، لكن هذه الجملة: «وما تريده أنت» كانت تشغل تفكيره كثيرًا.

تجول في السوق بعض الوقت. آه يا باطوم! ما من سوق مسقوفة فيها كالتي في تبريز كي يجد فيها كل ما يريده. ولكنه مع هذا اشترى الصابون المعطر والكولونيا، وبدلًا من قطعة واحدة كان يشتري ثلاثًا ثلاثًا. وكان يظن أن أمر

الشال سهل، ولكنه عندما دخل لأول محل لبيع الشالات، اكتشف أن الأمر ليس بهذه السهولة، فسطار خان الذي يعرف السجاد والبسط والقماش لم يكن يعرف أي شال قد يناسب أعظم ويليق بها ويسعدها. فكل شال يعرض عليه يجد فيه نقصًا أو عيبًا، فبعضها لونه جميل ولكن خامة القماش سيئة، وبعضها من الحرير ولكن النقوش التي عليها لا تعجبه، حتى ارتاح قلبه إلى واحد من تلك الشالات. غير أن الجملة التي شغلت تفكيره (ما تريده أنت) ظلت تدور في رأسه دون أن يجد لها جوابًا: «ما الذي أريده أنا؟ ما الذي أريده لأعظم؟».

لقد خطر على باله كثير من الأشياء، ولكنه لم يرَ أيًّا منها مناسبًا لأعظم لائقًا بها. وما يراه يليق بها لا يجرؤ على تقديمه لها. في الواقع، كان يجرؤ على تقديم شيء واحد من بين تلك الأشياء، ألا وهو زوج من الأقراط فريد، ولكنه لا يعرف أين تباع هذه الأشياء في باطوم، ولا يثق بجودة القرط الذي سيشتريه، أو إن كان البائع سيغشه فيه. وحتى إن وجد هذا المكان، فكيف سيضمن أنه سيشتري وينتقي أجمل شيء؟

خرج من الدكان، وراح يمشي في طريق يعج كغيره من أوله إلى آخره بالبيروقراطيين العثمانيين بطرابيشهم وملابسهم الرمادية، والأرمن، والدرك الروسي في السترات الزرقاء، وجنود لواء القوزاق المتعجرفين، والمتسولين والشحاذين الذي يضايقون الناس من شدة إلحاحهم عليهم، والأوروبيين الأنيقين الذين يدخلون ويغادرون المحلات التجارية باهظة الثمن؛ كان يمشي دون أن يعرف إلى أين يتجه.

وبعد مرور وقت، وبينما يمر من أمام بناء الأوبرا المصنوع من القرميد والآجر، ضرب بيده على جبينه وقال: «أيُعقل هذا؟». نعم، يُعقل. فأفضل من يعرف ما يمكن أن يعجب امرأة هي امرأة مثلها. ثم تساءل:

«ماذا قالت لي حينها؟»، وتذكر: «متجر صوفيا للكتب؛ أي شخص تسأله هناك سيدلك عليه»؛ لم يكن ثمة حاجة للسؤال، فذاك هو أمام المبنى تمامًا.

لم أكن أروي لكم هذه الأحداث فحسب، بل كنت أرافق سطار خان حيثما ذهب. وهذه المرة، قررت أن أسبقه وأدخل إلى ذلك المتجر قبل أن يعبر الشارع حتى. على طرفي الباب الرئيس للمتجر شتلتان صغيرتان لشجرة الدلب، وعلى واجهته صورة لتولستوي قُصَّت من جريدة، وعُلِّقَت على زجاج المتجر، وكنتُ قد رأيت مثيلتها قبل قليل معلقة على باب محل صانع أحذية فقير. وإلى جانب تلك الصورة مباشرة عُلِّقَت على باب متجر الكتب لصوفيا صفحة من مخطوطة عليها رسوم وخطوط، والأحرف والكتابات فيها متداخلة بعض مع بعض، وعليها أقواس وعلامات وإشارات متداخلة شبهتها بشبكة عنكبوت، وأظن أن هذه الصحيفة المخطوطة تعود لدوستويفسكي.

دخلت إلى المتجر قبله، حيث جميع الجدران مغطاة برفوف كتب عالية، وصوفيا تجلس على مكتبها، وأمامها شخص عرفته منذ اللحظة الأولى؛ إنه فاسيلي. على مكتبها صورة لها داخل إطار مزركش، عرفت عندما اقتربت منها أنها الصورة نفسها التي أعطتني إياها نظام، فابتسمت وقلت «صوفيا» وأنا أسحب كرسيًّا لأقعد إلى جانبها؛ إنها حبيبة جدي الروسية. ولكن كيف سيحدث هذا؟ يا للقدر، كم يحمل في جعبته من مفاجآت!

كان الفضول -كما تذكرون- قد انتابني لمعرفة لون عينيها، فنظرت في وجهها طويلًا؛ لقد كان لونهما بلون الزعتر البري أواخر فصل الصيف، كان بين الأزرق والأرجواني. أما سواد العينين فضيق، وأما الألوان فكثيرة. ويبدو أنني لم أكن الوحيدة التي تنظر إلى وجهها مطولًا، فقد ظل فاسيلي أيضًا ينظر إليها بعيون ولهفة طفل لم يزل في التاسعة من العمر.

وقفت على قدمي، ورحت أنظر إلى الرفوف، فتعرفت بسهولة على بوشكين وغوغول وتورجينيف وتولستوي ودوستويفسكي، كما رأيت أعمال مؤلفين مثل بيلينسكي ونيكراسوف وغونساروف وليسكوف أيضًا، ووجدت المجلة العظيمة التي كان كل مجلد فيها يقع في حوالي 400 صفحة، فوضعتها بيدي في مكانها على الرفوف. لكنني كنت واثقة كل الثقة بأن أعمال من كان يدعم الثورة البلشفية في جورجيا، أمثال نيكولاي تشيرنيشيفسكي وميخائيل بولغاكوف، وكل الأعمال الممنوعة من مناشير وكتب ومجلات، مخبئة في مكان ما بين تلك الرفوف.

عدت مرة أخرى إلى صوفيا التي كان أمامها كتاب مفتوح، فانحنيت من وراء ظهرها على ذلك الكتاب، ورحت أنظر إلى أول صفحة فُتِحَ عليها:

«وبينما يمر الشهاب من فوق بيير، قال في نفسه! ما الذي يمكنني أن أطلبه أكثر من هذا إن كان كل شيء جميلًا لهذه الدرجة».

أستطيع أن أعرف من أي رواية هذه الجملة أينما أكون؛ إنها من رواية «الحرب والسلام». وعندما نظرت إلى تقويم فوق المكتب، وجدته يشير إلى 5 تشرين الأول 1916، فرحت أحسب في رأسي، ثم أسررت لنفسي: «لقد مر على وفاة تولستوي 5 سنوات، ودوستويفسكي 35 سنة، ولكن آنا دوستويفسكي لم تزل على قيد الحياة، وكذلك صوفيا تولستوي.. آه، ليتني استقل قطارًا وأذهب إليهما!».

في تلك الأثناء، دخل سطار خان إلى المتجر، فرأى صوفيا التي ما يزال ينظر إليها كأنها صبي مشاكس قصير الشعر، واقترب من مكتبها، ثم ناداها:

- «صوفيا هانم!».

فنظر فاسيلي إلى ذلك الآذري الذي يدخل من الباب، وحاول أن يتذكر أين رآه من قبل... إنه ذلك الشاب التركي المسلم الذي كان يبكي في الحانة، فقال:

- «أوووه صوفيا، انظري من جاء!».

فقال سطار خان مرة أخرى:

- «صوفيا هانم».

وهذه المرة نبر على حرف «الياء» بشدة حتى أن فاسيلي وصوفيا ضحكا من تلفظه بهذا الشكل.

- «شاي!».

قالها ثم أردف:

- «قلت لي: تعالَ، وسأقدم لك كوبًا من الشاي. وها أنا قد جئت».

وبعد قليل، دخل في صلب الموضوع وسبب قدومه إليها، وذكر أنه بحاجة لأحد يساعده في انتقاء هدية لفتاة، ولكنه متردد في نوع تلك الهدية. في الواقع، كان في عقله أن يشتري لها حلقًا، ولكن لا يدري كيف يمكن أن يكون ذلك الحلق، فتجول بين المتاجر حتى تذكرها فجاء إليها، لتقول له:

- «لا تشغل بالك سطار خان، سنذهب معًا ونشتريه؛ أفضل أنواع المجوهرات ستجدها لدى صارفيم الصائغ».

ولكن لا يبدو أن الداخلين والخارجين من المتجر سيتوقفون؛ إنهم لا يبدو عليهم أنهم زبائن أتوا ليشتروا أيًّا من الكتب التي على الرفوف. حتى سطار خان أدرك خلال الفترة القصيرة التي مكث فيها أن هذا ليس بمتجر لبيع الكتب فحسب، بل هو مركز لعقد اجتماعات، مثل آلاف المراكز المنتشرة في روسيا.

وأخيرًا، هدأ المتجر قليلًا، وخفَّ الزحام، فقالت صوفيا لفاسيلي:

- «ابقَ أنت هنا، وسأعود بعد قليل».

ولكنها لم تعد بتلك السرعة.

عندما خرجا، وراح سطار خان يتلفت حوله ليوقف عربة خيل، قالت له صوفيا:

- «دعنا نذهب مشيًا، فليس من السهل أن نجد عربة بهذا الوقت، كما أنني أرغب في المشي قليلًا إذ تعبت من كثرة الجلوس».

همست بصوتٍ خافتٍ:

- «لقد جعت».

وأشارت إلى محلات الطعام والشراب على الناحية الأخرى من الشارع، فذهبا إلى هناك، حيث طلبت أنواعًا مختلفة من المعجنات والفطائر والعصائر وأشكال الأطعمة التي لا يعرف اسم أيٍّ منها، ثم راحت تأكل بنهم كل ما يأتي أمامهما، فتعجب من قدرتها على أكل كل هذه الكمية من الطعام، مع أن جسدها يبدو صغيرًا جدًّا نحيلًا كأنها لا تزال طفلة. ولكنه مع هذا، بسبب ما تمليه عليه شخصيته الشرقية، دفع الحساب عن كل شيء.

وعندما راحا يتمشيان على ساحل البحر الذي كان راقدًا جامدًا كأنه مرآة فضية تلمع تحت أشعة الشمس، وأمواجه تتكسر فوق الصخور على الساحل مشكلة زبدًا ناصع البياض، كانت السيدات الأوروبيات اللواتي ينزلن في فندق فرنسي يجلسن على مقاعدهن على الشاطئ، ويستمتعن بذلك المنظر الخلاب. أما جبال القوقاز، فكانت راسخة في الأفق البعيد بهيبتها الكاملة وصورتها المنعكسة على سطح البحر من بين الغيوم وطيور النورس. فبدا المنظر له لوحة فنية أو صورة من تلك الصور التي تُطبَع خلف البطاقات البريدية. ولكن ليس كل شيء هناك كان بريئًا مسالمًا كما بدا في الظاهر، إذ كانت السفن، ناقلات النفط وناقلات الجنود والعساكر، تتسابق فيما

بينها وتتجمع كلها في ميناء باطوم الذي يعد ميناءً استراتيجيًّا ومركزًا مهمًّا لتجمع القوى البحرية. فمن هناك، تُرحَّل السفن الحربية وناقلات النفط، وتنتظر قوات الدعم العسكري السفن التي ستقلهم إلى المدن العثمانية على شواطئ البحر الأسود لساعات وساعات. وقد كان الضباط منهم كبارًا في السن بعض الشيء، أما الجنود فكلهم في مقتبل العمر، بل يمكن القول إنهم صبيان في مثل عمر فاسيلي. وكان الجيش الروسي للوهلة الأولى يبدو بزي مرتب منظم، إذ يرتدون البزات العسكرية ذات الأزرار النحاسية التي تلمع تحت ضوء الشمس، وعلى رؤوسهم الخوذ والقبعات، وعلى صدورهم الأوسمة والنياشين، وفي يديهم القفازات، وبأرجلهم الأحذية العسكرية اللامعة.

فقالت صوفيا: «بريق خادع!» وهي ترسم دوائر برجلها على الأرض، فقد كان بإمكان كل صاحب بصيرة أو مطلع على الأمور أو صاحب نظرة ثاقبة أن يعرف أن العُرى بين هذه القوات واليد التي تسوقها إلى جهات الحرب تبدو هزيلة، بل إنها انفصمت منذ زمنٍ بعيدٍ. وبرأيها، فإن هذه القوى العظيمة الهائلة لن تدع مصيرها يضيع أو تسلمه للقدر، بل ستكتب مصيرها وقدرها بيدها، وهي مستعدة للتضحية بكل ما تملك من دماء وأرواح وأنفس في سبيل هذا.

ثم أردفت: «انظر» وهي تشير بيدها إلى منطقة ضبابية يبدو خلفها خيال لمدينة فيها أبراج وحقول وآبار للنفط، حيث يُعالَج هناك النفط الآتي من باكو إما عن طريق القطارات أو عن طريق خطوط الأنابيب، ثم يُصدَّر. وقد وُضِعَ نظام صارم يمنع كل الناس، فقيرهم وغنيهم، من الاستفادة من هذه الثروات، مما كون هوة كبيرة بين الفقراء والأغنياء. وبرأيها، فإن ضواحي باطوم تعجُّ بالجوعى، وتئنُّ من الفقر والحاجة، وهم أيضًا سيسقطون في هذه الهوة عما قريب.

فسألها:

- «كيف تثقين فيما تقولين إلى هذه الدرجة؟».

إنها بالفعل واثقة للغاية، فالمشهد في باطوم لا يختلف كثيرًا عن بطرسبورغ، حيث انتقلت شرارة الفوضى التي عمَّت روسيا بالكامل إلى القوقاز أيضًا، ووجدت لها موطئ قدم في باطوم، فبرميل النفط هنا ممتلئ عن آخره ينتظر شرارة أو عود ثقاب واحد حتى يشتعل بحر النفط كله. وها قد اقترب ذلك، إذ بلغ الأمر ذروته، وكل ما يلزمه نقرة واحدة، لأن الوضع قد تفاقم وخرج عن السيطرة منذ زمن بعيد، ولم يعد ثمة خط عودة لما سيحصل.

أدارت صوفيا رأسها بحماس وعيناها تلمعان، وقالت:

- «إضراب هؤلاء العمال عن العمل يعني انهيار روسيا؛ إنهم يحفرون قبورهم بأيديهم، فمصانع عائلة روتشيلد لتصنيع الكيروسين متوقفة منذ أيام، ولم يُنتَج برميل واحد منذ زمن، وكل الآلات والماكينات الحديثة المتطورة هامدة لا تصدر صوتًا أو ضوضاء، والعمل بها معلق، والمصانع متوقفة، حيث لا تدور العنفات في أي مصنع، ولا يفكر أي عامل في الرجوع إلى مصنعه، وكلهم ينتظرون على جبال القوقاز خوفًا من أسيادهم».

فلم يخف السؤال الذي داهمه: «أين هو على هذه الخريطة كلها؟»، ولم يكن لديها سر تخفيه: قوة المناشفة في باطوم لا يُستَهان بها لأن ثمة شيئًا لم يأخذه البلاشفة في الحسبان، فالحمية القومية للجورجيين عالية جدًّا. وهكذا، فإن الأرستقراطية دعمت القوميين الجورجيين، والمناشفة الذين يعتمدون عليهم، فيما اتخذ القيصر من الأرمن جيشًا، ولم يعد يُعرَف مَن يساعد مَن، ومَن يدعم مَن ضد مَن، وتوشك الرياح السياسية في المنطقة أن

تتغير في أي لحظة. ولكن صوفيا عضو الجناح الإعلامي للبلاشفة كانت تكره المناشفة قدر كرهها الأرستقراطيين والبرجوازيين.

سألها:

- «لهذا افتتحت متجرًا للكتب؟».
- «كان يمكن ألا أفتتح ذلك المتجر، ولكنني أحب الكتب».

فنظر إليها وهي تتدثر بمعطفها الأسود الباهت في هذا اليوم الخريفي الدافئ، وتضع وشاحًا رماديًّا حول عنقها، وقد بدا وجهها ناصع البياض وشعرها أسود ولون عينيها مثل لون السماء المليئة بالثلوج أو زهور اللافندر، ثم قال:

- «هيا نتمشى قليلًا».
- «آه، كنا سنشتري هدية، أليس كذلك؟».

في اللحظة الأولى التي دخلا فيها، صادف سطار خان عالمًا مبهرًا من الأنوار المشعة من المصابيح المعلقة من أعلى، والثريات والشمعدانات المصطفة على جانبي المقاعد، والشموع الضخمة ومصابيح الغاز ذات الزجاج النقي، فلم يبخل صاحب المتجر أبدًا في الصرف على كل هذه الإنارة، ولم يألُ جهدًا في إكثار تلك المصابيح، فكانت الأضواء تكفي لإنارة عشرة متاجر على الأقل، ولكنه كان محقًّا في هذا البذخ والإسراف، فالمجوهرات المنمقة المصفوفة على واجهة المتجر وفي الحجرات الزجاجية داخله لا يمكن أن يبدو لمعانها الجذاب الساحر إلا تحت شلال من نور يُظهِر للعيان جمالها وروعتها وأناقتها.

جلست صوفيا على أحد المقاعد، ونادى الصائغ صرافيم على أجيره أندو الأعرج:

- «اذهب يا ولد، وأحضر الشاي».

ولم يمر وقت طويل حتى أتى بالشاي والنرجيلة له، وقدم السجائر لها، فتذكر سطار خان متجر كيركور المسكين في تبريز؛ صحيح أن هذا المتجر ليس كذلك المتجر القديم، ولكنه أسرَّ في نفسه: «حتى إن كانت الواجهة والطاولات والأنوار والمصابيح مختلفة، فإن كل الصاغة وبائعي المجوهرات يشبه بعضهم بعضًا». ولقد كان محقًّا، فصرافيم لم يكن شغوفًا جدًّا بمهنته فحسب، بل كان شخصًا صعب المراس غريب الأطوار مستعدًّا لعرض كل ما لديه، وإنزال كل ما على الواجهة ومده أمام الزبون، إن كان زبونًا يرغب في الشراء حقًّا؛ كان مستعدًّا لأن يعرض عليه تلك المجوهرات واحدة تلو الأخرى دون أن يتململ أو يتضايق أو يعترض، ولكنه لا يقبل من أيٍّ كان

أن ينتقد صنعته وحرفته وصياغته، ويعد ذلك احتقارًا وإهانة شخصية لا يقبل بها، فيتجهم مباشرة ويثور على من يدعي ذلك.

كانت هذه السمة أول ما رآه في شخصية ذلك الصائغ، فعندما رأى تاجر السجاد يقلب القرط المصنوع من الذهب الأحمر على شكل وردة، في وسطها حجر ألماس كبير، حوله أحجار ألماسَية صغيرة، كأنه يقلب دمية خشبية، نظر إليه بازدراء واستخفاف، فلم يكن يرى في الأتراك إلا قطيعًا من الجهلة الذين لا يفرقون بين الزجاج والألماس.

أما صوفيا، فجلست واضعة رجلًا على رجل وهي تدخن سيجارتها وتنظر إليهما، وإن كان تفكيرها ونظراتها منصبة على سطار خان أكثر، فيما جلس أندو في زاوية شاحب الوجه ناظرًا نظرة غير ذات معنى إلى وجه سطار خان.

وبعد هنيهة، أشار صرافيم إلى تحفته التي بين يدي سطار خان، وقال:

- أيها التركي، لقد صغته بيديَّ هاتين؛ هذا ألماس خالص.. تعرف الألماس؟!».

قالها هكذا دون إضافة أداة استفهام، بل كان يستفهم بنبرة صوت غلفها التعالي توحي بأنه سوف يتحاذق عليه بسرد كل ما يعرفه عن الألماس. حينها، ابتسمت صوفيا، وراحت تنظر إليهما لترى ما ستؤول إليه الأمور.

قاطعه سطار خان:

- «نعم، أعرف... إنه حجر كريم نادر للغاية، قسوته سبب صفائه، لا يمكن لأي شيء أن يخترقه، يعكس نورًا أكثر مما يستقبله بكثير...».

وراح يسرد كلام الصائغ كيركور جملة جملة:

- «كما أنه أقسى مادة معروفة على وجه الأرض، فهو قاسٍ حتى أنه لا يمكن لأي شيء على وجه الأرض أن يقطعه أو يصقله إلا حجر ألماس مثله...».

فتبسم صرافيم، وتخلى عن عنجهيته وصعوبة مراسه، ونجح في إرضاء سطار خان عقب أن عرض كل ما لديه أمامه حتى حبك حيلة من حيل التجار ودهائهم بعد أن ظن أن هذين حبيبان أو مخطوبان. فعندما شعر أنه غير مقتنع بعد بتلك التحفة المصنوعة من الألماس على شكل وردتين، أشار إلى الحلق، وقال:

- «ضعه على أذنيها، وانظر كيف يليق بخطيبتك كثيرًا».

لقد كان هذا التاجر يستمتع بمشاهدة ما يجري أمامه من مشاهد وعروض غريبة طريفة بين العاشقين، فكم رأت عيناه من مشاهد لحب عذري أو حب ممنوع أو أنواع أخرى من العشق والهوى؛ إنه متجر للذهب والمجوهرات، وكل طرق العاشقين تمر من هنا.

ذُهِلَ سطار خان مما قاله، وكاد أن يقول: «لسنا مخطوبين!»، لكن صوفيا وضعت إصبعها على شفتيها، وأشارت إليه أن اصمت، وهي تشعر بحلاوة هذا الأمر، أو احتماليته على الأقل. ثم قامت، ووقفت أمام المرآة، ووضعت الحلق على أذنيها.

راح يتفرج على الحلق المتدلي من أذنيها تحت شعرها القصير على رقبتها البيضاء وهو يلمع ويتأرجح عند نقطة التقاء خدها برقبتها البلورية، ولم يستطع رفع عينيه عنها بسبب ذلك البريق الساحر كأنها شعلة من نور. وحينها، تفوه الصائغ الأرمني بإطراء وجد رغبة في قلب صوفيا واستطابته، إلا أن قلبًا مليئًا بأعظم لم يكن لشيء آخر أن يؤثر فيه. ومع هذا، لاحظ سطار خان أن صوفيا التي لا تضع زينة على وجهها، وترتدي ملابس بسيطة، وتبدو كالرجال، هي أنثى أيضًا.

قال صرافيم بفخر:

- «اقترب منها».

فقد كان يعرف أن قطعة ثمينة كهذه مصنوعة من أحجار كريمة ستبدو أكثر جمالاً وروعة إن كانت على عنق فتاة جميلة. وهذا ما حدث بالفعل، فقد كان الحلق المصنوع من الألماس على شكل الورد جميلاً، ولكن عندما وُضِعَ على عنق امرأة فاتنه بدا أكثر جمالاً وروعة؛ وهذا ما يسمى «خبرة السنين» التي أتت بثمارها، فقد اقتنع سطار خان وأخذ قراره:

- «حسنًا، سأشتري حلق الورود هذا».

دون أن يقول ألماس.

عادت صوفيا إلى مقعدها مرة أخرى، وأخرجت سيجارة ثانية، بينما يضع الصائغ صرافيم الحلق في صرة من المخمل الفخم، ويغذي في الوقت نفسه سنارته بطعم آخر قبل أن يلقيها أمام سطار خان:

- «لديَّ أيضًا ما هو أكثر قيمة وأغلى ثمنًا من المجوهرات».

فضحك سطار خان وهو يقول لنفسه: «إن لم يبعه سجادًا حريريًّا كالذي في تبريز، فما الذي يمكن أن يكون أغلى من المجوهرات؟»، قبل أن يأتيه الجواب:

- «رؤية ما غبر من الزمان أكثر قيمة وأغلى ثمنًا».

كان يعرف هذه المقدمة من سوق التحف والأنتيكة في تبريز. ومن ثم، راح الصائغ يعرض عليه بعض الآثار والتحف الصغيرة التي بقيت من أحد العصور أو أحد المراسم، ولكن كان يبدو من تعابير وجهه أنه ليس مهتمًا بشيء مما عُرِضَ عليه، ومنه قلائد تسار نيكولا الثاني، بل إنه أزاحها بظهر يديه تعبيرًا عن أنه لا يرغب في كل هذا، ثم قال:

- «لقد وجدت ما أبحث عنه».

ولكن صرافيم كان عنيدًا:

- «أرجوك، امنحني لحظة من فضلك، سيدي».

ومن ثم، راح يفتح الأدراج والخزن السرية الواحدة تلو الأخرى، ويخرج منها صررًا مخملية وحقائب مصنوعة من الجلد الطبيعي وصناديق خشبية، مدَّها كلها أمامه، وأخذ يحكي حكاية كل واحدة منها، دون أن ينقص أي جزئية أو تفصيلة من تلك الحكايات، كأنه قد رآها بأم عينه. فهذه القلادة تقلدها الدوق الأكبر، وهذا الخنجر كان بيد محارب داغستاني قبل مئات السنين. فافترض سطار خان أن كل تلك الحكايات حقيقة وواقع قد حصل بالفعل، فما الفائدة من هذا كله؟! لذا، لم يرغب في اقتناء أيٍّ من تلك الأشياء. أما الصائغ، فلم يبد عليه الاستسلام والانصياع، بل استمر في العناد أكثر:

- «سيدي، تعرف أن المال هو وسخ هذه الدنيا، ولكنه أقوى شاهد على الحياة؛ لديَّ بعض القطع النقدية التي تعود لتاريخ حكامكم، ألا يثير هذا اهتمامك أيضًا؟».

ثم وضع على المساحة الفارغة المتبقية من الطاولة قطع قماش مخملية سوداء، صفَّ عليها بعض القطع النقدية المعدنية:

- «هذه قطعة نقدية صفوية، وتلك ساسانية... مَن يدري مَن تداول هذه العملات، وبصرة مَن دخلت وخرجت، وما قيمتها، وما القوى الشرائية لها في ذلك العصر، وما الذي اُشتُرِي بها من بضائع وغِلال، انظر إلى تلك الرسوم والنقوش التي عليها أرجوك؛ لو كان لها ألسنة لنطقت وأبانت عن نفسها».

النقود لم تكن تتحدث، بل صرافيم مَن يتكلم دون توقف أبدًا حتى أنه كاد يصل إلى خزائن أنوشيروان العادل (كسرى الأول):

- «انظر سيدي، هذا أرديشر الثاني الذي تطلقون عليه أنتم اسم هرمز، وهذا سابور الثاني الحاكم الذي تُوِّجَ وهو في رحم أمه، إذ وُضِعَ

تاج الملك على بطن أمه، وهذا القاضي الحاكم بوران، وهذا يزدگرد الثالث آخر ملوك الدولة الساسانية الذي أُبِيدَ جيشه بالكامل، كما يحدث مع آخر حاكم في هذه الدنيا».

وفي النهاية، لم يستطع سطار خان التهرب والتخلص منه إلا بأن يشتري قطعتين من تلك القطع التي أمامه، ولكن بعد أن ساومه كثيرًا، واشترط أن يدفع ثمنها لاحقًا. فبعد أن دفع مبلغًا باهظًا ثمنًا لحلق الورود، لم يتبقَّ لديه كثير من المال يدفعه ثمنًا لهذه النقود، وكان عليه أن يسحب من البنك، بيد أن الموافقة التي لا بد أن تأتي من تبريز ستستغرق عدة أيام. لذا، وقَّع على بعض الصكوك، وأنهى الصفقة، على أن يدفع لاحقًا.

وعندما عاد إلى الفندق، أخرج القطعتين النقديتين، وراح يقلبهما بين راحة كفيه وينظر إليهما، فرأي على وجه إحداهما صورة لكسرى حاكم الساسانيين، وعلى الوجه الآخر صورة لنار مستعرة تنفث اللهب.

وفي صبيحة اليوم التالي، مرَّ بمتجر صوفيا للكتب مرة أخرى، ففي الغد صباحًا سيسافر إلى تفليس. لذا، أراد أن يمر بها قبل أن يغادر كي يشكرها ويودِّعها. هذه المرة، لم يكن فاسلي هناك، بينما تجلس صوفيا مثل المرة الأولى التي رآها فيها منكبة فوق كتاب تقرأه.

وعندما حانت لحظة الوادع، مدت صوفيا يدها إلى أحد الرفوف، وأخرجت كتابًا مجلدًا بجلد راقٍ جميلٍ، وقالت:

- «خذ، هذا هدية مني لك».

فراح سطار خان يقلب صفحاته، ثم قال:

- «لا أجيد الروسية، صوفيا!».

كان من الممكن أن يبدي معرفته واطلاعه باللغة التركية أو الفارسية، ولكن هذا الكتاب باللغة الروسية التي وقف أمامها عاجزًا.

- «حقًّا!».

قالتها بعد أن رفعت حاجبيها إلى الأعلى، ثم أردفت:

- «إذن، أنت من أولئك الذين يتحدثون الروسية، ولكنهم لا يعرفون القراءة أو الكتابة بها! من الذين يعرفون أسماء المحطات والمتاجر، ويعتمدون على ذاكرتهم في تذكر أماكنها، دون مقدرة على قراءة أي حرف من تلك الحروف التي تكون على واجهاتها ولوحاتها!».

- «نعم، أنا هكذا، فالكلام أسهل كثيرًا من القراءة؛ على الأقل، لا تقف الحروف الأبجدية بوجهي مانعًا».

فأخذت صوفيا الكتاب الذي أعطته إياه مرة أخرى، وفتحته على الصفحة الأولى، ووضعت إصبعها تحت جملة راحت تقرأها، ثم نظرت في وجهه، وقالت:

- «هل فهمت ما قرأته الآن؟».

- «نعم، بكل تأكيد».

- «حسنًا، إذن عملنا معًا لن يكون صعبًا، فسأعلمك الحروف الأبجدية الروسية، وهذا لن يستغرق منا سوى يومين، بعدهما تصبح قادرًا على القراءة والكتابة. هل عندك وقت لهذا؟ يومان فقط!».

- «ألم أقل لكِ إنني سأسافر غدًا صباحًا إلى تفليس؟».

- «فقط يومان، سطار خان. بعدهما، ستتعلم لغة عظيمة كهذه».

فقال لنفسه: «حسنًا؛ وحتى ذلك الوقت، تكون الفلوس قد وصلت من تبريز، فأسدد الدين الذي عليَّ لصرافيم». أما صوفيا، فراحت تكتب الحروف الأبجدية بخط كبير جدًّا حرفًا حرفًا وهي تقول:

- «انظر، هذا (A)، وهذا (B)، وهذا (V)....».

في ذلك اليوم، لم يخرج سطار خان من المتجر إلا وقد تعلم خمسة عشر حرفًا. يا للعجب، لقد تعلم كل هذه الحروف في وقت قصير جدًّا، وإن

وجد صعوبة في نطق (للا) الذي يشبه (ش)، وهذا يعني أن يومين سيكفيانه لتعلم هذه الحروف كاملة!

وفي اليوم الثاني، وبعد أن أتم تعلم الحروف جميعها، ووقف كي يودِّعها، أخرجت صوفيا الكتاب ذا الجلد الظريف مرة أخرى، وقالت:

- «اقرأ اسم هذا الكتاب، لنرى».

فنفذ ما طلبته منه، وقرأ اسم الكتاب على مهل حرفًا حرفًا:

- «يفغيني أونيغين ألكسندر بوشكين».

لقد استطاع حتى نطق حرف «ش» الذي كان يسبب له مشكلات ومصائب كبيرة.

وبعد أن خرج من المتجر، وراح يمشي مبتعدًا، وقفت صوفيا وراء الباب الزجاجي تنظر إلى خياله النحيل الطويل ينسحب خلفه وهو يبتعد عنها رويدًا رويدًا، فشعرت بحرارة النار التي تلتهب في قلب... صوفيا، سطار خان، فاسيلي. لا يهم في الحقيقة من أين يتصاعد هذا الدخان، بل الأهم هو ذلك الحريق في القلوب، وتلك النار التي بدأت تستعر أكثر في حكاية عشق أمير شرقي يرضى قلبه بكل مصيبة أو بلاء أو تضحية ثمنًا لذلك العشق. لا يهم من أين بدأت الشرارة الأولى لهذا الحريق المستعر، فقد استشرى حريق الحب وامتد، ولا يهم إن كان هذا القلب قد بدأ يعي ما يدور حوله وما يجري به أم لا، فسيأتي يوم يكشف عن كل ما يجول فيه؛ أليس سطار خان مَن استصعب حرف (ش)، هذا الحرف نفسه الذي في كلمة «العشق»؟!

وما إن عادت لتجلس على مكتبها حتى رن جرس الباب، واقتحم المكان بضعة شبان صاخبين كأن عاصفة ممطرة تدفعهم من الخلف، ثم قال أحدهم:

- «صوفيا، ألا يوجد لديك كتاب (الشعب الروسي والاشتراكية) لألكسندر هيرزن؟»

كان موجودًا، وهل يعقل ألا يكون؟

مرَّ التاجر التبريزي الذي وضع كتاب أونيغين تحت مقعده في العربة بالصائغ صرافيم الذي ارتسمت على وجهه ملامح الفرح والسرور لرؤيته، وقدم له الشاي والنرجيلة. وبعد قليل من الكلام، سدد ما عليه من دين. وعندما تبعه إلى باب المتجر كي يودعه، لم يخفَ عليه ما طرأ على لون الصائغ من شحوب، بينما أجيره أندو الأعرج يجري نحو المتجر وهو يعرج على ساقه، ومعه رجل غريب الأطوار جدًّا. وقد شحب وجه أندو أيضًا عندما رآه؛ إنه يعرف هذا الشحوب وتغير اللون جيدًا، وهو لا يحدث إلا إذا اقترف المرء أمرًا لا يريد لأحد أن يعرف عنه شيئًا، خاصة أن أندو لم يكن ذا خبرة في إخفاء مشاعره وما يدور في خلده، بل كان ممن يبدو على وجههم كل ما يجول في خاطرهم. هل يمكن أن يكون هذا الأجير يقترف أعمالًا غير مشروعة في الخفاء؟ نظر سطار خان إلى صرافيم كأنه يسأله دون أن يتكلم: «ما الذي يجري؟». ولكن الأخير رغم فهمه لهذا السؤال، فضل أن يلتزم الصمت وألا يجيبه، مكتفيًا بنظرة تقول: «لا شيء!». فتبعه بسؤال آخر: «هل أنت واثق؟»؛ لقد كان واثقًا!

سار سطار خان في طريقه متجهًا إلى الفندق، حيث أخرج الكتاب الذي أعطته إياه صوفيا، وراح يقرأ حروفه حرفًا حرفًا، ويصل بينها تحت ضوء لمبة الغاز؛ لقد بدأ يفهم الكلام أكثر كلما قرأ أكثر، فقد نجح في قراءة الحروف وفك طلاسمها. ولكن هذا الكتاب لا يشبه كتاب «كرم العاشق»، بل كل ما فيه كلام وشرح مطول لأليكساندرا بوشكين. غير أنه ما كان يتحمل كل هذا الكلام والشرح المطول، بل يفضل أن يبدأ وينتهي كل شيء في أسرع وقت. لذا، شعر بملل، ولم يمض وقت طويل حتى أغلق الكتاب ووضعه جانبًا، ثم أخرج قرط أعظم من الصرة المخملية، ووضعه على وسادته وأسند رأسه

إلى جانبه، وراح يتخيلها وهي تأخذه من يده، وتقف أمام المرآة وهي تدير رأسها قليلًا، وتفتح القرط وتضعه في أذنها، ومن ثم تدير رأسها نحو الطرف الآخر لتضع الثاني، وتقف بعدها أمام المرآة وتبتسم تلك الابتسامة الغامضة. ثم غط في نوم عميق وهو ينظر إلى ذلك القرط في أذنها اليمنى وهو يشع في عينيه؛ لم يبقَ وقت طويل حتى يستطيع أن يداعب ضفائر شعرها الطويل بيديه ويفكها لها.

في صبيحة اليوم التالي، عندما جاء سطار خان إلى المحطة كي يستقل قطار تفليس، كانت القاطرات باللون البترولي التي تنقل النفط بين باكو وباطوم تملأ جميع الخطوط الحديدية في المحطة، مصطفة القاطرة وراء الأخرى كأنها سلسلة غير متناهية تمتد إلى آخر المحطة، ولا بد أن هذا المنظر ومثله سيكون في انتظاره طوال طريقه بين باطوم وتفليس. لقد بدت الحياة متوقفة بسبب إضراب عمال النفط عن العمل، ولكن النفط قد نجح في خلق عالمه الخاص به، ولم يكن لهذا الإضراب أي أثر في ذلك العالم، إذ يجد النفط حلًّا لكل معضلة تقف في وجهه. بعد قليل، وصل القطار الذي سيصعد فيه، ولم يكن الطريق طويلًا، ولكن ثمة محطات عدة سيتوقف فيها طوال هذا الطريق الذي يمتد عشرات الفراسخ من هنا إلى تفليس.

في اليوم التالي، قبل حلول المساء بقليل، نزل في محطة قطار في يوم كالمحشر من شدة الازدحام، إذ كانت المحطة تغص بقطارات تقل العساكر والجنود. فتفليس هذه التي كانت منطقة نزاع بين الفرس والجورجيين، والتي سيطر عليها هذان القومان لعشرات المرات، آلت بها الحال في نهاية المطاف إلى أن تقبع تحت الاحتلال الروسي. إنه مذ غادر إيران، وحيثما اتجه، يجد نفسه في أراضٍ تقبع تحت الاحتلال الروسي، حتى هذه المنطقة التي وطأتها قدمه قبل قليل، والتي تعد من أكثر المناطق اضطرابًا وغليانًا، والتي بدت قلعة حصينة تعكس أشعة الشمس من أعلى قمم جبالها الشامخة.

وإلى جانب تلك الحشود كلها من الجنود والعساكر والضباط، لم يكن ثمة مكان لموضع قدم أيضًا بين القوقازيين الذين يعتمرون قبعات فاخرة وخناجر مرصعة، والأتراك الذين يرتدون ملابس أقل فخامة، والملالي الذين

يبدون للناظر من أول وهلة من ملابسهم حيث يرتدون جلابيب سوداء وعمائم بيضاء أو خضراء، والأرمن الذين يرتدي معظمهم ملابس رثة كأغلبيه الأتراك، وترتدي قلتهم ملابس فاخرة كالأوربيين والروس؛ كان من الصعوبة بمكان التنقل بين هؤلاء جميعًا.

كان قد أخبر شريكهم في المتجر هنا بقدومه عن طريق إرسال تلغراف، ولكنه لم يستطع أن يجد الأجير بسبب هذه الحشود إلا بعد وقت طويل، فاستأجر عربة وانطلقا في طريقهما مروراً بالسوق الأرمنية، ومن ثم بالتتار الذي تجاوزوه بصعوبة كبيرة. وفي أفلاباري، كان الطريق مزدحمًا للغاية، حيث المتاجر التي تنتج الآلاف من البضائع والسلع التي نُظِّمَت وفقًا لتقاليد الدول الشرقية، والتي تنتشر على طول الطريق الممتد كأنه متاهة تغلق أبوابها رويدًا رويدًا. وبين كل المتاجر في السوق، بدت متاجر الأسلحة أكثر سحرًا، خاصة مع الأسلحة المعروضة على واجهتها، مثل خناجر زنجان أو السيوف الدمشقية البتارة أو السكاكين والخناجر الشركسية والليزغية والداغستانية المرصعة بالذهب والفضة التي تسحر كل شاب وتخطف لُبَّه، والتي لم تنل هذه الشهرة بين الناس إلا بسبب جمالها وحدتها وقوتها. ولا شك أن مثل هذه الأشياء يمكن أن تقدر بثمنٍ باهظٍ في إسطنبول، ولا يقل عنها خنجره الذي لامسه بينما يمر بها.

بعد وقت قليل، نزل في الفندق، وغط في نوم عميقٍ، وراح يحلم بأعظم وإسطنبول. وفي صبيحة اليوم التالي، بعدما استيقظ من نومه، وقف على شرفة غرفته في الفندق، مستندًا إلى أحد الأعمدة الخشبية، وراح ينظر إلى تفليس التي ما تزال تسبح تحت أشعة الشمس التي تشرق رويدًا رويدًا. تفليس مدينة تقع على ضفاف نهر كورا الذي يجري على تلك المنحدرات الشديدة حتى يصب في بحر قزوين، فبدت خريطة مرسومة ممتدة أمام ناظريه. وقد كانت

منسقة إلى جزأين: جزء تحت سيطرة الروس، فيه الأبنية الفارهة المبنية على الطراز الأوروبي، بشوارع واسعة وأزقة منظمة مجهزة بالكهرباء والعربات التي تجرها الخيول وأعداد قليلة من السيارات والفنادق والمطاعم والمباني الحكومية والمسرح والمتحف والمباني الفخمة الراقية؛ وجزء يمثل المدينة القديمة، يقطنه السكان الأصليون، وتظهر فيه الأزقة الضيقة المتعرجة وأسواق الجورجيين وبيوتهم الملونة بالأخضر والأزرق والزهري، ومن بعيد يمكن أن ترى ديار الفقراء التي شُيِّدَت على ضفاف جداول المياه. كل هؤلاء الناس الذين انسحبوا إلى بيوتهم في الليل، غنيهم وفقيرهم، سيعودون ليلتقوا عند الصباح معًا في الأسواق والشوارع والأزقة، من جورجيين وقوقازيين وأوربيين وروس.

بعد أن تناول الفطور بشراهة كبيرة وسعادة غامرة، استقل عربة من أمام الفندق، وعبر الجسر منتقلًا إلى مركز المدينة القديمة، حيث مرَّ من أمام بناء ضخم عليه لوحة ضخمة كُتِبَ عليها بحروف كبيرة «الجمعية الخيرية - فرع تفليس». غريب! لم تكن هذه اللوحة موجودة فوق هذا البناء السنة الماضية، وهذا يعني أنه افتُتِحَ مقر جديد لجمعية جديدة هنا، ولو لم يكن قد تعلم قراءة اللغة الروسية لما عرف ما كُتِبَ على هذه اللوحة الآن. على كل حال، أكمل طريقه حتى وصل إلى المتجر الذي كان مقابل الجامع الآذري، حيث يقف رجل يبدو من زيه أنه من المدنيين الروس وقد انحنى فوق السجاد يحاول أن ينتقي واحدة.

راقب ذلك الرجل، ثم اقترب من كومة السجاد التي يقف أمامها، وانحنى عليها وراح يقلبها بسرعة، ثم قال:

- «هذه....».

بعد أن وصل إلى السجادة الثالثة في الكومة الحارة كونها تحت أشعة الشمس الحارقة في تفليس، وأكمل:

- «لو كنت مكانك، لأخذت هذه».

كانت تلك السجادة قد حاكتها الأنامل ذاتها التي نقشت عليها ظلال الجبال الشاهقة تحت سماء زرقاء في ليلة كثيرة النجوم خلف حديقة ربيعية. لقد كانت واحدة من السجادات التي حاكتها أنامل أعظم، وكانت زرقة السماء فيها ليس كزرقة اللؤلؤ الفاقع، بل كزرقة القمر في ليلة باردة، أو زرقة الأنهار تحت سماء ملبدة بالغيوم. وقد كان أينما رأى هذه العقد والغرز رائعة الجمال وتناسق الألوان الجميلة، يعرف الأنامل السحرية التي حاكت تلك السجادة بهذه الغرز والعقد الدقيقة التي لا تنحرف قيد أنملة، فلا أحد يحيك بمثل هذه الدقة وهذه الحرفية والجمال والسرعة في أذربيجان كلها إلا أعظم. وبما أن أجمل البسط والسجاد يُحَاك في أذربيجان في إيران، فهذا يعني أن أجمل من يحيك السجاد وصاحبة أجمل عيون تحيك السجاد وأكثر أنامل سحرية هي أعظم؛ لقد هزه الشوق إذ لم يرها منذ وقت بعيد. ليس هذا فحسب، بل إن هذه المرة تختلف عن كل مرة قبلها، إذ ينتظر بفارغ الصبر أن يعود إليها، فبعد هذا الفراق والنوى أمل ووصال ولقاء.

نظر إليه الروسي، وقال:

- «ما أدراك أنت بهذا؟».

فهرع صاحب المتجر ووقف باحترام أمامه، ثم قال:

- «ومن أعرف بهذه الأمور منه.. دعني أعرفك به؛ إنه سطار خان ابن ميرزا خان صاحب المشاغل التي تحيك هذا السجاد وأنواعًا كثيرة غيره».

لم يسمع ذلك الروسي بسطار خان ولا بميرزا خان من قبل، ولكنه مع ذلك خلع قبعته وحيَّاه. ثم جاء السماور، وقُدِّمَت السجائر والنرجيلة، ولكن المساومة لم تستمر وقتًا طويلًا، فبقدر ما كان سطار خان مساومًا وتاجرًا بارعًا، كان الروسي زبونًا سيئًا من أولئك الذين يشترون السجادة بالنظر إلى

وجهها فقط، فقد تمسك برأيه واشترى السجادة ذات اللون العنابي التي لفتت انتباهه أول أمرة. لقد كان يدرك أن الجمال غالٍ بكل تأكيد، ولكن في رأيه أن هذا الشيء سوف يُلقَى على الأرض في نهاية المطاف، فلم يقتنع بدفع كل هذه الروبيات ثمنًا لشيء كهذا. وفي النهاية، هذه السجادة جميلة أيضًا، ولن ينحني أحد من الحضور أو يجلس على الأرض ليلامسها بيده أو يعد العقد التي فيها.

وبعد أن لفوا السجادة للروسي، وحملها الأجير على كتفه وذهب معه كي يوصله إلى الفندق الفرنسي الذي يقيم فيه، استعاذ سطار خان بالله، وقال:

- «إنه لا يفقه شيئًا في السجاد! هل يمكن أن يكون المرء جاهلًا إلى هذه الدرجة فلا يفرق بين الثرى والثريا؟!».

ثم استغرقوا طوال اليوم في مراجعة الحسابات، وكتابة الطلبات الجديدة، ومراجعة الدفاتر والحسابات القديمة، وما سيُدفَع ويُصفَّى حسابه، ولم ينتهِ العمل إلا قبيل العصر بوقت قصير. حينها، قال سطار خان:

- «سأسافر غدًا، حيث ينطلق القطار إلى باكو. ولكن قبل أن أغادر، أريد أن أذهب إلى حمام السوق».

وقد كان المرء يستطيع من رائحة المياه الكبريتية الواخزة أن يعرف أن مدينة تفليس مدينة الحمامات، بل إن حيَّ الحمامات يقع على بعد شارعين من المتجر فقط.

من بعيد، تعرَّف عليه الحمَّامي السمين جعفر الذي يجلس تحت أشعة الشمس أمام باب الحمام المكسو بالخزف الذي يشبه باب القصور حينها، فوقف مداعبًا لحيته، حاملًا كرشه الكبير بصعوبة، متمايلًا يمنة ويسرة، ثم تقدم كي يرحب بضيفه، وقال:

- «أين كنت يا سطار خان؟ لقد مرت سنة تقريبًا ولم نرك».

وبعد أن صافحه سطار خان، قال وهو يهز يده:
- «لو تعرف كم مدينة ذهبت إليها خلال هذه السنة!».

فسحب الحمَّامي جعفر كرسيًّا بسرعة، وجعله يجلس إلى جانبه، ومثلما قدَّم له واجبات الضيافة الواحدة تلو الأخرى راح يسرد الأسئلة عليه الواحد تلو الآخر: ما أخبار ميرزا خان؟ وكيف الأوضاع في تبريز؟ رد الله عنها المعتدين من روس وإنجليز في أقرب وقت. ومتى سيعود؟ ومتى سيرجع إلى هنا مرة أخرى؟

قال له إنه سيسافر غدًا، ولكن الأسئلة المنهالة عليه لا يبدو أنها ستتوقف، في حين أنه يتمنى أن يدخل الحمام، ويترك نفسه للاسترخاء تحت المياه الساخنة. وبعد قليل، جاءه الغوث:
- «حسنًا، تعالَ إلى الداخل».

ثم أصدر أوامره يمنة ويسرة كي يُجهَّز المكان. وبعد أن وقف سطار خان، واستدار نحو الباب، توقف أمام لوحة معلقة على جانب الباب الأيمن مكتوب عليها باللغة الروسية التي تعلمها للتو، وراح يقرأ بصعوبة: «لم أرَ في حياتي...»، فأكمل الحمَّامي: «... حمامات بجمال الحمامات في تفليس، لا في روسيا ولا في تركيا»، فقطب سطار خان جبينه، وقال:
- «من صاحب هذه المقولة؟».
- «انظر، قد كُتِبَ اسمه تحتها».

فنظر فرأى ذلك الحرف (ش) مرة أخرى، إنه «ألكسندر سيرغيجيفتش بوشكين»، فضرب بيده على جبينه؛ هذا هو الشخص الذي أهدته صوفيا كتابه! ما اسم ذاك الكتاب؟ أونيغين؟ ثم عاد للجلوس على الكرسي، وتساءل:
- «متى قال بوشكين أفندي هذه العبارة؟ هل جاء إلى هنا؟ وهل ذهب إلى تركيا أيضًا؟».

لم يجعله الحمامي الثرثار يندم على سؤاله هذا، ولكنه راح يشرح ويحكي مطولًا كل شيء يعرفه: نعم، لقد جاء ذلك الشاعر المشهور إلى هنا، وذهب إلى تركيا أيضًا. ولكن من أين يعرف جعفر كل هذا؟ لقد قرأ كتابه باللغة الروسية «رحلة إلى أرضروم». ففكر سطار خان، وأسر في نفسه: «حمَّامي وقد قرأ كتابًا لبوشكين!».

آه لو أنه يستطيع رؤية صوفيا مرة أخرى، ويحكي لها كل هذا. ولكن كل شيء بقدر، ومَن يدري متى سيتمكن من زيارة باطوم مرة أخرى؟! حينها، أخذ جعفر نفسًا من لفافة تبغ بيده، ثم نادى داخل الحمام:

- «جهزوا مقصورة بوشكين».

وراح يمشي، يتبعه سطار خان، مارًّا بالممرات المظلمة ورائحة الكبريت الكثيفة تعبق في المكان، والجدران متعرقة عليها قطرات المياه كحبات الندى، والزجاج يعتليه البخار، والرطوبة خانقة، حتى نزلا عبر درجات رخامية متآكلة، ومرًّا بأبواب كثيرة، إلى أن أشار إلى غرفة قائلًا:

- «هذه مقصورة بوشكين».

وبعد أن أغلق عليه الباب، نبَّهه:

- «لا تبقَ كثيرًا هنا».

وما إن خرج من مقصورة بوشكين حتى شعر بأن جسده يكاد يتقطع ويسقط، وعظامه تكاد تتحطم ويتناثر. ولكن، ويا للعجب، ما هي إلا لحظات حتى شعر بخفة كأنه ريشة. وبعد أن ودَّع جعفر، خطا خطوتين وتذكر: آه، هذا هو المكان الأجمل الذي يُوجَد فيه محل لبيع الشاي، فجلس على أحد الكراسي القابلة للطي أمام المتجر، وأسند ظهره إلى الجدار خلفه، وراح يتفرج على قلعة ناري كالا الشامخة أمامه كالجبل. ومع صوت بائع الشاي الذي يحمل بيده إبريقًا وفنجان شاي خزفي ومربى السفرجل، عاد إلى وعيه،

فصبَّ في الفنجان شايًا مخمرًا قاتم اللون، ثم أضاف إليه الماء وشريحة رقيقة جدًّا من شرائح الليمون. ومع الرشفة الأولى، بدت الرائحة واللون والطعم كما ينبغي أن يكون. ومع هبوب نسمة لطيفة داعبت روحه، أغمض عينيه وشعر بجمال الحياة.

في صباح اليوم التالي، انطلق سطار خان إلى باكو التي ستكون محطته الأخيرة. فمن بعدها، تلوح في الأفق تخت سليمان التي سيحط رحاله فيها. وفي يوم تِشرِيني جميل، شق القطار طريقه مارًّا بكثير من المحطات المكتظة بالناس، الكبيرة منها والصغيرة، ينتظر في بعضها نحو نصف الساعة، وفي بعضها الآخر ساعات طوال، حتى يأتي دوره فيشق طريقه قاصدًا وجهته المنشودة. وعندما خيَّم الظلام، وتوقفوا في محطة قطار كبيرة جدًّا تابعة لمدينة كبيرة، قرأ لوحة فيها قد كُتِبَ عليها «إليزافيتبول»؛ الاسم الذي أطلقه الروس على مدينة كنجة، ثانية كبرى مدن أذربيجان سكانًا بعد العاصمة باكو، مسقط رأس نظامي الكنجوي وموطن شعر المخمسات، بعد احتلالها.

وعندما أُعلِنَ أن القطار سيتوقف لساعة ونصف الساعة، نزل ودخل إلى مبنى المحطة ليشتري بعض المكسرات أو الفواكه، ويحتسي قليلًا من الشاي الساخن، ولكن المكان كان مزدحمًا للغاية حتى أنه لم يكن من الممكن مطلقًا أن ينطلق القطار بعد هذه المدة الوجيزة. وفي تلك الأثناء، شعر بجلبة شديدة وضجيج وصخب؛ لقد طوَّق الجنود الروس المنتظرين عند المحطة، وأجبروهم على الدخول إلى مبنى المحطة قصرًا، فعَلِق بين الحشود دون أن يعرف شيئًا عما يجري. وعندما هدأت الحشود قليلًا، سأل شخصًا يقف إلى جانبه يبدو عليه أنه تاجر في أواسط عمره:

- «ما الذي يجري هنا، آغا؟ لماذا يجبرون الناس على الدخول إلى المحطة؟».

فنظر الرجل إليه بدهشة، وقال:

- «يبدو أنك لست من هنا! قطار الأسرى آتٍ!».

- «قطار الأسرى؟!».
- «نعم، قطار الأسرى! ألم تسمع به من قبل؟! من أين أنت؟».
- «من تبريز».

فبرم الرجل شفتيه، وظن أنه رجل لا يدري شيئًا عما يجري في هذه الدنيا، فراح يحكي له باختصار:

- «هؤلاء جنود الجيش العثماني الذين وقعوا أسرى بيد الروس في جبهات القوقاز، وهم ينقلون عبر القطارات إلى جزيرة نارجين في بحر قزوين قبالة سواحل باكو أو إلى سيبيريا. وفي الأثناء، يمرون من كنجه».
- «وما الذي تفعلونه حتى تفرغ الأرصفة من الناس؟».
- «نساعد لجنة كنجة الوطنية».

فكر في أنه لم يسمع باسم هذه الجمعية من قبل، بينما واصل محدثه:

- «إننا نعمل بالتعاون مع الجمعية الخيرية».

فتذكر أنه قرأ اسم هذه الجمعية من قبل على لوحة كبيرة في تفليس، في حين أكمل الرجل:

- «ثمة كثير من الجنود الذين يرتقون شهداء داخل هذه القطارات، إما بسبب الجوع أو العطش وإما بسبب جراحهم وإصابتهم في الحرب أو إصابتهم ببعض الأمراض والأوبئة، فيرمي الروس عند كل محطة بعضهم من فوق تلك القطارات كأنهم (شوالات) فارغة؛ وكذلك يفعلون هنا في كنجه. وقد تعهدت لجنة كنجه الوطنية بأن تقف مع هؤلاء الشهداء لأن ذويهم في الأماكن البعيدة جدًّا عنهم لا يرضون بأن تبقى جثثهم في العراء هكذا، لهذا ننتظر قدوم قطارات الأسرى، ونجمع جثث الشهداء، ثم نأخذها إلى مقابر المسلمين، فنكبر

عليهم ونصلي الجنازة، ونكرمهم ونواريهم الثرى، وندعو الله أن يتقبل منهم ويغفر لهم».

شعر سطار خان أن دماءه تجمدت في عروقه، ولم يستطع أن يعرف على ماذا يتألم ويتحسر، ولكنه أحسَّ بخجل وخزي شديد لم يدر له سببًا، فخطا خطوتين، حيث يقف الجنود أمام باب قاعة الانتظار، بينما يحاول الناس الخروج منها محتشدين أمام الأبواب.

ولم يمضِ وقتٌ طويلٌ حتى وصل قطار الأسرى إلى المحطة، ففتحت الأبواب والنوافذ، دون أن يُسمَح لأحد بالنزول، فكان بعض الجنود العثمانيين، من ضباط وعساكر في حاجة لتنفس ولو قليل من الهواء النقي، يتدلُّون من النوافذ حتى خصورهم، ويحاولون أن يلتقطوا أنفاسهم. وبعد قليل، نزل الضابط الروسي المشرف على القافلة من القطار، وسلَّم قائد المركز محضرًا بالقتلى في العربات؛ ثمة قتلى في أربع عربات: هذه وهذه وهذه وتلك!

وضع سطار خان رأسه على زجاج باب قاعة الانتظار المتسخ، وأسند أنفه إليه، مراقبًا العساكر وهم يمسكون بالجنود العثمانيين من أيديهم وأرجلهم، ويلوحون بهم «1-2-3... هوووب»، ناظرًا إلى جثث العساكر الأربعة الذين رموهم أرضًا. وبعد أن تخلصوا من هذه الحمولة الزائدة على متن القطار، أغلق العساكر الروس أبواب العربات على الأسرى في الداخل، ثم شكلوا سدًّا وطوقًا حول القطار وهم يحملون أسلحتهم بأيديهم وأصابعهم على الزناد. وما هي إلا لحظات حتى فُتِحَت أبواب قاعة الانتظار، وأُذِن للناس المتجمهرين المتحمسين هناك بالخروج.

تجمع بسرعة حول الجثث الأربع أعضاء لجنة كنجه الذين لم تكن أعدادهم قليلة، وكان من بينهم التجار الأثرياء والفقراء، والشباب والشيبان، بل والأطفال والنساء العجائز؛ كلهم التفوا حول جثث أولئك الشهداء. وفي

تلك الأثناء، سُمِعَ صوت صفَّارة تدوي، وراح القطار ينفث بخارًا كثيفًا، فيما بدأت عجلات القطار بالحركة رويدًا رويدًا.

صاح أحدهم:

- «القطار سينطلق! إلى العربات.. إلى العربات!».

فهرع الناس نحو العربات لمد يد العون للأحياء، كما كانوا يقدمونها للشهداء؛ تحرك الجمع كأنهم جسد واحد بروح واحدة نحو العربات محاولين تقديم ما أعدُّوه من قبل من صرر وعلب رموها داخل المقطورات، وإيصال ما جلبوه من مناشف أو قمصان أو خبز أو فطائر أو ما أنعم الله به عليهم، والأهم من هذا كله الماء. ولكن الروس لم يتوانوا عن منعهم والوقوف في وجههم، إذ شرع الضباط والجنود الأرمن الذين يرتدون بدلات عسكرية روسية بدحرهم ودفعهم للخلف حتى يجبروهم على العودة إلى مبنى المحطة مرة أخرى. ثم بدأت أصوات الصياح والعياط والصراخ والشتائم والتدافع تتعالى في المكان وتدوي، وبدأ الجمع يهيج ويموج، وراحت تتهاوى على وجوه الناس وأبدانهم اللكمات والضرب بأعقاب الأسلحة. ولوهلة، بدا أنه لا شيء سيقف في وجه هذه الحشود، أو يقطع تلك الضوضاء والفوضى والصخب، ولكن عندما سُمِعَ صوت القائد الروسي يصرخ، سكت الجميع وقُطِعَت الأصوات كلها. ثم تقدم شاب من بين الحشود يبدو أنه رئيس الجمعية وقد تصبب عرقًا ومُزِّقَت ملابسه وعلت الأتربة رأسه وكسا وجهه الغضب الشديد ولهث ملتقطًا أنفاسه بالكاد، رغم ما ظهر عليه من الهيبة والوقار وهو يتكلم بشجاعة وثقة من سُلِبَ واغتُصِبَ حقه، فراح يتجادل مع القائد الروسي باللغة الروسية. وبعد حوار ناري بينه وبين الضابط الروسي، اقتنع الأخير وسمح لهم بإعطاء ما لديهم من غذاء وماء، وتوزيعه على عربات القطار كلها، على أن يفعلوا هذا بأقصى سرعة، فمن الممكن أن يتحرك القطار في أي لحظة.

تجاوز حشد كبير من الناس الطوق البشري الذي شكله الروس حول القطار، واقتربوا من العربات، وراحوا يلقون ما معهم من غذاء وماء إلى الجنود والعساكر في قلب العربات، أو يسلمونها للمتدلين منهم من أبواب العربات والنوافذ الذين يأخذون نصيبهم ثم يتجهون إلى الداخل، أو يعيدون التقاط ما سقط على الأرض ولم يصل إلى العربات ويرمونه لهم مرة أخرى. وقد بقي الأمر على هذا مدة والجموع تتزاحم فيما بينها لتأدية ذلك الواجب.

وفي الأثناء، سأل ضابط شاب وسيم أشقر الشعر يتدلى من إحدى النوافذ:

- «ما اسم هذا المكان».

فأجابته امرأة عجوز:

- «كنجه؛ مدينة يقطنها الأتراك، يا بُني».

فنادى الضابط الشاب:

- «يا أمي.. مااااء!».

فملأت العجوز كأسًا من الكروم من الإبريق النحاسي الذي بيدها، ومدت يدها نحو النافذة كي تسقيه الماء، ولكنها كانت قصيرة لا يمكن أن تصل إليه. وقد لاحظت هذا فتاة يبدو عليها أنها قوية البنية، ولكنها أدركت أن الوقت لن يسمح لأحد بمساعدة آخر، فتلفتت يمنة ويسرة ولم تفكر كثيرًا، إذ احتضنت العجوز كأنها طفل صغير ورفعتها كي تصل إلى النافذة، قائلة:

«تشبثي جيدًا، يا أمي، ولا تسقطي الماء».

- «وهكذا وصل الماء إلى مكانه.

رسم المشهد ابتسامة على وجه الضابط الأسير الذي التقت عيناه في تلك اللحظة بعيني الفتاة التي سألته صارخة:

- «ما اسمكَ».

- «مراد.. وما اسمكِ أنتِ».
- «بولاق».

وكان هذا كل ما جرى بينهما.

دوى صوت صفَّارة حادة، وراحت عجلات قطار الأسرى تدور فوق القضبان الحديدية رويدًا رويدًا حتى أصبحت تدور بسرعة، فراحت النساء يجرين خلف القطار الذي يسير ويبتعد من أمامهن. وما هي إلا لحظات حتى بعدت المسافة، وخرج القطار من المحطة، آخذاً معه ما أخذ، تاركًا وراءه حملًا ثقيلًا.

خلف رحيل القطار عن المحطة صمتًا قاتلًا لم يدم طويلًا، إذ عاد الرجال إلى الجثث الأربع بأقصى سرعة، وجمعوا الأشلاء بكل إجلال وتقديس لجسد الشهيد، ثم فرشوا بطانيات بقرب كل جثة منها على الأرض، قبل أن يقول الرجل الذي تحدث مع الضابط الروسي منذ قليل:

- «هيا! هيا! باسم الله».

فراحوا يضعون كل جثة فوق إحدى البطانيات بكل احترام وتقديس وإكبار ورحمة ورفق خوفًا من الإضرار بها وهم يكبرون الله، ثم وجَّهوا وجوه الشهداء جهة القبلة.

سار سطار خان نحوهم دون أن يشعر، فقال له الشاب الذي كان يتكلم قبل قليل:

- «هيا! مدَّ يدك وساعدنا كي ننقل هؤلاء المساكين إلى العربات».

فلم يسمح للعربات بدخول المحطة، فوقفت منتظرة في الخارج.

أمسك بطرف البطانية، فلمحت عينه وجه الميت الأصفر كقرص من شمع العسل، الجميل لدرجة مخيفة. لقد كان الشاب بالفعل وسيماً للغاية، ارتقى شهيدًا في جبهة القوقاز التي يكاد حتى الجنود الروس يموتون فيها من

شدة البرد، وبدا أنه في الخمسينيات من عمره قد اشتعل رأسه شيبًا وتخلى عنه شبابه منذ زمن، يرتدي بزة عسكرية صيفية، ما يرجح أن الدماء قد تجمدت في عروقه. وبالنظر إلى أنه قد صمد حتى وصل إلى هنا، فهذا يعني أنه قد عانى كثيرًا، ولا بد أنه كان مصابًا إصابة مميته، فلم يتمكن جسده من الصمود أكثر من ذلك، ولم يستطع إكمال طريقه. من هو يا ترى؟ ومن أين؟ وهل خطر على بال هذا المسكين الذي وُلِدَ في الأناضول، وظنَّ أنه سيقضي عمره بين أهله أولاده وأحفاده حاملًا عصاه التي يرعى بها أغنامه في داره وموطنه، أنه سيمر من هذا الطريق، ويوارى الثرى في هذه المدينة التي ربما لم يسمع بها من قبل طوال حياته؟

وهم يضعونه في العربة، نظر هذه المرة إلى حذائه الممزق وقد انفك رباطه عنه وانزلق عن قدميه، فأراد أن يلف هذا الجسد الجاف بالبطانية خوفًا عليه من أي ضرر أو أذى، فرأى ساقيه النحيلتين كأنهما عودان من القصب، ومعطفه الذي انشق فكشف صدره وبطنه لأنه لا يرتدي ملابس داخلية، ولمح أثر إصابة بالغة على جنبه الأيمن؛ لا بد أنه كان ينزف طوال الطريق. وقبل أن يلفه بالبطانية، سوَّى معطفه وشدَّه إلى بعضه، وغطَّى صدره به؛ لقد كان جسده بارداً كالجليد، فخاف عليه أن يشعر بالبرد.

راحت العربات الأربع تقطع طريقها إلى مثوى هؤلاء الشهداء الأخير، بينما عاد هو إلى مبنى المحطة، حيث تأتي قطارات وتغادر أخرى. ولم يمض وقت طويل حتى شقَّت صفَّارة قطار باكو الصمت.

أسند رأسه إلى زجاج نافذة العربة، وراح يلقي نظرة أخيرة إلى العربات الأربع التي يسير بعضها وراء بعض، تتبعها الجموع؛ لقد كان سطار خان رجلًا محبًّا لوطنه عاشقًا له مؤمنًا بالله ورسوله حتى دون أن يرى المعجزات أمام عينيه، ولكنه شعر فجأة أنه خارج جماعة مقدسة لم يكن منتسبًا لها.

ظل سطار خان يفكر طوال الطريق في جثث الشهداء الأربعة وقطار الأسرى ولجنة كنجه التي تمد لهم يد العون؛ كان يغفو قليلًا ويصحو قليلًا حتى وصل في نهاية المطاف وجه الفجر إلى باكو. وحين وطئت قدماه رصيف المحطة، واجهته الحشود المحمومة من شدائد الحرب الدائرة في القوقاز، ممزوجة بروائح النفط والبترول الواخزة. لقد كانت تفليس مركز القوقاز بلا منازع، وتبريز مركز أذربيجان، وإسطنبول بلاد الأحلام البعيدة، أما باكو فقد اتقدت شعلة النفط فيها منذ زمن، ولم يبدُ أن هذه الشعلة ستنطفئ في وقت قريب. فهذه المدينة الواقعة على طريق الحرير التجاري التي تعد مركزًا تجاريًّا مهمًّا فيه المشهورة بالزعفران والملح والحرير والسجاد الحريري قد ظهر فيها هذا الذهب الأسود، فطغى على كل ذلك، وكُتِبَت له الصدارة والأولوية في كل شيء في باكو، وأصبحت باكو تعني الميادين الواسعة والمباني الشاهقة والشوارع الواسعة والحدائق الفارهة، والأهم من هذا كله تلك الغابات السوداء التي تعلو فيها أبراج النفط، وتمتد حقوله وأنابيبه وخطوطه.

وكما يفعل في كل مرة يأتي فيها لزيارة متجر من متاجرهم، كان قد أرسل تلغرافًا إلى المتجر في باكو، لذا انتظر مدة كي يستقبله أحدهم. ولكنه مهما تلفت يمنة ويسرة، ومهما تسمر في مكانه واقفًا على قدميه، فإنه لا يبدو أن أحدًا سيأتي لاستقباله. وبعد أن شعر بالملل، اقترب سائق عربة منه، وقال:

- «سيدي، هل تريد عربة؟».

فتلفت حوله للمرة الأخير، ثم قال:

- «حسنًا، دعنا نذهب!».

وعندما خرجا من المحطة، سأل السائق:
- «إلى أين، سيدي؟».
- «إلى خان شهالي دادشوف».
فهناك ينزل دائمًا.

راحت العربة تسير في الشوارع المنارة بأعمدة ذات مصابيح ثلاثية، حيث يبدو الجنود الروس للعيان، وكذلك الأوربيون والروس المدنيون، ومعهم الآذريون والأرمن والجورجيون وأبناء ملل وأعراق أخرى كثيرة، بينما تمشي النساء اللواتي ارتدين جلابيبهن مسرعات بين هذه الحشود وقد غطت الشابة منهن وجهها بخمارها وكشفت العجائز عن وجوههن. كانت الطرقات التي تعج باللوحات المكتوبة بلغات كثيرة مليئة بالعربات التي تجرها الخيول والبغال والحمير، وقليل من السيارات والجمال والقوافل، وكثير من المدنيين والجنود والنساء والشباب؛ كانت باكو تضج بالحياة، وقد اعتاد على ازدحامها، ولكن هذا التكدس والتجمع الذي أمامه وحالة الغليان لم تخفَ عليه، فسأل السائق:
- «ما الذي يجري؟».
- «ثمة إضراب.. وفي الأمام قليلًا مظاهرة».

ولم يتقدما كثيرًا حتى انقطع الطريق، فعلقا بين متظاهرين وثوار مثل صوفيا وفاسيلي، فقال السائق:
- «سنحاول أن نغير الطريق، ونتجول قليلًا في طرق أخرى حتى نخرج من بينهم، وإلا فلن نخرج من هنا إلا بعد انتهاء هذه المظاهرة».

وهكذا، أصبح مضطرًا لأخذ جولة طويلة في شوارع باكو. ومع أن المكان الذي سيذهب إليه على بُعد أمتار في شارع نيكولايفسكي، فإنه لم يبقَ شارع أو زقاق في باكو إلا دخل فيه.

كان سائق العربة ذا وجهٍ بشوشٍ هادئًا بلا أسنان يرتدي معطفًا من قماش ثخين قد بهت لونه. وطوال الطريق، ظل يسوق الخيول التي تسحب العربة من جهة، ويحكي له من جهة أخرى كل معلومة، كبيرة كانت أو صغيرة، عن المباني التي يمران من أمامها، إذ كانت لديه حكاية أو موعظة عن كل مبنى يمران به، فأسرَّ في نفسه: «لا ينال الفقراء من أموال الأثرياء إلا تعب الفم من كثرة الكلام عن ثرواتهم...».

كان سطار خان يدرك شهرة هذه المساكن والقصور كلها، ويعرف أن أصحابها ما هم إلا من الآذريين الفقراء الذين اغتنوا بعد اكتشاف البترول في أراضيهم، وأصبحوا من أصحاب الملايين، وسكنوا هذه القصور والبيوت المصفوفة بعضها إلى جانب بعض التي كانت ثمرة لهذه الأموال التي تدفقت عليهم. لكن السائق كانت له نظرة ثاقبة في كل صاحب قصر من هذه القصور، فقد أوصل المئات منهم على متن عربته هذه. ومع أنه لم يكن يدخل أو يتجاوز عتبة أي قصر منها، فإنه يعرف كثيرًا من قصصهم وحكاياتهم، وعندما يمر بواحد منها يبدأ حديثه بـ: «آها، هذا...!»، ثم يبدأ بسرد صفحات مليئة بالعذاب قبل حياة الرخاء هذه. لقد كان واضحًا وضوح الشمس أنه كوَّن فلسفته الخاصة في مفهوم المساواة بين الأغنياء الذين أمسكوا بزمام الأمور في البلد، وباتت بيدهم ناصية الموارد الطبيعية، والفقراء الذين لا يجدون ما يسدون به رمقهم. فالمساواة عنده لم تكن بين هؤلاء الذين أصبحوا أثرياء في ظلِّ هذه الأزمة التي تمر بها البلاد والفقراء، بل المساواة في رأيه هي بين الأغنياء فيما بينهم، والفقراء والمعدمون فيما بينهم؛ وهذا كان عزاءهم.

ظلت الخيل تجري ضاربة الأرض بحوافرها وهي تهمهم، بينما السائق يتحدث بطريقة جعلته يتخلى عن ظنه بأنه صادف رجلًا ثرثارًا، ويقتنع بأنه رجل حكيم، يعرف خبايا هذه الطرقات، ولديه قصص وحكايات عن كل

واحد منها. لقد كان مخطئًا عندما قال عنه: «لا ينال الفقراء من أموال الأثرياء إلا تعب الفم من كثرة الكلام عن ثرواتهم...»، فقد تبين أن الرجل يأخذ العبر والدروس من كل الهزائم والخسائر التي واجهته في حياته، إذ يقول: «لم يُكتَب لنا مثل هذا، ولكنهم نجحوا فيما لم نُوفَّق إليه...». ولكنه كان واثقًا كل الثقة بأنهم لن يهتز لهم رمش حتى إن قامت الدنيا ولم تقعد، فكل همهم الحفاظ على الثروة التي جنوها، وما الذي يمكنه أن ينقص من هذه الثروة؟ لا شيء على الإطلاق!

سأله:

- «ما اسمك، أيها السائق؟».
- «نجف».

قالها وهو يشعر بسعادة لأن الرجل الذي ركب معه يهتم بما يقول، ويسمعه كلمة كلمة. ومن ثم، راح يحكي ويسترسل أكثر. وبالقرب من شارع جورتشاكوفسكايا، أشار بيده نحو مبنى، وقال:

- «انظر، هذا مبنى الجمعية الخيرية الإسماعيلية».

ثم أشار نحو الذين يتوافدون على المبنى، وقال:

«هؤلاء المهاجرون العثمانيون؛ هاجر قسم كبير منهم من غرب الأناضول بعد أن وقعت مدنهم تحت الاحتلال الروسي.. يا للمساكين! وهذه الجمعية الخيرية تمد لهم يد العون».

وأخيرًا، لاح خان شهالي دادشوف في الأفق. وبعد أن حمل السائق متاعه وحمولته، وأوصله حتى غرفته، قال له:

- «انتظرني قليلًا.. سأنزل حالًا، لنذهب إلى المتجر». وفي انتظار زبونه، أشعل نجف لفافة تبغ، وراح يمسح العرق عن ظهر خيله، ويربت على رقبتها ورأسها وهو يحدثها بكلام جميل ويرضيها

بعد أن تعبت من طول الطريق، وما هي إلا لحظات حتى عاد سطار خان.

وصل إلى متجرهم في باكو لحظة خروج أحد الحمَّالة وهو يحمل على كتفه أربعة بسط ويسير بهدوء كأنه لا يحمل شيئًا. لقد توفي شريك ميرزا خان العام الماضي، واستلم مكانه ابنه الذي سأل عنه، فعرف أنه ذلك الرجل الذي يجلس على كرسيه وقد أسند ظهره وغفا مستسلمًا للكسل؛ لم يشعر سطار خان بالارتياح، ولم يُسر بما رآه، فلولا هذا الأجير الشاب الذي يراقب العتال، لكان من الممكن أن يأخذ كل ما في المتجر دون أن يشعر أحد بشيء على الإطلاق.

وعندما أفاق ذلك النائم، ظل يرجو عفوه ويبدي له الأعذار لأنه لم يتمكن من القدوم أمس إلى محطة القطار لاستقباله، ولم يرسل أجيره أيضًا، فأسرَّ في نفسه: «لا خير في هذا الرجل، فهو رجل سوء، ولا بد أن أدقق الحسابات بنفسي، وبشكل جيد». والغريب أن هذا الرجل عديم الإحساس فاقد الشعور بالمسؤولية عديم الخجل حاول أن يجعله يوصل الطلبيات التي فات على موعد تسليمها أكثر من ثلاثة أيام، إذ راح يحكي له ويتوسل إليه كالمتسولين:

- «يا سيدي، انظر، عربتك هناك في انتظارك، وإيجاد عربة في أيام الحرب هذه صعب للغاية، فقد قلبت المظاهرات والاحتجاجات والإضرابات باكو رأسًا على عقب».

ولقد همَّ بالرفض ورد طلبه، لولا أنه سمعه يقول:

- «هذه السجادات ستذهب إلى أحد أثرياء النفط، وهي سجادات ثمينة قيمة للغاية حيكت من خيوط الفضة والذهب، وتعد ثروة حقيقة لا يمكنني أن أتركها بيد الأجير خوفًا من أن يسرقها ويهرب بها عديم الشرف، ولا يمكنني أن أترك الدكان وأذهب أنا؛ لقد أرسلك الله لنا».

توقف عن ردِّ طلبه، ولا يدري كيف خطر على باله ساعة تسليم السجادة لأبي بيروز، والمشهد الذي واجهه هناك، والأمور التي حدثت معه، فاستعاذ بالله وقال له:

- «حسنًا، دعهم يحملونها على العربة».

ثم صعد إلى العربة، فلحقه الرجل وهو ينادي:

- «سيدي، لديَّ أيضًا سجادة يجب أن تُوصَّل إلى فيلا بتروليا في كراشهير، وبما أنك استأجرت عربة...».

لم يعد قادرًا على تحمل كلمة منه، فقاطعه:

- «حمِّلها».

فمن الأفضل له أن يفارق هذا الرجل ويتركه في أسرع وقت. ومن ثم، أخذ العناوين وأسماء الزبائن، ثم قال:

- «انطلق بنا يا نجف! سنذهب إلى قصر واحد من أصحاب النفط والملايين الذين حدثتني عنهم، ثم سنتجه إلى كراشهير».

ومجددًا، عاد نجف إلى قصِّ القصص والحكايات طوال الطريق. وعندما مرَّا من أمام مبنى المسرح، قرأ سطار خان على لوحة الإعلان اسم أوبرا «أصلي -كرم» لعزير حاجبايوف. يا للعجب، لقد حذفت الـ«و» التي بينهما! وعندما وصلا إلى مبنى ذلك المليونير، فتح لهما الباب خادم نظر إليه نظرة غريبة جعلت نجف يسرُّ في نفسه: «يا للعجب، أهذا هو المليونير؟!».

استضيف في قاعة كبيرة في الطابق الثاني، ثم قال الخادم:

- «انتظر هنا حتى أخبر الآغا».

ولم يمض وقت طويل حتى عاد وقال:

- «الآغا يعتذر منك، فلديه ضيوف من إسطنبول، وهو يرجو أن تنتظره».

ثم ترك صينية مليئة بواجب الضيافة وغادر.

بقي وحيدًا في تلك القاعة الضخمة التي شعر أن وجود مثلها نادر جدًّا حتى في بطرسبورغ، فقد كانت النوافذ فيها كبيرة واسعة على طول الجدران، والأبواب كبيرة ضخمة، والأسقف مذهبة مزخرفة، والجدران مرتفعة، أحدها فيه مكتبة تعج بالكتب من الأرض إلى السقف. ثم راح ينظر إلى اللوحات المرسومة بالألوان الزيتية والثريات والأثاث، وحاول أن يخمن قيمة السجاد الذي في أرضية القاعة. وبعد هنيهة، بدأ يقلب في صفحات جرائد ومجلات كانت على طاولة أمامه، مثل مجلة «يني فيوضات» و«الشلال» و«كراداش كوماغي»، وجرائد أغلبها آتٍ من إسطنبول قد قُرِئَ بعضها، ووُضِعَت إشارات على المكان الذي انتهت إليه القراءة، أو خطوط تحت بعض الجمل في بعض المجلات، وكُتِبَت بعض الملاحظات على بعضها الآخر.

وبعد أن جلس على أحد المقاعد، ووضع رجلًا على رجل، راح يقرأ مقالة في مجلة «يني فيوضات» يتحدث كاتبها عن ضرورة حذف جميع الألفاظ والكلمات الدخيلة على اللغة التركية الآذرية، مثل الكلمات العربية والفارسية. أما المقالة الرئيسية، فكانت تتحدث عن فعاليات للغة التركية في إسطنبول، ويرى كاتبها أن ثمة حاجة لتوحيد كل الشعوب التركية ثقافيًّا ومعرفيًّا؛ وقد أعجب بهذه الفكرة كثيرًا، ولكن كيف يمكن تطبيق هذا الأمر على أرض الواقع؟ ثم أخذ جريدة «أشيك سوز»، وهي جريدة الشهير محمد أمين رسول زاده. وفي صفحتها الأولى، وجد حديثًا عن أهمية تعليم هذا الجيل الجديد والنشء الصاعد أنهم هم الأتراك، وتذكيرهم بهويتهم، خاصة في زمن كهذا. ثم ترك تلك الجريدة من يده فوق الطاولة، ورجع بظهره على المقعد، ورمى في فمه بضع حبات من الفستق، وأخذ بيده جريدة «الترجمان» لغسبرالي الذي يقول فيها إن «كل من تحدث وتكلم باللغة التركية، فهو من الأتراك». فعلقت هذه الجملة في ذهنه وراح يكررها: «كل من تحدث وتكلم باللغة التركية، فهو من الأتراك».

وعندما راح يقلب صفحات كتاب «كراداش كوماغي»، دخل عليه المليونير وسلم عليه، واعتذر عن تأخره عليه. وبعد التحية والسلام، راح يسأله عن الأحوال في تبريز وتفليس وباطوم، فيجيبه بينما المليونير يستمع إليه بدقة وانتباه شديدين، ويشعر بالضيق والغضب، قبل أن يتسلم منه السجادة ويتم الصفقة، ويرافقه حتى باب القصر، حيث وقفا وقال له:

- «هل زرتم مبنى الجمعية الخيرية الخاص بنا؟».

ثم عرض عليه بلطف:

- «إن كان لديكم وقت، فأرجو أن تشرفونا بزيارة».
- «سأزوركم غدًا».

صعد إلى العربة والأفكار تتصارع في ذهنه بعد أن أدرك وجود عالم آخر مختلف تمامًا عن عالمه الذي يدور كله حول السجاد، وعرف أن الدنيا ليست سجادًا وبسطًا فحسب، ثم قال:

- «هيا يا نجف، دعنا نذهب الآن إلى كراشهير».

كاراشهير حيث يُستخرَج النفط ويُنقَل بواسطة القطارات والبواخر وناقلات النفط؛ إنها مدينة داخل مدينة، تنتشر فيها الآلاف من أبراج استخراج النفط العالية في كل مكان كأنها غابة من الأشجار العالية، ومئات المعامل ومنشآت معالجة النفط التي يعج بها المكان. فكانت العربة تمشي بالشوارع هناك ورائحة نفط كثيفة تعبق في المكان، بينما يقرأ الكتابات على اللوحات التي كان بعضها بالروسية، وبعضها باللاتينية، وأكثرها فخامة وروعة كان اسم «نوبل» و«روتشيلد». وبعد أن مرَّ بين الشرطة التي كانت على صهوة الخيول والحفارين وصانعي البراميل والأنابيب، شعر بألم في قلبه وضيق واشمئزاز. ففي هذه النقطة من الأرض يجتمع النقيضان، إذ يتجمع المئات من الإيرانيين والآذريين الذين عبروا شمال نهر أراس من أجل العمل في النفط واستخراجه ومعالجته حالمين بباب أمل في

جلب الرزق، ولكن لم تكن السباحة في هذا البحر الأسود بتلك السهولة، فلا مفر من الإصابة بعد الغوص في بحر البترول الأسود لساعات، وتنظيف براميل وأحواض النفط، وربما الإعاقة أو الموت غير المستبعد بسبب ظروف العمل القاسية تلك. بيد أنه حتى هذه الأعمال القاتلة الخطيرة ولت وانتهت منذ زمن طويل، وضربت بأحلامهم بالغنى والثروة أو سد رمقهم عرض الحائط، فرُمُوا على شاطئ ذلك البحر كأنهم أسماك نافقة، ولم تعد ثمة رعاية أو اهتمام بهم، وتوارت أي أهمية لأي عرق أو ملة أو قومية ينتسبون إليها؛ فكلهم ينتسبون لقومية وأمة واحدة: التسول والجوع والفقر والفاقة.

كانت أياديهم مرفوعة نحو كل مَن يعبر الطريق، يتسولون باللغات الفارسية والتركية والكردية وغيرها كثير من اللغات التي لا أكاد أعرفها، ويستدرُّون عطف المارة كي يتصدقوا عليهم؛ الفقر هنا مدقع يجعل الولِدان شيبًا إذ كوت نار الفاقة والحاجة الأطفال والنساء والرجال، وسرت في أبدانهم حتى دمرت أغلى ما لدى الإنسان وسرَّ وجوده: الكرامة والشعور بالخجل والعار، بل إنها اقتلعت كل هذه المشاعر من جذورها تمامًا! أسرع السائق وهو يقول:

- «سيدي، دعنا نمر بسرعة من هنا».

ولكنه فجأة أُجبِرَ على التوقف، فقد قطع الطريق أناس أحياء أموات معذبون، منهم من يزحف على يديه، ومن بين الأيادي الممدودة يد طفل التقت عينه بعين سطار خان قبل أن يتلوى ويترنح ثم يسقط على الأرض مغشيًا عليه، لي

قول السائق:

- «لا تصدقه سيدي؛ إنه يتصنع هذا».

كان يعرف معنى الفقر والفاقة؛ ربما كان هذا حقًا تمثيلية وتصنعًا مبتذلًا، ولكن الشحوب على وجههم ليس إلا شحوب الفقر والفاقة والحاجة

الحقيقية. بيد أنه لو مدَّ يده إلى جعبته، لا يمكن لهذا الأمر أن ينتهي، فمَن سيعطي من بين كل هؤلاء؟ ومَن سيكتفي؟ إنه ما إن يمدَّ يده ويخرج قطعة نقدية واحدة يعطيها لأحدهم حتى يتكالب عليه البقية يسحق بعضهم بعضًا.

وبعد هنيهة، استطاعا أن يكملا طريقهما. وبالقرب من الطريق، أشار نجف إلى نساء قد شمَّرن ملابسهن حتى ركبهن وخضن في الماء، وقال:

- «إنهن يجمع المتسرب من النفط».
- «وماذا سيفعلن بهذه الكمية القليلة منه؟».
- «إما يحرقنه وإما يبعنه؛ إنها الحاجة والفقر!».

وعندما اقتربا من فيلا بتروليا، تركوا وراءهم الوجه المظلم للبترول، وأقبلوا على الوجه المشرق، حيث السادة والسيدات الأوروبيات الراقيات يسرن على الأرصفة بقمصان حريرية بيضاء لم تتلطخ بدخان البترول الأسود. ومن ثم، أشار نجف نحو شعار النبالة الضخم لعائلة نوبل، وقال:

- «لقد وصلنا، سيدي».

وإذا كانت كاراشهير مدينة داخل مدينة، فإن فيلا بتروليا، بمبانيها ومنازلها ومدرستها الخاصة بها ومسرحها وكنيستها وحديقتها ومستشفاها، تُعدُّ هي الأخرى مدينة داخل المدينة، فلم يُدخَر فيها جهد أو مال من أجل الراحة والفخامة، حتى أن الزهور والشتلات قد أُحضِرَت من فرنسا وإيطاليا.

أرخى نجف زمام فرسه ثم تركه وهو يقول:

- «لقد بنوا جنتهم هنا هؤلاء الكفرة، وراحوا ينثرون الذهب والفضة والأموال كما ينثرون الرمال، يا سيدي.. فأرباحهم كبيرة كثيرة للغاية!».

قالها وهو يضرب على فخذيه حسرة، ثم أردف:

- «آخ».

حتى أسرَّ سطار خان في نفسه: «متى سيمسك بزمام الفرس مرة أخرى يا تُرى؟»، ولكنه لم يتكلم فقد كان السائق خبيرًا ماهرًا، والخيول أليفة.

وعندما توقفا أمام أحد القصور لتسليم السجادة لأهله، خرج الخادم كي يتسلمها منهما، ودعاه للدخول فرفض، ثم سلَّمها للشخص الذي كان اسمه الذي في الورقة مكتوبًا على باب القصر، بعد أن تكلم معه بالروسية رغم أنه نمساوي، إذ كان ضمن المستثمرين الروس!

ثم قال لنجف:

- «قُدْ على رسلك».

فوصل إلى المدينة بعد أن مالت الشمس ساحبة ذيول نورها من الأرض، وراحت السماء تتلون باللون الأزرق، بينما تغيب الشمس في الأفق رويدًا رويدًا، ويتوالى ظهور النجوم واحدة تلو الأخرى. وبعد المغيب، صعد إلى غرفته لتوضيب متاعه.

في صبيحة اليوم التالي، عاد قافلًا من الطريق الذي جاء منه. وعندما بدأ القطار بالحركة، نظر إلى باكو نظرة أخيرة؛ لقد وُجِدَ النفط فيها منذ سنوات طويلة، وليته لم يوجد! أو ليت أمره بقي بيد أهلها. والحق أنه شعر بضيق وألم شديدين في قلبه لحالة أذربيجان التي كانت الدولة الأكثر وحدة في القوقاز، لكن نصفها الآن بقي بيد إيران، والنصف الآخر وقع تحت الاحتلال الروسي، ولم يبقَ لديها سوى جبل العثمانيين تتكأ عليه، وإن كان هو الآخر قد بدأ بالانهيار منذ وقت طويل.

وهو في القطار الذي سيركبه إلى أقصى مكان يمكنه السفر إليه عبره، ثم يكمل طريقه بما يجده من قافلة أو جمل أو على ظهر الخيل، تذكر سطار خان القرط الوردي الذي لا يزال في جعبته، وتمنى أن يصل سريعًا كي يلتقي أعظم في أقرب وقت ممكن، ثم اتكأ برأسه على زجاج القطار وهو في حالة بين النوم واليقظة، فغفا قليلًا حتى صحا على اهتزاز القطار عندما توقف في إحدى المحطات الجبلية.

نزل من القطار، واتجه نحو أحد المقاهي القديمة الرثة وقد تسلط برد الشتاء على الجبل وفرد سطوته. وبعد أن اقترب من باب المقهى، وضع يديه ثم قرَّب رأسه من الزجاج المتسخ ناظرًا للداخل، فرأى أنه امتلأ عن آخره حتى طغى الازدحام على نور القناديل الصفراء. ولكنه دفع الباب، ودخل مع هبوب الريح، فلم يجد مقعدًا يجلس عليه، فقرر أن يقف على قدميه أمام المدفأة التي تحولت مدخنتها للون الأحمر من شدة توهج النار فيها، وعليها سماور نحاسي أصفر يغلي الماء فيه وينفث البخار. وكان من الواضح أن المياه التي فيه تكفي لكل مَن بالداخل.

قام خمسة أشخاص من مجموعة تجلس بالقرب من المدفأة، فجلس مكان أحدهم، ثم أمسك بكوب الشاي بكلتا يديه. وبعد هنيهة، سمع ضوضاء ممن يجلسون حوله وهم يتجادلون فيما بينهم، فرفع رأسه دون إرادة منه، ونظر في وجوه مَن يتحدثون واحدًا واحدًا؛ لقد كانت مثل كل الوجوه التي تتحدث عن حالة الغليان التي تشهدها روسيا، والتي حدثته عنها صوفيا من قبل. كان بعضهم في عمر الثمانينيات وإن بدا عليهم أنهم ما يزالون في الثلاثينيات، وبعضهم في الثلاثينيات وإن بدا عليهم أنهم في الثمانينيات؛ بيد أنهم جميعًا

علت وجوهم نظرة أرهقتها مشكلات الحياة، ولوث الحبر ذاته أظافرهم وأيديهم. لم تكن الدمامل من كثرة العمل في أيدي هذه الطبقة من الناس وأوساخ أظافرهم أمرًا مستهجنًا في روسيا، ولكن عندما سمعهم يتحدثون عن الحروف والحبر والورق، جذب ذلك انتباهه، خاصة أنهم لم يتكلموا عن الأقلام، بل تحدثوا عن نوع الطباعة وأشكال الحروف وأنواعها، وكل همهم المبالغ التي سيتقاضونها لقاء هذه الأعمال؛ إنهم مجموعة من الرجال تعدادهم سبعة عشر رجلًا، قام خمسة منهم قبل قليل، فكان مجموعهم اثنين وعشرين رجلًا.

في تلك الأثناء، فُتِحَ الباب، ودخل موظف في المحطة وقد شحب وجهه، وأخبرهم بأن عطلًا قد طرأ على القطار، وأنهم مضطرون للبقاء هنا مدة حتى إصلاح ذلك العطل. ولكن كلمة «مدة» فتحت باب الاحتمالات على مصراعيه، فقد تكون هذه المدة ساعة، وقد تكون يومًا كاملًا. ومن ثم، شعر بالملل، وأشار إلى فتى يتجول بين المسافرين حاملًا صينية مليئة بأكواب الشاي بأن يقدِّم الشاي للذين يجلسون معه على الطاولة ذاتها، وقال:

- «تفضلوا، هذه ضيافة مني!».

كان هذا الشاي كفيلًا ببدأ الحديث معهم، ومنهم مَن كان مستعدًا للكلام حتى قبل أن يطلب منه، وبعضهم ما كان ليتكلم حتى لو قدم له ملك الدنيا، ومنهم مَن إذا تكلم لا يعرف متى يسكت، ومنهم مَن إذا سكت لا يتحدث مرة أخرى. وراحت الساعات تطارد أختها، وصبَّت السماء المطر بغزارة في الخارج، دون أن يصل خبر من موظف المحطة، فيما الشاي يتبعه شاي، ويكاد سطار خان ينسى أسماءهم، وإن كانت مغامراتهم التي مروا بها فاجعة لا تنسى.

تركت هذه المجموعة من الرجال أهلها وأقاربها، ورحلوا عن ديارهم في بطرسبورغ متجهين نحو باطوم. وماذا بعد باطوم؟ سيقطعون من هناك

طريقهم عبر البحر حتى يصلوا إلى طرابزون. وماذا سيفعلون هناك؟ لقد استدعاهم الجنرال شوارتز، قائد قوات الدعم الروسية في طرابزون، وهو رجل مهم جدًّا أصدر جريدة في طرابزون، وهم مَن سيسير أمور طباعتها.
سألهم باستغراب:
- «جريدة؟ هل تصدر روسيا جريدة في كل بلد أو مدينة تحتلها؟ هذا يعني أنهم يفكرون بالبقاء في ذلك المكان مدة طويلة! حسنًا، ولكن من سيقرأ هذه الجريدة؟».

فنظر إليه أحدهم -ربما كان أعلاهم مرتبة وأكثرهم خبرة- نظرة استهزاء، ثم خاطبه:
- «أيها التركي!».

قالها وهو ينبر كلمة «التركي» نبرة قوية، ثم أردف:
- «الجيش الذي يحتل طرابزون... هل تعرف كم عدد الكُتَّاب والرسَّامين وعلماء الآثار والمؤرخين والعلماء الروس هناك؟».

لم يكن يعرف عن هذا شيئًا، فقال:
- «لا! وماذا سيكون اسم هذه الجريدة؟».
- «فويني ليستوك».

أدرك ماذا تعني كلمة «فويني»، ولكنه لم يعرف معنى «ليستوك». وقبل أن يجد فرصة للسؤال عن معناها، جاء موظف المحطة بصوت أعلى هذه المرة، وأخبرهم أن القطار أصبح جاهزًا.

وقفوا وراحوا يمشون، فلاحظ أن أحدهم يعرج، وإن كانوا جميعًا يمشون كأن على عاتقهم حمولة وعبئًا لا يُطَاق، غير قادرين على حمله فوق أكتافهم؛ إن الناس كلهم في هذه الدنيا الفانية همهم إعالة أهلهم وعيالهم! وبعد أن شعر بالأسى لحالهم، راح يسبُّ الروس الذين يحتلون طرابزون وتبريز،

والذين أجبروا هؤلاء على عملهم هذا، فليست طرابزون ببعيدة عن باطوم، ولم تبقَ مدينة تقريبًا إلا وقد سقطت تحت هيمنة الاحتلال الذي سرى كالنار في الهشيم. ومن ثم، سأل الله أن يعين الناس في طرابزون وتبريز.

وبعد أن صعد القطار، تعرف على شخص مختلف تمامًا ركب من باكو، وكان ضحية الفوضى والأخطاء في التذاكر التي لا آخر لها في القطارات الروسية، ثم جلس أمامه وقد بدا من شكل ملابسه أنه تركي، وبدأ الحديث معه:

- «عزيز جان».

كان شابًّا بشوش الوجه، يُدعَى مهدي، وهو يتجه أيضًا نحو طرابزون.

- «ماذا ستفعل في طرابزون؟».

فقال مهدي ضاحكًا:

- «سأحرق كل ما تنتجه الجماعة الذين كنت تتحدث معهم قبل قليل».

لقد رآه وهو يتحدث مع عمال المطبعة الروسية، ويغرق في حديثهم الشيق ذلك. أما هو ورفاقه، فإنهم من المتطوعين في الجمعية الخيرية في باكو الذين كانوا موجودين فيه طرابزون منذ اليوم الأول الذي سقطت فيه تحت الاحتلال. ومن وقتٍ لآخر، يعود لباكو ثم يرجع إلى طرابزون عازمًا على الاستمرار في عمله هذا حتى جلاء الاستعمار عن بكرة أبيه.

تذكر سطار خان الوعد الذي قطعه على نفسه أمام المليونير في باكو بأن يزور الجمعية الخيرية هناك، وكيف أنه أجَّل هذا الموعد لمرة أخرى، فشعر بأسى شديد وحرج بالغ.

عدت إلى رشدي، فوجدت نفسي بالفندق في أصفهان، ولا يزال «إيرج» يقول الشطر الثاني:

«يا كلَّ وجودي ويا كلَّ عمري».

فوضعت رأسي على وسادتي، ورحت أفكر في نجف المسكين الذي ظن أنه لا يمكن لأي كارثة على وجه الأرض أن تؤثر على ثروة أصحاب الملايين المستفيدين من النفط، ولم يتخيل أو يضع احتمالًا لزوال كل هذه الثروات والمباني الشاهقة، بل إنه يضحك ويستهزأ ممن يضع احتمالًا كهذا، فقلت في نفسي: «آه، يا نجف، ليتني أستطيع أن أخبرك حينها بنهاية كل هذه القصص والحكايات التي كنت تقصها، وكيف أفلس أصحاب هذه الملايين وخسروا كل ثروتهم بمجرد دخول باكو تحت الحكم السوفياتي، وكيف أنهم خرجوا من هذه الدنيا كما دخلوا إليها: خالي الوفاض، بل إن بعضهم انتحر، ومنهم مَن فرَّ، ومنهم من صُفِّيَ واُغتِيلَ». ولكن حتى لو أخبرتك بذلك حينها، لم تكن لتصدق ما أقول، فما أنا -كما هو حالي دائمًا مع الكل في هذه القصة- سوى الكاهنة كاساندرا.

الغريب أني فهمت كلامهم، مع أنهم كانوا يتكلمون الروسية! فهل هذا يعني أنني فهمت لغتهم تلك وهم يتحدثون فيما بينهم؟ قلت لنفسي: «دعكِ من هذا! لا تتعجبين من كل ما حصل معك، وتتعجبين من أنك فهمت ما يقولونه؟!». إنني منذ دخلت عالم الصور هذا، وسافرت عبر الزمان والمكان، أصبحت في عالم الخيال، حيث لا شيء مستحيل البتة. ولا أذكر كيف تركت هذه الأفكار، ورحت أغط في نوم عميق.

صباحًا، وصلنا أخيرًا إلى الطريق المؤدي إلى شيراز بين سلاسل جبال زاغروس الرائعة خلف السهول والتلال المثيرة للإعجاب. وهذه الجبال

الشاهقة والمنحدرات والسفوح شديدة الانحدار والوعورة تحت ظلال الغيوم التي تظهر فجأة على طوال الطريق، والتي أحيانًا تكون على شكل مسننات، كان أفضل ما يصورها بحقيقتها تلك المنمنمات، وذلك بسبب شهرة إيران بالمنمنمات والجبال، فهي مليئة بالجبال الوعرة الشاهقة. وبينما أنظر إلى هذه العظمة المكونة من الجبال والنور والغيوم والتربة والظلال التي تشعرك بأن الخلود يحيط بك من كل ناحية، عدنا لنتوقف في استراحتنا المتواضعة. وقد اعتدت أن نتوقف في الأماكن المخصصة للاستراحة على طول الطريق، ونمسك بأطراف البطانية التي عليها رسمة طائر الطاووس، ونفرشها على الأرض، ثم أجمع رجلي تحتي، وأجلس فوق التربة، حتى أنني اعتدت على كثير مما اكتسبته في هذه الرحلة، وأصبح جزءًا من حياتي، إذ اعتدت على التنقل بين الفنادق، وتوضيب الحقائب بين ليلة وأخرى، والإقامة لليلة واحدة في مدينة ما، ثم الاستمرار في طريقنا صباح اليوم التالي، بل إني كدت اعتاد على السفر على متن تلك السيارة الرثة التي نتنقل بها، ويصبح ذلك من الأمور الطبيعية التي باتت سمة لرحلتي التي كانت قطعة مني.

قالت زُهرة هانم التي تجلس في المقعد الأمامي وهي تضع نظارة شمسية وتمسك الجريدة بيدها وتنظر إليها لترى الطريق الذي سنسلكه كأنها قائد أركان حربي:

- «سنمر في طريقنا بمدينة برسبوليس التي يجب أن ندخلها في فترة ما بعد الظهر».

لقد أصبحت زُهرة هانم أيضًا رفيقة دربي في رحلة البحث عن العم باهزات.

لاحت مدينة برسبوليس في الأفق خلف السراب الذهبي تلمع تحت أشعة الشمس الحارقة، وكل ما فيها قد اكتسى بلون الذهب، ففهمت السبب

الذي جعلها تقول: «يجب أن ندخلها في فترة ما بعد الظهر»، وبدأت أشعر بدوار، فهل يحتمل قلبي كل هذه المشاق والمتاعب؟ وما إن ترفع ستارة حتى تتبعها أخرى ونحن نشقُّ طريقنا نحوها.

رحت أنظر إلى آثار تلك المدينة التي يبدو أنها لا تنتهي، من أوابد وأعمدة وسلالم وأدراج، وأنا ألهث من شدة الحر. لقد كانت هذه المدينة المهجورة التي بدأ العشب البري ينبجس من بين الصخور والحجارة فيها تعيش في زمانها وعالمها الخاص، فتركت الجماعة التي معي، وبدأت أصعد السلم درجة درجة، حيث تغيب الشمس خلفي، مما يعني أنني أمشي نحو الشرق. ومن ثم، دخلت نحو قاعة الاحتفالات والمراسم وأنا أتفرج على النقوش والحفريات على الجدران عن يميني التي كان ظلي يسقط عليها.

لقد حُفِرَ كل شيء على الحجارة هنا، فصور الملوك والحكام أصحاب اللحى المجعدة والشعر المجعد السمر بعيون سوداء واسعة الذين يتشابهون فيما بينهم كثيرًا لم تزل محفورة على الجدران وهم ممسكون بأعناق الأعداء يطيحونهم أرضًا، وكذلك صور الفرس الشجعان الذين تتطاير شعورهم بالهواء وهم يهون بالخناجر على الأُسد فيردونهم أرضًا بضربة واحدة، وصور الفرس وهم ينالون بعض صفات الألوهية بسبب تقديمهم القرابين والأضاحي للآلهة أصحاب العيون اللوزية والشفاه المكتنزة. لقد حُفِرَت كل هذه الأمور على الحجارة تخليدًا للانتصارات التي حققها الفرس، وكي يشعر شعب الفرس بالفخر والعزة، ظنًّا منهم أن هذا الأمر سيبقى خالدًا أبد الدهر، في حين أن الأيام التي دُمِّرَت فيها هذه المدينة وأُحرِقَت على يد الإسكندر المقدوني، وتُرِكَت لمصيرها في مهب الريح وتحت أشعة الشمس والأمطار والزلازل، لم تكن ببعيدة. فبرسبوليس كنظيراتها من المدن كان قد حان وقت أفولها بعد أن بلغت من المجد ذروته.

دخلت المدينة، فلم أتمكن من التعرف إلا على أشجار السرو التي تنمو في شيراز، تلك الأشجار الجميلة المنمقة التي تُنقَش على المنمنمات ويُتغنَّى بها في الأشعار؛ شيراز مدينة الصمت والهدوء العميق، فكل بيت عجمي هنا يحوي بركة وبضع شجيرات من أشجار السرو. ولم يكن هذا أمرًا مثيرًا للعجب، فهذه المدينة موطن حافظ والسعدي. ومع أن علي شريعتي كان غاضبًا ناقدًا لحديث الشعراء عن الورود والبلابل والزهور في أثناء الغزو المغولي، فإنه لم يكن بمقدور المرء أن يعيش هنا دون التغني بالورود والزهور والبلابل. وفي النهاية، لم يبقَ المغول ولا الغزو، بل بقي حافظ فقط.

صعد كلٌّ منا إلى غرفته في الفندق الذي كان خانًا قديمًا. وفي صبيحة اليوم التالي، فتحت النافذة فباغتتني كمية كثيفة من النور جعلتني أظن أنني سأصاب بالعمى وأنا أنظر من داخل تلك الحجرة المظلمة في الخان. وقد مرَّ وقت وأنا أسير دون أن أجد طريقي، ولكن عندما فكرت بأنني في طريقي إلى الحديقة التي فيها قبر حافظ، شعرت بشعور رائع للغاية، ورحت أردد أبياتًا من شعره طوال طريقي إليه. إن كل شيء عند هؤلاء القوم كان رائعًا، فزخرفتهم وتذهيبهم وألوانهم وإبداعاتهم وخيالهم وتزينهم ولغتهم؛ كل ما فيهم كان ساحرًا رائعًا.

ثم تذكرت سطار خان وهو يحاول أن يختبر حظه ويستخير في ديوان حافظ:

لديَّ حِبٌّ يقول برمش عيني أرديكَ صريعًا

آه أرجو ألا يتوانى وليردني سريعا»

وأخيرًا، ها أنا أقف في حديقة حافظ التي كان فيها بركة ماء وأشجار السرو مصفوفة على الجانبين طوال الطريق إلى قبره، فأمر من ذلك الطريق حتى أصل إلى مرقده تحت قبة مغطاة بخزف أزرق، تحملها أعمدة عالية، وحولها أشجار الياسمين الإيراني.

كان المكان مزدحمًا بالزوار، فانتظرت في الخارج، واشتريت في الأثناء من بائع في الحديقة الخارجية ديوان حافظ، ووضعته في حقيبة الظهر إلى جانب المسبحة المصنوعة من الكهرمان الأصفر التي كنت نويت أن أقدمها هدية للعم باهزات.

وشعرت أن حملًا ثقيلًا قد أُزِيحَ من فوق ظهري كأنني قد تخلصت من جبل كان يثقل كاهلي. ولأول مرة في حياتي، شعرت بأن ثمة مَن يقف إلى جانبي ويحميني.

ثم شعرت بنسيم ملائكي فوق كتفي، كما لو أن شخصًا يقف في جنة محفوفة بالأزهار والورود وقد جهَّز نفسه للصلاة بين ظلال شجر الصفاف الوافرة، فرفعت رأسي.. هل أخبرها؟ لا حاجة لهذا، فياسمين تفهم ما لا أقول بشكل أفضل.

وفي نهاية اليوم، وبينما هلال شعبان يبدو أكبر، سمعنا أصوات المراثي تصدح من مآذن المساجد؛ وما إن عدنا إلى الفندق ونحن نشعر بتعب وإرهاق شديدين حتى صعد كل منا إلى غرفته كي يستريح.

وأنا أنظر إلى هذا العالم المختلف تمامًا من قرب عبر نافذة الفندق، خطرت على بالي زهرة التي كانت بعيدة عني للغاية، فانتابني الفضول لأعرف ما حالها، مع أنني في مكان وزمان مختلف تمامًا. ومن ثم، أغلقت النافذة، وأحضرت حقيبتي، وفتحت الصندوق المعدني، وأخرجت منه كل الصور مرة أخرى وأنا أنظر إليها جميعًا... هذه صورة بيت أبي زهرة.

الفصل السادس
خرجت من طرابزون فنجوت بنفسي

صبيحة يوم باردٍ أواخر آذار، قام الحاج كي يتوضأ بالقرب من المنقل (الموقد)، بينما تصبُّ الحاجة له الماء البارد كالثلج من إبريق نحاسي تحمله بيدها. وعندما تمر المياه الباردة فوق كل عضو من أعضائه وتجعله يرتجف، يردد في قلبه الدعاء المناسب له: «اللهم اغفر ما اقترفته يداي هاتان من ذنب، اللهم يا كريم اعفُ عما نطق به لساني وتحركت به شفتاي وما تلفظت به من كلمات، اللهم اعفُ عما تنفسته واستنشقته من روائح محرمة أو مكروهة، اللهم اغفر ما لمحته عيناي وما التفت إليه وجهي عن غير قصد مني، اللهم يا كريم اعفُ عن كل ما سمعته أذناي من بذيء الكلام، واغفر ما جلبته عليَّ نفسي من مصائب وآفات، وما سارت له قدمي من ذنوب وآثام».

وبعد أن مسح على قدمه الصناعية، ناولته الحاجة البشكير المطرز، وساعدته بثني رجله كي يجلس على كرسي الحصير، ثم جلست بالقرب منه، ورفعت رأسها ناظرة إلى وجه زوجها الذي قضت كل عمرها معه، وعرفته منذ شبابها وعرفها. كانت عيناها -مثل عينيه- قد خُطَّ تحتهما حلقات سوداء على وجه شاحب، وشفة قد مال شقها الأيمن نحو الأسفل. وبعد هنيهة، قالت بصوتٍ رقيقٍ مرتجفٍ:

- «ماذا سنفعل، يا حاج؟».

لقد جاءهم الخبر أمس؛ سمعه الحاج من المنادي الذي يجوب الطرقات معلنًا إياه على الملأ خمس مرات في اليوم، ولكنه لم يكتفِ بسماعه من

المنادي، بل ذهب إلى مبنى الولاية، وقرأ نصه بنفسه. حينها، شعر أن الأرض تموج به، والسماء تدور فوق رأسه، والألم الشديد يفتك بمعدته، والدماء تتجمد بعروقه، فأراد أن يتمسك بشيء، فتعلق بسور في فناء المسجد وهو يسمع المنادي يصيح:

- «لقد صدر أمر بالنزوح. وأمر سيادة الوالي جمال أعظمي بنقل مركز المدينة إلى أوردو؛ على أهالي المدينة إخلاؤها، والتوجه سريعًا نحو الطريق المؤدي إلى غيرسون، وألا يأخذوا معهم إلا ما خف وزنه وما لا يعيق سيرهم، فليأخذوا ما هم بحاجة إليه فقط، وليسرع الجميع بتنفيذ هذه الأوامر كي لا يتسببوا في الزجِّ بغيرهم في خطر الموت....».

وفي كل مرة، كان الخبر يطول أكثر فأكثر، ويبدو أن ضارب الطبل لا يهوي فوق جلد طبله، بل يهوي على رأس الحاج، دون أن يكف عن الصراخ معلنًا الخبر المفجع الذي يفضي إلى أن الجيش الروسي قد أصبح على تخوم المدينة، وأن اقتحامه ودخوله إياها ليس إلا مسألة وقت.

راحت العربات والزوارق تحمل كل ما في المدينة، من وثائق ومستندات تخصها وتمتلئ بذكرياتها، وتنقله معلنة بداية الموجة الأولى للتهجير، بينما الأصوات الصاخبة تدوي في رأس الحاجة التي لم تستوعب بعد ما يحصل عقب أن تبين أن ذلك الشعور بأن ما يحصل للكل لا يمكن أن يحصل معي هو شعورٌ كاذبٌ واهٍ. في لحظة الصدمة الأولى، لم تكن الحاجة أمام هذه الفاجعة قادرة على فعل شيء سوى النحيب والنوح وهي في قمة صدمتها وذهولها، قائلة لنفسها: «لماذا؟ وكيف حدث هذا؟». ولكنها أدركت بسرعة أن الوقت ليس وقت النحيب والنوح، فاستجمعت قواها وحاولت أن تستوعب ما يحدث؛ هذا زمن التعقل والتصبر واتخاذ القرار بشأن ما عليهم فعله للبقاء على قيد الحياة،

بيد أنها حتى لو عرفت أن هذا سوف يحدث معها منذ الأزل، ما كانت لتعرف ما يجب عليها فعله، تمامًا مثل الآن حيث لا تعرف ما يجب عليها فعله!

أمسكت الحاج من ذراعه كأنها تخاف عليه أن يسقط؛ كانت أمها تخفف عنها بقولها: «لا تخافي يا ابنتي، فمصيبة تدفع مصيبة» عندما تلم بهم مصيبة، ولكن هذه المقولة مخطئة كليًا الآن، فالواقع مغاير تمامًا، وكل مصيبة تنادي أختها. ومن ثم، ظلت تكرر كلمتها الأخيرة كأنها أسطوانة علقت في الموضع ذاته:

- «ماذا سنفعل، يا حاج؟ ماذا سنفعل، يا حاج؟...».

لم يكن الحاج يرغب بفتح الدفاتر المحفورة في ذهنه وذاكرته، وهي التي لم يستطع إغلاقها في الأصل منذ زمن، وظل يقول للهم والغم «هذا يكفي» كلما عانده: «إليك بالمزيد!»؛ لديه بالفعل جروح في قلبه وذاكرته لم تندمل حتى تنفتح له جروح أخرى، دون شك في حكمة الله الذي «لا يُسأَل عما يفعل وهم يُسأَلون». ففي نهاية الأمر، هذا ابتلاء، ولب الابتلاء ألا ينقضي ابتلاء إلا ويتبعه آخر، وإلا فلا ابتلاء حينها.

لقد كان هذا البيت مكسور الجناح بالفعل منذ أربع سنوات، إذ خانت جول جمال التي أخذت إسماعيل ورفاقه الأمانة، فلم ترد الودائع إلى أهلها، وآخر خبر وصلهم عن إسماعيل كان تلك البطاقة البريدية التي عليها صورة ممرضة الهلال الأحمر. وبعد انتهاء حرب البلقان، لم يرجع من (الفوج 87) وكتيبة المتطوعين سوى بضعة أشخاص، وسُلِّمَ جميع الأهالي شهادات ارتقاء أبنائهم شهداء في أرض المعهد، بداية من الضباط أمثال جليل حكمت، انتهاء بأصغر جندي، إلا إسماعيل الذي لم يصل منه خبر، مما جعل الحاج يتردد آلاف المرات على دار الحكومة والعسكرية، ويسأل عنه ويستفسر عن حاله دون جدوى، فالكل سُجِّلَ ضمن خانة الشهداء إلا إسماعيل الذي لا تتوفر

عنه معلومة. ولكنه لم يستكن أبدًا، ولم يتوانَ عن القيام بكل ما بوسعه، فأرسل العشرات -بل المئات- من البرقيات طوال أسابيع إلى إسطنبول، مخاطبًا أعلى الرتب العسكرية الذين كانوا يجددون أمله بقولهم: «اليوم.. غدًا...»، ولكن مضى عام كامل دون أن يسلموه وثيقة عن حالة إسماعيل حتى سلموه يومًا ورقة كُتِبَ عليها: «هو في عداد المجهولين، فلا أحد يعرف إن كان حيًّا أو ميتًا».

ترنح وهو في الثكنة العسكرية وكاد يسقط، فأجلسوه على كرسي، وقدم له بائع الشاي الذي يمر حاملًا صينية الشاي، ويشهد مثل هذا المشهد كثيرًا، كأس ماء. وبينما يتجرع الماء بصعوبة ويبتلعه بغصة كبيرة، راح يهز رأسه حسرة على هذه البلوى: «لا يُعرَف إن كان حيًّا أو ميتًا؟! أيعقل هذا؟ هذا الطفل الذي قدم روحه فداء لهذه الدولة العسكرية التي لا تقدم سوى ورقة تقول فيها إنه في عداد المجهولين؟!».

لم يتذكر شيئًا بعدها، فإسماعيل قد ذهب ولم يعد. ومنذ ذلك اليوم، لم يبقَ شيء على حاله في البيت، فكل يوم جديد كأنه يضغط السكين المسلطة على رقبة إسماعيل أكثر فأكثر، ويستيقظ أهل الدار تحت وطأة الهم واليأس الذي ران على قلوبهم، فاسودت الدنيا في أعينهم، وبهتت ألوانها جميعًا، وخيم الظلام الدامس على تفاصيل حياتهم كافة. فقد انطوت زهرة على نفسها، وما كان بالإمكان أن تعتاد على هذا الوضع، وإن كان ثمة أمل ضئيل جدًّا؛ لعله حيٌّ! أما الحاجة، فقد رضيت بأنه «ليس ميتًا ولا حيًّا»، وكانت تقول للحاج: «لا تذهب مرة أخرى لشعبة التجنيد، ولا إلى مبنى الحكومة، وليبقَ الأمر هكذا؛ المهم أن مماته ليس مؤكدًا».

كان من الممكن أن يموتوا في أرضهم كالطائر الجريح مكسور الجناحين، ولكن شهورًا تبعتها شهور، وسنوات تبعتها سنوات، حتى حصل ما يخشاه

الحاج الذي كان يرى أن حرب البلقان ما هي إلا مقدمة له، إذ اندلعت نار الحرب العالمية الأولى بين دول العالم أجمع؛ وها قد أصبح الروس على تخوم مدينة طرابزون.

لقد اعتادت الحاجة منذ رحيل إسماعيل أن تفتح الستارة بعد صلاة الفجر، وقبل أن تخلد إلى النوم، كي تشاهد البحر قليلًا. ولم تتخلَّ عن عادتها تلك حتى بعد أن وصلها خبر أن إسماعيل في عداد المجهولين، وأن جول جمال لن ترجع الأمانة التي أخذتها منها. فكانت تشاهد من نافذتها صورة البدر على وجه ماء البحر، ونور النجوم التي تتلألأ عليه، وانعكاسات الهلال على سطحه، وترى إنذار البحر باقتراب موعد هبوب العاصفة أو بداية الحر الشديد أو البرد القارس أو هطول الأمطار الغزيرة. كانت تتفرج على البحر كل يوم حتى أنها أصبحت تحفظ مواعيد قدوم السفن البريدية وسفن الركاب، وتفرق بينها، وتعرف مواعيد مغادرتها، وكم يومًا ستبقى في عرض البحر قبل أن تعود مجددًا، ولكن ما يحدث في هذا الصباح فوق سطح البحر لم تره أبدًا من قبل.

في البداية، لاحظت تجمعًا غريبًا بالقرب من مئذنة المسجد. يا للعجب، لقد رُفِعَ أذان الفجر منذ وقت طويل، فلِمَ يجتمع كل هؤلاء عند شرفة المئذنة؟! والحق أنها لم تشعر بفزع عند نظرها إلى البحر من قبل مثلما حدث هذه المرة؛ لقد كان ثمة سفينتان من سفن استطلاع الاحتلال الروسي قبالة سواحل طرابزون في الأفق البعيد خلف الحجب والضباب الرمادي الكثيف كأنها أشباح ترفع عليها شعار الجيش الروسي، وقد سلطت مدافعها نحو المدينة فاغرة فاها كالوحوش التي تنتظر الفرصة السانحة كي تنقض على فريستها. وبعد أن زلزلت الدهشة كيانها وارتعدت أواصرها، لم تجد فرصة لتوقظ الحاج من نومه، أو توقظ زهرة وأنوش، أو تجري إلى فراش كوفية، أو تنادي حتى على يلدرم، إذ سمعت صوت الدويِّ الأول.

ساعتها، بلغت القلوب الحناجر، واهتزت النوافذ واللوحات على الجدران، واحمرَّت السماء فجأة، مع أن الوقت كان وقت سحر، بسبب اندلاع حريق كبير، وصرخت الحاجة: «يا حاج، قُمْ! لقد وصلوا!!»، فجهز الحاج نفسه، وأخذ معه يلدرم، وخرجا من الدار. وعندما عادا، ما كان أحد منهما قادرًا على الكلام.

قالت الحاجة لنفسها في البداية: «هذا يعني أنه مكتوب علينا أن نعيش ونرى هذا أيضًا». لقد كانت طرابزون عريقة قديمة قدم إسطنبول وروما، واسمًا يخط بكل لغات العالم بشكل واحد. ولم تكن العواصف التي ضربت بها كل من قرر أن يستقر للعيش على سواحلها بالقليلة أو الهينة. فعلى مر العصور والأيام، أذاقت كل من قطنها واستقر بها من العثمانيين وغيرهم ألوانًا من غضبها وعذابها ودلالها وتغنجها على أهلها، واضطرتهم في كثير من الأوقات أن يلزموا فرشهم ويتدثروا خوفًا من غضبها، ويمكثوا في هذه الحالة حتى تهدأ وتستكين. أجبرتهم على أن يرضخوا لمزاجها، واضطرتهم لتقبل فكرة «أنها جميلة بكل حالاتها»، حتى أنهم اعتادوا على عواصفها، بل أطلقوا عليها الألقاب والأسماء، وأصبحوا يعرفون عن ظهر قلب متى يكون هبوبها وطبعها وشدتها. ومع أنهم يعرفون أنها مدينة صعبة المراس، وأن غضبها شديد، وما يأتيهم من البحر ذو شدة وبأس، فإنهم كانوا راضيين بذلك. ولكن هذه المرة ما جاءهم من طرف البحر كان الأسوأ على الإطلاق؛ أسوء آلاف المرات من العواصف والأعاصير.

لقد وسعت تلك الحرب الملعونة رقعتها حتى امتدت جبهة القوقاز إلى أن وصلت إلى تخوم طرابزون، ولم يترك الأسطول البحري الروسي مرفأً ولا ميناءً ولا رصيفًا على سواحل طرابزون إلا وقصفه، فسقطت ريزا. ورغم أن أهالي بلدة أوف وما حولها استمروا أكثر من واحد وعشرين يومًا في

مجابهة العدو حاملين أرواحهم على أكفهم واضعين أجسادهم دروعًا بشرية أمام الغزو الروسي، ورغم شدة مقاومة سورمين وأراكلي وأرسين وشانا، فإن ذلك الطوفان الهائج اكتسح كل ما يقف في وجهه؛ وإن استمر الوضع على ما هو عليه، فإن دخولهم المدينة ما هو إلا مسألة وقت. أليست صرخة المظلوم تزلزل الأرض وتشق السماء وتحرق الكون؟ فأين هذا كله الآن؟!

الآن، الكل مضطر للهجرة والرحيل عن المدينة، والحاجة ما تزال تسأل الحاج دون توقف: «ماذا سنفعل؟». ولكن هل لدى الحاج المسكين قرار أو هو يعرف ما الذي يمكن فعله حتى ينصح به الحاجة؟!

في تلك الأثناء، فُتِحَ باب الدار، ودخلت أنوش وهي تحمل بيدها الدمية التي حاكتها زهرة لها، وقالت:

- «يا حاجة، ماذا تفعلون هنا؟».

فلم تتمالك الحاجة نفسها أكثر من ذلك عندما رأتها، فانهارت وراحت تجهش بالبكاء، وتقول وهي تحاول التقاط أنفاسها:

- «أهذه الصغيرة أيضًا كُتِبَ عليها هذا المسير والمشي؟ ألم نأخذها من أمها وخبأناها عندنا كي لا تمشي؟ يا للقدر!».

ثم سحبت أنوش من يديها، وضمتها إلى صدرها، وراحت تمسح على رأسها وهي تتذكر ذلك اليوم الأليم قبل تسعة أشهر من الآن؛ في حزيران عام 1915.

كان الوقت أواخر حزيران، إلا أن الحر لم يشتد بعد، ولم تذبل الورود في الحدائق، ولم تيبس الفواكه على أغصان الشجر. حينها، عاد الحاج من المسجد، وخلع الخف عن قدمه السليمة وهو يتمتم: «يا للعار والشنار». كانت الحاجة تعرفه جيدًا، فهو لا يتملكه الغضب هكذا عادة، ولا يقول عن أمر «شنار»، إلا إذا بلغ السيل الزبى. لذا، حملت الكرسي المصنوع من الحصير، وقدمته له، وصاحت على كوفية:

- «اجري يا ابنتي، وأحضري الماء أو القهوة والنرجيلة للحاج».

لكنه كرر:

- «يا للعار والشنار... يا لهم من سفهاء!».

وكانت هذه أكبر شتيمة يتفوه بها الحاج طوال عمره. أجارنا الله تعالى؛ ما هذا الأمر الجلل الذي جعله في هذه الحالة؟! أمسكت الحاجة الكرسي كي يقعد عليه الحاج الذي ما اعتاد على تلك القدم الصناعية، مع أنها معه منذ أكثر من سبعة وثلاثين عامًا عقب أن خسر ساقه اليمنى في مشفى حربي في (حرب 93)، ولا اعتاد على آلية عملها وطيِّها، فأمسكتها حتى جلس. وبعد أن ارتشف قليلًا من الماء، حمد الله، ثم نظر إليها، وقال غاضبًا:

- «إن كانت العصابات الأرمنية تقترف أعمال الشغب والتخريب، فما ذنب هؤلاء الأبرياء والمساكين؟».

فانهارت الحاجة فوق الكرسي الآخر؛ هل صحيح ما يقول؟ نعم، صحيح. ففي صبيحة اليوم التالي، وبمقتضى قانون النقل وإعادة التوطين (قانون التهجير)، سيُرحَّل أرمن طرابزون عبر طريق غموش هانه إلى كل من دير الزور والموصل. وقد كان الحاج يفكر بأنه على الحكومة أن تؤدي

واجبها بالتفريق بين المذنب والبريء، بين الخائنين المتمردين الذين غدروا وطعنوا الجيش من الظهر والمظلومين الذين لم يقترفوا مثل هذه الأمور. ومن ثم، حمل على الحكومة والوالي وممثل جمعية الاتحاد والترقي. فالحكومة في إسطنبول تُشكِّل دون إيجاد حل حقيقي لقضية الولايات الست، وتتذرع بمثل هذه الأفعال لتبييض صفحتها. تُرى هل كان يعرف السلطان رشاد، ذلك الرجل الخلوق الذي يذرف دموعًا طاهرة على سجادة صلاته داخل صالة البردة الشريفة في قصر طوب كابي، أنه تولى الحكم في أكثر عهود السلطنة العثمانية كارثية في تاريخها. الدموع الطاهرة على أي حال لا تصنع من الرجل سلطانًا قويًّا!

سألت الحاجة فزعة:

- «هل جارتي سيرانوش أيضًا...؟!».

فهز الحاج رأسه أن نعم. وهنا، تذكرت الحاجة أنوش، وقالت:

- «حسنًا، ولكن... هذه الطفلة الصغيرة! كيف يمكن أن تتحمل طريقًا طويلًا مثل هذا؟!».

- «هل ثمة فرق بين الأطفال وغيرهم، يا حاجة؟! أنا أكثر الناس معرفة بمعنى المشي والسير، فإلى الآن لا أنسى، ولن أنسى، ما يعني هذا السير والمشي! حتى الشباب الذين هم كالجبال الشامخات لا يمكنهم الصمود أمام هذه الطرق».

ثم أكمل كلامه غاضبًا:

- «آه، لو يعطونني هؤلاء الخونة الذين اقترفوا حركات الشغب والتمرد في ولاية وان، وأولئك الذين غدروا بالجيش وهو على جبهة المعركة وطعنوا الجنود من ظهورهم وراحوا يتصيدونهم ويردونهم قتلى الواحد تلو الآخر، وأولئك الذي أشعلوا الحرائق واقترفوا أعمال التمرد في

ديجيرميندير، لما رحمتهم أبدًا ولنفيتهم إلى فزان، ولحاكمت أغوب وعصبته وجازيتهم؛ ولكن ما ذنب هؤلاء المساكين؟!».

أغوب! هذا رأس الفتنة الذي كان كالحبال التي كبَّلت رجلي سيرانوش هانم وتعثرت بها.

وفي صباح اليوم التالي، قُرِعَ باب الدار، ودخلت سيرانوش وهي تسحب أنوش بيد وتحمل في اليد الأخرى صرة دون أن تتكلم كثيرًا، فكل شيء كان واضحًا، ولونها الشاحب كلون الأموات يفصح عن كل ما يجري! ومن ثم، اقتربت من الحاجة، وقبل أن تتفوه ببنت شفة انهارت على الأرض، فقام الحاج من مكانه، وهرعت زهرة وكوفية نحوها. وبسرعة، جعلنها تستنشق الكولونيا، ثم أحرقن خرقة وجعلنها تستنشقها كي تعود لوعيها. وبعد أن ارتشفت رشفتين من خلال حنكها المتشنج بشدة، استعادت المسكينة وعيها، وإن بدا أنها كبرت في ليلة واحدة عشرين عامًا، فاختفت السيدة المرحة السعيدة ذات الوجه البشوش الممتلئ حيوية، وأصبحت مثل جثة متحركة. حاولن أن يرفعنها كي تجلس على الكنبة، ولكنها لم تقبل، بل مدت ساقيها اللتين تحولتا إلى جذعين من الخشب، وأسندت ظهرها إلى الجدار حافية القدمين وقد سقط الحجاب عن رأسها فبدت شعثاء، ثم مسحت أنفها الذي يسيل بطرف كمها، وقالت مطأطأة الرأس راضية بنصيبها وقدرها:

- «أعرف، يا حاجة، أنك أكبر مني سنًا. وتعلمين أني لم أتجاوز حدود الأدب معك أبدًا، ولم أقلل من احترامك في يوم من الأيام، ولكنني أحببتك كأنك صديقتي التي في مثل عمري، وأبديت لك مودة خالصة».

فانكبت الحاجة عليها، وضمتها إلى صدرها، وشعرت أن نبضها يكاد يتوقف، ولولا أنها تفرك معصميها ويديها لربما توقفت الدماء في عروقها

وماتت من فورها. وعندما أحست ببرودة كفيها الباردين كالثلج، فهمت أنه يجب ألا تغتر بهدوئها الخادع، ففي أي لحظة يمكن أن تثور وتنفجر كفوهة بركان. أما سيرانوش، فكانت تحاول أن تتكلم وهي تنتحب وتجهش بالبكاء وتسحب نفسها بصعوبة؛ ربما كانت راضية بما قُدِّر لها، ولكن ثمة شيئًا في قلبها تريد أن تطلبه من الحاجة التي توقفت عن مواساتها وفرك يديها، وراحت تستمع لما تحاول أن تقوله لها.

كانت تتحدث بكلمات متوالية يقطع بينها نفسها، وتجهد نفسها كي تقول كل شيء مرة واحدة خشية ألا تستجمع قواها مرة أخرى، وتفصح عما ستطلبه:

- «يا حاجة، لقد سمعتِ بأمر القانون الذي صدر مؤخراً؛ سيرحلوننا غدًا. ونحن نسمع -ولو بشكل بسيط- عما يجري في ذلك الطريق. وإن لم نسمع، فليس من الصعب تخيل ما الذي يمكن أن يحدث فيه. وإن لم يحصل شيء، فيكفي أنه طريق بعيد للغاية شاق جدًّا، قد يعني السير وحده فيه الموت».

ثم سكتت، وراحت تبتلع ريقها، قبل أن تكمل:

- «لا أعرف حتى أين الموصل أو دير الزور، ولم أسمع بهما من قبل! وعندما سمعت بهما، عرفت أننا في طريقنا إلى الصحاري».

فتضاءلت الحاجة بشكل كبير، وبدا أن رأسها قد غار بين كتفيها. ومع أنها كانت تعرف الجواب، فإنها سألتها آملة أن تكون مخطئة:

- «هل ستمشون إلى هناك؟».

فلم تجبها سيرانوش، بل أكملت ما كانت تريد قوله:

- «فليلقوا القبض على من تورط بأعمال الشغب والتمرد، وليشنقوا مَن ارتكب الجرائم في ميدان الشرق؛ أأنا مَن طلب من أغوب أن

يلتحق بهذه العصابات؟! أهذا يرضي الله، يا حاجة؟ وهل سمعتم تلك الإشاعات حول أراميوس؟ ألن يسألهم الله -ربي وربكم- عن كل هذه الأفعال؟».

كان الحاج يصغي لكل ما تقول مطرق الرأسه لا يجد ما يقوله، وإن أسر في نفسه: «يا ربي، هذه الدولة العظيمة جعلت جيشها يمشي بعد أن نُقِلَ إلى مدينة سواس بالقطار حتى جبهة القوقاز! حكومة كهذه جعلت جيشها يقطع كل تلك المسافة مشيًا، ألن تجعل الأرمن يقطعون كل هذه المسافة سيرًا على الأقدام؟! حكومة لم تراعِ أبناءها وجيشها، فكيف ستراعي الأرمن؟ ولماذا يُهجَّر هؤلاء وينفون إلى الصحراء؟!».أما سيرانوش هانم، فراحت تجمع كل ما سمعته وما خمنته وتصبه في مخاوفها؛ لقد جاء الجندرما إليهم وأنذروهم بأنه يجب عليهم أن يكونوا مستعدين غدًا، وهذا يعني أنهم لن يأتوا بعربات السلطنة كي تقلهم إلى مكان على بعد خطوات أو قرى من هنا، بل هذا نذير بأن في انتظارهم طريق شاق صعب للغاية. لذا، كلما كان حملهم أقل كانت فرصتهم في النجاة أكبر. ومن ثم، اعتدلت وهي جالسة على الأرض، وقالت للحاجة بعد أن وضعت كلتا يديها على كتفيها:

- «يا حاجة، أن أعرفك جيدًا؛ أنت سيدة طيبة، لم أرَ في حياتي أحدًا بطيبة قلبك، حتى أنكِ -والله أعلم- إذا داهمك الموت لحاولت أن تواسي مَن حولك كي لا يفزعوا أو يحزنوا على فراقكِ. فحبًّا لله، لا تحرميني أنا من طيبتك وإحسانك».

ثم تركت الحاجة، وعدَّلت ملابسها، وأكملت:

- «إنكِ امرأة اعتادت على تحمل أخطاء الناس من حولك، وتحمل تبعات تلك الأخطاء، حتى إنك لو صادفت أحدًا اعتدى على أحد وهضمه حقه، لن تترددي أبدًا في التكفل بإرجاع هذا الحق

لأصحابه، وإن لم يكن لك ذنب أو يد في ذلك. أرجوك ألا تفهمي كلامي خطأً... أنوش ما تزال طفلة صغيرة لا يمكنها تحمل مشاق هذا الطريق الصعب، بل ستموت حتمًا. وإن لم آخذها معي، وتركتها هنا، فسيأخذونها إلى دار رعاية الأيتام؛ هذا ما قاله لي ضابط الجندرما. لكن ابنتي ستموت في هذه الدار، فهي لا تستطيع تحمل كل هذا».

ثم رفعت رأسها ونظرت للحاجة نظرة جعلتها تخجل من نفسها لأنها لم تفهم ما تريده منذ البداية، فضمت يديها اللتين تحولتا إلى قطع من الخشب، وقالت:

- «ابنتي سيرانوش، لا تقلقي أبدًا، فمن اليوم هي ابنتي وأمانة في عنقي.. فلا تقلقي أبدًا».

شحب لون كوفية عندما سمعت ذلك، أما زهرة فقد أجهشت بالبكاء وهي واقفة في إحدى الزوايا؛ هل يمكن لسيرانوش أن تتحمل ما لا تتحمله الجبال؟!

بعد هنيهة، وقفت على قدميها، ومشت نحو الباب وهي تترنح وتتعثر، ثم التفتت وقالت:

- «لتبقَ أنوش عندكم هذه الليلة».

فلو باتت ليلتها هذه وهي تعانق أنوش فلن تصبح في صبيحة اليوم الجهنمي غدًا، وإن استيقظت فإنها لن تتحمل فراقها، وإن عانقتها مرة أخرى لما تركتها أبدًا مهما حصل، وإن نظرت إليها أو لمحتها حتى لمحة واحدة لربما فقدت بصرها. ومن ثم، أعطتهم الصرة التي بيدها، وقالت:

- «هذه ملابس أنوش... فضلاً، - هي تحب الخبز الساخن، وإن بكت دون توقف فأعطوها ماءً وسكرًا، وإن ارتفعت حرارتها فـ... وإن أصيبت بالحازوقة فـ...».

وما كانت لتنتهي هذه التنبيهات والتحذيرات في قلب أمٍّ، فكيف بقلب تلك الأم المكلومة؟! ولقد شعرت الحاجة بأن عليها أن تبدو قوية، فقالت:

- «ياه، يا سيرانوش هانم، دعك من هذه التحذيرات والتنبيهات؛ مَن يسمعك يظن أنني لم أربِ طفلًا في حياتي! ألا تثقين بي؟ كم من طفل ربته وكبرته هاتين اليدين! لا تقلقي ولا تشغلي بالك، بل اذهبي الآن، وجهزي نفسك».

كان يبدو أن سيرانوش يمكن أن تموت في أية لحظة إن هي بقيت هنا، فكان يجب أن تصرفها في أسرع وقت. وفي تلك الأثناء، رفع الحاج رأسه، وقال:

- «لا تقلقي، يا ابنتي، فابنتك أمانة في عنقي!».

ثم راح يتكلم دون أن ينظر في وجه أحد من الحضور:

- «واللهِ إنها لأمانة عندي.. باللهِ إنها لأمانة في عنقي.. تالله إنها لأمانة في عنقي حتى أموت».

أقسم الحاج يمينًا مغلظة إذ أدرك أنه لا يمكنه أن يحول دون ترحيل جارته، ولكن يمكنه أن ينقذ هذه الطفلة البريئة.

لم تستطع الحاجة النوم في تلك الليلة. ولو أنها نامت، لاستيقظت على صوت ضرب الباب ضربات مفزعة قوية ساعة الفجر. وعندما همَّ الحاج بالقيام وتركيب القدم الصناعية التي كانت بالقرب من فراشه، قالت له: «انتظر أنتَ، يا حاج»، قبل أن يسمعا صوت جلبة من الغرف التي في الحديقة، حيث يعيش يلدرم وكوفية، فيعرفان أنهما قد استيقظا أيضًا. ركض يلدرم نحو الباب، ثم تبعته الحاجة بعد أن وضعت وشاحها على رأسها؛ لقد كان الطارق ضابطًا من الجندرما، برفقته عدد من العناصر، شديد السمار مربوع القامة كثيف الشاربين والحاجبين. وبالنظر إلى سمرة بشرته تلك، كان يبدو أنه ليس

من أبناء هذه المدينة، وكانت تعابير وجهه توحي بأنه أيضًا أُرهِقَ من البعد عن أهله وناسه لسنوات طوال؛ تُرى أين أمه وأهله وأقاربه؟ وأي رياح أتت به إلى هنا؟

لم يتأخر الضابط في التعرف على صاحبة الدار، فسار نحوها بعد أن تجاوز يلدرم وكوفية، ثم وقف أمامها وقال:

- «جاءتنا إخبارية تقول إنكم تخبئون طفلة أرمنية عندكم! فإن كانت هذه الطفلة صغيرة في السن فيجب أن تُؤخَذ إلى دار رعاية الأيتام، وإن كانت كبيرة فيجب أن تلتحق بقافلة المهاجرين؛ يجب أن نفتش البيت فهذه هي الأوامر».

أصبح لون الحاجة شاحبًا، خاصة عندما رأته يشير بيده إلى العنصرين اللذين يقفان خلفه، وكانا في سمرة وإرهاق الضابط أنفسهما، كي يفتشا الدار. لحقت الحاجة بالعنصرين اللذين اتجها أولًا نحو القبو، ثم غرفة الغسيل، ثم المطبخ والغرفة التي يعيش فيها يلدرم وكوفيه، ثم نظرا داخل الجب، ثم انتقلا إلى الحديقة الخلفية دون الاكتراث بنباح الكلب عليهما، ثم قالا بعد أن وقفا أمام الضابط وضربا له التحية:

- «لا شيء هنا، سيدي!».
- «فتشوا داخل البيت».

قالها ثم دخل البيت برفقة العنصرين، ففتشوا الليوان وكل الغرف، بما فيها غرفة الحاج، حتى إنهم فتشوا اللحف والفرش التي في الغرفة وفي الخزانة وكل شيء يوجد في الداخل دون أن يجدوا أحدًا. وأخيرًا، اتجه الضابط نحو السلم الذي يصعد إلى الطابق العلوي، حيث كانت أنوش في حجر زهرة التي تضمها إلى صدرها وهي ترتجف، فوقفت الحاجة عند أول درجة في السلم في وجه الضابط، إذ لم يتبقَ أمامها سوى هذا الأمر، ثم قالت:

- «سيادة الضابط، توقف من فضلك؛ هناك غرفة نوم حفيدتي الصبية، وقد جئتم في ساعات الصباح الأولى، فكيف أسمح لكم بدخول الغرفة وكشف محارمها؟ ألستم مسلمين؟!».

فتوقف الضابط مكانه، ونظر إلى وجه الحاجة؛ هل أحس بما تخفيه؟ لا أحد يعرف! لكنه ما أراد أن يقف عند ذلك، فقد كان رجلًا رحيمًا، وما هو إلا عبد مأمور، وقد نفذ ما أُمِرَ به! وما الذي سيضر بالقافلة التي تقف في الخارج في انتظاره إن زادت شخصًا أو نقصت آخر؟! لذا، رجع إلى الوراء، وتلفت حوله، ثم خرج من باب الدار برفقة نباح الكلب، ثم تقدم ووقف أمام تلك القافلة الصغيرة التي ستلتحق بالقافلة الكبيرة التي في ميدان النصارى.

انهارت الحاجة في مكانها، ولو استسلمت لنفسها لما تمكنت من الوقوف مرة أخرى، ولكن تلك القوة الدفينة في داخلها أسعفتها ومدت لها يد العون في أكثر وقت ربما كانت لا تتوقعه، فوقفت على قدميها بعد أن استجمعت قواها، واتجهت نحو المطبخ وهي تقول:

- «لقد حان وقت الخبز، لنجهز الخبز الساخن الذي تحبه أنوش...».

كررت الحاجة سؤالها:
- «ماذا سنفعل، يا حاج؟».
- «لا يمكنني أن أسير كل هذا الطريق!».

هذا الطريق تُعرَف بدايته ولكن نهايته مجهولة؛ حتى لو انطلقوا من هنا بعربة أو دراجة نارية أو قارب، فإنه يعلم بأنه في نهاية كل جزء من هذا الطريق سوف يقطعون ما تبقى أمامهم سيرًا على الأقدام. لذا، كرر جملته مصرًّا على رأيه:

- «أنا أكثر الناس معرفة بمعنى المشي والسير؛ لا أقدر على المسير».
- «حسنًا، ولكن هؤلاء الروس الكفرة قادمون، وقد ثارت عصابات الروم والأرمن وتمردت وطغت؛ انظر حولك، إنهم يرفعون راياتهم على بيوتهم من الآن، وهذا يعني أننا لا نستطيع البقاء في هذه المدينة أكثر من هذا. الكل يرحل؛ هل نحن أكثر شجاعة منهم أم أننا نعرف أشياء لا يعرفونها حتى نبقى هنا؟ ألا ترى، يا حاج، أنه يمكن أن يحصل لنا أي شيء؟!».

لم تكن الحاجة التي عايشت كثيرًا من التجارب والمصاعب تفكر في نفسها أو الحاج -والله أعلم- عندما قالت: «يمكن أن يحصل لنا أي شيء»، فقد عاشا ما كُتِبَ لهما أن يعيشاه، وهي تؤمن أن الروح بيد الله، أما المال فلا معنى له بذهاب الروح، ولكن كل همها كان زهرة، تلك الصبية الجميلة التي لا تزال في ريعان شبابها، إذ كانت الأفكار الخبيثة تطاردها مهما حاولت أن تتخلص منها وتطردها من ذهنها؛ ليس زهرة فحسب، بل كذلك أنوش التي أخذوها أمانة من أمها. ولقد أنهكتها الحيرة: إن بقيت فهذا ليس بحل عاقل،

وإن هاجرت فهذا ليس بحل مضمون، فما الذي يمكنها أن تفعله؟! هل تجبر الحاج على المشي؟ لا، هذا مستحيل. ولكن ماذا عن زهرة وأنوش؟! ما الذي يمكن أن يصيبهما بسبب بقائهما هنا؟ ألا تضع هذا في الحسبان؟ لا بد أن يُوضَع في الحسبان حتى لو كان احتمال حدوثه واحدًا في الألف؛ لن تتحمل أبدًا تبعات أمر كهذا، وبالتالي عليها أن تقرر وتختار شرًّا لا بد منه.

ما كان قلبها يطاوعها، مثل لسانها، عندما قررت أن تقول: «أنا أيضًا أرى ألا نذهب». في الحقيقة، حتى هي لم تصدق ما تقوله وهي تترجى الحاج:

- «لا تجعلنا نذهب، يا حاج، أرجوك».

ولا أحد يعرف كم مرة ترجته ألا يأذن لهن بالذهاب، قائلة:

- «نحن أيضًا سنبقى، وما يحدث لك يحدث لنا... ليكن ما يكون، المهم أن نظل معًا، حتى إن متنا فلنمت معًا؛ لن أذهب حتى لو كنت سأموت».

- «أنا مستعد للموت، صابرة!».

ما كان الحاج الذي ظل مدرسًا لسنوات طويلة يخاطب الحاجة باسمها إلا إذا كان غاضبًا أو منفعلًا جدًّا. وها هو الآن يخاطبها باسمها «صابرة»، وهذا يعني أنه قد بدأ يفرغ كل ما في قلبه من غضب وانفعال وهو يحدثها. ولكنها لم تفهم مقصده! حتى إن كان مستعدًّا راضيًا بالموت، ألا يعرف أن ثمة أشياء في الحياة أقسى من الموت ذاته؟! ماذا لو حصل مكروه لزهرة؟ قد يتحمل الموت، ولكن هل هو مستعد لتحمل أمر كهذا؟!

- «أنا لا أقول لكم: ارحلوا، بل: اهربوا.. اهربوا».

قالها الحاج ثم سكت. وحين دخل عليهما يلدرم، قال ما كرره لها مرارًا:

- «وليذهب معكم يلدرم».

فقال الأخير:

- «أنا... أنا أذهب معهم؟!».فأسر الحاج في نفسه: «يا إلهي!»، ثم رفع رأسه ونظر إلى يلدرم غير مصدق لما قاله؛ هل يرافقهم يلدرم الأهبل هذا طوال ذلك الطريق الشاق؟! ألم يُوفَّقوا من بين كل الرجال إلا برجل مثل يلدرم؟!

في تلك الليلة، لم تنقطع الأصوات الصادرة من غرفتهما حتى الصباح. ففي كل مرة يظن الحاج أنه قال كلمته الأخيرة، تعود الحاجة وتفتح الأمر مرة أخرى. وفي الصباح، عندما خرجت من غرفتهما إلى الليوان وقد احمرَّت عيناها كالدم من شدة البكاء، واسودَّت من قلة النوم، كانت قد اضطرت للموافقة على ما قاله الحاج؛ سيبقى هو وسيغادرون هم. إنهما إن رضيا بالبقاء، وأن يكونا شاهدين على ما سيحل بهاتين الطفلتين البريئتين، فسيأذنان بغضب من الله وعذاب شديد لما فرطا به من أخذ الحذر وتدبر الأمر. وما بقاء الحاج وحيدًا ومغادرتهم إلا توكل على الله ورضاء بما قدره عليهم؛ ألم يقل سيدنا عمر (رضي الله عنه) إن الزمان يأتيك بما تتوقع وما تدخر؟ ربما تحدث أمور كثيرة قبل أن يحل صباح اليوم التالي! ولكن كيف؟ أصوات القذائف تنهمر على المدينة من البحر، وأفواج العساكر تكتسح البر كأنها أمواج صاخبة.

إنهم قادمون، ولكن الحاج لا يقدر على المشي؛ لقد مشى من قبل ما يكفي حياته كلها إذ كُتِبَ عليه المشي لأيام، فأصبح لا يحبه مطلقًا، حتى أنه عندما ذهب للحجاز لأداء فريضة الحج، طاف حول الكعبة المشرفة على كرسي متحرك، وسعى بين الصفا والمروة على الكرسي ذاته سبعة أشواط. وإن لم يقطعوا ساقه من الفخذ داخل ذلك المشفى الحربي وهو في حالة بين الموت والإغماء، لما رغب كذلك في أن يخطو خطوة واحدة خارج البيت، إلا إذا كان ينوي الذهاب إلى المسجد.

لقد كان الحاج في الجبهة الشرقية في (حرب 93)، عندما تقرر أن تنسحب القوات من قارص إلى أرضروم. أطلق الضباط على هذه العملية «انسحاب»، ولكنهم في الحقيقة كانوا يسيحون في الأرض، ويمشون دونما توقف مطلقًا. أما الدولة في ذلك الزمن -كما هي الآن- فلم تعبئ جيشها وتسوق جنودها وترتبهم، بل جعلتهم يمشون فقط! ظل الجنود يمشون ليل نهار، تحت الثلج والمطر، بين الجليد والطين والوحل والمستنقعات، على الجبال والوديان، ويقطعون الأنهار لأيام وأيام. وفي كل مرة يقطعون سهلًا، يواجهون جبالًا شامخة وعرة أمامهم، وما إن يتسلقوا قمة جبل حتى تقف في وجههم قمة جبل آخر، وهم يسيرون أسرابًا وجماعات في مسيرة لا آخر لها فيما يبدو. لقد كان ذلك المسير يمتص قواهم ويضعفهم، ويجعلهم يتساقطون من التعب والإرهاب والعذاب، ويستنفد كل طاقتهم وقواهم. ولم ينسَ الحاج أبدًا ذلك الألم والوجع الذي كابده مع كل خطوة يخطوها بذلك البسطار الذي يرتديه والذي يضرب كل مكان في رجليه اللتين تورمتا بشدة، وبدأ الدم والقيح يخرج منهما، حتى باتت كل خطوة يخطوها بتلك الجزمة العسكرية تسبب له أذى كبيرًا. ولكنه مع ذلك، ظل يسير بها لأيام وأيام حتى زادت القروح والجروح في قدميه، وتعمقت أكثر لتخترق الجلد واللحم وتصل إلى العظم، إذ انسلخ الجلد، والتصق لحم قدمه بالبسطار، وبدأ يشعر أنه يمشي وهو يرتدي البسطار على عظامه مباشرة. وفي ذلك البرد القارس، كانت قدماه تحرقانه كأنهما تحترقان، حتى أتت لحظة ما عاد يشعر فيها بقدميه أبدًا. وما إن توقف عن المشي حتى عرف الألم على حقيقته.

ما كان أحد يدري كم يومًا مرَّ على الانسحاب من قارص. وعندما وصلوا إلى سفوح جبل كوب، وعلى الرغم من أن الوقت كان لا يزال خريفًا، فإنهم وجدوا أنفسهم تحت وطأة برد شتوي قارس حلَّ مبكرًا هذه المرة، وما هي

إلا لحظات حتى بدأت الأمطار تنهمر بغزارة. وما إن بدأوا بتسلق الجبل حتى تحولت تلك الأمطار إلى ثلوج، فبدأ الجنود من حوله يتساقطون واحدًا تلو الآخر، ويدفنون في مكانهم تحت الثلوج، في مشهد ظل الحاج يراقبه بدهشة ورهبة شديدتين. وكان بين الحين والآخر، يجثو وركبه ترتعش بشدة كبيرة، فيضم ركبه على جسمه، ثم يضم يديه عليهما بشدة، ولكنهما بعد لحظات تتفلتان رغمًا عنه. وأحيانًا، يغفو قليلًا وهو على تلك الحالة، ولكنه كان يعرف جيدًا أنه إنْ بقي نائمًا لمدة طويلة فإنه لن يتمكن من أن يقف مرة أخرى أبدًا. وكي يعاني العذاب ويذوقه مرة أخرى، تجدد الجلد في ساقه اليسرى، فبات يشعر بالألم مجددًا ويذوقه أشكالًا وألوانًا. أما يلدرم الذي كان ضمن العساكر الذين هم تحت أمرته، فحرص على أن يدفعه من الخلف أحيانًا، أو يسحبه وراءه أحيانًا أخرى.

وبعد أن تسلقوا قمة الجبل، ووصلوا إلى منحدرات شديدة مفتوحة على الوديان، راحوا ينزلون تحت الضباب والدخان والغيوم، وما هي إلا خطوة أو خطوتين حتى زلت قدم الحاج، فراح يتدحرج فوق السهول والمنحدرات، ومعه يلدرم، حتى توقفا في مستنقع من الوحل والماء المتجمد، حيث رأوا جثث جنود قد تجمدت، فأكملوا طريقهم من فوقها وهم يسقطون ويقومون مرارًا حتى بلغ التعب من الحاج مبلغه، وأُرهِقَ لدرجة شديدة، فانهار فوق الثلوج على سفح ذلك الجبل، واستلقى على ظهره وقد تورمت يداه وازرقتا من شدة البرد، وغطت عيونه غشاوة جعلته يرى جسده كأنه خيال أو سراب أو طيف، وبدأ يشعر بنبض قلبه يتناقص حتى يكاد يقف. ثم راح يهمس ليلدرم بعد أن أغلق عينيه بأنه يشعر أن روحه تُنتزَع من رجليه، وأنه لا يرغب في المشي أكثر إثر دفء يجتاح كل جسمه، وأن الألم الذي في رجله اليسرى ما يزال كما هو، أما الألم في ساقه اليمنى فقد خف حتى أنه لم يعد يشعر

بها؛ لقد كان بين خيارين: إما أن يقاوم من أجل البقاء على قيد الحياة وإما أن يستسلم للموت، ولكنه لم يعد يرغب في الحياة، فاستسلم وهو مستلقٍ على الأرض وقد أغمض عينيه اللتين لم يفتحهما إلا بعد أن وكزه يلدرم من كتفه، فقال له: «دعوني هنا، وأكلموا أنتم طريقكم... سأتبعكم». وبعد أن غاب عن الوعي، وانقطعت كل الأصوات من حوله، لم يبقَ سوى صوت يلدرم يرن في أذنيه: «استيقظ سيدي، لقد بانت أرضروم»!

لقد قطع ما بقي أمامه من طريق معتمدًا تمامًا على يلدرم الذي حمله بداية على كتفه، ثم وضعه فوق قطعة خشبية أخذ يجرها وراءه. ولكن الطريق إلى أرضروم التي أخبره يلدرم بأنها بانت كان يجب أن يسيروا فيه ثلاثة أيام حتى يصلوا إلى المدينة التي بدا أنها تبتعد عنهم أكثر كلما ساروا نحوها. وطوال تلك الأيام الثلاثة، كان الحاج بين الحياة والموت فوق القطعة الخشبية التي يسحبها يلدرم الذي يخطو الخطوة بنفس واحد تارة، ويتنفس عشرات المرت قبل أن يخطوها تارة أخرى، وكم من مرة همَّ بأن يخطوها فلا تسعفه قواه، فيتوقف كي يلتقط أنفاسه ويعاود السير ملايين الخطوات فوق الجليد والثلج والوحل والطين الذي تجمد من شدة البرد! وفي كل مرة، يصل الحاج إلى العدد ألف، يعود إلى العد من واحد، حتى كره المشي منذ ذلك اليوم.

وبعد مدة، استطاعوا أن يدخلوا أرضروم، ولكن لم يجدوا مستشفى تستقبل الحاج المسكين الذي يتضور جوعًا ويعتصر ألمًا، فقد كانت المشافي جميعها ممتلئة عن بكرة أبيها، وكل باب يطرقونه يُغلَق في وجههم، إذ تغص المشافي بجنود من أمثاله، حتى وجدوا مشفًى حربيًا افتُتِحَ حديثًا وافق على استقباله، ولكن بعد أن سبق السيف العذل. وعندما استعاد وعيه، عرف الحاج أنهم بتروا ساقه من الفخذ لأنها أُصِيبَت بـ«الغرغرينا» -كما قال الطبيب- رغم أنه كان يشعر بأنها لا تزال في مكانها!

لقد شعر الحاج بالتعب والإرهاق من مجرد التفكير في ذلك الطريق، وأنه سوف يعود للسير فيه مرة أخرى، وبدا له هذا الأمر مستحيلًا، فهو لا يجرؤ على المسير مجددًا مهما كان الثمن، وقد غدا كل طريق في عينه هو ذلك الطريق الملعون.

سوف تلتحق الحاجة، ومعها زهرة وأنوش ويلدرم، بقافلة النازحين التي ستغادر غدًا. أما كوفية وسهر، فستذهبان مع القافلة التي ستنطلق من القرية غدًا. والحاج الآن يفكر في أي الطرق ستغادر من خلالها عائلته: هل تنزح برًّا أم بحرًا؟ لقد خرج من البيت صباحًا مع يلدرم، وراح ينظر حوله ويتلقط الأخبار والأجواء، حتى التقى خليل صفا، وتحدث معه وتجادل، فهو سيغادر المدينة عبر قارب من القوارب التي تقل بعض ممثلي جماعة الاتحاد والترقي كون زوجته حاملًا، ولكنه لم يضع عمته في حسبانه، ولم يتحدث من أجلها كي تصعد معهم في القارب أو أي قارب آخر، بل تحجج بأنه قد حدث كذا وكذا... فعاد الحاج إلى بيته وقد اتخذ قراره:

- «يا حاجة، السفر بحرًا سيكون متعبًا صعبًا للغاية بسبب الازدحام أولًا، ولأن الروس يقصفون أحيانًا قوارب النازحين ويغرقونها ثانيًا؛ الأفضل أن تخرجوا من المدينة بعربة يجرها خيل إلى أقصى مكان يمكنكم الوصول إليه. ومن هناك، تركبون ما يمكن أن تجدوه أمامكم مناسبًا: سفينة أو زورق أو باخرة أو أي شيء يصادفكم، وتكملون طريقكم إلى إسطنبول، حيث تنزلون عند ابن أخيك صفوت في أرن كوي في إسطنبول. وما إن تهدأ الأمور هنا حتى تعودون بإذن الله، فهذه المدينة لن تبقى أبدًا بيد المحتل الروسي».

ثم نادى الحاج يلدرم، وقال له:

- «انطلق واعثر على عربة وحصان، وليكن حصانًا واحدًا فقط، فإنكم ستتوقفون كثيرًا على الطريق كي يستريح الحيوان وتطعمونه، فإن كانا حصانين وجدتم مشقة في رعايتهما وإطعامهما».

- «سيدي، لقد أصبحت أسعار الخيول باهظة الثمن للغاية».
- «ليكن ثمنه ما يكون».

ثم أخرج من جيبه قطعة ذهبية عليها صورة للسلطان رشاد، ووضعها في يده، قائلًا:

- «انتبه، يجب أن يكون الحصان قويًّا جلودًا، ولا يكون عجوزًا أو مريضًا».

فهز يلدرم رأسه موافقًا، فهذه القطعة الذهبية تكفيه كي يشتري العربة والحصان الذي يعجبه. وقبل وقت الظهيرة، عاد ومعه الحصان والعربة، ولكن القطعة الذهبية لم تكفِ ثمنًا سوى لحصان هزيل عجوز وعربة رثة متهالكة. وكي يشتري أفضل منها ما كانت لتكفيه حتى قطعة ذهبية أخرى. وعندما رأت الحاجة العربة والحصان أمامها، أدركت للمرة الأولى جدية الأمر، فقد ظنت طويلًا حتى اللحظة أن هذا كله ليس سوى خيال أو كابوس ستفيق منه ويذهب هو إلى حال سبيله.

ارتبكت جدًّا، فقد ضاق الوقت كثيرًا، فغدًا صباحًا ستتحرك القافلة قبل أذان الفجر، ويجب عليهم اللحاق بها؛ ما الذي يمكنها أن تفعله في هذا الوقت الضيق؟ وأي شيء يمكن أن ترتبه كي تأخذه معها؟ وأي صرة وملابس وتجهيزات يمكن أن تتدبرها في وقت ضيق كهذا؟ لقد كان اليوم ثلاثاء، ولكنها خالفت كل القواعد والقوانين التي سنتها في الدار، إذ عملت في ذلك اليوم أعمالًا لم تعملها في يوم من الأيام. وبينما تتسلل أشعة شمس آذار من بين الستائر التي حاكتها بيديها كلتيهما، وتتراقص فوق الموقد النحاسي، والمدفأة النحاسية المرصعة بالخزف، ولمبة الغاز، وزهرة السردينيا التي بدأت تسود أكثر فأكثر وتذبل منذرة بقدوم الخريف الذي يجاهر: «ها أنا قادم!»، فكرت بأنها ستترك كل هذه الأشياء خلفها وترحل، فأصبح لونها

شاحبًا وشعرت بغصة كبيرة، ثم نادت على كوفية التي تبكي دون توقف، وزهرة وسهر، وخالدة وخليل صفا اللذين يغادران بعد يومين، وقالت لهم: «وضبوا هذه الأشياء... وحمِّلوها على العربة» وهي تشير إلى ما جهزته من لحف ووسائد وقدر ولمبة غاز وزيت من أجل اللبمة وجرة غاز... يا إلهي، إن استمرت على هذه الحال، ستحمل كل ما في البيت على تلك العربة! لذا قالت أخيرًا:

- «حسنًا، هذا يكفي».

وعندما فتحت مستودع الأطعمة والحبوب في البيت، خرجت نسائم تحمل رائحة قرنفل كثيفة ملأت صدرها، فشعرت بغصة كبيرة وهي تدخل إليه، فقد كانت تنوي أن تعد حلوى عاشوراء يوم الجمعة من هذا الأسبوع.. آه وألف آه! وفي تلك الأثناء، تبعها الحاج، ووقف بالقرب منها، ثم قال:

- «لا تشغلي نفسك بالأشياء الصغيرة، بل خذي أكبر كمية يمكنك حملها من البطاطس والطحين، فهذه أكثر مقاومة، وتدوم معك أكثر، ولا ترهقي نفسك بأخذ الخضراوات والفواكه، وخذي إبريق الشاي الأزرق، وما تبقى من الشاي لدينا، فسيكون الشاي لكم كالدواء في طريقكم، ولكن لا تعدي الشاي في كل وقت؛ فقط عند الحاجة. وطبعًا لا تنسي أن تأخذي معك الكينيا والكربونات والخل».

ومع أن المتاجر والمستودعات مليئة بالبضائع، والبيوت مليئة بالأثاث، والحقول مليئة بالغلال، فإن أهم ما يجب أن يأخذه المرء معه في مثل هذه المحن هو النقود. لذا حملت الحاجة ماكينة الخياطة الجديدة، وأعطتها ليلدرم، ومعها قدر نحاسية كبيرة، وقالت له:

- «خذ هذه، وبعها في السوق».
- «كم أطلب ثمنًا لها، سيدتي؟».

فابتسمت ابتسامة كلها ألم وحزن، إذ كانت تعرف أنه لن يُبَاع شيء في هذه الظروف بثمنه الحقيقي، ثم قالت له:

- «بعها بما يعطونك ثمنًا لها».

ولكن عندما عاد يلدرم ومعه ما أعطته إياه لأن أحدًا لم يقبل أن يشتري ماكينة الحياكة إلا بعشرين قرشًا، والقدر النحاسية بثلاثة قروش، صُدِمَت لأنها لم تتوقع هذا أبدًا.

لقد شارف وقت العشاء، وتقريبًا انتهت الحاجة من تجهيز كل ما يلزمها، وامتلأ صندوق العربة وغطوا الحمولة، فدخلت إلى غرفتها، وراحت تجول بناظريها على سريرها المنقوشة عليه الورود، وباب خزانتها، والمرآة التي عليها، والباب الآخر المزخرف بعروق الورد، والسجادة الممدودة في الأرض؛ لقد دخلت هذه الدار عروسًا، وقسم لها أن يرفع الحاج الخمار عن وجهها، ويشاهد جمالها البديع وهي ترتدي الأقراط الزمردية في أذنيها، في هذه الغرفة.. فوق هذا السرير. ثم مسحت دموعها، وفتحت درج خزانتها، وأخرجت عقدها اللؤلؤي وخاتمها الألماسي، ووضعتهما في صرة علقتها في خصرها. وفي تلك الأثناء، دخل الحاج، وجلس على طرف السرير، وقال لها:

- «صابرة، خذي هذه أيضًا معك، ربما تنفعكم».

لقد كان يقدم لها ساعة الجيب التي جاءته هدية مع الساق الصناعية من فيينا.

في تلك الليلة، انطوت كل من زهرة وخالدة وأنوش على أنفسهن فوق فراش في العلية، وذهبت كوفية وسهر إلى غرفة كوفية في الفناء. أما خليل صفا والحاجة والحاج، فلم يناموا أبدًا، في حين غفا يلدرم فوق الأريكة التي يجلس عليها. وعندما قارب وقت الفجر، وقفت الحاجة، وركعت أربع ركعات، وفي السجدة الأخيرة ظنت أنها لن تتمكن من رفع رأسها مرة

أخرى. وقبل أذان الفجر، كان كل مَن في البيت مستيقظًا، وقد ارتدت النساء الجلباب، وأيقظن في الأخير أنوش التي راحت الحاجة تلبسها ملابس كثيرة، قبل أن تضع وشاحًا من الصوف على رأسها. ها هم الآن جميعًا مجتمعين في فناء الدار وأصوات الجيران في الخارج الذين بدأوا بالخروج للحاق بقافلة المهاجرين تصل إليهم. وبينما تهم الحاجة بالمشي، راحت تربت على جذع شجرة الليمون، ثم قطفت منها أربع أو خمس حبات، وجمعت قليلًا من النعناع، وهي تقول:

- «هذا سيفيد من يُصَاب بالغثيان أو الإعياء بسبب الطريق».

آه يا حاجة آه! إنها تعرف أن الرؤيا التي يظهر فيها دم رؤيا شر. ورغم أنها تعرف ما ينتظرهم من أمراض ومشاق طوال طريقهم ذلك، فإنها جاهدت كي لا تفكر في تلك الرؤيا، أو تقترب منها أبدًا.

نادى الحاج:

- «هيا كي لا تتأخروا».

أما الحاجة، فالتفتت وهي تخرج من باب الدار وراءها، ونظرت إلى منزلها، وتذكرت تلك الرؤيا التي رأتها قبل يومين، وليتها لم تتذكرها! لقد رأت شجرة الرمان التي في حديقة منزلها قد شبَّت بها نار مستعرة، وراحت تحترق بين ألسنة اللهب؛ ما كانت لترى رؤيا غير تلك الرؤيا قبل يوم هجرتها هذه على أي حال. بيد أنها عندما نظرت إليها بالقرب من الباب، رأتها منتعشة يسري الماء في عروقها وسوقها تتجهز لأن تتفتح براعمها في أقرب وقت.

نظرت الحاجة مرة أخيرة لبيتها وحديقتها ومطبخها؛ ليته لم يكن جميلًا هكذا! وليتها لم تمتلك فيه ذكريات جميلة! ربما كان ألم الفراق ساعتها أسهل وأقل مشقة. ولكنه كان في أبهى حلة، كالجبل الشامخ بالقرب منه، والبحر الساحر المطل عليه، بل إن الرياح التي تداعب أمواج البحر كانت في

أبهى وأجمل حلة؛ إنهم يغادرون هذه الديار في أجمل يوم، وأنسب شيء في هذا اليوم هو البقاء وعدم الرحيل!

شعرت الحاجة بحرقة وغصة في قلبها، كأن نارًا قد اشتعلت بين أضلعها. ماذا عن العودة؟ هل يمكن أن تعود مرة أخرى؟ لم تكن تدري في الحقيقة، فهمست في نفسها: «يا ربي، هل سنذهب ونترك وراءنا هذه الديار وهذا الجبل وهذا البحر؟! هل نترك الحاج أيضًا؟! أهذا أمر يرضيك؟!». ولو أنها لم تكن امرأة مؤمنة صابرة، لاعترضت على قدر الله، ولكنها ما كانت لتفعل شيئًا كهذا أبدًا معاذ الله، بل أسرت وهي تحاول أن تخفف عن نفسها: «على الأقل، سنسافر في طقس جيد يمنحنا بعض الراحة في طريق سفرنا».

كانت تعرف أن هذا الجو الجميل الذي تحسبه هبة لها من السماء لن يستمر طويلًا، وأن هذه النسائم العليلة سوف تتغير، فكيف سيستمر هذا الطقس معهم طوال طريقهم ذلك وفي أي لحظة يمكن أن يكشر الشتاء عن أنيابه، فيعضهم البرد وتثقل كاهلهم مشقة السفر. حينها، سيتحمل المشاق مَن يمكنه الوقوف في وجهها، أما مَن لن يتمكن من الوقوف فسوف ينهار ويلقى حتفه.

كرر الحاج:

- «هيا، يا حاجة، كي لا تتأخروا!».

فخرجت الحاجة من باب الدار، ثم رجعت خطوات إلى الخلف، حيث وقفت زهرة تنتظر أمام العربة ممسكة أنوش بيد حاملة بالأخرى صرتها مرتدية جلبابها الأزرق المخطط بخطوط بيضاء، فبدت طفلة لا تختلف كثيرًا عن أنوش. وقبل أن تركب الحاجة العربة، عادت إلى الدار متذكرة شيئًا ما، فجرت مسرعة نحو الحديقة الخلفية، وفكت الحبل من حول عنق الكلب «أسطورة» كي لا يكون عبئًا على الحاج، وليخرج من البيت ويعيش ما قُدِّرَ له خارج تلك الدار. ثم رجعت، وجرت نحو العربة، وقالت ليلدرم:

- «هيا، انطلق».

فأمسك بزمام الخيل، ثم ضربه ضربة خفيفة، فراح يمشي تاركًا خلفهم خالدة وخليل صفا وكوفية وسهر والحاج.

راحت العربة تسير محملة بأحمالها، والحاجة الجالسة بالقرب من الحمولة والعفش الذي أخذته معها، هي وزهرة وأنوش. وبعد قليل، انعطفت عند ناصية الزقاق الذي يوجد فيه البيت، ثم اختفت عن الأنظار. ولكن في تلك الأثناء، حصل شيء آخر! فقبل أن يخرجوا من حيهم، سمعوا صوت نباح متقطع من خلفهم؛ لقد كان أسطورة يتبعهم بأقصى سرعته. ورغم أن الحاجة طردته ونهرته وصرخت في وجهه مرارًا وهي تحاول إبعاده، فإنه لم يكن ينوي الابتعاد على ما يبدو؛ لقد كان واضحًا أنه لا ينوي أن يطاردهم حتى نهاية الطريق في الحي، بل ينوي أن يرافقهم في رحلتهم تلك.. كان هذا واضحًا للغاية، فقالت زهرة حينها:

- «جدتي، إنني لن أتخلى عنه حتى لو خربت الدنيا، فلنأخذه معنا».

لم تكن الحاجة قد استلطفت ذلك الكلب بعد، ولكنها أيضًا ما كانت لترضى بأن تكسر قلب زهرة، فتنهدت وقبلت بأن يلتحق بهم. في نهاية المطاف، لن تحمله على ظهرها، فليأتِ معهم إلى أقصى مكان يمكنه أن يأتي إليه، وإن كان الاحتمال الأرجح أن يموت وينفق في الطريق.

أخذته زهرة، وجعلته يجلس بالقرب منها. وبينما يدوي صرير عجلات العربة وهم ينعطفون من آخر منعطف حتى ينخرطوا في حشود الناس المتجمعة، رُفِعَ أذان الفجر. وفي تلك الأثناء، كان أهل طرابزون من كل حي أو زقاق أو جادة أو شارع ينسلون من منازلهم ليتجمعوا في مكان واحد، ثم يبدءون الرحيل والمسير نحو جهة واحدة، ألا وهي الغرب. وما هي إلا لحظات حتى بدأت أصوات بكاء الأطفال وأنين المرضى ونحيب العجائز

تختلط مع صرير عجلات العربات وهمهمة الحيوانات؛ لقد كانت قافلة الهجرة تلك مكونة من أضعف الكائنات في الوجود، فكانت كلها تقريباً مكونة من النساء والأطفال والعجائز أو المرضى من الرجال، إذ ارتقى شباب ورجال طرابزون شهداء على جبهات الحرب قبل سنتين.

لم يتكلم أحد منذ مدة، حتى أنوش التي اتكأت برأسها على ذراع زهرة لم تفتح فمها أبدًا. وبينما تتفرج الحاجة على البحر الذي يلمع كأنه طبق من الفضة عن يمينها، لاحظت أسرابًا من الدلافين تخرج رؤوسها فوق سطح البحر، وتسبح في الجهة المغايرة لتلك التي يتجه النازحون نحوها، مهاجرة نحو باطوم عابرة البحر الأسود. وقد كانت الحاجة معتادة على رؤية أسراب الدلافين وهي تهاجر في مثل هذه الأيام من السنة، وما إن تراها وهي تسبح في البحر، وتخرج رؤوسها وتقفز وتتشقلب في الهواء، حتى تمكث بالنافذة وتوقظ كل مَن في الدار كي يرى ذلك المشهد. أما الآن، فقد اكتفت بالنظر إليها وهي تسبح أمامها، فعندما تندلع النيران تفقد بعض التفاصيل معناها الخاص، ويصبح كل شيء تراه أمامك لا معنى له، أو كأن كل ما تراه أمر عادي للغاية. ومع هذا، أرادت أن تري أنوش هذا المنظر، فانحنت عليها فرأتها تغط في النوم، فلم ترضَ أن توقظها من نومها. أما «أسطورة» فقد كان يجلس بالقرب منها باسطًا ذراعيه واضعًا رأسه عليها ناظرًا بعينيه إلى الحاجة.

كم يمكن لقافلة من النازحين أن تقطع مسافة في اليوم؟ على أي حال، لقد قرروا المبيت في آقجة آباد في تلك الليلة. ومن ثم، فرشوا كغيرهم البسط فوق الرمال، وحضروا الطعام تحت النجوم، إذ كان الكل يتضور جوعًا جراء السفر ومشقته. والله يعلم أن الحاجة ما كانت لتبخل على أحد أبدًا بالطعام، بل هي على أتم الاستعداد لتقديم لقمة أخرى لمن طلب لقمة أولى، ولكنها هذه المرة تشعر بضيق وحرج مع كل لقمة تنقص من الطعام.

وبعد آقجة آباد، بدأت الطرق تصبح أكثر وعورة، إذ بدت مليئة بالحصى والحجارة والمطبات والحفر. وكان يلدرم يحاول جاهدًا أن يتبع العربات

التي أمامه، ولكن ليس بالقرب من شاطئ البحر، بل كان يفضل أن يكون الطريق داخل البر أكثر لأن السفن الروسية تقصف كل ما يتحرك على البر بمدافعها المسلطة على سواحل البحر، وما كان لأحد أن يعرف متى يمكن أن تقصف تلك السفن الشواطئ. وقد كانت قوة الرياح هي القوة الأساسية للمهاجرين عبر الزوارق والسفن، أما للمهاجرين برًّا فما كانت لها تلك الأهمية، ولكنهم جميعًا الآن بحاجة إلى حفظ الله ورعايته. وقبل أن تغادر منطقة يوروز، وهي المحطة الأخيرة التي يمكن أن ترى منها طرابزون، التفتت الحاجة وراءها ونظرت إليها، فشعرت بسبب تلك الغمامة الحمراء من الدخان التي تعتليها كأنها تحترق. ليتها كانت من الحجارة فلا تشعر بألم تلك اللحظة؛ لقد تحولت طرابزون إلى رماد بسبب تلك النيران التي تأكلها... النيران تلتهم مدينة الأمراء والسلطانة كولبهار!

وبعد أن غادرت يوروز، تغيرت تعابير وجهها، فأول ما رأت الغيوم السوداء الملبدة في كبد السماء أمامها، وطيور النورس ترتفع بجناحيها باضطراب فوق الساحل، وأنواعًا من الطيور الأخرى تحلق في أعالي السماء، شعرت بقبضة في قلبها. فلطالما كانت العواصف تهب من ناحية إسطنبول، وحتى العاصفة الأخيرة التي زلزلت الباخرة جول جمال.. ألم تهب من يوروز من قبل؟ يا ربي! ها هي أمواج البحر تتجه مسرعة نحو مدينة ريزا، حيث أشارت الحاجة بيدها إلى الأفق خلف البحر، وقالت لزهرة التي تنظر إليها بتوتر واضطراب شديد:

- «انظري هناك».

حينها، لم تكن قد هبت ريح على البر، ولم يتحرك غصن بعد، ولكن لم تمر خمس دقائق حتى راحت رياح قوية تعصف بهم، كأن البحر الأسود قد ثار غضبه، وفتح فمه على البر يريد أن يلتهمه في أي لحظة، فزلزلتهم

الرياح وغيرت حالهم، وراحت أمواج كالجبال تضرب شاطئ البحر بأقصى قوتها موجة إثر أخرى، وراح البحر الأسود يصب غضب السنين على كل ما أمامه من رمال وحجارة وأتربة، كأن القيامة تقوم. لم يكن غضب المياه يشبه شيئًا آخر على الإطلاق، فارتعدت الحاجة وخافت، إذ اعتادت منذ سنوات على رصد العواصف بالإصغاء لصوت البحر والأمواج، ولم تنسَ أبدًا اللحظة التي كتبت فيها على تقويهما الذي تستخرجه كل عام بالخط العريض «عاصفة عاتية»؛ كانت قد كتبت ذلك في أوائل آذار. ليس هذا فحسب، بل أضافت ملحوظة بالقرب منها «برد قارس لم نرَ مثله من قبل». تذكرت ذلك كأنه كان اليوم، وحينها ما كانت تشعر بالدفء مهما أشعلت النار، ومهما ارتدت من ملابس. وما زاد الطين بلة أن ذلك اليوم شهد هبوب عاصفتين: هبت الأولى مبكرًا، وتأخرت الأخرى قليلًا حتى اجتمعتا معًا فوق سطح البحر الأسود.

ما هذا إلا بداية فحسب. لذا، راحت الحاجة التي تعرف البحر الأسود وسواحله كراحة كفها، وتعرف السماء كأنها قطعة من قلبها، تنظر مرات ومرات صوب السماء والبحر، وحاولت أن تتوقع الجو، فاستطاعت أن تعرف من لون البحر وصوته ودويه ورائحته، ومن القشعريرة التي تصيبها وسيلان أنفها ونزول الدموع من عينيها، أن هذا اليوم سيكون من أبرد أيام آذار؛ وهذه مصيبة كبرى ستحل بالنازحين.

راحت قافلة النازحين تسير لأيام وأيام تحت تلك العاصفة المحملة بالرياح العاتية والأمطار الغزيرة والثلوج، والناس يحاولون أن يتشبثوا بالحياة ويتمسكوا بها، إما بالاحتماء والتمسك بعرباتهم وإما بالاحتماء بأغصان وجذوع الأشجار وهم يتقلبون، والرياح تعصف بهم فيسقطون ويعاودون النهوض مرة أخرى وهم يحملون أرواحهم على أكفهم، وكلما تسلقوا تلة تبعتها أختها، حيث استمروا على تلك الحالة أيامًا طوال. وقد نظرت الحاجة

حزينة إلى قافلة النازحين التي كانت هي واحدة منها بعد أن بقيت لأيام تصارع في العراء، يحاول الناس فيها دفع الخيول أو سحب أنفسهم بقوة من أجل البقاء على قيد الحياة وقد أصبحوا في وضع يرثى له بعد أيام لا يعلم عددها إلا الله وهم على تلك الحال. لقد كان الناس والخيول أشبه بتلك البغال الشريرة التي تُصوَّر في قصص وحكايات السحر والشعوذة، وكانت موجة المهاجرين هذه تسير ببطء شديد، وتقطع طريقها وقسم منهم قد ربط قطعة من الكتان ببعض الحبال والخيوط على رجليه، وقسم قد ارتدى خفًّا، والقسم الأكبر ظلوا حفاة.

كان أقسى ما يواجه قافلة النازحين الطريدة جداول المياه التي ليس عليها جسور لعبورها، والتي يعبرونها في صقيع آذار والمياه الباردة التي تكاد تصل إلى درجة التجمد تبلغ خصورهم، دون أن يعرف أحد مَن منهم سوف ينجو ويخرج من تلك المياه سالمًا، فقد كانوا مجبرين على المسير باستمرار دون توقف إذ يلاحقهم الجيش الروسي، بل ما كانوا يستطيعون المكوث كثيرًا في المناطق التي خصصتها لهم مفوضية الهجرة والنزوح في المدن والقرى التي يمرون بها، مثل فناء المساجد أو البيوت الفارغة، كي لا يجتمعوا مع القوافل التي تأتي خلفهم، كما أنهم لا يقدرون على السير بأسرع من ذلك كي لا يلحقوا بالقوافل التي سبقتهم. وفي كل ليلة، كان هؤلاء المهاجرون الذين تقدر أعدادهم بالآلاف يفترشون الأرض، ويلتحفون السماء، ويبيتون ليلتهم في العراء، وعند استيقاظهم كل صباح كي يتابعوا المسير ينقص عددهم.

واصلت موجة البشر هذه طريقها بين قمم الجبال وسفوحها من جهة، والبحر من جهة أخرى، فارين من جيش الروس، خائفين من قطاع الطرق الأرمن والرومان والترك، يصارعون العواصف والمخاطر، ويجابهون الجرائم

وخطر الموت والهلاك الذي ما كان لأحد أن يعتاد عليه، والذي كان صوته يعلو أكثر فأكثر بمرور الوقت، ويتسع انتشاره أكثر بينهم. وكلما مرُّوا بقرية أشفق عليهم أهلها وحزنوا لحالهم، وما هي إلا أيام حتى يصبح أهل هذه القرية في مثل حالهم، فرغم تناقص أعدادهم بسبب الموت الذي يتخطفهم من حين لآخر، فإنهم كانوا يتزايدون من جهة أخرى بسبب توالي موجات النزوح. وفي نهاية المطاف، وصلت الموجة البشرية الضخمة إلى كورلي بعد خمسة عشر يومًا من مغادرتهم طرابزون.

في كورلي، نظرت الحاجة إلى مَن معها على متن العربة المتهالكة، وتساءلت: «يا إلهي، كيف سأحميهم وأحافظ عليهم حتى نصل إلى وجهتنا؟!». وعندما سُكِّنوا في منزل فارغ من منازل الأرمن من قِبَل مفوضية المهجرين والنازحين كانت الساعة تشير إلى منتصف الليل تقريبًا. حينها، لم يكن أحدٌ من شدة التعب والإرهاق قادرًا على أن يرفع رأسه، أو يتفقد المنزل الذي حل به، أو يتفكر حتى في الحكمة من قهر القدر وتعذيبه لهم. وحتى الحاجة، لأول مرة في حياتها، رمت نفسها مباشرة على أول سرير صادفته في أول غرفة فتحت بابها، دون أن تنظر إلى رائحة اللحاف أو نظافة الشراشف أو درجة بياضها؛ فقط ضمت لصدرها زهرة وأنوش وعانقتهما بشدة، وبينما تغلق أجفانها لم تفكر حتى طويلًا في: «ماذا سيحدث لنا؟!». ولكن آه من هذا السؤال، فأول ما فكرت به شعرت أن الدماء في عروقها تجري حارقة كل ما يصادفها من خلايا. آه لو كان بإمكانهم أن يصلوا إلى إسطنبول في أسرع وقت؛ كأن كل شيء سيكون أسهل في أرن كوي في إسطنبول! بيد أنه حتى هذا الحلم بعيد المنال يصعب جدًّا الوصول إليه، فكم من جبال أمامهم، وكم من وديان وأنهار! وبينما تفكر في هذا، ارتخت مفاصلها، وانحلت ذراعاها عن أنوش وزهرة اللتين تضمهم، وغطت في سبات عميق.

أفاقت والفجر لم يطلع بعد، وحاولت أن تستوعب أين هي في ذلك الظلام الدامس. وعندما استوعبت، أسرَّت في نفسها: «يا ليتني مت، ولم أر يومًا في حياتي كهذا.. يا ليتني لم أستيقظ!». ولكنها عندما رأت زهرة وأنوش في حجرها تغطان في سبات عميق، وأنصتت إلى صوت أنفاسهما، خجلت واستغفرت ربها لما تمنته في سريرتها بينما تحاول أن تقوم من فوق السرير، فحتى هذه الأنفاس هي من أكبر نعم الله على الإنسان! وما هي إلا لحظات حتى رُفِعَ أذان الفجر، فخرجت إلى الحديقة، واتجهت نحو مضخة المياه كي تتوضأ.

في برد الصباح القارس الذي يلفح جسمها، وقفت الحاجة لأداء صلاة الفجر. ومع أنها ركعتان فقط، فإنها أخطأت فيها مرارًا وسهت كثيرًا، فكم من مرة كررت التحيات، وكم من مرة أخطأت بالسور، بل إنها أخطأت حتى في سجدة السهو ذاتها! وعندما يئست من إتمام الصلاة، بقيت في آخر سجدة من سجدات السهو على وضعية السجود لدقائق، ولو أنها لم تسمع زهرة تناديها من الداخل «جدتي!»، لما رفعت رأسها من تلك السجدة مطلقًا.

كانت تفزع عندما تناديها زهرة بـ«جدتي!» بدلًا من «حاجة». وبينما تقف، صاحت «أنا قادمة»، وأدركت حينها أنه لا يحق لأحد أن يبكي في تلك الظروف إلا لحظة الموت، وإن كان الموت أو البكاء لا يطلبان إذنًا أو يمهدان: «ها نحن مقبلان».

بدا أن الغرفة التي نمن فيها ليلة أمس لشخصين، على أحد جدرانها مرآة كبيرة مزركشة مصنوعة من خشب الجوز، أمامها مباشرة خزانة ببابين، وخزانة كبيرة من أدراج عليها لمبتا غاز، وقد فُرِشَت الأرضية بسجادة فاخرة؛ نظرت الحاجة إلى كل ذلك وتفحصته بناظريها، فوصلت إلى قناعة بأن هذا بيت عائلة ثرية من عوائل الأرمن. وبعد أن غطت زهرة وأنوش بلحاف من

الصوف، اتجهت صوب الخزانة وفتحتها، فأصدرت المفصلات صريرًا جعل أنوش تتقلب. ومن ثم، راحت تفتش بين الملابس المطوية في الخزانة واللحف والأقمشة والأحذية المصفوفة على الرف الأخير؛ هذا يعني أن تلك العائلة لم تأخذ معها إلا ما خفَّ وزنه وسهل حمله مثلما فعلوا هم تمامًا.

بين الملابس وجدت بُردة فارتدتها، ووقفت أمام المرآة الضبابية ترتب غطاء رأسها، ثم انتقلت إلى المطبخ، حيث رأت خبزًا على المائدة قد تعفَّن، وتجمعت عليه أسراب من الحشرات والنمل، وهب الذباب عليه وعلى أطباق الطعام. وما إن اقتربت من الطاولة الرخامية، وفتحت الستارة التي تحتها، حتى وجدت كنزًا من كنوز قارون، إذ عثرت على إناء كبير ممتلئ عن آخره بالقاورمة، وكيس كبير من البطاطس، وجرة من زيت الزيتون، فاغرورقت عيناها وهي تقول: «يا ربي، يا أرحم الراحمين، نجِّي عبادك من هذا اليوم العسير، إنك على ذلك لقدير». الآن، أصبحت بحاجة إلى قدر أو طنجرة أو شيء من هذا القبيل، ولكن أين تجده يا تُرى؟ إن لغة المطابخ في كل مكان واحدة، لذا همست بالمقولة المألوفة لكل سيدة تقف في مطبخ امرأة أخرى: «أين أضعها لو كنت مكانها؟». حسنًا، ها هي! ومن ثم، أشعلت النار، وحاولت أن تتذكر بينما تحمص الطحين كي تصنع حساء منذ متى لم تقف كي تعد الطعام لأهل البيت، وتخيلت الحالة التي آلت إليها. وبعد سلقها البطاطس وتسخين القاورمة، عجنت الطحين مع الماء وخبزت لهم، مع أنه لم يكن لديها خميرة، ثم مدَّت على المائدة طعامًا لا يمكن أن تجد أفضل منه في يوم عسير كأنه يوم القيامة.

في اليوم الثاني، وقبل أن يغمسوا ملاعقهم بأطباق الحساء في وجبتهم الوحيدة في اليوم، سُمِعَ قرع باب الدار مصحوبًا بصوت منادٍ يصرخ عاليًا لينذرهم باقتراب الجيش الروسي من المدينة، ويحثهم على إخلاء كورلي

في أسرع وقت، فألقوا بضع لقيمات في فمهم على عجالة، وغادروا بأقصى سرعة تاركين وراءهم المائدة على حالها، تمامًا كما فعل أهل المنزل من قبل.

وفقًا لما تناهى إلى مسامع يلدرم، فإنه لا سبيل لمغادرة كورلي إلا عبر البحر، لذا قالت الحاجة: «حسنًا، لنفعل هذا». ولكن ما إن نزلوا إلى الميناء، حيث يُفترَض أن الدولة أنشأت مركزًا لترحيل النازحين، حتى صُدِموا بمشهد الناس المتجمعين كأنهم في يوم المحشر، إذ كانوا يتدفقون إلى هناك أفواجًا أفواجًا، كلٌّ يخاف على روحه ويحاول إنقاذ نفسه، فكثرت البلبلة والجلبة، ولم يبقَ أدب أو احترام أو اصطفاف في دور، وأصبحت الحشود كأنها جسد واحد يهيج ويموج، وكثرت المحسوبيات والمحاباة والقسوة والعنف. أما أثرياء الحرب، فكانوا قد غادروا منذ زمن. ومن ثم، كان إيجاد عبَّارة يكاد يكون أمرًا مستحيلًا! أما الزوارق والمراكب، فكانت مكتظة بعوائل الموظفين؛ هكذا كانت الأوامر من الجهات العليا. رأت الحاجة تلك الزوارق وقد مُلِئَت إلى جانب عوائل الموظفين بأحواض الزرع والزهور الخاصة بهم، فشعرت بغضب شديد، وحاولت أن توبخ بعضهم، وتعترض على يقترفونه، ولكنها لم تفعل، والأحرى أنه لم يكن أمامها وقت تضيعه في ذلك، فقالت:

- «يلدرم، دعنا نستأجر زورقًا بمالنا!».
- «حسنًا سيدتي، ويمكننا أن نعطي العربة والحصان أجرة مقابل هذا».

ومن ثم، ذهبت معه إلى أحد ملاحي الزوارق، فصادفت رجلًا فقد أثمن ما يمتلكه الإنسان، إذ كان وقحًا بلا أخلاق أو مروءة، فطلب مبلغًا جعل أبراج عقلها تكاد تطير من مكانها، مبررًا ذلك بقوله:

- «يا جدة، ماذا يمكننا أن نفعل؟ هذه هي الحرب، وهذه هي الأسعار! فإن أردت فاصعدي، وإلا فافسحي الطريق كي يصعد الزبائن الكثر الذين ينتظرون دورهم!».

فشعرت بغيظ ورغبة كبيرة في أن تحمل حجرًا وتهوي به على رأسه، ولكنها تمالكت نفسه ولم تفعل، واستأجرت ذلك المركب الذي ظنت أنها ستستأجره ببضع قطع نقدية أو بمقايضة ذلك بالخيل والعربة، غير أن ذلك الملاح لم يرضَ بتلك العربة والخيل فقط، بل أخذ القرط الزمردي أيضاً بعد مفاصلة ومساومة وإصرار على فحصه أولًا. وهكذا، بات بوسعهم أن يقصدوا وجهتهم المنشودة عبر رحلة كلفتهم غاليًا جدًّا، فبهذا المبلغ كان يمكنهم أن يذهبوا إلى إسطنبول على أفخر مركب مائة مرة، بل ويعودوا مائة مرة كذلك. وعندما همَّ بتحميل ما لديهم على العربة، من لحف وبطانيات وقدر وبطاطس... إلخ، قال الملاح:

- «هذا كثير، يا حاجة!».

ثم أخذ نفسًا من سيجارة بيده، وقال:

- «إن البحر هائج اليوم، ومن الممكن أن ننقلب، لا قدر الله».

فلم يتمكنوا إلا من أخذ بعض الأشياء معهم، ولم يعد لديهم في هذا الجحيم سوى أرواحهم، كغيرهم من الناس، وكان في انتظارهم نهر هرشيت الذي تلطخت سمعته منذ تلك اللحظة.

رفض الملاح الخائف من دوامة في بداية نهر هرشيت أن يوصلهم إلى الضفة الأخرى من النهر، فأنزلهم على الضفة المقابلة بعد صراع مع الأمواج، حيث وقفوا -كغيرهم من النازحين- أمام النهر متحيرين في أمرهم؛ عليهم أن يعبروا هذا النهر الأصغر حجمًا وعمقًا بين أنهار المنطقة، ولكنه كان هائجًا ثائرًا تتدفق المياه فيه بسرعة وقوة جنونية كأنها سيل عرم بشكل ما كان لأحد أن يتوقعه من نهر في مثل حجمه. صحيح أنه ليس الأطول ولا الأعظم ولا الأعرض ولا الأعمق في الدولة العثمانية، ولكنه الأسرع والأعتى والأشد جنونًا وثورانًا، حتى أنه لا يُسمَح لأحد في الظروف العادية بعبوره أبدًا، فرغم أن الناس لا يطلقون عليه نهرًا، بل جدولًا، فإنه اجتمعت فيه المخاطر والمشاق والمصاعب كلها التي تُوجَد في أعتى الأنهار وأصعبها. وما كان أحد يعرف عنه هذا الطبع وشهرته هذه إلا من اختبره وعرف طباعه من كثب.

توقفت الحاجة أمام النهر، وراحت تنظر إليه رافعة تنورتها بيديها، فرأت النهر الذي راح ضحيته كثيرٌ من الأرواح حتى في الأوقات العادية ثائرًا هائجًا في أوائل نيسان، إذ تتدفق المياه فيه بشدة وقوة كبيرة، ويرتفع منسوب المياه به مئة ضعف على الأقل، ليتحول ذلك الجدول نهرًا عظيمًا ثائرًا متوحشًا يبحث عن أي روح تصادفه كي ينقض عليها ويفترسها ويبتلعها، فكيف يمكن التغلب على نهر ثائر كهذا؟!

إن مَن يتمكن من عبور هذا النهر يُعدُّ من المحظوظين، حتى أنه خرجت شائعات بأن الجيش الروسي ستنكسر شوكته ويقف هنا غير قادر على التقدم أكثر من ذلك. ولكنه الآن يقف في وجه أولئك النازحين المساكين الذين تسوروا على ضفافه يفكرون في كيفية عبوره وقد راح يتصرف كأنه يقول لهم

إنه لا أمل في العبور سالمين أبدًا، فمصيرهم سيكون كمصير الذين عبروه من قبل.

ظلت حشود المهجرين والنازحين تتدفق على ضفة النهر أفواجًا أفواجًا، حيث تجمع المئات منهم، ولحقت القوافل بعضها ببعض، وها هم الآن يقفون على ضفته منثورين كأنهم حبات عقد لؤلؤي أو حبات مسبحة على طول النهر ينظرون إلى المياه النظرة الجنونية الأولى للإنسان الذي خلقه الله ورأى الماء أمامه لأول مرة. كان الكل يحاول النجاة بنفسه بعبور هذا النهر خائفًا من وقع خطى الجيش الروسي الذي يتبعهم من الخلف. ولكن كيف؟ هذا السؤال الذي لا يجد أحدٌ له جوابًا للأسف؛ لقد غامر عدد من الناس، فألقوا بأنفسهم في النهر كي يعبروه سباحة حتى يصلوا إلى الضفة الأخرى، فنجح بعضهم بالفعل في الوصول إلى الضفة الأخرى، وجرف بعضهم التيار وغيَّبهم أمام عيون الناس المصطفين على ضفة النهر. وحينها، زاد الخوف في قلوب مَن يقفون على ضفة النهر بعد أن رأوا الموت بأم أعينهم، فتراجعوا وراحوا ينظرون إلى المياه أمامهم بلا حيلة، فلا جسر فوقه، ولا يتوفر إلا زوارق صغيرة بدائية مصنوعة من المطاط يحاول الناس العبور من خلالها. ولكن هل ستكفي هذه الزوارق التي تقدر بالأربعة أو الخمسة كل هؤلاء الناس الذين يتوافدون أفواجًا أفواجًا؟ وإن كانت كافية، ألا يُخشَى من أن تنجرف مع هذا السيل العرم للأمواج العاتية الهائجة، فتُسحَب نحو المنحدرات حتى تُلقَى في عرض البحر بين الدوامات والأعاصير؟!

رددت الحاجة: «لا حول ولا قوة إلا بالله»، إذ بدا أن الحل الأفضل الآن هو الانتظار، فما يُعرَف متى سيصل الجيش الروسي إلى هنا، وأمر عبور هذا النهر والوصول إلى الضفة المقابلة بحاجة إلى معجزة حقيقية. ومن ثم،

وجدت لها مكانًا حيث أسندت ظهرها إلى صخرة، وجمعت حولها قافلتها الصغيرة، وقالت:

- «اجلسوا، ودعونا ننتظر قليلًا لنرى ما الذي سيفعله الناس. وحينها، نفعل مثلهم!».

فقال يلدرم:

- «سأذهب وأفتش في الجوار لعلي أجد مكانًا تكون فيه نسبة المياه أقل فنستطيع العبور من هناك».

فافترشوا الأرض أمام تلك الصخرة، وراحوا ينظرون إلى الزحام الذي لا يمكن أن يُوصَف أمام الزوارق. ومن حين لآخر، يأتي أحدهم بفكرة جديدة، ويحاول أن يختبرها، حتى لم يبقَ مظهر من مظاهر الإنسانية أو الأخلاق أو اللباقة، فالكل يقول نفسي نفسي، والحرب لم تتأخر في الكشف عن أقذر وجه لها وأشدها قسوة، كذلك الذي كان في كورلي، إذ زاد النصابون الذين يعملون على تلك الزوارق في الأسعار بشكل لا يُعقَل، وراحوا يطالبون الناس بأجرة تفوق المبلغ الذي يكلفه الذهاب من طرابزون إلى إسطنبول بأفخر باخرة عشر مرات على الأقل. وسرعان ما بدأت المساوات والمهاترات، وماج الناس بلا دور أو نظام، وزادت الوقاحة وقلة الحياء.

وفي كل مرة يمتلئ فيها الزورق بمن دفع المبلغ المرقوم لصاحبه، يدفع الأخير الزورق بعصا طويلة يمسكها في يده، فيبتعد عن اليابسة قليلًا. وفي إحدى المرات، قذف اثنان أو ثلاثة أنفسهم نحو الزورق الذي امتلأ عن آخره فوق المياه الثائرة بقوة، فانقلب الزورق وسقط مَن فيه جميعًا في المياه، وغدوا كأنهم في دركة من دركات جهنم يصرخون ويولولون رجالًا ونساءً لم تظهر حتى خصلة من شعرهن في غابر الزمان، أما الآن فقد تكشف شعرهن، وفُكَّ غطاء رأسهن، وانكشفت ملابسهن، والأطفال الذين

معهم يصرخون ويبكون ويجأرون! خرج مَن نجا من الموت إلى البر مرة أخرى وقد خسر دوره وفلوسه، وبقي في العراء بلا حيلة. وبعد هنيهة، بدأت رحلة جديدة على زروق آخر صادفته هذه المرة دوامة كبيرة، ولم يكن الذين على متنه محظوظين كأولئك الذين انقلب بهم الزورق عند الضفة، فلم ينجُ أحدٌ من الذين سقطوا في المياه، وحتى أمهر السباحين في طرابزون والبحر الأسود كانت المياه تجرفهم وتسحبهم بعيدًا. وفي كل مرة، كان أصحاب الزوارق يعودون إلى الضفة من جديد بعد أن أخذوا أموال أولئك المساكين كأن شيئًا لم يحدث، وكأنهم ليسوا هم مَن كانوا يحملون أولئك الذين ابتلعهم الماء قبل قليل، بل كأنهم هم المبشرون الذين يأخذون بيد الذين في انتظارهم في رحلة إلى الجنة، فتعود المساومات والمهاترات مجددًا، وهكذا دواليك.

رأت الحاجة كل ما يجري أمامها، وسمعت الصياحات والويلات كافة، وهي تستند بظهرها إلى تلك الصخرة، فقد رأت مَن يلقي بنفسه إلى المياه مع أنه لا يعرف السباحة، فتبتلعه المياه في اللحظة ذاتها، ومَن يركب الزورق فينقلب به، وتجرفه المياه وتسحبه، فيطفو مرة ويغطس أخرى حتى يختفي عن الأنظار تمامًا، ورأت النساء وهن يحملن أطفالهن ويسقطن في الماء، فيرفعنهم بكل ما أوتين من قوة فوق رؤوسهن، وما هي إلا لحظات حتى يختفين عن الأنظار، هن وأطفالهن. ورأت كذلك مَن يحاول السباحة، فتجرفه المياه حتى تلقي به مجددًا على الضفة، أو تسحبه وتبتلعه فلا يظهر إلا بعد قليل وقد أصبح جثة هامدة فوق سطح الماء، تتقاذفه الأمواج أو تلقي به على ضفة النهر وقد انتفخ جسده وأصبح لونه أزرق؛ لا بد أن هذا هو اليوم الذي تنسى الأم فيه ابنها، وتذهل كل مرضعة عما أرضعت.

بعد قليل، عاد يلدرم، وقال:

- «سيدتي، ثمة مكان الماء فيه أقل من هنا، ويمكننا إن هدأت المياه قليلًا وتوقفت العبور منه، ولكن علينا أن ننتظر قليلًا».
- «فلنذهب إذن، وننتظر هناك».

ولكن المياه لم تتوقف ولم تهدأ، فباتوا ليلتهم في العراء بين الصخب والبرد القارس. وبينما هم جلوس أمام النار التي أوقدوها يحاولون أن يناموا قليلًا، سُمِعَ صوت رجل يقول بحرقة كبيرة:

يا غافل يا سلطان رشاد

لم تجد القرار المناسب

سحبت الجيش

ولم تسأل شعبك.

الجنود الروس

يحتلون الوطن.. يحتلونه.

يا أيها السلطان رشاد الغافل

أين الجيش الثالث؟ أين هو؟

بدا من صوت الرجل أنه أُمِّيٌّ لا يعرف القراءة أو الكتابة، بل ربما لم يرتد المدرسة أو يراها أبدًا في حياته، فجاء كلامه هذا عتابًا لمن وثق به وظنه راسخًا كالجبال. أما الحاجة، فإنها عندما سمعت هذه الكلمات هزت رأسها حسرة على حالهم، ومسحت دموعها بكمها، ثم راحت تكرر كلماتها التي لطالما رددتها أيام الأزمات والمحن: «اشتدي أزمة تنفرجي»؛ لم يكن أمامها حل كي تتحمل هذه المصائب والمشاق إلا أن تثق بالله ويبقى عندها أمل في أن كل هذه الأزمات ستنفرج وتُحَل، وما كانت لتشك ولو للحظة معاذ الله، ولكن أتنفرج يا تُرى؟ وماذا لو لم تنفرج؟

379

استمرت عمليات ترحيل المهجرين والنازحين عبر الزوارق حتى الصباح دونما توقف مطلقًا. وعندما أصبحت الشمس في كبد السماء، أخرجت الحاجة من جعبتها ما تبقى من الخبز الذي خبزته في منزل كورلي. وفي تلك الأثناء، مرت امرأة نحيلة تسحب وراءها بقرة، وتمسك بيدها الأخرى طفلها الصغير؛ أليست هذه رمزية، السيدة التي صادف أن يكون منزلها بالقرب من المنزل الذي حلت به في كورلي؟ فتعرفت عليها، وتحدثتا معًا.

لم يكن لدى السيدة رمزية أحدٌ سوى ابنها الصغير حسن، فقد خسرت زوجها الذي ذهب إلى طرابلس ولم يرجع مرة أخرى. وطيلة حديثها مع الحاجة، ظلت تربت على رأس «أسطورة»، ثم قالت:

- «أهذا لكم؟».

قبل أن تشير إلى البقرة، وتقول:

- «هذا كل ما نملكه. ولو أننا لم نملكها، لربما أخفقنا في أن ننجو في أثناء النزوح على الأغلب».

فسألتها زهرة:

- «ما اسمها؟».

- «ياشماكلي».

نظرت الحاجة إلى البقرة المسكينة التي برزت عظامها من تحت جلدها؛ من يدري كم من سهل ومرعى ومرتفعات ومنحدرات كانت ترعى فيه هذه البقرة وهي بكامل قواها، وعلى رقبتها جرسها والخرز الأزرق، وتمرح بكل سعادة وعنفوان! أما الآن، فقد سقطت بنار الغربة والنزوح هي الأخرى تاركة وراءها كل تلك الأيام. حينذاك، حكت السيدة رمزية بحسرة عن هذه البقرة، والأيام التي قضتها معها، خاصة في أيام مهرجان الأدربية الذي كانت فيها الفلاحات ينزلن من الجبال والقرى في مرتفعات طرابزون إلى ساحل البحر

ومعهن أبقارهن أو ثيرانهن بعد أن زينها، فتقام الاحتفالات، ويعج الساحل بالسيدات والعجائز والفتيات اليافعات، ويتحول الساحل إلى حالة من البهجة والسرور كأنه يوم عيد. لقد كن يزيِّن تلك الحيوانات بالخرز والقلائد المصنوعة من زهور النرجس والحبق، ويعلقون بين قرونها خاصة التمائم والخرز الأزرق، فتراها تتبختر وتمشي بين الناس وعلى جباهها الواسعة وآذانها وقرونها كل أنواع الزينة، والأجراس على رقابها ترن مع كل خطوة تخطوها، حتى ذيولها كن يجدلنها ويعقدن بعض العقد عليها. وكانت النساء والفتيات يمسحن على رقاب ورؤوس وظهور وعيون ونواصي تلك الحيوانات، ويداعبنها ويسقهنا نحو البحر تحت حرارة تموز الحارقة والرطوبة الخانقة بكلمات معسولة، فتمشي معهن بكل طواعية، إذ تنزل أولًا بحوافرها وتخوض في الماء، ثم تغوص أكثر لتصل المياه إلى ركبها، ومن ثم إلى بطونها وظهورها حتى يغمرها الماء بالكامل، ولا يبقى منها سوى رؤوسها التي ترفعها هي وآذانها مستمتعة ببرودة المياه. أما النساء اللواتي يعتقدن أن هذه الحيوانات لن تُصَاب بأية أمراض بسبب هذا، وسيكثر حليبها، فكن يفركن أجسادها ويمسحن على رؤوسها وهن يغنين أجمل الأغاني والألحان ويتسابقن فيما بينهن؛ كانت رمزية تحكي كل هذا للحاجة بحسرة وحرقة كبيرة.

وبعد أن سلمت الحاجة على رمزية، تراجعت عن سؤالها: «كيف حالكِ؟»، فلا يمكن أن يكون حال أي من هؤلاء أصحاب القدر الواحد مختلفًا عن غيره. ولكنها مع هذا نادتها، وقالت:

- «تعالي قليلًا».

بيد أنها كانت قد لمحت مكانًا في النهر بدا لها أنه يمكنها العبور من خلاله، هي ومَن معها، فقالت المرأة العجولة التي لم تعد تتحمل الانتظار أكثر من ذلك وهي مرتبكة متحمسة لعبور النهر:

- «ليبقَ ابني معكِ، أما أنا فسأعبر النهر ومعي ياشماكلي، ثم أعود لآخذه منكم ونعبر معًا جميعًا».

ثم التفتت إلى حسن، وقالت:

- «ابقَ أنتَ هنا يا بُني، إياك أن تتحرك من مكانك.. لا تتركهم أبدًا.. اتفقنا؟».

ولقد كاد قلب الحاجة يخرج من صدرها وهي تشاهد رمزية تعبر النهر، ولكن الحمد لله بعد أن غاصت في الماء حتى حلقها، وتنقلت من حجر إلى آخر، وغطست في مكان وغارت فيه ثم صعدت من آخر، وصلت في النهاية إلى الضفة المقابلة بشق الأنفس. كانت الحاجة ستتنفس الصعداء، وترتاح من ذلك التوتر، ولكنها رأت بينما رمزية تعود قافلة إلى الضفة مرة أخرى بضعة رجال يفكون وثاق البهيمة التي لا تنطق ولا تعي، ويسرقونها ويسحبونها وراءهم؛ كانوا هم أيضًا من النازحين، ولكن في يوم عصيب كهذا، لا مكان فيه إلا للصراع على البقاء، كان كل شخص همه نفسه فقط، فالكل أصبح وقحًا أنانيًا. كادت الحاجة تنتفض وتجري بسرعة لتقف على الضفة، وتصرخ بأعلى صوتها مشيرة لهم بأن يتوقفوا، ولكن لو جاء أشد منادٍ على مر التاريخ ما كان ليسمع صراخه أحدٌ، ولا حتى يشعر به. ولكن دائمًا هناك سيئ وأسوء؛ وقد رأت الحاجة ذلك بأم عينها. فما هي إلا لحظات حتى فتح النهر فاهًا وهو يزمجر بغضب وعنف قوي، فأصبحت المياه تهدر وتجري بقوة، وبدأت الأمواج ترتفع أكثر فأكثر، وتصبح أعتى وأشد، لتجرف رمزية معها وقد أصبحت كالجبال، وتسحب جسدها النحيل وتغطيه بالكامل. وبعد لحظات، بانت مرة أخرى من بين الأمواج، ثم غابت عن الأنظار حتى اختفت بشكل كامل.

وبينما تنتحب وتذرف الدموع وتضرب على ركبها من هول ما رأته، لم تغفل الحاجة عن تغطيه عيني حسن المسكين بجلبابها المتسخ، ولم ينتبه

أحدٌ مطلقًا لاختفاء رمزية أو غيرها في زوبعة الماء تلك؛ حتى الموت أصبح مألوفًا منذ خرجوا من طرابزون. وسرعان ما شعرت بأن عليها أن تهتم بمن بقي معها أكثر ممن رحل، فتوقفت عن الصياح والنوح، وأمسكت الطفل من يده وسقته شربة ماء، ثم راحت تحاول أن تجعله يحكي، فسألته عن شيء تعرف جوابه:

- «ما اسمك، يا بُني؟ ألا أحد معك غير أمك؟».

ولكن لم يصدر من ذلك الوجه الشاحب من شدة الفقر والفاقة أي جواب البتة. في البداية، ظنوا أنه قد رُبِطَ لسانه، وأن هذه حالة مؤقته سوف يتجاوزها مع مرور الوقت، ولكنهم مهما حاولوا لاحقًا، واجتهدوا كي يجعلوه ينطق ولو بكلمة واحدة، كانوا يخفقون في التغلب على صمته، إذ لم يتلفظ حسن طوال الوقت ببنت شفه. بيد أن الحاجة أيقنت أنه انضم إلى قافلتها الصغيرة، وأصبح فردًا منها؛ يا إلهي، كم من روح أصبحت مسؤولة عنها وأمانة في عنقها!

قامت من مكانها، واقتربت من ضفة النهر، إذ لم تترك الحاجة أداء فريضة الصلاة حتى في أصعب وأحلك الظروف. فمنذ غادرت طرابزون حتى اللحظة، ظلت تسجد وتركع لله، رغم البرد والثلج والمطر والجبال والهضاب والوديان؛ دائمًا ظل وجهها يسجد لله سبحانه. وقد تذكرت الدمامل التي في ركبها من أثر السجود، فنظرت للمياه بحرقة وغصة كبيرة، وقالت: «يا ربي، لست النبي موسى، ولكن من يلحقون بنا من خلفنا فراعنة، فاجعل اللهم هذا النهر كالبحر الأحمر ينفلق نصفين».

ولكن النهر بقي كما هو ثائرًا هائجًا، ولم تعد الحاجة تتحمل أكثر من ذلك، وهي لا تثق بهذا الجزء الذي يمكن أن يكون أقل عمقًا من غيره، فماذا تصنع الآن؟ عادت إلى طائفتها، زهرة وأنوش ويلدرم وحسن، وأسطورة

كذلك، فأخذتهم وذهبت إلى أحد الزوارق، وكانت الضفة قد خفَّ الزحام فيها قليلًا، إذ مات من مات وعبر من عبر، وما سيحدث يجب أن يحدث الآن.

لم تنتظر أن يتكلم يلدرم مع الرجل الذي يقف على الزورق، بل بادرته بالقول:

- «كم فردًا يسعهم هذا الزورق؟ في الأيام العادية، كم شخصًا يصعد على متنه، ويعبر بسلام نحو الضفة المقابلة؟ وكم تريد أجرة كي تنقلنا نحن فقط، دون أن تجعل أحدًا يركب معنا؟».

فما كان من الرجل الذي بدا على وجهه السرور بسبب هذا العرض المغري، والذي عرف من ملابسها وكلامها وتصرفاتها أنها ابنة مدينة وامرأة ثرية، إلا أن طلب أجرة خيالية. وإدراكًا منها أنه لا فائدة من المساومة الآن على أرواح من معها، أخرجت فردة القرط الزمردي الثانية، ووضعتها في كف الرجل الذي همَّ بأن يعترض، فقال:

- «سيدتي، لمن سأبيع هذا الآن؟! أليس معك نقود؟».

- «خذه ولا تطل الكلام، لا بد أن أحدًا سيشتريه منك؛ هذا الذي بيدك يساوي أضعاف السعر الذي طلبته، فلا تكثر الكلام وتماطل، وانطلق هيا».

وبينما يعبرون نحو الضفة المقابلة، نظرت الحاجة مطولًا إلى الضفة التي كانت واقفة عليها، ثم حولت نظراتها نحو الماء؛ لو أن هذا النهر رجل، لكان كل ذلك برقبته، ولصرخت في وجهه: «اللعنة عليك يا هرشيت.. اللعنة عليك.. اللعنة عليك!».. ولكن ما ذنبه هذا النهر؟

بعد أن عبروا النهر، كان في انتظارهم طريق شاق ومسير صعب، فقد نفدت نقود من كان معه نقود، وتبخر كل ما لديهم من أرزاق وأقوات، فلم يبقَ شيء يتقوتون به. وبينما هم في حالة يُرثَى لها، زاد عليهم انتشار التيفوس والملاريا فيما بينهم انتشار النار في الهشيم، فبات بعضهم يرتجف من البرد وإن تدثَّر بأربعة أو خمسة لحف، وبعضهم ترتفع حرارته للغاية ويتصبب عرقًا وهو يتلوى على الأرض من الألم، وما إن يتعافى أحدهم حتى ينهار ثلاثة أو خمسة ويُوارَوا الثرى. لم تعد جحافل الجيش الروسي تتبعهم بعد الآن، بل غدا قطاع الطريق هم الذين يترصدونهم. فكان مَن لديه منهم وجهة يقصدها يَجِدُّ في السير كي يصل إلى وجهته المنشودة، أما مَن لم يكن له مكان يذهب إليه فيهيم على وجهه في الأرض حيران لا يدري ما الذي يفعله. ولم يعد لأيهم من عقل في رأسه، فالكل غدا همه الوحيد وأقصى مناه أن يبقى على قيد الحياة، وأن يصارع من أجل الحفاظ على روحه التي بين جنبيه، في وقت بدت المحافظة على الحياة والصراع من أجل البقاء أمرًا في غاية المشقة والصعوبة، والأصعب والأشد مرارة كان انتظار وتوقع الموت في أي لحظة.

وإثر مرورهم على مدينة أوردو، وتخطيها بمسافة جيدة، راحوا يمشون بخطوات منهكة مثقلة، قبل أن يلاحظوا تخلف يلدرم عنهم بمسافة بعيدة. ومن ثم، تلفتت الحاجة حولها، وراحت تنادي عليه، ثم توقفت لتنتظره حتى يصل إليهم. وبعد فترة، ظهر يلدرم وهو يمشي بخطوات متعبة مثقلة للغاية يكاد يسقط مع كل خطوة يخطوها نحوهم. وعندما رأى الحاجة تقف من بعيد منتظرة قدومه، حاول أن يجد في المشي ويسير بسرعة أكبر، فتمكن من أن يخطو بضع خطوات، ولكن بعدها... انهار وسقط مغشيًّا عليه.

جرت الحاجة نحوه، وقالت:
- «تحمَّل قليلًا، يلدرم، أرجوك! حبًّا في الله، تحمَّل قليلًا، ولا تبقَ هكذا هنا!».

لم يكن يسمع ما تقول، فلم تفكر كثيرًا، بل رمت الصرة التي تحملها على ظهرها، وقالت لزهرة:
- «احمليها أنتِ على ظهركِ، يا بنيتي».

ثم جثت على ركبتيها، وأمسكت بذراع يلدرم الذي اجتاحت الحرارة جسمه كله جراء نوبة من نوبات الملاريا، ووضعت ذراعه حول رقبتها وعلى كتفها، ثم سحبته نحوها وهي تقول:
- «هيا، قم!».

فاستطاع أن يقف على قدميه وهو يلقي بثقله على كتفها، ويمشي وهو يترنح. وبعد خطوات، اعتادت الحاجة على وزنه، فقد كان المسكين نحيلًا من الأساس، وبسبب هذه المشقة والمصائب التي صُبَّت عليهم أصبح نحيلًا للغاية، كأنه رجل في جسم طفل.

وفي صبيحة تلك الليلة التي أمضاها وهو يهذي طوال الوقت ويهلوس، فتح عينيه ورأى طيف الحاجة وخيالها وهي منكبة عليه جالسة بالقرب من رأسه، تمسح له عرقه بطرف وشاحها، ثم تفتت قرصًا من الكينين وتجرِّعه إياه. لم يكن في كامل وعيه حينها، ولكنه شعر بتضحية الحاجة التي ما كان -تأدبًا واحترامًا- ينظر البتة إلى وجهها مباشرة في الدار التي عاشوا بها، بل كان دائمًا مطرق الرأس لا ينظر في عينيها. أما الآن، فهي مَن تجلس بالقرب منه، وتمسح له عرقه بوشاحها، وتسقيه الدواء بيديها! أو ليس هذا الصوت صوتها: «تحمل، يا يلدرم، فماذا نفعل من دونك؟!»؛ لقد حاول أن ينهض، وينكب على يديها ويقبلهما، ولكنه لم يقدر. وبعد أن مشوا في منحدر شديد،

ذرفت عينيه دمعة، وتمكن من الكلام، فقال: «يا أمي!». ولم يخطر على باله حينها مَن الذي حمله ومشى به كل هذه المسافة حتى تعافى واستطاع أن يمشي على قدميه، بل داهمه هذا السؤال بعد يومين من المسير، حينما لحقت بهم القافلة التي تسير خلفهم، فانضموا إليها.

كم من مرة نظرت الحاجة إلى قافلتها الصغيرة وهي تمشي نحو الغرب، وأدركت أنه لا يحق لها التخلي عنهم، ولا التخلي عن المقاومة والصراع من أجلهم، مع أنها لا حيلة لها، فهي مثل البقية لا تدري ما الذي تفعله، وهي أيضًا منذ يومين لم تضع لقمة في فمها! ولكنها ما تخلت، رغم هذا، عن إصرارها والمشي والتقدم، وإن بخطى متعبة مرهقة، بينما تتظاهر بالثبات، فهي تعرف جيدًا أنها إن تراخت أو ضعفت أو ترنحت فقط، فسوف تسقط قافلتها لا محالة وتنهار.

لم يتعافَ يلدرم تمامًا، فما إن يضع رأسه في أي مكان يحطون رحالهم كي يستريحوا به حتى يغط في نوم عميق كأنه امرأة حامل. أما زهرة التي تمشي وهي تعرج، فكانت تمسك بيدها أنوش التي عصبت على رأسها عصبة، ومن وقت لآخر ترفع رأسها وتنظر إليها وهي تسحبها من يدها. وأما الحاجة، فراحت تنظر إلى الطريق غير الواضح المعالم الذي يسيرون فيه، ثم تنظر إلى أقدام أنوش الصغيرة وهي تخطو بها خطوات صغيرة نحو الشمس الغاربة تاركة خلفها ظلًّا أكبر منها بكثير. هذه المسكينة! لقد ظنوا أنهم قد أنقذوها من المشي الذي قُدِّر لها من قبل، ولكن هذا هو قدرها! ومن كُتِبَتْ عليه خطى مشاها.

تذكرت الحاجة أم أنوش؛ تُرَى هل أُصِيبَت بالجنون، وانضمت إلى قوافل النساء اللواتي فقدن عقولهن من هول ما رأينه وفظاعة ما عايشنه، أم أنها ما تزال تحاول بخطى منهكة مثقلة السير في طريق لا تعرف نهايته؛ فقط

تسير مثقلة بالهموم والأحزان والجروح والآلام؟! لقد كانت إحداهن ضحية للتهجير، والأخرى ضحية للنزوح، وكلتاهما تسير في طريق مختلف تمامًا، وإن كانتا تخطَّان كلمات الأسى والألم والوجع والفقد بكل خطوة تخطوانها، فلو نزلت هذه الهموم والمواجع على الجبال لدُكَّت من هولها. ففي كل خطوة تخطوها الحاجة، كانت سيرانوش تخطو مثلها، وما نزفت تلك من مكان إلا نزفت هذه من مثله، وما تألمت إحداهما من شيء إلا تألمت الأخرى مثلها. لكن هذا الحمل قد زاد، وثقل العبء عليهما، فباتتا غير قادرتين على التحمل أكثر من ذلك.

هل حقًّا قضتا كثيرًا من الوقت معًا تحت ظلال أشجار السرو الوافرة في حديقة دارها، وارتشفتا القهوة في ظلها الظليل وهما تتسامران وتتجاذبان أطراف الحديث؟! حينها، تذكرت اليوم الذي جاء فيه أسطورة إلى الدار؛ كم كان الكل سعيدًا وقتها! ولكنها حاولت أن تبتعد عن تلك الأفكار، وتتوقف عن السرحان في خيالها أكثر من ذلك، فالأفضل ألا تفكر بما مضى وهي في خضم كابوس لا ينتهي. ومن ثم، تلفتت حولها فلم ترَ أسطورة.

كم مضى من وقت منذ أن غادروا طرابزون؟ وكم يومًا مضى على عبورهم نهر هرشيت؟ لقد بدأوا يخطلون بين الأيام والشهور! ولكن ذات صباح، لاحظوا قدوم الربيع بحلته البهية، ما يعني أنه من الآن فصاعدًا سيكون طريقهم بين الوديان المزهرة والمروج العطرة، وستصحبهم أسراب من الطيور المهاجرة على طول الطريق. بيد أنه حتى هذا الربيع المبهج لم يبخل عليهم ببعض المشاق والمتاعب، فما إن عبروا مدينة أوردو حتى اصطدموا بما خلفته الأمطار التي انهمرت كالسيول، من وحل وطين ثخين راح يلتصق بكل جزء من أجسامهم طوال ثلاثة أيام من السير بهذا المستنقع. حينها، أدركت الحاجة أن دركات جهنم لا يمكن أن تكون إلا مثل هذا الذي هم فيه، والذي يبتلع مَن يقف أمامه ولا يعيده مرة أخرى.

لقد كان السير في هذا المستنقع أمرًا في غاية المشقة، فمن مرَّ قبلهم من هنا بنحو ساعة أو ساعتين، أو حتى يوم، ما عاد يشعر بجسده الذي تخدَّر، أو ما تركه وراءه أو أسقطه، بسبب حالة التيه والضياع التي هو فيها، فحتى عقله ما بات يستوعب ما يفعله، بل صار كل همِّه أن يعبر ويكمل طريقه في هذا المستنقع الوعر المنهك. لذا، كان الطريق مليئًا بالأواني النحاسية والطناجر واللحف والوسائد والفرش، وكذلك الهياكل العظمية وجيف الحيوانات، كالثيران والأبقار التي خارت قواها، ولم تعد قادرة على السير، فرفضت المسير أكثر من ذلك، واستسلمت وبركت مكانها، حتى تحولت إلى هياكل عظمية.

ظلت الأمهات يقاومن بكل ما أوتين من قوة للحفاظ على أرواح أبنائهن في بحر الطين والوحل هذا الذي كان الناس يتخلون فيه عن كل شيء يمكنهم التخلي عنه، ولكن كانت تمر عليهن لحظات يصبحن فيها مشوشات العقل

والفكر، فيغبن عن العالم والدنيا، ويغصن في ظلام ذهني دامس، ويصبحن في حالة من التيه، فيسقطن أبناءهن من بين أضلعهن وأذرعهن دون أن يشعرن بذلك. وعندما ينتبهن، يفقدن عقولهن، ويعددن أطفالهن مرة أخرى، ومن هول الصدمة قد ينسين العد أو الرقم الذي يلي الثلاثة. وحتى إن تذكرن ذلك الرقم، ما كن يجدن الطفل الرابع مكانه! أما أولئك الأطفال المساكين الذين تركوا وحيدين، فما كانوا يعرفون ماذا ينتظرهم، وماذا يعني الموت الذي ينقض عليهم ويفترسهم واحدًا تلو الآخر، فيموتون قبل أن يعرفوا حتى معنى الموت، أو تكون حالتهم مثل هذا الرضيع الذي سقط من بين أذرع أمه دون أن يشعر به أحد حتى جاءت الحاجة ورأته، فرمت الصرة التي على ظهرها على الأرض وهي تضرب على رجليها، وتقول: «لا إله إلا الله.. لا إله إلا الله!»، ثم انحنت وأخذته باللفة التي كانت عليه، فوجدته رافضًا البكاء، وقد تحول وجهه ويديه إلى لون أزرق قاتم. ومن ثم، لفته بجلبابها، ووضعته على مكان يابس، وسقته قليلًا من الماء والسكر، فشربه في البداية بنهم شديد، ثم تقيأه كله وقد بات في حالة ميؤوس منها غير قادر على البقاء على قيد الحياة أكثر من بضع ساعات.

لم ترضَ الحاجة التي اعتنت بهذا الرضيع لبضع ساعات فقط أن يكون جسده طعامًا للحيوانات والطيور الجارحة، فطلبت من يلدرم أن يحفر قبرًا له، ثم أهالوا عليه التراب، ووضعوا حجرًا عند رأسه. لم تكن زهرة حينها قادرة على التوقف عن البكاء والنحيب، أما هي فقد أُسقِط في يدها، ولم تعد تدري ماذا يمكنها أن تفعل.

وبينما هم مشغولون بذلك الرضيع، ابتعدت عنهم القافلة مسافة كبيرة، واختفت عن أنظارهم منذ زمن، ولكن الحاجة كانت تعرف جيدًا أنه يجب عليهم اللحاق بها في أسرع وقت. فحتى إن كان حقًا أنه لا ينفع أحدٌ أحدًا

في هذه المعمعة، فإن البقاء وحيدين في العراء سيكون أشد خطرًا عليهم، خاصة إثر انتشار الإشاعات بين القوافل بأن قطاع الطرق منتشرون في هذه المنطقة بكثرة. ومن ثم، شعرت بذعر كبير يجتاح قلبها وكل كيانها، وبدأت الدماء تتجمد في عروقها، خاصة بعد أن سمعت يلدرم يقول لها:

- «سيدتي، علينا أن نخرج من هذه المنطقة بأسرع وقت».
- «لنسرع! إن سرنا بخطى سريعة، يمكننا اللحاق بالقافلة.. هيا، لا تتوقفوا، فبعد قليل سيخيم الظلام.. يلدرم، احمل حسن على ظهرك، ولننطلق بسرعة».

ثم أعطت الصرة التي على ظهرها لزهرة، وحملت هي أنوش على ظهرها، ولكنهم كانوا قد تأخروا كثيرًا، فما إن خطو بضع خطوات حتى حلَّ المساء، وما إن عبروا برزخًا حتى صادفهم مشهد نزل كطعنة خنجر مسموم على خاصرة الحاجة، إذ وجدوا أنفسهم بين كومة من جثث البشر على مشارف قرية تلتهم النار كل ما فيها. والأدهى من الرائحة النتنة التي لا تُطَاق أنه كان على مسافة قريبة منهم الرجال الذين أضرموا النيران في القرية وذبَّحوا أهلها يتجولون بين جثث القتلى حاملين بنادقهم على ظهورهم ومشاعل النار بأيديهم.

اختبأت الحاجة التي كانت تحمل أنوش على ظهرها بين كومة الجثث تلك، وهمست لزهرة ويلدرم الذي يحمل حسن أن يختبئوا هم أيضًا، وألا يصدروا صوتًا أو حركة؛ لقد كانت هذه الكومة ملجأهم وملاذهم الوحيد. لذا، أغلقت عينًا، وراحت تنظر بطرف الأخرى إلى أولئك الرجال عديمي الشرف وهي تظن أن قلبها سيخرج من بين أضلعها.

كان قطاع الطرق هؤلاء يرتدون ملابس سوداء، وينتعلون أحذية سوداء طويلة في أقدامهم، ويعلقون جعبة الرصاص والبارود على صدورهم، وعلى ظهورهم بنادقهم الضخمة، ولهم لِحى سوداء كثيفة. وبالنظر إلى تصرفاتهم،

وانحنائهم فوق الجثث كالنسور آكلة الجيف، وتفقد جيوب أصحابها وأعناقهم وأسنانهم وأحزمتهم وجعبهم، فإنه من الواضح أنهم هم من أضرم النار في القرية، وقتل أهلها قبل قليل. ولكن مَن هم؟ أهم من الروم أم من الترك أم من الأرمن؟ ولكن لا.. لا، فلا دين ولا لغة ولا قومية ولا طائفة في الخير أو الشر. فدائمًا يرتدي مثل هؤلاء الملابس السوداء، ولطالما كانوا متشابهين، وإن كان الاختلاف الوحيد بينهم يتمثل في بعض الملابس التي تفرضها عليهم طبيعة بلادهم الجغرافية، بيد أن ملابسهم مصنوعة من النار ذاتها، وأحزمتهم من السمِّ ذاته، وما هم إلا من ملة قطاع الطرق.

في تلك الأثناء، سمعت الحاجة صوت أحد أولئك الأشرار وصوت أنين في اللحظة ذاتها، ثم رأت مشهدًا تحت وهج النيران وألسنة اللهب التي تلتهم القرية وراءهم ستتمنى نسيانه بقية عمرها. لقد رأت طوال حياتها بأم عينها كثيرًا من الأمور المخيفة والمواقف المثيرة للذعر، وكانت تظن أنه لا يمكن أن ترى مشاهد أشد إثارة للذعر والخوف مما رأته من قبل، ولكن يبدو أنه ما إن يبلغ الخوف والذعر مبلغًا، ويصل إلى حد ما، حتى يتجاوزه ويرتفع سقفه أكثر فأكثر، فلا يقف عند حد معين! لاحظ أحد قطاع الطرق بين كومة الجثث سيدة تنازع وهي تلفظ أنفاسها الأخيرة، فنادى على أحد رفاقه، وراحا يتحدثان بطريقة غريبة، فلم تستطع أن تفهم ما يقولان، ولا أن تعرف بأي لغة يتكلمان؛ والحق أنها ما كانت ترغب بذلك.

أغلقت عينيها لأنها لو نظرت فلن تتمكن من نسيان ما رأته طوال حياتها. ولكن تلك الأصوات والصياحات كانت تحفر في تلافيف مخها بخناجر وسكاكين صدئة، فلم تستطع أبدًا أن تنساها. ولو أنها لم تتمالك نفسها، لصرخت وانفجرت، ولكنها أمسكت لسانها والتزمت الصمت، فشعرت بغصة كبيرة تقف في حلقها كأن أحدهم قد لكمها عليه، وألم وإعياء في

معدتها، ووجع يمزق خاصرتها ويفطر قلبها وكبدها؛ لقد امتزجت كل تلك الأوجاع معًا وهجمت عليها، فانهارت ولم يكن منها إلا أن وضعت رأسها على جثة القتيل الذي أمامها.

كانت الحاجة إنسانة مؤمنة قوية الإيمان، لطالما أحبت صفة الجمال والرحمة لله تعالى، ولم ترَ في ذاته سوى تجليات تلك الأسماء: الجميل الرحمن الرحيم، ولكنها للمرة الأولى تعلقت واستغاثت باسمه القهار، وراحت تدعو عليهم ذلك الدعاء الذي كانت كلما قرأته في القرآن تشعر أن قلبها ينتفض ويرتجف من الخوف والذعر: «أُوْلَـٰٓئِكَ عَلَيۡهِمۡ لَعۡنَةُ ٱللَّهِ وَٱلۡمَلَـٰٓئِكَةِ وَٱلنَّاسِ أَجۡمَعِينَ»؛ لم تكن لعنة الناس عليهم كافية، بل عليهم لعنة الله والملائكة والناس كلهم.

وعندما طلع عليهم الفجر وقد باتوا ليلتهم محتضنين جثث الأموات اتقاء شر الأحياء، كان قطاع الطرق قد غادروا المكان، فوقفت الحاجة، وراحت تمشي وهي تترنح صوب المنحدر ناظرة إلى الفراغ الذي خلفوه وراءهم، والذي لا يمت بصلة لمكان الأمس، كأنها كانت تنظر إلى منحدر آخر! وهناك، تذكرت فجأة حفيظة هانم الإيرانية، فتلفظت شفتاها بجملة: «الآن، اجعليني أصدق أن كل هذا ما هو إلا خيال وظل...».

وبعد قليل، سُمِعَ صوت نباح كلب مبحوح، عرفته الحاجة فجثت على ركبتيها، واحتضنت أسطورة الذي يجري نحوها، وضمته إلى صدرها وهي تمسح على رأسه وصدره الذي أصبح جلدًا على عظام، ثم أجهشت بالبكاء.

ولو أن يلدرم لم يقترب منها، ويقول: «سيدتي، هل ننطلق؟»، لربما مكثت على تلك الحالة إلى يوم يبعثون.

من بعد تلك الليلة، استحوذ الصمت على زهرة التي ما كانت تتفوه ببنت شفه في الأصل طوال تلك الرحلة، ولكنها هذه المرة غاصت في بحر من الصمت وصلت إلى قاعه، وغدت تمشي بخطى مثقلة وهي تتمايل وتترنح دون أن تتوقف قط، بل كانت تخطو خطواتها المنهكة تلك شاردة الذهن بعينين جامدتين كأن النور فيهما قد انطفأ مصوبة نظرها على نقطة واحدة طوال الطريق وعيناها مليئتان بغمامة سوداء كأنها كانت تمشي وهي لا ترى أمامها شيئًا. ولقد كانت الحاجة تعرف حفيدتها عز المعرفة، فشعرت بأن هذا الصمت الذي خيَّم عليها هو نقطة اللارجوع والانكسار الذي ما عادت قادرة على تخطيه، وكان ما جرى هو القشة التي قصمت ظهر البعير؛ ليتها تتلفظ ببعض الكلمات أو تشتكي أو تنتحب أو حتى تبكي أو تنفجر وتصرخ وتعترض على ما يجري لها أو تفتح فاها ولو قليلًا، فهذا أفضل من أن تكتم كل ذلك داخلها، وتصير كالحجارة الصماء وعيناها قد انطفأ نورهما، وأصبحت تنظر إلى كل ما حولها مثل المجانين والبلهاء.

وعندما جلسوا ليستريحوا تحت شجرة خوخ قد تفتحت الأزهار عليها وغطتها بالكامل فوق تلة، وضعت الحاجة راحة كفها على جبين حفيدتها. آه وألف آه! لقد كانت زهرة تغلي من شدة الحرارة كأن النار شبت في جسدها، وتحول لونها إلى أصفر شاحب، بل بدا قريبًا من اللون الأخضر أكثر. كانت ترتعش كورقة شجرة تعصف بها الريح في يوم خريفي قاسٍ، ويمكن أن تُقتلَع من غصنها في أي وقت. فأخرجت الحاجة من جعبتها قرصًا من أقراص الكينين لم تكن تدرك مدى مرارته، ولكنها أرغمت حفيدتها على شربه مع قليل من الماء بمساعدة يلدرم، إذ حشرته بالإكراه في فمها بعد أن بللته بقليل

من الكربونات. ومن ثم، نظفت فم الفتاة المسكينة، ومسحت شفتيها، وجففت العرق الذي يتساقط كقطرات الندى من جبينها.

أمضت الليلة كاملة بالقرب من حفيدتها وهي تكرر: «حسبنا الله ونعم الوكيل»، ثم توجهت لله بالدعاء: «اللهم إنك عفو رحيم، فاعف عنا وارحمنا». وبعد بضع ساعات، عادت زهرة إلى وعيها قليلًا، وإن ظل لونها شاحبًا كأنه وجه ميت. وما هي إلا لحظات حتى غطت في نوم عميق مرة أخرى. ولم يمر كثير من الوقت حتى استيقظت مجددًا وهي تتصبب عرقًا، ثم عادت لتغط في نوم عميق من جديد.

تمتمت الحاجة: «آه يا بُنيتي.. آه»؛ لقد كانت حفيدتها تذوب أمام ناظريها وتكاد تنطفئ. كم تركوا من أمور على تلك الطرقات لن يُكتَب لهم العودة إليها مرة أخرى! كيف يمكنها الآن أن تجعل هذه الفتاة الجميلة الرقيقة الناعمة تصدق أن كل شيء سيعود كما كان من قبل؟! ولكن لا.. هي مرهقة ذابلة نعم، ولكنها ما تزال في ريعان شبابها، وما إن تلتقط أنفاسها وترتوي حتى تعود لتنتعش وتورق وتزهر كأنها وردة جورية. آه لو اختفت فقط نوبات الرعشة تلك! لقد بدا أن روحها التي بين جنبيها تحاول أن تتخلص من جسدها المنهك، فتجعله يرتجف ويهتز بقوة كبيرة كأنها تُنتزَع منها. لذا، عادت الحاجة وتمتمت: «حسبنا الله ونعم الوكيل»، وفوضت أمرها له سبحانه.

مر يومان بليلتيهما على زهرة المسكينة وهي نائمة طوال الوقت على وسادة متسخة تحت شجرة البرقوق، وبدا أن الأمل لدى القافلة بالنجاة يذبل، وينطفئ وميضه في قلوبهم رويدًا رويدًا، كأنهم ينتظرون فوق رأس جثة هامدة. ومصادفة، رأت الحاجة يلدرم يمسح دموعه وهو ينظر إلى زهرة وقد احتضنتها أنوش، في حين يجلس أسطورة باسطًا ذراعيه بعيدًا مطأطأ الرأس، بينما ينظر حسن إليها طويلًا دون أن يرتد إليه طرفه.

وذات مرة، قبيل بزوغ الفجر، سهت الحاجة وغفلت قليلًا وهي تسند ظهرها إلى شجرة البرقوق. ودون أن تشعر، أغمضت عينيها واستسلمت للنوم. وفي تلك اللحظة، همست زهرة:

- «أمي، هل أنتِ هنا؟!».

قالتها بصوت منهك متعب للغاية يرتجف من شدة الألم كأنه يكاد يخبو وينطفئ في أي لحظة، ولكن وجهها كان تعتليه ابتسامة مشرقة.

مسحت الحاجة دموعها بطرف حجابها، وقالت:

- «أنا هنا يا بنيتي.. دائمًا هنا».

أما حسن، فقال بصوت مخنوق:

- «زهرة، هل تحسنتِ؟».

فردت وهي تمرر يدها على شعره:

- «تحسنتُ».

ثم سقطت يدها على صدره وهي تردد:

- «تحسنتُ».

وبعد هنيهة، نظرت إلى أظافرها... متى طالت بهذا القدر؟! ومتى كانت مهشمة متسخة إلى هذه الدرجة؟!

لم تدر الحاجة لأي شيء تفرح؛ تحسن صحة زهرة أم كلام حسن أخيرًا! فما كان منها إلا أن انتفضت من مكانها، ومدت سجادتها وصلت صلاة الشكر، بينما شمس الربيع ترتفع رويدًا رويدًا في الأفق. من كان يعرف أكثر منها تلك اليد التي تضربهم تارة وتعينهم تارة، تطيحهم تارة وترفعهم أخرى، تغضب عليهم مرة وتعفو عنهم كثيرًا؟

وعلى الأثر، طوت سجادتها، وقالت لقافلتها الصغيرة:

- «هيا، ما على المسافر إلا الرحيل والسير في طريقه نحو وجهته!».

ثم جمعت قافلتها التي سارت خلفها مرة أخرى.

استمروا في السير مسيرة يوم كامل يعتليهم غبار السفر والبؤس والمشقة والطين والتراب، وعرق المصاعب والمشقات التي واجهتهم طوال الطريق، ورائحة الجثث المتفسخة التي احتموا بها، ورائحة الحرائق والنيران والطين والوحل، والبراغيث والقمل والتيفوس والكوليرا... ولكن زهور الأمل عادت لتتفتح مرة أخرى. فدعت الحاجة ربها أن يكون على طريقها نبع مياه ساخنة، فيغتسلوا ويزيحوا عن ظهورهم كل هذه الأحمال والأثقال التي أنهكتهم وأثقلت كاهلهم، ما يسهل عليهم المسير أكثر من ذي قبل.

استجاب الله لدعاء هذه الأم الرؤوم كأن السماء قد فتحت أبوابها واستجابت لدعائها، فلم تصدق عينيها بينما تنظر إلى الطريق أمامها، ولكن ما تراه حقيقة، وليس سرابًا! فعلى مسافة منهم، كانت أعمدة من البخار تتصاعد من حفرة بين الصخور، ورائحة الكبريت تفوح من المياه ذات اللون الرصاصي. تلفتت يمنة ويسرة وهي تهرول نحو تلك المياه بخطوات سريعة، وما كانت لتفرح فرحتها تلك إلا وأبواب الجنة قد فتحت لها؛ لم تفكر طويلًا، بل رمت الصرة التي على ظهرها، وتركت يد حسن، وقالت ليلدرم:

- «انتظر هنا».

ثم أمسكت بيد زهرة، ونزلت من فوق الصخور حتى انتهت إلى نبع المياه الحارة، ومعها زهرة التي لم تتمكن من الوقوف على قدميها أكثر من ذلك، فجعلتها تجلس على صخرة قريبة من نبع الماء، وقالت لها:

- «الآن، انظري كيف ستتعافين بإذن الله، يا زهرة».

ثم نزعت الحجاب عن رأسها، وراحت تفك لها ضفائر شعرها، فلاحظت ظهور الشيب على بعض خِصال شعرها؛ ما أكثر المصائب التي تمتص الدماء من رأسها!

- «زهرة، علينا أن نقص شعركِ، يا بنيتي».

- «...».

فكت الحاجة عقد الضفائر التي لم يبقَ لتموجها ولمعانها أثر، بل أصبح ذلك الشعر البني متلبدًا للغاية، فأمسكت بمقص قد أكله الصدأ وراحت تقص الضفائر حتى قصرت شعرها كثيرًا. أما زهرة، فكانت تنظر إلى خصل شعرها التي تتهاوى تحت أقدامها بحرقة كبيرة كأنها لا تصدق ما تراه؛ لقد كان عبء الحياة ثقيلًا جدًّا على كاهل هذه المسكينة.

نظرت إلى زهرة التي ترتدي قميصها الداخلي فقط، وقالت بحرقة:

- «أنتِ في أول عمركِ، وجسمكِ ما يزال قويًا، وجروحكِ ستتعافى وتندمل بسرعة كبيرة».

ولكن ذلك الجسم كان قد أعلن استسلامه منذ زمن بعيد، فحتى أقدام المسكينة أصبحت رفيعة رفع عود من القصب، وكذلك ذراعاها، والجروح في ظهرها لا تندمل بأي شكل من الأشكال. ولو أن الحاجة تستطيع أن تنظر لنفسها، كما تنظر إلى زهرة الآن، ورأت جراحها هي، للاحظت أن جروحها هي الأخرى لم تندمل بعد.

وبينما تمسك بزهرة، وتأخذ بيدها كي تدخلها في نبع المياه الساخن، لمحت بطرف عينها طينًا صلصاليًّا على ضفة النبعة، فقبضت منه قبضة ودعكتها بين يديها. نعم، كان يبدو أن ذلك الطين فيه قابلية تشكيل رغوة، فرفعت تنورتها وقالت: «باسم الله»، ثم راحت تفرك الطين على رأس زهرة مرة واثنتين وثلاث وأربع وخمس. ولكن حتى يشكل الطين الرغوة، كان على الحاجة أن تفرك رأسها ست أو سبع مرات. وإثر ذلك، غسلت وجهها وفركت عينيها ورقبتها وصدرها وأكتافها، ثم قالت: «إياك أن تفتحي عينيك» فالمياه ساخنة للغاية وكبريتية. بيد أن هذه المياه الحارة التي صُبَّت على جسم

زهرة في ظلال الزهور البيضاء التي تتفتح على ضفاف ذلك النبع وهبت الشفاء لزهرة كالماء الذي وهب الشفاء لسيدنا أيوب عليه السلام. فعندما جلست على إحدى الصخور كي تلتقط أنفاسها، وتأخذ قسطًا من الراحة، شعرت أنها قد وُلِدَت من جديد.

في هذه المرة، أدخلت الحاجة أنوش وحسن إلى نبع المياه الساخنة، وحين وطئت أقدام الأطفال تلك المياه شعروا بسعادة غامرة وفرح شديد، حتى أن حسن الذي لم يكن ينطق بكلمة راح يغرد كالطيور. وفي النهاية، خلعت الحاجة التي ما كانت تظهر شعرها للشمس ولا للقمر طوال حياتها، حتى في صحن دارها في طرابزون، ملابسها ووضعتها على صخرة على حافة النبع، ثم أغلقت عينيها وغمرت جسمها بقميصها الداخلي في تلك المياه الساخنة.

وعندما تسلقوا الصخور، وخرجوا من نبع المياه الساخنة، كان يلدرم يقف ممسكًا ببعض أعواد وأوراق طازجة جمعها من شجرة، وقال للحاجة وهو يريها إياها:

- «سيدتي، هذه أوراق شجرة سفرجل، وهذه لحاء الشجرة وأعواد منها، وقد جمعتها قبل قليل».

- «وما فائدة هذا؟».

- «كنا في القديم نصنع الشاي من أوراق السفرجل، وإن لم نجد أوراق السفرجل كنا نغلي عيدانه. طبعًا لا يكون مثل الشاي الأصلي، ولكن رائحته منعشة طيبة، يشعر الإنسان براحة عندما يشربه ويرطب الحلق».

فتبسمت الحاجة ضاحكة وهي تفكر بأن خبرة الفقراء أطول أمدًا وأكثر بقاءً، ثم قالت:

- «حسنًا، إذن ما الذي تنتظره؟! هيا أشعل النار، واغلِ الماء، ودعنا نشرب الشاي، ثم ادخل أنتَ أيضًا إلى المياه الساخنة، فستكون لك دواء».

فجمع يلدرم العيدان والقش، وأشعل النار بين حجرين، ثم وضع إبريق الشاي المصنوع من التوتياء الذي أصبح أسود من كثرة تعرضه للنار والتوى وتصدع. لم يتبقَّ معهم من الأكواب سوى اثنين، فشربت زهرة وأنوش في كوب، وحسن والحاجة في الكوب الآخر. أما يلدرم فقد نزل إلى الماء.

كانت المياه ساخنة براقة قريبة للون الأحمر. آه لو كانت الحاجة تستطيع أن تغلق عينيها وتستمتع بطعم الشاي الحقيقي كما كان يحدث في الأيام الخوالي في طرابزون! بيد أن تلك الأيام قد انقضت، فسلام عليها، وكل ما يتناولونه أو يشربونه منذ أن خرجوا من طرابزون هو بمنزلة مدد وغوث وإنقاذ لهم، ولكن آه لو أنها تستطيع على الأقل أن تضع في هذا الشاي قليلًا من السكر وتقلبه وتحتسيه!

لم تكن الحاجة قد تخلصت من أسراب الخيال والأفكار تلك، حين مدت زهرة يدها بما تبقى من أوراق السفرجل، قائلة:

- «جدتي، أرجوكِ دعينا نغلي هذه أيضًا؛ لقد أحببته كثيرًا، وتحسنت عليه كأنني قد شُفِيتُ تمامًا».

فنظرت إلى قبضة أوراق السفرجل في كف زهرة، وقالت في نفسها: «آه منكِ يا دنيا!»، ثم ابتسمت.

نجحت قافلة الحاجة الصغيرة في النهاية في الوصول إلى مدينة سامسون، وقد مضى على خروجهم من طرابزون بالسلامة ثلاثة أشهر. كان ذلك في نهاية حزيران، وقد شارف موسم الكرز على الانتهاء. وبعد أن انتظروا دورهم أسبوعًا كاملًا في العراء، خصصت مفوضية النازحين غرفة لهم، عقب كثير من

المعاناة والصعوبات، في أحد البيوت بالمدينة. وقد كانت هذه المرة الأولى التي ستمكث فيها القافلة تحت سقف بيت منذ أن خرجوا من كورلي، وسوف تتمدد على فُرُش ألقوا بأنفسهم فوقها كأنهم مرضى نهش المرض لحمهم. ومع هذا، كان الأمر غاية في الصعوبة، إذ كان يقيم في الغرفة ذاتها عائلة مكونة من ثمانية أفراد، وهو أمر لا يُحتمَل. ولأن القحط والجدب كان قد انتشر في سامسون انتشار النار في الهشيم، غدا كل شيء باهظ الثمن يساوي وزنه ذهبًا، حتى الملابس القديمة والأثاث المستعمل والأباريق النحاسية التي اسودت من كثرة الاستعمال والسكاكين والفوانيس ولمبات الغاز؛ كل ما يخطر على البال كان باهظ الثمن بسعر الذهب. ورغم هذا كله، كان المنادي العامل في البلدية ينادي: «أيها الناس، اسمعوا وعوا، وليبلغ الشاهد الغائب، لقد انخفض سعر الليرة العثمانية من 108 قروش إلى 100 قرش». وهذا يعني أن النقود لم تعد لها قيمة إطلاقًا!

في صبيحة اليوم التالي، أعطت الحاجة عقدها اللؤلؤي ليلدرم، وقالت له:

- «خذ هذا يا يلدرم، وبعه بأي مبلغ تجده. وبعد ذلك، حاول أن تحجز لنا مكانًا في أول عبَّارة متجهة نحو إسطنبول، وإن استطعت أن ترسل برقية للحاج تخبره فيها أننا قد وصلنا إلى سامسون بخير وسلامة، وتسأله عن أحواله، فافعل».

قبيل العصر عاد يلدرم، وقال وهو يلتقط أنفاسه:

- «سيدتي، لقد بعت العقد بسعر رخيص قليلًا، ولكني اشتريت تذاكر على متن عبَّارة الأسبوع المقبل».

- «والبرقية...».

سألته الحاجة فزعة وهي تكمل:

- «هل أرسلت البرقية؟ وهل وصلك رد؟».
- «نعم، سيدتي».

قال يلدرم هذا ووجهه تعتليه ابتسامة مشرقة، مستطردًا:

- «في الواقع، كنت أنتظر كل هذا الوقت وصول الرد على البرقية؛ الحاج يقول إنه بخير، ولا تقلقوا عليه».

ثم زف لها الخبر الأخير وهو متحمس للغاية:

- «سيدتي، يُوزَّع الخبز على النازحين، والدولة هي من توزع، ولكن على بطاقة الهوية، وهي تعطي على كل فرد هذا القدر من الخبز».

فأخرجت الحاجة وثائق النفوس الخاصة بها وبزهرة، وأعطتها ليلدرم، وقالت له:

- «أسرع، وأحضر لنا خبزًا، وإن استطعت أن تشتري معه أشياء أخرى فاشترِ».

ولكن عندما وصل يلدرم إلى الفرن، صُدِمَ بأعداد الناس المتجمعين من كل لون وجنس وملة. وبينما ينادي الفرَّان على أسماء في قائمة يمسكها بيده، كان هؤلاء المساكين قد اصطفوا أمام الفرن، وكوَّنوا طابورًا طويلًا للغاية.

وبعد أن نجح يلدرم في الحصول على ثلاث قطع من الخبز ضمها إلى صدره، راح يبحث عن شيء يشتريه، كما أوصته الحاجة، مثل الزيتون أو الجبن، ولكنه حينها أدرك أن الأوراق النقدية التي بيده لم تعد تساوي شيئًا. فعندما بدأت النقود تفقد قيمتها بسرعة كبيرة، وزاد ذلك بالفترة الأخيرة كثيرًا، بات التجار لا يرغبون في تبديل السلع بالنقود، إلا إذا كان المبلغ أكثر من ثمن السلعة بمرة ونصف. لهذا كان النازحون المساكين مضطرين لبيع أي شيء من أثاثهم أو أغراضهم التي لا يحتاجون إليها ليسدوا حاجاتهم. لم يجد يلدرم الزيتون، ولكنه اضطر أن يشتري قليلًا من جبن الماعز، مع

كيس كبير من الشعير. وقد كان متوترًا أول ما دخل من باب الدار، ولكن الحاجة ضحكت كثيرًا عندما رأته، وقالت:
- «آه، إنها المرة الأولى التي سنأكل فيها الجبن بعد ثلاثة أشهر، ناهيك من الشعير».

ثم رمت قبضة من أوراق السفرجل في إبريق الشاي كي تصنع منه شايًا.

بعد أسبوع، اتجهوا نحو ميناء سامسون، وركبوا زوارق صغيرة كي تنقلهم للعبَّارة الكبيرة التي تقف بعيدًا عن الشاطئ، وتحمل اسم «رشيدية». لقد كان اسم الباخرة التي أخذت إسماعيل ولم تعده مرة أخرى تحمل اسم أم السلطان رشاد (جول جمال)، أما العبَّارة التي ستقلهم الآن فهي تحمل اسم السلطان رشاد ذاته. وكان أمر إقناع طاقم السفينة بالسماح لـ«أسطورة» بركوب العبَّارة أمرًا صعبًا قليلًا، فقد حدث ما توقعه قائد الزورق الذي قال لهم إنهم لن يسمحوا بصعوده على متن العبَّارة، إذ قال الشاب الذي يقف على أول السلم في العبارة، ويتفقد تذاكر الركاب:
- «لا يمكنني أن أسمح لهذا الحيوان بالصعود على متن السفينة».

وأصر على موقفه هذا مضيفًا:
- «لا مكان، فحتى البشر سوف يسافرون وهم واقفون على أقدامهم، فكيف يمكنني أن أسمح بصعود هذا الحيوان؟!».

حينها بدأت الحاجة بالكلام، قائلة:
- «لماذا يا بُني...».

فسكت كل من كان على متن الزورق، وراح يصغي إلى ما تقوله، حتى أصوات الأطفال التي تبكي قد توقفت:
- «أليس قطمير الذي بُشِّرَ بالجنة حيوانًا؟ ألم تسمع بالإمام الأعظم وذلك الكلب الذي سقاه شربة ماء بحذائه؟ والإبل التي كان يعالجها

سيدنا عمر (رضي الله عنه) بيديه؟ أكل هذه لم تكن حيوانات؟ بل انظر إلى كل هؤلاء الذين صعدوا على متن العبَّارة بماعزهم أو دجاجهم.. تلك حيوانات وهذا أيضًا حيوان!».

ولو أن ذلك الشاب الذي يفحص التذاكر لم يقل: «أوه، يا جدتي، حسنًا حسنًا!»، لطالت خطبة الحاجة العصماء عن الحيوانات في التاريخ الإسلامي والعثماني، داعمة إياها بالأمثلة والقصص والحكايات، مسترسلة في الحديث عن حقوق الحيوانات، ربما لأكثر من ساعة. ولكن لا أحد يعرف ما الذي أثر في ذلك الشاب حقًّا: أهي الخطبة العصماء التي ألقتها الحاجة على مسامعه أم سحر الدموع الجميلة التي انهمرت من عيون زهرة أم دفء النقود التي وضعها يلدرم براحة كفه وهو يقول: «لا تعقد الأمر يا أخي، فحجم هذا الحيوان صغير للغاية، ولا يمكن أن يأخذ مكانًا كبيرًا على متن العبَّارة، وعُدَّ هذه النقود ثمنًا لتذكرة له»؟! على أي حال، رضخ الشاب، وقال في النهاية:

- «حسنًا، ولنقل أنني لم أرَ هذا الكلب، ولا تجعلوا القبطان يراه وإلا رماه في البحر مباشرة».

ثم أدار رأسه إلى الناحية الأخرى، وصعد أسطورة على متن العبَّارة.

في ساعة مشرقة دافئة، تسلقوا السلم الجانبي حتى صعدوا على متن العبَّارة، وحجزوا مكانًا لهم؛ لم يكن الأمر سهلًا، ولكنهم استطاعوا في نهاية الأمر أن يفرشوا بسطهم على متن السفينة، وأن يجلسوا كتفًا إلى كتف مع أولئك المتجهين نحو إسطنبول مثلهم، ناظرين صوب تلك الجهة. وما هي إلا لحظات حتى بدأت العبَّارة بالتحرك رويدًا رويدًا على سطح البحر الأزرق بزرقة السماء الصافية. حينها، أمسكت الحاجة بيد زهرة، وشقتا طريقهما بين حشود الناس حتى وقفتا على طرف العبَّارة، وراحتا تنظران نحو سامسون وهي تبتعد عنهما. كانت السفينة كلما أبحرت أكثر وابتعدت عن الساحل،

اتسعت الرؤية أكثر فأكثر، وأصبحت نظرتهم تضم كل ما مروا به من جبال وسهول ووديان وشواطئ وطرق، وتجمعها كلها مرة واحدة.
قالت الحاجة وهي تشير بيدها إلى الساحل:
- «انظري، لقد جئنا من تلك الطرق!».
- «هل مشينا كل هذا؟!».
- «نعم، لقد مشينا كل هذا!».
- «لا أتصور الآن كيف أقدر على مشي كل هذه المسافة مطلقًا!».

في تلك الأثناء، صدح على متن السفينة صوت يشبه ذلك الذي صدح ليلة بقوا في العراء على ضفاف نهر هرشيت؛ صوت في بحة وحرقة وتعب وغصة وقهر:

خرجت من طرابزون فنجوت بنفسي
وصلت إلى شاوشلو فقامت القيامة».

لقد شعرت الحاجة بقيام القيامة عندما كانت على ضفاف نهر هرشيت وعندما غادرت طرابزون، أما الآخرين فمنهم من شعر بهذا إما في شاوشلو أو في كورلي أو جوريل أو تيربولو أو أونيا أو فاتسا، أو في أماكن أخرى لا حصر لها. وهذا يعني أن الإنسان يمشي ويمشي معه قدره وقيامته. كم من أوجاع وآلام موجودة في هذه الدنيا! هذه حال الدنيا قبل أن يأتوا إليها، وستظل كذلك بعد أن يرحلوا عنها، ولن تتغير هذه الحال أبدًا.

وعندما أمسكت الحاجة زهرة من ذراعها، وعادت إلى الآخرين، بدأ صاحب ذلك الصوت المكسور بإنشاد رثاء آخر:

«في يدك سكين... في قلبي طعنة!».

فنظرت الحاجة نحو المياه الزرقاء الصافية، وراحت تحمد الله الذي منَّ عليها بأن جعلها تصل ومن معها إلى هنا؛ إنه كريم، بل هو أكرم الأكرمين.

«في يدك سكين... في قلبي طعنة!».

بينما نبتعد عن سواحل سامسون بصحبة هذا الصوت الحزين المكسور المقهور، شعرت أنني أمزق من الداخل وأحشائي تتقطع؛ لقد كنت مرهقة بعد أن سرت هذه الطرقات كلها خطوة خطوة حاملة على ظهري أحمال وأعباء لا يقدر أحد على حملها، وشعرت أنا أيضًا أن القيامة تقوم على ضفاف نهر هرشيت، وعندما غادرنا أوردو، ولم أستطع للحظة أن أدرك أين أنا! ولكن عندما وصل إلى مسامعي صوت المؤذن، تذكرت أنني لم أزل في غرفتي في الفندق في شيراز.

وضعت رأسي على وسادتي، وظننت أني إن نمت الآن فلن أقدر على الاستيقاظ، ولن أتمكن من العودة للحياة الحقيقية مرة أخرى، ولكني مع ذلك نمت واستيقظت وأنهار زهرة والحاجة تسير في جداول ذهني وتهدر هديرًا قويًّا. وما هي إلا لحظات حتى فرضت الحياة الحقيقية سطوتها من جديد تاركة وراءها كل خيال وحلم، معلنة حقيقة واحدة؛ إنني الآن في طريقي إلى يزد للقاء العم باهزات، حيث كان نهر سطار خان يومًا يجري نحو تلك المنطقة ونهر زهرة كي يلتقيا هناك.

وما إن ننطلق في طريقنا نحو تلك المدينة حتى تنتهي أشجار السرو، ويبدأ طريق قاحل، لا يوجد فيه إلا أعشاب وأشجار برية قصيرة للغاية وبعض النباتات والأعشاب الصحراوية، وتتحول الجبال إلى جبال صخرية، حتى تتوحد الصورة وتتشابه المشاهد والمناظر. ثم تبدأ طرق مهجورة لا أثر للحياة فيها، فيقول السيد سلمان: «بعد قليل، سندخل الصحراء»، لنشعر أننا قد وقعنا في قبضة الوحدة التي بدأت تُحكَم علينا أكثر فأكثر.

كان واضحًا للغاية أننا اقتربنا من الصحراء، فكل شيء من طبيعة وبشر بدا تحضيرًا وتمهيدًا لدخول الصحراء. ومن الآن فصاعدًا، سيصبح الكل تحت

إمرة الصحراء والشمس. وبسبب الحرارة العالية، والرطوبة المرتفعة التي تحولت بفعلها إلى بخار، تبدلت ألوان السماء والشمس والرمال، وغدا كل شيء يختبئ خلف سحب من الضباب والسراب، ويبدو بعيدًا للغاية. وحتى الجبال الصخرية القاسية بهتت ألوانها وشقوقها كلما توغلنا في الصحراء أكثر فأكثر إلى أن أصبح كل شيء سرابًا وغبارًا وأتربة ورمالًا صفراء.

وكلما توغلنا في الصحراء أكثر، أنشدنا بعضًا من شعر الغزل لحافظ أو سعيد بصوت محروق كحرقة هذه الرمال الملتهبة تحت تلك الشمس المحرقة، حيث لا يوجد إلا جبل وصحراء ونحن السائرون في معية الله فقط. وما إن وضعت رأسي على نافذة السيارة، ورحت أتفرج على الجبال البعيدة في الأفق، حتى أغمضت عيني قليلًا، وسمعت وأنا في حالة بين النوم واليقظة سائقنا يترجم كلمات نشيد:

غدر النعناع البري أحرقني.
لا يعرف لغتي فأحرقني بنيرانه.
...
وحدها براعمه تتفتح في الصحراء فاقدة الأمل كل صباح،
وأبقى أنا وحيدًا في غياهب الصحراء تلك.

ثم يسكت لوهلة ويستمع لما يقوله دون أن يكمل، فتقول زُهرة هانم:

- «من الجيد أنكم لم تفهموا ما يقوله الآن، وإلا أحبطتم وغشيكم الهم والغم، بل ربما فكرتم بشرب السم وقتل أنفسكم».

لم تعد الجبال البعيدة تُرَى؛ لا بد أن عاصفة رملية هبَّت هناك. وبينما نتجه نحو مدينة يزد التاريخية الكافية وحدها لإشباع فضول السياح، فهي مدينة تاريخية عريقة تقع على طريق الحرير التاريخي، مررنا بعشرات القوافل التي تقصدها دون غيرها. ولو لم تكن أعمدة النور على طول

الطريق، لما ظننت أننا نعيش في زمننا هذا، ولربما خلت أننا نعيش في غابر الزمان. ولعلي لو دققت النظر أكثر فوق تلك الرمال أرى قوافل الجمال المحملة بالبضائع والسلع وظلالها تنعكس على وجه الأرض، ولو أصغيت ودققت أكثر أسمع أصوات أجراسها ورغائها وهي تمشي على هذا الطريق. حينها، تخيلت التاجر وقد مرَّ بقافلته من هنا أيضًا؛ كم من مدينة مررت بها قبله، وكم من مدينة مرَّ هو بها قبلي! ولكن المؤكد أنني الآن على الطريق ذاته، فقد كان بيروز يعيش في هذه المدينة، والآن العم باهزات يقطنها؛ ماذا تخبئين لي يا يزد؟!

كانت الشمس تختبئ خلف حُجب من الضباب الرطب في الصحراء وقد صار لونها كلون القمر ساعة البدر، عندما دخلنا مدينة يزد. لقد كانت شمس الصحراء ذات جمال مهيب؛ كانت نجمًا مختلفًا كل الاختلاف عما نعرفه، وراحت تغيب كأنها كوكب آخر تمامًا. ومن ساعة نزولنا في يزد التي شوهتها الشمس الملتهبة بأشعتها، بدا أننا قد دخلنا إلى زمن وعالم آخر تمامًا، وبتنا أمام أنقى العناصر الأربعة الأساسية التي يتكون الوجود منها؛ لقد كانت يزد جميلة عريقة قديمة عصية. وبسبب قسوة المناخ وظروف العيش في الصحراء، توفرت تربية نفسية خاصة لأهل يزد علمتهم التكاتف والتعاضد، وأن يكونوا كالبنيان المرصوص، فكانت يزد أكثر مدن إيران أصالة وعراقة، وكانت السمة الغالبة الطاغية على كل شيء فيها الحرارة الشديدة، حتى أنني شعرت بأن باب فرن قد فُتِحَ فلفحنا هذا الوهج والحرارة، أو كأننا في يوم من أيام آب الحارة جدًّا وقد سلطوا الآلاف من مجففات الشعر الضخمة التي تنفث الهواء الحار الجاف علينا مباشرة!

أخيرًا، وصلنا إلى الفندق الذي سنقيم فيه، وكان خانًا قديمًا عُدِّلَ ليكون فندقًا. ولم أفهم معنى أخذ قسط من الراحة في غرفة نظيفة مريحة بعد عناء

سفر طويل مرهق إلا حينما دخلت إلى غرفتي، وألقيت بنفسي على السرير، ورحت أغط في نوم عميق مباشرة. وعندما استيقظت في الصباح، لاحظت وجود لوحات معلقة على جدران غرفتي؛ كانت صورًا كبيرة في إطارات لإيران القديمة، جذبت انتباهي منها لوحة لِما يُسمَّى «شاي خانه». وفي اللحظة نفسها، سمعت صوت ياسمين وهي تقرع الباب لننزل كي نتناول الفطور، رغم أن الوقت كان قد شارف على حلول الظهر، إذ إننا قد نمنا كثيرًا. وبعد قليل، أتي السيد سلمان ومعه زوجته زُهرة هانم، فانطلقنا مباشرة إلى العنوان الذي أخذته من نظام، حيث بيت العم باهزات.

وفي طريقنا، كنا نسأل أكثر من مرة عن العنوان، فيرد علينا أناس ودودون لبقون ويدلوننا عليه، ويشرحون كيف يمكننا أن نصل إليه بكل إسهاب. ومن ثم، راح السيد سلمان يتبع ذلك الطريق الذي دلونا عليها من ناحية، ويعطينا من ناحية أخرى بعض المعلومات عن يزد، المدينة التي يعيش فيها الزرادشتية. فقلت:

- «أعرف.. كيف لا أعرف شيئًا كهذا؟!».

ولكن لم تستوقف أحدًا هذه الكلمة، ولم يسألني من أين أعرف هذه المعلومة! وأخيرًا، وجدنا العنوان الذي نبحث عنه، حيث توقفنا أمام باب دار في ناحية نائية قليلًا، فتحته شابة ذات ابتسامة مشرقة، لا بد أنها زوجه حفيد العم باهزات التي تحدثت عنها نظام، واسمها «معصومة». ومن ثم، تحدث السيد سلمان عن قصدنا من الزيارة باللغة الفارسية، فعانقتني الفتاة بشدة وأدخلتني إلى الدار، ولكن حدث ما كنت أخافه؛ العم باهزات ليس موجودًا، فقد ذهب مع حفيده إلى مشهد.

- «متى يعود؟».

- «لا نعرف بالضبط.. بعد أسبوع على الأقل».

ومع أنني أعرف جواب سؤالي هذا، فإنني سألته مجددًا:
- «ألا يوجد هاتف جوال مع زوجك؟».
- «بلى».

يا للعجب! لقد جئت إلى هنا كي أجد العم باهزات، ومع أنني لم أجده فإنني لم أشعر بخيبة أمل أو اضطراب في مشاعري أو غضب أو أن الدماء تغلي في عروقي، فالبقاء في مدينة بيروز ليس مضيعة للوقت؛ سوف نبقى في يزد يومين.

وبينما نضع برنامجًا للأماكن التي سنزورها، قلت:
- «لندع الصعود إلى أبراج الصمت إلى آخر يوم، واليوم نتجول في المدينة القديمة».

وقد كانت لديَّ عادة لا أتخلى عنها أبدًا، وهي ترك أجمل شيء دائمًا ليكون الأخير. وعندما سألتني زُهرة:
- «هل تعرفين أبراج الصمت؟!».

لم أعرف ماذا أقول لها، فابتسمت فقط لها قبل أن نودع معصومة ونغادر.

كانت ثمة مدينة قديمة في يزد، كما في تفليس وباكو، حيث دخلنا أزقة ضيقة للغاية تحت سماء زرقاء شديدة الزرقة وكل شيء يعتليه التراب والرمال ويتلون باللون ذاته تحت تلك الشمس الصحراوية المحرقة. فكانت أصغر قطعة من الخزف الأزرق السماوي على قبة ما أو في حوض ماء أو نافورة تخلق أجمل تناغم وانسجام بين هذا اللون الأصفر الصحراوي واللون الأزرق السماوي. وكنا نتجول بسعادة غامرة وتعجب وحيرة في أزقة وبين دور مبينة من الطين، وقد دُعِمَت بجذوع أشجار ضخمة كي لا ينهار بعضها فوق بعض، وصُقِلَت بالطين، فوقفت منتصبة رغم أنها لا تتوافق مع أي قاعدة من قواعد الهندسة والرياضيات. وكذلك القناطر بين تلك الديار

التي تمتد في بعض الأحيان لتكون نفقًا طويلًا قد فُتِحَت طاقة صغيرة في سقفه، لتتسلل حزمة من النور من خلالها، ويظل ما حولها مظلمًا. كنا نسير والسعادة تغمرنا في هذه الطرق الملتوية المتعرجة، وإن ظللت أبحث عن مكان لم تكن حتى ياسمين تعرف أني أبحث عنه، فلم أتمكن من أن أحكي لها تلك الحكاية التي لم أحكها لنفسي حتى الآن. ولوهلة، شعرت بأنني أعرف هذا الباب؛ كأنه باب بيروز. ولكن الأبواب كلها متشابهة في هذا الزقاق، وما أجرؤ على قرع تلك «السقاطة» الصغيرة المخصصة للنساء أبدًا، رغم أني أسير أمام تلك الدار.

في اليوم التالي، قرابة وقت الظهيرة، كنا نقف على سفح التلة التي عليها برج الصمت، والتي كانت بعيدة عن مركز المدينة قديمًا. وقد بات هذا البرج مهجورًا لأن إيران منعت الزرادشتية من أداء طقوس جنائزهم تلك، فأصبحوا يدفنون موتاهم في الأرض. وعندما رفعت رأسي، ونظرت إلى ذلك المبنى الأسطواني المبني من الطين والطوب والآجار الذي يناطح السحاب، ظننت أنه لا يمكن لأحد أن يصل إليه. وعندما لاحت ذكرى بعيدة في ذهني، ارتسمت على شفتي ابتسامة غريبة، وفي عيني لمعة خافتة، وفي جسمي رعشة خفيفة؛ لم يتغير البرج كثيرًا، ولا ينقص سوى ذلك الميت وأقاربه الذين يكتسون بالسواد. أليس هذا هو الطريق؟ بلى، إنه هو.

في الحقيقة، لقد تدربنا على التسلق عندما كنا في أصفهان، وأرهقت حينها كثيرًا، وإن بدا ذلك الآن ليس إلا مقدمة بسيطة أمام هذا الصرح، فالانحدار هنا أشد بأكثر من ثلاثة أضعاف، والحرارة أشد بعشرة. بيد أننا تسلقنا الدرجات المنحوتة من الصخور، وكنا نتوقف كثيرًا كي نلتقط أنفاسنا ثم نكمل، وبعد ثلاث خطوات على الأكثر نقف مجددًا كي نستريح. هذا مستحيل، فليس الانحدار وحده هو الصعب، بل الحرارة الشديدة التي تكاد

تقطع الأنفاس. يا إلهي، هذه الشمس المحرقة تكاد تجعل الصخور تغلي وتنصهر، وحتى الرياح في يزد كأنها ألسنة من اللهب!

كانت أنفاسنا هي رأس مالنا، لذا يجب أن نحافظ عليها ولا نستهلكها كلها. ومن ثم، جلست كي أشرب شربة ماء باردة، ولكن أنى تأتيها البرودة؟ لقد كانت المحافظة على المياه باردة في هذا الطقس أكبر مصائبنا، فالمياه تصبح ساخنة حتى لا يمكن شربها بعد عشر دقائق فقط. يا إلهي، ماذا كان يفعل الناس قديمًا؟! لم أزل مؤمنة بأن البشر منذ بداية الخليقة إلى الآن هم على الشكل نفسه، ولكن لا بد أنهم يتأقلمون مع عصرهم والظروف التي فيه، فبينما لا يستطيع الأحياء تسلق هذا المنحدر الآن، لقد ظننت أنني عشت هذه التجربة من قبل، ولكنني تسلقته طيفًا، أما الآن فجسمي معي!

وبعد مدة، تباعدت المسافة بين الدرجات حتى اختفت تمامًا فلم يبقَ منها أثر، وأصبحنا نتسلق الصخور مباشرة. حينها، قلت في نفسي وأنا أحس بدوار: «لعلهم لم يصعدوا من هنا!»، وشعرت بالخوف من دقات قلبي الذي يكاد يخرج من صدري، وظننت أن كبدي سينفطر من شدة العطش.

راحت الصخور تتفتت، وتنزلق الرمال والحجارة تحت أقدامنا، ونحن نتسلق على حافة المنحدر؛ هل يمكن أن نكون قد ضللنا الطريق وسلكنا طريقًا آخر؟! لم يخطر على بالي أبدًا أن أتراجع أو أتخلى عن الفكرة وأعود أدراجي، حتى أنني تعجبت من نفسي ومن هذه الجرأة التي أنا فيها! ولكني كنت أشعر بالثقل الشديد للحقيبة التي أحملها فوق ظهري والشمسية التي أمسكها بيدي ومطرة المياه والحجاب الذي فوق رأسي ونظارتي، وأحس بصعوبة كبيرة في التحكم بكل هذه الأشياء تحت أشعة الشمس المحرقة، وإن كانت الشمسية تخلق لي بقعة صغيرة من الظل تمثل نعمة كبيرة لا يمكن الاستخفاف بها أبدًا، رغم أن الرياح عندما تهب كانت تسحبها فأجد صعوبة كبيرة في حملها؛ هل أرمها من هذا الارتفاع فأرتاح منها؟!

وبينما تشوي الشمس رأسي، ويغلي مخي تحت أشعتها، كنت أفكر في كيفية النزول من هذا المنحدر والحجاب يكاد يخنقني ويكتم الهواء عني. ولما هبت الرياح ولفحت وجهي وأنفي وفمي، شعرت فجأة بارتياح، وأدركت أن حجابي قد انزلق عن رأسي. وعندما بحثت عنه، وجدته قد علق بحقيبة الظهر وهو يرفرف خلفي. ومع أنني أعرف كيف أضعه على رأسي، فإنني قررت ألا أفعل، وقلت لنفسي: «لا أحد بالجوار، فمن عساه يراني»، وأكملت طريقي حاسرة الرأس؛ ولكن حقيقة ألم يكن ثمة أحد يراني؟!

وبعد أن وصلنا إلى قمة التلة المرتفعة ونحن نكاد نلفظ أنفاسنا الأخيرة، نظر إلينا دليلنا السياحي الذي ينتظرنا منذ وقت طويل مبتسمًا، وقال إننا ربما ضللنا الطريق، ثم أشار إلى الناحية الأخرى موضحًا:

- «كان علينا أن نصعد من هنا!».

كان المكان الذي أشار إليه أشد انحدارًا، ولكن الصخور منحوتة على شكل درجات فيها أماكن لوضع القدم، كما وُضِعَت على الجدار أشياء يمسك بها المرء في أثناء تسلقه. وعندما استدرت ونظرت إلى المكان الذي تسلقناه نحن، شعرت بشعر جسدي وهو يقف.

نحن الآن نقف خارج البرج، حيث جلست على صخرة بينما الرياح الساخنة تلفح وجوهنا، ثم نظرت إلى المكان الذي كان يقف فيه سطار خان وبيروز، وبحثت عيناي عن الباب الحديدي فلم تجده، بل رأت مكانًا عاليًا مرتفعًا تخفق الرياح فيه. لقد كانوا يصعدون إلى هذا البرج عن طريق درجات لم يعد لها الآن من أثر، ما يعني أن علينا تسلق هذا أيضًا! وبعد عذاب ومشقة، دخلت أنا وياسمين برج الصمت.

لقد اندرست أرضية البرج، وتفتت الصخور وتآكلت. ولكني سحبت نفسي واتجهت نحو إحدى الزوايا، ونظرت صوب حفرة في الوسط، ثم

أمسكت حجرًا ورميته داخلها، فترك ذلك الحجر الجاف الذي امتص حرارة الشمس لعصور طوال آثارًا جافة وصوتًا قويًا عند ارتطامه مرة بعد مرة. وقد أثار انتباهي ذلك الطريق الضيق حول الحفرة بعد أن خرجت ياسمين وأصبحت وحيدة، ففعلت الشيء الوحيد الذي عليَّ أن أفعله، إذ نزلت في الحفرة، واستلقيت على الصخور الملتهبة والشمس المحرقة فوقي تمامًا، ثم أغلقت عيني.

فتحت عيني فزعة عندما تذكرت صوت أجنحة الطيور الكاسرة، وارتسمت أمام ناظري صورة مشهد مرعب؛ في ذلك اليوم، عندما أغلقوا الباب، ونزل سطار خان مع بيروز من البرج، وبقيت أفكارهما عند ما يحدث خلف الباب، لم أنزل معهم، بل تسللت بطيف جسمي ودخلت من الباب الحديدي الضخم، ورأيت بأم عيني ما لم يره أحدٌ من قبلي. يومها، انطويت في إحدى الزوايا، تحت شمس متعامدة فوقنا مباشرة لا تسمح بتشكل أي ظل، خائفة فزعة في حضرة الموت الذي يساوي بين البشر جميعًا، فقيرهم وغنيهم، صحيحهم وسقيمهم، عالمهم وجاهلهم، شريفهم ورذيلهم؛ كلهم سواسية.

لا بد أن هذا المكان من بين الأماكن التي تجولت بها في إيران بجسمي وعقلي، ولن أنساه ما حييت، إذ شعرت فيه بأنني نلت مرادي، ليس فقط لأنه أكثر مكان امتزجت به الحقيقة والخيال، بل لأنه من الصعب عليَّ أن أنسى هذا المكان حتى إن لم تكن تلك الحكاية موجودة، وأرجو ألا ينساني هو أيضًا؛ لِمَ لا أترك أثرًا مني هنا؟! لم يسعفني مخي الذي يغلي تحت الشمس الحارقة، فمددت يمناي إلى إصبعي الأوسط في يدي اليسرى، لأترك الخاتم الذي قدمته لي فتاة هدية في يوم التوقيع على أحد كتبي في معرض الكتاب، وأرجو أن تسامحني إن كانت تقرأ هذه السطور، إذ خلعت خاتمها ووضعته على الحجارة التي كنت أرقد عليها.

بعد هنيهة، نزلت معهم إلى الأسفل وأنا متعبة جدًّا حتى أنني لم أكن أشعر بجوع أو عطش. وعندما استرحت قليلًا، رفعت رأسي لأرى إن كنت قد انحرفت عن الطريق الصحيح أم لا، ولأرى إلى أين وصلت في طريقي، لأكتشف حينها أن الطريق الصحيح أكثر أمنًا وأسهل. وعندما نظرت من بعيد، رأيت الطريق واضحًا للغاية، ولكنا عندما كنا فيه لم ندرك هذا. يا إلهي، من أين مررنا؟! وكيف تسلقنا هذا الطريق؟! وكيف لم نسقط؟! وكيف تمكنا من العودة مرة أخرى؟! لا يغلقن أحدٌ عيني.. دعوني أرى كل هذا.

في المساء، عدنا للفندق، وصعد كلٌّ إلى غرفته. من الآن، بتنا نشعر بضيق وحزن، فلم يبق كثير من الوقت حتى أعود أنا إلى إسطنبول، وتعود ياسمين إلى باكو.

حضرت كوب شاي لنفسي بإبريق الشاي المصنوع من الخزف الأزرق الموجود في الغرفة، ثم بدأت أتجول على اللوحات المعلقة على الجدران كأنني في معرض للرسومات أتفحصها واحدة تلو الأخرى: هذه الملاقف (الأبراج) التي تُستخدَم للتبريد والتهوية، وهذه صورة الشاي خانه التي رأيتها صباحًا. اقتربت من الأخيرة وأنا أرتشف من فنجان الشاي؛ في ناحية الصورة اليمنى ثمة زاوية مخصصة لصانع الشاي لا يُسمَح لأحد بالاقتراب منها، وعلى اليسار ثمة سماور كبير جدًّا يتصاعد البخار منه مشكلًا سحابة في منتصف الصورة تمامًا، أما صانع الشاي فقد أمسك بصنبور السماور ناظرًا مباشرة نحو الكاميرا، ليس هو فقط بل الكل كان ينظر إلى المصور في أثناء التقاط الصورة. وحول بركة الماء الرخامية، جلس حوالي عشرة أشخاص بدا أنهم يرتادون المكان باستمرار، أمامهم النرجيلة والتبغ، وكلهم يضعون على رؤوسهم قبعاتهم أو عمائمهم، وعلى خصورهم حزام الخصر العريض وملابس إيران التقليدية الطويلة حتى الركبة. ولكن ثمة شخصًا يجلس

بالقرب من السماور لا ينظر إلى عدسة الكاميرا؛ كان مقطب الجبين، عيناه شبه مغمضتين، ينظر أمامه مباشرة غارقًا في عالمه الداخلي. لقد كان الوهج والوميض الذي ينعكس من مقلات عيونهم يملأ الصورة كلها بشعاع ونور الماضي. يا إلهي، إني أعرف هاتين اليدين وهذه الأصابع الرفيعة وتلك النظرة وذلك الخاتم في خنصر إصبعه! ارتشفت رشفة أخرى من كوب الشاي المزركش اليزدي، وبينما يأسرني طعم الشاي في فمي وحلقي نظرت مرة أخرى لتلك الصورة.

راحت سحابة البخار التي فوق السماور تتحرك رويدًا رويدًا وترتفع، وبدأت الأشياء كلها تتلون، حتى دبت الحياة في كل شيء، فسمعت ضوضاء في البداية، ثم ميزت أصوات ماء النراجيل، وماء النافورة، ونقر الملاعق في الكؤوس، وملامسة كؤوس الشاي للأطباق الخزفية... والكلام. أما ذلك الشخص، فقد رفع رأسه فجأة، والتقت عيناي بعينيه، ولكنه لم يرني؛ إنه هو. ولو أن صوتي يُسمَع لصرخت: لقد وجدته وتعرفت عليه مجددًا؛ لا أدري من أين يبرز لي، ولكنه لا يفارقني!

قام من مكانه ومشى فمشت الدنيا كلها معه، وتابعته وهو يترك لبائع الشاي بعض النقود ويخرج. لقد أصبحت أعرف سربلند جيدًا، وأستطيع أن أحدد أين نحن؛ إننا في تخت سليمان. وبالنظر إلى اصفرار أوراق الأشجار وتساقطها، فهذا يعني أننا لا بد في أواسط الخريف.

الفصل السابع
الأقراط الوردية

- «بيروز قادم».

قالها سطار خان بينما كانت العائلة كلها مجتمعة حول المائدة التي جُهِّزَت بكل ما لذَّ وطاب، بمن فيهم العمة چيچك، والسيدة هانكمه التي تولَّت شَيَّ الأسماك في التنور بنفسها، ولم تترك ذلك للعمال، بل راحت تخرج بيدها السمكة تلو الأخرى. فرفع ميرزا خان رأسه وهو يأخذ خبز السنجك الإيراني، وتساءل مندهشًا:

- «من بيروز هذا؟!».
- «إنه ابن الرجل الذي في يزد».
- «ذاك الذي مات؟».

كان بيروز قد أرسل تلغرافًا إليه، يخبره فيه بأنه قادم إلى تبريز كي يأخذ شهادته الجامعية، وأنه في طريقه لزيارة تخت سليمان، ويسأله هل يأتي، فأخبره بالطبع بأن يأتي وهو فرح متحمس للقياه؛ ألم يشعر وهو في باكو كم اشتاق لبيروز؟! لقد اشتاق إليه كأنه صديقه منذ أربعين عامًا، مع أنهما أصدقاء جدد.

كانت السيدة هانكمه تزين المائدة بأطباق الأرز الشهية التي ذاع صيتها بإعداد عشرات الأنواع منها، على العكس من العادة المتعارف عليها في تبريز المشهورة بشكل واحد للأرز، ما جعل المائدة أشبه بموائد باكو، عندما سأل ميرزا خان:

- «هل سيقيم هنا؟».

فاستاء، وراح ينظر إليه ممتعضًا محرجًا، ثم قال:

- «لقد أكرموا ضيافتي في بيتهم، حتى أنهم في المأتم عاملوني كأني واحد منهم، فهل أرفض الآن استضافته، ولا أقول له: تفضل عزيز جان؟!».

ولكنه أدرك أن ميرزا خان لم يرتح لبيروز لأنه زرادشتي، فشعر بأنه بحاجة إلى أن يضيف:

- «كما أنه ليس مثل الذين تعرفهم».
- «ولماذا يأتي؟».

فابتسم وقال:

- «لقد اشتاق إليَّ، ويريد أن يرى تخت سليمان أيضًا».
- «إذن، يأتي من أجل زيارة تخت سليمان!».

كان الدور قد جاء على أطباق مربى الليمون التي تعدها السيدة هانكمه من قشر البطيخ والجوز وأوراق الورد والشمام والفراولة وتوت العليق والخوخ والبرقوق، وحتى الزيتون أو أي شيء تجده أمامها في الحقل أو حديقة البيت، والتي تجهزها في الصيف كي تقدمها إلى جانب الشاي في الشتاء، وإن اعتاد ميرزا خان على عدم الانتظار لحين مجيء الشاي، بل يعجل بأكلها على مائدة الطعام مباشرة.

مسح فمه بالبشكير، ثم نظر باستياء إلى سطار خان الذي لم يكن قد أخبره بما يفكر فيه بعد، من أمر إعلان خطوبته على أعظم هذا الأسبوع، قبل أن يسأله:

- «متى سيأتي؟».
- «إنه في تبريز الآن، وإن خرج منها غدًا قبل بزوغ الفجر فسيكون هنا عصرًا».

فازداد استياؤه، وقرر تأجيل الخطوبة حتى مغادرة ذلك الذي لا يرغب في أن يحضر معهم مجالسهم ومراسم خطوبتهم، فعقب:

- «ليأتِ».

عندها، شعر سطار خان بارتياح كبير، على الرغم من أن أباه قد قالها بعد عناء طويل، ولكن يكفي أنه قالها، فهذا يعني أنه لا يمكن أن يقصر في إكرام ضيفه واستقباله.

وبالفعل، حصل ما توقعه. ففي اليوم التالي، وصل بيروز عصرًا بعدما خرج من تبريز في ساعات الصباح الأولى وهو يركب عربة قديمة تجرها أربعة خيول. ومنذ أن وطئت قدماه أرض تخت سليمان، لم يقصر أحد في إكرامه وضيافته، إذ قُدِّمَ أطيب الطعام وألذه، وخُصِّصَت أريح غرف الخان له، وفُرِشَت بفرش وثيرة مريحة.

ولأن السيدة هانكمه امرأة عجوز، لم تكن بحاجة إلى أن تتوارى وراء الحجب عن بيروز، بل على العكس كانت تجلس معه، وتسأله عن أحواله بداية، ثم تتبع ذلك بسيل من الأسئلة، منها المناسب ومنها ما ليس كذلك: من أنت؟ ومن تكون؟ أليس لك أقارب؟ وما الذي تفعله في تبريز؟ وفي أي جامعة تخرجت؟

أما بيروز الذي جاء من يزد إلى تبريز دون أن يشعر حتى بصداع خفيف طوال ذلك الطريق الطويل، فيبدو أنه تأثر بتغير الجو في تخت سليمان. ففي اليوم التالي من قدومه، لم يستطع القيام من الفراش، وظل يتقلب عليه من شدة الحرارة. وقد قالت هانكمه مباشرة وهي تشخص حالته:

- «هذا بسبب تغير الجو. لا حاجة للطبيب، سأتولى الأمر وأجعله يتحسن؛ لا تقلقوا».

ثم قدمت له الأعشاب الطبية وبعض الأدوية، وغطته بثلاثة لحف وبطانيات، فراح يتصبب عرقًا ويرتجف تحتها. وفي نهاية المطاف، تبين أنها كانت محقة، إذ وقف على قدميه سليمًا معافى في صباح اليوم التالي، وراح يتناول حساء الصباح مبتسمًا سعيدًا، ثم قبَّل يدها، فنظرت إلى شعره الأشقر وعيونه الزرقاء زرقة السماء كأنها تراه لأول مرة؛ يبدو أن هذا الفتى فتى طيب.

وبعد أن انتهوا من حساء الصباح، قال سطار خان:

- «ما رأيك في أن نذهب اليوم إلى تخت سليمان؟».
- «حسنًا، لنفعل».

وعندما خرجا إلى صحن الدار، قال له:

- «دعني أولًا آخذك في جولة بمشغلنا».

والحق أنه لم يرَ أعظم منذ ثلاثة أيام! فمنذ وصول بيروز إلى الدار، أصبحت تُحضَّر مائدتان: واحدة للرجال وأخرى للنساء حفاظًا على حرمة البيت. وما عادت أعظم تخرج أو تجلس بالقرب من بركة الماء في فناء الدار، بل تحرص على ألا تظهر أو تخرج كثيرًا. ومن ثم، فغايته من أخذ بيروز ليتجول في المشغل كانت فقط رؤية أعظم.

لم يكن يُسمَح في هذا البيت بأن تنظر عين أجنبية داخل الحرملك أبدًا، أما المشغل فمكان معفًى لا حرج من دخول الأجانب إليه، خاصة أولئك الذين لا يوكلون أمر طلباتهم إلى غيرهم، أو للدقة لا يطمئنون حتى يروا سير أعمال السجاد بأعينهم. وقد اعتادت الفتيات في المشغل على زيارة أولئك الرجال الأجانب المترددين أحيانًا في طلباتهم أو الذين يغيرون رأيهم في اللحظة الأخيرة.

كانت الأسطة فردوس تتجول بين الأنوال بصمت كالقطط، فيستحيل سماع صوت خطواتها، فيما تهوي العصا التي بيدها في أي لحظة على أنامل

وأصابع الفتيات إن فعلن أي خطأ. وكما هو الحال في كل صباح، راحت تعيد عليهن الموشح الصباحي الذي تسرده عليهن مرارًا حتى أنهن حفظنه من كثرة ما رددته:

- «لا تضربي المضرب بقسوة فتسحقين العقد.. لا تشدي خيط العُقد بقوة فينحني ظهر السجادة.. لا تنزع إحداكن الزغب عن سجادة غيرها، ولا تجلس مكانها، ولا تعقد لها أي عقدة...».

وفي تلك الأثناء، جاء أحد الخدم يخبرهن بأن سطار خان قادم ومعه ضيف. وما إن استعدت الفتيات حتى دخلا، ويا له من دخول.. كأن الأنوار أضاءت المشغل بأكمله! لقد كانت الفتيات كلهن راضيات معترفات بأن أعظم بمثابة زليخة لسطار خان، لكن مَن يوسفها في هذين؟ لم تكن إحداهن متأكدة من هذا! وحتى إن تركزت نظراتهن على العقد أمامهن، فإن عقولهن وأفكارهن ظلت تروح وتجيء بينهما، خاصة ذلك الأجنبي. ولو أن إحداهن رفعت رأسها ونظرت إليه لما استطاعت أن تعود لوعيها وتكمل العمل الذي تتكفل به.

نظر سطار خان باعتزاز إلى بيروز كأنه يتباهى بهذا المشغل الذي تصدح فيه أصوات المضارب والمقصات، وتفوح منه رائحة الصوف، ففي هذا المكان تُولَد أجمل السجادات في العالم. ومن ثم، فُتِحَ باب آخر تجلس خلفه أعظم المشغولة بعقد العقد، بينما ظهرها إلى الباب ويداها تتحركان بسرعة البرق، فأسند سطار خان ظهره إلى الجدار الذي وراءها، وراح ينظر إليها وقلبه يكاد يطير من صدره، وعقله يكاد ينسي بيروز!

وبعد هنيهة، تمالك نفسه، وقال لبيروز:

- «لقد نُسِجَت السجادة التي أحضرتها لك هنا.. على هذا النول».

وقد بدا صوته وهو يقول هذا مخنوقًا بعيدًا، كأنه يتحدث من غياهب جُبٍّ، حتى أنه شعر حينها أن بيروز، والفتيات ومن ورائهن الأسطة فردوس،

قد لاحظوا ذلك العشق الدفين في قلبه لأعظم، وراحوا كلهم يحدقون به. ومن ثم، رفع بصره عن أعظم، ونظر برفق إلى بيروز الذي لم يكن ينظر إليه إطلاقًا، بل ينظر إلى مكان آخر تمامًا!

كان أول ما رأى بيروز من أعظم يديها الماهرتين وأصابعها النحيلة وأناملها السحرية وهي تداعب خيوط السجادة وتعزف عليها كقيثارة، فتمر من فوقها بنعومة ولمسات سحرية، ثم تعود بمهارة وسرعة كبيرة لتعقد عقدة جديدة، وتختفي في غمضة عين وراء الخيوط، ثم تظهر في لمح البصر مجددًا بيضاء للناظرين؛ كانت تلك الأيدي تنسج على أرضية زرقاء حوافر حصان رفع قدميه الأماميتين. وعندما سمعت أعظم صوت خطوات خلفها، رفعت رأسها ونظرت نحو الباب.

رأى بيروز وجهها، عندما نظرت تلك النظرة، ولمس في عينيها ذلك السحر والغموض، النور والظلام، التمرد والبراءة، الأصالة والعراقة، الرحمة والظلم، الرأفة والسيادة، الطواعية والطفولة والأنوثة. فبدت النظرة رمحًا من حديد ونار اخترق قلبه وانتزعه من مكانه؛ لقد رأى ما حكته هذه العيون قبل أن يراها. ولكن كيف لهذه العيون الساحرة أن تبقى مبصرة مع كل هذا الجمال والنور. حينها، تذكر آخر ليلة في يزد، عندما سأل سطار خان: «كيف يمكن لمن حاك هذه السجادة ألا يُصَاب بالعمى؟!»، واستحضر جوابه، وقد كان محقًا: «لا تُصَاب هذه العيون بالعمى، ولكنها تفعل ذلك بمن ينظر إليها ولو مرة واحدة»؛ نعم، لو نظرت إليه مرة أخرى تلك النظرة، لأصابته حتمًا بالعمى!

سقط بيروز صريع نظرتها تلك دون تردد أو تفكير أو سؤال، ولم يستغرق الأمر سوى لحظة ليدرك أن أمرًا ما قد أصابه، وأن شيئًا جللًا يحدث معه؛ هكذا هي حالة العشق منذ عصور، فلا سبب للعشق، ولكن له أوان، وها قد

حان. ومن ثم، تسمَّر خلف ذلك النول، وراح ينظر إليها نظرة مختلفة عن النظرة الأولى، نظرة لم تعد بريئة كسابقتها، بل تحمل كثيرًا من العواطف والرغبة. وما العشق إلا مقدمة لجريمة، وبداية لتجاوز الحدود وادعاء الحقوق، ولقد تجرأ على كل هذا، إذ رأى ما لا يجب أن يراه، وسقط صريعًا مصابًا بالعمى!

رفعت أعظم رأسها مرة أخرى، ونظرت إلى بيروز الذي يقف وراءها ناظرًا إليها نظرة المسحور بها، ثم نظرت إلى سطار خان الذي ينظر إليها وقد تلبسه السحر نفسه، كأنها تسأله: «لم جئت به إلى هنا؟!». وبعد هنيهة، نظرت إليهما مجددًا عندما رأتهما متسمرين وراءها كشجرتين تقفان فوق رأسها، كأنها تقول لهما: «لست مسؤولة عما سيجري بعد الآن»!

لقد التقى سطار خان ببيروز في يزد لقاء السماء بالصحراء، وما كان ينقصهم حينها سوى الغيث، ولكن الغيث جاء كوابل من النيران؛ ليس على أعظم أن تفعل شيئًا، فوجودها فقط ورفعها رأسها ونظراتها تلك كافية لحرق الدنيا. ولكن هذه الفتاة أحرقت دنياها أيضًا بين ما أحرقته، واكتوت بالنار التي أشعلتها، فقد بقيت الفتيات لأيام يتناقلن الحكايات والشائعات عن لطف ووسامة الضيف وطيبته وأخلاقه وعائلته، فسحر الكلام أعظم، وشبت النيران في قلبها، وتحولت كرة اللهب إلى حريق عظيم.

والحق أن الحريق بدأ من لحظة وقوفه خلفها، إذ أشاحت ناظرها عن وجهه بسرعة، وعادت لتنظر إلى النول الذي تحيك عليه حافر الحصان، ولكنها هذه المرة عقدت العقدة بشكل خاطئ، وغفلت عن عقدها بمكانها الصحيح، وإن كان أحدٌ لن يتمكن من ملاحظة هذا الخطأ الضئيل بعد الانتهاء من غزل السجادة؛ فقط أعظم يمكنها أن تلاحظه، وكذلك بيروز الذي لا يفقه شيئًا عن السجاد وحياكته، فقد باتت هذه العقدة الخاطئة أول سر يجمع بينهما. ولقد

كانت العقدة غاية في القوة حتى أنه من الآن فصاعدًا، لو قال أحدهما للآخر: «تعالَ»، لأتاه حبوًا وهرولة في اللحظة ذاتها، ولو لم ينادى أحدهما، لفعل الآخر ذلك؛ إنه العشق، لا زمن له بل هو أمر لحظة، ولا كلام فيه بل نور.

لاحظ سطار خان ذلك النور الذي راح يشع بين هذين الاثنين، والذي ملأ المشغل بأكمله، فقال بانزعاج وهو لا يكاد يفهم جيدًا ما يجري:

- «هيا بنا.. فلنغادر!».

ليته ما أتى به إلى المشغل! ليته قال إنه أيضًا من الحرملك، وما سمح له بأن يدخله! لقد رأى بنفسه ذلك الجمال، فلِمَ لا يرى بيروز ما رآه؟! الحق أنه شعر بحرقة في قلبه، كأن الرمح الذي طعن بيروز في قلبه قبل قليل قد مزَّق نياط قلبه هو، ولكنه حاول أن يضع ثقته في بيروز، وأن يقدِّم ثقته به على غيرته منه، فقد وقف معه وربطا معصميهما بوشاح في موقف هو الأكثر حزنًا والأشد إيلامًا في حياته، ومن المستحيل أن يغدر به ويطعنه بظهره.

بعد هنيهة، شعر بأن الرمح الذي يمزق قلبه قد توقف قليلًا، ولكن الحرقة والألم ما يزالان في قلبه؛ ليس لهذا العذاب من سبب منطقي، فما ذلك إلا احتمال فقط، والغيرة ذلك الشعور الملعون تختبر الناس في مثل هذه المواقف، وتزعزع الثقة، وتثير الشك في أقرب الناس. ورغم أنه كظم غيظه، فإن شيئًا ما ظلَّ مشتعلًا في قلبه، فالغيرة شعور وقلق مما سيحدث أكثر منها شعور بما حدث. لقد أحب أعظم من كل قلبه دون أن يضع في حسبانه أي احتمال لخسرانها وفقدها حتى تلك اللحظة، فهل عليه الآن أن يضع احتمالات وشكوكًا وظنونًا؟

للمرة الأولى، ترك ضيفه وحيدًا في أزقة تخت سليمان، ولم يتبعه على صهوة فرسه. ولكنه بعد أن فكر قليلًا، شعر بالخجل مما فعله، فلحق به. أما أعظم، فقد رمت بنفسها فوق صخرة وهي تلتقط أنفاسها بصعوبة

شديدة، وتفكر مطأطأة الرأس حتى يكاد رأسها يلامس صدرها وعيونها تنظر عبثًا في الفضاء: «يا إلهي، ما هذا الشيء الذي لم أكن أتوقعه أبدًا؟!». هل أصابت هذه المعجزة قلب أعظم؟ لقد كان النور يشع من كل كيانها، داخليًا وخارجيًا!

لم يمضِ وقت طويل حتى بدأت الحقائق الغامضة في تلك المعجزة تتضح أمام عينيها واحدة تلو الأخرى، لقد سمع حتى الأصم أنه سيُعلَن هذا الأسبوع عن خطوبتها لسطار خان، ولكن لم يسألها أحدٌ عن رأيها أو يسمع موافقتها. وخيانة كهذه، وتلطيخ شرف العائلة والعشيرة بالطريقة تلك، وصمة عار كبيرة على شرف العائلة وسمعتها لن ينساها ميرزا خان ولو بعد مئة عام، ولن يعفو عنها أبدًا... ظلت هذه الأفكار تدور في ذهنها، وتتصور لها كأطياف وأشباح تطاردها في عقلها وفكرها، وإن لم يكن لها من أثر أبدًا على قرارها. فحتى عقلها بات كقلبها، ليس به سوى نظرات بيروز التي استحلت كيانها كله، فلم يعد بإمكانها التفكير بسواه. ومن الآن فصاعدًا، ستكون كل لحظة في حياتها تمر دون أن تفكر أو تشعر فيها به حرامًا عليها.

حتى أهم الأشياء التي يجب مراعاتها تلاشت في جملة المستحيلات هذه، فلم تعد تكترث لما سيجري معها، أو ما سيُقَال عن أنها لطخت سمعة عائلتها ومرغت رؤوسهم بالوحل، أو أن الكل سيغضب ويحقد عليها، أو أن ميرزا خان ربما يقتلها؛ لقد تفلت الأمر من بين يديها، ولا طريقة أخرى لحدوث ذلك، ولا ينبغي لأحد أن يتوقع منها إخماد هذا النور الذي يشع في قلبها ويسري بكل ذرة من جسدها بيدها؛ إنها تفضل الموت مخنوقة في ذلك النور، محترقة في نار العشق تلك! ومن الآن فصاعدًا، أينما يكون بيروز تكون أعظم، وليكن ما يكون.

لم تعش أعظم صراعًا بين قلبها وعقلها، أو صراع مَن يقف على مفترق طرق بين عالمين، أو بين المنطق والقلب، إذ لم تقف في حيرة من أمرها خائفة من أنها لو اختارت طريقًا، سيبقى عقلها في الطريق الآخر، فشرع العشق ومذهبه وطريقه معروفة. ومن ثم، تركت نفسها في ذلك الطريق، وليحدث ما يحدث، فالقدر مكتوب، وما هو كائن لا بد أن يكون.

رفعت رأسها نحو سماء تخت سليمان، ونظرت إلى الغيوم التي تغطي وجه السماء كالحُجب، ثم قالت:

- «يا هادي... أعرف أن القدر مكتوب، وأن الأقلام قد رُفِعَت وجفت الصحف، ولكنك يا الله تقلب الأمور كما تشاء، وإن شئت غيرت ما كُتِبَ عليَّ... يا رب، لقد جاء قدري ونصيبي قبل قليل، فلا تحرمني منه يا الله».

ثم عادت إلى المشغل، وجلست خلف نولها، وراحت تغزل السجادة بسرعة كبيرة، ولكنها ظلت تخطئ في العقد حتى أن السجادة صارت مائلة، وإن كان هذا أمرًا من المبكر جدًّا ملاحظته، بيد أنه لن يخفى على سطار خان ما إن يرجع إلى المشغل مساء.

تلك الغيوم التي تغطي وجه سماء تخت سليمان كالحُجب وتُظِلُّ أعظم، كانت تُظِلُّ تحتها أيضًا كلًا من سطار خان وبيروز في موقع تخت سليمان الأثري، حيث كان الموجودن جميعهم من المسلمين الذين جلسوا يستريحون تحت ظلال ما بقي من أطلال خيَّم عليها صمت مادي يمكن للمرء أن يشعر به، بل يلمسه بيديه، إذ لم تكن فيه من حركة سوى حركة الريح التي تداعب عندما تهب أوراق الأشجار والحشائش البرية التي نمت بين شقوق الحجارة والصخور في ذلك الصرح التاريخي. ودون تلك الأصوات، لا أثر لحركة أو صوت، بل ثمة صمت رهيب، ورياح تلفح وجه سطار خان وبيروز اللذين يكرران الجملة ذاتها، ولكنهما يفكران بأشياء مختلفة تمامًا:

- «ما الذي جرى قبل قليل؟».

وإن حاولا أن يتصرفا كأن شيئًا لم يحدث قبل قليل.

كان بيروز يمشي فوق حجارة ذلك المبنى التاريخي كأنه يتجول في بيته، بل كأنه هو مَن يستضيف سطار خان، إذ راح يحدثه عن دقائق وتفاصيل ما كان ليعرفها ولا سمع بها من قبل. حينها، أدرك سطار خان جيدًا الفرق الكبير بين الرؤية والمعرفة، خاصة أنه لا يكاد يحصي كم من مرة مر بهذا المعبد، وكم من مرة جلس يستظل بظله ويستريح به، دون أن يعرف كل هذا عنه! ومع هذا، بدأ يملُّ من تحذلق بيروز، وبدا واضحًا للغاية أنه من الآن فصاعدًا مهما يفعل أو يقول، فإن سطار خان لن يعجبه، وسيتضايق منه، فوسواس الشك قد هاجمه واستولى عليه: هل هذه الفرحة والسعادة العارمة والحماس كلها بسبب قدومه أم بسبب شيء آخر؟!

حدَّثه بحماس عن الملك الساساني بيروز الذي مرَّ من هنا، وكذلك كورش الكبير، وحتى الإسكندر الذي دمر هذه الدولة، وأحرق النص الأصلي لأفيستا. ولكن أين هؤلاء؟ لو أن أسماءهم لم تُنقَش على الحجارة والجدران، لما سمع بهم أحدٌ، ولما بقي لهم من ذكر في هذا الزمن، ولأصحبوا نسيًا منسيًا لا يعرف بوجودهم أحدٌ؛ لقد مرُّوا كريح عابرة هبَّت من هنا، وخلَّفت وراءها هذه الأطلال والحجارة التي لو كان لها ألسنة لحدثت وحكت عنهم الكثير.

لم يكن يصغي لما يقوله بيروز الذي ظل يتحدث ويحكي هربًا من ذلك الصمت الذي يمكن أن يقتلهما، و

لم يعد يحتمل الاستماع أكثر من ذلك، فابتعد عنه بصمت، وتسلق الصخرة العظيمة التي سمِّي المسلمون الأوائل المكان باسمها عندما رأوها لأنها تشبه تخت أو عرش سليمان الأسطوري. وهناك، خلع قلباقه، وترك نفسه وشعره ووجه للرياح التي تهب، وراح يأنس بالصمت القاتل الذي يخيم على جميع ما حوله، ثم أغلق عينيه وحاول أن يتخيل هذا المكان عندما كان يضج بالحياة، فأعاد ترميم الحجارة التي تهدمت، والأسوار والقناطر، وشيد القبب والأبراج، حتى بدأت ألسنة اللهب تنفث من المعبد الداخلي، والمداخن الأربع للقبة الداخلية، والمذبح الرئيس في صحن المعبد، والحجارة والغرف الجانبية، وراحت النيران تسري في عروق الأرض كلها هناك. وظلت ألسنة اللهب تلك تتطاير حتى سقطت في البحيرة التي أمامها مباشرة، فشبت النيران بمياهها، وراحت تنفث النيران هي الأخرى، ففتح عينيه فزعًا، وشعر بكره وبغض كبيرين لكل شيء: النار، ويزد، والصحراء، وكل ما يشبه بيروز، وكل ما يلامسه أو تقع عينه عليه أو يتلفظ به لسانه، والأفكار التي تدور في ذهنه، وكل مكان يكون به، واللحظات التي يعيشها معه، وحتى تخت سليمان.

نزل مرة أخرى من عرش سليمان، وتوجه نحو بيروز الذي يجلس تحت ظل الجدران المتهالكة، ثم أسند ظهره إلى الجدار ذاته بعد أن جلس إلى جانبه. وحينها، شعر بحرقة في أنفه بسبب رائحة التين البرية النفاذة التي تحملها الريح الجافة بعد أن تداعب شجر التين هناك، حيث رفع الزمان الحجب عن كل شيء كان في يوم من الأيام الغابرة لا يُسمَح لأحد برؤيته أو الاقتراب منه، فأصبح الآن مكشوفًا معروضًا للناظرين حاملًا في طياته كثيرًا من الألم والوجع وقلة الحيلة.

كان بيروز سيخبر سطار خان بعد أن رأى تلك التي تقف خلف النول قبل ساعتين أنه مستعد للتضحية بكل شيء لأجلها، وأنه لن يطرق باب أحد للمساعدة سوى بابه، فقط يكفيه أن يمنحه الجرأة والأمان حتى يتحدث معه، ويشيد جسرًا متينًا بينهما. ولكن ذلك الجسر ما كان ليصمد، لا هو ولا أشد الجسور بينهما، أمام الطوفان الهائج الذي شكلته الأمطار بينهما، فاكتسحت أمواجه كل الجسور وسوَّتها بالأرض.

ولكن لماذا؟ فكر بيروز بتلك الأمطار التي دخلت بينهما، وشعر أن الدماء تتوقف في عروقه عندما داهمته هذه الفكرة: لقد رأى ذلك الجمال كله، فلِمَ لا يكون سطار خان قد رآه أيضًا؟! حينها، شحب لونه، وأسر في نفسه: «هل هو أيضًا عاشق لأعظم؟!».

حتى لو كان هذا صحيحًا، فإنه لن يغير شيئًا، ولن يهتم به، فلا وقت للتفكير بهذا أو الاكتراث له؛ لا وقت لدى القلب يشغله بهذه الأمور، وهو إذا أحبَّ لا يهتم باحترام أو حق أو أسبقية! لقد قُضِيَ الأمر، وسبق السيف العذل، ونُطِقَ بالحكم باسم العشق والهوى دون حاجة لفرمان أو إعلان، فهل يمكنه أن يسيطر على نفسه بعد كل هذا؟!

جلس سطار خان على حجر على ضفة البحيرة، وراح ينظر إلى المياه الخضراء المخيفة العميقة التي لا يُرَى قاعها، فيما جلس بيروز على حجر

آخر على مسافة منه. وبعد هنيهة، فتح سطار خان جعبته كي يقوم بلف لفافة من التبغ، فرأى قطعتي النقود الساسانية اللتين اشتراهما في باطوم من الصائغ صرافيم، فأمسك إحداهما بين أصابعه وراح يقلبها، ثم رماها في الماء، فقال بيروز وهو يخمن أن ما ألقاه في الماء بضعة من روحه:

- «يبدو أن هذه المياه عميقة للغاية».«نعم، هي كذلك، فما تأخذه لا تعيده مرة أخرى مطلقًا».

فانحنى بيروز على الماء قليلًا، ووضع يده فيها، فقال سطار خان:

- «انتبه كي لا تقع! هل تجيد السباحة؟».

- «لا، لا أجيدها».

يزد مدينة في وسط الصحراء، حيث تعد قطرة الماء ثروة، فأنى له أن يتعلم السباحة في ذلك الجحيم؟!

نظر سطار خان إلى المياه التي تجعله يرتعش؛ لقد كانت بحيرة صغيرة بحجم حوض سباحة كبير بعض الشيء، ولكنها عميقة للغاية لا يمكن لمن يسقط فيها الخروج مرة أخرى، لذا لا يجرؤ أكثر الشباب جنونًا على دخولها، ولا يخطر ذلك ببالهم حتى، فهم يوقنون أنه لا سبيل للمزاح مع بحيرة تخت سليمان. وعلى الرغم من الأشياء الكثيرة التي تحدث عنها وشرحها له، والتي لم يكن يعرف عنها شيئًا، فإن بيروز ما كان يعرف مدى عمق هذه البحيرة الصغيرة ولا خطرها. عندها، فكر في نفسه: «إن تعثر وسقط في الماء، فهل سأنقذه؟»، ووجد الجواب في قلبه، ولكنه لم يفصح عنه.

في صباح اليوم التالي، عاد بيروز إلى تبريز بصمت لا يشوبه صوت أو صدى. ولكنه لم يصبر على فراق تخت سليمان أكثر من أسبوع، فعاد على الفور. ومع أنه كان يعرف الجواب عن مسألته، فإنه جلس بين يدي ميرزا خان وسطار خان، وتكلم معهما عن نيته ومراده من تلك الزيارة، وأكد أنه

-إن سمحا له- سيلتزم بكل ما يتناسب مع عاداتهم وتقاليدهم وهو يتقدم لطلب يد أعظم، وأنه مستعد لتلبية كل طلباتهم. طبعًا، ثمة عوائق وحواجز بينهم، ولكن يمكن تخطيها وتجاوزها، فهل يسمحون له بأن يرسل أمه وأعمامه وأخواله كي يتقدموا لخطبتها؟! ولم يكن قد فكر حتى حينه بردة فعل عائلته واعتراضها ورفضها للأمر.

قال ميرزا خان:

- «لو لم تكن في بيتي الآن، لعجنتك بين يدي هاتين كما يُعجَن الخبز؛ اذهب ولا ترني وجهك مرة أخرى... اخرج!».

أما سطار خان، فلم تنبس شفتاه سوى بجملة واحدة:

- «لقد وثقتُ بك!». ومن ثم، رحل بيروز، وبعد يوم واحد فقط رحلت أعظم أيضًا.

لم يكن الرحيل بالأمر السهل طبعًا، بيد أنهما حتى لو كانا محبوسين بين أربعة جدران من الحجر الصلب لما استطاع أحدٌ الوقوف في وجههما. ولكن كيف تواصلا؟ وكيف اتفقا وتواعدا على الهرب؟ ومَن الذي ساعدهما؟ لا يمكن أن يتمكنا من الهرب إن لم يساعدهما أحد! هذه وغيرها كثير من الأسئلة والتفاصيل التي كان الخدم يثرثرون بها، وتثير اهتمامهم وفضولهم. غير أن الأمر الأشد خطورة أنه إلى الآن لم يكن ميرزا خان أو سطار خان قد سمعا بهذا.

ما إن رجع سطار خان إلى الدار حتى صرخت إحدى العاملات وهي تشير إلى المشغل وقد سقط حجابها عن رأسها، ولم تكن إحداهن تخرج أبدًا في تلك الحالة:

- «أسرع يا سيدي!».

وعندما ركض نحو المشغل ودخله، رأى مقعد أعظم فارغًا، والسجادة التي عليها نقش خيل يرفع قدميه الأماميتين قد مُزِّقَت من أولها إلى آخرها. وعلى الرغم من ذلك الشق الكبير الذي أصاب السدى واللحمة، فإن السجادة ظلت معلقة على النول كأنها مصلوبة عليه. لقد أدت ضربة السيف المفزعة تلك إلى شق الحصان والأرضية التي يقف عليها إلى نصفين، ولكنه مع ذلك ما يزال يرفع قدميه كأنه يخطو الخطوة وهو يترنح.

فزع من المشهد، وشعر بأن أنهارًا وسيولًا من النيران تجتاح كيانه، وتسري في عروقه، فلا يجرأ أحدٌ كائنًا من كان تحت سقف هذه الدار أن يمزِّق سجادة قد حِيكَت وهي على النول بضربة سيف واحدة إلا شخص واحد: ميرزا خان. ومن ثم، أسرَّ في نفسه: «يا حفيظ، احفظنا!»، وفكر: هل حدثت مصيبة لم يسمع هو بها؟ والحق أنه لم يرد أن يصدق ما خطر بباله، ولكن لم يكن من الصعب عليه أن يخمن ما جرى، والسبب في قيام هذه القيامة؛ إن كان الشخص الذي في رأسه هو السبب في قيام هذه القيامة، فهذه مصيبة هيِّنة، أما إن كانت أعظم فهذا يعني أن النجوم في السماء ستساقط، وتنشق السماء وتساقط كِسفًا فوق رأسه! لقد كانت العاصفة آتية، ولا شك أنها ستجتاحه وتأخذه هو أيضًا في طريقها.

نظر إلى البنات وقد عُقِدَ لسانه من الخوف، ولم يستطع سوى أن يسأل سؤالًا واحدًا:

- «أين أعظم؟».

ولكن لم تكن إحداهن تجرؤ على الإجابة، فكرر السؤال وهو يتوعدهن ويهددهن، حتى استطاعت إحداهن بعد معاناة كبيرة أن تتلفظ بكلمة واحدة:

- «رحلت!».

- «إلى أين؟!».

لم يجد جوابًا، فسأل سؤالًا آخر:

- «مع من؟».

فلم يجد جوابًا أيضًا إلا بعد أن أعاد السؤال ثلاثًا وقد أمسك في الثالثة بتلابيب إحدى الفتيات التي قالت:

- «مع ضيفك».

فجرى نحو الحرملك، حيث رأى أمه منهارة، وهي تنتحب وتمطرهما بوابل من الدعاء:

- «ذهب الله بنور عيونهما، وغضب عليهما، ولا يسر لهما حالًا، وأخفى ذكرهما، وأضلهما وأخذهما...».

فنظر إلى وجه أمه المسكينة شاحبة اللون وقد تورمت عيناها من كثرة البكاء وهي جالسة في حجر الأسطة فردوس يكاد يُغمَى عليها كأنها في سكرة من سكرات الموت، ثم سمعها تقول له عندما رأته:

- «ميرزا خان يسأل عنك».

وقبل أن يدخل، حاول أن يكظم غيظه، ويسيطر على الغضب الذي يعتمل بداخله، على الأقل أمام أبيه الذي لا يجرؤ أن يدخل عليه غاضبًا أبدًا. وبعد هنيهة، دخل عليه، فقال له:

- «اجلس».

ثم راح يتكلم بكلمات نارية وجمل ملتهبة يكاد الشرر يتطاير منها:

- «نحن، والحمد لله رب العالمين، أبناء سلالة لا تقترف فيها النساء ذنبًا».ثم التقط أنفاسه، وأعاد الحمد والثناء على الله، ولكن عيونه كان الشرر يتطاير منها من شدة الغضب؛ إنه يعرف هذه العيون وتلك النظرات جيدًا، ونهاية هذا الحديث لن تكون خيرًا، ولكنه أراد أن يبقى صامتًا مراقبًا تلك النظرات ليرى ما ستؤول إليه الأمور.

حتى تلك اللحظة، كان ميرزا خان ممتنًا شاكرًا لكل النساء في سلالته من سالف العصر إلى الآن، لأن النساء هن أكثر ما في الوجود قيمة لدى الذكر، وأشد ما فيه خطورة، فشرفه وعرضه أمانة في أعناقهن. وقد ظل الابن يصغي بصمت، فيما الأب يدور حول الموضوع بجمل نارية، حتى دخل في صلب الموضوع: لقد مرَّغت أعظم رأس العائلة بالتراب، وسوَّدت وجهها. وهذا العار لن يكون رهين اليوم فحسب، بل سيلطخ سمعتهم ماضيًا ومستقبلًا، مؤكدًا أنه حتى أجدادهم وأسلافهم الذين يرقدون في قبورهم يذرفون دموعًا من دم لن تجف حتى يوم القيامة، وأنهم لن يرتاحوا في قبورهم بسبب ما حدث، بل إن كل من سيأتي من نسل العائلة سيأتي مكسورًا ذليلًا بسبب ذلك الجرم الكبير، وحتى الأجنة في أرحام أمهاتهم أو أصلاب آبائهم ألن يسائلوا مَن يعيش معها -من تلك اللحظة لن ينطق أحدٌ باسمها أبدًا، بل سيخاطبها الكل بصيغة الغائب- إن لم يحاسبوها ويقتصوا منها؟!

كان يتكلم باسمه واسم كل سلالة العائلة، مَن رحل منهم ومَن سيأتي، لذا أكمل مجيبًا بنفسه عن سؤاله بصوت يملؤه القهر والحرقة:

- «سيحاسبوننا طبعًا!».

قالها وقد انتفخت أوداجه، وفاضت الدماء وغلت في عروقه كأنها بحار مستعرة هائجة للحفاظ على شرف وأصالة وعراقة هذا النسب والحسب؛ إن هذه مسألة وجود لديه. وبعد أن أسند ظهره إلى الأرائك التي خلفه -وهي

من صنع يدي أعظم التي حاكتها بنفسها- شعر سطار خان بأنه على وشك أن ينفعل ويفقد أعصابه، ولكنه سيطر على نفسه وتمالك أعصابه، فمن الآن فصاعدًا سيسمع عنها كثيرًا، وسيزيد الحديث في كل مجلس؛ عليه أن يعالج الفراغ الكبير الذي خلفته في أحاسيسه ومشاعره، وينظر في كيفية التصرف مع فعلها الذي صار وصمة عار على جبينهم لا يزيلها إلا طوفان يقتلع كل ما يقف أمامه. إن ما يجب فعله الآن لغسل هذا العار لم يتغير على مدى قرون، فلا شيء يغسله إلا التضحية بها، ولا شيء يسد ذلك الفراغ في الحمية ويعيد الشرف للسلالة كاملة إلا قتلها. ولا يمكن للحب الذي يكنه لها في قلبه وهو رئيس السلالة أن يطغى على شعوره بالأنفة والشرف، ولن يُخلَّد ذكره في سلالته إلا إذا قدَّس القيم والأعراف، وحفظ الشرف لهذه السلالة، فالمحبة شخصية أما الشرف فيعم السلالة كلها؛ إن التضحية بها صعبة للغاية، ولكن عدم التضحية أشد صعوبة.

بدا ميرزا خان في عالم آخر وهو يتكلم ببرودة دم تجعل الدماء تتجمد في العروق وقد ملأ عينيه السواد الكاحل:

- «ليس لدينا عادة أو عُرف تطلب منا تقديم الدماء، ولن نضحي بأبناء عشيرتنا وسلالتنا في أعراف وتقاليد كهذه، ولكنا لدينا شرف وعرض وكرامة نعيش من أجلها ونموت فداء لها. ولو كانت صيانة هذا الشرف تتطلب أن نضحي بواحد منا، فأنا على استعداد تام للتضحية به».

هذا يعني أنه يجب عليهم الآن أن يعيدوا رفع رؤوسهم التي مرغتها بالتراب، فإن لم يفعل هذا، ألن تلوم السلالة كاملة ميرزا خان وتعيب عليه تقصيره؟! وبما أن هذا القدر قد كُتِبَ على كل فرد من تلك السلالة، وبما أن كل فرد فيها يخضع للقوانين والأعراف التي تحكمها، فهذا يعني أن رفع هذا

العار عن كاهلها يقع على عاتق سطار خان الذي حدَّق به منتظرًا منه الجواب، ثم قال بحسم:

- «اذهب، ولا تضيع الوقت.. اغسل هذا العار بيدك».

نظر سطار خان إلى الأرائك التي كان يستند إليها ميرزا خان قبل قليل وهو يتصبب عرقًا من جبينه وأنفه، وعروقه يكتسحها وابل من الدماء الملتهبة التي كانت تغلي عندما كان في المشغل قبل قليل، أما الآن فقد بدأت تجتاح قلبه وتغلي فيه. ولو أنه يستطيع تناسي وجود أبيه لمزَّق تلك الأرائك بسيفه وقطعها إربًا، وكسر كل النوافذ والزجاج الموجود أمامه، بل لضرب نفسه في جدران تلك الغرفة حتى يلقى حتفه، فما كان للغضب والحقد اللذين في قلبه أن يسكتا إلا إذا أفنى نفسه؛ لقد كان غضبه غامضًا دفين قلبه حتى أن أباه لم يتمكن من ملاحظته!

أما ميرزا خان، فقد أشار إلى خادمة تقف خلف باب الغرفة صامتة، وأمرها:

- «ارموا هذه الأرائك من هنا».

فما عاد يريد أن يرى شيئًا لمسته يدها أو وقعت عليه عيونها.

نظر سطار خان إلى الأرائك التي تحملها الخادمة، وفكر: ربما كان حمل هذه الأرائك والوسائد والبسط ورميها أمرًا سهلًا على أبيه الذي لا يعرف كيف غُزِلَت، أما هو فقد كان شاهدًا على كل غرزة فيها! ومع ذلك، فإنه حتى السجادة الأخيرة ذات الغرزة الخاطئة في ساق الخيل ربما يصبح بإمكانه أن يرميها وراء ظهره، ولكن ماذا عن القلب الذي سكنته؟ هل يمكن أن ينتزعه ويرميه؟!

وضع يده على صدغه، وراح ينظر إلى موضع قدميه وقد انتقل البحر الهائج الذي كان يثور في قلب ميرزا خان إلى قلبه، فصار ثائرًا غاضبًا للغاية حتى أنه لو أحكم قبضته الآن على أعظم وبيروز لهدَّ الدنيا فوق رأسيهما. ولكن كان لديه جانب آخر من شخصيته، مثله مثل كل البشر الذين يطغي

جانب في أحدهم ويقوى فتصطبغ به شخصيته، يخاطبه: «لم يغوِ أحدٌ أحدًا، بل التقيا مثلما تلتقي الأنهار في الصحراء وهي في طريقها للبحث عن البحر. وهل كانت أعظم تعرف أنها مخطوبة لك؟». وشيئًا فشيئًا، علا هذا الصوت داخله فوق الأصوات الأخرى، وما كان ليبسط يده لقتل أحد مطلقًا؛ مجازًا أو حقيقة.

نادى سطار خان أباه الذي يقف بين درفتي الباب، ثم وقف واقترب منه، ولكنه لم يستطع أن يقول له: «لا يمكنني فعل هذا»، فهو ليس متأكدًا تمامًا من أنه لا يريد فعله، فما كان منه إلا أن قال:

- «لماذا أنا؟».

فقال ميرزا خان بعد أن رفع حاجبه الأيسر:

- «ومَن يمكن أن يكون غيرك؟ هذا المسكين سهند أم أخواتك البنات... أم أنا؟!».

ولو نظر إليه نظرات حادة أكثر من هذا، لربما ذاب أو تحول إلى رماد تذروه الرياح.

لقد قُصِمَ ظهر سطار خان الذي لم يتخيل أبدًا أن يُطلَب منه أمر كهذا، ولكن الصبر على الذل ليس ممكنًا أيضًا. ليهدأ الآن، ثم ليفعل ما يشاءه هو، فلن يجبره أحدٌ على فعل ما لا يريد. ولكن هل ثمة خيار ثالث غير هذين الخيارين؟ لم يستطع الجواب مباشرة، ثم شعر بأن قطرانًا مغليًّا قد صُبَّ فوق رأسه وأحرق جسده عندما تيقن أنه لا خيار أمامه سوى هذين الخيارين فقط؛ ليته كان ترابًا، أو أن الزمان يتوقف، أو تنشق الأرض وتبتلعه، أو يتحول إلى هيكل حجري، أو يتلاشى من مكانه، فكل هذا خير له من أن يُجبَر على فعل أيهما.

بيقين المؤمن، توجه إلى الله سائلًا العون والبصيرة:

- «اللهم، أرشدني إلى الصواب، فإني لا أستطيع اتخاذ قرار صعب معقد كهذا، ولا أستطيع أن أجد سبيلي بنفسي. ليتني أعرف ما تريده مني، وأعرف الذي يرضيك عني إن أنا فعلته؛ إذن، لفعلته فورًا. يا هادي العالمين، أنر طريقي، وأنعم عليَّ بإشارة تهديني».

ولكن لم تصله أي إشارة.

في تلك الليلة، لم ينم سطار خان حتى بزوغ الفجر، ولكن شاء القدر أن يسهو قليلًا كي يرى في منامه تلك الرؤيا: كان يقف عند البوابة الرئيسة لدارهم وحيدًا وقد ارتدى قميصه المطرزة ياقته وأكمامه الذي يرتديه في المناسبات والأعياد، بيد أن ثمة ما يحيك في صدره، ويجعله غير راضٍ أو قادر على أن يخطو خطوة عابرًا تلك البوابة، مع أنه يعرف أن الكل بالداخل في انتظاره، حتى أمه وعمته. وبينما يقف هناك وهموم الدنيا كلها فوق رأسه، بدأت الأرض تميد تحت أقدامه وتتزلزل حتى انهار جبل خلف الدار على البيت بأكمله، وسقط الجدار الخارجي عليه. حينها، استيقظ وهو يتصبب عرقًا، ونهض قليلًا ثم جلس على فراشه وهو يلهث من هول ما رآه. ولم يستطع بعدها أن ينام أو تغفل عينه لحظة واحدة، بل بقي حتى ساعات الصباح الأولى يعاني من ذلك الصراع الداخلي بين عقله وقلبه، دون أن يفلح أحدهما بإقناع الآخر؛ تلك الرؤيا واضحة للغاية، وليست بحاجة إلى تفسير، ولكنه رغم ذلك كان بحاجة إلى أن يرى أي إشارة فيها.

وقبل أن يتناول حساء الصباح، انطلق إلى بيت عمته جيجك، وطرق الباب عليها مرة تلو أخرى حتى فُتِحَ الباب في نهاية المطاف، واستقبلته العمة عابسة الوجه دون أن تنبس ببنت شفه، ما يعني أنها سمعت بكل ما جرى. ومن ثم، حدقت فيه مطولًا، واستطاعت هذه السيدة العجوز أن تقرأ من ملامح وتعابير وجهه المرهق الشاحب أنه لم ينم، وأن ثمة أفكارًا سيئة كثيرة قد غزت عقله طوال الليل، وأن هذا الصباح لن يحمل في ثناياه الخير له، خاصة أنه بدا عليه الاستسلام لسيل الأفكار تلك. لقد كانت العمة جيجك قادرة على قراءة أفكار مَن يقف أمامها من خلال النظر إلى وجهه فقط، حيث

تعرف الكثير عن رغباته الدفينة ونزواته وطموحاته السرية وخطاياه قبل أن تستمع له حتى، بل كان بوسعها أن تتنبأ بالكوارث والآفات التي ستحل بصاحب الرؤيا حتى قبل أن يقصَّ عليها رؤياه، ولكنها لم ترَ تعابير وملامح وجه كهذا من قبل!

بدأ كلامه، قائلًا:

- «عمتي، لقد رأيت في المنام أني أقف أمام باب دارنا، وكان عليَّ أن أخطو خطوة لأدخل الدار، ولكنني لم أستطع، رغم أن الكل كان ينتظر مني فعل ذلك!».

ولو كان الأمر بيدها، ما كانت ترغب في أن تسمع شيئًا البتة، ولكنه بدأ بقصِّ ما رآه دون توقف حتى ليأخذ نفسًا، أو يشرب شايًا أو قهوة، أو يتناول شربة ماء؛ كان يروي رؤياه كأنه إن لم يقصها على العمة ستتحقق وتسبب له ألمًا بالغًا في قلبه.

اعتلى الهم وجه السيدة العجوز، فلم يكن من الصعب عليها أن تعرف من بداية هذه الرؤيا كيف ستكون نهايتها، إذ رأت هي أيضًا مثل تلك الرؤيا قبل سنوات، حينما وجدت نفسها وجهًا لوجه أمام سلسلة من العادات والتقاليد والأعراف لأسرتها وعرضها وشرفها، وعاشت صراعًا بين رغباتها وتلك الأعراف والتقاليد؛ لقد دقَّ قلبها وأحبت رجلًا، ولكنها راحت ضحية لوعد قد قُطِعَ في غابر الزمان، ولو كان بمقدورها حينها أن تخطو تلك الخطوة وتحرك قدميها، لفعلت ولأزهرت الحياة في وجه جيجك الصبية... بيد أنها لم تخطُ تلك الخطوة، ولم يمد أحدٌ لها يدًا، بل لم يدر أحدٌ بها، حتى حبيبها الذي أحبته لم يخرجها من تلك الرؤيا، فالتزمت الصمت، ولم تبح بسرها لأحد، ورضيت بالقدر الذي كُتِبَ عليها، وكان كل ما بمقدورها الرفض الدائم لكل من يتقدم للزواج بها. والآن، يجلس سطار خان أمامها حاملًا كل

هموم الدنيا فوق رأسه، طالبًا منها العون وتفسير رؤياه، أليس كذلك؟!

ظل مستمرًا بقصَّ رؤياه على عمته حتى وصل إلى:

- «فشعرت بأن الأرض تميد تحت قدميَّ حتى انهار جبل سهند فوق بيتنا».

فسألته العمة:

- «وهل انهار البيت فوق رأسك؟».

وهي تتنهد تنهيدة عميقة، وتسحب نفسًا من لفافة التبغ التي بيدها، ثم تصفق بيدها وتأمر أحد الخدم بأن يحضر قهوة مرَّة شديدة المرارة. ومن ثم، قامت من مكانها، وراحت تمشي نحوه كأنها من هيبتها جبل يسير نحوه، حتى وقفت أمامه ووضعت يديها على كتفيه، فشعر كأنه سيخر على الأرض منهارًا من ثقل هاتين اليدين فوق كاهله، ولم يستطع الوقوف إلا بصعوبة كبيرة. عندها، سحبت يديها، وقالت له:

- «اجلس، ودعنا نجد حلًا لهذا الأمر».

ثم قدمت له لفافة تبغ.

كانت امرأة كبيرة، وهي تعد من عِلية قومها وأكابر سلالتها، وقد خالطت الرجال، فشعر بالحرج وهي تقدم له لفافة التبغ! ولكن الحالة التي كان فيها ليست طبيعية، لذا أصرت عليه كي يأخذ اللفافة، فأخذها وأشعلها.

في ذلك اليوم، أفصح عن كل ما في قلبه للعمة جيجك، وعن كل التردد والصراع الذي يعيشه، وكيف أن قلبه لم ينجح في إقناع عقله، ولم يفلح عقله في إقناع قلبه، وحكى لها عن حالة التناقض في شخصيته، وأنه كان ينتظر إشارة من السماء ترشده إلى ما يجب أن يفعل ولكنها لم تأته؛ كان يقلب صفحات قلبه ويفتحها أمامها صفحة صفحة، حتى جاء إلى الصفحة التي قال فيها:

- «إنني أحبُّ أعظم حبًا جمًّا».

وهو يحدق مباشرة في عيني عمته التي قالت:

- «أعلم، سطار خان».

لقد عرف الحلاق إسفنديار أن هذا الفتى عاشق عندما رآه لا يكترث لمّا كانت شفرة الحلاقة على حبل الوريد، وعرف الأسطة كيركور من فص الفيروز الذي تغير لونه وتوهج من شدة الحرارة عندما أمسكه بيده، أما العمة جيجك فقد عرفت من نظرات عينيه. ولكن ثمة شيئًا في نظراته أشد خطورة من العشق؛ شيء لا يتوافق مع العشق أبدًا! لذا، قالت السيدة العجوز بصوت خشن كصوت الرجال:

- «سطار خان، تقول إنك عاشق.. ولكن ما هذا العشق الذي يمنعك من أن تسامح وتعفو عمن التقى بنصفه الآخر؟ ما هذا العشق الذي يحوِّل حبك إلى ثأر وسفك دم وينسيك التسامح والصفح؟ ألا تعلم أن العاشق يتدفأ بنار جهنم التي ستحرقه قبل أن يلقي بنفسه فيها؟!».

فشعر بالخوف من هذه الكلمات الصارخة، فهو لا يخشى من فعل ما يُطلَب منه قدر خشيته من أن يسامح أعظم، ويصفح عن بيروز. ومن ثم، زادت العقد في قلبه عقدة وراء عقدة وغرزة وراء غرزة حتى أصبحت كجبل راسخ فوق صدره، وصارت الأمور أكثر تعقيدًا لا يكاد يجد لها حلًا.

نظرت إليه وقد بدا بطل حكاية أسطورية حُكِمَ عليه بالفشل، ولكنه طالما انتظر معجزة تمكنه من اختراق كل الحواجز والجبال التي أمامه، وتذوق فرحة الانتصار وطعم السعادة، أو الموت حتى وهو يسعى في طريقه للوصول إلى نهاية سعيدة في هذه الحكاية المأساوية. وهكذا رأته مثلها تمامًا، فطالما انتظرت نهاية سعيدة، أو معجزة تخلصها من النهاية المأساوية لقصتها، ولكن لم تحدث معجزة على الإطلاق، فالمعجزات ليست بالأمور

التي تحدث كثيرًا في الواقع، بيد أنها شعرت حينها بأن عليها أن تكون هي معجزة لغيرها، فقالت:

- «لا تنس، سطار خان، أنه أحيانًا لا يمكنك معرفة الحقائق الكبرى إلا عندما تقف وجهًا لوجه أمام أكبر الكبائر! وعندما يبدأ الحب بالانهيار، يرى الإنسان كل شيء تافهًا لا قيمة له، وإن لم يستطع التغلب على نفسه من الداخل تدهور من الخارج...».

ثم أخذت نفسًا عميقًا من لفافة التبغ، وضحكت بينها وبين نفسها من الكلمات والجمل التي تقولها، فالفتى ليس بحاجة إلى الحكم والمواعظ والكلام المنمق أو الغزل من شعر حافظ أو التشبيهات والبلاغة، بل كل ما يحتاجه نصيحة واضحة صريحة. ومن ثم، قالت:

- «دعهما يذهبان، ولا تقف في طريقهما. وإن كان ثمة حجر سيقف في وجههما ويتعثران به، فلا تكن أنت ذلك الحجر... سطار خان، إن الفوضى تهدُّ الجبال، فلا تخلقها!».

فنظر إلى هذه السلطنة التي اندثرت بإكبار وإجلال، ولم يخطر بباله أبدًا أنها تحاول أن تخفف من تبعات تمرد أعظم -التمرد الذي لم تنجح هي به في زمانها- عن طريق غض الطرف عما فعلته. حينها، شعر بأن العقد والجبال تنزاح عن كاهله، فها هو يجد طريقًا غير الذي رسمه له ميرزا خان، والذي كانت خيوطه كلها معلقة بيده؛ لن يسير بهذا الطريق، وإن نُبِذَ من سلالته، وكل ما عليه الآن أن يتخذ قراره النهائي.

وبينما يخرج من باب الدار، صادف أخاه سهند الذي ينظر إليه نظرة انكسار، فلم يأبه له أو يتوقف حتى ليسلم عليه، إذ اتخذ قراره وعزم أمره بعد أن طغى ذلك الجانب من شخصيته؛ جانب الرحمة والعطف والإنسانية والضمير والمحبة والرقة والحنان؛ الجانب الذي سيكون سببًا في انفصاله

عن أهله وعشيرته؛ الجانب الذي لم يكن يعرف أسراره أو خباياه، ولم يدر أي اسم يطلقه عليه! ومن ثم، لم يتبعهما أو يطاردهما أو يترصد لهما، ولم يجر أعظم من شعرها ويأتي بها إلى والده، بل إنه في قمة غضبه ووجعه منها لم يتذكر لها إلا كل جميل، ولم يخن اللحظات الجميلة التي جمعتهما من قبل. ولكن لم يكن باستطاعته البقاء هنا بعد الآن، فعليه أن يهاجر في شهر محرم.

رجع إلى البيت وميرزا خان في الداخل، ولكنه لم يمر عليه؛ هكذا كان طبعه الذي رضي الأب به، ثم أمر بأن يجهزوا له سربلند، ومعه فرسان آخران، قبل أن يدخل على أمه وينكب على يديها وهو يقول:

- «أنا ذاهب، يا أمي».

ثم رافقه أخوه سهند إلى الباب، وودعه وعلى وجهه ابتسامته المنكسرة ووجهه الشاحب، فكانت هذه المرة الأولى التي لم يشعر فيها سطار خان بالحزن على حالة أخيه، بل شعر بالسرور لرؤيته هكذا.

اتجه سطار خان مباشرة إلى السوق المسقوفة في تبريز، وحاول أن يعيش حياته الطبيعية هناك بين السجاد والعساكر الإنجليز والروس. ومنذ أن غادر تخت سليمان دون أن يلتفت وراءه، لم يصله خبر من ميرزا خان. ورغم أن كل شيء بدا على ما يرام، فإنه كان واضحًا أن هذا الأمر لن يدعه وشأنه بهذه السهولة، إذ ما يزال حتى الآن يشعر بآلام تجتاح قلبه، ولم يُحسَم بعد صراعه الداخلي، فجانبه الطيب لم يتفق حتى اللحظة مع الجانب الآخر من شخصيته. وفي كل مرة ينام عاشقًا، يستيقظ حانقًا غاضبًا كارهًا مبغضًا، ثم ينام مبغضًا، ليستيقظ وقد تملكه العشق، وهكذا ظل يراوح في دوامة من عدم الاستقرار في المشاعر، فكم من يوم يعيشه والرأفة تملأ قلبه، وكم من يوم يتملكه الغضب والرغبة بالانتقام! آه لو استقرَّ على شيء، وأصغى لذلك الصوت الذي يصدح داخله، وفعل ما يمليه عليه قلبه وعقله، مكتفيًا بأن عقله وقلبه قد اتفقا على فعل أمر ما، فيرتاح من هذا العذاب. ولكنه في كل مرة يحاول أن يقنع عقله يتمرد عليه قلبه، وكلما قبض على قلبه وأرضاه تمرد عليه عقله، ليعيش ممزقًا بين عظيمين يسيطران على كيانه وتفكيره ووجوده.

مرَّ عليه وقت طويل وهو في تلك الحالة حتى حلَّ الشتاء، وبدأت السماء في تبريز تنثر حبات من الثلج رويدًا رويدًا. وذات مساء، بعد أن أغلقت جميع أبواب السوق المسقوفة، لم يدرِ ما الذي يفعله، فراح يتجول في الأزقة على غير هدى، فلا مكان لديه يلجأ إليه، ثم رفع رأسه صوب السماء التي تلونت بلون أحمر، وراحت حبات الثلج تداعب وجهه، وتنزل على وجنتيه وجبهته، حتى سمع صوتًا أعاده إلى وعيه؛ لقد كان يقف أمام أحد مقاهي العشاق التي لا تعد ولا تحصى في تبريز.

كان الصوت مليئًا بالحزن، يفتن المرء السليم ويسحره ثم يجذبه إليه ويأسره، فكيف به هو وقد كُلِم قلبه وملأ الغضب روحه ووجدانه؟! لقد بدا أن ذلك الصوت يتحدث عن حالته، فاقترب من باب المقهى، ونظر من خلال الزجاج الذي تجمد عليه البخار من شدة البرد، لكنه لم ير شيئًا في الداخل، ففتح الباب الذي كانت وراءه ستارة من قماش رفعها ثم دخل إلى المقهى، حيث صادفه جو مليء بالدخان، واقترب الصوت منه أكثر، فيما كانت المساطب كلها ممتلئة عن آخرها، فاتجه مباشرة دون أن يثير انتباه أحد من الجلوس وجلس بالقرب من الموقد، وطلب شايًا ونرجيلة، واسترخى وهو يستمع إلى صوت المطرب العاشق الولهان ذي الأسلوب المختلف تمامًا.

بدا العاشق الولهان رجلًا عاقد الحاجبين، رأى وعانى كثيرًا من آهات ولوعات وحرقات القلب، بعدما اكتوى بنار الحب والعشق والهوى، وجرَّب آلامه وأوجاعه، ثم عاد لينغمس في حياته وعالمه الخاص. كان ينشد الشعر جالسًا، وليس واقفًا، ويسند ظهره إلى الأرائك والبسط المفروشة على المسطبة وقد رفع ركبته اليمنى وأسند إليها «الساز» الذي في حجره وهو يعزف عليه. وقد مال برأسه ناحية قلبه قليلًا، وأغمض عينيه بالكامل، كأنه في المكان بجسده فقط، فيما تسرح روحه في عوالم أخرى بعيدة. وراح يداعب أوتار «الساز» كأنه يداعب أوتار روحه، بينما يكاد يختفي ببدنه النحيل خلف ستار الدخان المنبعث من النراجيل والتبغ، وقد بدا أنه لو لمسه أحدهم لوقع مغشيًا عليه، وإن راحت كلماته التي يقولها وهو يعزف تنزل كالصاعقة على كل مَن حوله، ثقيلة كالرصاص ثاقبة كالخنجر حادة كالسيف، بفعل بحة الحزن واللوعة في صوته.

لقد كانت النغمات الأولى التي عزفها كسهول إيران الشاسعة التي لا تنتهي، وجبالها الشاهقة التي تعانق السماء. وما إن ينتهي من لحن حتى

يكرره بأداء مختلف يأخذ الحاضرين إلى قمة من قمم الجبال الشاهقة، ويتركهم هناك، ليعود بنغمة وأداء أشد روعة وأكثر طربًا. أما النغمة الأخيرة، فكانت مختلفة تمامًا قاتلة تدمي القلب وتصعق الوجدان وتدع السامعين معلولين، بعد أن تنتزع روحهم انتزاعًا ثم تعيدها إليهم وقد اكتوت بنار العشق والوجد والفقد؛ تلك النار التي لا تُوجَد فقط في شعر حافظ، أو القصائد التركية الآذرية مع النسائم العليلة في الديار الآذرية الإسلامية، بل تُوجَد أيضَا في نار الزرادشتية وسلطنة برسيبوليس.

نظر سطار خان بفضول إلى الرجل الذي يرتدي قميصًا متسخًا بلا ياقة، وبنطالًا واسعًا، وقد برزت العظام في وجهه، وغارت عيناه في مقلتيه، وسقط كثير من شعره، وراح يتفكر بطريقة عزفه لهذه النغمة، وكيف يقصُّ هذه الحكاية بكلمات بدت من كلمات اللغة المحكية اليومية، إلا أنه يقصُّها بصوت من عالم آخر، وينتقل بهم من نغمة إلى أخرى، ويعلو بهم بمقام وينزل بآخر، ويأخذهم إلى عوالم أخرى مختلفة تمامًا عن هذه الدنيا التي كان من المستحيل أن تحترق من جديد، ولو احترقت لما تأثرت بألسنة اللهب، فقد احترقت ويبست، ولم يعد للنيران من أثر عليها بعد الآن، وإن كان لا يمكنها أن تنثر عنها ذلك الرماد الذي اعتلاها، ولا أن تتخلص من الدخان الذي يتصاعد منها. عندها، تعجب: كيف تحمَّل كل هذا؟! وكيف استطاع حتى اللحظة أن يتمالك نفسه ويقف صامدًا في وجهه؟!

انتهى العاشق من وصلته، فجاء غيره وجلس على مكان مرتفع، وراح ينشد قصة «أصلي وكرم». وفي الحقيقة، لم يكن أحد الحضور يتصرف في مثل هذه المجالس بتصرفات غير لائقة، أو بلا مبالاة، أو يمد رجله أو يسعل أو يصدر صوتًا، بل كانوا جميعًا يستمعون إلى المنشد كأنَّ على رؤوسهم الطير. وعندما أصغى لتلك الكلمات، عرف أن العاشق قد انتهى من المقدمة،

وراح ينشد القصائد والغزل، ويدخل في صلب الحكاية الأصلية. كم من ليلة قُصَّت فيها حكاية عشق أحمد ميرزا لابنة الأرمني «قرا سلطان»! ولكن بالنظر إلى أن أحمد ميرزا ارتضى أن يغيِّر اسمه إلى كرم، فهذا يعني أنه قد ذاب في الحب حتى تنازل عن هويته فداء لمحبوبته وعشقه وهواه.

ظل العاشق ينشد القصة وهو يتلوى تارة، وينتشي تارة، ويفقد صوابه تارة، فمرة يتقمص شخصية كرم، وأخرى يتقمص شخصية أصلي. ومع أن مصدر الإلهام الرئيس للعاشق كانت تلك السهول الشاسعة وبحيرة أرومية ونهر أراس والهضاب والجبال الشاهقة، فإنه كان في كل مرة يستمد الإلهام من الحضور والمستمعين، فيشكلها ويحبكها بما يتوافق مع حالة وجدهم وشوقهم في كل مرة. ورغم أن الأحداث ثابتة معروفة، فكرم وأصلي بعيدان عن بعضهما دائمًا، وكرم يحترق بنيران عشقه ويصبح رمادًا، فإن العاشق إذا رأى أن المجلس أكثره من كبار السن الذين جفَّت الدماء في عروقهم، وبدأت نبضات قلبهم تتباطأ، حوَّل قصة العشق والاحتراق فيه إلى مواعظ وحكم، حتى لا يفقد اهتمام الحضور الذين لن ينشغلوا كثيرًا بأحداث تلك الحكاية. أما إن كان الحضور من الفتيان الذين لم تزل الدماء تغلي في عروقهم، وما زالت قلوبهم تخفق بقوة وعنفوان، فإنه يكسو الحكاية كسوة من نيران العشق والهوى.

في تلك الليلة أيضًا، صنع ما يصنعه في غيرها، فكان يروي الحكاية من جهة، ويحاول من جهة أخرى أن يرى ردود فعل المستمعين من نظراتهم وحركاتهم، ليعرف الجرعة المناسبة لهم، ثم يعد لهم شرابهم بالمقدار الذي يتناسب مع نبضات قلبهم. وبينما يجول بناظريه على الحضور، التقت عيناه بعين شخص قد أحرقته نار العشق وحولته إلى رماد، وها هو الآن يجلس أمامه وفي قلبه هم خفي، وإن بدا ساكنًا كمياه راكدة، مخبئًا بركانًا ثائرًا

تفضحه نظرات عينيه اللتين ترميان بشرر كالقصر. ومن ثم، عرف العاشق أنه أمام شخص قد وقع في عشقٍ قاسٍ، وإلا لما تنهد نبيل مثله بهذه الطريقة أبدًا، ولما نظر تلك النظرات التي تنفث اللهب والشرر. وبعد هنيهة، أغلق عينيه، وراح ينشد المرثية التي تحكي عن كرم وهو يفصح لأبيه عن همه وعذابه.

بدا العاشق في تلك الليلة يخاطب بكلامه سطار خان فقط، أما المستمعين الآخرين فكان نصيبهم مشاهدة النيران وألسنة اللهب التي تلتهم قلبه. وعندما راح يحكي عن عاقبة كرم في ليلته الأخيرة، سُمِعَت تنهيدات النبيل وآهاته التي فاقت آهات وتنهيدات كرم بأضعاف مضاعفة، فيما واصل العاشق حكاية كيف أنه في كل مرة يفتح كرم أزرار ثوب أصلي، تعود الأزرار لتنسد مرة أخرى، فتأكد حينها أن قدره قد عُقِدَ في أول زرين من ثوب محبوبته.

ولقد أدرك العاشق من نظرات عينيه أنه لا مكان لديه يلجأ إليه، ولا أحد يحنو عليه، وأنه سوف يغادر من هنا هائمًا على وجهه ما إن تنتهي القصيدة، فلم يتوقف أبدًا، ولم يسمح حتى بفاصل لتقديم الشاي، وراح ينظر إليه كأنه يقول له: «هذا الكلام لكَ أنتَ!»، ثم بدأ يقول المقطوعة التي تحكي احتراق كرم بنار عشقه وفرط حبه:

آه يا رجال من أيِّ همٍّ أحترق؟
لقد فنيت ولم يرَ أحدٌ أصلي،
لقد تحولت إلى كرة من نار،
ولكن لم يرَ أحدٌ ألسنة اللهب تلك.

وبخلاف عادات العشاق، أنهى ذلك المجلس بموال كاراباخ.

كان الوقت منتصف فصل الشتاء، رغم أن شمسًا خريفية قد ارتفعت في كبد السماء، وراحت تبث أشعتها على الأرض كأنها شلال من نور، عندما خرج سطار خان من غرفته في الخان، ومرَّ من الطرق الموحلة حتى وصل إلى السوق، وهو يصارع أصواتًا داخلة مصممة على اغتياله وخنقه حتى بدأ يتوه ويضيع في الطرقات التي يعرفها كراحة يده. لقد كان اليوم خاصة تائهًا بكل ما تعنيه الكلمة من معنى، بعد أنه وصلته رسالة من أمه صباح أمس، بدا من الخط الذي كُتِبَت به وشكل رسم الحروف واعوجاجها أنها أملتها على أكبر أبناء أخيه سهند، ومن غيره تأتمنه على رسالة كهذه؟! فمع أنها قد افتتحتها بالبسملة، فإن كل كلمة من كلماتها كانت تقطر حقدًا وغضبًا وبغضًا ودعاء بالشر والثبور ومزيجًا من اللوم والعتاب:

- «لقد حبس والدك نفسه في البيت، ولم يعد يخرج منه أبدًا. آه يا بني، أما فكرت بأبيك أبدًا؟! إننا نحن النساء شعرنا بالذل، وتمرغت رؤوسنا بالوحل، فما الذي يمكن أن يفعله أبوك الوقور ميرزا خان؟! الناس لا ترحمنا، فهي تؤلف الحكايات عنا، وتهزأ بنا وتسخر منا، إذ رأى بعضهم عديمَي الحياء والشرف عند بحيرة تخت سليمان ذات يوم في وقت الفجر! يا للعار والذل، ألم يرحلا من هنا بعد؟! يا لوقاحتهما ويا لجرأتهما ويا لهما من عديمَي الأدب والحياء!».

كانت الرسالة من أولها إلى آخرها على هذا الشكل. وعندما سمع سطار خان صوت المطارق، عاد إلى رشده، وأدرك أنه وصل إلى سوق النحاسين. وعندما رفع رأسه، رأى «شاي خانه»، انتهز بائع الشاي فيه فرصة أن الطقس جميل في ذلك اليوم ففرش بعض المصاطب الخشبية، ووضع فوقها بعض

الأرائك والوسائد. ومع أن البركة الخارجية مغلقة بسبب الطقس البارد، فإن الشمس التي سطعت صباح ذلك اليوم كانت تتراقص وتداعب كل ما تنصب عليه لبضع ساعات قليلة. وقد أراد أن يدخن لفافة تبغ، ويتناول فنجان قهوة وشربة ماء، عسى أن يخفف من آلام الصداع التي تغزو رأسه، فاتجه نحو «الشاي خانه»، حيث كان ثلاثة أو أربعة رجال يدخنون النرجيلة.

سلَّم على الجالسين ما إن دخل «الشاي خانه»، فردوا عليه بصوت منخفض للغاية كأنهم يهمسون بالسلام همسًا، ولكنه لم يلقِ بالًا لهذا التصرف غير اللائق الذي يعد أمرًا معيبًا في عاداتهم، وقرر أن يجلس على أبعد مسطبة منهم، حيث خلع حذاءه، ومشى فوق البساط، ثم تربَّع جالسًا وأزاح القلباب الذي على رأسه. وقبل أن يسند ظهره إلى وسادة خلفه، نادى على الأجير:

- «قهوة، ولتكن مرَّة».

ثم أغلق عينيه، وأدار وجهه نحو شمس الشتاء.

هل كانت المسافة بينه وبين أولئك الرجال قريبة إلى هذا الحد حتى يسمع ما يقولونه، أم أنهم تقصدوا أن يرفعوا أصواتهم كي يسمعوه؟! إن هؤلاء الذين ردوا على سلامه قبل قليل همسًا، ها هم الآن يرفعون أصواتهم بكلمات كأنها جبال من الثلج تنهار وترتطم بوجهه. حينها، رأى بأم عينه ما يثور لأجله أبوه، وما تشتكي منه أمه وتلومه عليه، واقفًا أمامه مباشرة.

لقد رنت في أذنه أبيات شعر يعرفها، وإن كان لا يدري مَن قائلها، ومَن منشدها، ولكنه لا بد يدرك أنها لن تخرج إلا من فم عاشق قد اكتوى بنار العشق مثل كرم:

قد ملأ الحدائق زهر البنفسج،
وأنتِ قد قهرتني،

فإما تكوني مسلمة،

أو أكون أنا أرمني يا صبية.

في المرة الأولى، قال لنفسه: «هل سمعت خطأً؟!»، وانتظر بضع ثوانٍ محاولًا أن يستوعب الأمر، لكن ما سمعه كان صحيحًا! كيف وصل الخبر إلى تبريز؟ وما الأمر الجلل فيه حتى يصل إليها؟ على أي حال، ثمة حقيقة مفادها أنه قد وصل، وأنه لن يستطيع رفع رأسه بعد الآن حتى هنا.

رفع رأسه، ونظر إلى أولئك المتكئين على الأرائك يرمقونه منتظرين ردة فعله بعد أن أطلقوا سهامهم المسمومة نحوه محققين إصابة في الصميم وقد اعتلت وجوههم الابتسامة الخبيثة ذاتها؛ مَن ذا الذي قالها منهم؟ من أي حنجرة خرجت؟ أي لسان وأي أسنان وأي شفاه تجرأت وتلفظت بتلك الكلمات الغادرة؟ لم يكن بحاجة للتفكير كثيرًا، فقد قالوها كلهم بنفس واحد! وحتى إن لم يقولوها جميعًا في وقت واحد، فهذا يعني أن أحدهم قالها والبقية استمعت إليه راضية مشاركة في الإثم! حينها، غلى الدم في عروقه، وانتفض العرق والخصلة التي ورثها عن أبيه ميرزا خان، فاستشاط غضبًا، ومد يده إلى خنجره وهو ينتفض من مكانه، وما هي إلا خطوتان حتى كان قد قطع المسافة بينه وبينهم واضعًا بيد خنجره على رقبة أقربهم إليه، ممسكًا بالأخرى بتلابيبه.

وفي اللحظة ذاتها، شعر بيد تمسك بمعصمه كأنها مِلزَمة تقبض عليه وتشده بقوة! مَن هذا الشخص؟ ومتى جاء؟ وكيف وصل بهذه السرعة؟ أم تراه كان هناك وهو الذي لم يره؟ لم يستطع أن يدرك كيف حصل هذا، ولكنه شعر بأن تلك اليد لا تمسك بمعصمه، بل تمسك بروحه وتمنعها عن الإتيان بأي حركة!

لم تكن المِلزَمة عصية عليه، فقد كان بوسعه أن يفتح المكبس، ويلوي اليد التي قبضت على يده، ولكن الدماء التي تسير في عروق تلك اليد أثَّرت

فيه كأنها تسري في عروقه هو، فشعر برعشة، ليس في جسده فحسب بل في روحه وقلبه أيضًا. ومن ثم، رفع رأسه، فالتقت عيناه بعيني الرجل التي تقدح شررًا وهو ينظر إليه كالنسر، ويعتمر قبعة قلباق، ويضع على صدره حزام البارود، وقد بدا مهيبًا، وإن لم يكن كبيرًا في العمر، وهو يقول له:

- «يا بُني، من غير اللائق أن يرى الناس شابًّا حافي القدمين حاسر الرأس!».

فارتخت يده، ولم يدرك إلا حينها أنه حافي القدمين حاسر الرأس، فقد سقط قلباقه عندما انتفض من مكانه، ورفع يده عن عنق ذلك الذي كادت أنفاسه تنقطع وهو يقبض على عنقه. أما الرجل الذي ينظر كالنسر، فاستدار إلى أولئك اللمَّازين، وقال دون أن ينتظر منهم ردًا:

- «من منا، أيها الوقحون، منزه عن العيب والنقص حتى يفتش عن عيوب غيره؟!».

وقبل أن يكمل طريقه، نظر إلى القلباق الذي سقط على الأرض، فحمله ونفض عنه الغبار، ثم أعطاه لسطار خان مبتسمًا بصمت. وبينما يبتعد عنهم، بقي الجميع ينظرون إليه في دهشة.

في تلك الأثناء، تلبدت غيوم سوداء في الأفق، وضرب الرعد قمة الجبل، في إعلان عن أفول شمس الشتاء، بينما راح بائع الشاي يوبِّخ عماله، ويقول لهم:

- «هيا تحركوا؛ سوف تثلج سريعًا، فأدخلوا كل شيء، واجمعوا الفرش والبسط والأرائك، وإياكم أن تكسروا شيئًا منها وإلا كسرت عظامكم».

ارتدى سطار خان حذاءه، ثم فعل ما يفعله كثيرًا منذ وصل إلى تبريز، حيث اتجه نحو الحانة التي في شارع الروس، بعد أن مر من أمام التكية الداغستانية.

دخل سطار خان إلى الحانة، فاستقبله ألكسندر مرتديًا مريوله المتسخ، وانحنى ترحيبًا به، ثم قال:

- «هل تأخر السيد اليوم أم أننا قصَّرنا في خدمته وضيافته؟ إن كنا قد قصَّرنا، فليسمح لنا بتلافي هذا الخطأ، وليأمرنا بما يحب، فنحن طوع بنانه».

- «أنا في غاية الضيق، فاسكت».

فسكت ذو المريول المتسخ وهو يسرُّ في نفسه: «متى لم تكن كذلك؟!»، ثم أراه المكان الذي سيجلس فيه، واكتفى بتجهيز الصينية التي سيقدمها له، فيما استمرت الراقصة الغجرية في تقديم فقرتها، وجلس رهطٌ من العجم يتجادلون فيما بينهم ويتساومون بصوتٍ عالٍ على الطاولة التي كان يجلس عليها ذات مرة فاسلي وصوفيا.

وما إن أنزل الساقي له القدح الأول وشربه حتى أدرك أن هذا ليس المكان المناسب الذي يلجأ إليه ويهرب من واقعه، فشرب القدح الثاني والثالث وهو واقف على قدميه، ثم الرابع وهو أمام الباب، وقبل أن يمد يده للخامس ألقى بنفسه إلى خارج الحانة، حيث بدأت الثلوج تتساقط كما توقع القهوجي. ومن ثم، راح يمشي في زقاق خلفي ضيق، قبل أن يمرَّ بثلاثة ضباط روس، ثم توقفه بعد قليل دورية إنجليزية لتسأله عن هويته، في إجراء طبيعي بعد أن أصبح في أيديهم أمن تبريز، بل إيران كلها، وأذربيجان التي تُعدُّ جزءًا منها وكيانًا مستقلًا في الوقت ذاته.

- «ها هي هويتي؛ أنا النبيل ابن النبيل، سطار خان بن ميرزا خان الذي ترك أعظم لبيروز، ولم يتمكن من الثأر منه.. أعظم التي مرغت

رأسي ورأس عائلتي بالتراب، ولكني لم أستطع أن أرفع يدي عليهما، وبقيت تحت سطوة هذا العبء».

قالها، فضحك أحد عناصر الدورية، وخمن أنه سكران للغاية، وسمح له بأن يمرَّ، مع تنبيهه إلى خطورة التجول كثيرًا في الأزقة في جو كهذا، فالثلوج تتساقط بكثافة، وأهالي تبريز كلهم قد عادوا إلى ديارهم منذ زمن طويل، ولم يبقَ في هذا الوقت من الليل إلا مَن كان جنديًّا إنجليزيًّا أو روسيًّا أو فردًا من عصابة أرمنية أو ميليشيا تركية، وهو لا يبدو عليه أنه واحد من هؤلاء، بل إنه شخص لا يدري ماذا يفعل وقد انشق إلى قسمين يصارع كلٌّ منهما الآخر، ويحاول أن يقضي عليه، وهو سببٌ كافٍ ليجعله يهيم على وجهه في شوارع تبريز في مثل هذا الوقت وهذا الجو.

وبعد أن مشى في أزقة المدينة قليلًا، أزال الجو البارد حالة السكر التي كان فيها عندما خرج من الحانة، فيما يهطل الثلج بكثافة، ويكسو كل شيء بالأبيض، وقد اكفهر وجه السماء، وبدت البيوت والأزقة مختلفة تمامًا عما كانت عليه من قبل، حتى بدا له أنه أصبح في زمان ومكان آخر؛ ليته يبقى هكذا، ولا يعود إلى وعيه مرة أخرى، بل ليته لم يكن موجودًا في هذه الحياة وهذا الواقع المرير، وليت أعظم لم تكن موجودة، ولا بيروز، ولا ميرزا خان!

وعندما وصل إلى ناصية الشارع الذي توجد فيه التكية الداغستانية، رأى كلبين ضخمين من الكلاب التي لا يكاد شارع أو زقاق يخلو منها يحتميان بأكوام الخشب المعد للتدفئة في فصل الشتاء أمام باب التكية، قبل أن يُفتَح ذلك الباب، ويخرج اثنان من الدراويش، فيلف أحدهما كيسًا كبيرًا من الخيش حول الكلبين، ويضع الآخر أمامها إناء فيه كسرات من الخبز.

نادى عليهما وهو ما يزال عند ناصية الشارع، وقد بدت على وجهه ابتسامة نارية تريد أن تحرق كل ما يقف أمامها في تلك اللحظة، ثم قال:

- «لماذا تقدم الطعام لهذه الكلاب؟ أليس الله مَن يرزق جميع الكائنات؟!».

لكن الدرويش أكمل ما يفعله، دون أن يرفع رأسه أو يلتفت إليه، وقال:

- «الله رازقهما في الأصل، أما أنا فلست إلا سببًا في إيصال رزقهما!».

فخطا خطوتين نحو باب التكية وهو يقول في نفسه: «آه، لو يُرسَل لي أنا أيضًا سبب يجعلني أعرف طريقي.. يا رب، لا أريد سوى إشارة واحدة!»، ولكن لم تأته إشارة من السماء، رغم أنه كان يكرر هذه المقولة آلاف المرات، فغاص أكثر في بحر الحيرة والغموض.

وبعد هنيهة، هبت ريح قاسية باردة جدًّا، فاستدار الدرويش الآخر، وأشار بيده نحو الباب، ثم قال:

- «تفضل، ولا تبقَ واقفًا هكذا أمام الباب!».

فضحك، وقال دون مراوغة أو كذب:

- «لقد خرجت للتو من الحانة!».

- «تفضل، ولا تبقَ واقفًا هكذا أمام الباب!».

فابتسم وقال:

- «لست من أتباع الطريقة النقشبندية!».

- «تفضل، ولا تبقَ واقفًا هكذا أمام الباب!».

فدفع باب التكية بيده ودخل.

كان الصوفية والمريدون جالسين على شكل حلقة ذكر في وسطها شيخ جليل يرتدي ملابس بيضاء، ويبدو عليه الوقار والهيبة، يحدثهم عن أن الزمان مخلوق من مخلوقات الله سبحانه وتعالى لا وجود له إلا في هذه الدنيا. فوقف خارج الحلقة لمدة على قدميه، فيما التفت الجميع إليه، وحدَّق الشيخ النقشبندي الداغستاني به قليلًا، ثم عاد ليكمل وعظه وإرشاده الذي يلقيه على

المريدين الذين يصغون لكل ما يقول بسكون وهدوء. حينها، تعرف على صاحب النظرة التي تشبه نظرة النسر، واليد التي قبضت على يده في الشاي خانه؛ إنه الشيخ الداغستاني النقشبندي. ومن ثم، جلس من فوره في المكان الذي يقف فيه.

لقد كان الكل يعرف ذلك الشيخ، ولكن لا أحد يدري لماذا استقر في تبريز، وإن بدا واضحًا من نظراته النارية أنه على صلة بالحركة الشعبية الداغستانية التي وقفت في وجه الاحتلال الروسي قبل حوالي خمسين إلى ستين سنة من الآن، وبين جنباته روح «أبريك»[1] التي تفرض عليه الوقوف في وجه الاحتلال الروسي الذي له مطامع عدة في أراضيهم وثرواتهم وحقوقهم؛ تلك الروح التي جمعت بين الإيمان والجهاد، ووحدت الشعب كله في بلاد القوقاز من الشمال إلى الجنوب، وجعلت الناس هناك كالبنيان المرصوص في وجه الروسي المعتدي، وحولت القوقاز سدًا منيعًا يحول دون دخول الروس أراضي الجنان هربًا من جحيم سيبريا.

استمر الشيخ في حديثه عن الزمان، بينما رفع سطار خان رأسه، ونظر إلى المريد الذي يقف إلى جانب سماور الشاي، فمضى المريد بكل هدوء حتى اقترب منه، ثم جثا على ركبتيه، ومال نحوه هامسًا في أذنيه:

- «الشيخ يطلب منك أن تعد أنت لنا الشاي في السماور هذه الليلة».

فدهش لأنه لا علاقة له البتة بهذه التكية، ولم يدخلها طيلة حياته من قبل، وغالبًا لن يكون له علاقة بها في المستقبل. ولكن لما كان الأمر قد صدر من صاحب المقام الأعلى في التكية، فإنه سأل:

- «ولماذا أنا؟!».

---

(1) أبريك: لقب استُخدِم في جبال القوقاز لكل من وقف في وجه الاحتلال ودافع عن أرضه ووطنه وجاهد في سبيل الله.

فتبسم المريد ضاحكًا، وقال:

- لا أعرف، فما عليَّ إلا أن آخذ الأمر من صاحب الأمر، وأوصله إلى مَن عليه تنفيذه؛ لا أحد هنا يسأل عن السبب!».

فتذكر اللحظة التي التقط فيها الشيخ قلباقه من الأرض، ونفض عنه الغبار ثم سلمه إياه، فقال:

- «حسنًا. وما الذي عليَّ فعله في السماور؟».
- «الشاي».
- «الشاي؟!».
- «نعم، لقد غلى الماء في السماور.. هيا».

فرفع الشيخ رأسه مرة أخرى، ونظر بعينه التي تستطيع أن ترى ما يدور في قلب مَن يقف أمامه، بل ربما تقدر على أن ترى مستقبله وقدره، ثم ناده:

- هيا سطار خان، وزِّع أنت الشفاء علينا هذه الليلة».

فلم يستطع أن يقول سوى:

- على الرأس والعين».

ولم يفكر حتى من أين عرف اسمه، وناده به كأنه يعرفه منذ أكثر من أربعين سنة، بل نهض بهدوء. ولما كان يخشى أن يسيء الأدب أو التصرف لأنه لا يعرف الآداب والعادات والأصول المتبعة هنا، فإنه تبع المريد حتى وصلا إلى السماور الذي تغلي المياه فيه، فقال الدرويش:

- «جوف السماور النار، وما الشاي إلا دماء الساقي!».

والساقي في هذه الليلة سيكون سطار خان، فهو من سيوزع الشاي (الشفاء) على الحضور، ويسمح لدمائه بأن تتدفق بكل عنفوان في أوردة الحضور؛ لقد كان الشاي والسماور بلسمًا ومرهمًا وعلاجًا للناس في هذا المجلس، ولكن النيران والجمر الملتهب في قلب السماور كانت كالنيران

التي تستعر في قلبه وتأكله من الداخل، كما تأكل النار الحطب، وتجعل دماءه تغلي في عروقه.

مال نحو المريد، وهمس:

- «أيها الدرويش، إني لا أعرف كيف أعدُّ الشاي، ولا أعرف كيف يُوزَّع على الحضور!».

فراح المريد يشرح كأن أمامه شخصًا لم يسمع قط عن شيء من هذا، ويصف له بمشاعر صادقة كل ما عليه فعله خطوة خطوة:

- «انتبه جيدًا إلى الماء الذي في السماور، فالشاي الجيد سببه الماء الجيد؛ ولا تعد كل أنواع الشاي بالطريقة ذاتها، فلكل نوع منها طريقته الخاصة به ومقداره المناسب، ولكن ثمة مبدأً واحدًا لا يتغير أبدًا معها جميعًا، وهو وضع الشاي الجاف في إبريق الشاي ثم فتح صنبور الماء المغلي في السماور فوق الشاي مع التقليب. ومن ثم، عليك وضع الإبريق فوق السماور، ومراعاة الوقت جيدًا، وعدم رفع إبريق الشاي من فوق السماور قبل أن يغلي الماء على نار هادئة، وعدم السماح للنار بملامسة إبريق الشاي، بل جعل بخار الماء المغلي هو ما يخمر الشاي. ولكن انتبه لتسخين إبريق الشاي الخزفي قبل كل شيء، وراقب الوقت جيدًا حتى لا يتخمر الشاي أكثر من اللازم، فالشاي يتسابق مع الزمن فلا تجعل الوقت يسبقك؛ وإياك أن تبدأ بأي من هذا وأنت على غير وضوء، ولا تنسَ أن تسمي الله عندما تصب كل كأس من الشاي، أو أن تقلب النار في قلب السماور من وقت لآخر، وتضيف الماء إذا نقص فيه، دون أن تجعله يصل إلى الحد الذي يلامس به إبريق الشاي، ولا تضف أي مقدار من الماء على إبريق الشاي الذي خمرته. ودومًا، ضع المقدار

المناسب للشاي الذي تود تخميره كي لا ينقطع عنك مدد الشاي، فإن انتهى فخمر إبريقًا آخر).

ثم أشار إلى السماور الذي يغلي، ونظر إليه كأنه يقول له: «هيا ابدأ»، قبل أن يضيف:

- وقد كان لمولانا الشيخ أحمد يسوي، رحمه الله، دعاء خاص بالشاي، يقول فيه: (بارك الله لنا في هذا الشاي، ورزقنا منه إلى يوم القيامة)، فهذا الشاي نعمة للمريدين، لذلك ترى لسماور الشاي مكانته في مجالسنا وحلقاتنا، فاحرص على ألا تبدأ خطوة من خطوات إعداد الشاي أو تقترب من السماور قبل أن تدعو الله بهذا الدعاء، ثم أنشد:

«لا أحد يدرك حكمة صحبة الشاي هذه
فقد جاءت منذ الأزل محفوفة بأنفاس المرشد الأكبر».

وبعد كل هذه الإرشادات والتعليمات، قال سطار خان:

- «حسنًا، ولكن كيف سأعرف مقدار الماء الذي سأضعه فوق الشاي الجاف؟».

- «هذا يعود لك كليًّا، فأنت مَن يقرره؛ وعندما تعرف المقدار المناسب للماء الذي ستضيفه للشاي، تكون قد أصبحت بارعًا في إعداد الشاي».

وبينما يصب الماء فوق إبريق الشاي، كان يشعر بالتردد نوعًا ما، فيما الدرويش ينظر إليه مبتسمًا وهو يقول في نفسه: «هل لهذا مقدار أو مقياس أو نسبة معينة يا ترى؟». بيد أنه في الأخير تخلى عن كل ما يعصف بذهنه، ونفذ ما بيَّنه له الدرويش، ثم فتح صنوبر الماء فوق الإبريق حتى سمع صوتًا من داخله يقول له: «توقف!».

في البداية، صفَّ الكؤوس في الصينية، ثم وضع مقدار إصبع من الشاي المخمر، ثم أضاف الماء المغلي المتدفق من صنبور السماور. ومن ثم، حمل الصينية واتجه أولًا نحو الشيخ، ثم دار على المريدين واحدًا واحدًا. ولكن لم تكن في ذلك المجلس ملعقة، فمن غير اللائق أن تفسد أصوات الملاعق الصمت والخشوع والأدب والروحانيات في مجلس وقار وخشوع كهذا، وحتى السكر كان يؤخذ بهدوء تام.

وبينما يوزع الشاي عليهم، طفق المريدون ينشدون نشيد الشاي، فتذكر أنه سمع أبياتًا من ذلك النشيد قبل سنة وهو في طريقه إلى الحانة، حيث التقى يومها صوفيا وفاسيلي؛ لم يزل يتذكر تلك الكلمات:

»اشتعل ودُر ثانية أيها السماور

فثمة خطبٌ فيكَ أيها السماور«

وعندما شرع المريدون بإنشاد النشيد الثاني، كان يوزِّع الشاي عليهم للمرة الثانية. وقد كان هذا النشيد تكملة لذلك الذي أنشدوه قبل قليل، فأنصت إليه بإمعان:

هذا الشراب لذة للشاربين

يشفي أنين العاشقين

يشرح فؤاد الهائمين

يملأ قلب المحبين

يعرف حلاوته مَن ذاق لذته

مَن طار في عالمه

لونه لون العقيق الآسر

حيَّ على مجلس الذكر المصحوب بالشاي هذا.

في هذه الأجواء والروحانيات، راح يتفكر في هؤلاء الناس، وهذا الجو،

وهذا المجلس والذكر والجذبة. وعندما نظر إلى السماور، ورأى النشوة التي يشعر بها الصوفيون عندما يحتسون الشاي منه، تذكَّر النشوة التي يشعر بها السكارى في الحانة وهم يحتسون الخمر، فوجد أن لا فرق بينهما. ولكنه بعد أن فكَّر قليلًا، أحسَّ أن هذا التشبيه خاطئ، فهذا مجلس طهر وذكر وخشوع لا مثيل له في كل هذه الدنيا.

في تلك الليلة، هام سطار خان على وجهه كأنه زورق فُكَّت عُرى حباله وتقطَّعت أشرعته، فراح يهيم في البحر والأمواج تتقاذفه من مرفأ إلى مرفأ دون أن يرسو في أي منها. ومن ثم، رحل من هذا المكان أيضًا ولم يبقَ فيه متبعًا ذلك الصوت الذي يناديه في ظلمة طريقه المجهول، فهذا الطريق ليس ما يبحث عنه، وقدره ليس معقودًا في ناصية ذلك الباب، وتلك المياه لم تطفئ نيران قلبه. ولكنه في تلك الليلة تعلم من الشيخ الداغستاني النقشبندي كيف يمكن للإنسان أن يعيش الفقد والشوق والغربة وهو بعيد عن وطنه دون أن يفصح عن ذلك، وكيف يتذكر كل ذلك الشوق ويحترق بناره مع أنه مدرك أنه غير قادر على لقيا أحباب قلبه، وأشياء أخرى كثيرة تعلمها في هذه المدة القصيرة، حتى نظرته للشاي تغيرت، فأصبح ينظر إليه باحترام وإجلال أكبر؛ ثمة أنواع للمدد والهمم كثيرة في المعتقدات الصوفية، كلها على الرأس والعين. وعندما خرج، اقتلع جزءًا من الغلاف الفضي الخارجي للباب، ثم أسند ظهره إلى جدار متهالك يريد أن ينقض، وجثا على ركبتيه ناظرًا إلى الكلبين وقد غطا في نوم عميق تحت كيس القماش الكبير الذي غطاهما به المريد قبل أن يدخل، ولفَّ لفافة تبغ كبيرة. وبعد هنيهة، وقف على قدميه، وراح يمشي في الظلام وهو ينفث الدخان من فمه، كما تنفث بيوت تبريز الحجرية الدخان من مداخنها، حتى توارى واختفى في الظلام.

ما إن وصل إلى الخان ودخل غرفته حتى ألقى بنفسه فوق السرير... النوم؟ هذا شيء أصبح بعيد المنال! ومن ثم، ترك عد دعائم السقف الخشبية

التي حوَّلها الزمن إلى لون أسود قاتم، وراح يردد النشيد الذي سمعه في مجلس الذكر؛ لقد كان يذكره كله عدا المقطع الأول الذي لم يتذكر منه شيئًا كأن أحدًا مسحه من عقله بممسحة! يا الله.. يا حافظ! إنه لا يتذكر منه سوى كلمتين: «أنفاس» و«المرشد».

وما هي إلا لحظات حتى ترك التفكير في تلك الأبيات، وانتابه الغضب وهو يتذكر صورة الرجل الذي وضع خنجره على عنقه وهمَّ بقتله، فسُحِقَت كل صورة أو طيف، سواء أكانت لأولئك الرجال الثلاثة أم للشيخ النقشبندي، وبدأ العِرق الذي ورثه من أبيه ينبض، والدماء تفور في عروقه وتغلي، حتى تملكه غضب لم يغضبه من قبل تجاه بيروز وأعظم، ليس لأنهما رحلا وأخذا معهما من روحه ما أخذا، بل لأنهما تركا له ما تركا من ذل وعار، فرحيلهما أمر بينه وبينهما، أما ما خلَّفاه فخرق لأعراف وتقاليد تعارف الناس على العيش ضمن حدودها، وعدم الإخلال بها؛ لقد ألقيا بتبعات كل ذلك على كاهله ورحلا، وهو يكاد يراهما الآن يقفان في زاوية ينظران إليه مستهزئين ساخرين، قائلين: «هيا، عش حياتك إن استطعت بعد كل هذا العار، أما نحن فذاهبان!»؛ لن يستطيع أن يعيش مرفوع الرأس بعد الآن في تبريز، ولا في تخت سليمان، وهذا أمر لا يمكن تقبله.

وفي الصباح، استيقظ وقد أقنع للمرة الأولى أحد جانبي شخصيته الجانب الآخر، وشعر بأنه الآن شخص واحد يسير وهو يصغي لصدى صوت واحد نابع من قلبه. ومن ثم، نهض من فراشه، وذهب مباشرة إلى البنك ليسحب جميع الأموال التي في حسابه، ثم رجع إلى غرفته ليضع النقود في جعبته، ويرسل خبرًا لصاحب الخان كي يجهز له فرسه لينطلق بها إلى تخت سليمان، فيأتيه الرد:

- أهذا كل ما تريد؟».
- «نعم، هذا كل ما أريد».

لم يجد سطار خان صعوبة في تسلق أول ثلاث قمم في جبل سهند، ولكن في القمة الرابعة شعر بأن معصمه قد انحنى قليلًا، وفي الخامسة شعر بأن ظهره قد انحنى كذلك وأن قواه بدأت تخور، وفي السادسة تذكر سؤال صاحب الخان: «أهذا كل ما تريد؟»، وشعر بالخطأ الفادح الذي ارتكبه. بيد أن ما حدث قد حدث، كما أن الغضب الثائر في قلبه والنار المستعرة فيه يجعلانه قادرًا على تسلق وعبور جبل «قاف»[1] حتى. وفي القمة السابعة، بدأ الطقس يتغير، فالثلج لم يصل بعد إلى تخت سليمان، وشمس الشتاء الدافئة تسطع في كبد السماء.

لم يذهب إلى البيت، بل أقام في خان مطل على موقع تخت سليمان الأثري. فما دام أن والدته قد أخبرته في رسالتها بأنهما قد جاءا مرة إلى تخت سليمان، فهذا يعني أنهما -إن كانا ما يزالان هنا- سيعودان مرة أخرى بكل تأكيد. وكل ما عليه الآن هو رصد باب المعبد، حتى لو اضطر لمراقبة ذلك الباب المتهالك أربعًا وعشرين ساعة. وإن لم يرهما هنا، فإنه سيذهب إلى يزد.

جاءا! فقد لاحظ ظل شخصين يقفان أمام البحيرة الخضراء، فخرج من الخان مسرعًا حتى دخل من الباب الرئيس لمعبد تخت سليمان، واقترب منهما خلسة دون أن يصدر صوتًا وقد شحب لونه، واستوثق أنه لا أحد في الجوار، ثم تسحب حذرًا من أن يسمع هو نفسه صوت خطواته. ولوهلة، شعر بالخجل، ولكن سبق السيف العذل، وخرجت السهم من قوسها، فكيف

---

[1] قاف: جبل أسطوري ورد ذكره في ميثولوجيا الشرق الأوسط، يُقَال إنه يقع على حافة الدنيا محيطًا بالأرض إحاطة بياض العين بسوادها.

لها أن تعود إليها مرة أخرى؟! لقد انطلق نحو هذين الواقفين أمام البركة الخضراء دون حساب أو تفكير كالسهم الناري.

ولو أن ما رآه بقي ظلًا لشخصين فقط، لكان من الممكن أن يسيطر على نفسه ويعود أدراجه، ولكنه عندما اقترب أكثر، ونظر إليهما من قرب، رآهما رأي العين أمامه؛ ليسا ظلين إذن، بل حقيقة ماثلة أمامه! ها هي أعظم قد توشحت بشال مصنوع من وبر الماعز كاشفة اللثام عن وجهها، وعلى مقربة منها يقف بيروز كالشجرة الفارعة، بينما ينظران إلى البحيرة. وفجأة، رفعت رأسها، وراحت تقول له شيئًا وهي تنظر إلى وجهه، ثم مدَّت يدها له، وراحت تلك النار تمشي نحو الماء الذي سيطفئ لهيبها، وتسير بقدميها نحو البحيرة التي ستسحبها نحو الأعماق بكامل إرادتها.

حينها، أسرَّ في نفسه: «لِمَ وهبتِ نفسكِ لغيري، رغم أني وهبت لك روحي ومهجتي وفؤادي منذ الأزل؟! لِمَ مددتِ يدكِ إلى غيري، رغم أني فتحت لكِ ذراعيَّ؟! كل امرئ يعلم ما يجول في فؤاده، وقد أتيتك عاشقًا يذوب من العشق، فأدرتِ ظهركِ لي بلا خجل! إنك خائنة لي ولحبي، يا أعظم!». وبينما يمسك بيروز بيدها، وينعكس ظلهما على وجه مياه البحيرة العكرة، نظر إليه وقال: «وأنتَ! لقد فصمتَ عُرى ذلك الحبل الأبيض الذي جمَّع بيننا يومًا بضربة سيف واحدة؛ أنت يا بيروز أيضًا خائن».

لقد اتحدا في مخيلته، فأصبحا شخصًا واحدًا خائنًا لا يدري مَن منهما يبغضه أكثر. ومن ثم، اقترب منهما خطوة أخرى وهو يشعر بطعنة الخيانة في خاصرته غير عابئ بمَن منهما تحديدًا سددها له وغدر به.

كان بيروز يجلس إلى جانبها على الصخرة ذاتها وظهرهما له بينما ينظران إلى مياه البحيرة الخضراء الدافئة وقد تصاعدت منها أعمدة خفيفة من البخار، كما هي الحال في كل فصول السنة. وبعد هنيهة، انحنت أعظم،

وأدخلت يدها في الماء، فتوقف سطار خان، وراح يشاهد خيالها هي وبيروز الذي ينظر إليها وهي تداعب المياه بيدها التي أدخلتها حتى معصمها مستمتعة بتلك المداعبة، قبل أن ترفع يدها كي تُعدِّل حجابها الذي انزلق فتتبلل جبهتها ووجنتيها. ومرارًا، همَّ بفعل ما جاء لأجله ثم عاد أدراجه، حتى أدرك في الأخير أنه لا سبيل للتراجع عما عزم عليه.

لا أحد في الوجود كان يحسُّ بشعور الحنق والغضب الذي يشعر به، ويدفعه للانقضاض عليهما، وطرح بيروز أرضًا، وإذاقته من ألوان العذاب والنيران المستعرة في قلبه، وتمزيقه إربًا بخنجره. والحق أنه لم يعد يدري سبب كل هذا البغض! أهو بسبب إذكائه في نفسه أكثر مع مرور الوقت، وتهويله وجعله كبيرًا، أم بسبب تحمله عبء الثأر لسلالته الذي ألقته عائلته على عاتقه وجعلته دينًا في عنقه؟! ولكنه في نهاية المطاف، كان عاشقًا خسر عشقه. صحيح أن هذا الخسران لم يدفعه بعد إلى فقدان عقله، لكنه أفقده هدوء الأعصاب والسكينة التي ملأت قلبه في التكية الداغستانية؛ لم يخلِّف له ذلك العشق الكبير إلا بغضًا ونفورًا، وما كان للفراغ الذي تركه فقدانه أن يسده إلا الكره الشديد، فلا يمكن لشعور أن ينافس الحب والعشق والهوى سوى البغض والكره والحقد التي لو لم يشعر بها نحوهما لخرَّ حيث يقف صريعًا للهوى والعشق!

لم يعد ثمة مجال للتراجع بعد الآن، فما دام أنهما على قيد الحياة فسيكون العيش سُمًّا زُعافًا، ولن يستطيع أحدٌ أن يخرجه من غياهب الجبِّ الذي سقط فيه، لا عمته جيجك وتفسيرها للأحلام ولا حانة ألكسندر ولا تكية الشيخ الداغستاني. وما هي إلا هجمة وضربة واحدة حتى يرفع رأسه في السوق والبازار والشاي خانه والحانة، ويحيا عظيم الشأن في المحافل والاجتماعات؛ ضربة واحدة لن تكفيه هو فحسب، بل هو وسلالته حتى الجد السابع، ومَن

قضى وغبر، ومَن سيأتي من بعده، فيعيشوا بعزة وكرامة رافعين رؤوسهم. نعم، ضربة واحدة كافية لتعود له حياته وعزته وكرامته كما كانت من قبل، فيعيش مرفوع الرأس عالي الجبين، ويخلد ذكره حتى بعد موته، ويُكرَّم وتُوضَع على صدره أوسمة العزة والكرامة، ويحكي الناس عنه في كل زمان ومكان مشيدين بما فعل.

خطا خطوة أخرى نحوهما بينما يجلسان بالقرب من بعضهما وعينا أحدهما في عيني الآخر، وبينهما همس وكلام، فأصبح فوق رأسيهما، وانعكس ظله هو الآخر على سطح مياه البحيرة فيما ينظر إلى ظل أعظم المنعكس في المياه كأنه يراها لأول مرة؛ أهذه ذات الجسد النحيل الضعيف هي التي تمتلك تلك القوة، فتأخذ شرف وعزة سلالة بأكملها وماضيها وحاضرها ومستقبلها وتسحقها بين يديها؟!

أحست أعظم بوجود شخص وراءهما، فالتفتت ونظرت إليه بعينين متسعتين من الدهشة، مدركة ما قد يجري إثر هذه النظرات التي يملؤها الشرر والغضب الخارجة من عينيه السوداوين ذواتي النظرة العميقة عمق هذه البحيرة السحيق، ولم تقدر إلا على قول:

- «سطار خان، لم يخبرني أحد بشيء، ولم يسألني عن رأيي، ولم أكن أدري حتى أنه حُكِيَ في أمر خطوبتنا من قبل... ولكن حتى لو كنت أعرف، ما كان هذا ليغير شيئًا، فلا يمكن أن يحدث خلاف ما حدث».

حينها، نهض بيروز، وقال له:

- «سطار خان، إما أنك لست عاشقًا مثلي وإما أنك لست شجاعًا مثلي، فما هي إلا طعنة واحدة، فلا تخف، ولن أقول لك توقف، فأنا مستعد أن أموت في سبيل عشقي، وأن تموت أنت موقنًا بعشقي».

فشعر سطار خان برغبة في أن يدفعه بقبضتي يديه فيبعده عن طريقه، ويرضى بما جرى حتى الآن، ويتناسى كل ما حدث، ويعفو عن أعظم ويسامحها على كل ما فعلته به، ويمسك بيدها قائلًا: «تعالي معي، ولنذهب إلى إسطنبول، ونرحل من هنا تاركين كل هذا وراءنا». عندها، انزلق الحجاب عن رأسها ليلمع القرط الماسي الذي لم تزل ترتديه في أذنها، فبدا أنه لو قُطِّع ساعتئذ إربًا إربًا لما سالت منه قطرة دم واحدة، فيما ينظر إلى مياه البحيرة الخضراء وهو يشعر بألم تعرضه لبخس حقه، وتغلي الدماء في عروقه ممزقة دماغه الذي يكاد يفجر جمجمته، ويتدفق من أذنيه وعيونه وأنفه وفمه.

خطا خطوة، شعر بأن مياه البحيرة قد اهتزت بعدها، ثم خطا أخرى فشعر بأن تخت سليمان كلها تهتز، ولو أنه خطا الثالثة لاهتزت السموات من فوقه. أما المياه، فبدا أنها تقول له: «لا تنس، إذا ابتلعت أحدًا فلن أعيده مرة أخرى!».

اعتلى سطار خان صهوة فرسه، وانطلق وهو يعرف أنه لا مكان له بعد الآن في الأراضي الإيرانية، وإن لم يكن يعرف إلى أين هو ذاهب، ليجد نفسه بعد مدة في سفوح جبل سهند. لقد سافر دون أن ينتظر قافلة، ولم يأخذ معه عربة أو حتى فرسًا آخر احتياطًا. وما إن خرج من الأزقة، وراح يتسلق سفوح الجبال والهضاب، ويشق الطرق الوعرة الضيقة واحدة تلو الأخرى، حتى أدرك أنه قد ترك ماضيه كله في تخت سليمان، وأن الروح لم تعد تتحمل النظر إلى العيون التي راحت ضحيتها ولو لمرة واحدة، وإن لم يتمكن من التخلص من ذلك العشق الذي أحرق قلبه وروحه، ولم يتركه إلا وقد أثخنه بالجراح. وكلما تذكَّر أنه نظر إلى تلك العيون آلاف المرات من مسافة قريبة للغاية، شعر بطريقه يطول أكثر فأكثر.

لبضع ساعات، شعر بأنه قد غادر هذه الدنيا إلى عالم آخر مخترقًا الحجب كأنه سهم أطلقته قوس من فوق قمة جبل نحو الفضاء الخارجي، فتجاوز الأفلاك كلها وراح يسبح في الفضاء نحو المجهول حتى تجاوز كل طبقات السموات السبع، ووصل إلى الفضاء الشاسع، حيث غدا تائهًا هائمًا، لا هو قادر على العودة إلى المكان الذي انطلق منه ولا هو قادر على إصابة هدفه ومقصده؛ إنه يسير الآن بلا ماضٍ أو حاضر أو مستقبل، ولو توقف على سفح هذا الجبل والتفت وراءه، ونظر إلى الجنة والنعيم الذي تركه خلفه، كما إلى الجحيم الذي في انتظاره، لانهمرت عليه حمم من النيران، ولانفجر صارخًا وقد تحول إلى قابيل. ولكن حتى هذه الساعات القليلة لم تكن مكتوبة في قدره، فكان كل ما يرجوه أن يلامس طيفًا أو شيئًا يعيد روحه إلى بدنه الذي فارقته. والحق أنه بحاجة إلى حدث جلل حتى يعود إلى

دنياه وقدره مرة أخرى، ولكن هذا القدر لم تكن كلمة منه قد خُطَّت بعد في صحيفة أقداره.

تجاوز بفرسه قمم جبل سهند واحدة تلو الأخرى حتى وصل إلى القمة السابعة، وهي من أعتى القمم وأكثرها وعورة وصعوبة، إذ تبدو حيوانًا مفترسًا قد كشَّر عن مخالبه في وجه مَن يقصد تسلقها. كان المساء قد حلَّ، ولعاب سربلند الذي لم يتوقف عن تسلق الجبال والهضاب والتلال من ساعة ما خرج من تخت سليمان قد تحول إلى فقاعات من فرط التعب، وكاد الرسن يشق شدقيه من شدة الإجهاد. ومن ثم، توقف لأول مرة منذ غادر تخت سليمان، فراحت الريح الباردة تلفح وجهه وجسده كأنها سياط من جليد تجلده؛ لم يكن يشعر بالبرد طوال الطريق بفعل نار الغضب المستعرة في كبده وقلبه، أما الآن فإنه يكاد يتجمد من شدة البرد، ولم يمر وقت طويل حتى أحس بأولى حبيبات الثلج تتهادى لتحط على وجهه كأنها تقول له: «ما أنا إلا نذير بأن ما سيأتي بعدي سيكون أشدَّ وأعتى وأمرَّ».

هبط عليه الليل في ذلك الجبل المليء بالمخاطر والمهالك، فأدرك أن عليه ألا يسير في الليل، وأن يبيت ليلته هناك. حسنًا، ولكن كيف؟ أخرج من جعبته التي على الفرس الإبريق والشاي والسكر، ثم حاول أن يشعل نارًا كبيرة بين حجارة صفها ليعد الشاي ويصطلي بها، ولكنه بحث في الجعبة جيدًا فلم يجد ما يشعل به النار. ومن ثم، أنزل الجعبة، وراح ينفضها بالكامل كي يرى إن كان فيها عود ثقاب وهو يرتجف من شدة البرد، وتكاد الدماء في عروقه تتجمد، ولكنه لم يعثر على مبتغاه. ومع مرور الوقت، بدأت الرياح تعصف بقوة أكبر، وحبات الثلج تزداد حجمًا وتكبر أكثر فأكثر، وبدا أن ثمة عاصفة ثلجية تتربص به، فراح ينظر من سفح الجبل، ويفكر بأن الأمر إن استمر هكذا فلن يطلع عليه الصباح، ولن يستطيع أن يكمل طريقه، فهو

يرتجف بشدة. لذا، جلس خلف صخرة، واحتمى خلف سربلند ليصد عنه هذه الرياح العاتية، وجثا على الأرض وقد وضع رأسه بين ركبتيه غير قادر على منع أسنانه من الاصطكاك أو حنكه السفلي من الارتطام بالعلوي، حتى فقد السيطرة على أعضاء جسمه من شدة البرد، وبدأت أظافره تصطبغ باللون البنفسجي. وبينما يغطي الثلج يديه ورجليه وفمه وجبهته ورموشه وكل ذرة في جسده وهو خائر القوى يرتجف على الأرض، والثلج يتساقط بشدة فوقه ويثقل كاهله أكثر فأكثر، ظن أن روحه ستُنتزَع من أطراف أصابعه خصلة خصلة، ولم يكن يرغب في تلك اللحظة سوى بقبس من نار أو قليل من الدفء يعيد الدماء التي تجمدت في عروقه للسريان فيها مرة أخرى. ولكن أنى له بنبذة الدفء هذه؟ إنها الآن ضرب من الخيال، لذا أسرَّ في نفسه: «أهكذا ستكون نهايتي؟!»، وشعر وقتها بحلاوة الروح ومعنى البقاء على قيد الحياة.

وبعد أن وصل إلى هذا الحد من العذاب، فكَّر بأنه لو نجا من هذه الليلة، ورأى نور الصباح مرة أخرى، فسيثبت أنه قادر على تحمل كل ما ظنَّ من قبل أنه لا يستطيع تحمله؛ فقط هذا التفكير هو الذي فتح باب الأمل بالعيش من جديد. وعندها، تعجب من هذه السرعة التي يمكن بها للروح والبدن أن ينسيا كل شيء في سبيل البقاء على قيد الحياة، فلم يكن يتوقع أبدًا أن يشعر بشعور كهذا في حياته؛ هل كان بيروز محقًّا بقوله: «لستَ عاشقًا مثلي»؟ ليته يمحو من ذاكرته كل ما حصل عند البحيرة الخضراء، ويستمر بالعيش دون تفكير فيه.

لقد كانت القصص التي يرويها العشاق في المجالس والمقاهي بتبريز كلها تنتهي بالاحتراق في نار الحب والموت في سبيله والتحول إلى رماد من آهات العشق والهوى، ولكن الحياة والروح غالية للغاية، فما إن يصل المرء

إلى مرحلة يدرك فيها أنه سيُجنُّ أو يموت حتى يتوقف ويواجه نفسه: «توقف، وانس كل ما فعلتَه أنتَ، وكل ما فعلوه بكَ»، فالمرء لا يعرف قيمة الحياة ولا يعود إلى رشده إلا عندما يصل إلى شواطئ الموت.

لم يعد قادرًا حتى على التفكير، فقد راحت عيناه تغمضان رغمًا عنه، ولكن عليه ألا يطلق العنان لنفسه ويتراخى وإلا فإنه لن يقدر على العودة مرة أخرى لنفسه أو للحياة، بيد أنه لم يعد ثمة مجال لهذا إذ غُلِبَ على أمره ورضخ للأمر الواقع مغلقًا عينيه. ومع صهيل سربلند وضربه بحوافره في الأرض، فتح عينيه بصعوبة ونظر حوله، ثم نهض قليلًا ورأى أن هطول الثلج قد خفَّ قليلًا. وبعد لحظات، آنس من مكان بعيد خلف الصخور نارًا، فشكَّ في نفسه: «أصحيح ما رأيت؟!»، وراح يفرك عينيه التي ترى كل شيء مشوشًا، ثم انتظر قليلًا ونظر مرة أخرى؛ نعم، ثمة نار عظيمة تنفث ألسنتها لتصل إلى عنان السماء. ومن ثم، أمسك بلجام سربلند، ونهض بمشقة كبيرة مستعينًا بآخر ما تبقى له من قوة، ونظر إلى فرسه يريد أن يقول له: «لا تصدر صوتًا»، ولكنه لم يستطع التحكم بلسانه وشفتيه وأسنانه التي يرتطم بعضها ببعض من شدة البرد. وبعد هنيهة، اقترب من الصخرة وهو يرتجف بقوة.

خلف الصخرة، رأى بضعة رجال يجلسون حول نار أمام خيمة صغيرة، فنظر إلى النار بكل حسرة ولهفة، وقال لنفسه: «آه لو أنهم يرمونني في تلك النار؛ لن تحرقني ولن أشتكي أبدًا»، ثم نظر إلى أولئك الرجال الذين يرتدون ملابس سوداء، وأدرك من أحزمة البارود والرصاص التي على خصورهم وصدورهم والبندقيات التي على ظهورهم أنهم سكان الجبال الذين يهجعون في النهار ويخرجون في الليل؛ إنهم قطاع الطرق الذين لا يتمنى تاجر أو أمير قافلة أن يصادفهم في طريقه، والذين لم يصادفهم هو في حياته حتى تلك اللحظة. لقد كان بينهم شبان وعجائز بدا عليهم أنهم ما زالوا بكامل قواهم،

ولم يبدُ على ملامح أي منهم معنى يمكن للمرء أن يفهمه من خلال النظر إليهم، فكلهم ينظرون إلى النار التي أمامهم دون أن يرتسم على وجوههم أي تعبير. ورغم أنه سمع عنهم كثيرًا في الحكايات والأساطير، فإنه ظنَّ أنهم أبطال حكايات وأساطير خرافية لا وجود لهم في أرض الواقع، ولكن ها هو الآن يقابلهم وجهًا لوجه، وقد حان الوقت لأن يسأل نفسه أصعب سؤال: «من هؤلاء؟ ومن أي عصابة هم؟».

كانت الخرائط في هذه الفترة تتغير، والأحداث تتوالى بسرعة، والتاريخ يقف عاجزًا عن تسجيل كل ما يدور فيها، خاصة في هذه الجبهة الشرقية التي قامت قيامتها، فغدا الكل فيها دون استثناء يتقلد سيفه أو بندقيته أو رمحه حاملًا روحه على كفه مقاتلًا حتى الرمق الأخير، إذ مثَّلت أذربيجان نقطة مفصلية للأرمن الذين فرُّوا من مدينة وان التركية عبر الحدود الإيرانية، وكذلك القادمين من روسيا، فصارت العصابات والميليشيات تتزايد أعدادها وتكثر في كل من أرومية وخوي وتبريز من جهة، بينما تعج الجبال بجنود المقاومة الأذربيجانية والقوقازية المقاومة للاحتلال الروسي من جهة أخرى، فضلًا عن الأتراك الذين لجأوا إلى الجبال ليحتموا بها. وهكذا، بات من المستحيل التعرف على الطائفة التي ينتمي إليها أي من هؤلاء من خلال ملابسهم التي يرتدونها، فالأتراك والأرمن جميعًا يرتدون الملابس نفسها التي فرضتها عليهم بيئتهم وطبيعتهم الجغرافية.

حاول أن يسترق السمع لعله يعرف بأي لغة يتحدثون، ولكنه لم يفلح بذلك بسبب صفير الرياح، فراح يقترب منهم أكثر فأكثر متخذًا من الصخور حاجبًا ودرعًا يحتمي بها ويختبئ خلفها، ثم حاول أن يسترق السمع من جديد، فاستطاع هذه المرة أن يسمعهم، وشعر بفرحة غامرة تهز قلبه؛ إنهم يتحدثون لغته الأم نفسها، وإن بدت كلماتهم أكثر رقة، فهم لا يمدون الحروف مثلهم،

وهذه لهجة الأتراك في الأناضول؛ لا بد أن هؤلاء من العصابات التي تلاحق الميليشيات الأرمنية التي فرت من تركيا ولجأت إلى جبل سهند.

عندها، تذكر القصص والحكايات التي تُحكَى عنهم في الشاي خانه، والتي كان بعضها حقيقيًا وبعضها من نسج الخيال، بعضها مخيفًا وبعضها تدمع العين لسماعه. وفي الآخير، أظهر سطار خان الذي كان في حالة مزية خائر القوى بسبب الجوع والعطش والبرد والتعب نفسه، فقد كان خائفًا ألا يرى نور الصباح إن بقي على حالته تلك، واتجه نحوهم ليطلب منهم بعض العون والمساعدة، وأن يقضي معهم تلك الليلة. وبطرفة عين، أحسَّ بفوهة بندقية باردة كالجليد تلامس رقبته من الخلف، وشعر بأن بدنه الذي كان على وشك التجمد من شدة البرد قد اجتاحته نار مستعرة، فرفع يديه دون تفكير معلنًا استسلامه، ثم استدار ببطء نحو حامل البندقية لينفذ ما يطلبه منه، فالتقت عيناه بعيني رجل شاحب الوجه حتى أنه لو طعن بسكين لما نزف قطرة دم واحدة، على خده الأيمن آثار حروق عميقة. عندها، خارت قواه، ولم تعد ركبتاه تحملانه، فقال:

- لا تفعلوا يا أغاوات؛ إني تركي مثلكم!».

ثم خرَّ على الأرض وقد أُغمِيَ عليه.

في صبيحة اليوم التالي، وجد نفسه مُدثرًا ببطانية بالقرب من نار عظيمة على قمة جبل سهند، ورأى أحد أولئك الرجال يقدم له إناء حساء دون تبسم، غير أن نظراته تدل على أنه ذو نية حسنة. ومع أنه الآن أمام رجل من عالم مختلف عن عالمه، وقد جاء من أرض غير أرضه، فإنه شعر بأنه في مأمن معه. لقد كان يخشى الموت في الليلة السابقة، وها هو الآن حي يُرزَق، ما زالت لديه أقدار قد كُتِبَت على جبينه، ولا بد أن يعيشها حتى يحين أجله. عندها، أدرك أن ثمة أشياء في هذه الدنيا أكثر أهمية مما عاشه في أذربيجان،

وربما لا تكون الأحداث التي عايشها عند البحيرة في تخت سليمان أهم أحداث في حياته، فابتسم وهو ينظر إلى الرجال من حوله، وذرفت عينه دمعة خفيفة من طرفها.

لقد كان لكل واحد من هؤلاء الرجال جرحه وألمه الخاص به، فكل منهم ينزف من مكان مختلف عن الآخر؛ منهم مَن رأى أطفاله يقيدون ويسحبون بالحبال أمام عينيه، ومنهم مَن رأى أسوء ما يمكن أن يراه الرجل يحصل مع أخته أو زوجته أو ابنته، ومنهم مَن رأى أمه وأباه قد جثيا على ركبتيهما يتوسلان كي لا يُؤذَى أبناؤهم. ولكن كان يجمعهم كلهم تلك الذكريات الموجعة التي تدفعهم دفعًا نحو الانتقام لهذا الألم الذي يعتصر قلوبهم، فثمة آلام وأوجاع لا يمكن للمرء تحملها أو إسكاتها إلا بآلام أشد وأكثر مرارة منها لا يمكن أن تتحقق إلا بتذوق ألم الغربة والمكوث في الجبال. فذلك البرد والجوع والتعب والإرهاق الذي يخترق أجسادهم كالرصاص، وذلك الألم الذي تسببه لهم مشاق العيش في الجبال، يجعلهم ينسون -ولو قليلًا- ما رأته عيونهم وما سمعته آذانهم، فيشعرون ببعض الراحة من الألم الذي يعتصر قلوبهم. وما كانت الدماء التي تلطخ ذكرياتهم لتُغسَل، ولا النيران التي تستعر في صدورهم لتخمد، إلا بالدماء، فلا يغسل الدم سوى الدم. وحتى ذلك السؤال: «مَن الذي ابتدأ في هذا؟» لم يعد له من قيمة وهم يرون قلوبهم تنفطر أمام عيونهم، فالجرح «لا يؤلم إلا مَن به ألم». ومن ثم، لم يكن أحد منهم في حالة تسمح له بأن يتساءل: ما سبب هذا؟ ومَن الذي بدأ؟ وكيف بدأت كل هذه الأحداث؟ وما الذي ستؤول إليه؟ ولم يكن أحدهم قادرًا على أن يضع نفسه مكان غيره، أو يستوعب أن مَن يطاردهم الآن هم منفيون معذبون في هذه الجبال مثلهم تمامًا، فما كانت جِراحهم تسعها هذه الدنيا التي تدور في عكس ما خُلِقَت له، وقد تُرِكَ السؤال عنها والحساب عليها إلى يوم الحساب.

وأمام جراحهم العميقة تلك، غطَّى سطار خان جراحه ولملمها. وعندما سأله الريس فاضل إلى أين سيذهب، وما الذي سيفعله، نظر إلى وجهه الذي يحمل أثر حرق عميق، وعينيه اللتين تنظران ببرودة الموت، وقال:

- «إلى باطوم».

لم يخبر أحدًا عن مغامرته، ولم يسأله أحدٌ. ولكن الريس فاضل استطاع أن يخمِّن سبب الألم الذي جعله يفرُّ ويتسلق جبل سهند في جو بارد كهذا، على متن فرس واحد، حتى يصل إلى أعلى قمة بين قممه. وبينما يهمُّ بالرحيل، قال له:

- «سطار خان، هذه الأراضي والجبال أراضيكم وجبالكم، ولكن هذه الأيام ليست كتلك التي خلت، فانتبه لنفسك، ولا تضل طريقك».

فضحك، ثم قال:

- «لا تكترث لهذا يا ريس، فلديَّ أشجار علامات تدلني على طريقي».
- «لا تثق كثيرًا بالأشجار، فكلها متشابه، ومن الممكن أن تقع أو تُقلَع من جذورها، بل اجعل الصخور والحجارة هي مرشدك على طريقك».

وعندما وقف أمام جندي روسي نصف سكران أخذ منه جواز سفره ليتحقق منه، شعر بتوتر، وظن أنهم يبحثون عنه، ولكن كان كل ما في الأمر ضرورة وضع أختام وطرح أسئلة عامة روتينية، وها هو الآن في الأراضي الروسية تاركًا وراءه كل شيء، لا يدري إن كان سيرى تبريز أو تخت سليمان، أو حتى أذربيجان، مرة أخرى أم لا. لقد كُتِبَ له عمر جديد، وقدر مختلف تمامًا عما قبله، فلم يعد وارثًا لجلالة ميرزا خان العظيم، ولم تعد لأصوله وأنه من الأشراف في بلاده أي قيمة هنا. وعندما أدخل يده في جيبه، وجد قطعة النقود الساسانية التي رمى أختها في بحيرة تخت سليمان، فراح يقلبها بين أصابعه، ثم رماها هي الأخرى على قارعة الطريق، وجلس وقد أسند ظهره إلى جرف هارٍ، وأشعل لفافة تبغ وقد مدَّ رجليه، ولم يعد ثمة مَن هو

أحسن حالًا منه في تلك اللحظة سوى شاه إيران. وبعد هنيهة، نهض مجددًا، ثم اقترب من أذن سربلند، وهمس فيها:

- «هيا يا رفيق، لننطلق إلى باطوم».

لم تطأ قدماه باطوم إلا بعد أن عبر القمم السبع لجبل سهند، وتسلق قممًا وهضابًا مثل طائر السيمرغ[1] عندما وصل إلى قمة جبل «قاف». وحينها، شعر بأن قلبه قد نُزِعَ منه ما كان يعكره من بغض، وما كان يعذبه من هوى، وحلَّ محلهما الهدوء والسكينة اللذان ينزلان في قلوب العاشقين الصغار؛ هل دمرت نسمة من نسمات الموت التي هبَّت على قلبه ذلك الحبَّ وحلَّت محله؟! لم يكترث كثيرًا لذلك، وراح ينظر إلى باطوم وهو يمشي في شوارعها، ويرى وجوه الناس الواقفين وراء نوافذ بيوتهم وقد رفعوا الستائر، ويسمع أصوات التراتيل والترانيم والأجراس التي تُقرَع في الكاتدرائية الكبرى وتصدح في المكان.

في البداية، نزل في أرخص خان في المدينة، حيث صعد إلى غرفته ونام كالأموات نومًا لا حلم فيه ولا تمنيات ولا رؤيا. وفي صباح اليوم التالي، انطلق نحو متجر كتب صوفيا في شارع الأوبرا. وعندما وصل، مرَّ من بين الشجرتين الصغيرتين على طرفي الباب، ثم دفع الباب ودخل، فرأى صوفيا على حالتها التي لطالما كانت عليها، إذ كانت تجلس خلف مكتبها منكبة على أحد الكتب، فقال:

- «لقد جئتُ، ولن أعود إلى إيران مرة أخرى».

- «حسنًا».

قالتها وهي ترفع رأسها عن الكتاب كأنه أخبرها بأن الطقس اليوم ممطر، ثم أكملت:

---

(1) السيمُرغ (سيناميرغا بلغة أفيستا، وسين مورغ أو مورو باللغة البهلوية): أحد الطيور الخرافية التي يكثر ذكرها في الأساطير الآرية الدينية والتاريخية، وفي «الشاهنامة» أيضًا.

- «أنا أيضًا بحاجة إلى مساعدة، على كل حال».
- «وأين فاسيلي؟».
- «لقد التحق بالجيش، وأصبح بلشفيًّا في جيش القيصر في باطوم، ولم يعد يتردد على المكان كما كان، فلم أعد أرى وجهه إلا من وقت لآخر».
- «ألم يقل إنه يفضل الموت على أن يكون جنديًا في جيش القيصر؟!».

فضحكت، ثم قالت:

- «بلى، ولكن هذا الجيش لن يبقى جيشًا للقيصر، يا سطار خان».

ثم تحدثا عن حاله بكل هدوء كأنهما يتحدثان عن الطقس، فقالت:

- «لا أستطيع تأمين مكان تنام فيه، لكن يمكنك أن تنام في نُزلٍ لشخص إيراني على بعد زقاقين من هنا. كما أنني لا يمكنني أن أعطيك أجرة مرتفعة، ولكن يمكنك أن تتدبر أمورك».
- «صوفيا، لست بحاجة إلى النقود».

ثم أخرج النقود التي في جعبته، والتي تقدر بثروة في ذلك الوقت، ورماها على الطاولة أمامها، فقالت:

- «دعنا بداية نصرف هذه النقود إلى العملة الروسية».
- «أنا فقط...».

ثم توقف عن الكلام، فأكملت:

- «أنت بحاجة لي».

وقد كانت محقة، فهو بحاجة إليها، وربما لم يعد له من ملجأ إلا هذه الفتاة البلشفية ذات الشعر القصير؛ إن أكثر ما يجيده هو السجاد، ولكنه بات لا يريد أن يلمح سجادة أو بائع سجاد أبدًا.

عندما عدتُ إلى وعيي، كنتُ ما أزال أقف في غرفتي أمام تلك الصورة في الفندق في يزد، ولم يزل طعم رشفة الشاي التي ارتشفتها أخيرًا في فمي، وفنجان الشاي الخزفي في يدي ساخنًا حتى أنه يكاد يحرق يدي؛ لقد كنتُ متعبة جدًّا فخلدت إلى النوم مباشرة.

سنعود غدًا إلى إسطنبول، فهذه الليلة آخر ليلة لنا في هذا الفندق، وقد حان وقت التجهيز للسفر، وكان عليَّ أن أضع كل ما لديَّ من أشياء في حقيبتي. وقبل أن أضع ذلك الصندوق المعدني الذي أعده كنزي، نظرتُ إلى الصور التي فيه مرة أخرى؛ هذه هي البطاقة البريدية التي أرسلها إسماعيل، والتي عليها صورة الممرضة في الهلال الأحمر، وقد كُتِبَت تحتها عبارة «مستشفى الحميدية للأطفال»؛ تلك المستشفى التي توفيت فيها الشاعرة نِجار هانم، وهل يمكن أن أنسى شيئًا كهذا؟

قلبتُ البطاقة، ورحتُ أقرأ تلك الجمل التي أصبحت أحفظها مرة أخرى: إنه بخير، ولكن الطبيب أوصاه بأن يستريح قليلًا، فلا داعي للقلق عليه؛ هذا كل ما كُتِبَ فيها.

آه يا إسماعيل! أين أنت؟ لا أحد يعلم إن كنت ميتًا أم حيًّا! أين أنت الآن؟ آه يا حبيبي، هل جفَّت ينابيعك يا تُرى؟!

وبينما أقلِّب البطاقة بين يديَّ، وأمعن النظر في الصورة، شعرتُ بهياج وبدأ قلبي يخفق بشدة، وبدا أني سأنتقل إلى عالم وزمان آخر، ولكني هذه المرة كنت أحسُّ بأنني لستُ الوحيدة التي تنظر إلى تلك الصورة، فثمة شخص آخر ينظر إليها في الوقت ذاته؛ نعم، إنها زهرة التي كنتُ أنا وهي نقرأ اسم المستشفى بصوت واحد:

- «مستشفى الحميدية للأطفال».

الفصل الثامن
القافية المكسورة

ظلت زهرة تنظر إلى البطاقة البريدية التي عليها صورة ممرضة الهلال الأحمر لمدة نصف ساعة على الأقل، وتقرأ ما كُتِبَ تحتها مرة أخرى: «مستشفى الحميدية للأطفال»، ثم نظرت إلى الحاجة ومديحة وقالت:

- «دعونا نذهب إلى المستشفى التي كان فيها إسماعيل، ونسأل عنه».

كان قد مضى على قدومهم إلى إسطنبول عبر العبَّارة التي أوصلتهم إلى شاطئها دون أن يصابوا بأذى، واستقرارهم في أرن كوي، خمسة عشر يومًا. وقد ظنت الحاجة عندما صعدت متن العبَّارة أنها قد تركت وراءها كل معاناة من الفقر والفاقة والنزوح واللجوء، ولكن حال اللاجئين والنازحين في إسطنبول لم يكن أفضل مما تركته في الأراضي التي خلفها. فأول ما وصلوا إلى ميناء إسطنبول، استقبلهم ابن أخيها صفوت وأخذهم إلى البيت، وكانت هذه المرة الأولى التي ترى فيها الحاجة إسطنبول، فهل كانت هكذا من قبل؟! منذ اللحظة الأولى التي وطئت أقدامهم رصيف الميناء، استقبل القافلة الصغيرة حشد عظيم من النازحين والجنود والضباط، والخيول والبغال، ومزيج من الضوضاء والضجة المهولة والرائحة الكريهة التي لا تُطَاق؛ تلك الحشود والتجمعات التي سببتها الحرب في كل مكان في البلاد كانت نفسها هنا أيضًا، فكانت هذه حال الناس في إسطنبول التي كانت وجهة وقبلة للجميع، وكانت كل الطرق تؤدي إليها. ومع أنها لم ترَ وجه الحرب، ولم تقع تحت وطأة الغزو، فإنها كانت تسقط مع كل مدينة تسقط،

وتُطعَن في خاصرتها مع كل فرد يُطعَن على جبهات الحرب؛ لقد أصيب هذا البلد الطيب بالحسد لأن كل عيون العالم كانت عليه.

وبينما تجلس الحاجة في العربة التي وجدوها بعد طول عناء كي تقلهم إلى أرن كوي، رأت مشاهد مأساوية مفجعة في كل زقاق وجادة وشارع من شوارع إسطنبول. ولو لم تكن صور البؤس والتشرد والفاقة والفقر والقهر قد سرقت النور من عينيها، لربما استطاعت أن ترى معالم إسطنبول الفارهة، كقصر طوب كابي أو دولمة بهشة، ولربما استطاعت أن ترى مسجد السلطان أحمد ومسجد آيا صوفيا، ولكن مشاهد البؤس والتشرد كانت فوق ما يتحمله البشر، لا تقدر عينٌ أن تراها وتبقى مبصرة. فمع كل صفعة من صفعات الحرب التي تهوي على إحدى المدن التي تقع تحت نير الاحتلال، يُشرَّد حشدٌ كبيرٌ من النازحين، ويُقذَف بهم إلى إسطنبول، حيث يستقر بهم المقام مشردين مقهورين يعانون الشدة والبؤس. ومع مرور الوقت، تفاقم الوضع بشكل لا يُطَاق، ليس في إسطنبول فقط بل في كل المدن التي لم تعد قادرة على التعامل مع هذه الأزمة التي عمَّت البلاد فأكثرت فيها الفساد، وإن كان الحال في إسطنبول أدهى وأمر، إذ فُقِدَت السيطرة بالكامل.

راحت تنظر إلى العويل والنحيب والأنين والصراخ والجنون والدماء والجراح والقيح والصديد وزبد الأنفاس الأخيرة في كل مكان غير قادرة سوى على أن تقول: «يا إلهي، مَن ذا الذي تسبب في نزول هذا البلاء على رؤوس هؤلاء المساكين؟! أتراهم اقترفوا ما يجعلهم يستحقون ما يحيق بهم؟ أكل هؤلاء الذين يذوقون أقسى وأشد ألوان العذاب أناس مذنبون؟». ولكنها سرعان ما شعرت بالخجل من تفكيرها بهذا الشكل، فزهرة وأنوش وحسن الذين تنظر إليهم الآن كلهم أبرياء لا ذنب لهم.

ولو أنها لم تتمالك نفسها، وتحاول أن تشد من عزيمتها، لصارت حالتها أشد بؤسًا من أولئك النازحين، ولكن الرغبة في البقاء على قيد الحياة جعلتها تتماسك، وتصمد بكل ما أوتيت من قوة، وإن كان هذا كله ليس من أجل نفسها، بل كان ما يشغل بالها، وتسعى من أجله بكل طاقتها، العودة بزهرة سالمة من كل سوء إلى طرابزون، فقد عاهدت الحاج على ذلك، وهي كذلك قطعت على نفسها وعدًا بأن تحمي أنوش وحسن، وعليها أن تفي بكل هذه الوعود، بل حتى يلدرم المسكين كانت تشعر بأنها هي المسؤولة عنه. ومن ثم، أغلقت عينيها، واتكأت برأسها على سور العربة الرث، وغطت في النوم، قبل أن تفيق على صوت صفوت:

- «لقد قطعنا هذا الطريق بشق الأنفس».

إذ لم يصلوا إلى أرن كوي إلا بعد أن أمضوا اليوم بأكمله يهيمون في طرقات إسطنبول.

استقبلت زوجة صفوت ضيوفها المرهقين من وعثاء السفر عند الباب، وكانت شابة مؤدبة ذات وجه بشوش، تحمل رضيعًا بين يديها، وعن يمينها طفلان آخران؛ إنها «مديحة» ابنة عائلة من عوائل الأرناؤوط الذين هاجروا بعد (حرب 93)، الفتاة المحترمة التي عاملت الحاجة بكل احترام وتقدير، وكانت ماهرة ذات لمسات سحرية تضفي جمالًا على كل شيء تلامسه يداها. فرغم القحط والجدب والحالة الصعبة للبلاد، فإنها تُعد أشهى الموائد وألذ الأطعمة، مع أن صفوت قال لهم ذات مرة وهو ينظر إليها بكل حب وود:

- «كان يجب أن تروا الطعام الذي تعده قبل هذه المجاعة وهذا الجدب».

كان البيت صغيرًا جدًا، يتكون من طابق واحد، فيه غرفتان وصوفة (ردهة). لذا، قرروا أن يعيش يلدرم في المطبخ القديم، ويأخذ الزوج والزوجة مع أبنائهم الثلاثة غرفة، فيما تأخذ الحاجة وأنوش وحسن غرفة، وتفرش

زهرة لنفسها مفرشًا في المساء في الردهة، بينما يبقى في الحديقة الخارجية الكلب أسطورة الذي بدا سعيدًا رغم كل ما مرَّ به.

وفي صباح اليوم التالي من قدومهم، أخرجت الحاجة خاتم ألماس من الصرة التي تربطها على خصرها، وأعطته لصفوت حتى يبيعه. ومع أن الشاب طيب القلب اعترض في البداية ورفض، فإنها أصرت إذ لا ترضى أن تكون عبئًا عليه، وتعهدت بدفع كل ما يترتب عليهم وما يحتاجون إليه طوال المدة التي سيبقون فيها. ولكن ذلك الخاتم الثمين بِيعَ بثمن بخس جدًا حتى أنها اضطرت إلى أن تبيع الساعة التي أعطاها إياها الحاج قبل أن تغادر طرابزون.

ظل صفوت الذي ينزل إلى إسطنبول كل يوم ينقل لهم الأخبار أولًا بأول بعد عودته كل مساء. ومن وقت لآخر، كان يرسل تلغرافًا إلى الحاج، يطمئنه فيه على صحة من عنده، ويسأله عن صحته وأحواله. ولكن أهم ما كان يُشَاع بين الناس أن ثمة ثورة ستندلع قريبًا في روسيا، إذ كانت الحكومة في روسيا ترغب بالاستمرار في الحرب، بينما البلاشفة -مثل أغلبية الشعب الروسي- لا يرغبون فيها. وهذا يعني أنه إن ثارت القوات البلشفية ووصلت إلى سدة الحكم، فإن الحرب العالمية ستضع أوزارها، أو على أقل تقدير سيتوقف شلال الدماء في طرابزون.

عندما سمعت بهذا، راحت الحاجة تدعو للبلاشفة الذين تسمع بأسمائهم للمرة الأولى، ونذرت لهم النذور إن هم نجحوا في تحقيق ثورتهم. تُرَى هل ستُكتَب لهم العودة مرة أخرى لطرابزون، ولقاء الحاج مجددًا، والدخول من باب الدار، والاستمتاع بارتشاف القهوة بين أحضان الشجر مع سيرانوش هانم؟ بل إنها في تلك اللحظة شعرت بشوق لرؤية سهر وكوفية.

- «فلنذهب إلى المستشفى جدتي، ونسأل عن إسماعيل».

انسلخت الحاجة من أفكارها بعد أن سمعت زهرة تطلب منها هذا الطلب الذي لامس شيئًا في روحها ما كان يجب أن يلامسه، فكم هو مؤلم أن تظل أبواب الأمل مفتوحة حيث لا أمل! من أين جاءت فكرة الذهاب إلى مستشفى إسماعيل الآن؟! إسماعيل الذي انقطعت أخباره منذ سنوات، وكان آخر ما وصل إليهم عنه قصاصة ورق صغيرة كُتِبَت عليها عبارة: «لا يُعرَف إن كان على قيد الحياة أم هو ميت»! هل يمكن أن يسيروا في الدرب الذي سار فيه إسماعيل، أو يروا السرير الذي استلقى عليه، أو الجدران التي نظر إليه، أو الدعامات الخشبية التي عدها في سقف غرفته، أو نور المصباح الخافت الذي غفا بالقرب منه؟ ربما! لكنها أسرَّت في نفسها: «الذهاب أصعب أم البقاء هكذا وأبواب الأمل مفتوحة؟». فإن هي قررت الذهاب، فألف حساب وحساب، وألف فكرة وفكرة ستدور في رأسها ومخيلتها. وإن لم تذهب، فألف حساب وألف فكرة أخرى. لقد حاولت منذ وطئت قدماها إسطنبول كبت مشاعرها، وكبت رغبتها في الذهاب إلى المستشفى الذي يشغل تفكيرها وعقلها، ولم تنسه للحظة واحدة، ولكن الأمر الذي أخرسته في قلبها ها هي زهرة تصدح به وتطالبها بفعله!

ربما! و«ربما» هذه كانت القشة التي تتمسك بها الحاجة، فهي الأمل الوحيد الذي بقي في قلبها. وفي المساء، فاتحوا صفوت بهذا الأمر. وبعد أن اتفقوا على الذهاب، تركت النساء الأولاد مع يلدرم، وارتدين جلابيبهن، وأعطوا سائق العربة التي وجدنها بشق الأنفس عنوان المستشفى. وفي يوم جمعة مبارك، وبعد أن قطعوا جسورًا وطرقًا جميلة للغاية وأراضي وعرة مليئة

بالحفر والحجارة، استطاعوا أن يصلوا إلى أقرب مكان من باب المستشفى، ولكنهم لم يتمكنوا من الدخول من البوابة الرئيسة بسبب الازدحام الشديد عندها. ومع أنهن قد خرجن منذ ساعات الصباح الأولى، فإن الطريق استغرق وقتًا طويلًا، فلم يصلن إلا وقد أوشك أذان العصر أن يُرفَع.

قال سائق العربة وهو يشير إلى بناء ضخم، على بوابته برجان كبيران لافتان للنظر:

- «لقد وصلنا؛ هذه هي المستشفى».

فقالت الحاجة لحفيدتها وهي تشير إلى كتابة على اللوحة الكبيرة أمام البوابة:

- «اقرئي يا بنيتي المكتوب على هذه اللوحة».

إذ لم تكن قادرة على قراءة كتابة معقدة مزخرفة كهذه، فحاولت زهرة ومديحة قراءة ما كُتِبَ على اللوحة معًا:

- «لروح المرحومة سعادة السلطانة خديجة طيَّب الله ثراها وأسكنها فسيح جناته».

والسلطانة خديجة هي ابنة السلطان عبد الحميد الذي أنشأ هذه المستشفى على روحها الطاهرة تخليدًا لذكراها. لقد وصلوا إلى المكان الصحيح، فهذه هي «مستشفى الحميدية للأطفال»، حيث أشجار الكستناء تلقي بظلالها الوافرة على الطريق المتعرج يمنة ويسرة، والمقاعد الخشبية مصفوفة طوال الطريق فوق المرج الأخضر. وعندما رأين هذا المنظر، قلن في أنفسهن في اللحظة ذاتها تقريبًا: «هنا كان يتجول إسماعيل، ومن هذا الطريق مرَّ، ومن هذه البوابة دخل، وعلى أحد هذه المقاعد جلس ليستريح».

كانت حديقة المستشفى تعجُّ بممرضات يعملن بجدية وحزم، بل يمكن القول إنهن كن عابسات وهن يهرعن ويجرين من هنا إلى هناك، ولكن

الحاجة رأت أنهن محقات، فقد كانت حتى الحديقة مليئة بالجنود الجرحى والعساكر المرضى، فما الذي يمكنهن أن يفعلنه في وضع كهذا؟ ورغم هذا، ظلت تبحث في وجه كل واحدة منهن عن إسماعيل، أو عن أي خبر منه، حتى تجرأت واقتربت من إحداهن، وقالت:

- «بنيتي، إننا نبحث عن شخص يُدعَى إسماعيل، من مدينة طرابزون. عندما نُقِلَ إلى هذا المستشفى كان في سن الثامنة عشرة، أما الآن فقد أكمل الثانية والعشرين. وقد كان جنديًّا بكتيبة المتطوعين التي خرجت لتشارك في حرب البلقان، وآخر ما وصلنا منه بطاقة بريدية مكتوب عليها اسم هذا المستشفى، ثم انقطعت أخباره تمامًا».

استمعت الممرضة غير مكترثة كما بدا من نظراتها التي لم تلاحظها الحاجة، فأكملت ما تقول، كأنها إن أعطتها تفاصيل أكثر عن إسماعيل فسوف تبحث عنه بسرعة وتخرجه لها من بين كل هؤلاء المرضى:

- «لم يعد مع القلائل الذين عادوا، ولكن اسمه أيضًا لم يكن ضمن الذين ارتقوا شهداء، وقد سألنا عنه مئات المرات في الثكنات العسكرية والدوائر الحكومية. وفي كل مرة، يقولون لنا إنهم قد أرسلوا تلغرافًا للسؤال والتحري عنه، ولكن طوال تلك الفترة لم تصلنا أي أمارة على أنه ما يزال على قيد الحياة، وكل ما سلموه لنا حينها قصاصة ورق صغيرة كُتِبَ عليها أنه مجهول المصير، فلا يُعرَف إن كان حيًّا أم ميتًا. فأرجوك، يا ابنتي، أن تبحثي لنا عنه، وتري إن كان اسمه في السجلات أو في أي شيء عندكم، أو على الأقل تأخذيننا إلى السرير الذي كان يرقد عليه، فنراه ونرى الغرفة التي كان يمكث فيها».

- «أنا لا أعرف شيئًا عن ذلك؛ عليكن أن تسألن إدارة المستشفى».

ثم أدارت ظهرها، وابتعدت عنهن بخطوات سريعة وهي تسرُّ في نفسها: «كم من إسماعيل مكث في هذه المستشفى!».

بعد هنيهة، اعترضن طريق ممرضة أخرى. وعندما همَّت الحاجة بأن تكرر الجمل التي قالتها قبل قليل، قاطعتها الممرضة:

- «أنا أعمل هنا منذ سنة ونصف فقط، فكيف لي أن أعرف شيئًا قديمًا كهذا؟ وحتى إن كنت موجودة في ذلك الوقت، لا يمكنني أن أتذكر يا جدتي، ففي كل يوم يصلنا مئات العساكر والجنود».

فاستاءت من كلام هذه الممرضة العبوس التي لا توجد ذرة نور في وجهها. أما الممرضة الثالثة التي سألنها، فلم تمضِ سوى ثلاث سنوات هنا، وبالتالي لم تكن تعرف أي معلومة عن إسماعيل، ولكنها كانت بشوشة أكثر من الممرضتين اللتين قبلها، ويبدو أنها كانت صبورة أكثر منهما، فقالت مبتسمة:

- «دعونا نسأل».

ثم رافقتهن حتى أوصلتهن إلى رئيس الأطباء الذي كان رائدًا في الجيش. كان هذا الضابط قد عانى الأمرين، ورأى في حياته كثيرًا من المهالك والمصاعب، وغرق في مصائب الدنيا حتى بلغت روحه الحلقوم، ومزقته الطعنات والجروح التي وصلت إلى النخاع، وأصابته في الصميم. ورغم هذا كله، بقي رجلًا نبيلًا صلبًا، ولم يتنكر لأصله. فكم من جندي مسكين وحيد لا أقارب له ولا سند بشَّ في وجهه طوال السنوات الخمس التي قضاها موظفًا في هذا المستشفى، وكم من جندي أشفق عليه وهو يراه يذبل وينطفئ فوق هذه الأسرة كفتيل سراج متهالك، وكم من جندي نُزِعَت روحه وهو بين يديه، فأغلق عينيه ورفع غطاءه فوق رأسه، وكم من ذراع أو قدم بترها بسبب الغرغرينا التي تنهش اللحم والعظام، وكم من جسد حاول تخليصه من

الدود الذي بدأ ينهش اللحم وصاحبه ما يزال على قيد الحياة، فينجح تارة، ولا يجدي العلاج نفعًا تارة أخرى، وكم من وجه وتعابير وملامح وذكريات ومآتم قد حُفِرَت في ذاكرته ودُفِنَت في أعماق قلبه الذي يستشيط غضبًا من أولئك الاتحاديين الذين يسوقون شبابًا في عمر الزهور إلى الجبهات كقطيع من الخرفان، دون أن يملك ما يفعله سوى شتمهم بأفظع الشتائم.

نُقِرَ الباب بنقرات خفيفة، وأطلَّت تلك الممرضة بوجهها الطفولي، ثم دخلت معها امرأة عجوز وشابتان، فأدرك الطبيب فورًا مَن جاء إليه، إذ لم يكن عدد الذين طرقوا بابه من النساء اللواتي جئن بحثًا عن أبنائهن أو أزواجهن أو إخوتهن بالقليل. ومن ثم، قال للممرضة:

- «ماذا يردن؟».

فحكت الممرضة قصة إسماعيل، ليزداد شعور الرائد بالغصة والشفقة والغضب وقلة الحيلة، كأن هذه المشاعر جميعها قد تكالبت عليه وهاجمت قلبه تريد تمزيقه، رغم اختلاف بواعثها، فالشفقة كانت على النساء، والغضب ينصب على أركان الدولة، وقلة الحيلة من حاله. ولو أنه لم يتمالك نفسه، لخرَّ خائر القوى تحت كل هذا الضغوط، ولكن الدنيا علمته أن يشد من أزر نفسه، ويقاوم ما يواجه من مصاعب ومصائب، كي يشد من أزر مَن يلجأ إليه. كما تعلم أيضًا أن يخفي مشاعره ويدفنها في أحشائه، ليبدو من بعيد ذا بأس رابط الجأش وقلبه في الأثناء ذاتها يبكي دمًا. ولكن هذه الستائر التي يخفي تحتها مشاعره وأحاسيسه لم تكن مثبتة بالمسامير، فأزاح إحداها عن قلبه، وأبدى تعاطفًا مع هذه الأسرة البائسة. ومن ثم، أخذ لفافة تبغ من علبة السجائر القريبة من لمبة الغاز فوق مكتبه، وأشعلها ثم سحب منها نفسًا. وكي لا تلتقي عيناه بعيون النساء اللواتي أمامه، نظر إلى مكان فارغ فوق رؤوسهن، ثم نفث الدخان.

حينها، أخذت الحاجة طرف الحديث، وكانت بحة صوتها كفيلة بأن ترفع ستارة عن قلب ذلك الطبيب بالكامل. أما زهرة فلم تتكلم مطلقًا، بل اكتفت بالنظر إليه نظرات جعلت ستارة أخرى تنكشف عن قلبه. عندها، رقَّ قلبه، وتخلى عن التظاهر بالثبات وهو يرى هذه العجوز تتحدث بتركية فصيحة بلهجة أهل طرابزون، وتلخص حكاية فلذة كبدها بأربع أو خمس جمل. ومن ثم، مدَّ يده إلى جرس بجانب جهاز قياس الضغط فوق الطاولة وهو يصيح:

- «حسين أفندي!».

فلم يأته جواب لندائه، فكرر ذلك بصوت أعلى وهو يسرُّ في نفسه: «أين ذهب هذا المعتوه؟». وبعد مدة، مدَّ الخادم رأسه من الباب وهو يعدل مريوله الذي يرتديه، فلم يضيع الحكيم الوقت في توبيخه، بل قال له:

- «أحضر لي...».

ثم استدار نحو زهرة، وقال:

- «ما التاريخ الذي كُتِبَ على البطاقة البريدية، يا ابنتي؟».

فأعطته البطاقة، ليقول للخادم وهو يزأر كالأسد:

- «أحضر لي سجلات هذا التاريخ».

فشعر الخادم بأن عليه أن ينفذ هذا الأمر بالسرعة القصوى. وقبل أن ينقضي نصف الوقت الذي يستغرقه الخادم عادة لإنجاز مثل هذه الأعمال، سُمِعَ صوت الباب يُقرَع، ليس بيد أحدهم بل بمفرقه، فأدرك الطبيب أن يدي خادمه مليئتان، فنادى عليه:

- «ادخل يا ابني، ادخل».

ليدخل حسين أفندي الذي يناديه الرائد بـ«ابني»، وهو في عمره نفسه، وقد جاءه بسجلين ضخمين مجلدين بقماش أسود يكاد جلد كل منهما يتمزق من كثرة الأوراق المحشورة بداخله. وقد استطاعت زهرة أن تقرأ

التاريخ الذي كُتِبَ على جلد هذين المجلدين بالصبغ الأبيض؛ نعم، هذه هي الفترة التاريخية التي بقي فيها إسماعيل هنا. حينها، تدفقت الدماء في عروق الحاجة، وهجمت بسرعة البرق على وجهها، ثم عادت لتنسحب بسرعة تفوق ذلك بعشر مرات، لتشعر الحاجة بأن صخرة جثت فوق صدرها؛ هل هذا هو السجل؟ كل شيء سيتكشف بعد فتح هذا الغلاف؟!

ألم يكن الأفضل أن تبقى متعلقة بأمل أنه يعيش في مكان ما في هذا العالم، وأنه سيعود يومًا -أو حتى لا يعود مطلقًا- أو أنه قد تزوج في مكان بعيد، وقرر البقاء مع زوجته وأولاده -رغم يقينها بأن إسماعيل لن يفعل هذا، ولكن ليته يفعل!- أو حتى أنه سقط أسيرًا في يد العدو؛ أليس الأفضل ألا تعرف حقيقة ما حدث له؟! لماذا أتين إلى هنا؟! لولا أنها تشعر بالخوف من هذا الرائد الحازم، لقامت من مكانها، وسحبت زهرة من يدها، وقالت لها: «قومي يا ابنتي، ودعينا نرحل من هنا»، ولأغلقت الباب بكل ما أوتيت من قوة، دون أن تلتفت وراءها أبدًا. ولكنها لم تستطع إلا أن تتمتم: «مدد مدد مدد، يا ربي مدد». أما مديحة، فقد تسمرت على الكرسي، فيما جفت دماء زهرة في عروقها، فتجمدت في مكانها.

نظر الطبيب إلى المجلدين وطربوشه مائل فوق رأسه، ثم دفع المجلد العلوي على طرف، وفتح السفلي الذي راح يقلب أوراقه ورقة ورقة حتى توقف عند ورقة راح يمرر إصبعه فوق أسطرها: الاسم، اللقب، مكان الولادة، تاريخ الولادة، الثكنة، الفوج، الكتيبة... إلخ، ثم راح يستعرض الأسماء التي كُتِبَت بخط سيئ بقلم أسود وهو يمرر إصبعه عليهم اسمًا اسمًا؛ يا لكثرة أصحاب الاسم إسماعيل في هذا الدفتر! أكانت هذه الحكومة إبراهيم حتى تضحي بهم وتذبحهم جميعًا؟! لم يستطع أن يجده من كثرة الذين يحملون اسمه، فراح يبحث عن كل إسماعيل مدينته طرابزون... هذا هو! ولكن تاريخ

الميلاد مختلف، فهذا الشخص الذي يُدعَى إسماعيل يبلغ من العمر ثمانية وعشرين عامًا، أما صاحب البطاقة البريدية فلم يتم عامه الثاني والعشرين بعد. واستمر الطبيب هكذا حتى وجد شخصين اسمهما إسماعيل، ومن مدينة طرابزون، ولكن أحدهما كان تاريخ ميلاده مختلفًا، والآخر كان اسم أبيه هو المختلف.

تنفست الحاجة الصعداء، وشعرت بأن الصخرة التي فوق صدرها قد انزاحت عنه، وهمَّت بأن تقول لزهرة: «هيا يا ابنتي، اسمه ليس موجودًا»، لولا أنها سمعت الجرس الذي رنَّه الطبيب غير المقتنع بما توصل إليه. فبرأيه، لا بد أن ثمة أمرًا ما في هذا، وبالتالي أمر حسين أفندي بأن يحضر له سجل «غير المسجلين في السجلات». فاستاءت الحاجة: لم يجده هنا، فلماذا يبحث مرة أخرى؟! لا نريد منه أن يبحث أكثر من ذلك، ولا أن يجد شيئًا؛ يكفي هذا، وليبقَ الأمر هكذا، ولكن ماذا يمكننا أن نفعل، إنه طبيب، وهذه عادة الأطباء؛ إن قرروا البحث عن شيء، فلن يتركوه حتى يجدوه. وعندما عاد حسين أفندي، ووضع السجل الأقل سماكة من سابقيه، ووقف بالزاوية ينتظر، شعرت بأن الصخرة قد عادت وكتمت على أنفاسها، إذ أدركت أن كل مفقود قد سُجِّلَ في هذا السجل.

كان هذا هو السجل الذي سُجِّلَ فيه اسم إسماعيل؛ أي أنه كان واحدًا من مئات العساكر الجرحى الذين دخلوا هذا المستشفى من دون ما يثبت هويتهم. وكان الحكيم قد نبَّه الكُتَّاب وشدد عليهم أن يكتبوا أسماء الجرحى الذين يصلون فاقدين للوعي ما إن تعود إليهم ذاكرتهم، أو يعودون إلى وعيهم ويستطيعون التكلم ولو كلمتين، في هذا السجل. ومن ثم، راح الطبيب يسب الحكومة والدولة التي زجت بجنودها في الجبهات، وما إن أُصيبَ أحدهم أو قُطِعَت يده أو بُتِرَت رجله أو فُقِئَت عينه أو تهشمت جمجمته حتى رمته

في مستشفى، وسجلت اسمه ضمن المفقودين أو المجهولين؛ كان يسب ويشتم بأفظع الشتائم غير مكترث لوجود ثلاث نساء أمامه، فالدولة العثمانية تنهار، وهو لا يملك إلا أن يشتم كل مَن تسبب في وصول الجيش والحكومة والدولة إلى هذه الحالة، بل لم يتمالك نفسه فراح يسب هذه الحالة أيضًا. ولكن الحاجة، وزهرة كذلك، ما كانت تعرف أدنى فكرة عن السبب في وصول هذه الدولة وهذا الجيش إلى هذه الحالة. لقد كان الرجل طيب القلب، ولكن لسانه قذر كثير السباب، وهما في حالة لا تسمح لهما بسماع ما يقول، ومن باب أولى بفهم ما يقول!

قلَّب الطبيب ورقات السجل ورقة ورقة حتى وصل إلى الورقة التي تضم الجنود الذين يحملون اسم إسماعيل، وراح يبحث عنه وفق تاريخ ميلاده ومكان ولادته حتى وجده: إسماعيل أفندي، متطوع من مواليد طرابزون، وصل بتاريخ 20 تشرين الثاني 1912. أما في خانة مصيره، فقد كُتِبَ أنه نطق بالشهادة وهو يرفع إصبع يده في شقه الأيمن الذي بقي من جسده؛ أي أنه لم يخرج من المستشفى معافى.

وبعد مدة، استطاعت الحاجة أن تسأل:

- «وأين شقه الآخر، حضرة الطبيب؟».

- «لم يكن موجودًا، فقد مات إسماعيل بسبب التيفوس».

ثم قال التاريخ:

- «13 كانون الثاني 1913».

وهزَّ رأسه بحيرة وهو يهمس:

- «لقد قاوم هذا الوباء فترة طويلة؛ لا بد أن بنيته كانت قوية».

وبينما انهارت النساء أمامه من البكاء، أشعل الطبيب الرائد رشاد لفافة تبغ جديدة، وراح يدخنها بصمت، ولو لم تأتِ ممرضة وتخبره بأن غرفة

العمليات جاهزة، لربما بقي في تلك الحالة، وما قام من مقامه. أما حسين أفندي، فالتفت نحو الطبيب، وقال:

- «سيدي، إذا أذنت لي، فإن لديَّ ما أقوله».

فقال الطبيب وهو في عجلة من أمره:

- «هيا، قل ما تريد».

كان حسين أفندي الذي يعد الشاي والقهوة في المستشفى منذ سنوات طوال يتجول أحيانًا بين المرضى وفي المهاجع، ليرى إن كانوا بحاجة لشيء ما. ومن ثم، قال:

- «سيدي، أنا أيضًا من طرابزون...».

وأكمل وهو ينظر إلى وجه الحاجة:

- «وأنا هنا منذ عشر سنوات. وإني أتذكر إسماعيل جيدًا، فقد تقربت منه أكثر عندما عرفت أنه من مدينتي، فكنت من وقت لآخر أتردد عليه، وأسأله عن أحواله».

- «لا تطل، وقل ما تريد بسرعة».

- «لقد كان إسماعيل مولعًا بقراءة الكتب، وكتابة الشعر والمذكرات والمراسيل، عاشقًا للورق والقلم، وكان قلمه طوع بنانه».

ثم ابتلع ريقه وأكمل:

- «لقد رتبت السرير الذي كان يرقد عليه بعد أن مات، ووجدت دفترًا تحت وسادته كان كل ما تركه بعد موته، وقد خبأت هذا الدفتر عسى أن يأتي أحدٌ ويسأل عنه ذات يوم. فإن تسمح لي، أذهب وأحضره».

- «أحضره يا بني، أحضره».

ثم التفت إلى الحاجة، وقال:

- «لا تحاولن البحث عن قبر إسماعيل، فلا قبر له؛ كيف لدولة لم تهتم بحياة جنودها أن تهتم بمماتهم؟!».

ثم خرج.

وبعد فترة وجيزة، عاد حسين أفندي، ووضع على الطاولة دفترًا صغيرًا مجلدًا عرفته زهرة على الفور؛ إنه الدفتر نفسه الذي أعطته إياه ليلة كانت صفارة الباخرة «جول جمال» تدوي في كل أرجاء طرابزون. ومن ثم، فتحت الغلاف، وقرأت العنوان الذي كُتِبَ على الصفحة الأولى بقلم حبر: «القافية المكسورة». عندها، شعرت بأن يديها تحترق، فأغلقته بسرعة.

ما كان لدفتر كهذا أن يبقى مغلقًا. لذا، بعد أن نام الجميع في تلك الليلة، فتحته زهرة تحت نور شمعة متآكلة، فوجدت بين أوراقه ظرفًا كُتِبَ على ظهره نصف عبارة الشهادة، ولم يُفتَح بعد. وقد عرفت من الخط الذي كُتِبَت به جملة الشهادة أن جليل حكمت مَن كتبها. وقبل أن تبدأ بقراءة الدفتر الذي كان أكثر من نصفه فارغًا، ونصفه الآخر كأنه كُتِبَ بحروف من نار، نظرت إلى الظرف طويلًا، ثم فتحته لتقرأ رسالة جليل حكمت التي لا تتجاوز نصف صفحة:

16 تشرين الثاني 1912، ليلًا.

إلى مهجة الروح ونور العين، إلى السيدة زهرة.

إنني أفصح لك عن مشاعر لم أكن أجرؤ على البوح بها حتى بيني وبين نفسي، لهذا لن أخاطبك من الآن فصاعدًا بالسيدة.

لقد أدركت أنه لا يمكن للإنسان أن يفصح عن كل ما في قلبه، ويبوح بكل أسراره وأفكاره، إلا إذا شارف على الموت، وأن الشخص لا يمكن أن يمتلك كل هذه الجرأة والشجاعة في البوح إلا إذا فقد الأمل بشكل كامل باللقاء مرة أخرى. وهذا بالضبط ما أنا فيه الآن. نحن في چاتالجه، وقد تلقينا الأوامر للتقدم لصد الهجوم، عوضًا عن فيلق علية رديف، بسبب ما لقيه الفيلق من وعثاء السفر.

ولكنني لن أتكلم الآن إلا عنكِ أنتِ، فجمالك اجتاح كياني، فأين ما تضعين يدكِ على بدني تجدين جِراح هواكِ. لطالما أردت أن أتكئ على عشقكِ وهواكِ، وأن أنسى كل ما يدور حولي، وألا أفكر إلا فيكِ فقط. ولكن ما أصعب هذا، فكلما ظننت أنني نسيت ذكرني ما حولي.

حينها، أدركت أنه لا يمكن للمرء أن يتحمل ألمًا إلا إذا ذاق ألمًا أكبر منه وأشد مرارة. وهأنذا في أشد حالات الألم والتعب الذي سببه هذا المسير الذي سحق كل شيء فيَّ، فأصبحت حتى الحروف التي تخرج مني ميتة والكلمات رمادًا، أحاول أن أحيي ذكرى ألم في قلبي كي أنسى آلامي هذه. إنني أتذكركِ كي أنسى ما أعيشه هنا، وأتذكر ما أعيشه هنا كي أنساكِ! ولكنني ما استطعت أبدًا أن أنسى أيًّا منهما.

أحيانًا، حتى الجسد يتمرد، فلا يتحمل الألم والوجع الذي تتحمله الروح. حينها، يلزم لذلك الجسد ألمٌ أكثر مرارة وشدة حتى ينسى. لهذا، فإن أفضل ملجأ يفر المرء إليه من ألم العشق والهوى ربما هو الحرب. فلا ينسي الروح آلامها إلا آلام الجسد، لهذا لا يمكنني تحمل الآلام التي تعانيها روحي إلا بتحويل عشقي إلى ألم.

إن عقلي الذي لم يعد قادرًا على التمييز بين ما عاشه وما لم يعشه هو في وسط الحقيقة تمامًا. بينما...شُطِبَت كلمة «بينما»، وكُتِبَت بعدها ثلاث كلمات لا يمكن أن تُقرَأ أبدًا. وبعد أن قرأت زهرة هذه الجمل غير المترابطة الأشبه بالهذيان، رفعت رأسها. ولو لم يكن الفراغ الذي سببه فقد إسماعيل في قلبها كبيرًا، والجرح عميقًا للغاية، لربما مزقت هذه الصرخات من جليل حكمت نياط قلبها، وتحولت إلى أنين في قلبها لا يمكنها إسكاته، ولكن من ذاق الموت مرة لا يشعر بمرارة سكراته مرة أخرى. ومن ثم، وضعت تلك الورقة جانبًا، وأخذت الدفتر وفتحته، ثم راحت تقرأ العنوان «القافية المكسورة» الذي كُتِبَ بخطٍّ ملتوٍ سيئٍ يختلف عن خط إسماعيل الجميل المنمق الذي اشتهر به.

10 تشرين الثاني 1912

زهرتي العزيزة، لقد اختتمت الرسالة الأخيرة التي أرسلتها لك بجمل وكلمات عن چاتالجه. فما بقيت چاتالجه موجودة، فهذا يعني أن إسطنبول موجودة هي الأخرى. وإن كانت إسطنبول موجودة، فهذا يعني أن الدولة العثمانية موجودة. فنحن في الحقيقة ندافع في أي مكان نكون فيه عن إسطنبول، فكل الطرق تؤدي إليها. وقد جئنا كي ندافع عن تلك الأمانة في أعناقنا، ودخلنا في خضم هذه الطامة معصومي الأعين. ولكن ما كنت أظنه قيامة لم يكن سوى إرهاصات للطامة الكبرى التي كانت في انتظارنا. لقد استغرق مني أن استوعب هذا الأمر يومين. وها أنا الآن أكتب في خيمة باردة على الدفتر الصغير الذي أعطيتني إياه قبل أن أصعد على متن «جول جمال» لأنني لم يعد بمقدوري أن أكتب لكم ما أعيشه في رسائل، ولم أعد أستطيع أن أفصح عن الألم الذي يعتصر قلبي وينفطر له كبدي، وأبوح بآهاتي وأنا في وادٍ سحيقٍ كهذا، إلا على هذا الدفتر.

هل تتذكرين اللحظة التي طلبت فيها الأذن من جدي كي أذهب إلى الحرب، وما قاله لي حينها: «يا بُني، ماذا تظن الحرب؟».. هل تتذكرين هذا؟ لقد كان محقًّا، فلم تكن الحرب كما ظننت؛ كنت أعرف أننا لن نذهب إلى عرس وبهجة وفرح، وأعي أننا سنواجه بعض المتاعب والمشاق، فنحن ذاهبون لنضحي بأرواحنا. ولكنني كنت أرى أشياء ينفطر قلبي من القهر بسببها، فلم يكن الجيش العثماني يتقهقر وينكسر بسبب رصاص العدو، بل بسبب البرد والجوع والمرض! والأفظع من هذا كان بسبب تفرق الضباط والقادة، فصف الضباط والضباط والاحتياط والقوات الرديفة كلهم يتنازعون فيما بينهم؛ لقد حصل ما قاله لي جدي من قبل بالضبط! لا يمكنني بكل تأكيد أن أرسل لك هذه الأسطر التي أكتبها، فحتى أنا الذي أكتب هذه السطور التي لا يمكنني أن

أتخيل نفسي وأنا أقرأها مرة أخرى أتعجب من نفسي: كيف أكتبها؟! ولكن الكتابة تريحني، وأشعر بأنني أخرج السم الذي بداخلي كلما كتبت، كأنني أجد متنفسًا في عالم الكلمات عندما ألجأ إليه، فأجد كلمات تصف هذه الصدمة التي نعيشها كل يوم. هذه الكلمات التي أكتبها على هذا الدفتر أصبّ فيها بعض الألم والوجع في قلبي، فأشعر بارتياح بعض الشيء، ويخفف هذا من ألمي. إنني عندما أمسك القلم وأكتب، أشعر أنني أستطيع أن أرى من بعيد بنظرة مختلفة لكل ما يجري معنا. وعندما أنظر من بعيد، أشعر بأنني في زمان آخر وفي عالم آخر، ويزيد يقيني بوجود حياة في عالم آخر. وحينها، أتحول إلى طيف يرى كل شيء، بما في ذلك جسدي المنهك هذا.

كان علينا أن نتوجه إلى چاتالجه، ولكن تضاربت الأوامر التي نتلقاها، فأصبحنا كقارب أشباح تتقاذفه الأمواج من ميناء إلى آخر، في حين أن ثمة شيئًا معروفًا لا شك فيه أبدًا، وهو أن الحروب والمعارك لا يُظفَر بها إلا بخطط وتعليمات مسبقة. وأخيرًا، وبعد أن وصلنا إلى سواحلها، وأنزلنا المرساة هناك، حدثت فوضى عارمة، وأصبحت چاتالجه كأنها مدينة لا يمكن الوصول إليها، فكلما نبحر نحوها تبتعد عنّا أكثر!

حينها، أقلتنا بعض المراكب الخاصة، وأوصلتنا إلى البر، فيما الأمطار تهطل بغزارة. وبينما نحن في قلب العاصفة التي أنهكت قوانا، كنا على الشاطئ ننتظر أن تُفرَّغ الحمولة التي على متن الباخرة. وكان تفريغ هذه الحمولة المكونة من الطعام والذخيرة والحيوانات يستغرق أربعًا وعشرين ساعة. حينها، قال قائد الفيلق: «إذا كان الأمر هكذا، فدعونا نأجل نزول الجنود، وندعهم يرتاحون في أسرتهم حتى تُفرَّغ الحمولة»، ولكن قائد المسير رفع بيده التلغراف الذي وصل إليه، ويأمره بإنزال الجنود في أسرع وقت، فاضطرَّ الفيلق كله، بجنوده النظاميين والمتطوعين، أن يقضوا ليلتهم تلك في العراء

تحت وابل من الأمطار الغزيرة، في حين أن أسرتنا كانت فارغة على مقربة منا! لم يكن معنا كسرة خبز نأكلها أو شربة ماء نشربها، وفي هذا الجو البارد جدًّا ما كنا نتدثر إلا بالسماء، ولم يكن معنا سراج أو حتى شمعة؛ كل هذا بقي على متن «جول جمال» التي ننتظر إفراغ الحمولة من على متنها. وأخيرًا، قررنا المسير إلى مزرعة «آيا ماما» التي تبعد عنا مسافة ثلاث أو أربع ساعات تقريبًا، ولكن بسبب الوحل الذي نغوص به لم نصل إليها إلا بعد خمس أو ست ساعات على الأقل، وقد تاه بعض عناصر الفيلق المنهار المتشتت في حقول الطين تلك حتى الصباح.

وفي الصباح، بعد أن أشرقت الشمس، استطاع بعضنا أن يقرأ في وجوه بعض ما حلَّ بنا؛ لقد كابدنا أقسى المصاعب وأشدها، إذ كنا في قلب عاصفة وسيول من الأمطار الغزيرة وظلام الليل، وكان هذا كافيًا كي يُنْهِك الفيلق بأكمله، فقد أصبح في كل سرية ما لا يقل عن خمسة أو عشرة جنود أصيبوا بحمى، ولم يعودوا قادرين على رفع أجسامهم من الأرض من شدة الحرارة؛ حتى فوج المتطوعين من طرابزون ذاب في ليلة وضحاها. وقد التقيت صدفة بجليل حكمت، وكان يبدو من اصفرار وجهه أنه لم تعد ثمة علامات على بقائه حيًّا؛ هكذا بدأت هذه الحرب المصطنعة.

12 تشرين الثاني 1912

هذه المرة، اتجهنا من «آيا ماما» إلى «حديم كوي». وبينما نمشي فيها، ومع أن الكوليرا كانت منتشرة بين الجنود تتجول كأنها نسمات من الموت وتهمس في آذانهم، فإننا شعرنا بالقوة للمرة الأولى منذ دخولنا إسطنبول؛ لقد كان الأمل والحياة ينبضان في عروق هؤلاء الشباب الذين زُجَّ بهم إلى الجبهات فيما نمر بهذه القرى المهجورة، ولكننا رأينا شيئًا انتشل منا هذا الشعور بالقوة.

فبينما نتجه نحو «كافك»، صادفنا جنديًا جالسًا في جوف جذع شجرة عجوز وقد مدَّ رجليه نحو الطريق؛ لا بد أنه أحد جنود الجيش العثماني، وهو يجلس هكذا لأنه متعب في طريق العودة. ولكن عندما اقتربنا منه حتى لم يبقَ بيننا وبينه سوى خمسة أو ستة أقدام، لم يحرِّك ساكنًا، فدهشنا من تصرفه هذا، بل بدا على بعض الضباط الغضب وقد اعتادوا أن يلقي الجنود عليهم التحية كلما مررنا بهم طوال الطريق. ما به هذا الجندي الذي يمد رجليه في قارعة الطريق، ولا يتحرك من مكانه؟! عندما اقتربنا منه أكثر، أدركنا أنه ميت. ولكن لم يكن يبدو عليه أنه ميت أبدًا، فحتى إن كانت ملابسه ملطخة بالطين، فإنها كانت جديدة، وليس بجانبه أو عليه إشارة أو دليل على أنه ميت، بل كان يبدو جالسًا في جوف الشجرة يتفرج على من يعبر الطريق، وكانت شفتاه مفتوحتين قليلًا كأنه يبتسم، ولكن عندما نظرنا إلى وجهه من قرب أكثر، رأينا مسحة الموت والبرودة والشحوب الذي يثير الخوف والفزع من الموت. لقد كان شابًا ذا وجه جميل وشعر أشقر، وله شارب خفيف. عندها، فكرت بسبب موته، فلم يكن يبدو عليه جرح أو إصابة، وهذا يعني أنه ربما مات بسبب نوبة قلبية أو التيفوس أو الكوليرا أو الجوع، أو ربما بسبب هذا كله مجتمعًا. والحق أننا شعرنا بامتعاض واستياء شديد بسبب عدم دفن أحد لهذا الجندي. ومن ثم، أُمِرَ بعض العناصر بدفنه بملابسه، ثم أكملنا طريقنا.

وعلى طول الطريق، صادفنا كل المشاهد التي تخلفها الحرب، وكل أصناف البشر، إذ مرَّ بالقرب منا مئات -بل آلاف- من الناس، منهم جنودٌ تلقوا أمر الانسحاب، أو علقت معداتهم بالوحل فتركوها وولوا مدبرين، ومنهم مدنيون نازحون من روملي؛ لقد رأينا بأم أعيننا كيف كانت الدولة العثمانية تنهار، وكيف بدأ الناس بالنزوح من روملي إلى چاتالجه أفواجًا أفواجًا، بصحبة ذلك الجيش الذي مُنِيَ بالهزيمة.

وهكذا، بينما نتجه نحن إلى هناك، كان الناس في روملي ينزحون إلى هنا بأعداد كبيرة للغاية حتى أن تقدمنا من بينهم بدا مستحيلًا، فما كانت أفواجهم تنتهي، وما إن نظن أنها شارفت على الانتهاء حتى تأتي موجة أكبر وأسوء حالًا، إذ لم يكن لدى هؤلاء الذين دُمِّرَت بلداتهم وخُرِّبَت بيوتهم سوى خيار تركها والهرب، فتوافدوا كموجات هائجة دون اكتراث بما يقف في وجههم، جبلًا كان أو سهلًا أو واديًا. وقد كان بإمكانكِ أن تشعري مباشرة بقدومهم، فبداية يرتفع فوقهم أعمدة من الدخان، وما هي إلا دقائق حتى يبدءوا بالتوافد بالآلاف، بل بمئات الآلاف، بين نساء وولدان وشيوخ ومجانين ومرضى ومقعدين، كلهم يبحث عن مكانٍ دافئٍ يصطلون به في ذلك البرد القارس والوحل والمطر، ومأوًى يحتمون به من الجوع والبؤس الذي ينهشهم، وقد مشوا في حالة مزرية حفاة حاسري الرأس، يغوصون في مستنقعات الوحل، ويسيرون وقد خارت قواهم وتعالت أصوات أنينهم ونحيبهم، ويتقدمون ببطء ولكن دون توقف كأنهم يفرون من أشباح تطاردهم. ولو كانوا قادرين على الجري لفعلوا ولكن لا طاقة لديهم، فحتى المشي كان صعبًا في تلك المستنقعات، فرحوا يسبحون أو حتى يحبون ويزحفون.

ومع أنه يُفتَرَضُ أن تكون بنية أجساد الأطفال قوية لأنهم أبناء قرى، فإن هؤلاء المساكين بدوا جلدًا على عظم، يمشي كثير منهم كقطيع مع القافلة دون آبائهم أو أمهاتهم الذين لقوا حتفهم أو انهاروا في أثناء النزوح. ومن حين لآخر، ينهار بعضهم ويسقط أرضًا، فينظر إليهم البقية ثم يتركونهم ويكملون طريقهم. أما المرضى والمقعدون الذين يحتاجون حتى في الأيام العادية إلى رعاية خاصة، فكانوا مضطرين للسير والنزوح في مثل هذه الأوضاع؛ لقد جعل هول الحروب المستحيل ممكنًا، وترك المرء يجابه مصيره بنفسه.

أخذت قافلة نازحي روملي ما يمكنها أخذه، وحملته على مواشيهم وبهائمهم التي كان من المستحيل أن تحدد نوعها وقد أصبحت هياكل عظمية تمشي ولم يبقَ منها سوى الجلد والعظم، وغدت أكثر جوعًا وتعبًا وبؤسًا من أصحابها وهي تقبع تحت وطأة هذه الأحمال فوق العربات التي تجرها وهي محملة بأوانٍ وأكوابٍ وملاعقَ وطناجرَ وماءٍ ولحفٍ وبطانياتٍ وفُرشٍ ووسائدٍ غُطِّيَت جميعها بغطاء كبير، وجلس فوقها الأطفال، دون الشيوخ والعجائز المسؤولين عن جر الحيوانات من الأمام، والنساء اللاتي يدفعن العربات من الخلف، فيما الحيوانات التي اعتادت أن يربت أصحابها على ظهورها، ويمسحون أعناقها ونواصيها، ويجعلونها ترتاح من وقت لآخر، ويسمعونها كلامًا يطيب خاطرها، يخر بعضها على الأرض خائر القوى، وينظر بعضها بوجه صاحبه بعيون يملؤها الألم كأنها تقول له: «ما الذي نفعله في هذا الطريق؟!».

ولكن أصحابها لم تكن لديهم إجابة، فهم يسيرون دون توقف ويبتعدون قدر الإمكان. بيد أنه مع كل خطوة يخطونها، تصبح الخطوة التالية أثقل وأبطأ بأضعاف مضاعفة، فكلهم مرهقون خائرو القوى تعساء، وفي أي لحظة يمكن أن يسقط أحدهم، ويبقى ممددًا على الأرض، بينما يكمل القادر على المسير طريقه. حينها، انتابني شعور وداع حزين، فروملي تفرغ من أهلها، وهذه الجغرافيا العظيمة تشهد تغييرًا هائلًا كالذي حدث في (حرب 93) تمامًا، وألسنة اللهب هذه لا تحرق أحدًا أكثر من أصحابها الذين لا يأنّ على حالهم سوى صرير عجلات عرباتهم التي تدوي طوال الطريق.

قولي لي الآن، يا زهرة، كيف أكتب لك كل هذا؟ وكيف أشرحه للحاج والحاجة؟ إني لا أتحمل رؤية هؤلاء الناس في تلك الحال، خاصة ذلك العجوز الذي تقوس ظهره، وأصبحت لحيته ملاصقة لصدره، بينما يسحب

وراءه ثورين بائسين وقد أنهكه التعب وهو يكاد يمشي حبوا؛ لم أعد أتحمل هذا المشهد، أو أطيق ذلك المسير، أو أقدر على رؤية النساء والعجائز والأطفال والمرضى والجرحى والمعاقين يمشون، بل يحبون حبوًا، ولكني مجبر على تحمل كل هذا.

وماذا أقول عن حالة الجنود؟! إن أكثر ما يضايقنا عودة الجنود بقوافل عريضة طويلة، وقد صار الجيش الشرقي جماعة كبيرة من الجوعى والعطشى والبائسين والمشتتين الذين ولوا مدبرين، لا يُعرَف فيهم مَن الضابط ومَن الجندي؛ لقد جئنا على هزيمة وخيبة وانكسار وإخفاق وإحباط وعار حلَّ بالجيش العثماني الذي أُمِرَ بالانسحاب من الجبهات، فتشتت شمله وتفرق، وهرب بعضه، وصارت حالة الجنود أكثر إيلامًا من حالة النازحين لأن آمال النازحين كلها كانت معلقة عليهم.

الجيش العثماني ينهار! حتى القوة التي تسقطه لا تصدق ذلك، لكن هذه هي الحقيقة؛ إنه ينهار ويذوب مثل جبل جليدي، وقد كانت ثلاثة أسابيع كافية لاقتلاع شجرة الدلب العظيمة هذه من جذورها، وكان العالم كله في دهشة مما يشهده، حتى العاصفة التي تقتلع تلك الشجرة من جذورها ما كانت تتوقع حدوث ذلك.

13 تشرين الثاني 1912

كانت المسافة التي سنقطعها في حديم كوي بسيطة، ولكننا واجهنا ذلك المرض الذي لطالما سمعنا به، خاصة عندما قابلتنا قوافل الجنود الفارين من جبهة روملي؛ لقد أصبحنا وجهًا لوجه أمام الكوليرا. ومهما حاولنا الابتعاد عن أولئك الذين يتصببون عرقًا باردًا في ذلك الجو، فإننا في لحظة نجد أنفسنا وسطهم. وكان مَن يُصَاب منا يلتحق بقافلة المصابين التي نُبِذَت وهُمِّشَت

كالمصابين بالجذام، وراح أفرادها يكملون طريقهم حبوًا على أمل أن يجدوا مستشفى في طريقهم، بينما تحولت ألوان جلودهم إلى الأسود القاتم، وظلوا يستفرغون باستمرار كأنهم يتقيئون حتى أحشاءهم، ويحنون رقابهم ويسقطون أرضاً كسنبلة قمح، وينكسرون كقشة هزيلة. ومع مرور الوقت، تفاقم الوضع، وأصبحت الإصابات جماعية، وبات منهم مَن ينهار على الأرض، ثم يحاول أن ينهض مرة أخرى، فيمشي خطوة أو اثنتين ولا يجد الطاقة لمشي الثالثة، فيستسلم وينكب على وجهه أرضاً، ومنهم مَن يستلقي تحت ظل شجرة ويلفظ أنفاسه الأخيرة ناظرًا صوب السماء وأوراق الأشجار التي تداعبها الرياح من فوقه. ورغم هذا، كان ثمة مَن يحاول أن يمد يد العون لصديقه، فيحمله على كتفه ويساعده على المشي، أو حتى الحبو، ضاربًا المثل في الوفاء والتضحية في خضم حالة التشتت والضياع التي غرق فيها الجيش الشرقي بأكمله؛ كانوا يولون الدبر جوعى مرضى متعبين منهكين مشردين، لكنهم رغم هذا لم يؤذوا أحدًا.

بالمناسبة، لقد رأينا كيف يُدفَنُ المصابون بالكوليرا، إذ كانت العربات المحملة بالموتى تسير ببطء حتى تصل إلى المقابر الجماعية التي تُحفَرُ على طول الطريق، حيث يصفُّ حفّارو القبور جثث الموتى أولاً في تلك الحفر حريصين على جعل وجوهم متجهة نحو القبلة. ولكن مع كثرة القتلى، أصبحوا يدفنونهم مثلما يأخذونهم من العربة. وفي كثير من الأحيان، تظهر بعض أعضاء أولئك الموتى من تحت التراب الذي يهيلونه عليهم، كذارع تسمّرت أو رجل أو قدم أو وجه بدا من تحت التراب قناعًا يريد أن يلقي نظرة أخيرة على السماء.

أما نحن، فكنا نكمل مسيرنا مع كل هذا. والحق أننا كنا أفضل حالًا من آلاف الجنود الذين فروا من روملي، وبدوا جيشًا من الأشباح يتناسلون من قبورهم، بين مصابين بالكوليرا وآخرين جعلهم الجوع والبرد والتعب والإرهاق

وقلة النوم والعجز والبؤس وعدم الرعاية بصورة واحدة: رجل شارف على الموت وقد غارت عيناه، وبرزت عظام وجهه وعظام رقبته، وجفت الدماء في وجنتيه، وانحنى ظهره حتى بدا عموده الفقري، ورقت عظامه وهزل خصره ودقت يداه ورجلاه. ومن ثم، راحوا يتساقطون كأوراق الخريف واحدًا تلو الآخر، فمنهم مَن ينكب على وجهه، ومنهم مَن يخرُّ على ركبتيه، ومنهم مَن يسقط من طوله، ومنهم مَن يقع كأنه شجرة تقتلع من جذورها، ومنهم مَن يأفل كما تأفل الشمس أو القمر. ومن سقط منهم دون أن يموت في حينها، كان يستلقي على ظهره ناظرًا إلى السماء حتى يلفظ أنفاسه الأخيرة. وقد كان منهم مَن تخرج من فمه صرخات ألم وغضب وسباب وشتائم، ومنهم مَن ترتسم على وجهه ابتسامة كأنه بُشِّرَ بالجنة، أو كأنه ينظر إلى شيء ما لا نراه نحن، ومنهم مَن يزحف إن استطاع حتى يسند ظهره إلى جذع شجرة، ويمسك بيده بندقيته بآخر ما بقي له من قوة، ثم يقول: توكلت على الله، ويلفظ أنفاسه الأخيرة.

وأحيانًا كانوا يغطون الجنود الذين يموتون جوعًا بطبقة من الجير ظنًّا أنهم ماتوا بسبب الكوليرا. ومَن لم يمت منهم، كان يبقى مستلقيًا على الأرض حتى يلقى حتفه. ومن ثم، تأتي جماعة من الجنود وقد ارتدوا مريولًا أبيض، ويحملونه ويضعونه في تلك المقابر الجماعية، ويهيلون عليه التراب، ويسجلون اسمه بين الجنود المجهولين!

لقد تناقصت هذه الكتائب التي كان تعدادها في البداية تسعمئة جندي حتى أصبحت مئة جندي فقط! لقد ذابوا كما يذوب الجليد، ولم يبقَ ببعض السرايا التي كان تعدادها ثلاثمئة جندي سوى خمسين كانوا هم الأقوى والأكثر تحملًا ومقاومة، فالحرب تسحق في البداية أكثر الناس ضعفًا وأرقهم حالًا؛ إنهم فلذات أكباد أمهاتهم وآبائهم الذين علقوا عليهم آمالًا وطموحات

كبيرة، فمَن الذي زجَّ بهم في خضم هذه المعركة؟ مَن الذي وضعهم في هذه الحالة؟ مَن المسؤول عن كل هذا؟ مَن الذي سيُحَاسَبُ على كل هذا؟

آه، ليتني يا زهرة أنسى! أنسى كل ما رأيته من رعب وفزع وعذاب وجحيم.

14 تشرين الثاني 1912

الطين في كل مكان، فأمامنا مستنقع وبحر كبير من الطين والوحل والناس والحيوانات تغوص به عند محاولة عبوره. وفي كل مرة نقترب من شيء ظنناه من بعيد صخرة أو حجرًا كبيرًا، نجده جثة إنسان أو جيفة حيوان متفسخة. لقد كانت الطرقات وعرة للغاية لا تسمح لنا بالتقدم، وحتى الخيول المشهورة بثباتها وتحملها كانت الأرض تسحبها وتنزلق من تحت حوافرها. فباتت الخيول الجريحة تملأ المكان وهي تئنُّ أنينًا يذيب القلب. وفي كل مرة تحاول النهوض، تسقط على الأرض بقوة أكبر حتى تتخلى عن فكرة القيام مرة أخرى، حالها حال الجنود. ولقد رأيت ضباطًا جرحى علقت أرجلهم بالسراج وأقدامهم بالرِكاب، ولكنهم ظلوا معلقين على متن خيولهم التي ما تزال مخلصة لأصحابها؛ لم أعد أستطيع تحمل ما أراه.

أهكذا ستكون نهايتنا؟ إننا ما نزال بكامل قوانا مفعمين بالحيوية لم تنطفئ شعلة الحياة في قلوبنا بعد، ولكن ما أراه لا يشبه شيئًا في هذه الدنيا. أتذكرين يا زهرة ما قاله الحاج لي في آخر ليلة، عندما أدرك أنني لن أتراجع ولن أغير رأيي؟ لقد قرر حينها أن يشجعني ويشد من أزري، فقال: «لا تخف، ثمة مَن ذهب إلى الحرب وعاد منها». لست خائفًا في الواقع، فقد ذهبت متطوعًا، ولكنني أخاف الآن صراحة من ألا أعود مرة أخرى. لا لا! إلى الآن لم أغير رأيي، فأنا ما أزال متطوعًا، أعرف لماذا جئت إلى هنا، وإلى الآن مستعد للموت من أجل ما جئت له، ولكنني أخاف من أن أموت دون أن أطلق

رصاصة، دون أن أواجه العدو، دون أن يكون لموتي فائدة، بل أموت بصمت مستندًا إلى جذع شجرة؛ هذا ما أخاف منه، أخاف أن أموت بسبب سكتة قلبية أو جوع أو تيفوس أو كوليرا أو قمل أو براغيث، فكلما نظرت حولي رأيت المشافي الميدانية والعزل الصحي والخيم والمستوصفات المتنقلة والأدوية والأوبئة أكثر بكثير من القذائف والمدافع والأسلحة.

15 تشرين الثاني 1912

لقد كتبت لكم هذه الليلة بطاقة بريدية سأرسلها عبر البريد غدًا صباحًا، فإن لم تصل إليكم فهذا يعني أنه قد بقيت في مكان ما. لم أتمكن من كتابة شيء سوى كلمتين: «أنا بخير.. لا تقلقوا.» ولكن هذا كان كذبًا، فلست بخير، بيد أني لا أستطيع أن أبوح بالحقيقة إلا وأنا أكتب على هذا الدفتر، وإن كنت أجد في كثير من الأحيان صعوبة في العثور على كلمات تصف هول المشهد الذي أنا فيه؛ لا يمكن لكلمات أن تبوح بهذه النار المستعرة، ولا توجد في لغة حروف بعد حرف (z) لتكوّن كلمات تصف هذه الحال التي لا يمكن لأحد أن يصفها أو يعي ما أقول سوى من عايشها، بل إن من عايشها يسعى بكل ما أوتي من قوة كي ينسى ما رآه في أسرع وقت. ولكن وراء تلك الكلمات والجمل القليلة التي ستخلدها كتب التاريخ عن هذه الحالة يوم يُحشَرُ له الناس جميعًا.

16 تشرين الثاني 1912

أخيرًا وصلنا إلى چاتالجه، حيث يمكن أن تندلع الحرب في أي لحظة. على أي حال، الجيش العثماني هنا أفضل حالًا من الجيش الشرقي الذي تفكك وانسحب من الجبهة، ولديَّ أمل بأنه قادر على دحر البلغار والتصدي

لهم. فإنه إن لم يتمكن من التصدي لهم، فهذا يعني سقوط إسطنبول. ولقد كنا نحن فرقة المتطوعين على أهبة الاستعداد لأن نرمي بأنفسنا في أي لحظة في وجه النار، لكنني بت أشعر بشعور غريب؛ كأن مفاصل ركبتيّ قد حُلَّت، واسودت الدنيا في عينيّ، وغلى بركان في أحشائي، وراح ينفث لهبه ويقذف حممه من مسام جسمي. أكاد أختنق بسبب كحة ناشفة، وإن بقي الأمر هكذا فسأكون من الذين انهاروا ولقوا حتفهم قبل أن يطلقوا رصاصة واحدة. إنني أشعر بنعاس شديد، ولكنني لا أستطيع النوم. آه، لو أغفو ولو قليلًا؛ لا أريد شيئًا غير هذا! وأظن أنني لو نمت لنصف ساعة فقط، فإن لمسة سحرية ستمر فوق بدني، فأصحو من جديد وقد التأمت جراحي وتعافيت من سقمي. ولكنني أشعر بالنعاس كأنني لم أنم منذ ألف سنة، وإن بقيت على هذه الحالة، فسأظل ألف سنة أخرى غير قادر على أن أغمض جفني ولو لثانية واحدة.

17 تشرين الثاني 1912

بدأت أصوات المدافع تدوِّي في المكان معلنة بدأ حرب البقاء أو الموت على خط النار في چاتالجه. كانت تلك الأصوات تصل إلى مسامعي، ولكنني لم أكن هناك، إذ رُحِّلتُ إلى مستشفى في إسطنبول، وها أنا الآن على متن قطار يتجه إلى هناك. لقد اصطحبني خالص أفندي إلى طبيب الكتيبة في خيمة التمريض في الجبهة. وعندما جثوت على الأرض منتظرًا أن يحين دوري، رأيت مناظر كثيرة على سرير المعاينة لا يمكنني أن أنساها أبدًا؛ لقد أرهقت ذاكرتي كل تلك اللحظات التي أقول إنني لن أنساها! كان على دكة المعاينة جندي من الذين انسحبوا من جبهة روملي جُرِّدَ من ملابسه؛ تخيلي يا زهرة، لقد كان جسده هيكل عظم مكسوًّا بطبقة من الجلد الرقيق فقط! وقد بدت أصابع رجليه ويديه أطول بكثير، وغارت عيناه وأصبح ما حولهما بلون بنفسجي قاتم، وصار

أنفه وذقنه مدببين للغاية، وكانت ومضة النور من بين جفنيه المفتوحين قليلًا تدخل الرعب إلى القلوب، بينما تُرَى أسنانه الصفراء من بين شفتيه المشققتين، والطبيب يكتب تقرير وفاته. وعندما سأل خالص الطبيب عن سبب الموت الذي كتبه، قال إن الضعف العام لجسده تسبب بسكتة قلبية أدت إلى وفاته؛ إنه الجوع.. تُرى كم مرة يكتب هذا الطبيب ذلك سببًا لموت الجنود؟!

بعد أن رفعوا هذا الشهيد المسكين، حملاني من ذراعي ووضعاني على الدكة الملطخة بالدماء. حينها، سمعت طبيب الكتيبة يقول لخالص أفندي: «لو لم يكن شابًّا، لما أمرت بترحيله وسط ضرب النار هذا؛ رحلوه إلى إسطنبول، فحرام ألا يُنقَلَ إلى المستشفى من هو في مثل هذه السن». وقد أوصلني خالص أفندي إلى محطة القطار، وتركني مع أناس نصف موتى، رجل في القبر وأخرى في الدنيا، أناس ذاقوا طعم الموت ولكنهم ما يزالون على قيد الحياة. وبعد أن أطمأن عليَّ، عاد إلى الجبهة مرة أخرى، بينما مكثت أنا في مقطورة جميع مَن فيها إما مريض مثلي وإما مصاب بجروح بليغة. وغالبًا ستستغرق رحلتنا من چاتالجه إلى إسطنبول ثلاثة أيام لأن القطار يقف وينتظر أكثر مما يسير، فالخطوط الحديدية مليئة بالنازحين والجنود.

18 تشرين الثاني 1912

ليتني أنسى كل ما رأيته في المحطات التي مررنا بها في طريقنا إلى إسطنبول، فقد كان النازحون مكدسين بعضهم فوق بعض وهم ينتظرون قدوم هذا القطار منذ أيام. أما الجنود، فلا يمكن لأحد أن يصف حالتهم التي كانوا فيها، فقد كان المصابون منهم بإصابات خفيفة يزحفون تحت المطر والبرد القارس للبلقان وجراحهم تنزف وهم من غير ضمادات حتى يصلوا إلى أقرب محطة على طريقهم، حيث ينتظرون قدوم القطار الذي سيقلهم إلى إسطنبول

عدة أيام. وكثير منهم كان يلفظ أنفاسه وهو في انتظار قدوم هذا القطار. وفي كل مرة ينزل من القطار الجنود القادمون للجبهة، تصادفهم هذه المشاهد، فيرون مصيرهم بأم أعينهم، بينما ينتظرون ليلتهم في ذلك البرد القارس تحت الأمطار الغزيرة، وترتسم صورة الموت في أذهانهم. ومع بزوغ الفجر، يُزجُّ بهم إلى الجبهة. كيف يمكن للإنسان أن يموت جوعًا.. أن يفنى وهو صامت أو يفنى وهو يصرخ ويصيح وقد رأى الموت بأم عينه؟ ما كنت أعرف هذا الشعور، ولكنني رأيته مرات كثيرة؛ رأيته حتى لم أعد أستطيع الرؤية. آه يا زهرة لو أعرف كم حرفًا تتكون منه كلمة «النسيان» في هذه اللغة!

20 تشرين الثاني 1912

توقف القطار أخيرًا. وبينما أتصبب عرقًا، وترتفع حرارتي حتى أشعر كأن نارًا تلتهم بدني، استطعت أن أقرأ لوحة كُتِبَ عليها «سيركيجي»، حيث كان ثمة محشر في المحطة، بل لا بد أن القيامة قد قامت حينما وصلنا. على أي حال، انتظرنا حتى ننزل من القطار في دور لا ينتهي أبدًا، ولا أدري كم انتظرت حتى استطعت أن أرى عربة بيع الشاي التي تقف عند باب المقطورة، وتوزع علينا جميعًا مشروبًا كان بمثابة قبضة شاي صغيرة وُضِعَت في ماء مغلي في قدر ضخم للغاية ومعها بعض السكر؛ لم يكن لمذاق هذا الشاي صلة بما كنا نشربه في مقهى أصملي على يد أرسلان باي الشركسي، بل كان أقرب للشاي الأخضر، بيد أني عددت هذا الشاي الخفيف للغاية المقدم لنا بأكواب كبيرة من أكبر النعم علينا.

لم أكن قادرًا على إبقاء رأسي مرفوعًا، فأسندته إلى زجاج المقصورة، ولاحظت وجود لطخات على وجهي، ثم تجاوز نظري صورة وجهي المنعكسة على البلور فرأيت على الطرف الآخر من رصيف المحطة مستلزمات

المستشفى التي تُفرَّغُ من القطار، وقد كُتِبَ على ظهر كل صندوق ما يوجد بداخله: بطانيات، شراشف، ملابس داخلية، ملاءات، أغطية، مريول للمرضى، مصل، ضمادات، كينين، قمصان للأطباء، أكواب، دكة لنقل الجرحى، لمبات غاز، أعلام للهلال الأحمر؛ كل ما يخطر على بالكِ كان داخل هذه الصناديق. ولكن لاحظت صندوقًا عليه ختم ألماني، وقد كُتِبَ عليه: «أعضاء صناعية: أيدٍ، أعضاء صناعية: أرجل»؛ إنها أعضاء مجهزة لكل مَن سيخسر أعضاءه، من رجل أو يد أو ذراع، في جبهة چاتالجه التي لم أعد أعرف ما يدور فيها، فلا أحد ينقل لنا الأخبار عما يجري في الجبهات. وفجأة، أغمضت عيني لأغط في نوم عميق أفتقده منذ زمن بعيد، ولكني لا أعتقد أن هذه الغفلة طالت كثيرًا. وحين فتحت عينيَّ، رأيت مشهدًا لم يستطع عقلي أن يستوعبه؛ لقد رأيت أربعة يحملون نعشًا مطليًا بالزنك، اثنان من الأمام وآخران من الخلف، ثم يضعونه أمام نافذتي تمامًا. وما إن تركوه حتى أتوا بالثاني ثم الثالث حتى وصلت بالعد إلى الرقم أربعين، فتوقفت ولم أعرف عدد النعوش التي أفرغوها من القطار.

وأخيرًا، نُقِلنا إلى المستشفى مارين بين القصور والبيوت الفارهة، بينما مساجد وتكيات وحانات ومدارس إسطنبول مكتظة بالنازحين الذين وقف الآلاف منهم في الساحات لأيام عدة ينتظرون مد يد العون من دولة لم تستطع أن تحمي جبهاتها، ولم تستطع أن تحشد جنودها، أو حتى تطعمهم، بل كانت تعيد من تأخذه منهم سليمًا معافىً في نعوش مطلية بالزنك!

4 كانون الأول 1912

لا أدري كيف أوصلوني إلى هنا، فآخر ما أذكره خروجنا من محطة القطار في سيركيجي، ومرورنا بين حشود النازحين القادمين من البلقان.

إنني في أحد المهاجع في مستشفى الحميدية للأطفال؛ أرضيته من خشب، ورائحة الغاز تفوح فيه، وفوق كل سرير شماعة صغيرة، وعلى طرفه طاولة صغيرة عليها كوب وإبريق ماء، وتحت أقدام كل مريض طاولة وُضِعَت عليها الأدوية اللازمة له. وفي منتصف المهجع مدفأة وكثير من الأسرة التي على كل منها مريض يرتدي الملابس والقمصان نفسها. وحين فتحت عينيَّ، سألت الممرضة المنحنية فوقي وهي ترتدي مريولًا أبيض نُقِشَ عليه شعار الهلال الأحمر: «ما الأخبار في جبهة چاتالجه؟»، فقالت: «لقد انتصرنا»؛ اللهم لك الحمد والشكر. لقد حمينا إسطنبول، ولكن هذا النصر كانت نتيجة لهدنة بيننا وبين البلغار لم ترغب الممرضة في الحديث عنها، فقالت: «لا تفكر بمثل هذه الأمور، ونم قليلًا». وعندما سألتها: «لماذا جردوني من ملابسي؟»، قالت: «إنكم مصابون جميعًا بالمرض ذاته، لذا جُرِّدتم من ملابسكم»؛ الكل يعاني من العلة نفسها في المهجع نفسه.

7 كانون الأول 1912

لقد عوضت الأيام الطوال التي مرَّت عليَّ وأنا لا أستطيع النوم مطلقًا، إذ كنت أغط في النوم في كل وقت وفي أي مكان. وحتى عندما يقعدونني في السرير كي يفحصني الأطباء، كان كل شيء في المهجع، كالسقف والنوافذ والجدران، يدور أمام عينيَّ، ثم أشعر بأنني أسقط في بئر سحيقة؛ ليتني لا أستيقظ أبدًا. ولكني فجأة أستيقظ وأنا أشعر بألم شديد وأتصبب عرقًا باردًا؛ لا بد أن هذا هو عرق الموت. لم أكن أدري كم نمت، ربما دقيقة أو ثلاث ساعات أو اليوم بأكمله، فما أتذكر شيئًا عندما أصحو، فقط أشعر بعد لحظات أن روحي التي غادرت بدني قد عادت إليه بصخب وضجة كبيرة للغاية أشعر بها وأسمعها، وما هي إلا لحظات حتى أعود لأغط في نوم عميق.

10 كانون الثاني 1912

استيقظت هذا الصباح وأنا في حالة غريبة، فقد كنت مستلقيًا على ظهري، ويدي اليمنى فوق صدري، ولكنني لا أشعر بثقل ذراعي على صدري كأنها ليست موجودة، ألهذه الدرجة أصبحت نحيلًا ورقَّ بدني؟! لم أستطع أن أتوقف عن التفكير في حالتي هذه: هل أصبحت مثل آه باردة جافة من الآهات في شعر فضولي؟![1] وبينما أنتظر أن تهب الرياح، وتجعلني أطير معها، جاءت الممرضة الطيبة ذات الوجه الملائكي، وتوقفت أمام باب المهجع، وراحت تجول بناظريها على كل المرضى الذين بلغت أرواحهم الحناجر وهم مستلقون على الأسرة الصدئة واحدًا واحدًا، ثم قالت مخاطبة الجميع: «لديَّ لكم خبر سار؛ ثمة مَن جاء لزيارتكم اليوم، وهو شخصية مشهورة مهمة جدًّا».

انتابني الفضول، وحاولت أن أفكر عن السبب الذي يجعل شخصية مشهورة مهمة تأتي لزيارتنا، فيما أكملت الممرضة: «ستأتي هيئة من أعضاء الهلال الأحمر، مع مجموعة من الكُتّاب والشعراء، لزيارة هذا المستشفى، وستزور الشاعرة نِجار هانم بنفسها هذا المهجع»، ثم دارت على كل المرضى، ووضعت على وسائدهم كتبًا، ونظرت إليَّ بشكل خاص وقالت: «هذا ديوانها المشهور (إفسوس)، اقرؤوه وسينال إعجابكم».

لا أدري كم جنديًّا يعرف القراءة والكتابة في هذا المهجع، لكنني شعرت أن قلبي يقفز من مكانه وهو يتصبب عرقًا من شدة الفرح؛ لقد سمعت أن هؤلاء الكاتبات والشاعرات عملن بكل جد وجهد، وبقدر الجنود الذين يقفون على الجبهات لدحر قوات العدو، فكنَّ يحكن اللحف والشراشف والفُرش والضمادات، ويطفن من باب إلى باب لجمع المساعدات، وكنَّ أول

(1) محمد بن سليمان (1494 – 1556): شاعر تركي عُرِفَ بلقب «فضولي البغدادي»، ويُعَدُّ من أشهر الشعراء الأذربيجانيين.

من تبرعن بكل مجوهراتهن في صندوق المعونات. ولكنني لم أتخيل أبدًا أن تزورنا نِجار هانم التي لطالما سمعت عنها وعن شعرها، وقرأت لها كثيرًا من قصائدها الغزلية، كقصيدتها «إفسوس» التي سمعتها من أستاذنا خليل صفا.

بعد الظهر، قُرِع الباب، فدخل من باب المهجع رئيس الهلال الأحمر، ومعه بضعة أشخاص وثلاث نساء؛ لا أدري كيف تعرفت عليها من بين كل أولئك الناس، ولكن من المستحيل ألا أتعرف عليها! كانت ترتدي جلبابًا أسود، وهي في الخمسينيات تقريبًا، ولكنها لم تزل جميلة أنيقة تبدو عليها الأصالة، وقد كشفت خمارها مثل بقية النسوة اللواتي كن معها، واللواتي تقصدن كشف خُمرهن لإشعارنا بأننا مقربون منهن، وما هن إلا أمهاتنا أو ممرضاتنا. وقد كان يعتلي وجهها ابتسامة متوترة مضطربة، وكان من الممكن أن تقرأ من نظراتها المرهقة وتعابير وجهها كمية حزنها وأسفها؛ أدركت حينها أن هذه المرأة التي عاشت مرفهة حتى ذلك الوقت الذي أصيبت فيه بجروح كانت كفيلة بتدميرها كليًا، وجعلها شظايا متناثرة هنا وهناك، كانت قوية بما يكفي كي تولد من رحم المعاناة من جديد، وتجمع شظاياها المتناثرة، وتكون أشد وأقوى؛ لقد كانت قوية كقوة أولئك الذين لا يحق لهم أن يضعفوا أو ينكسروا أو ينهزموا مطلقًا. وقتها، أدركت أن هذه المرأة التي كرست ونذرت كل شعرها للحب والعشق والهوى ونار الفراق قد تغيرت ونذرت نفسها من رأسها إلى أخمص قدميها لهذا الوطن، وصبغتها بصبغة جديدة حتى فاقت كل من سار قبلها على هذا الدرب فوصلت إلى ذروته. كانت ذات صوت جذَّاب عذب كالماء النقي، وأظن أنها في ذلك اليوم وهي في مهجعنا فعلت أشياء لم تفعلها من قبل في حياتها، فلم تستمع لنصائح وتحذيرات الممرضات بالالتزام بوضع الكمامة خوفًا من انتقال العدوى، ولم تتحرج من ملاطفة المرضى، بل كانت تجلس بالقرب من كل مريض على

سريره، وتسأله عن حاله، وتحاول أن تطيِّب خاطره، ثم تعطيه جرعة العلاج. وعندما حان وقت الطعام، حملت الصواني مع الممرضات، وأطعمت الجنود بيدها. وما إن اقتربت من سريري حتى حاولت أن أنهض وأرسم ابتسامة على وجهي، ولكني لم أفلح، وشعرت بالخجل عندما انزلقت بطانيتي عني وظهر قميصي القطني الداخلي.

أشارت الممرضة إليَّ، وقالت لها: «هذا إسماعيل أفندي»، فسألت السيدة نِجار هانم: « كم عمره؟» وهي تبتسم ابتسامة تعجب، فاكتفت الممرضة بذكر الصف الذي كنت أدرس فيه، وقالت: «لقد تخرج حديثًا في الثانوية السلطانية، وهو يرغب في إكمال دراسته في قسم الفلسفة»، ثم أضافت: « كما أنه ينوي كتابة ديوان شعر، ولكنه الآن يجمع القوافي لهذا الديوان». ومن ثم، سألتني نِجار هانم: «من أين أنت؟»، فقلت وكلي فخر: «من طرابزون»، وشعرت أن صوتي كان يتردد في غياهب جبٍّ سحيق.

ولقد بقيت بالقرب مني الفترة نفسها التي بقيتها مع غيري. ولكن عندما قامت، استدارت ونظرت لي مرة أخرى، قبل أن تغادر.

12 كانون الأول 1912

اليوم، كتبت لكم بطاقة بريدية على ظهرها صورة ممرضة من ممرضات الهلال الأحمر واسم هذه المستشفى، فلا يمكن للصورة أن تكون لأنين الجرحى أو رائحة القيح والصدأ أو صراخ العذاب والألم. وقد خططت سطرين فقط، وعددت الجمل التي كتبتها فكانت سبعًا؛ هذا كل ما استطعت كتابته لكم، ولكن كل كلمة في هذه الجمل كانت كاذبة كالعادة. ومن ثم، رفعت رأسي ونظرت إلى التقويم المعلق على الجدار كي أكتب تاريخ اليوم؛ كم من وقت مضى منذ قدومي إلى هنا؟ يا للعجب، ما أزال على قيد الحياة

حتى الآن، مع أنني رأيت كثيرًا من الراقدين على الأسرة بجانبي وقد فارقوا الحياة وشيعوا أمام عيني! كان ثمة تقويم في المهجع، ولكن لا وجود لمرآة؛ أعتقد أن هذا كان كي لا نرى الحالة التي نحن فيها، ولكنني عندما أنظر إلى ذراعيَّ اللتين أصبحتا كعود شجرة يابس وقد جفت المياه في عروقهما وغطتهما البقع، أو عندما أنظر إلى المريض الذي يرقد على السرير بجانبي، أتخيل الصورة التي أصبحت عليها.

ثمة خادم يدعى حسين أفندي ينهض بكل الأعمال، فيرافق المرضى، ويحمل جثثهم، ويعدُّ الشاي، وينظف الغرفة، ويؤدي أعمالًا كثيرة للغاية، وهو أيضًا من مدينة طرابزون. وعندما عرف أنني أنا من مدينته نفسها، أصبح يتردد عليَّ كثيرًا، ويسألني: «سيدي، ما الذي تكتبه؟»، فأجيبه: «لا شيء».

15 كانون الأول 1912

على السرير الذي إلى جانبي مباشرة، كان يرقد محمد أمين أفندي، وهو أيضًا من طرابزون، وكما قال لي فهو نجل رجل اسمه بسيم أفندي، وقد كنا من وقت لآخر نتحدث معًا. كان ضيفًا عندنا، فعندما وصل إلى المستشفى، لم يجدوا له سريرًا فارغًا، فأتوا به إلى مهجعنا. لقد أُصِيبَ بشظية في الطرف الأيسر من رأسه قريبة جدًّا من المخ، وكان الأطباء يخافون من إجراء عملية له، ولكن فرصة نجاته وبقائه على قيد الحياة وهو على هذه الحالة أيضًا تكاد تكون معدومة، لهذا كانت عمليته ستجرى بعد الظهر. وقد كان محمد أفندي طالبًا في مدرسة الشرطة في إسطنبول، وعندما سمع هو أيضًا بتشكيل كتائب للمتطوعين قدم طلبًا لإدارة مدرسته كي يلتحق بها. وقد أراني صورة الطلب الذي قدمه إلى إدارة المدرسة، وردَّ المدرسة على طلبه: «يُسمَح له بالمغادرة بشرط أن يعود إلى المدرسة فور انتهاء الحرب».

لقد دخل محمد أفندي في ذلك اليوم غرفة العمليات، ولكنه لم يخرج منها إلى مدرسته أو دروسه أو إلى الحياة مرة أخرى.

22 كانون الأول 1912

في كل يوم، يقدمون لنا الشاي هنا. ومع أنه كالذي قُدِّمَ لنا في القطار، إذ لم يكن سوى قبضة من الشاي غُلِيَت في قدر ضخمة للغاية مع قليل من السكر، فإننا نشعر بارتياح عندما نشربه. وقد كان يُقَدَّمُ لنا بأكواب مصنوعة من القصدير، ويُغرَفُ من تلك القدر الضخمة بمغرفة الطباخين. وأحيانًا، يُقَدَّمُ بأكواب زجاجية لم يُكتَبْ لي أن أشرب بها أبدًا.

ولقد خُصِّصَ السرير الذي أصبح فارغًا بجانبي للملازم أول صمد باي، وهو رجل رحل إلى أوروبا وعاش وتعلَّم فيها، فكان يحكي لي عن الشاي الإنجليزي، وكيفية إعداده، وأطباقه وأكوابه وفناجينه، بكل لهفة وحسرة. أما أنا، فكنت أحكي له عن الشاي الذي يعدِّه أرسلان باي الشركسي، وعن طعم الشاي الإيراني، ولكنه لم يكن يصدقني.

وبينما كنت أظن أنه لا يمكن أن تحصل فاجعة أكبر من حرب البلقان، كان الملازم أول صمد باي يخشى قيام حرب ليست ببعيدة، تتحطن رحاها الدينا بأكملها. وكلما استمعت إليه، زاد الفضول فيَّ أكثر، وقلت لنفسي: «ما إرهاصات هذه الحرب العالمية الأولى في القرن العشرين؟ ولأي شيء تمهد؟ ومن أي شيء تنتقم؟ وعن أي أخطاء نتجت؟ وبأي قيامة وطامة تنذر؟»، بينما يكرر هو الجملة التي ما فارقت فمه أبدًا: «تنهار! الدولة العثمانية العظيمة تنهار!».

31 كانون الأول 1912

اليوم، زارنا شخص لم أكن أتوقع قدومه أبدًا؛ إنه خالص أفندي الذي استغل فترة الهدنة، وجاء إلى إسطنبول باحثًا عني وقد بدا عليه همٌّ كبيرٌ. وبعد ترحيبي به، حدثته كثيرًا عما عانيته من ارتفاع درجة الحرارة والإعياء والغثيان، والعرق الذي ينسال من كل ذرة في جسدي، وعروقي التي جفَّت الدماء فيها، ونوبات السعال التي كانت تنتابني. وحدثني هو عما سُطِرَ في چاتالجه من تاريخ وظفر وقدر جديد، إذ نجح هؤلاء المغاوير في تلافي التفرقة والضياع والتراجع عن الجبهات، ووقفوا في الطرق المؤدية إلى إسطنبول، وتشبثوا بحبل الحياة أمام تلك النار الحارقة حتى استطاعوا الوقوف في وجهها. عندها، داهمني الشعور بالحسرة لأنني لم أكن معهم، وأنني كدت أموت دون أن يكون لموتي فائدة، وقبل أن أطلق حتى رصاصة واحدة، فلم أتمالك نفسي، وبكيت بحرقة وأنا أسمعه يصف لي كيف وقف الجنود بأجسامهم في وجه البلغار كسد إسكندر مانعين إياهم من التقدم بثمنٍ غالٍ جدًّا، فقد ارتقى كل الجنود تقريبًا، من القيادات إلى أصغر جندي في كتيبة المتطوعين، مضرجين بدمائهم الطاهرة، وكان خالص من القلائل الذين بقوا على قيد الحياة. فحتى قائد الكتيبة عرب حافظ والرائد محمد علي سقطا شهيدين، بل إن قائد الفيلق محمود مختار باشا أُصِيبَ بجروح بالغة في الهجوم على الفيلق، بيد أن جنديًّا يُدعَى أيوب حمله على ظهره عندما رأى أنه قد أصيب، رغم أنه كان هو أيضًا مصابًا، حتى نقله إلى إسطنبول عبر القطار؛ إنه جيش مغاوير وأبطال، ولكن آه لو جرت قيادتهم وتوجيههم بشكل صحيح، آه من أولئك الذين تسببوا في وضع هؤلاء الجنود في ذلك الموقف، سوف يكون حسابهم عسيرًا عند رب مقتدر، يا زهرة. ولقد أخفيت سؤالًا لطالما حاك في صدري. ولكن بعد صمت طويل، سألته وأنا أرتعد من الخوف: «ماذا عن

جليل حكمت؟»، فأخرج ظرفًا من جيبه ومدَّه إليَّ؛ لقد كان هذا سبب قدومه. ففي لحظة صمتت فيها المدافع، التقى على خط النار بجليل حكمت الذي شعر بامتنان لأن الله جمعه به، وقدَّم له هذا الظرف، وطلب منه أن يوصله إليَّ. وقد فتحت الظرف، فرأيت فيه ظرفًا آخر قد كُتِبَ عليه اسمكِ، ولكن كيف يمكنني أن أوصله لكِ يا زهرة الآن؟!

7 كانون الثاني 1913

ما عدت أرى في منامي سوى الكوابيس. وفي هذه الليلة، رأيت أنني في مطبخ بيتنا وقد صارت حجارته سوداء متهالكة أنهكتها الرطوبة، وعلى الأرضية أربع هرر صغيرة تتضور جوعًا ويملأ صوت موائها المكان! وفي تلك الأثناء، يأتي هرٌّ ضخمٌ رصاصي اللون ميت، فتحاول الهررة أكل لحمه. وسرعان ما أرى آثار جروح خلف رقبة ذلك الهرِّ النافق الذي يحاول أن يتزحزح من مكانه مقدار أنملة أو اثنتين؛ أي أنه ليس ميتًا. ثم أرى كومة من اللحم الفاسد فوق حجر أسود تنهش الهررة الصغيرة منه، فأظن أنه لحم الهر الضخم الذي لا يزال يحاول أن يزحف على الأرض، فأستيقظ من النوم فزعًا، وأحاول أن أقوم من السرير، ولكنني أشعر بألم شديد فأخرُّ أرضًا.

13 كانون الثاني 1913

كتبت عنوانًا لهذا الدفتر اليوم على الصفحة الأولى منه، فلا بد من عنوان لكل ما كتبت! وقد اخترت عنوان «قافية مكسورة» ليكون اسمًا له، يا زهرة! إني أتقلب في نيران الحرارة، وجسدي وسريري وكل ما فيَّ مبلل من شدة التعرق، وقد بدأت أرى الممرضات والأطباء كأنهم أطياف وأشباح فوق رأسي؛ لم يكونوا يترددون عليَّ من قبل بهذا القدر! وهم ينظرون إليَّ، ثم

يتهامسون فيما بينهم، فما الذي يجري؟ أغلقت عينيَّ، لأتخيل أمامي هذه الصورة: في ليلة الكلندار[1]، ليلتنا الأخيرة في طرابزون قبل أن أغادر على متن «جول جمال»، أجلس أنا وأنتِ والحاجة وكوفية في الردهة بالليوان، بينما يصل هدير أمواج البحر الأسود إلى مسامعنا. وبعد قليل، يعود جدي من المسجد، فنجتمع كلنا حول المدفأة، ونحتسي الشربات والعصائر والشاي، ونشوي الكستناء، وتأتي الصواني المليئة بما رزقنا الله تترى. وقد بدأت الليلة، كما كل سنة، ببرودة شديدة، وقدمت لنا الحاجة وجبة الأرز بالسمك الهمسي[2] التي اعتادت أن تقدمها لنا في تلك الليلة وهي تقول:

- «كلندار».

فأغمز لكِ بطرف عيني، فتسألينها:

- «وما الذي سيتبعها؟».

فأقول:

- «عاصفة الحدأة (جاليلاك)[3]».

فتصحح لي:

- «لا يا بُني، هذه في آذار، وقبلها عاصفة آياندون[4]».
- «حسنًا، ومتى سيحلُّ الربيع؟ فكل ما في تقويمك عواصف فقط، يا جدتي!».

---

(1) ليلة الكلندار: ليلة الـ14 من يناير (كانون الثاني) التي يحتفل فيها أهل طرابزون وما حولها ببداية التقويم الرومي، ويؤدون بعض الطقوس، مثل: رش الماء حول المنازل قبل شروق الشمس، وسلق الذرة وتوزيعها على الأطفال، وغير ذلك من العادات والطقوس.

(2) الهمسي: نوع من أنواع السمك، صغير الحجم، يشبه سمك الأنشوفة، ويشتهر باسم «الأنشوفة التركية».

(3) جاليلاك: عاصفة تهب في بداية الشتاء في منطقة البحر الأسود.

(4) آياندون: عاصفة تهب في منطقة البحر الأسود بتركيا في الـ28 من شهر يناير (كانون الثاني).

فتفكر قليلًا، ثم تبدو عليها السعادة وهي تقول:

- «تضعف جيوش الشتاء رويدًا رويدًا».

فتتدخلين أنتِ:

- «وحينها، يعد له الربيع جيوشًا من فتيان ذوي بأس وقوة مدججين بدروع البنفسج ورماح الزنبق وسيوف الخزامى».

ولعلمي أن الحاج ما يزال في المسجد، فلا مانع من بعض المزاح، أقف في مكاني كأن بيدي رمحًا أرميكِ به وأنا أقول:

- «خذ أيها الشتاء الخائن!». ثم تقاتل جنود الربيع جيوش الشتاء بضراوة، فتكملين:

- «وهكذا ينهزم الشتاء...».

وأنتِ تضعين يدكِ على خاصرتكِ كأنكِ قد أصبتِ، وتخرِّين على الأرض كأننا نؤدي مشهدًا في مسرحية.

أما الحاجة، فكانت سعيدة للغاية لأنها تشعر أن عمرها يزيد عمرًا عندما يضحك أحفادها اليتامى، و...

لكنها تتدخل:

- «لا.. لا، ليس بهذه السرعة! قبل ذلك، يظن الذئب أن الربيع قد حلَّ، فيخلع فروه وينشره على الشمس كي يجفَّ. وحينها، يسخر منه الشتاء: تظن يا هذا أن الربيع قد انتصر؟! خذ إذن. وينهال بوابل من الأمطار والعواصف العنيفة، فيتحول إلى هيكل من الحجر. وليس الذئب فقط من يظن ذلك، بل حتى العجائز يظنن أن الصيف قد حلَّ، فيأخذن أغنامهن وكلابهن ويصعدن بها إلى المروج والسهول للرعي، وبينما هنَّ في طريقهن...».

فتقاطعينها أنتِ وتقولين ما كانت ستقوله:

- «فيسخر منهن الشتاء: أنتن أيضًا ظننتن أن الربيع قد انتصر! خذن إذن. وينهال بوابل من الأمطار والعواصف العنيفة، فيتحولن إلى هياكل من الحجارة».

حينها نبدأ بالضحك حتى أن كوفية لا تستطيع التوقف عن الضحك بشدة، بطريقة لم أرها تضحك بها من قبل أبدًا. وبينما تقدم الحاجة لنا حلوى القرع، تقول:

- «لماذا تضحكون؟ إن كنتم لا تصدقون، فاذهبوا وسترون بأنفسكم كيف أن العجائز قد تحولن في سفوح الجبال والمراعي إلى هياكل من حجارة، ومعهن كلابهن وأغنامهن. أنا لم أرَ الذئب، ولكني رأيتهن...».

حينها، يقطع هذا الحديث الذي كان سيطول ويستمر الصوت الآتي من فناء البيت، فتنصت الحاجة لتعرف أن الحاج هو من جاء، وأن هذه مشيته وخطواته التي بوسعها التعرف عليها أينما كانت. ومن ثم، تقوم مسرعة من مكانها، بينما يعطي الحاج الفانوس الذي قد ملأ الضباب زجاجه لكوفية، ويقول وهو ينفض الثلج عن معطفه:

- «يا لهذا الطقس المبارك! إنه يضفي لذة باردة على ليلة الكلندار».

ثم يشعر بالخجل لفرحه بأن الجو بارد، فيستدرك:

- «أعان الله مَن هم في العراء على تحمل هذا الطقس البارد».

وعندما يفتح باب الردهة علينا، تهب ريح باردة جدًّا تجعل فتيلتي النار في لمبة الغاز والفانوس الذي عليه صورة غزالين يشربان من بركة ماء ترتعشان، وترى الحاجة التي أخرجت رأسها من الباب اللون الأحمر الذي اكتست السماء به بسبب الثلوج، وأمواج البحر الأسود التي لو ارتفعت أكثر لغمرت البيت غمرًا.

هل تتذكرين، يا زهرتي الغالية، كيف التفتِّ إليَّ كأنكِ تذكرتِ شيئًا، عندما أغلقت الحاجة الباب تاركة الرياح والثلوج في الخارج؟ لقد كنت تنظرين إليَّ بسعادة وأنتِ تضعين وشاحًا أسود على رأسك، ثم أغلقت عينًا وفتحت أخرى، وقلتِ:

- «إسماعيل، ما الذي في جعبتكَ؟».

لم تكوني تناديني بأخي الكبير، مع أن بيننا ثلاث سنوات، بل كنت دائمًا تنادينني باسمي. وأنا أيضًا ما كنت أرغب سوى في أن أبقى إسماعيلك دائمًا.

ابتسمت وأنا أفكر فيما خطر ببالك حينها. فبما أن الجو باردٌ، والظلام دامسٌ، فهذا يعني أن كاركونكولوس[1] سيأتي في إحدى هذه الليالي البادرة، ويطرق الأبواب، ويبحث عن الأطفال ويسألهم. ويجب على جميع الأطفال أن يبدؤوا الإجابة عن أسئلته كلها بكلمة تبدأ بـ«كا»، وإلا فإنه سيأخذهم إلى أماكن بعيدة للغاية، ولن يعرف عنهم أحد شيئًا. ورغم عدم وجود أطفال في منزلنا، فربما لم يغب اسم زهرة وإسماعيل عن دفتر ملاحظات كاركونكولوس.

عندها، تذكرت طفولتنا، عندما كنت تخافين أن تخرجي حتى رأسكِ من الشباك في ليالي الشتاء، وتخافين من ظلكِ المنعكس بسبب ضوء الشموع، وكيف كنا نجلس أنا وأنت بينما أطرح عليكِ أسئلة ربما يسألكِ إياها:

- «من أين أنتِ؟».
- «كاراداغ[2]».
- «حسنًا، وإلى أين تذهبين؟».

---

(1) كاركونكولوس: كائن خيالي مشهور في الثقافة التركية والآذرية، يُخوِّفُ الأطفال به في الحكايات، مثل «الغول» في الثقافة العربية.

(2) كاراداغ : الجبل الأسود.

- «كارادينز(1)».
- «وماذا تركبين؟».
- «كاتير(2)».
- «وكيف الجو؟».
- «كار(3)».
- «وماذا في جعبتكِ؟».

وعندما تسكتين، ولا تعرفين ماذا تقولين، أقول لك:
- «قولي: كارتال(4) مثلاً».

فتضحكين، وتنسين الخوف، وتقولين لي:
- «هل يمكن أن يكون في جعبتي نسر؟ نسر يا إسماعيل؟ أيعقل هذا؟ ألم تجد شيئًا غيره؟!».

في ليلة الكلندار الأخيرة، رددتِ هذا السؤال عليَّ مرة أخرى: «إسماعيل، ماذا في جعبتكَ؟». وهذه المرة، سأخبرك بما في جعبتي حقيقة: في جعبتي قلم وورقة؛ هذا كل ما بقي معي وأنا راقد على سريري في مستشفى الحميدية للأطفال أبوح لكِ بكل ما في قلبي، يا زهرتي:

- «أنا إسماعيل أفندي الذي كان ينوي القدوم إلى إسطنبول ليكمل دراسته في قسم الفلسفة، بعد أن تخرَّج في الثانوية السلطانية، وكان ينوي أن يؤلِّف ديوان شعر، ولكنه بقي على أعتاب هذا الحلم. لقد جئت إلى إسطنبول، ولكنني أرقد على سرير في مستشفى، وفي جعبتي قوافٍ مكسرة».

---

(1) كارادينز: البحر الأسود.
(2) كاتير: بغل.
(3) كار: مثلج.
(4) كارتال: نسر.

عندما عدت لوعيي، شعرت بأن ألسنة اللهب التي تتطاير من «القافية المكسورة» تكاد تصل إليَّ. آه يا إسماعيل، لو أنني أستطيع أن أنسى تلك اللحظة التي جلست فيها عند قدمي الشاعرة نِجار هانم التي تُوفِّيَت بالمرض نفسه الذي أصابك، وسلمت روحها في المستشفى نفسه بعدك بخمس سنوات. آه يا إسماعيل، ألم تشعر بيدي على جبهتك التي كانت كالنار من شدة حرارتك وأنا جالسة إلى جانبك على السرير طوال الوقت؟!

بالفندق في يزد، والبطاقة البريدية ما تزال بيدي، عليها صورة الممرضة المنحنية فوق الجندي الجريح، وضعت رأسي على وسادتي وفي فمي طعم أسيد ودواء، ورحت أتقلب يمنة ويسرة دون نوم، فوقفت وقد بدأت أشعر بالتعب من التنقل من حكاية لأخرى. فعندما أنتقل إلى حكاية زهرة يبقى عقلي مشغولًا بسطار خان، وعندما أنتقل إلى حكاية سطار خان يبقى مشغولًا بزهرة؛ يا إلهي، لو يلتقي هذان النهران! كم من صورة أحتاج إليها كي أتمكن من الجمع بينهما؟! اليوم، تعود ياسمين إلى باكو، وأعود أنا إلى إسطنبول. نفترق على أمل اللقاء في العام المقبل في هذا الوقت نفسه في تفليس، حيث ستُعِدُّ ياسمين برنامج الرحلة، وأجري أنا الاتصالات اللازمة؛ سنة واحدة ستمر سريعًا. وبما أنني تركت سطار خان في متجر صوفيا للكتب، فهذا يعني أننا على الطريق ذاته، وأن الطريق الذي رسمته لمسيرنا صحيح.

نتجه الآن إلى المطار ملتزمين بالصمت والسيارة تقطع طريقها، فيما قلبي وعقلي قد بقيا في يزد؛ عند أبراج الصمت التي نمر من أمامها لآخر مرة، وصوت هدير الرياح، وأعشاش النسور، والصمت الرهيب، والجبال التي نمر بها ونبتعد أكثر فأكثر.

وقبل أن تصعد ياسمين على متن الطائرة، التفتُّ إليها للمرة الأخيرة، وقلت:
- «ياسمين».
- «نعم، أستاذتي».

كانت الأنهار التي تهدر وتجتاح كياني في الداخل تهزني من الخارج، فأشعر أنني بحاجة إلى أن أفصح عن كل ما في قلبي، ولكن يبدو أن الوقت لم يحن بعد، فلم يطاوعني لساني على الكلام، فاكتفيت بقولي:
- «لا شيء».

فنظرت إليَّ ياسمين، وشعرت بأن ثمة شيئًا ما، ولكنها سكتت.

وما إن أقلعت الطائرة حتى رأيت بعض النساء الإيرانيات يخلعن الحجاب. أما أنا، فما زلت أضعه على رأسي، وأشعر بحزن غريب يملأ قلبي. وبعد مكوثي عشرة أيام في إسطنبول، عدت مجددًا إلى طرابزون.

وإثر عودتي إلى بيتي بعد عشرين يومًا، رحت أنظر إلى الكنز الذي في حقيبة ظهري، والذي حصلت عليه طوال هذا السفر، بنظرات مرهقة كأنني سافرت أربعين سنة: هذا الجلباب الأسود والحجاب الذي ارتديته في إيران؛ وهذا الوشاح الحريري الذي أهدتني إياه ياسمين، وارتديته في مزار الشاعر حافظ، وكان يطير في الهواء بينما أتسلق برج الصمت؛ وهذه مجموعة الأقراص المضغوطة والكتب والخرائط التي اشتريتها. ثم أمسكت بالخريطة، ونظرت إلى المسافة التي قطعتها، رغم أنني لا أجرؤ على الذهاب من طرابزون إلى أنقرة بالحافلة، فشعرت بالتعجب من نفسي، ومن هذه الجرأة التي كنت فيها؛ لقد ذهبت من طرابزون إلى يزد برًّا، ولو وجدت قافلة لذهبت معها!

ثم تذكرت لحظة عبوري الحدود قبل شهر، حينما كنت في الطرف الآخر من سفح جبل آغري في تركيا أشرب الشاي، وتذكرت الأرمنيين

اللذين لم ألتقِ بهما ولم أرهما وجهًا لوجه، ولكنني كنت أشعر بما يشعران به؛ لقد وجدت ما كنت أبحث عنه، فهل وجدا ما يبحثان عنه؟ وإن وجداه، فهل هو قريب مما وجدته أنا؟

لقد انتهت إجازتي، وغدًا أعود إلى الكلية. كيف ستمر هذه السنة يا تُرَى؟

الفصل التاسع
متجر صوفيا للكتب

سنة مرت سريعًا. وها نحن الآن في أواخر تموز مرة أخرى. ومع كل ما في هذه الدنيا من زخم وصخب ومشاغل وازدحام، ما تزال الليلة الأخيرة لي في يزد في ذاكرتي كأنها كانت بالأمس. غدًا، أنطلق نحو باطوم، حيث أمضي الليلة الأولى وحيدة في الفندق. وفي اليوم التالي، ألتقي «آنا»، طالبتي الجورجية التي تعد أطروحة ماجستير في الكلية. أما ياسمين، فألتقي بها في اليوم الذي يليه في تفليس. إنني أود أن أرى كل ما رأته عينا سطار خان، وأن أسير في كل درب سار به، لأنني أعرف حق المعرفة أنني إن لم أفعل، فإن هذه الحكاية لن تكتمل، ولن تتمكن هذه الأنهار من التلاقي مكوِّنة نهرًا واحدًا متدفقة في المجرى ذاته، ولن أكتمل أنا.

إني الآن في باطوم التي تقع على ساحل البحر الأسود، القريبة جدًّا من طرابزون حتى يمكن عدُّها جارتها. وقبل أن أعبر بوابة سارب الحدودية، كان كل شيء لطيفًا معروفًا لديَّ. ولكن ما إن تجاوزت هذه البوابة حتى أصبح كل شيء غريبًا أجنبيًا عني، فلم تعد لغتي، ولا الأوراق النقدية التي في جيبي، متداولة. وكما تتغير اللغة والدين والبشر والأموال في باطوم، يتغير التاريخ أيضًا، وفي لحظة يشعر المرء بهيمنة الإمبراطورية الروسية.

الفندق الذي أقيم فيه خارج باطوم. لهذا، بينما أعبر شوارع مركز المدينة في باطوم، أمكنني أن ألاحظ بسرعة المباني التي خلفها الوجود السوفيتي، وإن مضى تاريخ طويل عليها، وتعددت الأحداث التي مرَّت على هذا البلد.

فهذه الحجارة التي كانت في الزمن الغابر رمادية قاتمة شاحبة قد تزينت وبدت مفعمة بالحيوية، وتفتحت فيها الزهور الملونة.

وقفت في شرفة غرفتي في الفندق أشاهد الجبال والغيوم الرمادية الملبدة في كبد السماء جهة تركيا، فيما أصوات أمواج البحر الأسود التي تضرب الساحل تدوِّي بقوة، مع أننا في أواخر تموز؛ تُرى أي عاصفة صادفت تاريخ قدومي؟ هذا البحر بحري، لم أسكن أو أعمل بعيدة عنه، ولم تُبنَ كل البيوت في طرابزون إلا على سواحله. كان يرافقني وأنا ذاهبة إلى الجامعة صباحًا، وأنا عائدة مساء أتفرج عليه لحظة بلحظة. لهذا، شعرت بأنني في مأمن. والحق أن حالي مثيرة للسخرية، فقد دفعت مبالغ طائلة، وسافرت وقطعت المسافات، وعبرت إلى بلاد أخرى، كي أقف مشاهدة البحر ذاته الذي لطالما شاهدته من شرفة منزلي! وفي تلك الأثناء، بدأت قطرات مطر كبيرة الحجم تنهمر من السماء؛ لا بد أن هذه الأمطار خرقٌ لقواعد الصيف. وهكذا، أجدني في حال مثيرة للسخرية مجددًا، فها أنا أقف في شرفة الفندق تحت وابل من المطر مطلة على ساحل البحر الأسود مرتدية ملابس صوفية ومعطفًا في أواخر تموز.

وفي لحظة، بدأت الشمس التي تتجهز للمغيب بشق الغيوم المتلبدة في كبد السماء بأشعتها كأنها تشقها بسكاكين من نور متسللة من خلالها، في مشهد رائع فتحت السماء فيه أبوابها بماء منهمر، وتسللت أشعة الشمس من خلف السحب الرمادية لتتراقص فوق موجات البحر الأسود.

جلست خلف طاولة بالشرفة، وفتحت حاسوبي وأنا أحتسي فنجان الشاي، ثم فتحت صور باطوم القديمة والحديثة، وعقدت موازنة بينها لأرى ما تغيَّر، وما بقي على حاله. كان شعورًا رائعًا أن ترى ما بقي في الصور القديمة على حاله لأن ما بقي شاهد على التاريخ والزمن. ولكنني أمتلك ما هو أكثر من

الصور، فقد تجولت بقدمي هاتين في شوارع باطوم القديمة وأنا ألاحق سطار خان، ورأيت الكاتدرائية الروسية ذات القبة البصلية في الشارع الرئيس في باطوم، وغيرها كثير. وفي ذلك المكان، حكت صوفيا لسطار خان عن أفكارها الثورية لأول مرة، وقالت: «حتى لو خُرِّبَت هذه، وتهدمت كل الكاتدرائيات، فإنني لن أنزعج، ولن أحزن أبدًا»؛ هذا التدمير والتخريب الذي حصل في عهد ستالين. يا للعجب، حتى صوفيا التي لم تنسَ الشعور الذي يعيشه كل من يقف أمام تلك الأيقونات في صبيحة يوم القيامة كانت تتمنى من كل قلبها أن تتدمر هذه الكاتدرائيات بكل ما فيها! هل رأت كيف دُمِّرَت كثير من الأماكن وسُوِّيَت بالأرض في عهد ستالين؟ هل عاشت حتى تلك الحقبة؟ لِمَ لا؟

وعندما تذكرت صوفيا وسطار خان، شعرت بحسرة وشوق يغلي في أحشاء قلبي، فقد تركته في آخر مرة في متجرها للكتب. ومن ثم، دخلت لأخرج كنزي الصغير في الصندوق المعدني الذي يعلم الله وحده كم مرة فتحته طوال تلك السنة، ولكن لم تبح أي صورة لي بما فيها أبدًا، فعدت مجددًا إلى الشرفة، وأخرجت النسخة التي أخذتها من ألبوم صور نظام؛ الصورة التي تجمعهما.

إلى الآن، لم أجد جوابًا مقنعًا عن تلك الملابس التي كانت ترتديها صوفيا في الصورة، وما زال هذا الأمر يشغل تفكيري. فصوفيا التي في الصورة لم تكن ترتدي الملابس التي ارتدتها في الحانة أو في باطوم، بل ترتدي ملابس كالتي ترتديها السيدات في حفلات السهر الفارهة الكلاسيكية، إذ ترتدي ثوبًا مخمليًّا غامقًا -لا بد أنه أسود- تنورته منفوشة مزركشة عليها دانتيل، وتضع على عنقها عقدًا من اللؤلؤ. ولكن موضة هذا الفستان تعود إلى ما قبل خمسين أو ستين سنة من زمانها على الأقل، فكيف لفتاة ثورية مثل صوفيا أن ترتدي ملابس كهذه؟ كما أنها اتخذت وضعية قديمة كتلك

المشهورة في استديوهات التصوير قديمًا، إذ جلست خلف طاولة خشبية مزركشة عليها لمبة غاز زجاجية، ووضعت يدًا عليها والأخرى أمسكت بكتاب ظريف قد فتحته ووضعته فوق ركبتها اليمنى. بيد أن ملامح وجهها التي بدت أكثر عدوانية وشراسة وتمردًا لم تكن تتناسب مع ملابسها التي ترتديها أبدًا، فما السبب في ارتدائها لها؟ لم أجد تفسيرًا لذلك، فرحت أنظر إلى مَن يقف وراءها شامخًا؛ إنه كما عرفته دائمًا، فلا غريب في ملابسه، من القلباق الذي فوق رأسه وقميصه وسترته؛ إنها ملابسه التي يرتديها دائمًا، وقد وقف رافعًا رأسه واضعًا إحدى يديه على مقبض خنجره المرصع بالفضة.

تركت الصورة فوق الطاولة، وأرجعت ظهري إلى الوراء، فيما المطر ما يزال ينهمر بشدة، فتسللت خيوط من نور الشمس التي شارفت على المغيب من بين الغيوم لتتراقص فوق الصورة أمامي. وفجأة، أصبح كل شيء ضبابيًّا حتى وجدت نفسي في شارع أمام واجهة محل أعرفه؛ لقد جئت إلى هنا من قبل. نعم، هذه الشجريات على طرفي الباب.. إنني الآن أمام متجر صوفيا للكتب. ومن ثم، اقتربت من الباب، وانسللت للداخل بهدوء: هذا سطار خان، وهذه صوفيا. أخيرًا، عدت مجددًا إلى الحكاية التي فارقتها والحسرة تملأ قلبي منذ سنة كاملة، وشعرت بأن ألم الفراق والحسرة التي كانت تحرق قلبي لبعدي عنهما قد زالتا، وحل محلهما الخوف من الوقت الذي سيأتي وأفارقهم فيه، وأردت أن أذهب إليهما، وأقول: «انظرا، ها قد جئتُ مجددًا.. ألم تعرفاني؟ ألا تشعران بي حتى الآن؟».

أغمضت عينيَّ كي لا أصحو من هذا الحلم، وحتى يختفي كل ما حوالي، فلا تبقى شرفة أو هدير لأمواج البحر الأسود أو حتى قطرات للمطر، ولا أسمع سوى صوت صوفيا الذي بدا أنه يصدر من مكان سحيق مشوشًا مثل الصوت الذي يسمعه مَن يُغمَى عليه في أولى لحظات إفاقته من الإغماء.

- «غدًا، سأذهب إلى بطرسبورغ بالقطار».

قالتها صوفيا متذرعة بحجة واهية بريئة؛ ستذهب لزيارة أهلها! ولكن سطار خان كان يدرك أن ثمة أسبابًا أخرى وراء سفرها هذا. لقد مرَّ على قدومه إليها خمسة أشهر تقريبًا، فها قد عاد آذار مصحوبًا بكل ألوان الحياة. وطوال تلك الفترة، ابتعد عن السجاد وتجارته، وعمل معها في المتجر، وتعرف عليها وعلى رفاقها من كثب، وتابع يومًا بيوم أخبار «ثورة فبراير» التي استطاعت أن تخلع القيصر وتنزله عن كرسي الحكم في بطرسبورغ، وجعلت كرينسكي التابع للمناشفة يعتلي سدة الحكم، ولكنه أيضًا كان يؤيد الاستمرار في الحرب، ويرفض انسحاب روسيا من الحرب العالمية، وهو ما أدى إلى حدوث شرخ وهوة كبيرة بين المناشفة والبلاشفة، وزيادة النزاعات والصراعات بينهم. والآن، تترك صوفيا باتومي التي يهيمن عليها المناشفة، وتتجه إلى بطرسبورغ مركز ثقل البلشفية، فلماذا؟ لم يقف عند هذا كثيرًا، فما كان ينظر إلى السبب، بل إلى النتيجة. ففي المحصلة، عرضت عليه أن يأتي معها، وقد أكبر تصرفها هذا كثيرًا، واحترم دعوتها تلك، حتى إن لم يلبها.

وفي صباح اليوم التالي، استيقظ وشعور الفقد يملأ قلبه. وبعد قليل، كان يقف على رصيف محطة القطار المتجه نحو بطرسبورغ ناظرًا إلى صوفيا التي تجلس على المقعد وقد خلعت معطفها ووضعته في حجرها، وأسندت رأسها إلى زجاج العربة الثالثة في القطار التي تعج بالناس. لم يكن لديه سوى بضع دقائق يودِّعها فيها، ويتمنى لها رحلة سعيدة، ويرى وجهها الجميل مرة أخرى. فهرع إليها، وجثا على ركبتيه بالقرب منها داخل العربة التي تعج بالفلاحين والجنود والفارين والعمال والقرويين الذين يحملون معهم البط والإوز والماعز والدجاج.

كان سطار خان الذي واجه الموت وجهًا لوجه في أعالي قمم جبل سهند قبل أشهر قد قرر، إن كُتِبَ له العيش، أن يغطي جراحه كلها، ولا يرفع عنها الحجاب أبدًا، خاصة أمام صوفيا، ويبدأ حياة جديدة. فرفع رأسه لينظر إلى عينيها الناظرتين إليه، وتملكه شعور جميل داعب قلبه وسري في أعماقه؛ هذه المشاعر ليست دليل عشق، ولكنها أيضًا ليست مشاعر صداقة، فهو لا يشعر بالحرقة واللوعة والغيرة والشوق، بيد أنه لا يشعر كذلك بالسكون وعدم الانفعال؛ إنه شعور مختلف غامض. لقد كان لكل منهما عالمه الخاص، ولكن أحدهما كان جزءًا من عالم الآخر، كأن بينهما اتفاقية غير معلنة قد وقعا عليها بألا يتملك أحدهما الآخر، فكل منهما بأحبِّ كلمة على قلب صوفيا «حرّ»، ولكنه مرتبط بالآخر حتى إن كان بعيدًا عنه. لم يتكلم أي منهما عن شيء، ولم يتخذ خطوة، ولم يُوضَع بعد لهذه العلاقة التي تجمعهما اسم، وهذه أهم ميزة وشرط في عقد الاتفاقية تلك. ولو أنه لم يتمسك بهذه الاتفاقية، ويحفظ تلك المواثيق، لكان من الممكن أن ينهار متجر الكتب فوق رأسيهما.

وحينما بدأت أصواتُ صرير عجلات القطار تدوي في المحطة، وقف ونظر إليها بحنان، ثم رمى بنفسه في آخر لحظة قبل أن يتحرك القطار الذي سيشق طريقه بين الجبال والوديان المليئة بأزهار التفاح المزهرة، والمروج الخضراء المليئة بالأبقار التي ترعى العشب والكلأ المتناثرة فوق المرج الأخضر، وحقول القمح الشاسعة التي تداعبها نسمات الهواء العليلة فتتراقص معها سنابلها، والأنهار التي لا حصر لها، والقرى التي تُرَى من بعيد على سفوح الجبال، والداتشا[1] على منحدرات الجبال والسهول والوديان. وعندها، زاد إيمانه بأن الزمن يحمل في طياته أمورًا لا يمكن توقعها أبدًا؛ لقد

---

(1) الداتشا (بالروسية: дача) منزل موسمي أو دائم، يقع عادة في ضواحي المدن الروسية والبلدان الأخرى في الاتحاد السوفيتي السابق.

كان سعيدًا بحياته تلك، وسعيدًا أكثر لأنه يعرف أنها ستعود من بطرسبورغ بعد أسبوعين.

وبعد عشرين يومًا، عادت صوفيا. وكان من حظ هذا الآذري المسلم خلال تلك الفترة أن سلَّم الكتب والمنشورات البلشفية من الأماكن السرية التي كانت فيها للشباب البلشفي، وساهم في توصيل الرسائل السرية فيما بينهم، بأن يضعها أحدهم عنده إلى أن يأتي غيره ليتسلمها منه، حتى أنه حفظ كل شخص، وأي كتاب سيطلب، وأين مكان كل كتاب، وعلى أي رف هو، وما الكتب التي يجب أن تُخبَّأ. وذات يوم، بينما يجلس خلف طاولتها في المكتبة، راح ينظر إلى صورة صوفيا على الطاولة ويتأملها، حتى تجرأ وأخرجها من إطارها ووضعها في جيب ردائه. وعندما رفع رأسه، رأى إعلانًا باسم البرنامج الذي سيعرض في الأوبرا الرواية الشعرية «يفغيني أونيغين»، لـ«ألكسندر سيرغيجيفتش بوشكين»، ومن أداء بيتر إليتش تشايكوفسكي.

لقد قرأ هذه الأسماء دون أن يجد صعوبة في حرف «ش»، فابتسم وخرج من المتجر، ووضع كرسيًّا أمام الباب كعادة التجار المسلمين، ثم ذهب إلى الأوبرا ليشتري تذكرتين. وما إن دخلت صوفيا المتعبة من باب المتجر حتى قال لها:

- «سنذهب للأوبرا هذه الليلة، جهزي نفسكِ».

فجلست على الكرسي، وراحت تلقي عليه الأسئلة واحدًا تلو الآخر وهي تدخن لفافة تبغ بيدها: هل سمع بـ«تشايكوفسكي» من قبل؟ ألن يشعر بالملل في الأوبرا؟ من أين جاءته هذه الفكرة؟

نعم، لقد سمع بتشايكوفسكي من قبل. فقديمًا عندما كان يحضر السجاد إلى باكو، ذهب في إحدى المرات مع الحاج عزير إلى الأوبرا، وشاهدا أوبرا «مجنون ليلى». وحينها، لم يشعر بالملل أو الضجر أبدًا، فهل سيشعر بهما الآن؟

ضحكت صوفيا، وقالت:

- «حسنًا، سأذهب الآن، فأنا متعبة للغاية حتى أنني غير قادرة على الوقوف على رجلي؛ لقد كانت رحلة القطار مرهقة جدًّا. وسأكون في الساعة السابعة تمامًا أمام مبنى المسرح. ارتدِ ملابس جيدة، فسندخل إلى الأوبرا. وكما تعلم، فهذا مكان للأثرياء ورجال الطبقة المخملية».

وعندما شارفت الساعة على السابعة، أغلق المتجر، ووقف أمام مبنى الأوبرا الذي يشبه تلك القصور الكثيرة في بطرسبورغ، وما هي إلا لحظات حتى بانت صوفيا. ولو لم يمسك نفسه لانفجر من الضحك، فصوفيا التي أوصته أن يرتدي أجمل ما عنده جاءت بهيئتها المعروفة، وشعرها القصير على حاله، وهي ترتدي معطفها الأسود الباهت وحذاءها الأسود العادي مثل كل مرة، فيما تجمهر أمام الأوبرا جمع غفير من أهل باطوم الأثرياء مرتدين المجوهرات والحلي وفي قلوبهم شوق إلى بطرسبورغ. وبينما ينتظران بين الحشود دورهما ليدخلا من باب الأوبرا، أمسكته من ذراعه، وقالت:

- «ما قولك سطار خان.. أليس من القريب جدًّا أن يسوَّى هذا المسرح بالأرض؟».

- «قريب؟».

- «قريب. لقد عدت لتوي من بطرسبورغ، والأمر قريب جدًّا».

كان لروسيا حينها وجه آخر، فهي تغلي على صفيح ساخن، وما تفتتها وتمزقها إلا مسألة وقت. لذا شددت صوفيا على عبارة «قريب جدًّا» حتى أنه كاد يرى البلاشفة يقتحمون أبواب دار الأوبرا، ويحطمون جدرانها، وينتشرون بين النساء اللواتي يرتدين المزركش والمطرز والدانتيل والمجوهرات المبهرجة، ويسيطرون على المكان بلحظة.

مشيا في الصالة بين الحشود التي بدا أنها لا تعرف شيئًا عما يجري في المعامل والساحات والميادين والجبهات حتى جلسا في مقعدهما تاركين الحرب والبلاشفة والمناشفة في الخارج. وفجأة، توقفت الضجة والصخب، وانتشرت الموسيقى بين الحضور كنسمة من حرير، وما هي إلا لحظات حتى رُفِعَ الستار رويدًا رويدًا. وعندما ظهرت تانيا على المسرح وهي تكتب تلك الرسالة المشهورة على رسومات ولوحات بلون الجليد، أدار رأسه ليرى صوفيا تنظر إليه بحرارة، فسرقت عيناه العسلية قلبها وعقلها، وبقيت حبيسة تلك النظرات، أما هو فكان يحسُّ عندما ينظر في عينيها أنه في حقول اللافندر.

وما إن خرجا من الأوبرا حتى شعرا بجو حزيراني جميل وقد جف للتو ماء المطر، فقالت صوفيا:

- «بما أننا جئنا إلى الأوبرا، دعنا نلتقط صورة معًا، خاصة أنكَ أخذت صورتي من فوق الطاولة، أم تظن أني لم ألحظ ذلك؟!».

فابتسم وقال في نفسه: «صورة الآن؟ ولِم لا؟». ومن ثم، ركبا عربة خيل، فقالت للسائق:

- «استديو نيكولاي ألكسندروفيتش أولينين».

ولم يكن الرجل بحاجة إلى أن يدله أحد على المكان المشهور جدًّا حتى أن كل سائق في باطوم يحفظه عن ظهر قلب. ورغم أن الوقت كان متأخرًا، فإن أولينين يستمر بالعمل في عروض الأوبرا حتى ساعات متأخرة من الليل لأنه كان من عادة الناس هنا، مثل بطرسبورغ تمامًا، الذهاب إلى المصور لالتقاط صور لأنفسهم مستغلين ملامح السعادة والفرح التي تزين وجوههم قبل أن تُمسَح.

استقبل نيكولاي ألكسندروفيتش أولينين الشابين، ورحب بهما بينما يسترق نظرات سريعة إليهما؛ لقد رأى كثيرًا من الوجوه، ووقف أمامه كثيرٌ من

الأشخاص، حتى أنه بات قادرًا من نظرة واحدة على التعرف على شخصية مَن يقف أمامه، بل الدخول إلى أعماق روحه. وها هو الآن يقف أمامه شاب آذري مسلم، وسيدة صغيرة جميلة، لكنها لا تعتني بجمالها. ومع ذلك، كان أولينين سعيدًا، فقد ملَّ طوال السنوات التي عاشها في بطرسبورغ من الكونتسيات المتقدمات في السن والدوقات السمينات، والأمراء المتعجرفين والدوقات الذين ما يزالون يظنون أنفسهم في العشرينيات، المغرمين دائمًا بأن تكون صورهم جميلة للغاية، وتعب من إلقاء اللوم عليه في عدم ظهورهم في الصور بشكل جميل. ولكن ها هو الآن يقف أمام زوجين جميلين، وهو ما يسمح له بأن يظهر كل فنه وبراعته.

وعندما جُهِّزَت غرفة التصوير، جاء الأجير وأخبرهم بذلك. وفي الداخل، جعل أولينين صوفيا تجلس على كرسي، وسطار خان يقف وراءها. وقد كانا جميلين حتى أنهما لم يدعا مجالًا للمصور ليقول أي ملاحظات أو يعدل من وقفتهما أو يرفع رأسهما أو ينصحهما بالابتسامة. ومع ذلك، كان من أصول المهنة أن يتدخل المصور، فعدل جلستها ورفع ذقنها قليلًا، ثم أعادها إلى ما كانت عليه، ثم أطفأ القناديل، وآتى بشمعدانات كبيرة مكانها، ووقف خلف آلة التصوير التي حركها على سكة الحديد التي تحتها، فقرَّبها وبعدَّها قليلًا منهما، ونظر إلى دقة الصورة على لوح الزجاج الذي أمامه حتى ثبَّت في النهاية صورة رائعة لا مثيل لها، وقال:

- «أنا ألتقط الصورة الآن؛ لا تتحركا أبدًا، وانظرا لي».

ثم اختفى تحت ستار أسود خلف آلة التصوير على الحامل ذي الثلاث قوائم، وأمسك بآلة التصوير. وخلال لحظة، رفع الوشاح الأسود، وانتهى كل شيء.

فكر مصور بطرسبورغ الشهير بأولئك الذين وقفوا أمام آلة تصويره، وتركوا صورة لهم في قمرتها المظلمة ورحلوا؛ ربما لن يرى وجوههم مرة

أخرى، لكنهم يأتون ويقضون وقتًا طويلًا وهم يتجهزون كي يأخذوا اللقطة المناسبة، ويرسمون أجمل التعابير والنظرات على وجوههم لهنيهة من الزمن، ثم يختفون ويرحلون تاركين وراءهم صورهم التي ما تزال هنا تملأ الأدراج والصناديق والخزانات والرفوف. لعلهم هم أنفسهم نسوا تلك الصور، وربما نسوا أنهم أتوا إلى هنا، ولكن هذا المصور الماهر الذي بدأ بهذه المهنة منذ خمسين سنة يتذكر كل تلك الصور واحدة واحدة. وقد وقف أمام عدسة كاميرته التي تظهر الحقيقة كما هي، دون تزييف أو تغيير، أرقى طبقات المجتمع المخملي في بطرسبورغ وما حولها، لمناسبة ما أو حفل زفاف أو خطوبة، في عيد رأس السنة أو أعياد الميلاد وأعياد الفصح أو الأعياد الرسمية، أو في المناسبات التي يحبون تخليد ذكراها، مثل عودتهم من الأوبرا بملابس وفساتين السهرة؛ وكل ذكرياتهم تلك محفوظة عند أولينين.

لقد وقف أمام عدسته كثير من مالكي العقارات والأراضي في بطرسبورغ الذين فقدوا أراضيهم وأملاكهم واجتُثُّوا من جذورهم بعد عام 1861، فأصبحوا خاوي الوفاض تمامًا بعد أن كانوا معروفي النسب والحسب، ووقفوا أمام تلك العدسة مرهقين متعبين مصدومين مما جرى معهم. كما وقف أمامها مَن شاركوا في ثورة 1905، ونجوا منها دون أن يصابوا بأذى، ومَن نجوا من المسير إلى سيبريا. كذلك التقط أولينين إحدى صور الكونت تولستوي، والأمير القروي الذي أمضى ثلاثين عامًا في صحراء سيبريا بسبب أنه شارك بـ«انتفاضة الديسمبريين»، والشاعرة الجميلة آنا أخماتوفا. ولكن الأهم من هؤلاء كلهم كان نيقولا الثاني، إمبراطور روسيا، فقد نال هذا المصور شرف التقاط صورة له ظلت حتى الأمس القريب معلقة أمام الجدار مقابل الباب في إطار ذهبي ثمين بعرض ثلاث بوصات، ولكنها من بداية شباط حتى اليوم كانت تهتز من مكانها. لهذا، لم يكن أولينين يتوسم خيرًا فيما يجري في

البلاد، فلن يبقى شيء على حاله إن استمر الوضع على ما هو عليه في باطوم.

ولو أن الأمر يعود له، لصوَّر أولينيين جميع ما يحدث في تلك الميادين التي تعج وتغلي بالناس، ولكن آه من تلك الآلة كبيرة الحجم، كيف يحملها على ظهره ويمشي بها وهو في هذا العمر؟! إنه لا يستطع الذهاب أبدًا، بل هم مَن يأتون إليه، لهذا كانت المشاهد التي التقطتها عدسته محدودة للغاية. ومع ذلك، كان ما التقطته حتى تلك اللحظة كافيًا، وكان هو راضيًا عن تلك الآلة التي كانت بمثابة ثورة حقيقة بالنظر إلى آلات التصوير التي كان على من يرغب بأن يتصور أن يقف أمامها بلا حركة لثماني ساعات على الأقل. أما الآن، فنقرة واحدة كافية لالتقاط الصورة. بيد أنه لا حدود للتطوير والتحديث، لذا كان أولينيين واثقًا ثقته من اسمه أنه سيأتي زمان تطوَّر فيه آلات التصوير، وتخترع آلات أخفُّ وزنًا وأصغرُ حجمًا؛ ألم تكن الكاميرات الداجِيريّة وكالوتايب قد اخترعت بالأمس القريب؟!

إن العالم بأسره، في رأي أولينين، من الآن فصاعدًا، سيقف أمام عدسة هذه الآلات، وستنعكس صورته داخل قمرتها المظلمة، وستُوَثَّقُ اللحظات التاريخية وتُكتَبُ بالصور؛ سيكون التاريخ موثقًا بالصور، حتى إن سُمِّيَت «لقطة»، ففيها كثير من المعاني والعبر، وستوثِّق ما رآه المصور في لحظة ما، بل وما لم يره.

انتهت لحظة التقاط الصورة، فنظر مرة أخرى لصوفيا من وراء عدسة الكاميرا، ولم يغفل النظر إلى سطار خان أيضًا؛ ما أجملها من فتاة! ويا له من فتى نبيل! لم يقف أحد أمام هذه العدسة مثلهما من قبل.

في تلك الأثناء، لفت انتباه سطار خان الملابس الكثيرة المعلقة على الجدران في ورشة التصوير التي تشبه الملابس القوقازية، كالقلباب والأحذية والأحزمة العريضة والخناجر والسترات، مع أحزمة الخرطوش والسيوف

البتارة، وملابس وفساتين السهرة مع التنانير المنفوخة وكثير من الدانتيل والأشرطة، وحتى ملابس السجناء والمنفيين المصنوعة من قماش خشن بلون بني، والسلاسل والأغلال أيضًا معلقة إلى جانبها، فسأل:

- «ما هذه يا أسطة أولينين؟».

فتبسم الرجل، وقال:

- «آه، لقد جئت بهذه الأشياء من بطرسبورغ، فثمة كثيرٌ ممن تثير رؤية هذه الملابس فضولهم، وهنا أيضًا، ولكن ليس مثل بطرسبورغ... زبائننا على نوعين: إما يريدون أن يظهروا على ما هم عليه، ويبقوا في التاريخ على صورتهم التي هم عليها، وإما يرغبون بأن يتقمصوا شخصية لا يمكن أن تكون شخصيتهم أبدًا، فيختارون الشخصية التي يرغبون بأن يظهروا بها، وينتقون ما يناسبها من هذه الملابس».

فأشار سطار خان إلى ملابس سيبيريا، وقال:

- «حسنًا، ولكن هل يرغب أحد بأن يلبس هذه مثلًا؟».
- «أكثر مما تتصور».

ثم أشار سطار خان إلى ملابس حفلات الرقص ذات التنانير المنفوخة والزركشة:

- «وهذه؟».
- «وهذه».وتذكر قاعات الرقص التي أخذوه إليها في صغره مرة أو مرتين، ثم قال:
- «لم تبقَ سيدة ترتدي هذه الملابس، فالنساء لم يعد يعجبهن الدانتيل والزينة والزركشة والشرائط، ولم يعدن يقدرن على المشي بسبب التنانير الثقيلة، ولكن تخيل هذه الفتاة الجميلة مرتدية هذه الملابس؛ كم ستليق بها!».

نظر سطار خان إليها، فقالت صوفيا في اللحظة ذاتها وهي تقرأ ما يدور في رأسه:

- «مستحيل... مستحيل!».

- «لماذا؟ لقد جئنا إلى هنا لنلتقط صورًا للذكرى، فارتدِ أحد تلك الفساتين هيا».

فابتسمت صوفيا ضاحكة، وفكرت: «صحيح، مستحيل لماذا؟»، ولكن كان لديها شرط حتى تفعل ذلك، فهي من سيختار الفستان الذي سترتديه.

وبعد قليل، بانت صوفيا وقد ارتدت ثوبًا مخمليًا مزركشًا مزينًا بالدانتيل والشرائط، وبدت كأميرة من أميرات روايات القرن التاسع عشر، بيد أنها كلما خطت خطوة ظهر حذاؤها الأسود الباهت من تحت التنورة المنفوخة، ولكن مَن ينظر إلى قدميها في تلك اللحظة؟! الجمال لا زمان له، وعقد اللؤلؤ في رقبتها يتلألأ تحت نور القناديل.

وبينما تسحب فستانها المخملي، قالت:

- «سطار خان، لِمَ لا تبدل ملابسكَ؟».

- «لا داعي، فملابسنا لا تتغير بهذه السرعة؛ الزمن عندنا يمر ببطء».

عدل أولينين فستانها المخملي بعناية، وأجلسها على المقعد، ووضع على طاولة أمامها لمبة غاز زجاجها مزركش عليه صورة غزالين قد انحنيا برأسيهما على جدول ليشربا الماء، ثم وضع بين يديها ذلك الكتاب وفتحه، وأمسك يدها ووضعها برفق فوقه. وفي لمسة أخيرة، أمسك بيد سطار خان اليسرى ووضعها على كتفها الأيسر، فشعر الأخير بخوف من أن تلتقط الصورة ما يدور داخله. وكي يسيطر على ما يخفيه بداخله، رفع رأسه بعزة، ووقف وهو يضع يدًا على كتفها، ويمسك بالأخرى مقبض خنجره الشركسي.

ولإيمانه بأن الصورة كتابة بالضوء، راح المصور نيكولاي ألكساندروفيتش أولينين يختار زاوية الضوء المناسبة بخبرته التي تجاوزت الخمسين سنة، واستقر على أن يوزع الضوء بحيث يكون نصف مظلم ونصف مظلل، نصف ظاهر ونصف خفي، نصف يتحدث وينطق ونصف ساكن صامت، فهذه أنسب زاوية للضوء لهذين الشابين؛ نعم، للكاميرا أدواتها وتقنياتها، إلا أن أكثر ما يميز أولينين اللمسة الجمالية التي تسمح له بأن يعدَّ نفسه فنانًا لا يستطيع أحد أن يلتقط صورًا كالتي يلتقطها هو. ومع أن آلته التي يستخدمها ليست سوى صندوق مظلم مغلق، فإن الكاميرا تظل نعمة كبيرة من لطف الله أنها موجودة، وإلا لاندثر هذا الجمال -نظر مرة أخرى إلى صوفيا وسطار خان- واختفي مع الأيام، ولم يقدر أحد على رؤيته! ما فائدته إذن؟! ولِمَ كان ما دام أن أحدًا لن يتمكن من رؤيته؟! ومن ثم، اختفى أولينين تحت الوشاح الأسود الذي كان من الخصائص الفلسفية لفنه، ثم رفع يده مرة أخرى والتقط الصورة.

وبلحظة، انطبعت صورة سطار خان بقميصه ذي اللون الأحمر الترابي وصوفيا بفستانها المخملي بلون اللافندر على زجاج آلة التصوير، وتخلدت تلك اللحظة بكل ما فيها إلى الأبد. حينها، تحول لون قميصه إلى الرمادي، ولون فستانها إلى الأسود، ولم تظهر مشاعره وما يدور داخله في تلك الصورة.

عندما خرجا، كانت النجوم تتلألأ فوق البحر الأسود، فأصبحت تلك الليلة الحزيرانية أكثر جمالًا. لم يستقلا عربة، بل مشيا في الطرقات الفارغة الصامتة، بعد أن آوى كلٌّ إلى منزله، ولم يعد فيها سوى دوريات للشرطة عند نواصي بعض الشوارع والأزقة، حتى وصلا إلى الشارع الرئيس، ودخلا الحديقة العامة، حيث وقفا أمام تمثال برونزي هو نسخة متقنة عن تمثال الفارس الذي يمتطي جواده الشهير في بطرسبورغ، ورفعت صوفيا رأسها نحوه، وصرخت:

- «مرحبًا!».

ثم أكملت وهي تسمع صدى صوتها:

- «بيوتر كروبوتكين، هل تسمعني؟».

فنظر سطار خان إلى وجه ذلك التمثال الحجري، والخطوط المحفورة عليه، ثم استدار إليها كأنه يقول لها: «لا، لا يسمعك!».

أشعلت صوفيا لفافة تبغ بعد أن جلست على قاعدة التمثال، ثم قالت:

- «وهذا أيضًا سيُدمَّر، هو وكل التماثيل المصنوعة على شاكلته، والبوابة كذلك ستُدمَّر».

- «أي بوابة؟».

فراحت تحكي وهي تنظر إلى الأفق أمامها، كأنها تنظر إلى بوابة قصر الشتاء في بطرسبورغ، أن قلب الإمبراطورية قد أُنشِئ على ضفاف نهر نيفا في بطرسبورغ كي يكون في أفضل موقع لمشاهدة المياه وذلك المنظر الخلاب، ولكن هذا القصر الذي فُتِنَ بمشاهدة انعكاس صورته على سطح الماء أصبح مجرد مقر لعصابة معصوبة العينين لا ترى إلا نفسها، ولا

تكترث إلا بمصالحها. ومن ثم، فإن روسيا لا تستطيع أن تتنفس ما بقي هذا القلب الأناني يمتص كل الدماء التي في أوردتها، ولا ينبض إلا من أجل نفسه فقط. ثم نظرت إليه بعد أن رسمت له صورة خيالية لتلك البوابة، كأنها ترسمها بدخان لفافة التبغ، وأغمضت عينًا وهي تسحب نفسًا من اللفافة، وقالت:

- «ما رأيك سطار خان.. هل سيأتي يوم تتهدم فيه هذه البوابة؟ هل ستنقطع حبال تلك الثريات المصنوعة من الكريستال النقي الخالص فتسقط فوق السجاد النادر؟».

في الواقع، لم تكن تسأله، بل كانت تخبره، فقد رفعت يدها وجعلتها على شكل قبضه، ثم هوت بها فوق راحة يدها الأخرى، كأنها ثريا سقطت من مكان مرتفع، وأجابت عن سؤالها بنفسها:

- «ستُدمَّر بكل تأكيد لأنه يجب أن تُدمَّر. فإن لم تُقتَحم هذه البوابة وتُكسَر وتُفتَح على مصراعيها، فلن يتحقق النصر في حرب الفلاحين والعمال والعساكر والبحارة. نعم، لن يتحقق هذا النصر إلا إذا اقتحم السيل العارم تلك البوابة، وحدث هناك ما يجب أن يحدث». «ولكن بوابة متينة كهذه كيف يمكن أن تُفتَح؟»

- «كل البوابات تُفتَح يا سطار خان؛ يكفي أن تتجمع أمامها قوة لا يمكن قهرها والصمود أمامها».

وضربت برجلها الأرض، كأنها تشير إلى أن مركز الأرض يقع تحت قدميها؛ ربما كانت هذه مجرد ضربة كعب من فتاة نحيلة، ولكنه شعر أن هذه الضربة كفيلة بأن تزلزل الأرض تحت أقدام التسار وأقدام كيرينسكي وتقضي عليهما، والأيام في جعبتها كثير تخرج بعضه من حين لحين إلى العلن. ولكن لو اندلعت ثورة كالتي وصفتها صوفيا أمام تلك البوابة، فإنها لن تغير مصير

الإمبراطورية الروسية فحسب، بل ستغير مصير العالم بأسره، والأهم مصير إيران والعثمانيين المعلق بمصير روسيا.

وبعد أن راحت تحلم بصورة تلك البوابة وهي مهدمة تحت قدميها، سُمعَت أصوات أجراس الكاتدرائية الأرثوذكسية تدوِّي في المكان وتصدح، فهمست له:

- «سطار، دعنا نذهب، أنا وأنت، إلى بطرسبورغ وموسكو».
- «نذهب».

قالها وهو يشعر بأنه مستعد للذهاب معها إلى أي مكان تريد، ثم نظر إلى تلك الفتاة الصغيرة التي تنفث ألسنة من اللهب، فرأى أنها رغم قصة شعرها التي تشبه قصات الصبيان، ونظراتها التي تشبه نظراتهم، ومحاولتها إنكار أنوثتها ورقتها، فإن لون عينيها اللافندري الأزرق الخلاب، ولون خديها الوردي، ما يزالان يزيدانها أنوثة ورقة؛ لقد أسره هذا الجمال المليء بالغضب الذي ينفث اللهب ويخاطبه بـ«سطار». هكذا ببساطة حرَّفت اسمه، فاختصرته وجعلته اسمًا خاصًّا بها، ولم يفعل ذلك أحدٌ قبلها سوى أبيه ميرزا خان الذي كتب اسمه بخط يده على الصفحة الأخيرة من المصحف الشريف، وكان الوحيد الذي يناديه بـ«سطار» فقط. وقد لاحظ أنه لم يشعر عندما تذكر ميرزا خان بغصة أو ألم، بل استغرق مجددًا في التفكير في صوفيا التي فصلت اسمه إلى نصفين، وجعلته اسمها الخاص بمقطع صوتي واحد، وبضربة من لسانها دمَّرت سلطنته وسيادته. والحق أن قلبه كان مليئًا بالبهجة والحماس، وقد شعر بتلك الرعشة التي انتابته عندما كانا في ورشة أولينين، وما كان لرضاه عن اسمه الجديد الذي يخرج من شفتيها وحبه له حدود.

ارتسمت على وجهه ابتسامة عريضة بقيت آثارها على شفتيه مدة طويلة، وكان هذا كفيلًا بأن يشعره بأن أشرعته قد ملأها الهواء، وأنه عاد للإبحار في

بحر الحياة من جديد؛ لقد كان شعورًا رائعًا. إن كل ما يملأ حياته من الآن فصاعدًا يجب أن يكون شيئًا لا مثيل له في حياته السابقة، حتى ينسى مرة أخرى كل شيء منسي. فعندما يقول «صوفيا»، كان يشعر بشعور تجاوز العشق والصداقة إلى أمر مغاير تمامًا، أهم ما فيه أنه يشعر بالخوف عليها؛ ما أجمل أن يخاف المرء على شخص، وأن يكون على استعداد لأن يفعل كل شيء من أجل أن يحميه، وأن يقف أمامه سدًّا عصيًّا يمنع عنه الأخطار والمهالك! ما أجمل هذا الشعور الذي كان سطار خان قد نسيه منذ زمن بعيد!

أدار وجهه نحوها، ثم قال:

- «صوفيا... أنا أخاف عليكِ. إن كانت الأيام الدموية قريبة إلى هذه الدرجة، فما الذي ستفعلينه؟ لا يمكنكِ البقاء في باطوم، ولا البقاء في بطرسبورغ!».

وتوقف للحظة وراح يفكر، ثم أردف:

- «اتركي كل شيء. دعي كل هذه الأمور وراءكِ، ولنذهب معًا إلى إسطنبول، فكما ترين قد تركتُ أنا أيضًا كل شيء وراء ظهري».

ثم أفصح عن نيته صراحة:

- «فلنتزوج. ففي إسطنبول، لن يمنعنا شيء من الزواج والعيش معًا».

فنظرت إلى وجهه وهي تبتسم ابتسامة خفيفة، ثم رفعت يدها برقة، وراحت تداعب خده بظهر يدها بحنية، وقالت:

- «يا ولد، أنا لن أتزوج أبدًا، أتفهمني؟

- «حسنًا، وما الذي سيحدث إذن؟».

- «لا شيء، فأنت لا تحبني، وأنا مستعدة أن أنتظرك حتى تحبني حقًّا، لا أن تحاول ملء بعض الفراغات في حياتك بي، أو أن تضعني مكان شخص آخر!».

حينها، بدأت أصوات صفَّارات القوارب البخارية ترتفع واحدة تلو الأخرى. ومن تلك الليلة، سوف يتذكر تلك الصفَّارات في كل مرة يفكر بها.

ومرة أخرى، عادا للمشي كأن الحديث الذي دار بينهما قبل قليل لم يحدث أبدًا، وكلٌ منهما مشغول بحساباته الخاصة، يحاول أن يكمل حياته من المكان الذي توقف به.

وبعد تلك الليلة أمام التمثال البرونزي، مرَّ الصيف بطوله، وشارف الخريف على الانتصاف تقريبًا، فقد حلَّ تشرين الثاني، وبدأ معه برد شديد وأمطار غزيرة وعواصف قوية. وذات ليلة، بينما كان مستلقيًا في غرفته في النزل الذي يقيم فيه، يجول بناظريه على سقف الغرفة المتسخ، ويصغي إلى صوت الأمطار التي تضرب بشدة نافذته، فُتِحَ الباب فجأة، وبدت صوفيا ببدنها النحيل كجسد الأطفال مبللة بشدة من المطر المنهمر، ثم تسللت إلى الداخل، وخطت خطوتين بأقدامها فوق الأرضية الخشبية حتى وقفت أمامه، ونظرت بعينيه هنيهة دون أن تقول شيئاً، ثم همست:

- «سطار».

كانت تناديه بـ«سطار» كثيرًا بعد تلك الليلة أمام التمثال البرونزي، ولكنها لم تكن تتصور أبدًا أنها مع أول عاصفة ستقع في حالة الضعف نفسها التي يقع فيها كل العشاق، ولكن ها هي العاصفة قد هبت، وما أمر تحولها إلى إعصار كاسح إلا مسألة وقت لا أكثر.

أما هو، فبعد أن انتفض من مكانه مفزوعًا، صاح:

- «كيف دخلتِ إلى هنا؟ ألم يركِ أحد؟».

لقد شعر بخوف شديد من أن يراها صاحب النزل في غرفته، أو في الحقيقة كان يخاف أكثر من أن يرى ذلك الإيراني امرأة في غرفته، فما الذي يمكن أن يفكر به؟ وماذا يمكن أن يقول عنه؟ ولكنها لم تسمع ذلك السؤال

حتى، فخطت خطوتين نحوه وهي تشعر بالبرد وترتجف بشدة، ووجهها شاحب كوجه الأموات، وشفتاها زرقاوان قاتمتان، ثم أكملت:

- «بطرسبورغ تغلي، ليس في الداخل فحسب، بل أصبح كل شيء في العلن؛ لقد وصلني تلغراف اليوم فيه أن البارجة أوروا سلطت مدفعتيها نحو قصر الشتاء، وما أمر اقتحام تلك البوابة إلا مسألة وقت».

ونظرت إلى الخلاء، وأكملت كلامًا كأنها قد حفظته من قبل:

- «سوف تحدث أشياء مريعة هنا، سطار.. لقد اندلعت الثورة في بطرسبورغ، ولكن نيرانها سرعان ما ستندلع هنا. فجورجيا تدعم المناشفة، ولن يسمح المناشفة للبلاشفة بالاستيلاء على السلطة في باتومي، ولن يمر وقت طويل حتى يبدأ بعضهم بذبح بعض».

حينها، تذكر أن الجورجيين يستجيبون للدعوات القومية وشغفها أكثر، وهذا يعني أن المناشفة في باطوم ستكون سلطتهم ونفوذهم أقوى. ومن ثم، ستتحول باطوم مرجلًا كبيرًا من القطران المغلي ينصهر فيه الكل، وستكون صوفيا في خطر أيما خطر! ولكن تفكيره في تلك اللحظة ظل عالقًا في أن يراها صاحب النُزل في غرفته، والمأزق الذي سيقع فيه حينها.

أما هي، فأكملت:

- «سيتغير كل شيء هنا، وستحدث أمور مريعة للغاية؛ لست خائفة، ولكن لا تتركني وحيدة في بحر الدماء والنيران هذا، ولا تكن جبانًا».

ثم مدَّت يديها، وهمست:

- «ها أنا هنا، ولديَّ من الحرية ما يكفي أن آتي أنا إليك، ولكن ليس لديَّ سوى هذه الليلة فقط».

وتوقفت قليلًا، ثم قالت:

- «لم يعد يهمني إن كنت تضعني مكان أحد، ولم أعد أنتظرك حتى تحبني، ولم أعد أريد منك شيئًا، فلم يعد لي مستقبل، بل كل ما لديَّ هو هذه اللحظات التي أعيشها الآن. فقط لديَّ هذه الليلة، فلا تردني، واقبلني على ما أنا عليه، اقبلني دون أن تطالبني بشيء، اقبلني دون أن تحمل نفسك مسؤولية».

فاصفرَّ وجهه، ولم يتمكن سوى من قول:

- «ارحلي من هنا... كرامة لله، ارحلي من هنا».

- «سطار!».

قالتها وهي تقف أمامه مترنحة، كأنها ستسقط في أي لحظة، ثم أكملت:

- «لم تحدثني عن شيء في حياتك، لم تحدثني أبدًا، وأنا لم أسألك، واكتفيت بما فهمته، ولم يكن من الصعب أن أخمِّن السبب الذي جعلك تترك تخت سليمان، وإيران كلها. وإن يكن، فإني لا أكترث لأي شيء في الدنيا؛ لست وحدك. ولكن أخبرني: هل تستطيع أن تسامح نفسك؟ وهل سامحك الآخرون؟ وهنا...».

وأشارت بيدها إلى قلبه، ثم أكملت:

- «حتى إن كانت نار جهنم تغلي، فما الجدوى؟! لا تتجاهل ما ارتكبت من جرائم، سواء أكانت أكبر من جرائم الجناة أم أقل! إن مبادئ الأخلاق لديك تزعزعت، فالخطوط الحمراء للذين لديهم قلوب، وليست لي أو لك».

ولكنه لزم الصمت طوال الوقت، ولم تؤثر كلماتها هذه فيه. ورغم أن حالتها وشحوب وجهها وانطفاء النور في عينيها أثَّرت فيه كثيرًا وآلمته للغاية، فإنه لم يستطع سوى قول:

- «ارحلي من هنا.. ارحلي من هنا».

- «سطار، لقد قلت لك إن العشق عندي لا يتحمل الحسابات، لذا أعشقك بلا حسابات. أما أنت، فدائمًا ما تحسب وتفكر كثيرًا؛ لا تفكر كثيرًا وتحسب الحسابات في العشق».

والحق أنه أُرهِقَ من سماع اسمه مختصرًا، وأصبح وجهه شاحبًا كوجهها تمامًا، وزاد خوفه من أن يدخل عليهما صاحب النزل الإيراني في أي لحظة. أما هي، فرددت «سطار» مرة أخرى، ثم خرَّت على ركبها كأنها دمية كسرت قدميها. وقبل أن تسقط على الأرض، أمسكها من ذراعيها، وحملها حتى أجلسها على طرف السرير، ثم جثا على ركبتيه أمامها، وراح يفك أزرار معطفها الأسود القديم زرًا وراء زر. يا للعجب، لم تكن أزار ذلك المعطف تغلق مرة أخرى، ولم يتحول إلى رماد عندما يتنهد! لقد تجرأ على تمني أن يحترق، وأن يصبح رمادًا، ولكنه لم يتجرأ على أن يتمنى أن يضع رأسه على حجرها، ثم ينظر إلى وجهها. وأخيرًا، ابتعد عنها بهدوء. ولكنه سمع صوتها الضعيف المرتجف وهي تقول:

- «سطار، لا تذهب! أعلم أنكَ ستذهب، ولكن أرجوكَ لا تفعل. إن فعلتَ، فلن أحملكَ ذنبي، ولن ألومكَ، ولكن لن ينسيني انكساري أمامكَ إلا انكسار أكبر منه».

وبين قوله لها «اذهبي» وقولها له «لا تذهب»، وقع في حيرة شديدة! وبعد هنيهة، فكر في أن قولها «لا تذهب» يعني أن ثمة احتمالًا لذهابه، وإلا لما قالت له هذه العبارة. وبما أن هذا الاحتمال قائم بين الممكنات والخيارات التي أمامه، فهذا يعني أن الرحيل أمر عائد إليه؛ إذن فعليه التعجيل به. وما إن اتجه نحو الباب حتى سمعها تناديه بصوت هزيل أكثر ضعفًا من السابق:

- «سطارُ خان».

لقد نادته هذه المرة باسمه كاملًا، ما يعني أنه استعاد حريته واستقلاليته، وأنها قد تنازلت عن حقوقها، وعادت إلى الحدود التي كانت فيها من قبل؛ قد أعادت له ذلك الجزء من اسمه، فعاد كل شيء إلى ما كان عليه.

ولكن لحظة الفراق دائمًا ما تعيد الشيء إلى أصله، وتظهر معدن الإنسان دون تصنع، لهذا لم تمضِ هذه اللحظة دون إلقاء نبوءة مسمومة:

- «سطار خان! لا أعلم ما الذي فقدتَه في ماضيكَ، ولكن لا تنسَ أنكَ لن تجده أبدًا».

ثم أكلمت الكلام وهي تضع كلمات تركية بلغة ركيكة بين جملها:

- «ألا تعرف، يا سطار خان، أنه لا يوجد ما هو أشد إيلامًا من الفقد، وعدم وجود ما تبحث عنه مطلقًا؟ ستطرق جميع الأبواب بحثًا عما فقدتَ، وفي كل مرة ستظن أنكَ وجدتَه، ولكنكَ لن تجده مطلقًا».

ولو لم تكن عيناها تقدحان شررًا ووجنتاها ملتهبتين، لظن أنها قد تجمدت في مكانها. ولكنه على أي حال لم يعد يتحمل البقاء في الغرفة أكثر من ذلك، فاتجه نحو الباب وخرج، ليصادف في وجهه صاحب النزل ينظر إليه كأنه ارتكب جرمًا؛ منذ متى يقف هنا يا تُرَى؟ شعر بأن عليه أن يوضح ما يجري، فقال:

- «إنها مريضة، ولا أحد لديها غيري لتذهب إليه؛ أعطيتها الدواء، وفي الصباح سآتي كي آخذها إلى بيتها».

ثم أدار ظهره ونزل على الدرج الحجري الملتوي غير مكترث لنظرات الإيراني الغاضبة حتى رمى بنفسه إلى الخارج، وراح يمشي دون أن يأخذ سربلند.

كان الظلام حينها قد هبط، فأصبح كل شيء يغوص في ظلام دامس. وكانت العاصفة والأمطار مستمرة بالشدة ذاتها، فراحت أصوات أمواج البحر الأسود وهي ترتطم بالساحل تدوِّي في المدينة بأسرها، كأنها تنذر بغمرها كلها

في أي لحظة. أما هو، فلم يكن يدري إلى أين يذهب. ومن ثم، راح يتمشى في الأزقة والشوارع وكل ما يريده أن يبتعد عن تلك الغرفة، خائفًا أن يضعف فيعود إليها. وبعد حين، أسرع في مشيه ظنًّا أنه كلما ابتعد وأرهق نفسه أكثر، فإنه لن يتمكن من العودة، أو كأن عودته ستصبح أمرًا مستحيلًا. ومن الأزقة انتقل إلى الشارع الرئيس الخالي تمامًا، فقد انسحب الناس من الطرقات، وحبسوا أنفسهم في منازلهم، خوفًا من ذلك الطوفان الآتي من بطرسبورغ أكثر من هذه العاصفة. ولم يكن على نواصي الشوارع سوى الدوريات العسكرية، أو مجموعات من البلاشفة متحمسة للغاية تتطلع لوصول أخبار عن الطوفان الذي يجتاح بطرسبورغ بفارغ الصبر، أو مجموعات من المناشفة الذين يخافون من تفلت السلطة والنفوذ من أيديهم في هذه المدينة، وقد بدت منذ هذه اللحظة تلك الصراعات عليهم، كما بدأت تظهر أيضًا عصابات أرمنية في الشوارع. وبعد مدة، وجد نفسه أمام متجر الصائغ صرافيم الذي اشترى منه ذلك الحلق الوردي.

لم يكن يتذكر الطرقات التي قطعها، ولا كيف وصل إلى هنا! ولكنه عندما رأى زجاج واجهة المتجر وقد دُمِّرَ بالكامل، عاد إلى وعيه؛ ما الذي يجري؟ في البداية، ظن أنه عراك عابر في الشارع. ومع أن فيه ما يكفيه من البلاء والهم، فإنه اقترب أكثر، بدلًا من الابتعاد عن المكان.

هل كان سيعود إلى الغرفة، وإلى صوفيا التي تمكث فيها، إن لم يصادفه هذا العراك؟ هل كان سيعود إليها، وينفذ ما طلبته منه غير مكترث بنظرات اللوم من صاحب النزل، ويرمي بنفسه من فوق المنحدر الذي رسمته له، أم أنه كان سيذهب إليها، ويقنعها بفكرة الزواج منه، والذهاب إلى إسطنبول؟ لم يجد جوابًا لكل هذه الأسئلة؛ لقد جمع القضاء كل ما فيه من أقدار، وجاء إليه في صورة صدفة هذه المرة!

كانوا أربعة أشخاص؛ أحدهم على الأرض وثلاثة على صهوة الخيل. وقد استطاع سطار خان أن يتعرف على اثنين منهما على الفور. وفي الحقيقة، كان الرجل الذي على الأرض في حالة يصعب معها التعرف عليه، ولكنه استطاع ذلك؛ إنه الصائغ الأرمني صرافيم. أما الشخص الآخر، فهو أجيره أندو الأعرج. كان صرافيم مضرَّجًا بدمائه يجثو على ركبتيه رافعًا يديه يتوسل إليهم وهو يذرف الدموع، فيما أندو فوق صهوة فرسه مدججًا بأمشاط الرصاص والبارود على صدره والبندقية على ظهره كأنه في جبهة حرب يدور حوله، في صورة توحي بأن الوضع خطير ونهايته وخيمة. لم يستطع أن يخمِّن متى انضم أندو إلى هذه العصابة السرية -ربما كان عضوًا دائمًا- ولكن وضع صرافيم مزريًا سيئًا للغاية.

حاول الصائغ الأرمني أن يقف على قدميه وهو في الرمق الأخير، فضربه أندو بأخمص السلاح فطرحه أرضًا، ثم راح يلقي عليه حكم الإعدام:

- «أنا الجنرال في جيش التحرير الأرمني...».

فقال سطار خان في نفسه: «يا للعجب، متى أصبح أندو جنرالًا؟!»، فيما أكمل الأخير:

- «ألقي عليكَ الحكم الذي صدر بحقكَ».

متى رُفِعَت قضيته للمحكمة؟ ومتى جُمِعَت الأدلة ونُوقِشَت؟ ومتى دافع عن نفسه؟ على أي حال، قرأ أندو الحكم، وكانت جريمته واضحة للغاية:

- «إن الصائغ الأرمني صرافيم لم يشارك في ثورة أمتنا المجيدة، كما أنه قصَّر في دفع ما كلفه به جيشنا المغوار...».

حينها، استطاع صرافيم أن يقاطعه:

- «ولكنني دفعتُ!».

- «ولكنكَ تأخرتَ عن سداد ما عليكَ معظم الوقت، ولم تكن تدفع عن طيب نفس».

فتذكر وقتها سطار خان حكاية الذئب والحمل؛ لقد بدا واضحًا أن أندو لا يبحث عن حجة لقتل صرافيم، بل يختلقها ليحتمي خلفها. ومن ثم، صوَّب فوهة بندقيته نحوه، ووضع إصبعه على الزناد، وبدا على ملامحه ولون وجهه أنه لا يمزح البتة.

حينها، أدرك سطار خان أن قدره مرتبط بشخص آخر مختلف تمامًا، كأن ثمة مَن فكر وقرر عنه، فالإنسان ليس مسؤولًا عن نفسه فحسب، بل هو مسؤول عن الآخرين أيضًا، وأحيانًا يكون قدره ومصيره مرتبطًا بقدر غيره من البشر. ولعله لم يأتِ إلى هذا المكان، ولم يعش ما عاشه من مصاعب ومحن اضطرته للهجرة، ولم تأتِ صوفيا إلى غرفته وتطلب منه ما طلبت فيرفض مطاوعتها ويخرج فارًّا من الغرفة، إلا لأجل هذه اللحظة؛ لأجل هذا الصائغ الأرمني المضرَّج بدمائه الذي لم يره طوال حياته سوى مرة أو مرتين. حينها، رنَّ في أذنيه كلام عمته جيجك: «لا بد أن يكون الإنسان معجزة لأحد ما، يا سطار خان».

تلفت حوله، ولاحظ أن البيوت متقاربة حتى يكاد بعضها يلامس بعضًا، والأزقة بينها ضيقة للغاية، ولفت نظره ممر ضيق للغاية لا يمكن حتى أن يُطلَق عليه زقاق، ولا يمكن لهذه الخيول أن تمر به أبدًا، وهو يؤدي إلى زقاق خلفي، وحتى ينزل الثلاثة عن صهوة خيولهم ويلحقوا بهما يكونان قد وجدا لنفسهما منفذًا! ومن ثم، لم يفكر أكثر من ذلك، بل صرخ بينما إصبع أندو يلامس الزناد، ويهم بأن يضغط عليه:

- «توقف!».

وبطرفة عين، وجد نفسه في خضم المشهد، فأمسك صرافيم الذي يكاد يموت من شدة الخوف، وسحبه من قميصه، وقال له:

- «هيا اهرب».

وبالفعل، نجحا في الفرار. وبينما يجريان بسرعة في الممر الضيق الذي تفوح منه رائحة عفونة، ظن أنهما يكادان يطيران، ولكن سرعان ما تكسرت أجنحتهما عندما سقط صرافيم تحت أقدام أفراد عصابة آخرين قطعوا عليهما المخرج من الطرف الآخر؛ من أين خرج هؤلاء؟!

بينما يتكلم أفراد العصابة فيما بينهم، لاحظ أنهم يتكلمون باللغة التركية، ولكن لهجتهم ليست لهجة تبريز أو أرومية، بل لهجة تشبه لهجة الريس فاضل الذي أنقذه من الموت في تلك الليلة الباردة في قمة جبل سهند، فتوقع أن الذين يطلبون رأسه الآن من أرمن الأناضول. لقد كانوا يشتمونه بأفظع الشتائم، ولكنه يعرف الشتائم الأرمنية، ما يعني أنهم لا يمكن أن يكونوا أتراكًا. كما أنه استطاع أن يتعرف على الروس الذين معهم من ملامح وجوههم، فحتى الأرمنيين منهم كانوا يرتدون البزة العسكرية الروسية.

وبعد هنيهة، وجَّه أرمني شديد سمرة البشرة ذو لحية كثيفة ضخم البنية بندقيته نحوه، وهمَّ بأن يضغط على الزناد، لولا تدخل ضابط روسي شاب صرخ في وجهه: «توقف!». هل حقًّا كان يريد ذلك الأرمني العجوز أن يقتله أم أنه كان يريد تخويفه فقط؟ لم يفكر بهذا كثيرًا لأنه ما إن رفع رأسه، ونظر إلى الضابط الروسي الشاب، ورأى عينيه الزرقاوين، حتى تذكره بسرعة؛ إنه فاسيلي الذي لم يعد يتردد على متجر كتب صوفيا منذ سنة، والذي كان يقول عندما التقاه في حانة تبريز: «أفضل الموت على أن أكون جنديًّا في جيش القيصر»، ومع ذلك قرر أن يلتحق بالجيش ظنًّا منه بأن القيصر لم يتبقَ له سوى أيام معدودة ويرحل. حينها، شعر سطار خان بالراحة والرغبة في أن يشعل لفافة تبغ ويدخنها، فقد عاد له الأمل بأن ينجو من هذا الخطر الذي أقحم نفسه به دون أن يُصَاب بأذى، إذ

منع فاسيلي الأرمن من الاقتراب منه، وإن تصرف كأنه لا يعرفه؛ ثمة أمل بالنجاة على الأقل.

اقتادوه إلى كوخ قديم لا يوجد فيه سوى زنبيل وحصير على الأرض وبرميل عليه شمعة قد ذاب نصفها. وعندما نظر إلى البرميل، رأى عليه رسمة لجمل مسح بيده عليها، ثم جلس على الحصير. ولم يمض وقت طويل حتى دخل أفراد العصابة الذين لم يحاول أن يمنعهم أو يقاومهم عندما جعلوه يخلع جزمته، وأعطوه مكانها بسطارًا عسكريًّا مهترأً مثقوبًا، وأخذوا خنجره. ثم فتشوه فرأوا ذلك الخاتم في يده، فنزعوه من يده ليصبح لونه شاحبًا حتى أنه لا يمكن وصفه بالأزرق. إنه لأول مرة في حياته يواجه شيئًا كان يسمع عنه كثيرا. وبعد قليل، انتهت الشمعة، وتوقفت العاصفة، وخفَّ صوت هدير أمواج البحر الأسود، ولكن كيف يمكنه أن يقضي هذه الليلة مع رطوبة وبرد باطوم الشديد؟

كان كلامهم يصل إليه كالهواء البارد من بين الشقوق في جدار الكوخ. وحين ركز نظره على أحد تلك الشقوق، رآهم متجمعين حول نار عظيمة، بينما يستشيط أحدهم غضبًا لتركه حيًّا حتى الآن، ويقول من حين لآخر: «دعوني أدخل وأقضي عليه»، فيمنعه الآخرون.

وفي صباح اليوم التالي، قبل شروق الشمس، دخل الكوخ أربعة أشخاص، منهم ذلك العجوز الأرمني الغاضب، وأندو الأعرج، وشاب يحترمه الجميع، حتى ذلك العجوز، ما يشير إلى أنه ذو شأن بينهم، وربما زعيمهم الذي ينادونه بـ«ديكران». أما الرابع، فكان فاسيلي الذي لا ينظر نحوه أبدًا.

قرأ الزعيم ديكران قرار حكم إعدامه من ورقة بيده، على أن يُنفَّذ حكم الإعدام بعد يومين مع بزوغ الفجر، فقال سطار خان:

- «ومن الذي حكم عليَّ بالإعدام؟».

فأجابه ديكران بعد أن جلس على الأرضية المبللة، وأشعل لفافة تبغ:

- «نحن».

- «ومن أنتم؟».

- «جيش الدولة الأرمنية، وجنود الجيش الروسي». «تقصد العصابات الأرمنية، والوحدات التطوعية التابعة للجيش الروسي، التي تحاول سد المكان الذي خلفه الجيش الروسي وراءه!».

فمد ديكران إحدى رجليه، وأبقى الأخرى مطوية، وأسند ظهره وهو يدخن لفافة التبغ، ونظر إلى عينيه، ثم قال بلكنة تركية فصيحة:

- «اسمع أيها التركي، أنا رجل خسر أمه وأباه وسبعة إخوة له في قوافل الموت التي هُجِّرت من الأناضول، أصغرهم كان لا يزال طفلًا رضيعًا. لدينا اسم آخر لم تذكره؛ إننا كتائب الانتقام، نحن الفدائيون».

ثم لفَّ لفافة تبغ أخرى، وأكمل:

- «أيها التركي، هل رأيتَ الأناضول من قبل؟».

- «كلا».

- «إذن، قررتَ أن تقف بصف أتراك الأناضول في هذه الحرب مع أنك لم ترها بعد، أما نحن فرجال تلك الأراضي، ونحن أعرف بها منك، فقد ولدت على ضفاف بحيرة (وان)، فأين ولدتَ أنتَ يا تُرَى؟».

- «في تخت سليمان».

وهمَّ بأن يقول إنه لا يقف في صف أحد في هذه الحرب، ثم تراجع في اللحظة الأخيرة، وأسر في نفسه: «ليتني كنتُ في صف الأناضول في هذه الحرب». يا للعجب، لقد سلط القدر سيفه على رقبته لأنه أنقذ أرمنيًّا من أيدي أرمن مثله! ومن ثم، سأل:

- «حسنًا، وما الجرم الذي ارتكبته؟».

- «ساعدتَ محكومًا عليه بالإعدام على الفرار، ومنعتَ تنفيذ الحكم بحقه، فأنت مجرم مثله».
- «ما كان يمكنني أن أرضى عن الذي كنتم تفعلونه مع ذلك الصائغ، بل كنتُ سأصاب بالعمى إن بقيتُ ساكتًا. وها أنا الآن بين أيديكم قد سلمتكم نفسي، فافعلوا ما يحلوا لكم، ولو شرحتم جسدي لما سالت منه قطرة دم واحدة».

هكذا، كرر دون أن يشعر هذه الكلمات التي حفظها عندما كان عمره ستة عشر عامًا، والتي سمعها من شخص لم يره سوى مرة واحدة، وكان اسمه على اسمه. أما ديكران، فلم ينطق بكلمة، فيما رأى سطار خان العجوز الأرمني يقترب منه، ثم يضربه بأخمص سلاحه فيرديه على الأرض مغمى عليه، وآخر ما يتذكره أنه سيُعدَم بعد يومين.

لم يطل الأمر ليومين. ففي صبيحة اليوم التالي، استيقظ سطار خان على صوت مَن يقول له: «اهرب يا رجل، اهرب». وفجأة، فُتِحَ الباب، ودخل فاسيلي بسرعة الريح، وراح يوقظه ويكلمه باللغة الروسية المطعمة ببعض الكلمات التركية، ويشير له بيديه كي يهرب:

- «اهرب يا رجل، فلقد اندلعت الثورة في بطرسبورغ، واقتُحِمَت بوابة...».

فانتفض من مكانه، ونظر إلى الصبي الذي تتقد نار الفرحة في عينيه، والذي لطالما انتظر هذه اللحظة وكله أمل بحدوثها. وللحظة، شعر بإحباط كبير، فهذا الصبي ما يزال ينظر تلك النظرات البريئة التي كانت تملأ عينيه ساعة صادفه مع صوفيا في الحانة، ولا بد أنه ضحى بكل ما لديه فداء لهذه اللحظة؛ لقد تجاوز فاسيلي كل حدود الخوف والقلق، ولم يعد شيء يقف أمامه، لا الماء يغرقه ولا النار تحرقه ولا الرصاص يصيبه، إذ قرر في تلك اللحظة أن يكون معجزة سطار خان.

صرخ فاسيلي مجددًا:

- «اهرب سطار خان، اهرب ولا تلتفت وراءك أبدًا، فلقد بدأ البلاشفة والمناشفة بذبح بعضهم بعضًا، وما هي إلا سويعات حتى تتحول باطوم إلى نار مستعرة وبحيرة من الدماء».

ثم أعاد له جزمته وخنجره وخاتمه الفيروزي، ورمى له حزامه المليء بالروبلات التي لم ينقص منها شيء، فأدرك سطار خان أن هذه فرصته الأخيرة، فإن استغلها جيدًا نجا بنفسه. ومن ثم، وضع يديه على كتف فاسيلي وهو يحاول أن يلتقط أنفاسه، وقال:

- «والحراس؟».

- «اهرب، لا أثر لأحدهم، فكلٌ منهم هرب إلى جهة خشية أن يذبح المناشفة الأرمن الذين ساعدوا البلاشفة؛ الكل الآن يحاول أن يجد حلًّا للمصيبة التي حلَّت فوق رأسه».
- «حسنًا، ولكن صوفيا...».
- «أسرع، ولا تفكر بصوفيا، فسواء كنت منشفيًّا أو بلشفيًّا، لن ينساكَ الأرمن أبدًا. إنهم مجندون في الجيش الروسي، وقد أصدروا حكم إعدام باسمك، وما إن تستقر الأمور قليلًا حتى يقبضوا عليك، وينفذوا حكم الإعدام مباشرة، ولن تستطيع صوفيا حينها أن تفعل شيئًا».
- «كيف أهرب وأنجو بنفسي تاركًا صوفيا دون عون؟!».
- «سطار خان، ألا ترى أنه لم يعد وجودكَ هنا يفيد صوفيا أبدًا؟! لقد فات الأوان، فأسرع الآن.. فقط أسرع».

وهكذا شعر مجددًا أن ثمة مَن قرر مكانه، وأملى عليه ما يجب أن يفعل، دون إرادة منه البتة؛ منذ متى كان له القرار فيما يفعل؟!

أشار فاسيلي نحو الباب قائلًا:

- «ثمة جندي روسي يقف عند الباب؛ لا تخف منه، فهو محل ثقة، وقد ملَّ هذه الحرب، وكل ما يوده الآن أن يعود إلى قريته ويرى أمه. لقد أُغلِقَت الحدود، فلا يمكنك أن تعود إلى تبريز، ولكن صاحب قارب بخاري سيقلك إلى طرابزون. أعلم أنه ليس معك جواز سفر، بيد أن صاحب القارب سيتدبر هذا الأمر، ولكن انتبه للنقود التي معكَ، فهذا الفرار سيكلفكَ مبلغًا ضخمًا».
- «حسنًا».

هز فاسيلي رأسه إشارة لاستحسانه، ثم أكمل:

- «سوف تمضي الأيام وتصلح الأحوال هناك، فلن يحارب الجيش الروسي بعد الآن، إذ لم يعد ثمة وجود لما يُسمَّى الإمبراطورية الروسية، وسرعان ما ستُسحَب الجيوش من الجبهات، وترتاح في طرابزون دون أن يضايقكَ أحد».
- «سلمتَ، حفظكَ الهادي».

ثم استدار نحوه مرة أخرى، وقال:
- «فاسيلي، لا تدع صوفيا وحيدة».
- «انسَ صوفيا، بل انسنا جميعًا، ولا تفكر بهذا كله؛ اهرب ولا تنظر خلفك، وإلا فلن تنجو أبدًا».
- «فاسيلي، لقد تركتُ سربلند في إسطبل النزل الذي أقيم فيه، فلا تدعها لصاحب النزل ذي اللحية الحمراء؛ خذها أنتَ، لا تنسَ، خذها أنتَ».

ثم دلَّه على النزل الذي يقيم فيه، وأردف:

- «وثمة شيء آخر؛ في غرفتي بذلك النزل جعبتي، وفيها جواز سفري، أرجو أن ترسله إلى تخت سليمان، إن وجدتَ شخصًا في طريقه إلى هناك. أرجوكَ أرسله إلى دار ميرزا خان؛ الكل يعرفه هناك».

كان في جعبته تلك جواز سفره، والصور التي التقطها مع صوفيا، وبطاقتا حفل الأوبرا، وصورة صوفيا التي أخذها من فوق مكتبها. والحق أنه لم يكن مهتمًا بجواز السفر، بل كان عقله وتفكيره في تلك الصور.

رفع فاسيلي يده إشارة لموافقته، ثم قال له:
- «هيا.. هيا، لا تتوقف».

فركض فارًّا، وتبعه ذلك الجندي الذي كان في انتظاره، ولاحظ وهو في الطريق أن الروس قد تخلوا عن نقاط التفتيش والحواجز كافة في المدينة،

وتشتت عصابات الأرمن والأتراك ذات اليمين وذات الشمال، وتحولت شوارع باطوم إلى ساحة حرب، إذ كانت أصوات الرصاص تدوي في كل مكان، وأصداء الاشتباكات في الشوارع والأزقة كافة، دون أن يُعرَف أطراف كل هذه الاشتباكات؛ لقد صارت باطوم جحيمًا، ولا أحد يلاحظ فراره. وعندما وصل إلى ناصية الشارع الذي يؤدي إلى البحر، أشار ذلك الجندي بيده إلى الأرصفة التي ترسو عليها القوارب، وقال:

- «اتجه مباشرة من هنا نحو الساحل، حيث سترى أكواخًا على طوله، فاسألهم عن القارب الذي يتجه إلى طرابزون، والباقي سيتكفل به الريس».

فجرى حتى وصل إلى الساحل، حيث جلس فوق الرمل الأسود البارد كي يلتقط أنفاسه ولم تكن الشمس قد بزغت بعد، ونظر إلى البحر الأسود الذي لم يعد له مفر سواه من قرار إعدام يطارده؛ سيعبر هذا البحر حتى يصل إلى طرابزون، ومن هناك يتجه إلى إسطنبول التي كان في شوق للقياها طوال حياته، وها هو حلمه في رؤيتها يتحقق بهذا الشكل!

لم يمر وقت طويل حتى وجد الشخص الذي يبحث عنه، فقال له بارتباك وحماس:

- «فلنغادرِ بسرعة، ولا تقلق فسأعطيكَ أكثر مما تريد».

فنظر الرجل الأشقر الذي يعمل على هذا المركب التجاري بين طرابزون وباطوم إليه ببرود، ثم قال:

- «أرني ما ستدفعه، يا بُني».

ففتح له حزامه، وأطلعه على كل ما معه دون أن يخشى أن يطمع به، فقد كان مستعدًّا أن يدفع كل ما معه له، ثم أخرج رزمة من الروبلات وقدمها دون أن يعدها للريس الذي أُعجِبَ بهذا، ولكنه أراد أن يطيل، فقال «لا..

لا» وهو يهز رأسه. وعندما زاده رزمة ثانية ثم ثالثة، تحولت الابتسامة على شفتي الريس إلى ضحكة عريضة وقد بدا لطيفًا بفمه الخالي من الأسنان وأنفه المدبب وعينيه الزرقاوين، ولم يطل أكثر من ذلك، فقال:

- «بُني، لم يعد لنقودكَ هذه قيمة؛ هذه الأوراق النقدية لا تساوي أكثر من قيمة الورق الذي طُبِعَت عليه».

كان يجد صعوبة في فهم لهجته التركية تلك، لكنه استطاع أن يفهم ما يريد قوله. ورغم أنه لم يفزع للحظة واحدة بينما كان في ذلك الكوخ، وحتى عندما تُلِيَ عليه حكم الإعدام، فإنه شعر وهو يقف أمام هذا القارب بأنه أُسقِطَ في يده، وأن الأرض قد شُقَّت من تحت رجليه، وسحبت تلك الرمال السوداء من تحت قدميه، واسودت الدنيا بعينيه، فلم يستطع أن يقول سوى:

- «لماذا؟».

- «لقد اندلعت الثورة! وحتى قبل اندلاعها، كانت هذه النقود التي عليها صورة القيصر تفقد قيمتها، والآن لم تعد لها قيمة البتة».

ثم قفز على مركبه الذي على الشط، وراح يرمي تلك الأوراق النقدية فوق أمواج البحر الأسود التي ترتطم بقاربه، ثم أخرج لفافة تبغ راح يدخنها. وبعد أن مازحه، عاد لجديته، ونظر إليه وقد تسمر مكانه على الشط لا يدري ماذا يفعل، وصرخ به:

- «هيا يا هذا، ماذا تنتظر؟ أتظن أنني سأتركك هنا لأن نقودكَ أصبحت بلا قيمة؟!».

ثم شغَّل محرك القارب، وقال:

- «هيا، اصعد».

إن ثمة وصفًا لأهل طرابزون بأنهم من أكثر الناس كبرياءً واعتزازًا بأنفسهم، حتى أنهم لا يقبلون أن ينحنوا لأخذ أنوفهم إن قُطِعَت وسقطت

على الأرض، ومن أكثرهم حفظًا للأمانة، فهم على استعداد للتضحية بكل ما لديهم حفاظًا على ما اؤتمنوا عليه، بل يرضون بأن تحترق لهم كومة قش حفاظًا على حفنة تُرِكَت عندهم أمانة. وقد كانت هذه المرة الأولى التي يقابل فيها سطار خان أنقى مثال لأهل طرابزون؛ لقد ساق القدر له هؤلاء القوم الذين إن كان أحدهم يقول في نفسه: «أنا أفضل مَن يعرف كل شيء»، فإنهم عندما يقفون أمام الحقيقة، ويقتنعون بما يرونه أمامهم، ينقادون إلى الحق دون تردد.

قفز إلى متن القارب وما يزال حزامه على خصره، فالتفت إليه الريس وقال:

- «احذر أن تسبب لكَ هذه النقود عبئًا إن غرقت بنا المركب».

فنظر إليه، وحاول أن يتمالك نفسه، ولكنه انفجر بعد لحظات من الضحك، ثم أطرق رأسه وبدأت عيناه تذرفان الدموع، حتى صار يجهش بالبكاء وهو يلتفت إلى الوراء، ناظرًا إلى مبنى الأوبرا، ومتجر كتب صوفيا، والفنادق التي تطل على الساحل، والقصور، والكاتدرائية الكبيرة، والجامع، ونزل الإيراني؛ لقد كانت باطوم تحترق، وألسنة اللهب تتطاير منها، بينما يتذكر هو صوفيا، ويتساءل: «تراها وسط هذه النيران؟»، ويحزن لأنه لن يقدر يومًا أن يجد جوابًا. ثم تذكر سربلند التي وضع لها حدوة جديدة، إلا أنه لم يتمكن من أن يدهن حوافرها بالقطران. وبعد هنيهة، حول رأسه نحو البحر الأسود الممتد أمامه الذي ألقى إليه بطوق النجاة هذا، وأنقذه من موت محقق، ناقلًا إياه إلى بر الأمان.

لم أستطع التغلب على سواد مياه البحر الأسود، فأردت أنا أيضًا أن أدير رأسي وأنظر إلى باطوم والقلب يعتصر ألمًا على فراق صوفيا وفاسيلي وسربلند، ولكن فجأة رأيت النور قد عاد لتلك المياه السوداء، لأجد نفسي قد عدت إلى رشدي وأنا في شرفتي في الفندق أشاهد موجات البحر الأسود ذاته، وتلك الصورة بلغزها الغامض فوق الطاولة أمامي، وأشعة الشمس المتسللة من خلف الغيوم المتلبدة في كبد السماء تتراقص فوق المكان ذاته.

نظرت إلى البحر للحظة، وكنت قد قررت ألا أخرج من الفندق حتى الغد، ولكنني أدركت حينها أنني لن أستطيع البقاء، فدخلت واتصلت بالاستقبال:

- «أريد أن توفروا لي سيارة أجرة، فإنني أود زيارة مكان ما».

وفي السيارة، لم أستطع التفاهم مع السائق الجورجي، فقد قلت له بالتركية والإنجليزية، وكررت أكثر من مرة:

- «أريد الذهاب إلى شارع الأوبرا».

ولكنه لم يفهم، فسألته:

- «هل ثمة مبنى للأوبرا في باطوم؟».

فلم يفهم كذلك ما أقول، وما كنت أعرف كلمة جورجية واحدة، لذا اتصلت بآنا:

- «آنا، أرجوك، قولي للسائق إنني أود الذهاب إلى شارع الأوبرا».

كانت آنا تشعر بسعادة غامرة لأنها سمعت صوتي وأنا في بلدها، ولكنها قالت:

- «أستاذتي، ليس في باطوم شارع بهذا الاسم».

فأمسكت نفسي بصعوبة كي لا أصرخ: «كيف ذلك؟ لقد كنت هناك قبل قليل»، وقلت لها:

- «ولكن يوجد أوبرا، أليس كذلك آنا؟».
- «بلى».
- «حسنًا، أخبري السائق إذن بأن يأخذني إلى هناك، وينتظرني حتى أعود معه، فإنني لن أتأخر».

فتحدثت مع السائق قليلًا. وعندما هز الرجل رأسه، فهمت أن كل شيء أصبح على ما يرام. وبالفعل، شغل محرك السيارة، وأعاد إليَّ الهاتف، حيث كانت آنا تقول لي:

- «هل ترغبين في أن آتي، أستاذتي؟».
- «سنلتقي غدًا آنا، ونتناول الفطور معًا، ثم تودعينني قبل أن أذهب إلى تفليس، كما اتفقنا من قبل».

ولم يمضِ وقت طويل حتى أوقف السائق السيارة على جانب الطريق، ثم أشار بيده كأنه يقول: «سأنتظركِ هنا»، فهززت رأسي بأنني فهمت.

كان الشارع واسعًا، والمساء يتسلل رويدًا رويدًا في أواخر تموز، والمكان خاليًا، وقد توقف المطر، وراحت الأوراق تتراقص مع نسمات الهواء والشمس تصبغها بلون أحمر خافت ساعة الغروب، حيث وقفت وسط ذلك الشارع ومبنى الأوبرا شامخ أمامي بحجراته وطوبه الأحمر؛ لا بد أن المتجر قد أصبح خلفي الآن، فالتفت إلى الوراء، ورأيت متجر صوفيا.

لقد تغير كثيرًا، ولكن المكان ذاته والشارع ذاته، إذ كبُرت الشتلتان الصغيرتان عند مدخل المتجر، وأصبحتا شجرتين عظيمتين تظلان بظلالهما الوافرة الشارع كله. وفجأة، هبت نسمة خفيفة، فسمعت حفيف ورق أشجار الدلب كأنها تتهامس فيما بينها، ولاحظت بعض الأوراق تهتز وتتساقط رويدًا

رويدًا على الأرض. حينها، شعرت بأن الدنيا كلها تحولت سوادًا أمام ناظري، ولم أعد أحس بوجودي.

مر شهر على فراق سطار خان لمدينة باطوم مستقلًا ذلك القارب صحبة الريس الطرابزوني. أما أنا الطيف الذي كان معهم، والذي يحدثكم عن كل تلك الأحداث، فما زلت أمام متجر كتب صوفيا، كأن ثمة شيئًا كان عليَّ معرفته، فدخلت إلى المتجر مارة بين شتلتي الدلب، ثم دفعت الباب فتكسرت إحدى مفصلتيه، وسقط على الأرض وقد انكسر قفله والزجاج، فتسللت للداخل حيث لم يكن أحد هناك، ولكن كان واضحًا أن المتجر قد تعرض للسرقة والنهب والتخريب، فقد كانت الكتب مبعثرة متناثرة هنا وهناك، والرفوف منقلبة، وثمة فوضى شاملة تعم المكان، إذ خُلِعَت الأدراج وأُفرِغَ ما فيها بحثًا عن شيء يشفي الغليل.

عبرت من فوق مؤلفات هيرزن وبوشكين وتشيرنيشيفسكي ونيكراسوف، وراوية «آنا كارينينا» المجلدة بجلد ذي لون أرجواني، ثم اقتربت من الطاولة التي عليها الصورة الوحيدة التي التُقِطَت بعد أن خرجا من الأوبرا، ولكن إطارها وزجاجها قد تحطم؛ لا بد أن سطار خان قد وضعها هناك. وإلى جانب الصورة، وجدت دفترًا قد تُرِكَ على حاله، وكانت أوراقه تنقلب مع هبوب الريح، فتذكرت ما واجهته في بداية رحلتي هذه العام الماضي، عندما كنت في السيارة متجهة من دوجوبايازيت صوب بوابة جوربولاك الحدودية، فقد كان هذا الدفتر يشبه ذلك الطائر المندهش الملتصق بالأسفلت والرياح تهب وتتلاعب به كأوراق هذا الدفتر بالضبط. ومن ثم، عدلت الكرسي المنقلب، ورميت الوسادة على طرف، ثم انكببت فوق تلك الصفحات، ورحت أقرأ الصفحة الأخيرة من مذكرات صوفيا المتمردة التي تحكي فيها عن عشقها:

«أدرك أنك لن تكون لي بعد الآن، فبينما يحرق العشق قلبي كان يداعب قلبك، وبينما أجعل من العشق مركز حياتي كنت تجعل أشياء أخرى مكانه. لقد عرضت عليَّ الزواج فرفضته. وجئتُ إليكَ في تلك الليلة، فرفضتني أنتَ هذه المرة. لقد بقيت طوال أشهر مترددًا بين العشق والأخلاق، تحاكم نفسك، وتلقي عليها باللوم والعتاب، وتصدر بحقها الأحكام في محكمة كنتَ أنتَ فيها الخصم والحكم. ولكن مهما كان الحكم الذي وصلت إليه، فإنك كنت دائمًا تتأمله، لأنك لم تكن عاشقًا بما فيه الكفاية، ولست صاحب خلق بما يكفي.

العشق لا يكون بمقدار يا من لم تكن أبدًا حبيبي، فالعشق إما أن يكون أو لا يكون، فالعشق الذي له حدود ومحاذير وضمانات لا يمكن أن يكون عشقًا. كان يمكن أن آتي معك إلى إسطنبول، وأن أترك كل شيء هنا ورائي، فقط لو عرفت أنكَ تحبني، كما أحببتك.

كنت سأرضى أن أكون مذنبة في نظر أبيك وأمك، وفاسيلي وكل أهل باطوم، وكل أهل روسيا وإيران وأذربيجان، وحتى العالم كله، ولكنكَ لم تطرق بابي إلا بغية أن تنسى شيئًا في حياتكَ ولو قليلًا، وأخشى ما أخشاه أنكَ ستطرق كل الأبواب بحثًا عن هذا، ولن تجده. لقد وقفتَ أمامي وفي قلبكَ فراغ لا يملأه إلا ذلك الشخص، وحاولتَ أن تغلق جراحكَ المفتوحة وتكتم آلامها بخلق جرح جديد. كنتُ مجرد امرأة عادية في نظركَ، مثلي مثل أي امرأة أخرى، رغم أني وهبتكَ كل ما في أحلامي وخيالي بسرور فقط لكي تنسى ما عشته من قبلي أيًا كان. ولكنكَ لم تأتِ وتمنحني حبكَ الذي لا مستقبل له، مع أنه كان يكفيني ذلك اليوم.

لقد رضيتَ أن تفتح جرحًا جديدًا في قلبكَ كي تنسى جرح الماضي، ولكنكَ لم تفتح هذا الجرح دون شرط، بل كنتَ دائمًا تحسب ألف حساب،

وهذا لا يمكن أن يكون عشقًا، فالعشق والحساب لا يجتمعان!ما الحاجة لأن تحسب كل هذه الحسابات؟ كل ما في الأمر عشق! يأتي عليكَ يوم وتعيشه، ويأتي يوم آخر وينتهي...».

ثم رفعت رأسي عن تلك الصفحة المليئة بالجمل المفككة والحماس والهذيان؛ كان واضحًا أن صوفيا لم يسبق أن تخلى عنها عقلها أو قلبها حتى هذه اللحظة، وأن هذه المرة الأولى التي تقع فيها في تلك الحال. ولكن الغريب أنها لم تستطع أن تفهم السبب الذي دفع سطار خان لأن يعرض عليها الزواج ليلة ذهابهما للأوبرا، أو السبب الذي دفعه لمغادرة الغرفة عندما جاءت إليه، ولم يكن هو يفهم نوعية العشق الذي تكنه هي له، فقد شغفها حبًّا فلم تستطع أن تتحكم بعقلها، ولم يستطع هو أن يستوعب طيشها.

لقد أعاقت نظرات صاحب النزل أحدهما، والآخر أعاقه الإحساس بأن هذا الأمر سينتهي عندما يحين الوقت. كانت أعظم بئرًا سحيقة لا يمكنه تسلقها والخروج منها، وكانت صوفيا جبلًا شاهقًا لا يمكنه تجاوزه. كانت أعظم بضعة منه، أما صوفيا فلم تكن كذلك مطلقًا. لذلك، حتى في اللحظات التي ظنَّ فيها أنه سيموت صبابة وعشقًا، لم يكن سطار خان ذلك العاشق الخبير، بل كان يجهل حتى أن المنطق والتفكير والتكهن ما هي إلا أدوات لقتل أي عشق. وها أنا ذلك الطيف أرى ما لم يروه بأنفسهم، كما هو الحال في كل حب أعمى.

وقفت مكاني وتراجعت، فما عدت أريد أن أقرأ مزيدًا، ولا أن أعرف أكثر، لأنني أدرك أن صوفيا التي كان بإمكانها أن تتغلب على كل شيء واجهها في حياتها ما كانت لتقدر على التغلب على هذه الدوامة، وما كانت قادرة على تجاوز صدمة رحيل سطار خان، وعدم رجوعه إليها مرة أخرى. وما دمت قد ولدت حقيقة، فهذا يعني أن تلك الحكاية قد انتهت هنا: صوفيا حبيبة

جدي الروسية! في الواقع، لم تكن حبيبته، بل كنت محطمة تمامًا. فصوفيا التي كانت تغالي في كل شيء، في اعتقاداتها وأفكارها وفرحها وسعادتها وعشقها، قد بالغت أيضًا ساعة الفراق؛ لقد كانت صافية نقية مخلصة في كل شيء. وعندما انحنيت والتقطت الصورة، كانت تحدق فيَّ بشعرها القصير وبشرتها الصافية، فوضعت صورتها بين صفحات دفتر مذكراتها، مدركة أنني لن أراها مرة أخرى، ثم أغلقت عليها ذلك الجناح المكسور، وخرجت من المتجر.

وعندما عدت لوعيي، كانت النسمة ما تزال تهب، ولم تكن الأوراق التي تتساقط من الأشجار قد وصلت إلى الأرض بعد. ومن بعيد، وقف سائق سيارة الأجرة ينظر إليَّ نظرات مَن يتساءل: «هل نذهب؟».. نعم، فلنذهب من هنا.

في صباح اليوم التالي، وصلت آنا وصافحتني بحب ومودة. والغريب أني لم أشعر بكم الحب هذا منها في تركيا، ولكني كنت أبادلها الشعور ذاته، كأننا أبناء بلد واحد التقيا في الغربة. وبينما نتناول طعام الإفطار على صوت هدير أمواج البحر الأسود، تحت الغيوم الرصاصية، كنت أشعر بأنني مشتتة للغاية، فيما كانت آنا قلقة قليلًا، وهو ما اتضح في قولها:

- «أستاذتي، ألم تقولي إنكِ سترتاحين، ولن تخرجي من الفندق، فإلى أين ذهبتِ أمس مساء؟».

فابتسمت وقلت لها:

- «إلى متجر صوفيا للكتب».
- «متجر صوفيا للكتب؟ لا يوجد متجر للكتب بهذا الاسم في باطوم!».
- «بل يوجد».قلتها دون أن أقف كثيرًا عندها، فقد بدأت أشعر بحرقة لأنني أحس بأن الحكايات التي دخلت فيها قد شارفت على الانتهاء.

وفي ظهيرة ذلك اليوم، استقللت أسرع واسطة نقل في بلاد القوقاز، وفقًا لما كانوا يشيعون، لأنتقل من باطوم إلى تفليس، وكانت بمثابة حافلة صغيرة رثة. وذلك بعد أن تحدثت آنا طويلًا مع السائق الذي سيقلني إلى هناك، قبل أن أودعها تاركة البحر وراء ظهري والغيوم تتبلد من فوقي. ولفترة، هيمن الخضار على كل مكان؛ يا لهذه الخضرة! كأنها وشاح مخملي من إستبرق يتلألأ الزمرد الأزرق فوقه، فيما تصطف الداتشا البيضاء المكونة من طابق واحد التي كانت من مخلفات الإمبراطورية الروسية الممتدة حتى جورجيا كأنها حبات من لؤلؤ أبيض. ولكن ذلك لم ينسني ما ينتظرني من قيظ شديد في تفليس.

وبعد مدة، تختفي المنازل، وتفرض الجبال سطوتها؛ جبال القوقاز. وفي تلك الأثناء، اتصلت بي ياسمين التي وصلت للتو إلى تفليس، والتقت السائق والمرشد السياحي هناك:

- «أستاذتي، نحن في انتظارك، هل يمكن أن تعطي الهاتف للسائق كي ندله على المكان الذي سيوصلكِ إليه؟».

فأعطيت الهاتف للسائق الذي هز رأسه إشارة للفهم، بعد أن تكلم كثيرًا بصوتٍ عالٍ، ثم أعاد لي الهاتف.

ها هم ثلاثة أشخاص، أحدهم ياسمين صديقة دربي. وها هي بوابة المشرق تنظر إليَّ كأنها تقول: «ألم تنتهِ حكايتكِ بعد؟»، فأجيبها بقلبي: «بقي القليل، وحينها سأخبركِ بكل شيء؛ ستكونين أول شخص أبوح له بكل ما في قلبي»؛ لقد كنا نتفهم دون كلام، أو همس حتى.

صعدنا السيارة، وقطعنا مسافة صغيرة حتى نقف على ضفة نهر كورا (بحر قزوين)، وننظر إلى الضفة المقابلة، فنرى الفرق بين الأمس واليوم، الماضي والحاضر، فتفليس أيضًا مدينة قديمة سبق أن زرتها بصحبة سطار خان، إلا أنني أراها الآن لأول مرة بعيون الحاضر وهي تطفو خلف ضباب مغطى بتذهيب الشمس، وتموج وراء ساتر غامض خلف وادي ذلك النهر؛ لا بد أنني في حلم، فلا توقيت أفضل من هذا لرؤية هذه المدينة لأول مرة، إذ كانت ترتفع طبقة طبقة أمامي في وادي نهر كورا شامخة بجسورها وساحاتها وميادينها وشوارعها وأزقتها الضيقة وسلالمها وكنائس جورجيا ذات القباب المخروطية والقصور الفارهة بشرفاتها المزينة بمنحوتات خشبية والمسجد الأذربيجاني بمئذنته الوحيدة؛ كل شيء فيها كنت أراه من مكاني الذي أقف فيه. وبينما أجول بنظري، رأيت باب الحمام الضخم المرصع بالخزف الأزرق؛ لقد بقي كل شيء على حاله في تلك المدينة على الضفة المقابلة حتى أنني رأيت متجر

السجاد الذي يقع قبالة الجسر المؤدي إلى الميدان، حيث أنزل التاجر حمولته، ودخل إلى ذلك المتجر، ورأى الزبون الروسي الذي لا خبرة له في شراء السجاد. لا معنى للوقت بعد الآن، وها أنا أقف على مشارف تخت سليمان لتتبع أثر التاجر الذي غادر تبريز؛ إنني أعرف الطرقات والأزقة التي سار فيها في هذه المدينة، وأعرف كيف اتكأ على سور الجسر فوق النهر كي يشاهد الماء وهو يجري تحته، وكيف توقف للحظات ينصت لصوته، وكيف أثارت فضوله المقصورة رقم ثلاثة في ذلك الحمام الذي تعبق فيه رائحة المياه الكبريتية. نعم، أعرف كل شيء إلا أمرًا واحدًا، ربما هو أهم ما كان عليَّ أن أعرفه طوال حياتي: ما الذي سأفعله بكل هذه المعلومات والمشاعر والأحاسيس؟

في صباح اليوم التالي، استيقظنا مبكرًا، ووصل بعد قليل السائق ومعه الدليل السياحي. سائقنا يدعى نغزاري، وهو جورجي، ومرشدتنا فتاة جورجية أنيقة رقيقة تشبه فتيات الأساطير، واسمها نورا. وقد كان الكل في مجموعتنا هذه يعرف الروسية، ما عداي أنا، ولا أحد يعرف التركية سوى ياسمين، لهذا تولت مهمة الترجمة بيننا، ولكن أحيانًا كانت لا تسعفنا تلك الكلمات، لتتطاير في الهواء كلمات تركية وإنجليزية وروسية وجورجية، كأن برج بابل قد تهدم للتو، ونشأت اللغات كلها في تلك اللحظة، أو كأن آدم في تلك اللحظة قد تلقى الأسماء من ربه.

وفي مساء ليلة مرهقة من ليالي تفليس، بقيت أنا وياسمين وحيدتين في فندق قريب جدًّا من الحمامات، حيث كانت رائحة المياه الكبريتية تعبق في المكان حتى أنني شعرت بطعمها في حلقي، فقلت لياسمين:

- «ما رأيكِ في أن نذهب لرؤية حمامات الآذريين؟».

وافقتني، فمشينا حتى اقتربنا من باب ضخم كأنه أحد أبواب القصور العظيمة المرصعة بالخزف الأزرق، وابتسمت لرؤيتي كل شيء على حاله؛

حتى اللوحة المكتوب عليها باللغة الروسية ما تزال مكانها، لذا اقتربت منها، وحاولت أن أسترجع كلمات بوشكين: «لم أرَ في حياتي...». ولكن يبدو أنني همست بصوتٍ عالٍ، فقد اقتربت مني ياسمين، وقالت:

- «أستاذتي، هل تعرفين اللغة الروسية؟».
- «لا!»

ثم حاولت أن أتجاوز ذلك الموقف.

في الداخل، رأينا امرأة سمينة متعبة يخرج شعرها الأبيض من تحت شعرها المصبوغ تسألنا عما نريد؛ آه لو قلت لها: «أريد أن أرى الحجرة التي اغتسل فيها سطار خان!»، ولكنني لم أجرؤ على قول هذا، فقلت:

- «نريد أن نرى الحجرة التي اغتسل فيها بوشكين».

فضحكت حتى بان سنها الذهبي، ثم قالت:

- «المقصورة رقم 3.. اتبعاني».

فتبعناها، حيث مررنا بممرات قرميدية، ونزلنا على درجات رخامية متآكلة، بينما أشعة الشمس الحادة تتسلل إلى المكان من خلف نوافذ زجاجية مزركشة تخفف من حدتها قليلًا. وبعد أن مررنا بممر طويل، رائحة الرطوبة فيه حادة جدًّا، فتحت السيدة بابًا، فابتسمت مجددًا: «لا، لم تكن هكذا؛ لقد جُدِّدَت»! ومع ذلك، لم تزل درجات الحرارة الجهنمية والمياه الكبريتية ذات الرائحة الواخزة تتدفق من الأرض مثلما كانت في ذلك الزمان، وحتى بلاط الأرضية ظلَّ كما هو.

حينها، أشارت السيدة إلى البلاط، وقالت: «هذه الحجارة أصلية»، فأسررت: «نعم، أعرف أنها أصلية». وفجأة، شعرنا بدوار من شدة الحرارة والرائحة، فخرجنا وجلسنا على المقهى الموجود قبل الميدان، حيث هبت علينا نسائم عليلة ونحن أمام طاولة خشبية ظريفة عليها إبريق شاي خزفي،

فيما رائحة الشاي الرائعة تفوح في المكان. وإلى جانب إبريق الشاي، ثمة شرائح ليمون رقيقة وسكر وكؤوس شاي ظريفة دقيقة الخصر، إلى جانبها طبق صغير من مربى السفرجل، وأمامنا قلعة ناريكالا؛ منزل أحلام سطار خان في مذكرات أحلام تفليس القديمة.

وفي صباح اليوم التالي، بعد أن صعدنا السيارة، أخبرتنا نورا أن نغزاري لديه مفاجأة لنا؛ إن ذلك الرجل العجوز ينوي أن يأخذنا إلى مكان لا يريد أن يفصح عنه. ومن ثم، سرنا بالسيارة حتى ابتعدنا رويدًا رويدًا عن تلك الحرارة المشؤومة، وبدأنا نتسلق الجبال. وبعد قليل، خف زحام الطريق، وأغلقنا المكيف، وفتحنا النوافذ، فهبت نسمات جافة محملة بروائح الزهور الجبلية لتملأ السيارة، فيما كانت السحب مجموعات مجموعات في السماء، والجبال مظللة باللون الأزرق الداكن، والهواء جاف، والوشاح يتطاير مع نسمات الهواء الجبلي، فأقول لنفسي: «حسنٌ أننا أتينا إلى هنا»؛ لقد فُتِنت بهواء الجبل حتى أنني شعرت بأنني قد صرت سكرانة بسببه.

وبعد أن انعطفنا منعطفًا حادًا، وقفنا أمام سفح كنيسة عتيقة جدًّا؛ هل هذه هي المفاجأة؟ بالطبع لا. ولكن بعد أن تسلقنا درجات الكنيسة العالية، ونظرنا من فوق، تسمرت في مكاني؛ لم أرَ شيئًا مثل هذا من قبل، وربما لن أراه مرة أخرى؛ لا بد أننا مُنِحنا في تلك اللحظة ما يُسمَّى النظرة الإلهية.

لقد كان أمامنا نهران عظيمان أصيلان نبيلان هادئان صامتان عميقان للغاية، يتدفقان في مجراهما تاركين وراءهما كل ما عايشاه من قبل حتى يتلاقيا ويستمران في التدفق نهرًا واحدًا عظيمًا. وبما أنهما لُقِّبَا هنا بلقب جديد، فلا بد أنهما قد تركا أسماءهما كذلك خلفهما. أحدهما هو كورا الذي يغادر أرداهان، ويمر عبر الأراضي الجورجية دون جواز سفر أو سؤال، والآخر أراجفي. كورا شديد الخضرة، أما أراجفي فشديد الزرقة. وبعد أن أصبح

الاثنان نهرًا واحدًا، تحولا إلى نهر ثالث، ليتجهوا جميعًا نحو أذربيجان، حيث يصبون في بحر قزوين. ولا شك انه إذا كانت ثمة لحظة أروع من اللحظة التي يتدفق فيها النهر إلى البحر ليصب فيه، فلا بد أن تكون تلك اللحظة التي يلتقي فيها نهران عظيمان، ولا بد أن هذا المشهد البديع هو بالروعة نفسها في كل جغرافيا.كان الفندق الذي نزلنا فيه بمثابة قصر روسي تاريخي في المدينة القديمة؛ كم من غرفة أقمت فيها وغادرتها بعد أيام طوال رحلتي هذه، وكم من جدار تركت عليه ظلي، وكم من مرآة وقفت أمامها! وبينما خرجت إلى الشرفة، حيث تلقي الزخارف بظلالها البديعة على الألواح الخشبية، كانت نسمات باردة تهب فتجعلني أرتجف قليلًا، قبل أن تصل إلى مسامعي نغمات أغنية لا أعرف معانيها؛ إن حلم تفليس ما يزال مستمرًا. وبعد قليل، طُرِقَ باب غرفتي، فطلبت شايًا، فجاءني إبريق مصنوع من الزنك الأزرق، لا سماور نحاسي. ومن ثم، أخذت الصينية إلى الشرفة، وصببت الشاي في فنجان خزفي عليه رسومات ورود باللون الأزرق، ووضعت فيه شريحة من شرائح الليمون الرقيقة، ورحت أنعم بلون ورائحة وطعم رائع، وأخرجت دفتري وقلمي وصندوق كنزي المعدني، ووضعتها على الطاولة أمامي.

أمام الشرفة، كان ثمة صفوف من أشجار الزان تعكس الشمس التي همت بالمغيب أشعتها على أوراقها فتتلألأ بشكل بديع ساحر، ومن ورائها نهر كورا شديد الخضرة. وبينما أنا على ضفاف ذلك النهر الشرقي، شعرت كأنني على ضفاف شعور خالد لا يُوصَف، أتدفق معه إلى اللانهاية. وحينها، شعرت بأن لحظة التقاء نهر سطار خان بنهر زهرة قد اقتربت، فأحسست بألم ظل يراودني كثيرًا في الأيام الأخيرة، فلقياهما تعني فراقي لهما، فكيف أتحمل هذا؟! وكيف يمكنني أن أفارقهم؟! وكيف أغادر هذه الحكاية بلا صوت أو صدى؟!

مددت يدي لألتقط صندوق كنزي، بينما أسمع صوت حفيف ورق أشجار الزان وهي تتراقص مع نسمات الهواء تحت خيوط الشمس التي تتركها خلفها لحظة الغروب. كنت أسمع ما تحاول قوله لي، ولكنني لا أفهمه مهما حاولت أن أفعل. لم يتبقَّ لي سوى صورة واحدة لم أنظر إليها، ولم أغص في زمانها بعد. وفيما تنحني الأشجار مع هبوب الرياح، مددت يدي والتقطت صورة الخان الحجري في طرابزون، حيث يقيم سطار خان، ومن هذا الباب يدخل. أما أنا، فآخر عهدي به متن ذلك القارب فوق سطح البحر الأسود وهو يتجه نحو طرابزون.

الفصل العاشر
المقهى

أبحر ذلك القارب يشق عباب الأمواج ويتصارع معها حتى وصل إلى طرابزون ظهرًا بعد ثلاثة أيام، فراح يقترب من الشط رويدًا رويدًا حتى رسا في الميناء. وكان أول شيء لاحظه سطار خان عندما اقترب من سواحل طرابزون التي فتحت ذراعيها لاحتضانه وهي تستقبله بصدر رحب تلك القلعة التي تقع فوق منحدرات شاهقة على شكل عش النسر. وبدا له أن هذه المدينة التي تنحدر إلى الساحل على مصاطب ومراحل دون انقطاع، ولا تنأى بنفسها عن الماء، ليست كتبريز أو تفليس أو باكو، بل إنها تشبه باطوم، فهاتان المدينتان على سواحل البحر ذاته، وفيهما الخضرة ذاتها وزرقة المياه ذاتها.

هل هي بالفعل جميلة لهذه الدرجة أم أنه رآها كذلك لأن الموت كان قد اقترب منه، ووضع سكينه على عنقه، وشعر بأنفاسه على رقبته؟ على أي حال، لم يلهه هذا الجمال منذ وطئت قدماه أراضيها عن إدراك أنها ذات حظ سيء مثل باطوم تمامًا! فباطوم في عاصفة نيرانية تلتهما الحرائق، أما طرابزون فتختنق في بحر من الدخان.

وما إن وطئت أقدامهما الرمال السوداء حتى قال له الريس:

- «يا بُني، ها أنتَ قد وصلتَ إلى طرابزون، فما الذي ستفعله؟ ألديكَ أحد تعرفه هنا؟».

- «لا يا ريس؛ لم آتِ إلى طرابزون من قبل أبدًا حتى يكون لي أحد أعرفه فيها، ولكنني لن أبقى هنا كثيرًا، بل سأذهب إلى إسطنبول».

ثم تذكر أن الأوراق النقدية التي في حزامه التي لم تعد تساوي شيئًا، فاستدرك:

- «ولكن عليَّ أن أمكث هنا قليلًا».

فضحك الريس، وقال:

- «معكَ حق، فنقودكَ صارت أوراقًا فحسب!».

وفكر قليلًا، ثم أردف:

- «يا بُني، اذهب إلى مقهى أصملي لأرسلان باي الشركسي في أورتا حِصار؛ إنه أبو الفقراء، وسيساعدكَ ويجِد لكَ عملًا مناسبًا، فهو أيضًا ذاق طعم الاغتراب والهجرة من قبل».

- «الهجرة؟ ماذا تعني؟!».

فضحك الريس من قلبه، وقال:

- «يا بُني، ألا تعلم ما يجري في الدنيا؟!».

وبينما يحدثه عن معنى الهجرة، وضع يده في جيبه، وأخرج رزمة من النقود العثمانية أعطاها له، قائلًا:

- «خذ هذه، وابحث عن مكان تنام فيه؛ ثمة فنادق هنا، ولكنها غالية جدًّا، فاذهب إلى الخان الحجري حيث الأجور مناسبة لك أكثر».

وقبل أن يفترقا، سأله سطار خان:

- «ما اسمك يا ريس؟».

إذ لم يخطر على باله أن يسأله عن اسمه طوال ذلك الوقت، فأجابه الرجل:

- «جميل».

وبعد أن وضع سطار خان رزمة النقود العثمانية في حزامه، خلع الخاتم الفيروزي من إصبعه، وقال:

- «ريس جمال...».
- «اسمي جميل يا هذا.. جميل».

فلم يتوقف سطار خان، بل أكمل:

- «ريس جميل، لقد أصبحت مدينًا لكَ مرتين، فخذ مني هذا الخاتم لعله يكون عوضًا عن النقود التي أعطيتني إياها».

فلمعت عينا الريس جميل فجأة، وبدأ الشرر يتطاير منهما، وهو يقول:

- «في عرفنا وأخلاقنا، يا ولدي، لا نأخذ خاتمًا من إصبع مضطر تقطعت به السبل وضاقت به الدنيا! أعده إلى إصبعكَ، ولا تخلعه مرة أخرى، وتذكر إن ضاقت عليكَ الدنيا ثانية أني موجود هنا دائمًا».

فأعاد الخاتم الفيروزي الذي شحب لونه، وراح يكرر ما قاله له الريس جميل: «مقهى أصملي في أورتا حِصار لأرسلان باي الشركسي؛ أبو الفقراء». فقراء؟! هل أصبح سطار خان سيد قومه الشاب النبيل ذو الحسب والنسب من الفقراء؟! إنها الدنيا، دوارة لا يدري المرء ما تخبئه له!

وبينما أدار ظهره ومشي، كان الريس جميل ينظر إليه ويهز رأسه هامسًا: «سبحانه مَن لا يُسأل عن حكمته؛ كم من حكاية في هذه الدنيا!»، قبل أن يتجه نحو قاربه.

وصل إلى الخان الحجري، فدفع الباب ودخل إلى الفناء. وبعد أن حكى لصاحب الخان قصته، أخرج له ورقة نقدية ملفوفة من الأوراق النقدية العثمانية، فسأله:

- كم ليلة ستمكث؟».
- «لن أمكث طويلًا، فسأذهب قريبًا إلى إسطنبول».
- «حسنًا، سآخذ منكَ إيجار كل ليلة مقدمًا».

ثم أعاد له باقي الورقة النقدية، ولم يكن زهيدًا، فأدرك أن المبلغ الذي أعطاه إياه الريس جميل كبيرٌ، وهو لا يدري أنه أعطاه كل ما كسبه من رحلته الأخيرة من باطوم إلى طرابزون، وامتلأ قلبه بالامتنان والسرور. أما صاحب الخان، فكان جشعًا متجهمًا؛ إن مدينة كهذه يُفترَض أن تكون لأمثال الريس جميل.

سأله الخانجي:

- «هل لديكَ ما تود تركه في الأمانات، يا ابن العجم».

- «لا... أيها الخانجي، لستُ أعجميًا».

ثم صعد من سلم حجري على اليسار حتى دخل الغرفة رقم (36) التي كانت من نصيبه. وعندها، ألقى بنفسه كما هو فوق السرير؛ يا إلهي، هل عاش كل هذا حقًّا؟! لم يكن يشعر بشيء، كأن شخصًا آخر مَن عاش كل هذا، وهو يشاهده من بعيد فحسب. ومن ثمَّ، غفا مكانه الظهر كله وطوال ليلته تلك.

وفي صباح اليوم التالي، فتح عينيه مع ضوء النهار الآتي من طرف البحر الذي شم رائحته دون أن يراه، ولم يكن قد سمع بعد عن شهرة هذا البلد، وارتفاع الحرارة فيه، بيد أن قدومه صادف يومًا خريفيًّا تكون فيه الرطوبة لا تُطَاق. وعندما نظر من نافذته، رأى أمامه شاطئ البحر، والرمال السوداء ممتدة على طول الساحل، وخلفها البحر هادئ كأنه بركة كبيرة من الزئبق الراكد. هذه الرائحة والرمال والحصى، وحتى اللون ذاته، هي نفسها التي تركها في باطوم. ولكن عندما نظر إليه، أحس بصرير أبواب الماضي وهي تغلق من ورائه، ودفاتر الأيام الخوالي وقد جفَّ الحبر فيها وأُغلِقَت هي الأخرى، ولن تُفتَح مجددًا. حينها، شعر بالارتياح فتبسم؛ إن أمامه الآن حياة وقدرًا جديدين، وكتابًا فتح يديه ليكتب فيه ما يشاء، فهو ما يزال شابًّا، كما أنه لن يطيل البقاء هنا، بل سيذهب إلى إسطنبول.

وبعد أن تناول طعام الفطور الذي تكون من خبز وشاي، خرج من الخان، وراح يشاهد المدينة وهي ترتفع تدريجيًّا من الشاطئ، وحدائقها المليئة بأشجار البرتقال والزيتون ذات الظلال الوافرة، ومنازلها ومساجدها وكنائسها. وبعد أن دار حول القلعة، نزل إلى الميناء الذي بدا من بعيد كلوحة فنية، ولكنه كلما اقترب منه أكثر دبت الروح بهذه اللوحة فصارت تنبض بالحياة. فقد كانت أشرعة السفن التي تنقل الركاب تخفق في الهواء، وسفن الشحن أحادية الصواري تدوِّي صفارتها تاركة دخانها ودوِّيها وراءها، والمراكب الشراعية في كل مكان. ولأن قاع الميناء مليء بالرمال، كانت البواخر الكبيرة ترسو بعيدًا عن الشط. أما الركاب الذين أُجلُوا بالقوارب إلى الشاطئ، فما كانوا يصلون إلى الشط إلا على ظهور الحمالين الذين خاضوا في المياه التي وصلت حتى خصورهم. وقبل هذا كله، كان ثمة جنود أكبر جيش في العالم حينها، ينتظرون دون هوية أو انتماء لأي دولة، لا صاحب لهم ولا قيمة ولا واجب يؤدونه؛ لقد كانوا في حيرة مثل سطار خان الذي وصل للتو إلى هذه المدينة. ليس هم فحسب، بل ميليشيات الأرمن والروم الذين يرتدون الزي العسكري الروسي، والذين تورطوا في أعمال بشعة شنيعة، وباتوا ينتظرون بفارغ الصبر وصول أي سفينة تأخذهم إلى روسيا. ومثلما ملأت جموع المدنيين الروم والأرمن المكان، كان الشركس والإيرانيون والروس والجورجيون في كل مكان في ذلك الميناء. أما الأتراك فكانوا أقلية. حينها، أدرك معنى «الهجرة» جيدًا؛ لقد خسرت روسيا جبال القوقاز، بوابة البحر الأسود، وسكانها منذ وقت طويل.

أمضى وقتًا طويلًا في الميناء الذي يمثل القلب النابض لهذه المدينة، إذ تتجمع فيه شرايين حياتها كافة، حتى يُظَنُّ أنه إذا توقفت الحياة فيه ذبلت المدينة وكادت تموت. والواقع أن كلًا من المرض والصحة يدخل إليها من

هذا الميناء، ومنه يزداد عدد سكانها أو ينخفض. بالطبع، لم يكن سطار خان سيحدث تغييرًا في مصير المدينة، لكن المؤكد أن مصيره بات معلقًا بها.

وفي أثناء تجوله بالميناء، صادف شيئًا لطالما عهده من قبل بين كل هذه الأشياء الجديدة عليه. فما هي إلا لحظات حتى أفلت الشمس التي كانت ساطعة صبيحة هذا اليوم، واختفت الرطوبة، وتلبدت الغيوم فجأة في كبد السماء، وفُرِشَت كأنها ستائر معلقة تكاد تلامس الأرض، ثم راح المطر ينهمر بغزارة، تمامًا كما كان يحدث في باطوم.

وعندما أحس بالجوع، راح يجول في الطرقات الموحلة التي كثرت فيها الحجارة المتكسرة والحفر الكبيرة التي يتعثر الناس كلما مروا بها، وشاهد الفئران التي أصبحت بأحجام كبيرة للغاية حتى أن القطط المساكين التي لا تجد ما تأكله صارت تخاف منها، ومرَّ بين الحشرات والروائح، دون أن يجد بعد كل هذا المسير سوى بقالتين مفتوحتين.

وفي كل مرة يحاول أن يدفع بالروبل الروسي، يسخر منه التجار؛ لقد كان الريس جميل محقًّا في كل ما قال، فلا أحد يقبل بأن يبيعه شيئًا مقابل هذه الأوراق النقدية. حينها، أخرج النقود العثمانية، واشترى كسرة خبز، وجلس في زاوية بميدان يُدعَى «ميدان الشرق» في طرابزون، محاولًا الحفاظ على هدوئه، إلا أن الوضع كان حرجًا يزيد من شعوره بالسوء الشديد، فقد تُرِكَ وحيدًا بين أيادي الغرباء، لا سند له ولا ظهر، فما الذي سيحدث الآن؟

ألم يقل له الريس جميل: «اذهب إلى مقهى أصملي لأرسلان باي الشركسي، أبي الفقراء»؟ نعم، لذا عاد بعد قليل إلى الخان، وقال لصاحبه:

- «أيها الخانجي، أين مقهى أصملي؟».
- «أي أصملي تقصد؟ فثمة كثير منها».
- «مقهى أرسلان باي الشركسي».
- «حسنًا، تعالَ واجلس قليلًا الآن».

مع طلوع شمس اليوم التالي، استيقظ سطار خان ليجد جوًّا شديد الحرارة، تكوي فيه الشمس الأرض بحرارتها العالية، كأن مطرًا لم يهطل بالأمس، وكأن هذه المدينة لا تسمح للمرء بأن يعرف يمينه من شماله، فهي في كل لحظة في شأن، ولا تستقر على حال واحدة. ورغم ذلك، انطلق إلى المقهى الذي وجده بعد أن سأل عنه كثيرًا في أورتا حِصار. يا للعجب، هذا المكان بلا شك يُطلَق عليه الشاي خانه في إيران، ولكن يبدو أن القهوة هنا فرضت سطوتها، فأصبحوا يطلقون على مثل هذه الأماكن مقهى!

دخل المقهى، ومرَّ بالقرب من بركة ماء جافة مليئة بأوراق شجرة الكرمة، ثم سار حتى وقف أمام أرسلان باي الشركسي الذي يدخن نرجيلة تبريزية لون بلورتها أزرق قاتم، والذي كان اسمًا على مسمى، فهو بالفعل كالأسد. ومع أنه بلغ السبعين من العمر، فإن ظهره ما يزال منتصبًا، وصدره بارز، وقلبه ما يزال يخفق كبركان ينفث اللهب، ويبدو أنه -والعلم عند الله- سيموت وهو على تلك الحال، دون أن يشيخ أو يهرم.

في البداية، تبادلا النظرات لفترة قصيرة، ثم سلم أحدهما على الآخر. فبعد أن نظر أرسلان باي الشركسي إلى ذلك الفتى الذي يرتدي ملابس من جغرافيا أخرى، ويتكلم بلهجة مختلفة، نظرة لا يعرف معناها سوى رجل مثله، استطاع أن يرى أشياء خفية وراء تلك الصورة الظاهرية. فقد كان الخاتم الذي يرتديه في إصبع يده اليسرى، والقميص المصنوع من أجود أنواع القماش الأصفهاني، حتى إن تغير لونه وأصبح رماديًّا، والحزام الجلدي على خصره، والخنجر المرصع بالفضة، وجزمته الشاهدة على ما مرَّ به، والأهم نظراته ووقفته أمام أرسلان باي الشركسي؛ كل ذلك كان كفيلًا بجعله يدرك

أنه لا يقف أمامه فتى عادي. وكان واضحًا من ملامحه كذلك أنه من بلاد العجم، ولكن لا يعرف قيمة المرء في النهاية إلا أهله وناسه. فحتى تلك اللحظة، كان الأعاجم الذين التقى بهم أرسلان باي في طرابزون كلهم إما تجارًا وإما أصحاب قوافل وإما واقفين في الساحات بالأعياد والمناسبات يعدون الشاي. نعم، كانت لهجتهم لطيفة، ولكنهم ثرثارون يبالغون في الكلام، ويساومون في السوق بصوتٍ عالٍ وصراخٍ وعصبيةٍ، وأقصى ما يصدر عنهم إن غضبوا خلعُ ما على رؤوسهم ورميه أرضًا، أو السبُّ وضرب رؤوسهم إذا غضبوا أكثر.

لم يكن الفتى الذي يقف أمامه الآن كذلك، لذا حاول أن ينظر إليه أكثر، ليمسك بالشيء الذي يميزه عن غيره، فلن يستعصي شيء على أرسلان باي الذي أفنى عمره في هذا المقهى الذي كان له حانة العالم، إذ رأى فيه كل أصناف الرجال حتى أصبح خبيرًا في معرفة معدن الرجل الذي أمامه من نظرة واحدة، ونادرًا ما يخطئ. وها هو الآن يقف أمامه فتى نبيل من بلاد العجم، يعلم الله وحده أي ريح أتت به إلى هنا.

أما سطار خان، فأدرك أنه يقف أمام رجل تقدم في العمر، وبدا عليه الهدوء والسكينة، وإن ظل قلبه ينبض بقوة، وتعصف فيه العواصف الهوجاء، ولكن نظراته لا تمكن مَن أمامه من قراءة ماضيه، وإن كان من الممكن معرفة ما تبقى لديه منه، فكل الآثار والبقايا المعلقة خلفه على الجدار بينة واضحة، إذ تستقر صورة لمنارة سوخومي رسمها رسام شعبي، وإلى جوارها مباشرة صورة خيالية للريس مصطفى، رُسِمَت هي الأخرى من قِبل رسام شعبي قليل الخبرة، ووُضِعَت في إطار خشبي بزجاج تعلوه طبقة سميكة للغاية من الغبار، وتحتها أبيات من ملحمة وُضِعَت هي الأخرى في إطار خشبي، واستطاع بعد أن ألقى نظرة عليها أن يتذكرها بسرعة.

وكان صاحب الخان، عندما سأله أمس عن مقهى أرسلان باي، قد أخذه وجلسا بأحد الأماكن، وراح يحدثه عن تلك الملحمة، ويستشهد ببعض أبياتها، بينما يحكي له أنه: في قديم الزمان، كان في طرابزون رجل يُدعَى الريس مصطفى زُجَّ به في السجن بسبب ارتكابه بعض الجرائم، ولكنه سرعان ما هرب إلى باطوم، واقترف بعض أعمال النهب والسرقة. ورغم كل الجهود المبذولة من قبل والي طرابزون، فإنه لم يستطع أن يلقي القبض عليه، مما دفع روسيا إلى إرسال برقية رسمية توبخ الوالي الطرابزوني بطريقة دبلوماسية. حينها، أرسل الريس مصطفى رسالة إلى الوالي، يسأله فيها: لو سرقت منارة سوخومي، هل تعفو عني؟ وفي ذلك الوقت، كانت سوخومي تقبع تحت سيطرة الروس على ساحل البحر الأسود (شمال باطوم)، وتشتهر بمنارتها. فقال الوالي: نعم. دون أن يعرف السبب الذي دفعه لقبول هذا الأمر: هل هو جمال تلك المنارة الأسطوري وسحرها، أم شهرتها الأسطورية، أم ظنًّا منه أن هذا الأمر يستحيل تحقيقه؟ ورغم ذلك، أغار الريس مصطفى على المنارة من جهة البحر في وضح النهار، وسرق كريستالة كانت بمثابة عين منارة سوخومي، وأخفاها في قاربه تحت قماش شادر ثخين، ثم أبحر وهو يصارع الأمواج حتى وصل إلى طرابزون المحرومة من أي منارة. وبينما هو في عرض البحر، لم يكن خائفًا من سطوة الروس، بل من موج البحر الأسود وعواصفه، ولكنه نجح في نهاية المطاف في الوصول إلى البر سالمًا، ووضع عين تلك المنارة في جوزال حِصار.

ولم يكن من الصعب على الوالي أن يعفو عن الريس مصطفى، خاصة أنه كسب قلوب الناس في طرابزون، حتى أنه لو لم يخجل من الضباط والعساكر رفيعي المستوى الذين كان أغلبهم من إسطنبول، لطاوع قلبه وانحنى مقبلًا رأسه أمام الناس كلهم، لأنه منذ سرق عين منارة سوخومي، ووضعها في جوزال

حِصار، انقطعت الضغوطات التي كانت تمارسها روسيا عليه بالكامل. ولم يبقَ أمامه سوى أن يستمتع بتلك اللحظة، ويعيش لذة الانتصار والانتقام من الروس الأراذل، فنادى على موظف البرق، وقال له وضحكة فمه تصل إلى أذنيه:

- «اكتب يا بُني!».

ثم أملاه:

- «إن مصطفى آغا الذي وجهتم اللوم لنا لأننا لم نلقِ القبض عليه هو مَن سرق منارة سوخومي؛ إنه مصطفى آغا بذاته».

قبل أن يستدرك:

- «عدِّل يا بُني؛ اكتب (منارتكم في سوخومي)، واجعلها بخط عريض كي تبدو واضحة تمامًا».

وفي تلك الليلة، وبينما يحتسي الوالي فنجان قهوته والنرجيلة بيده، رأى زوجته التي تقدمت في العمر كأنها حورية، وكأنه السلطان المتربع على عرش سليمان. أما فرمان العفو عن الريس مصطفى، فقد سُلِّم إليه في ظرف مختوم بالشمع الأحمر. وكانت هذه آخر عملية سطو للريس مصطفى الذي تاب من بعدها توبة نصوحًا، وترك ذلك الطريق، ولكنه لم ينسَ الماضي ولم ينكره أبدًا.

كان الوالي يعرف جيدًا أن ثمة فرقًا شاسعًا بين القوانين المكتوبة وقوانين الضمير والروح، وأنه إذا خالفت تلك القوانين روح المجتمع والشعب الذي ينبض كالقلب الواحد، فإنه يجب أن يُضرَب بها عرض الحائط. وقد حافظ الريس مصطفى على وعده وبقي عند كلمته، فلم يعد إلى ما كان عليه، ولم يمد يده لشيء ليس له، بل افتتح مقهى، وراح يأكل من عمل يده، وقرر أن يكمل حياته على هذه الشاكلة، ولكنه لقي حتفه عندما أُصِيبَ بطلق ناري في ظهره بينما يتناول الطعام في أحد المطاعم؛ صحيح أن ماضي الإنسان

لا يتركه مهما حاول، ولكن الرجل رحل عن الدنيا تاركًا وراءه ملحمة وأسطورة مشرفة، وأصبح اسمه يذكر بكل فخر واعتزاز.

وقد كان هذا الشركسي أرسلان باي ابن أحد العاملين في مقهى «التائب» الريس مصطفى، وهو مولع به مثلما كان والده من قبله. وعندما انتقلت إدارة المقهى إليه، لم ينزل اللوحة وأبيات الملحمة عن الحائط، بل إنه -على العكس- ثبتها بشكل أكبر.

وبينما يتمتم سطار خان وهو يقرأ أبيات الملحمة المعلقة على الحائط، أشار أرسلان باي بيده إلى كرسي صغير مصنوع من الحصير كي يجلس عليه، ثم استدار نحو أجيره، وطلب منه أن يعدَّ لهما فنجانين من القهوة، ونبه عليه أن يصبها في الفناجين البولندية المُذهبة، قبل أن يقول:

- «اجلس يا بُني؛ كنت أعرف أنكَ ستأتي. لنشرب القهوة وتلتقط أنفاسكَ أولًا».

فنظر إليه كأنه يسأله: «كيف عرفتَ أني سآتي؟!»، قبل أن يجيبه:

- «لقد حكى لي الريس جميل عنكَ؛ ما الذي أتى بكَ إلى هنا؟».

فحكى له بإيجاز عن بعض ما جرى له، وأبقى قسمًا كبيرًا دفينًا بين أضلعه، فقال أرسلان باي:

- «حسنًا، يبدو أنكَ لن تستطع العودة إلى هناك مرة أخرى، فأخبرني بأي عمل تجيده».
- «أنا خبير بتجارة السجاد».
- «سجاد؟!».

ثم برم شفتيه، وأكمل:

- «ولكن لا أحد هنا يفهم بالسجاد أو يغزله، فهل تجيد شيئًا آخر غير ذلك؟».

- «أعرف أمور الكتب والمكتبات، ولكن ليس كثيرًا، فقد عملت لفترة في متجر كتب».

فقال وهو يهز رأسه يمنة ويسره:

- «لا، فإن أفضل من يعمل بهذا الكاتب حمدي أفندي، وهو مهاجر كذلك، فما الذي تعرفه أيضًا؟».

- «لا شيء».

وبعد أن شعر بأن بضاعته لن تفيده هنا، همَّ بأن يطلب الإذن بالمغادرة، ولكن وقعت عيناه على كؤوس الشاي والفناجين، ومرجل الماء والسماور والنراجيل، فتذكر أنه يعرف شيئًا آخر؛ تذكر تلك الليلة التي دخل فيها التكية الداغستانية، وما تعلمه عن إعداد الشاي. أيمكن أن تكون هذه نقطة تحول وبضاعته التي تروج هنا؟ لم يفكر كثيرًا، فقال:

- «أعرف... أعرف كيف أعد الشاي بطريقة جيدة للغاية».

ففكر أرسلان باي هنيهة، فقد كان معروفًا أن الإيرانيين يجيدون بالفعل إعداد الشاي، كأن هذه سمة مشتركة في أبناء تلك المنطقة من العالم جميعًا، وهذا واحد منهم، فلِمَ لا؟ نعم، كان هذا أمرًا ممكنًا، ولكن كان لديه ما يقوله:

- «اسمعني أيها الرجل الهمام، أنت لا تصلح أن تكون أجيرًا عندي، وأنا لا أصلح أن أكون سيدكَ، فكل منا يعرف قدر نفسه. ولكن يمكنكَ -إن أردتَ- أن تكون ضيفي، فليس لديكَ الآن مكان تنام فيه، وقد فقدت نقودكَ قيمتها. ومع الوقت، ستتعلم الصنعة، علمًا بأن العمل بالمقهى أمر جيد إذ تدور الدنيا كلها أمام عينيك، ثم تستقل وتأسس عملكَ الخاص بكَ».

فنظر إلى الشمس التي تغيب خلف جبل يورز غربًا وهو لا يزال مصرًّا على أن بقاءه هنا مؤقت، وأنه سيغادر هذا البحر الذي يعد بوابة على الشرق،

وقال في نفسه: «إسطنبول»، فقد كانت عينه على العاصمة، وما كانت طرابزون تكفيه. ومن ثم، استدار نحو أرسلان باي، وقال:

- «أشكركَ يا ريس، ولكني لن أمكث هنا طويلًا، بل سأغادر إلى إسطنبول، بيد أن نقودي أصبحت -كما تفضلتَ- لا تساوي شيئًا. فإن ساعدتني في تحصيل ما يكفيني لدفع تكاليف السفر، أكون ممتنًا، ولن أنسى معروفكَ ما حييت».

وبعد أن ترك الفنجان المذهب من يده، جال بناظريه على الزبائن من حوله الذين كانوا إما جماعة عجائز (منهم مَن له ساق اصطناعية، ومنهم من لا يتوقف عن السعال، ومنهم من لا طاقة له حتى على الحركة) وإما من المغتربين المهاجرين. ثم راح ينظر إلى الجدران التي تساقط الطلاء عنها، وما عُلِّقَ عليها من صور كثيرة بشكل غير منظم، مثل: صورة الريس مصطفى ومنارة سوخومي ولوحة الملحمة، إلى جانب مرآة ضخمة زجاجها متسخ، وصورة للسلطان محمد الفاتح وهو يشير بيده إلى البحر، وصورة للسلطان يافوز الذي يعتمر قبعة الترك، وصورة لقلعة خبير، وصور كثيرة للسفن، من سفينة نوح (عليه السلام) حتى «جول جمال». وهذه اللوحات كلها مرسومة بريشة رسامين من عامة الشعب، دون توقيع أو نسب، وقد اصفرت بسبب دخان السجائر والنراجيل وبخار الماء. وكان واضحًا أن أرسلان باي ذو سمعة طيبة، ورجل وقور، ولكن المقهى في حالة يُرثَى لها، كأنه سينهار في أي لحظة؛ ألا يكنس هذا الأجير المقهى أبدًا؟! عندها، عاد إلى رشده وهو يسمع أرسلان باي يقول له:

- «هيا، اذهب وأحضر أشياءكَ؛ خلف المقهى، ثمة حجرة ينام فيها أجيري سُعاوي. وإن وضعنا فراشًا آخر، نكون قد حللنا هذه المعضلة».

في صباح اليوم التالي، وبعد طول عناء وجدال مع صاحب الخان، نجح سطار خان في استعادة أمواله قبل أن يرحل عن النزل. ثم اتجه والشمس لم تشرق بعد نحو المقهى، حيث لم يكن أحد هناك، فاستدار خلف المقهى نحو الحجرة التي بابها من صفيح وزجاج متهشم متسخ نقر عليه كي يوقظ سُعاوي. وعندما رأى فراشًا آخر مرميًا على جنب، فهم أن هذا فراشه الذي سينام عليه من الآن فصاعدًا. أما سُعاوي الذي نهض وفتح له الباب، فاستدار نحو فراشه كي يعود للنوم مجددًا، لكنه اندفع وراءه، وقال:

- «لا.. لا، لقد انتهى وقت النوم».

ثم انتقلا إلى المقهى، حيث صاح بالأجير النعسان:

- «أحضر لي مريولًا».

وقد قرر من أين سيبدأ، ولكنه قبل أن يبدأ التفت إلى الأجير، وقال:

- «أوقد النار تحت المرجل، واكنس الأرض، وبعد أن يهدأ الغبار أبدأ أنا بالتنظيف».

والحق أنه لم يرَ ذلك المقهى منذ كان حملة تنظيف كهذه، فقد أنزل النبيل سطار خان الرفوف والشماعات التي تُعلَّق عليها فناجين القهوة بمختلف أشكالها، وراح ينظفها، ويلمع السماور والصواني النحاسية ومنافض السجائر، ويصفها فوق المنضدة واحدة تلو الأخرى. وبعد ذلك، انتقل إلى الخزف والزجاج، ثم غلي الكؤوس والأكواب والأباريق في الماء الساخن والصابون، ومسح زجاج النراجيل، ونظَّف خراطيمها، ثم لمَّع زجاج المصابيح والسراج. وبعد ذلك، أعاد ترتيبها وصفها مرة أخرى.

كذلك صفَّ أطباق الحلوى الخزفية واضعًا الصور والأشكال المنقوشة عليها -مثل باقة من الورود أو باقة زهور الأقحوان أو حديقة من القرنفل- إلى

الأمام، ثم صفَّ أطباق كؤوس الشاي المنقوش عليها تلك النقشة التقليدية باللون الأحمر وقد بدا لونها أكثر وضوحًا الآن، ثم صفَّ فناجين الخزف التي كان لبعضها أطباق، وبعضها من دون أطباق، وبعضها له ظرف فضي، وبعضها من دون ظرف، ثم صف فناجين مكة ذات الفم الواسع واحدًا تلو الآخر، ثم كاسات الليمونادة الملونة بلون الزيزفون، وكاسات الشربات الملونة بلون الورد، ثم رفع الأباريق ذات الفم الواسع والعنق الطويلة المذهبة المزخرفة وذات الزجاج المصقول أو المحجر أو الزجاج العادي إلى أعلى رفٍّ، فهذه سوف تُنقَل إلى الرفوف المنخفضة عندما يحل الصيف، ثم صفَّ برطمانات الشاي والقهوة، وبرطمانات القرنفل والقرفة والياسمين والفانيليا وقشور البرتقال والليمون التي تضاف أحيانًا إما إلى السماور وإما إلى إبريق الشاي مباشرة، وإن كان أغلبها فارغًا، ثم علَّق دِلال القهوة ومطحنة البن النحاسية، وإلى جانبها كيس السكاكر وسكر النبات التي ربما يأتي أحد الزبائن من إيران أو أذربيجان ويطلب منها، على المسامير التي دُقَّت على الجدار بجانب الخزانة الخشبية. وبالقرب منها، صفَّ ملاقط الفحم.

رفع رأسه ونظر حوله، ليرى الأجير الذي كان طوال الوقت يشعر بالنعاس قد شارف على الانتهاء من كنس الأرض، ولكن يده لم تلمس بعد الزجاج أو المرآة الضخمة أو اللوحات المعلقة بمسامير على الجدران بالقرب منها. ومن ثم، أنزل تلك اللوحات واحدة تلو الأخرى. وعندما جاء الدور على المرآة الضخمة التي كانت من صناعة مدينة البندقية، شمَّر عن ساعديه، وقال: «باسم الله، استعنا بالله»، ثم أمسكها من الأسفل ورفعها، ولكن بدا أنها لن تتزحزح من مكانها، فحاول مرة أخرى دون جدوى؛ لقد كانت ضخمة للغاية، ولم تجدِ كل المحاولات نفعًا، فتركها حتى يحين وقتها، بعد أن ينتهي من تنظيف اللوحات التي أنزلها كلها على الأرض، وصاح:

- «سُعاوي، هل لديكَ جرائد قديمة؟».
- «تحت المنضدة، سطار خان آغا».

فمد يده إلى حزمة الجرائد المكدسة بعضها فوق بعض التي مرَّ عليها زمان طويل، وأخذ واحدة مسح بجزء منها المرآة الكبيرة، ومسح بالجزء الآخر الزجاج. وبينما يمسح، نظر إلى الجريدة، ليرى عليها عبارة «فويني ليستوك» قد كُتِبَتْ بأحرف روسية، فتذكر عمال المطبعة الذين التقى بهم في إحدى محطات القطار وهو عائد من باكو؛ هذا يعني أنهم نجحوا في إصدار جريدتهم التي تحدثوا عنها. وعندما نظر ثانية في كومة الجرائد، وجد ثلاثة أو أربعة إصدارات أخرى؛ تُرَى كم عدد النسخ التي أصدروها بالكامل؟ لقد أصبحت تلك الأيام في غابر الزمان كأنه لم يعشها، ولكنه عندما تذكر صوفيا وفكر فيها، شعر بأن شيئًا ما قد انكسر بداخله، آه يا صوفيا! تُرى كيف حالكِ الآن؟ لقد دار بينهما حديث طويل، ولكنهما لم يتجاوزا أبدًا الأحرف الأبجدية إلى جملة مفيدة تجمع بينهما!

قبيل الظهيرة، أوشك أن ينتهى من العمل، فيما وصل عدد من العجائز بالفعل، جلس بعضهم في الداخل، وبقي بعضهم في الخارج تحت العريشة، وصفَّ الأجير الكراسي حول بركة الماء الجافة التي تظلها شجرة الكرمة المنحنية عليها. وبينَما تغمر أشعة شمس تشرين الثاني الأشياء التي تفوح منها رائحة النظافة، وتجعلها أكثر لمعانًا، أعد أول شاي له في ذلك المقهى. حينها، فاحت رائحة الشاي المغلي، وانتشرت كأنها سحابة غطت المقهى بأكمله، وخرجت من الباب لتنتشر في المكان حتى وصلت إلى البركة، فهبت نسائمهما تداعب وجوه الحاضرين، وتتوغل رائحتها في أنوفهم وطعمها في أفواههم. وفي تلك الأثناء، دخل أرسلان باي الشركسي من الباب، ولم يكن ثمة توقيت أفضل من هذا يأتي فيه، ونظر حوله بدهشة، ثم صفع الأجير الذي

حاول أن يكون له نصيب من هذا النجاح صفعة خفيفة على رقبته، وجلس تحت العريشة أمام نرجيلته.

وبعد هنيهة، وضع سطار خان خمسة كاسات شاي على الصينية، ثم مشى نحو العريشة قائلًا: «باسم الله»، ثم وضع ثلاثة كؤوس على أطباقها، وقدمها للذين يجلسون هناك، قائلًا لهم: «بالصحة والعافية يا أغاوات». ورغم أن الأغاوات لم يلتفتوا إلى لهجة هذا الشاب وملابسه الغريبة، فقد اعتاد أهل طرابزون على وجود هؤلاء القوم بينهم، فإن في هذا الشاب شيء غريب، فهو ليس كغيره من أبناء جلدته. ومن ثم، راحوا ينظرون بعضهم إلى بعض نظراتٍ تحمل كثيرًا من المعاني. وبعد أن استفاقوا من صدمة ذلك الحجر الذي قذفه القدر أمامهم، عادوا إلى دنياهم مرة أخرى، وراحوا يتحدثون فيما بينهم عن الحرب العالمية التي ولَّت، وحال أهل طرابزون المزرية، وشجعانها وأبطالها، فتوقف قليلًا عند تلك الطاولة كي يستمع لما يقولون:

- «سوف يرحل الروس في أقرب وقت، وسترحل معهم عصابات الأرمن والروم لعنهم الله، وأمر عودة المهاجرين قريب كذلك، ولكن كم عدد الذين سيعودون يا تُرى؟».

وفي تلك الأثناء، سمع أرسلان باي ينادي:

- «سطار خان، أحضر كاسي شاي: واحد لي والآخر لكَ، وتعالَ اجلس معي لدقيقة».

وبعد أن جلسا، وراحا يرتشفان الشاي، قال:

- «سطار خان، سأنصحكَ ببعض الأمور، وإياكَ أن تفهمني خطأ أو تتضايق مما سأقول، فأنا اليوم بينكم، والله وحده يعلم إن كنت سأبقى إلى الغد أم لا، فخذ مني هذه النصائح وضعها حلقًا في أذنكَ، وحينها ستستريح».

- «أطال الله عمركَ يا ريس، كل ما تقوله وتنصحني به هو كنز قيِّم عندي.. تفضل».
- «المقهى قلب الحيِّ النابض، والعمل فيه يعني أن تكون أنتَ الدماء التي تضخ في هذا القلب. ولا يمكن لأي شخص أن ينهض بهذا العمل الذي لا يقتصر فقط على إعداد الشاي أو القهوة، وإيصاله للناس على صينية، بل إن لهذا العمل أصوله وآدابه وأعرافه وتقاليده، فهو يتطلب الشجاعة والمروءة والحمية والشرف. فأحيانًا، يأتي عليكَ زمان يجب أن تكون فيه أبو الفقراء وراعيهم، وأحيانًا يأتي عليكَ زمان تكون عقيد الحي وزعيمه».
- «على الرأس والعين يا ريس».
- «أمر أنكَ تعرف كيف تعدُّ الشاي وتقدم القهوة أكيد مفروغ منه، وواضح جدًّا أنكَ تعرف كيف ترتب الطاولات والكراسي وتقدم النراجيل، وتعرف كيف تكون عينكَ على الشاب الذي يغلي على المرجل، وتنتبه إليه عندما يقدم الفحم والنار للنراجيل، ولكن لا تنسَ أن عليكَ وأنتَ تتجول بين الطاولات، وتقترب من الناس، أن تكون كالأخرس والأطرش، فلا تسمع ما يقوله أحد، ولا تتحدث بما سمعته لأحد، فأهم شرط بتلك المهنة هو هذا الأمر، ومن بعده يأتي أمر إعداد الشاي والقهوة بأفضل طريقة، حتى تكون بارعًا في عملكَ هذا».

فشعر بالخجل عندما سمع هذا، إذ لم يعلموه كل هذه الأمور عندما كان في التكية النقشبندية، إذ لم تكن مهمة ذات بالٍ، فكل شيء هناك منظمٌ دقيقٌ حتى أنهم لم يشعروا بحاجة إلى أن يتكلموا في أمور كهذه مطلقًا.

وبعد عدة أيام، قال:

- «يا آغا، لقد بدأت المياه تتسرب من مكان اللحام عند صنبور المرجل، فعلينا إصلاحه. كما أن معظم السماور أصبحت غير صالحة للاستعمال».

فأخرج أرسلان باي النقود من جيبه، ولم يدع له الفرصة كي يشرح أكثر من ذلك، ثم قال:

- «يا ابن العجم، تعرف أن المقهى كان مغلقًا منذ فترة طويلة، فانزل غدًا صباحًا إلى السوق، وإذا وجدت دكانًا مفتوحًا عنده ما نحن بحاجة إليه، فاشترِ ما تريد، وخذ معكَ هذا المرجل وأصلحه».
- «على الرأس والعين يا ريس، لكنني لستُ أعجميًّا».

لم يكن كذلك، فهو من أتراك أذربيجان وإيران، ولكن الكل ينادي مَن يأتي من تلك الجغرافيا بهذا الاسم؛ يا للعجب، في إيران تركيٌّ وهنا أعجميٌّ!

ضحك أرسلان باي وهو يرجع بظهره إلى الوراء، وقال:

- «إننا...».

ثم أضاف كلمة «يا بُني» خوفًا من أن يكون قد آذاه، وأردف:

- «هنا نقول لكل شيء يأتينا من الأراضي الإيرانية أعجمي، حتى إن كان تركيًّا أو فارسيًّا أو كرديًّا».

ثم ضحك، واستطرد:

- «حتى الأرز الذي يُطبَخ هناك، والسجاد الذي يُنسَج هناك، فلا تؤاخذني على قولي هذا».

فنجح في تطيب خاطره، ولكن بعد هنيهة، وبسبب آلاف المشاغل والمسائل في ذهنه، نسي وكرر ذلك ثانية.

لم يكن سطار خان يعرف مقصد أرسلان باي عندما قال له «إذا وجدتَ دكانًا مفتوحًا»، ولكنه عندما نزل إلى السوق حاملًا المرجل على ظهره، ورأى بأم عينه فهم ما يعنيه، فقد كانت سوق طرابزون الممتدة من باب موم خانة، المرتفعة تدريجيًّا بأزقة ملتوية وأدراج، خالية تمامًا. ومن ثم، نزل بمنازل كثيرة، وصعد مطالع كثيرة، بيد أن معظم المحلات كانت مغلقة، وبعضها كُسِرَت

أقفالها ونُهِبَ ما فيها، فلم يتبقَّ في تلك السوق أثر للبضائع التي كانت تأتي إليها، مثل السجاد الإيراني الثمين، والقماش الأصفهاني النادر، والصابون الحلبي الغالي، والحجارة التي لا تقدر بثمن الآتية من ديار بكر وبورصا، والأسلحة الأنتيكة، والنقود القيمة، والحيوانات المتنوعة، كالببغاوات والثعالب والقردة والطيور. كذلك الزبائن ومرتادو السوق لم يكن لهم أثر، وبدا الأمر كما لو أن الحدادين والصائغين والخياطين والحلوانيين وصانعي الأحذية والجزم والنحاسين قد اختفوا، وحتى سكاكين سورمنه التي تساوي ثروة ضخمة في إسطنبول لم تعد تُصنَع هنا منذ زمن بعيد؛ كانت المقاهي فحسب هي الأماكن التي تفتح أبوابها أمام الزبائن، والكلاب بعضها جائع، وبعضها شَبِع فبسط ذراعيه مفترشًا الأرض هنا وهناك مطمئنًا أن أحدًا لن يؤذيه.

وعندما سمع صوت المطارق، أدرك أنه اقترب من سوق النحاسين، فخفف من مشيته. وما إن وجد دكانًا مفتوحًا حتى دخل إليه غير مكترث برائحة القصدير المريرة، وأنزل ذلك المرجل الثقيل على ظهره. وبينما ينتظر انتهاء المُبيِّضُ من إصلاح المرجل، تجاذبا أطراف الحديث قليلًا، واستغل الفرصة فسأله عن توفر ملاقط وصواني أو شيء من هذا القبيل لديه، فقال:

- «من أين نجد مستلزمات المقاهي في هذه الأيام العصيبة؟! ولكن اسمعني.. بعد زقاقين من هنا، ثمة مقهى لأعجمي سمعت أنه ينوي أن يعود إلى بلاده، لذلك قرر أن يبيع ما عنده. فإذا أردتَ، يمكنكَ أن تمرَّ عليه لعلكَ تجد ما تبحث عنه، ويرضى بأن يبيعكَ ما تريد».

فحمل المرجل النحاسي على ظهره ثانية، وبعد أن خرج من الدكان وهو ينوي الذهاب إلى مقهى العجمي، سمع النحاس يصيح:

- «يا ابن العجم، اسأل الله أن يبارك لكَ في رزقكَ، وأن تكون قهوتكَ لذيذة وشايكَ طيب، وأن ييسر أمركَ ويشرح صدركَ».

فجاء هذا الدعاء الطيب في وقته المناسب، خاصة أنه في غربة، ويعيش وحيدًا في هذه المدينة التي فتحت له ذراعيها، واحتضنته كالأم الرؤوم، وأنقذته من الموت الذي كاد يغرز أنيابه برقبته. ولكنه مع ذلك، شعر بأن عليه أن يقول له: «اسمعني يا رجل، أنا لستُ أعجميًّا».

قبل دخوله مقهى العجمي، أدرك أن هذا المكان منسوج من نسيج الشاي خانه في إيران نفسه، فأنزل المرجل عن ظهره، وجلس على مصطبة عند الباب، ثم أسند ظهره إلى سجادة تبريزية معلقة على الجدار، وراح يمرر يده فوق عقدها. وعندما سمع صوتًا خشنًا يتمتم بكلمات فارسية من شعر غزل حافظ، أغمض عينيه قليلًا، ثم دخل فرأى أمامه الصورة المشهورة لناصر الدين شاه بشاربيه العظيمين معلقة على الجدار، ولولا الخجل لانفجر بالبكاء أمام صورة الشاه الذي ما ذكره بخير أبدًا عندما كان في إيران.

وعندما رأى صاحب المقهى الذي يرتدي بردة ثخينة من الجوخ، قال في نفسه: «أتراه حقًّا إيرانيًّا أم أنه من أبناء الملل المتعددة المتشابهة التي تعيش في تلك الأراضي؟». ولكن ما الذي سيختلف؟! إن هذا الرجل في يوم من الأيام كان تحت السماء نفسها التي أظلتهم، وفوق الأرض نفسها التي أقلتهم، ورأى بعينيه نهر زايندِه، واعتلى قمم جبل سهند، وشهد درجات الحرارة المحرقة في إيران، والبرد القارس فيها، وحفظ أبيات لحافظ، واستمع إلى الشاهنامة، وانفطر قلبه حزنًا في أيام عاشوراء والحداد والتعازي والمراثي.

كان العجمي قد ملأ قبل قليل كأس الشاي بالماء الساخن، ووضع فيه قليلًا من السكر وحركه، ثم تركه لحظة ليستريح، والآن ها هو يصبُّ الشاي المخمر من الإبريق الخزفي رويدًا رويدًا، ليمتزج اللونان في الكأس ذاته: لون الشاي الأحمر القاتم ولون الماء البراق الصافي. ثم رفع رأسه ورحبَّ به وعلى وجهه ابتسامة عريضة، وراح يقول له بصوته الخشن: «خوش آمدى،

خوش آمدی»، ثم أردف باللغة التركية: «أهلًا وسهلًا، أهلًا وسهلًا، تفضل بالدخول»، وراح ينشد بيتًا باللغة الفارسية:

«**لا تحزن يا حافظ، فالعليُّ لا يغلق في وجهكَ بابًا إلا ليفتح غيره**».

فلم يتحمل أكثر من ذلك، فانكب عليه وعانقه وضمه بشدة إلى صدره.

لم يغادر المقهى إلا وقد حُمِّلَ نصف المعدات التي عنده تقريبًا، ودفع كل النقود التي أعطاه إياه أرسلان باي الشركسي لصاحب القهوة، بل زاد عليها مما كان معه من مال، فاشترى منه سُكريات، وسماورًا نحاسيًّا، وصواني نحاسية مزخرفة عليها نقوش من صناعة مدينة أرزنجان، وأشياء صغيرة أخرى كثيرة باعها له الأعجمي بثمن بخس. ولكن الأهم من كل ذلك أنه أسدى له نصيحة لا تقدر بثمن؛ أن يذهب ليلتقي القنصل الإيراني، لأنه إن كان ينوي أن يقيم هنا فيجب أن يكون لديه ما يثبت هويته. وبينما يغادر المقهى، قال له:

- «إن أذن الله لي، فسأعود إلى طهران الأسبوع المقبل، وأتمنى أن تبقى بخير وصحة وعافية».

لم يضيِّع وقتًا، ففي اليوم ذاته اتجه مباشرة للقنصلية الإيرانية. وعندما قابل السيد لطف الله هناك، والتقت أعينهما، شعر أن قلبه يرتعش؛ لقد أحبَّ هذه العيون كرامة لما رأته من قبل، فهي -كعيون صاحب المقهى الفارسي- رأت السماء نفسها وجبل سهند وجبل دوماند وتبريز. وإن لم ترَ سوى هذه الأماكن فقط، فإنها تستحق أن تُقبَّل. أما السيد لطف الله، فكان يعرف معنى هذه النظرات، إذ كان أغلب من يطرق بابه ينظر إليه نظرات الشوق تلك. ومن ثم، تحدثا عن كيفية استخراج هوية له، وأرشده إلى طريقة الحصول عليها. ولكن بما أن طرابزون ما تزال تقبع تحت الاحتلال، وبما أنه ليس معه ما يثبت هويته، إذ لا يملك جواز سفر حتى، فهذا يعني أن الأمر سيستغرق وقتًا أطول، ولن يتمكن من الحصول على الهوية إلا بعد شهور. بيد أن السيد

لطف الله أحبَّ هذا الشاب الذي بات يتردد عليه على الأقل يومًا في الأسبوع، فتطورت علاقتهما، وتجاوزت حدود المكتب والأمور الرسمية، حتى أصبح يدعوه إلى تناول الطعام في بيته، ويستضيفه على مائدته.

وذات يوم، وضعت قافلة رحالها في المدينة، على أن تبقى بضعة أيام ثم تكمل طريقها إلى حيث وجهتها. وخلال مكوثها بالمدينة، اعتاد أن يذهب إلى الميدان الشرقي كل يوم، ليس بهدف رؤية الجمال، بل رؤية أصحاب القافلة المتعجرفين. فقد كان يذهب إلى هناك، ويجثو على ركبتيه ويتفرج على القافلة مدة، وما إن يلفت أحدهم نظره، سواء أ كان أذربيجانيًّا أم إيرانيًّا، حتى يقترب منه؛ بعضهم كان طيب القلب لين المعشر، فيتحادثان وينبئه عن تبريز وأخبارها، وبعضهم كان عبوسًا لا ينطق ببنت شفه، ورغم ذلك ينظر إليه بحرقة وشوق، مثلما يفعل مع أي إيراني. يا للعجب، لم يكن يظن أبدًا أنه سوف يشتاق للأراضي الإيرانية بهذا القدر، فما إن نزل بالخان الحجري حتى سمع صرير باب الماضي وهو يُغلَق، ويُفتَح أمامه باب جديد ومستقبل مختلف، وشعر بثقة بأنه قادر على الخوض في هذا الطريق الجديد! والواقع أنه لم يتغير شيء، بل بقي كما هو، لولا هذا الشوق الذي يحرق قلبه... العودة؟ مستحيل، فهو لا يحلم إلا بالذهاب إلى إسطنبول، كأنه إن ذهب إلى هناك لن يشتاق إلى تبريز ولا تخت سليمان.

واليوم أيضاً، اقترب من القافلة، على أمل أن يتحدث مع أحد رجالها. وكي يفتح الحديث معه، سأله إن كان في رحالهم أدوات ومعدات للشاي خانه، فرد عليه الرجل بجفاء:

- «نحن بائعو جملة، والعنوان الذي يقدم فيه الناس طلباتهم منا معروف، فهل تريدني أن أفتح لكَ رحال القافلة؟ وكيف تكون إيرانيًّا -كما تدعي- وأنتَ لا تعرف شيئًا عن هذا العالم؟!».

فتبسم رغم ألمه؛ هل يمكن لمثله ألا يعرف أنه لا يمكن فتح رحال القوافل قبل أن تصل إلى وجهتها؟! ولكن هذا الرجل لا يعلم بوجعه، لذا أكمل:

- «إن كنت تريد معدات للشاي خانه، فاذهب إلى ذلك الرجل...».

ثم أشار إلى رجل يقف على بُعد جملين منهما، واستطرد:

- «سيشتري لكَ كل ما تطلبه من إسطنبول، وفي طريق العودة يسلمكَ إياه».

كان يعرف أن القافلة لا تعد رحلتها قد اكتلمت إن لم تصل إلى إسطنبول، حيث يوجد فيها، وفي خان الوفا وخان الوزير بالتحديد، كل ما يحتاج من معدات للمقاهي. ومن ثم، ذهب إلى ذلك الرجل، وسرد له كل طلباته:

- «عندما تصل إلى إسطنبول، مرَّ بخان الوزير وخان الوفا، وسأدفع لكَ ثمن هذه الأشياء عندما تعود، ولكن أجرة تعبكَ معي، وسأدفعها لكَ مقدمًا».

ثم وضع بضع قطع نقدية في راحة يده، وسأله:

- «متى موعد العودة؟».

وعندما تلقى الجواب، أدرك كم هو بعيد ذلك الموعد، ولكن ما باليد حيلة؛ سوف ينتظر!

في ذلك اليوم، وفي أثناء عودته للمقهى من الميدان، أطال الطريق، فصعد على جسر زاكنوس الذي مرّ من فوقه من قبل، ولكن كيف لم يلتفت منذ أتى لهذه المدينة لتلك اللوحة الضخمة فوق المبنى الذي في نهاية الجسر التي كُتِبَ عليها: «الجمعية الخيرية لمسلمي باكو - فرع طرابزون»؟! ودون تفكير، اتجه مباشرة نحو جمع غفير أمام البوابة، ونظر بوجه أحدهم وهو متحمس للغاية، ولكن ذاكرة مهدي -رفيق دربه- لم تكن قوية مثل ذاكرته، إذ تذكره من أول لحظة.

لقد كان حافظ محقًّا، فالله لا يغلق بابًا في وجه عبده إلا ليفتح أمامه أبوابًا لا تُحصَى، وها هو بعد أن لم يُكتَب له دخول باب هذه الجمعية في تلك الأيام يخطو خطوته الأولى ويدخل عتبتها. ومع أن مهدي لم يرَ الأراضي الإيرانية منذ أيام طوال، إذ رجَّح البقاء هنا، ومد يد العون لهذه الجمعية الخيرية، فإن سطار خان ظل يتردد على الجمعية كتردده على المقهى الذي يعمل فيه.

والحق أنه منذ قدومه إلى المقهى، تغير طعم الشاي وجودته، وأصبح الزبائن يشربون بدل الكأس اثنين وثلاثة وأربعة، فقد غيَّر نظام إعداد الشاي من المرجل إلى السماور، وأصبح للشاي الذي يقدمه طعم لذيذ لا يتغير ولا يفسد أبدًا، وحتى لونه صار برَّاقًا جذَّابًا. وكان يضع في السماور بعض حبات القرنفل أو بضع أوراق من الزعتر البري، ولا يستخدم إبريق شاي نحاسيًّا مطلقًا، بل لا بد أن يكون الإبريق خزفيًّا. كما أنه يخلط الشاي كالساحر، ويبقي إبريق الشاي بعيدًا عن النار حتى إن كان لا يستخدم السماور، ولا يسمح للشاي أن يغلي أبدًا، رغم أن مقاهي أخرى تصنع هذا، لذا تميز الشاي الذي يعده، ولم يكن له مثيل في طرابزون كلها.

كذلك فإنه غير فرش المقهى ليتناسب مع طقس طرابزون، إذ اشترى عددًا من النراجيل بعد مساومات ومفاوضات مجهدة كي يزين بها المقهى، بألوانها الزاهية مثل الأزرق النيلي (زرقة نيسابور)، والزنبق الأحمر (ورود أصفهان)، وصفار الصحراء (شمس تبريز). وكانت هذه النراجيل مصفوفة في إحدى زاويا المقهى كلٌّ بجانب أختها. وبعد طوال عناء ومشقة، استطاع أن يشتري بضع سجادات من سوق سباهي. ولم تعد المقاعد الصغيرة المصنوعة من الخيزران تكفي، فصنع مصاطب على الطريقة الإيرانية، ووضعها تحت العريشة. ورغم أن أرسلان باي كان يقول له: «لا تنفق كل أسبوعيتكَ يا سطار

خان»، فإنه عندما رآه قد ملأ بركة الماء وأعاد لها الحياة، شعر تجاهه بالتقدير، إذ بدا واضحًا أن هذه المياه الرقراقة الصافية ستجذب الناس، وتضفي على المكان حياة وروحًا جديدة.

لقد حوَّل ابن العجم هذه الحديقة إلى جنة غناء من جنان العجم في طرفة عين، وكان يشعر أنه في تبريز عندما ينظر إليها. وفي النهاية، ذاع صيته في البلاد حتى صار مقهى أصملي الشهير يومًا بعد يوم يُعرَف بـ«مقهى ابن العجم». ومع أن أرسلان باي تكفَّل بتصحيح هذه العبارة في كل مرة يقولها أحدهم، فإنه عندما يجلس معه، يزل لسانه هو نفسه بها أحيانًا، حتى تعب سطار خان من التصحيح ومن الانزعاج منها.

وبعد مرور وقت طويل، سمع سطار خان ذات يوم، بينما يضع الفحم الذي تحول إلى جمر داخل السماور، أجراسًا لطالما اعتاد على سماعها من قبل. وبعد قليل، سمع صوت خفَّ الجِمال وهي تسير فوق الطريق المرصوفة بالحجارة، ثم سمع رغاءها، وبدأت أصوات رجال القافلة تتعالى وهم يصرخون ويتحدثون فيما بينهم، فقال في نفسه: «لقد عادوا». ومن ثم، انتظر بفارغ الصبر حتى غلت المياه، ووضع الشاي في الإبريق الخزفي، وراح يصبُّ عليه الماء المغلي من صنبور السماور وهو يدوره حتى شعر بصوت داخلي يقول له: «توقف»، ففعل. ومن ثم، خلع مريوله ووضعها على طاولة أمامه، ومسح يديه ببشكير، ونادى على الأجير سُعاوي، وحذره:

- «إياكَ أن تفتح إبريق الشاي قبل أن تتفتح أوراقه كلها وينزل إلى قعر الإبريق».

ثم اتجه نحو ميدان الشرق.

وعندما عاد وهو يحمل صرة كبيرة بين يديه، كانت الشمس قد أصبحت في كبد السماء، فدخل إلى المقهى، ووضع الصرة تحت المنضدة خلف الستارة، ثم عاد إلى مكانه خلف السماور ينتظر بفارغ الصبر حلول المساء. وبعد أن رحل الجميع، وبدأ سُعاوي بكنس المقهى، وبَّخه قائلًا: «بلِّل المكنسة قبل أن تكنس»، ثم لم يكترث له، بل أخرج الصرة وفتحها.

في البداية، أخرج الصورة الكبيرة ولصقها بالغراء الأسود في منتصف الجدار، فجاءه الأجير فاغرًا فاهه قدر شبر، وقال:

- «مَن هذا سطار خان آغا؟ ما أكبر شاربيه!».

فتبسم حسرة، وقال:

- «هذا الشاه ناصر الدين».

ما كان يتخيل يومًا، قبل أن تدور عليه الدوائر، أنه سيعلق تلك الصورة بيديه، ولكن ناصر الدين شاه هذا ليس سوى ذكرى متبقية من عالم القصص الخيالية، حيث كان الشاه والسلاطين يلعبون بالرماح، فقد تحولت صورته هذه في عرف المقاهي ومحلات الشاي مع الوقت إلى أيقونة تمثل كل السلاطين والحكام من قبله، ولا تعبر عنه هو فقط.

حينها، انتقل سُعاوي إلى سؤاله الثاني:

- «هل الشاه عندكم مثل السلطان عندنا في إسطنبول؟».

ولم ينتظر إجابة، بل نظر إلى الصورة الثانية التي تجسد محاربًا يصارع وحشًا ضخمًا، فأجابه قبل أن يسأل:

- «هذا سُهراب[1] وهو يصارع تنينًا بسبعة رؤوس».

ثم راح يلصق الصورة تلو الأخرى، وهو يقول: «هذه صورة بهرام وهو يطارد التنين».. «إسفنديار مع التنين».. «الحديقة التي التقى فيها كرم مع أصلي، والتي التقى فيها الشاه إسماعيل مع كوليزار». أما صورة خيل رستم، فقد علقها إلى جانب المرآة الضخمة، فقال سُعاوي:

- «يا له من خيل جميل! ما اسم هذا الخيل؟».
- «سربلند».
- «سربلند؟ ما هذا الاسم؟ هل يمكن أن يُسمى خيل بهذا الاسم؟!».
- «نعم، ولِمَ لا؟».

وبينما كان سُعاوي غارقًا في أحلامه وهو ينظر إلى صورة الشاه ناصر الدين والتنانين، نظر سطار خان إلى تلك الصور التي ذاع صيتها على أنها لوحات وصور للعجم، فارتمست على وجهه ابتسامة عريضة ولمعت عيناه من السعادة. «هذه عادة العجم»؛ يخلطون الأمور كلها بعضها في بعض، فمن

(1) سُهراب: أحد شخصيات «الشاهنامة» الأسطورية في قصة «رستم وسهراب».

جهة كانت الصور عزاء له ومواساة، ومن جهة أخرى سببًا لألمه وحسرته. وأخيرًا، علق صورة لإسطنبول في أكثر مكان بارز واضح للعيان. ومع أن هذه الرسمة أيضًا كانت بريشة رسَّامٍ هاوٍ، فإنها تظل ذكرى من إسطنبول، بجوامعها وقصورها وأشجار الصنبور فوق تلالها ومضيقها.

وفي صباح اليوم التالي، بعد أن أشعل الموقد، كتب بيت شعر بالفارسية بخط يده، وعلَّقه على طرف المرآة الضخم:

چاى ما خوشمزه و زيبا است

زيرا همرنگ لب لاله اى عاشق شماست

وعندما دخل أرسلان باي الشركسي، سأله:

- «قل لي، يا ابن العجم، ما معنى هذا الكلام؟».
- «**شاينا لذيذ طيّب لأنه بلون شفتي معشوقتي اللتين بلون التوليب**».

وقد كان أرسلان باي متفائلًا بأن جلاء المحتل الروسي عن طرابزون بات قريبًا جدًّا. ومع أن الشخص الذي يدير له المقهى من العجم، فإنه كان سعيدًا بشكله الجديد هذا، وشهرته التي جابت الآفاق. ومن ثم، اتجه نحو مصطبة تحت العريشة، وجلس ثم رفع يده التي تشبه مخلب الأسد، ونادى:

- «سُعاوي، قل للأغا سطار خان أن يحضر كأسين من الشاي، ويأتي إلى هنا».

وكان واضحًا على وجهه أن ثمة ما يشغل باله. وعندما جاء سطار خان، قال له:

- «تعالَ، تعالَ اجلس أمامي».

ثم راح يقول له بصوت فخم وقور:

- «سطار خان، لِمَ الكذب؟! لقد جعلتكَ تعمل معي في البداية شكليًّا لأنه كان عليَّ أن أقف معكَ وأساندكَ بعد أن تقطعت بكَ السُبل،

وظننت أني سأعلمكَ أصول المهنة، ومع الوقت ستأخذ يدكَ على العمل، ولكن الذي رأيته أنكَ لم تأتِ إلى هنا كي تتعلم أصول هذه المهنة، بل لتعلِّمنا نحن. واتضح أنكَ أهل لهذا العمل، فمنذ قدومكَ تغيرت صورة المقهى، وتضاعف عدد زبائنه، وأصبح نظيفًا مرتبًا».

وعندما همَّ بأن يقول: «أيعقل هذا يا معلِّمي؟!»، أشار بيده وجعله يسكت، ثم أكمل:

- «ما أود قوله لكَ الآن هو أن تدع فكرة الذهاب إلى إسطنبول، وتبقى معي هنا، فمن الواضح أنكَ رجل طيب القلب عفيف النفس، وقلبكَ مليء بالفضائل، ولا يعرف الحال التي أنتَ فيها إلا مَن عاشها. ومع أنني لم أعش ما عشته، بل قضيت جُلَّ عمري في هذا المقهى، فإنني أعرف أحوال الرجال ومعادنهم، فلا تفرط في ما تعلمته وما وصلت إليه، وتضيع نفسكَ في إسطنبول».

وبما أنهم كانوا في زمان لا حاجة فيه لسند أو عقد حتى يثق الناس بعضهم ببعض، بل كانت كلمة الرجل سنده وعقده، فقد أردف:

- «تعالَ، وكن شريكًا لي؛ أنا لا أطلبُ منكَ رأس مال، بل ستكون شريكي بما تفعله مما تعرفه، فقد أصبحت رجلًا لا يقدر على الوقوف ومتابعة هذه الأعمال، ولم يعد عندي وقت أيضًا».

ثم رفع كأس الشاي وارتشف منه رشفة، وقال بملء فيه:

- «أيها النبيل...».

لقد استطاع مع الوقت معرفة قدر الشخص الذي أمامه، وصار واثقًا جدًّا من هذا، فقد بدا واضحًا أن هذا الفتى قد قست عليه الدنيا، وأتت به الرياح ليحطَّ رحاله عنده. ومع أنه لا يعرف قدر الرجل إلا أهله وقومه، فإن الأصيل يبقى أصيلًا أينما حلَّ. ومن ثم، كرر أرسلان باي ثانية:

- «أيها النبيل، دعكَ من فكرة السفر».
فقال وهو يمسك يديه:
- «سامحني يا ريس، فإني سأذهب إلى إسطنبول».
فنظر أرسلان باي إلى ملامح وجهه وجبهته العريضة، ونظرة الإصرار التي تلمع في عينيه، ويده اليسرى التي شحب لون خاتمها الفيروزي حتى بدا أن صاحبه سيُغمَى عليه في أي لحظة.

وعندما عدت إلى وعيي وأنا في شرفة غرفتي في الفندق في تفليس، كانت أشجار الزان ما تزال منحنية تحت تأثير الريح التي تهب، وأشعة الشمس تلمع فوق أوراقها.

نحن الآن في المطار. ففي هذه الليلة، سأعود أنا إلى إسطنبول، وياسمين إلى باكو. وموعد طائرتي الساعة الثالثة، أما ياسمين ففي الواحدة. هذه المرة نفترق دون أن نقول: «نلتقي في الصيف المقبل»، لذا أشعر بألم داخلي؛ هل سأرى هذه العيون الرقيقة وهذا الخزامى الأذربيجاني مرة أخرى؟

وبعد أن ودعت ياسمين، جلست على طاولة في مقهى بالمطار، وطلبت فنجان قهوة. ساعتان وقت طويل! ومن ثم، أخرجت صندوق الكنز الخاص بي، ورحت أنظر مجددًا إلى كل الصور واحدة واحدة: «البيت القديم»، و«الميدان يوم إعلان النفير العام في حروب البلقان»، و«باخرة جول جمال»، و«مستشفى الحميدية للأطفال»، و«الخان الحجري»، وهاتان الصورتان اللتان أخذتهما من نظام (صِورة «صوفيا» وصورة «سطار خان مع صوفيا»)، وهذه الصورة التي رأيتها على جدار غرفتي في يزد (سطار خان أمام السماور).

لم يتبقَّ لدي أي صورة لم أعد في الزمن إليها، ولكن النهرين لم يلتقيا بعد! ومع أن سطار خان وطئت قدماه أرض طرابزون، فإن زهرة ما تزال في مأساة النزوح. وإلى الآن، لم أذكر اسمهما معًا في فصل واحد، وهذا يعني أن ثمة صورة ناقصة، أو يجب عليَّ أن أعيد النظر إلى تلك الصور مرة أخرى. لذا، أخذت صورة البيت القديم بيدي، فسيعودن إليه على كل حال، ولا بد أن الحاجة ستجلس في هذه الحديقة مرة أخرى، وإلا فإن هذه الحكاية ستبقى ناقصة، ولن تنتهي.

وفي تلك الأثناء، أحضرت لي النادلة فنجان القهوة الذي طلبت، وانحنت واضعة إياه على الطاولة وهي تبتسم في وجهي، فيما أنا في تلك اللحظة ذاهبة في غابر الزمان.

الفصل الحادي عشر

صباح الظل

بعد انقضاء أكثر من نصف شباط، رأت الحاجة في بيت أرن كوي ثلاث رؤًى في ثلاث ليالٍ متتالية، جميعها تحمل بشارة خير وفرح وسعادة. ففي الأولى، رأت نفسها ترتدي فستانًا ناصع البياض مزركشًا مزينًا؛ وفي الثانية، رأت نفسها تسبح في مياه عذبة صافية نقية للغاية، في قاعها رمال تلمع كلمعان الذهب، وتتفتت الشوائب الملتصقة بها وتذوب بالماء دون أن تكدره على الإطلاق؛ وفي الثالثة، رأت نفسها تقف أمام مرآة وقد طال شعر حواجبها بشكل مبالغ فيه حتى غطى عينيها، فراحت تنزعه شعرة تلو الأخرى بالملقط دون أن تشعر بألم البتة. في ذلك اليوم، استيقظت من نومها وهي تقول: «أستغفر الله وأتوب إليه»، إذ لم تلامس يدها طوال حياتها، سواء وهي شابة أو وهي عجوز، أي ملقط، ولكن بقي في ذهنها من تلك الرؤيا صورة وجهها الأبيض المنير. بالطبع، لا يمكن العمل بما يراه الإنسان في منامه، ولكن هذه الرؤى لا يمكن إلا أن تُفسَّر على أنها إشارة خير، فقد كانت واضحة المعاني.

ألم يكن لديهم أمل منذ الخريف في الأصل؟ فقد كان صفوت في كل مرة يعود إلى البيت ينقل لهم أخبارًا وبشاراتٍ كأنه يبشرهم بالجنة. فعندما اندلعت الثورة في قلب روسيا، واستولت البلاشفة على السلطة، أُمِرَت جميع القوات بالانسحاب؛ ألا يعني هذا نجاة طرابزون من سطوة الاحتلال؟ لقد دخل عليهم شباط وكلهم أمل بالعودة قريبًا جدًّا بمشيئة الله.

وبعد يومين، سُمِعَ صوت صفوت يدوِّي في البيت كله من باب الحديقة، حتى قبل أن يدخل:

- «يا حاجة، يا زهرة، يا مديحة، يا يلدرم، تعالوا تعالوا! لقد تخلصت طرابزون من الاحتلال!».

فهرولت النساء وخرجن إلى الحديقة حافيات، أما يلدرم فخرج من المطبخ القديم بسرعة البرق، وحتى الأولاد جروا خلفهم. ومن ثم، راح صفوت يحكي لهم وهو يرفع الجريدة في الهواء ويهزها وأنفاسه تكاد تنقطع من الفرحة. ولكن عندما انسحبت القوات الروسية، سدت الفراغ الذي خلفته وراءها العصابات والميليشيات الأرمنية والرومية، واقترفت جرائم وفظائع لم يرتكبها الروس أنفسهم. ورغم أن الجيش التركي كان خائر القوى غير قادر على ملاحقتهم، فإنه قاتل حتى الرمق الأخير إلى أن نجح في نهاية المطاف في استعادة السيطرة على المدينة، وإنقاذها من براثن هذه العصابات.

وقد صدر فرمان بعودة النازحين في أقرب وقت. وفي ليلة أخرى، عاد صفوت وهو يحمل في يديه تذاكر لركوب العبَّارة، قائلًا:

- «لقد وجدت أماكن في العبَّارة، ولكن بعد أسبوع؛ إنها عبَّارة رشيدية التي جئتم بها من قبل. وقد أرسلت تلغرافًا إلى الحاج، وانتظرت حتى جاءني الرد منه؛ إنه بخير. ولكنني لم أخبره باليوم الذي ستصلون به كي لا يجهد نفسه، ويتكبد عناء انتظاركم في الميناء، فمواعيد العبَّارات غير ثابتة؛ لعلي قد أصبت فيما فعلته، يا عمتي؟».

- «لقد فعلتَ عين الصواب، يا بُني».

وبعد أسبوع، وبينما يغادرون أرن كوي، تنهدت الحاجة تنهيدة عميقة، إذ لم تنس أبدًا لحظة خروجهم من طرابزون في الـ15 من آذار. وبعد أسبوع بالضبط، يكون قد مرَّ على خروجهم منها عامان بالتمام والكمال. ثم أسندت

رأسها إلى طرف العربة، وراحت تفكر كيف ستجعل أسطورة يركب معهم على متن تلك العبَّارة.

لم يكن الأمر صعبًا، فقد كانت الجدة تنوي تكرار خطبتها العصماء يوم صعدت على متن هذه العبَّارة، ولكن مراقب التذاكر تعرَّف عليها وعلى أسطورة، وتذكر أن هذه القافلة ركبت معهم قبل سنتين من ميناء سامسون، وجعلته حينها يفقد أعصابه، فكيف له أن ينسى قافلة كهذه! كلب نازح، وسيدة قوية كأنها دولة بجلالتها وهيبتها، ومبلغ كبير وُضِعَ في راحة يده، وفتاة بارعة الجمال عيناها تذرفان الدموع؛ لقد قلَّ مبلغ الإكرامية هذه المرة عن سابقتها، أما الفتاة فقد زاد جمالها، والكلب على حاله، لا لا.. كأنه قد زاد وزنه، أما الحاجة فما إن وطئت قدمها متن السفينة حتى بدأت بالخطبة العصماء.

أفسح مراقب التذاكر لهم ولكلبهم الطريق، كأنه يقول لهم: «أنتم أدرى بحالكم». وفي يوم مشمس، رفعت رشيدية المرساة من ميناء كاركوي. ومجددًا، جلسوا على متن العبَّارة فوق كومة من الحبال بالقرب من السلاسل الحديدية الضخمة، ثم اقتحمت الحاجة الحشود حتى وصلت إلى طرف السفينة، وراحت تنظر إلى صفوت ومديحة اللذين يركبان الزورق عائدين إلى الشط ثانية وهما يصغران أمام عينيها كلما ابتعدت عنهما أكثر حتى ابتعدت العبَّارة عن إسطنبول بين صيحات موزعي الجرائد الذين يصيحون: «أخبار اليوم.. أخبار اليوم»، وأصوات أجراس الترام.

وبعد بضعة أيام، رست العبَّارة رشيدية قبالة ميناء طرابزون. وكي يصلوا إلى الرصيف، قفزوا على متن زورق. ولكن الأمر لم يكن بهذه السهولة، فقد ساعد رجلان من الملَّاحة هناك الحاجة في الصعود على متن الزورق لأنها كلما مدت رجلها لتصعد عليه تأتي الأمواج وتسحبه بعيدًا عن العبَّارة. أما زهرة، فتمكنت من الصعود بمساعدة أحد الملَّاحين بعدما أمسك يدها، فيما

تناقلت الأيدي أنوش وحسن كأنها تحمل بطيخًا، وحُمِلَ الكلب على ظهر زهرة. ومع أن المسافة بين العبَّارة والرصيف قريبة، إذ كانت بمثابة ضرب مجدفين، فإنها كانت في عين الحاجة بعيدة لا تنقضي أبدًا. وبعد أن التقطت أنفسها، وتنشقت رائحة رياح بلادها، راحت تنظر إلى بوز تبه وجوزال حِصار كأنها تراها لأول مرة في حياتها، آه يا نور عيني، آه أيها البحر! لم يكن ثمة بحر في إسطنبول، بل كل ما هنالك مكان فيه ماء بلا أفق يطلقون عليها مضيق! لقد استطاعوا العودة أخيرًا! ولكن ما إن وطئت أقدامهم رصيف الميناء حتى أدركت الحاجة أن هذه المدينة ليست كتلك التي رحلت عنها قبل سنتين، لذا راحت تضرب بيديها على فخذيها وهي تقول: «يا إلهي، هل هذه طرابزون؟!».

لقد كانت روسيا مثل عملاق ضخم أخرق، عندما بدأت الدماء تتجدد فيه بداية من قلبه، أمر بسحب القوات المنتشرة على أكثر من أربعين جبهة، ولكن هذا الأمر استغرق وقتًا طويلًا. وعندما جعلت الثورة هذه الجيش الضخم في لحظة غير صالح، ولا يساوي -مثل نقودها بالضبط- شيئًا، أرسلت السفن التي جاءت بهم من قبل كي تجمعهم وتعيدهم إلى أراضيهم مرة أخرى. ولكنهم بينما يصعدون على متن القوارب، كانوا يتركون كل شيء على الرصيف: الرتب والاحترام والأدب والانتظام، مخلفين وراءهم كل ما لم يستطيعوا حمله. وقد كانت هذه الحالة المحمومة هي التي تعيق العائدين حتى أنهم يجدون صعوبة في إيجاد مكان لتطأ أقدامهم على الرصيف بسبب كثرة الأشياء الملقاة هناك. ومن ثم، كان هذا الحشد المروع من آلاف النساء والأطفال الملفوفين بخرق متسخة يسحق بعضهم بعضًا من أجل حفنة من حبوب البرغل المنسكبة من أكياس معونات الهلال الأحمر. هؤلاء البؤساء الفقراء الضعفاء من هم يا تُرى؟ لقد اختلط القادمون بالمغادرين، ولم يعد

ثمة مكان لموطئ قدم على الرصيف، لذا قالت الحاجة: «لننتظر قليلًا لعلنا نجد عربة».

كان الوضع لا يُصدَّق! وبينما يفكرون بما يجب عليهم فعله، اقترب منهم شاب من أولئك الشباب الذين جذبوا انتباه الحاجة بمجرد أن وطئت أقدامهم هذا الرصيف بسبب ما يقدمونه من عمل متواصل لخدمة النازحين. لقد كان هؤلاء الشباب السمر أقوياء أشداء، وإن كان بينهم بعض كبار السن وبعض الصبيان الذين ما يزالون في مقتبل العمر، ولم تنبت شواربهم بعد، بيد أنهم جميعًا يتجولون حول النازحين، ويقدمون لهم المساعدة والعون، إذ يستقبلونهم ويساعدونهم في النزول من القوارب ممسكين بأيديهم حاملين عنهم متاعهم، ولا يمكن لمبصر إلا أن يرى على وجوههم الخير النابع من قلبهم. وقد كان بعضهم يرتدي بنطالًا ومعطفًا على الطراز الأوروبي، وبعضهم يعتمر قبعة الأتراك ويرتدي ثوبًا طويلًا حتى ركبتيه. أما ذلك الفتى الذي كان أكثرهم بسطة في الجسم عريض المنكبين ذا وجه بشوش، فراح يتكلم بصوت دافئ ولهجة غريبة وهو يحاول أن يساعدهم في حمل متاعهم، ومرافقتهم حتى يصلوا إلى وجهتم، وتقديم كوب من الحساء لهم، أو على الأقل كأس من الشاي الساخن.

سألته الحاجة:

- «من أنتم يا بُني؟».
- «إننا من أتراك أذربيجان، من جمعية باكو الخيرية».

لم تكن قد سمعت باسم هذه الجمعية من قبل، ولكن عندما حكى لها، وشرح طبيعة عملهم، فهمت أنهم جماعات أذرية تركت أهلها ووطنها، وهرعت إلى المناطق المنكوبة التي وقعت تحت وطأة الاحتلال، وحلت بها الكوارث بسبب هذه الحرب، لتساعد إخوانها المسلمين، وأطلقت على

نفسها «كارداش كوميجي»؛ أي «عون الإخوة». وقد جاءت إلى هنا لمساعدة المسنين والعجائز والمرضى والمعاقين الذين لم يتمكنوا من النزوح مثل باقي الأهالي، وحمايتهم من هجمات العصابات الرومية والأرمنية. ورغم أن القسم الذي يقع شمال أراس من أذربيجان يعد جزءًا من الأراضي الروسية، فإن هؤلاء الأشراف الأحرار لم يتوانوا مطلقًا عن تقديم المساعدة، بل مدوا يد العون على مرأى ومسمع من السلطات الروسية. وبفضلهم، تمكنت طرابزون من أن تصمد، ولو قليلًا. ففي النهاية، هم إخوة، وللأخ حق على أخيه.

شرح ما حكاه لها صدرها، خاصة في مثل هذا الجحيم الذي يأكل الإنسان فيه أخاه ويمص دمه، فهذا أكبر دليل على أن التراحم بين البشر لم ينتهِ بعد، وأن الخير ما يزال باقيًا في هذه الدنيا. لقد استقبلتهم هذه الجمعية بصدر رحب، وساعدتهم منذ تلك اللحظة، ولا يمكن أن ينسوا اسمها طوال عمرهم.

سألته الحاجة:

- «هل كنتم دائمًا هنا يا بُني؟».
- «نعم، كنا هنا طوال السنتين؛ بعض أصدقائنا أتوا مدة ثم رجعوا، ولكن معظمهم بقي طوال تلك الفترة، وأنا منهم. ولكنني أحيانًا أذهب لزيارة باكو لفترة وجيزة، ثم أعود».
- «هل أنتم في طرابزون فقط؟».
- «لا يا أمي، نحن نعمل في تفليس ويريفان وأرضروم وكارس وأماكن أخرى، ونستقبل العربات المحملة بجثث الشهداء ثم ندفنهم؛ أينما كان إخوتنا كنا». وبعد أن تحدث طويلًا، خرج سؤال من فم زهرة:
- «هل سبق أن رأيتَ الحاج؟ إنه أحد الأساتذة المتقاعدين في الثانوية السلطانية في طرابزون، في حي بازاركابي».

فقال الفتى الذي يرسم على وجهه ابتسامة عريضة لا تغيب عن وجهه أبدًا:

- «كيف لا أعرفه؟! لقد أخبرني أنه لن يأتي لاستقبالكم لأنه لا يعلم وقت وصولكم».

ثم التفت إلى يلدرم، وقال له:

- «لقد رجعت زوجتكَ وابنتكَ أيضًا».

إنه يعرف كل ما يدور في طرابزون كأن المدينة مسؤولة منهم. ومع أنه أخبرهم أن كوفية وسهر قد رجعتا بصحة وعافية، فإنه دفن في قلبه عدد الذين سقطوا قتلى وضحايا في تلك القافلة التي نزحتا فيها.

سألته الحاجة:

- «ما اسمكَ يا بُني؟».

- «مهدي».

ثم نادى على أحد أصدقائه، وقال له:

- «سطار خان، اسمعني.. سأذهب لتوصيل عائلة الحاج إلى بيته، ثم أعود».

- «عُد مبكرًا يا آغا، فالعمل هنا كثير جدًّا، وعليَّ أن أعود إلى المقهى».

في تلك الأثناء، لم تره زهرة ولم يرها هو كذلك؛ كان واضحًا أن مسألة الرؤية والتعارف مسألة وقت معقودة بالقدر.

وبينما يحاولون العبور بين حشود الناس المكتظة، همست الحاجة:

- «ليتنا نجد عربة».

- «هذا مستحيل يا أمي، فالأسعار باهظة، والأفضل أن نمشي».

- «نمشي يا بُني».

لقد مشوا الطرق كلها على أقدامهم في تلك الظروف، ألن يمشوا الآن؟! وثانية، جعلت الحاجة قافلتها المكونة من زهرة وأنوش وحسن ويلدرم وأسطورة أمامها، ومشت هي خلفهم نحو بيتها بإرشاد وتوجيه من مهدي.

وبعد أن مشوا بضع خطوات، نظر مهدي إلى الكلب الذي يجري أمامهم، وسأل:

- «أهذا لكم؟».

- «نعم يا بُني، لقد ذاق هو أيضًا طعم النزوح معنا».

لقد كان مهدي، مثل جميع أبناء جلدته، يحب الكلام كثيرًا، فما سكت طوال الوقت. ومع كل خطوة، كان يتحدث معهم، وينقل لهم معلومات وأخبار. ومن ثم، استطاعت الحاجة أن تعرف كل ما جرى في طرابزون خلال السنتين الماضيتين حتى قبل أن ترى الحاج. آه كم حدثت أمور وتغيرت أمور خلال هاتين السنتين!

فكرت الحاجة في أنها لم تقابل جنديًّا روسيًّا طوال طريقها، فعندما جاء الجنود خرجوا هم، وعندما عادوا كان الجنود قد رحلوا. ومع ذلك، فإن أهالي طرابزون سيحتفظون بمخلفات وذكريات هذا الضيف القسري الذي استضافته لمدة اثنين وعشرين شهرًا لسنوات عديدة، وربما لو بقوا أكثر من ذلك لتغيرت صورة طرابزون بالكامل، إذ بُنِيَت مبانٍ حجرية جديدة عالية جدًّا في ميدان الشرق، ومُدَّت خطوط حديدية لصعود بوزتيبي، وشُقَّ شارع ضخم واسع من الميدان إلى داخل المدينة. وكي يُشَقَّ هذا الطريق الضخم من أول المدينة إلى آخرها، دُمِّرَت محلات تجارية ومنازل وأزقة ومساجد ومدارس وسُوِّيت بالأرض، فشُوِّهَ ذلك الوجه الإسلامي للمدينة.

كانت الشوارع مليئة بالحفر، والعربات المقلوبة رأسًا على عقب، والخيول النافقة، والبنادق والقذائف والمخلفات العسكرية، والبزات والأحذية الروسية التي كانت على شكل أكوام في كل مكان، وعلب الكونسروة والطعام الفاسد برائحته الكريهة على طول الطريق. لقد تغيرت حتى أسماء الأحياء والأزقة، فشعرت الحاجة بإعياء شديد، ولو كان بمقدورها لحذفت كل الكلمات

الروسية من قواميس العالم، ولكن لا يبدو أن آثارهم التي خلفوها من السهل أن تندثر سريعًا، خاصة أن النار لم تخمد بعد.

وقد نال الأرشيف نصيبه من هذا الحريق، إذ وقعت كل الكتب القديمة والمخطوطات والجرائد والمجلات وصكوك الملكية وسجلات السجل المدني وصكوك الملكية بأيديهم، فنقلوا كل ما يفيدهم في صناديق كبيرة إلى روسيا، ودمروا سجلات المحاكم ووثائق الوالي وسجلات الشرطة والأوقاف والجمارك والميناء، كما أُتلِفَت وثائق المعلومات المصرفية على يد الروم في أثناء حملة النهب التي اقترفوها في تموز 1917، وهو ما سبب ضررًا كبيرًا في ذاكرة هذه المدينة التي بِيعَ ماضيها وتاريخها في المزاد العلني. ما كانت طرابزون نسيّةً، لكن السبب وراء عدم قدرتها على ترك وثيقة عن ذاكرتها وتاريخها كان ما لقيه تاريخها من تخريب وتدمير.

كذلك فإن كل الأحياء التركية التي اعتاد أهلها على تشييدها على الأخشاب، والتي فُتِحَت على يد الفاتح والقانوني ويافوز سليم، قد أُضرِمَت النار فيها فأصبحت هشيمًا تذروه الرياح، وصار أكثر ما أُبِيدَ في هذا الغزو والاحتلال الخشب. وحتى البيوت التي لم يستطيعوا حرقها، كسَّروا أبوابها ونهبوا ما فيها، فكيف لمدينة أُحرِقَ ودُمِّرَ وسُحِقَ كل ما فيها من دعامات الخشب التي تكون في الأسقف ومنابر المساجد ومصاريع الأبواب وعتبات النوافذ والكسوة الخارجية للمنازل أن تعود للحياة؟! وكم من الوقت تحتاج مدينة لقيت كل هذا التخريب حتى تلملم جراحها وتحول كل هذه الأنقاض إلى بناء وإعمار؟ وكم من جيل واعٍ وعقل مستنير تحتاج حتى تقف على قدميها مجددًا؟ لم يكن الأمر سهلًا أبدًا، ولكن على الأقل قد أُزِيحَ عن صدرها هذا الجبل الضخم الذي يخنقها، تاركًا آثارًا وأضرارًا جسيمة في قلوب أهاليها. فرغم أن المساجد والجوامع الكبيرة ما تزال قائمة، فإن منابرها

أُحرِقَتْ ومآذنها دُمِّرَت، ورُسِمَت على جدرانها رسومات تدمي القلوب.

وعندما صعدوا فوق جسر زاكنوس، أشار مهدي إلى مبنى مقابل الجسر، وقال:

- «هذا هو مقرنا».

وأمام المبنى، كان بعض المهاجرين جالسين على الأرض، وبعضهم يشرب حساءً ساخنًا، وبعضهم يحتسي الشاي، فيما يشع ضوء لافتة على الباب فوق رؤوسهم كأنها فانوس الخير: «جمعية مسلمي باكو الخيرية».

التفت مهدي إلى الحاجة، وقال:

- «يا أمي، إننا نوزِّع الطعام والشاي على النازحين».

وبدت على وجهه ملامح الأسى وهو يكمل:

- «ليس لديكم شيء الآن في بيتكم، فدعونا نمرُّ على الجمعية، ونتناول قليلًا من الحساء، ونشرب الشاي، ثم نذهب إلى البيت».

- «حسنًا، يا بُني».

فجلسوا كغيرهم من النازحين على الأرض. وبعد قليل، وصل الحساء، ثم ناولهم أكواب الشاي الساخنة؛ كانوا جميعاً يعيشون فرحة العودة بقدر ما كانت لحظات الوداع والفراق مؤلمة لا يمكن أن تُنسَى على الإطلاق، وبالهم مشغول بالحاج والدار.

وعندما نزلوا في المنحدر، بدأت رائحة البحر المالحة وصوت هديره يقترب أكثر. وأخيرًا، عندما وصلوا إلى ناصية زقاق ضيق، الضوء فيه خافت، والحجارة في أرضيته ملتوية متكسرة تخرج الأعشاب البرية من بينها، رأوا الدار أمامهم، فجرت الحاجة بسرعة نحو الباب الذي لم يكن موجودًا مكانه، ولا شجرة الرُّمان تتدلى بأغصانها على جدران الحديقة؛ إن كل شيء في هذه المدينة لم يعد مثلما تركته، ولكنها كانت راضية مستعدة لتحمل كل شيء،

رغم أنه يمكنها أن تطلق لنفسها العنان، فتجهش بالبكاء حتى تفيض دموعها وتتحول إلى فيضان عارم، ولكنها فضَّلت أن تدفن ذلك كله في قلبها، حتى إن لم تنسَ كل ما عاشته، وكيف تنساه؟! بيد أنه كان ممكنًا أن ترميه وراء ظهرها وتتناساه راضية بأن تكون رمادًا في هذه النار التي لم تخمد فقط لتسمع صوت أقدام الحاج العرجاء وهو يمشي في فناء الدار، هامسة في سرها: «يا إلهي، كم أريد أن أسمع صوت قرع قدمه الاصطناعية!»... وقد سمعتها!

كان الحاج يجلس على كرسي مكسور على الشرفة ينتظر عودتهم. وعندما رآهم، وقف وحاول أن ينزل على الدرج وقد بدا أنه شاخ أكثر من ألف سنة، كأن بدنه الناقص جفَّ وانكمش وقَصُرَ وضَعُفَ أكثر من السابق بكثير. وإن يكن، المهم أنه لم يزل حيًّا يرزق! على أي شكل وعلى أي حجم، المهم أنه موجود، وهذه أكبر هبة يمكن أن يمنحها الله لها. ومن ثم، رمت الصرة المتسخة التي تحملها، وجرت بكل سرعتها صاعدة على درجات السلم المتكسرة، وضمت الحاج، ثم انهارت بين يديه وتحت قدمه الاصطناعية.

وعندما هدأت وعادت إلى وعيها قليلًا وهي على تلك الدرجة التي انهارت عليها، فتحت عينيها لترى ملابس متسخة معلقة بنافذة الجدار العالي الذي يفصل بينها وبين جيرانها، فسألت:

- «هل عادوا؟»

فأشاح بوجهه، ثم قال:

- «كلا، بل استقرت هنا عائلة رومية».

وبينما تتمتم: «جارتي!»، نظرت إلى الباب الذي خُلِعَ من مكانه، ثم إلى أقصى زاوية في الحديقة حيث شجرة الرُّمان التي زرعها إسماعيل بكلتا يديه قد ضُرِبَت بفأس قصمتها نصفين.

رفعت رأسها ثانية، وسألت عن خليل صفا وخالدة لتعرف هل عادا، وعلمت أن كوفية وسهر في القرية، وأنهما تترددان عليه من وقت لآخر؛ كان عندها أقارب ومعارف وأحباب كُثُر تريد أن تسأل عنهم وتعرف أخبارهم، ولكن أهم شيء الآن أن عِماد البيت وسيده موجود بصحة وسلامة، فلك الحمد يا الله على هذه النعمة الكبيرة.

وبعد مدة، دخلت إلى غرفتها، وجلست على طرف سريرها، ورأت كيف كُسِرَت مرآة عرسها وأصبحت شظايا؛ كانوا يرون ما صنعت بهم الأيام على مدار هذين العامين، وما سجلته على صحائف أجسامهم، من خلال النظر بعضهم إلى وجوه بعض. وما إن وضعت يدها على رأسها حتى رأت خصلة من شعرها تتساقط على يدها التي تكسرت أظافرها بعد أن تسوست أسنانها وتساقطت بين ليلة وضحاها. لم تهتم أبدًا لكل هذا، فلا أحد يهتم في تلك الظروف بتساقط الشعر أو فقدان الأسنان، بل كانت أقصى الغايات البقاء على قيد الحياة. ولكن لو أنها التقطت قطعة من تلك المرآة المتكسرة بيدها، ونظرت إلى نفسها من خلالها، لرأت ما الذي فعلته بها تلك الفاجعة والمسير القاتل، وما الذي خطته على وجهها وخدودها وعيونها، وما الذي سرقته منها تلك الأيام ولن تعيده لها أبد الدهر.

في صباح اليوم التالي، ساعة السحر، استيقظت الحاجة كأنها تصحو للمرة الأولى في بيتها الذي تنام فيه لأول مرة، وهي تشعر بأنها متغطية بغطاء زجاجي كأنه ليس لديها ما تخفيه. وبعد الصلاة، خرجت إلى الحديقة دون أن تُوقِظَ أحدًا، لتجد شجرة النارنج وشجرة اليوسفي في حالة كحالة شجرة الرمان، فقد قُطِعَتا من منتصفهما، ولم يتبقَّ منهما سوى الجذع فحسب. أما شجرة الليمون، فقد ذَبُلَت ويَبُسَت ولم تعد تطرح ثمارها حزنًا وشوقًا لأصحابها.

جلست على حجر في الحديقة، ووضعت مرفقيها على ركبتيها، وأسندت خدها إلى راحة كفيها. ولم يكن أحدٌ من أهل البيت مستيقظًا سواها هي وأسطورة، ولكن جذوع الأشجار الجريحة كانت كأنها تهمس لها وتحكي مع كل نسمة كسائر الأشجار. وبعد هنيهة، استدارت إلى الوراء؛ لقد تمكنت من إعادة كل مَن كان أمانة في رقبتها سالمين، رغم المصاعب والمشقات كافة التي واجهتهم طوال النزوح، وإن كانت هي ذاتها لا تصدق أن ذلك قد حدث!

التفتت للأمام ثانية، وراحت تداعب أسطورة وتمسح على رأسه، ثم نظرت إلى جذع شجرة الرمان التي ترك الفأس أثرًا وجرحًا عميقًا في جذعها؛ لا بد أنها بكت عندما كانت تُقطَع. ومع ذلك، كانت ثمة أغصانٌ رفيعةٌ صغيرةٌ للغاية تنبت بين جذور الشجرة، وتزهر رغم صغرها. وحتى إن غطَّت الأعشاب البرية أرضية الحديقة، فإن الأقحوان أبى إلا أن يملأ المكان أيضًا؛ لقد كان الجو ربيعًا.

استدارت ونظرت مرة أخرى إلى هذا البيت نصف المدمر، لتتحول بعد ذلك إلى نظرة من بعيد للغاية. فحين عدلت الرداء الأزرق الذي تلقيه على كتفيها، نظرت من جديد لترى الدار كلها، بحديقتها والأشجار التي فيها،

وشجرة الرمان والأغصان الدقيقة التي خرجت من جذورها وأزهار الرمان التي برعمت للتو، ثم ارتفعت بنظرها أكثر حتى أنها رأت نفسها سيدة تجلس على حجر في تلك الحديقة وقد أسندت ذراعيها إلى ركبتيها، ووضعت وجهها بين راحة كفيها؛ لقد تعرفت على نفسها، ولكنها لم تستغرب هذا كله.

بعد ذلك، نظرت إلى مكان وزمان بعيدين، لترى زمن «خرجت من طرابزون فنجوت بنفسي» وهي ضمن قافلة النازحين، ولكنها لم تشعر هذه المرة بمرارة ما عايشته، فكل تلك التفاصيل تختفي في النظرة البعيدة، أو تتحول شيئًا أقرب لصورة كرتونية أمام ناظريها. ثم نظرت إلى مكان أكثر بعدًا، لتصغر الدنيا كلها بعينيها، وتتحول كرة صغيرة، ويجتمع كل شيء أمامها، حتى الزمان والمكان، فترى كل شيء يحصل في مكان واحد وزمان واحد؛ لم تكن قافلتها الوحيدة في ذلك الزمن والمكان، بل ثمة كثيرٌ من القوافل أيضًا، لتختفي كل التفاصيل، ولا يبقى سوى صورة تلك القوافل فقط.

ها هي القوافل التي خرجت من طرابزون وهي تسعى بكل ما أوتيت من قوة حتى وصلت إلى ضفة نهر هرشيت الذي وقف في وجه القوات الروسية سدًّا حصينًا منعها من العبور، ليتحول إلى بطل من الأبطال، وإن كان ثمن ذلك باهظًا جدًّا. وهنالك قافلة النازحين من روملي في (حرب 93) الذين يتجهون نحو إسطنبول كالسيل العارم، وهذا الحاج الذي بُتِرَت ساقه في أرضروم، وكان ثمة قوافل من مهاجري البلقان يومها. وهناك قوافل الأرمن العثمانيين. في النهاية، ليست قوافل طرابزون هي الوحيدة، بل ثمة أناس من مختلف الأعراق والأجناس والأزمان والجغرافيات التي لم تكن الحاجة تعرفها كلها متشردون من مكان إلى مكان، يذوقون ويلات وآلام النزوح من هنا إلى هناك؛ العدد ليس مهمًّا في الحقيقة، سواء أكان الميت شخصًا واحدًا أم مليونًا، فموت واحد يعني موت الجميع لأن كل إنسان عالم مصغر في

حد ذاته، يعني موته موت عالم بأكمله، فلا مبرر لقتل بريء واحد، مهما كان السبب ومهما كانت الحجج، لكن الحرب تجرِّد البشر من إنسانيتهم، وتحولهم وحوشًا يفعل أحدهم بأخيه ما لا يمكن لمخلوق أن يفعله به البتة.

لماذا كل هذا الألم والوجع؟! صحيح أن الدنيا مقام ابتلاء! لهذا لا بد من عشق كبير لتحمل كل هذا البلاء العظيم القاسي؛ عشق العبد لربه. فهل يمتحن الله عبده ليرى كم يحبه؟! إذ لا يقدر على تحمل هذا البلاء العظيم إلا من كان قلبه عامرًا بحب الله! والدنيا في النهاية ليست مقام نعيم وخلود، ولو كانت كذلك فما معنى الجنة حينها؟!

تخلت الحاجة عن التفكير بالأسباب. وعندما رأت كل هذه الأمور من مكان بعيد جدًّا، لاحظت أنها لم تعد تتألم كما كانت من قبل، ولم تعد تتعجب من كل هذه المصائب والابتلاءات، فقد حدث ما حدث، ولا يمكن لأحد أن ينكر شيئًا منه. وحتى لو استطاعت نسيان أو «تناسي» ما حدث معهم، فإنها لن تنسى -ولو للحظة- ما حدث وهم على ضفاف هرشيت، وليلة احتموا بجثث القتلى وسمعوا أصوات الفتاة التي ما تزال ترن في أذنيها، فكل هذه الذكريات لن تُمسَح من ذاكرتها أبدًا.

بيد أن نظرتها لتلك الأمور تغيرت، إذ زاد عليها شيء جديد. فمن نظرتها الشاملة تلك التي جمعت الماضي بالحاضر في نظرة واحدة، وتمكنت من جمع ما حدث معها والرجوع إلى الوراء، ظنَّت أن كل التجارب التي مرَّت بها وكل ذكرياتها ما هي إلا ظلال في مخيلتها، أو مسرحية عُرِضَت عليها ليُنظَر ما الذي ستفكِّر به، وما الذي ستسعى لتحقيقه، وهي في تلك الحال؛ كل تلك الأمور ليست سوى اختبار لها.

ولو أغلقت عينيها، واستنشقت الهواء المحمل برائحة البحر، ثم نظرت إلى باب الخزانة المنقوشة عليه الورود، لربما ظنت أن كل ما مرت به

لم يحدث البتة، أو أنه مجرد تمثيلية تمرُّ أمام عينيها. فها هي تفتح باب القبو، وتمسك بأعواد النعناع وحبات الليمون التي قطفتها قبل قليل، فيما تنتظر العربة عند الباب. وما إن تصل إلى الباب حتى يُقَال لها: «هذه كلها تمثيلية، وكل هذه الأمور مجرد ظلال»، وكأن شيئًا مما حدث لم يقع مطلقًا.

وبعد هنيهة، قامت من جلستها، ودخلت المطبخ، حيث أشعلت النار، وغلت الماء في إبريق الشاي الذي اسودَّ من النار التي كانوا يشعلونها وهم يكابدون عناء النزوح، ثم وضعت على مائدة الفطور ما تبقى لديها: الخبز وشاي السفرجل.

انتصف نيسان، وازدادت حرارة الشمس، وتحولت الأزهار من الأبيض إلى الأرجواني، ومن الأرجواني إلى الأحمر، فيما بدأت الحياة في مدينة طرابزون التي أمست مدينة أشباح تدّب في أحيائها يومًا إثر يومٍ، مع نسائم الهواء العليل التي تهبُّ رفقة الربيع.

وذات صباح، مرَّ السيد لطف الله بمقهى ابن العجم، وسأل عن سطار خان الذي لم يجده، ثم أوصى أرسلان باي الشركسي بأن يخبره أن والدته تنتظره على طعام العشاء اليوم. وما كان لأرسلان باي أن يدع القنصل الإيراني يرحل دون ضيافة، حيث أمسكه من يده، وأجلسه أمامه تحت العريشة في جو نيسان البديع، ودار بينهما الحديث حتى وصل في نهاية المطاف إلى سطار خان، فتحدث السيد لطف الله بإسهاب عن حسبه ونسبه، وهو الأمر الذي لم يخفَ على أرسلان باي بكل تأكيد، إذ استطاع أن يعرف بخبرته الطويلة في الحياة أن هذا الفتى نبيلٌ ابن نبلاء، ولكن الكل يعرف ما الذي يمكن للقدر أن يفعل بالمرء، فقد تغرَّب عن أهله ووطنه، وساقته الأقدار حتى وصل إلى هنا. وبعد أكثر من ساعة استغرقها هذا الكلام، لاحظ أرسلان باي أن في قلب السيد لطف الله شيئًا يود قوله، ولكنه يحيك في صدره؛ آه من هؤلاء العجم، دائمًا يطيلون الكلام مثل الشاهنامة! وعندما أدرك أنه لن يفصح عما في صدره، قال أرسلان باي:

- «حسنًا سعادة القنصل، سأخبره أن يحضر إليكم هذا المساء مباشرة».

فغادر السيد لطف الله وقد انشرح قلبه، حتى أنه أمر العربة أن تغادر، إذ قرر أن يعود سيرًا على الأقدام من أورتا حِصار إلى شارع الميناء؛ لقد كانت لديه أخبار سارة لسطار خان، ولا يريد أن ينتظر حتى يوم إجازته كي يزفها له.

ما إن انتهت ساعات العمل الرسمية، وراح السيد لطف الله يجمع أوراقه، حتى دخل عليه سطار خان، فانتقلا معًا إلى البيت، حيث كانت المائدة جاهزة في انتظارهما. ولم يمر وقت طويل حتى خرجت عليهما والدة السيد لطف الله، فمدَّت يدها إلى سطار خان بكل شفقة وحنان، إذ أحبَّت هي أيضًا هذا الشاب من أول يوم التقت به، ولم ترَ بأسًا في دعوته لتناول الطعام معهم، فهو صاحب أدب خلوق، يعرف كيف يتصرف، وكيف يتكلم، وهي أمور كافية للسيدة جميلة كي تقرأ شخصية مَن يقف أمامها.

وقد كانت السيدة جميلة تعرف من النظرة الأولى معدن مَن يقف أمامها، وإذا وثقت في أحد مدت له يدها ولم تسحبها أبدًا. أما الذين لا أمل في إصلاح حالهم، فكانت تترفع عن لقياهم، وعن مد يدها إليهم، بل تتركهم لمصيرهم وما قُدِّر لهم. ومن ثم، انحنى سطار خان على هذه اليد التي تملؤها التجاعيد والخواتم، وقبَّلها بكل أدب واحترام.

وأمام مائدة فاخرة، فيها ما لذ وطاب حتى أنها لا يكاد ينقصها شيء تقريبًا، جلسوا جميعًا، فيما السيد لطف الله يسهب في الحديث طوال تناول الطعام بفرح وسعادة. أما سطار خان، فقد خيَّم عليه الصمت طوال الوقت، وعندما جِيءَ بطبق الأرز الذي كان مسك الختام تنهد تنهيدة عميقة. فمن جهة شعر بالحنين والشوق إلى دفء الموائد التي كان يتحلق مع أهله وأقاربه حولها، ومن جهة أخرى استعر الحنين للوطن في قلبه، وشعر بأن ألسنة لهب الغربة تلفح قلبه، وأن إقامته في غرفة خلفية وراء المقهى، ونومه على فراش يمده في الليل ليرفعه في النهار، تحولت في تلك اللحظة إلى خنجر صدئ أحسَّ أنه يطعنه في صميم قلبه؛ لقد أضاف هذا الأمر إلى آلامه ألمًا لن ينقطع، بل سيطرق بابه ويعتصر قلبه حينًا فحينًا.

والحق أنه قبل أن يدرك هو حقيقة هذا الأمر، أدركته السيدة جميلة هانم ولاحظته، إذ قالت للسيد لطف الله الأسبوع الماضي:

- «إنه شاب في غربة، ولا أحد لديه، أيُعقل أن يبقى هكذا؟ يجب أن يتزوج في أسرع وقت».

وقد كان السيد لطف الله يعرف أمه جيدًا، ويدرك أنها ليست من العجائز الفضوليات اللواتي يحاولن تزويج أي شاب أعزب يصادفنه. وبما أن هذا الأمر جذب انتباهها، فعليه هو أيضًا أن يأخذه على محمل الجد، ولكنه رأى أن يستشير شخصًا آخر. وفي تلك الليلة التي بقي فيها وحيدًا مع السيدة بوران، سألها:

- «أيمكن هذا؟!».

- «ولِمَ لا؟».

وأوضحت أنه عمل خير في نهاية المطاف، ويجب ألا يقف المرء في طريق عمل الخير، فاقتنع السيد لطف الله، ورأى أن ذلك الفتى الذي يقاسي من آلام الغربة إن تزوج، وكوّن أسرة، وأنجب أطفالًا، فإن هذا سيقلل من متاعب الغربة، ويخفف من شوقه لوطنه، وربما تأتيه من تكون له وطنًا، وتنسيه ألم الفراق عن أهله. ثم نظر إلى عيون السيدة بوارن الخضراء اللتين تشعان نورًا وجمالًا لا ينضب، وإلى شفتيها الورديتين، وفكر أن امرأة لطيفة مثلها يمكن أن تخفف عن الرجل كل همومه وآلامه.

وفي صباح اليوم التالي، شعر السيد لطف الله بأنه بحاجة إلى أن ينبه أمه، فقال:

- «سطار خان ابن عائلة معروفة في تبريز. نعم، لا نعرف ما قصته، وما مرَّ به، لكن النظر إليه وهو في هذه الحال بسبب الغربة لن يعطيه حقه؛ أقصد أن محاولة تزوجيه من أي فتاة كانت قد لا تكون صائبة».

فنظرت السيدة العجوز وعلى شفتيها ابتسامة تعكس خبرات السنين إلى ابنها الذي وإن كان قنصلًا أو حتى شاه إيران بأكملها، فإنه ما يزال طفلًا في نظرها، ثم قالت:

- «لا تقلق؛ أعرف جيدًا الفتاة التي تليق به، لقد وجدتها بالفعل!».

وكانت السيدة جميلة هانم قد ذهبت مع حفيظة هانم الإيرانية قبل أسبوع لزيارة الحاجة في بيتها كي تسلم عليها بعد عودتها من النزوح سالمة.

وبعد أن تناولوا الطعام، وانتقلوا إلى شرب الشاي مع المكسرات والحلوى التبريزية التي قُدِّمَت واحدة تلو الأخرى، قال السيد لطف الله وعيناه تلمعان سعادة، مثل كل عيون البشر عندما يشعرون بأنهم ساهموا في إتمام عمل وإنجاز مهمة كبيرة نتج عنها خيرٌ كبيرٌ:

- «سطار خان، دون مقدمات، أمي ترغب في تزويجكَ، بل إنها وجدت لكَ الفتاة المناسبة، فما رأيك؟».

لم يكن لديه ما يقول، فمَن التي يمكن أن تلامس قلبه الذي مُني بجرح الهوى مرتين؟! ولكن مرارة الغربة التي سقط فيها لم تعد تُطَاق!

وأكمل السيد لطف الله، بعد أن مدَّ له محفظة صغيرة مجلدة بجلد أسود:

- «هاكَ هذه أيضًا؛ قد أصبح لديكَ بطاقة هوية، وها أنتَ على أعتاب حياة جديدة، ولا بد أن تكون لكَ عائلة؛ إنه أمر لا يقبل التأخير».

فأخذ البطاقة من يد السيد لطف الله، ونظر إلى الجلد الأسود مطولًا؛ هل يعني هذا الدفتر حقًّا أنه قد فُتِحَ أمامه الباب لحياة جديدة؟ وبعد أن فتحه، راح يقرأ:

الاسم: سطار خان.

اسم الأب: ميرزا خان.

مكان الولادة: تخت سليمان.

الجنسية: عثماني.

لقد سُجِّلَت المعلومات التي لن تفارقه أبدًا في هذه الهوية: اسمه، واسم أبيه، وتاريخ ومكان ولادته. بيد أن ما تبقى كان سطار خان جديدًا تمامًا يقف

فوق قمة جبل، وتحت قدميه بحر لُجي أرزق مغطى بسُحبٍ من الضباب الأزرق، وكل شيء في انتظار أن يخطو خطوته الأولى في حياته الجديدة هذه، فلم يتردد وخطا خطوته الأولى.

وفي اليوم التالي، أرسلت السيدة جميلة هانم أحد الخدم للحاجة، تخبرها بأنها تريد زيارتها الخميس المقبل. لقد زارتها بالفعل من مدة قصيرة، فما الدافع وراء الزيارة ثانية؛ لم تطل التفكير، بل أجابت الخادم:

- «فلتتفضل يا ولدي، أهلًا وسهلًا».

ويوم الخميس، انطلقت السيدة جميلة هانم، ومرت بالسيدة حفيظة هانم الإيرانية فأخذتها معها، ثم طرقت باب الحاجة. وبعد هنيهة، فاتحتها بالمسألة التي جاءت من أجلها، فسعدت الحاجة، فما مَن شيء يسعدها أكثر من أن تكوِّن زهرة أسرة. وبما أن الرجل مشهود له بأنه إنسان جيد، وهو يكسب رزقه بيمينه، فلِمَ لا؟ نعم، حلمه معلق في مكان بعيد، ولكن لا يبدو هذا سببًا وجيهًا يمنع الزواج. بيد أن تفكير الشباب قد تغيَّر في هذا الزمن، فهل توافق زهرة على شخص لم تره من قبل؟!

قالت السيدة جميلة هانم:

- «طبعًا، يجب أن تراه ويراها، وأن يتكلما؛ لقد فكرنا بهذا، بل إن مرة واحدة لا تكفي، إذ يجب أن يلتقيا مرتين كي يتثنى لهما رؤية حلم ليلة بين المرتين على الأقل».

- «حسنًا، ولكن كيف وأين يمكن أن يلتقيا؟».

فحتى إن كان الشباب قد تغيَّر، فإن هذه المسألة ما تزال معضلة في ذاك الزمان. ومن ثم، قالت السيدة جميلة هانم:

- «دعي هذا الأمر لي».

ولكن الحاجة لم توافق على شكل من الأشكال التي طرحتها عليها للقاء، إذ تخاف جدًّا من أن يرى أحدٌ زهرة أو يسمع بالذي يجري، فتصبح سيرتها على كل لسان، ويكون ذلك وصمة عار على جبينها طوال حياتها، معاذ الله. وفيما بدأت تفقد الأمل في إيجاد حل، خطر على بالها شيء أخيرًا؛ من الممكن أن يلتقيا في بيت خالدة، أو بالأحرى في حديقة بيتها تحت العريشة، ولكن بأي صفة سيدخل هذا الرجل إلى هناك؟ وماذا سيقولون للجيران؟ حينها، قالت السيدة جميلة:

- «ما رأيكِ أن آتي إلى بيت السيدة خالدة بعربتي يوم الجمعة؟ لا أظن أن السيدة خالدة ستمانع إن انتظر سائق العربة في حديقتها، ولن يستغرب الجيران هذا الأمر أيضًا».

فهمست الحاجة وقلبها يخفق بسرعة:

- «لا، لن يستغربوه.. لن يستغربوه».

وبعد أن غادرت السيدة جميلة هانم، فاتحت الحاجة الحاج بالمسألة أولًا، فحتى إن وافقت هي على أن يلتقيا، لا بد من موافقة الحاج. وإن لم يرضَ، فهي على استعداد للرجوع في كلامها على الفور. ولكن عندما سمع الحاج باسم سطار خان، تذكر أنه من بين الذين يعملون بجد ونشاط مع شباب الجمعية الخيرية، فاعتلت محياه ابتسامة عريضة، وقال إنه لا يمانع، إن وافقت زهرة.

حينها، صعدت الحاجة إلى الغرفة العلوية، حيث تجلس زهرة على فراشها سارحة بخيالها وهي تنظر إلى البحر، فجلست إلى جانبها، ثم بدأت الكلام بقولها: «ابنتي...»، فسألتها من أين هو. وعندما عرفت أنه من «تبريز»، كان أول ما خطر على بالها الأشخاص الذين يضحون بكل ما لديهم لخدمة العائدين من جحيم النزوح، وكيف يعملون بإخلاص وتفانٍ لمد يد العون

لهم، خاصة مهدي الذي كان في استقبالهم. وتذكرت شعور الامتنان الذي استيقظ في قلبها في اللحظة التي واجهت فيها أمثالهم، في حين أنها كانت قد فقدت كل إيمانها بالبشر بعد هذا الحريق الهائل الذي التهم مشاعرها كافة، وتركها هشيمًا تذروه الرياح. ولكن ما إن وطئت قدمها رمال هذه المدينة، ورأت تضحيتهم، حتى عاد ذلك الشعور ليحيا في قلبها من جديد، فقد كانوا كرحمة مهداة نزلت على قلوبهم وراحت تمسح عنهم عناء ما قاسوه. ولا شك أن قومًا كهؤلاء، ربَّوا أبناءهم على أن يضحوا بأنفسهم ويتركوا أوطانهم وأهليهم في سبيل إغاثة إخوتهم، قوم عظماء بإمكانها أن تتزوج أحد أبنائهم، وتثق به ثقة عمياء، وتعتمد عليه اعتمادها على جبل راسخ لا ينهار لأنه من أصل طيب، فالأصل الطيب لا ينهار ولا يخون؛ وقد كان أكثر ما تحتاج إليه زهرة في تلك اللحظة جبل تتكأ عليه وتستظل بظله. ومن ثم، نظرت إلى وجه الحاجة وهي تنقر بأصابعها على عتبة النافذة المرصوفة بالحجارة، ثم قالت: «فليأتِ، ولنلتقِ».

وبموازة ذلك، كان الأمر قد فُتِحَ مع أرسلان باي الشركسي، إذ مرَّ عليه السيد لطف الله ذات يوم، وجلس معه على انفراد في إحدى زوايا المقهى. وبعد حديث طويل وأبيات من شعر حافظ، دخل في صلب الموضوع. وحينها، قال أرسلان باي:

- «حسنًا، عدوني بمقام والد سطار خان».

ورغم سروره بموقف الرجل الأبوي هذا، فقد دُهِشَ السيد لطف الله من قصر إجابته؛ مالِ هؤلاء الأتراك لا يجمِّلون الكلام أو يسهبون أبدًا؟!

وفي ذلك الصباح، كان أرسلان باي ينظر إليه ويبتسم؛ كيف لا وسطار خان الذي منذ وطئت قدمه المقهى لم يخطئ أبدًا في كمية الماء المناسب للشاي، بل يعده دائمًا على أكمل وجه، ولا يخطئ أبدًا في مقدار وقوام

القهوة- قد أُسقِطَ في يده هذا الصباح وهو يعد الشاي والقهوة، حتى اشتكى الزبائن المبكرون من طعمهما في هذا اليوم.

همس أرسلان باي وهو يبتسم:

- «إن ابن العجم سيذهب ليراه أحدهم بقصد الزواج».

فقال أحدهم:

- «هل يُعقَل هذا؟ كيف لرجل أن يُرَى من أجل الزواج؟».

- «ولِمَ لا؟ إنه فتى في غربة بعيد عن أهله».

ثم نظر إليه بطرف عينه، فرآه وهو يرتدي قميصه الفضي بلا ياقة، مع حزام واسع، وعلى رأسه قبعته؛ لقد كان وسيمًا للغاية، مما جعل أرسلان باي يقول:

- «لا يمكن لفتاة أن ترفض فتى كهذا».

أما عن أخلاقه، فهو كفيل بهذا.

كنت أنا الطيف التي أروي لكم هذه الحكاية لا أزال في مطار تفليس بانتظار طائرتي إلى إسطنبول. حينها، شعرت بأنني سأفيق من هذا الحلم، وأعود ثانية إلى أرض الواقع، إذ بدأت أحس بأصوات من حولي، وبدأت تتكشف الحجب عني، فخشيت أن أعود ولمَّا تنتهِ الحكاية بعد.. لا، لا أريد أن أعود الآن؛ ما زال للقصة بقية.. أرجوكم، لا أريد سوى أن أبقى قليلًا!

وهذا ما حصل بالفعل، فقد بدأت أرى أمامي الطريق المؤدي إلى بيت خالدة؛ لا بد أننا كنا في بدايات أيار، فالحرارة لم ترتفع بعد، والجو يغمرني بدفء جميل، والزهور على أغصان الأشجار لم تكن قد ذبُلت بعد. ومن أمام مقبرة العمارة، مرَّت الحاجة ومعها زهرة بجلبابيهما وأنا من ورائهما، حيث صعدنا مطلع تكفور شاير، فيما الحدائق مليئة بالورود والأزهار، وعناقيد زهر البنفسج والليلك وزهر العسل تنام على جدران الحدائق طوال

الطريق. وبينما نمشي، لاحظت بعض شجيرات الياسمين داخل تلك الحدائق التي رأيتها من خلال الأبواب المواربة بعض الشيء.

وعندما وصلنا، صعدنا درج الدار، حيث قابلتنا خالدة التي ترتسم على وجهها ابتسامة شريرة وهي تحمل طفلًا بيد، وتمسك بالأخرى طفلًا آخر. حينها، قالت للحاجة وهي تشير إلى باب في آخر بضع درجات من ذلك الدرج المطل على الحديقة:

- «تفضلي يا حاجة، وسأجلس أنا -إذا أذنت- مع زهرة قليلًا تحت العريشة».

كان الجميع يعرف سبب المجيء إلى هنا، ولكن كلًا من باب الأدب يتصرف كأنه لا يعرف شيئًا مما يجري. ومن ثم، قالت الحاجة وهي متوترة للغاية:

- «حسنًا بُنيتي، حسنًا».

ثم سألتها وهي خائفة:

- «ألم تصل السيدة جميلة هانم وبوران هانم بعد؟»

- «بلى، لقد وصلتا».

ثم غمزت زهرة، وقالت:

- «وسائق العربة هناك».

وهي تشير إلى العريشة، حيث يجلس سطار خان.

ألقت الحاجة نظرة إلى حيث أشارت، وأعجبها ما رأت، فثمة فتى أسمر يبدو عليه الوقار والنبالة.

وفي تلك الأثناء، نزلت جميلة هانم على الدرج كي تستقبل الحاجة، قائلة:

- «دعينا نصعد معًا، يا حاجة، إلى البيت».

عندها، ألقيت أنا أيضًا نظرة نحو العريشة؛ آه سطار خان، جدي الطيب الذي لم يكن يدري شيئًا عما يدور في العالم حتى وجد نفسه في دوامته،

جدي الذي كان ضحية حب أعظم وعشق صوفيا المشوش وتاجر السجاد على طول خط تبريز تفليس وباطوم يجلس هناك جريحًا محترقًا بنار العشق والغربة، مفعمًا بالحيوية شامخ الرأس رغم ذلك! وأنا أبتسم، قلت في نفسي: «إذن، لقد التقيا لأول مرة هنا».

ما كانت الفرحة تسعني، فليس من السهل أن أكون شاهدة على اللحظة الأولى التي يتعرَّف فيها جدي على جدتي. وبعد أن نظرت إلى الحاجة التي تصعد الدرج، اتخذت قراري: يستحيل أن أتبعها؛ سأبقى هنا بكل تأكيد. ومن ثم، اقتربت من العريشة الخشبية المزركشة، وجلست فوق سورها الخشبي المنحوت المزركش، وضممت بكلتا يدي أحد أعمدة العريشة كالأطفال وقد أسندت رأسي إليه وأنا أهز رجليَّ في الهواء. وفي تلك الأثناء، وصلت زهرة، ومعها خالدة، فوقف سطار خان ونظر في وجه زهرة.

أما زهرة، فنظرت إلى ملابسه أولًا دون أن تنظر إلى وجهه، فتذكرت مهدي الذي استقبلهم على رصيف الميناء عندما رجعوا من النزوح، وشعرت بإحساس الأمان والطمأنينة أنفسهما اللذين شعرت بهما ذلك اليوم، ثم رفعت رأسها ونظرت هي الأخرى إلى وجهه للحظة قصيرة جدًّا، فاحمرَّت وجنتاها وأطرقت رأسها إلى الأرض مباشرة.

حينها، بدأت أفكر في نفسي: «كأن القدر قد فعل كل شيء، وغيَّر خريطة العالم كله، من أجل هذه اللحظة!». فكأن حرب البلقان لم تندلع، ورحيل إسماعيل وجليل حكمت وعدم رجوعهما لم يحدث، إلا للقيا هذه العيون. وكأن الروس احتلوا طرابزون، وحدثت موجات النزوح، واختطف بيروز أعظم من ضفاف قلب سطار خان في اللحظة الأخيرة فغادر تبريز دون أن يلتفت وراءه، من أجل هذا. وكأن الحياة الجديدة التي كُتِبَت له وهو في أعالي قمم سهند، وطرقه باب صوفيا الذي سرعان ما أُغلِقَ في وجهه، وحتى

ثورة البلاشفة التي غيَّرت وجه العالم حينها، وحكم الإعدام في حقه الذي جعله يفر راكبًا البحر لاجئًا إلى طرابزون، وعدم غرق زهرة على ضفاف نهر هرشيت، وعدم موتها وهي تحتضن إحدى الجثث في ذلك الوادي؛ كأن ذلك كله كان من أجل هذه اللحظة. كأن الممكنات كلها قد سُرِدَت وحصلت من أجل هذه اللحظة فقط، وكأن كل هذه الوقائع وملايين الأحداث لم تقع إلا لتحقق هذا الأمر؛ والسماح بتحقق أمر واحد آخر، هو «أنا»!

قال سطار خان:

- «أهلًا وسهلًا بكِ».

ثم أشار إلى المكان الذي ستجلس عليه وهو يقول:

- «كيف حالكِ؟».

لم يتعرف أحدهما على الآخر عندما مرَّ إلى جانبه يوم عودتها من النزوح، ولكن الآن استيقظ في قلبه شيء آخر، وذكرى أخرى مختلفة تمامًا، إذ قال في نفسه:

- «أهذه هي؟ نعم، إنها هي بذاتها!».

فقالت زهرة:

- «أهلا بكَ. أنا بخير».

ولكن كانت جملة أخرى مختلفة تمامًا تدور في قلبها:

- «إنني متعبة للغاية».

فأشار إلى غصن برقوق ظريف تفتحت عليه أزهار بيضاء وهو يتدلى داخل العريشة من شجرة تقع مباشرة أمامها، وقال:

- «ما أجمله! لقد بدأ الجو يزداد جمالًا».

ولكن في قلبه كان يقول:

- «إنكِ ترتدين ملابس خفيفة، ألا تشعرين بالبرد».

فقالت:

- «بالفعل».

- **«إنني أشعر بالبرد جدًّا».**

فأكمل:

- «في بلادنا، يوجد البرقوق أيضًا».

ثم أردف وهو يحاول أن يمسك ذلك الغصن بيده بينما يتنهد سارحًا قليلًا:

- «كان يوجد!».

لقد كان كالنسر الذي فارق موطنه.

- **«يبدو أنك اشتقت إلى تلك البلاد كثيرًا، فلِمَ أنتَ هنا؟!».**

- **«مَن يدري أي رياح يرسلها الله لتأخذه إلى حيث يريد سبحانه؟!».**

وفي تلك الأثناء، اهتز الغضن بعد أن حطَّ عليه عصفور، فبدأ بينهما حديث لا كلام فيه، ولا حركة للسان أو الشفاه، إذ كانا صامتين بينما يتحدث قلبهما، واختفت بالكامل الجمل الخارجية التي يقولانها بألسنتهما بعدما اختلفت عما يقولانه بقلبهما، فكان مَن ينظر إليهما يظن أنهما صامتان، فيما لا يخنقهما ذلك الصمت، بل يفيض ليغسل روحهما المحترقة. وحينها، أدركا أنه كان لا بد أن يحترقا كل هذا الاحتراق ليعرفا قيمة تلك المياه الزلال التي تغسل روحهما.

بيد أن خالدة التي تراقبهما من خلف النافذة شعرت بقلق عندما رأتهما في هذه الحال، فأسرَّت في نفسها: «إنهما لا يتكلمان البتة، فلأحضر لهما الشاي إذن على الأقل». وبعد هنيهة، راحت زهرة تداعب الكسر الذي على السكرية بإصبعها، فجذبت إصبعها المحناة انتباهه، فشعرت بخجل شديد وسحبتها بسرعة كبيرة، ثم أمسكتها بيدها الأخرى، ولكنها لم تسترح فخبأتها

تحت يدها الأخرى، وانكمشت على نفسها وجمعت بين كتفيها. أما هو فكان قلقًا من ذلك الكسر في الإناء. وجراء التوتر الذي كان فيه، أعاد سؤالها:

- «كيف حالكِ؟ إن شاء الله تكونين على ما يُرام؟».
- **«أخشى أن تجرحي إصبعكِ».**
- «أنا بخير والحمد لله؛ كيف حالكَ أنتَ؟».
- **«ألم أقل لكَ إنني متعبة للغاية؛ لقد جئتُ مشيًا من طرقات بعيدة جدًّا. ماذا عنكَ؟ هل أنتَ متعب مثلي؟».**
- «الحمد لله. أنا بخير أيضًا».
- **«وأنا أيضًا متعب؛ لقد جئتُ مشيًا عبر طرقات بعيدة جدًّا. ولكن بنظرة منكِ، يتحول كل ذلك الماضي الأسود إلى أبيض، ففي عينيكِ نظرة ساحرة كأنها من الجنان. لقد كبرتُ عمرًا على عمري وأنا أقطع كل هذه الطرق، ومررتُ بمصائب وفواجع حتى ظننت أنني قد متُّ وأصبحت في الجحيم دون أن أدري متى متُّ! لا أحد يمكنه أن يفهم ما أنا فيه إلا من عاش ما عشته، ومشى على الدرب نفسه، فتعبكِ تعبي، وما رأيتِه في دربكِ لا يمحوه إلا ما رأيتُه أنا، وإن نحن سرنا معًا ما بقي أمامنا من هذه الدرب، فسيُمحَى كل ما مضى. فحينها، يمكننا أن نمضي غير مكترثين لما مضى، وأن نخطَّ طريقنا الجديد معًا. نعم، يمكننا حينها أن نمحو وننسف كل تلك الأصوات والروائح ومذاق التعب والعذاب. فلا تردي من جاء معجزة لقلبكِ، ويكفيكِ أن تمدي لي يدكِ. ربما يبقى جرح في قلبنا وانكسار ما حيينا، ولكن ربما أكون بيتًا وتكونين أنتِ القافية. يمكننا أن نكون معًا سندًا بعضنا لبعض، وأن يريح بعضنا بعضًا، وأن يلجأ بعضنا إلى بعض، وأن نلقي همومنا وتعبنا ومشاقنا بعضنا على بعض. كما**

يمكننا أن نجتمع ونتدفق معًا في مجرى نهر واحد عميق، بدلًا من أن يتدفق كلٌّ منا في مجراه وحيدًا».

فانتبهت زهرة إلى الخاتم الذي في خنصره اليسرى، حيث تألق الفيروز وتوهج بشدة، فيما انتهت هذه المحادثة الصامتة بجملتين تدلان على الموافقة والقبول:

- «**إن لم تناديني أنتَ هكذا لما جئتُ.**
- «**إن لم أنادكِ هكذا لما جئتِ.**

ثم بدأ سطار خان بالحديث بصوت وكلمات من هذا العالم، فإذا كان لديه ما يقوله، فعليه أن يقوله الآن:

- «زهرة هانم، هل بالإمكان أن نذهب إلى إسطنبول حيث نعيش ونستقر هناك؟ إنني تاجر سجاد، ولا تغرك الحال التي أنا فيها الآن، كوني أعمل أجيرًا في مقهى. فعندما نذهب إلى إسطنبول، سأؤسس عملي الخاص، وأعيد علاقاتي مع التجار، وأعاود العمل بالتجارة».

ثم شعر بالدهشة مما قاله، إذ لم يقل: «سأذهب إلى إسطنبول، وأستقر فيها، فحلمي أن أعيش هناك»، ولم يسألها: «أنا ذاهب إلى إسطنبول، فهل تأتين معي؟»، بل استخدم صيغة الجمع «نحن»، وهذا يعني أنه قد جعلها معه في كل احتمال، وأنها قد أصبحت جزءًا منه، ومن حياته.

فقالت بصوت منخفض، ولكن بحزم:

- «لا، لا يمكنني أن آتي معكَ، فلا يمكنني أن أترك الحاج والحاجة وحدهما، ولا حتى أن أترك أنوش وحسن».

ثم شعرا بأن ريحًا باردة لفحت وجههما؛ يا للمسكين، لقد كان هذا الجواب كفيلًا بأن يجهض آماله كافة! فقال بعد لحظة صمت:

- «حسنًا».

ولكنه لم ينكسر، ولم يغضب، ولم يكترث. وهذا يعني أن زهرة ستكون معه في كل احتمالاته، وإن ظل قائمًا لديه ذلك الحلم بالذهاب إلى إسطنبول والعيش فيها، فهل يمكنه أن يتخلى عنه، وأن يرضى بالعيش هنا دون أن يذهب إليها؟ وهل يمكنه أن يموت قبل أن يحققه؟ إلى الآن، لا يستطيع تقبل هذا الأمر.

عاد سطار خان إلى المقهى مهمومًا مسرعًا للغاية في مشيه حتى أنني، أنا الطيف الذي ألاحقه كخياله، كنت أجد صعوبة كبيرة في اللحاق به؛ لقد كان يفكر طوال الطريق أن امرأة أخرى ترفض الذهاب معه إلى إسطنبول؛ ليته يستطيع أن يطلق لنفسه العنان، ويطير مع الطيور التي حلقت في قلبه عندما كان كأنه في حلم أو في الجنة قبل قليل. وقد بدا واضحًا تردده وتمزقه بين زهرة من جهة وإسطنبول من جهة أخرى، وإن كان مسألة وقت أن يصغي لقلبه، ويترك نفسه بين يدي مَن جاءت معجزة لقلبه فأعادت إحياءه من جديد، حتى أنه لم يعد يستوعب كيف كان بإمكانه تحمل العيش قبلها وفي قلبه كل هذا الفراغ الذي ملأته من أول نظرة، بل من نظرة واحدة فقط. لكنه كان يتوق شوقًا للذهاب إلى إسطنبول طوال حياته، ويعرف حق المعرفة أنه ما لم يذهب الآن إلى إسطنبول، فإنه لن يستطيع الذهاب إليها مرة أخرى في حياته أبدًا؛ أهو الآن أمام مفترق طرق جديد؟

قال وهو في طريقه إلى المقهى: «يا ربي، اهدني سواء السبيل؛ أرسل لي أي إشارة.. المدد يا الله المدد». وعندما وصل، ألقى السلام على أرسلان باي الذي حاول أن يفهم ما جرى معه من تعابير وجهه، ولكنه حتى لم يرَ الزبون الذي يجلس إلى جانبه، وانطلق مسرعًا للداخل، وأنا وراءه، حيث ارتدى المريول بسرعة، وراح يتلفت يمنة ويسرة، ثم نادى بحزم على الأجير الذي يتثاءب حتى في منتصف النهار، فلو لم يفرغ النار التي في قلبه فمن المؤكد أنها ستحرقه:

- «أحضر الماء والصابون والخل والدلو».

أما أنا، فتسللت إلى أن جلست في زاوية أشاهد منها كل ما يدور أمامي حتى أنني بدأت أشعر بالخوف؛ إنني أعرف نهاية الأمر، ولكنني لا أدري كيف سيتحقق!

لم يقلب سطار خان المقهى رأسًا على عقب وينظفه هكذا حتى في اليوم الأول من قدومه إليه، فقد غلى كل الأواني الزجاجية بالماء، وغسل كل البسط والسجاد المفروش على المصاطب في الخارج، وجعل الأجير سُعاوي الذي لطالما أرهقه من كثرة العمل ينطق بالشهادة ظنًّا منه أنه سيموت من التعب.

أما أرسلان باي الذي حاول أن يستشفَّ من نظراته إليه سبب هذه النار المستعرة في قلبه، والشرر المتطاير من عيونه، وهو جالس في الخارج يدخِّن نرجيلته ويقلِّب مسبحته من جهة إلى أخرى، فكان يقول في نفسه: «خيرًا إن شاء الله».

وهذه المرة، أنزل اللوحات والرسومات المعلقة على الجدران كلها، وأعطى الأجير قطعة قماش، قائلًا:

- «امسحها كلها؛ أريد أن أراها تلمع دون أي بقعة عليها».

وفي الأخير، اتجه نحو المرآة الضخمة التي لم يستطع في أول يوم أن يزحزحها من مكانها، وإلى الآن لم تزل ثقيلة مثل ذلك اليوم ملتصقة بالجدار، ولكن النار المستعرة في قلبه والبركان الثائر داخله تحول إلى قوة وطاقة زحزحت المرآة في البداية فوق المسمار الصدئ، ثم اقتلعها من فوق الجدار. وفي تلك الأثناء، سقطت لوحة كانت محشورة بين المرآة والجدار كلها غبار. ويبدو أن هذه اللوحة كانت معلقة إلى جانب المرآة، ولكنها انحشرت مع الزمن بينها وبين الجدار، ولم يعد أحد يراها.

أسند المرآة إلى الجدار بحذر، ثم انحنى ليلتقط اللوحة التي نفض الغبار عنها، فرأى ورقة بلون الورد كُتِبَت عليها بفن الأبرو وخط التعليق أسطر من الشعر تذكرها على الفور:

«لا أحد يدرك حكمة صحبة الشاي هذه

فقد جاءت منذ الأزل محفوفة بأنفاس المرشد الأكبر»

فأسند ظهره إلى الحائط، لكنه لم يرتح، فخرج وجلس على إحدى الطاولات، ثم دخل ونظر إلى اللوحة ثانية وقرأها من جديد؛ نعم، إنها هي الآن، ظهرت له هذه اللوحة! لقد كان يتضرع إلى الله لأيام وهو عند البحيرة في تخت سليمان، وعلى قمم جبل سهند: «إشارة يا رب إشارة».

هل جاءته هذه الإشارة بعد كل هذه الأحداث والأيام؟ ابتسم ولم يكابر أكثر من ذلك، بل خلع مريوله، ثم مرر أصابعه على مرجل الشاي النحاسي، وخرج ليجلس على طاولة أرسلان باي، ثم قال:

- «أرسلان باي، ألم تعرض عليَّ من قبل أن أكون شريكًا لكَ في المقهى، فأخبرتكَ حينها أنني لن أبقى هنا، بل سأسافر إلى إسطنبول؟».

فنظر أرسلان باي في وجهه، ولكنه لم يستطع أن يرى أمارة على ما يرمي إليه، فقال:

- «بلى، لقد حصل هذا».
- «ألا يزال هذا العرض سارياً؟».
- «بلى».
- «إذن، أنا موافق عليه، فسأبقى هنا».
- «ممتاز».

ثم أسر في نفسه: «آه من العشق وتحكماته!».

لقد حدث بالفعل ما قالته السيدة جميلة، إذ مرت ليلة على لقائهما الأول، وحان موعد لقائهما الثاني، وها هما الآن تحت العريشة ذاتها، وأمامهما الغضن ذاته. أما أنا، فوقفت على حافة العريشة وقد أسندت مرفقيَّ إليها، ووضعت وجهي بين راحة كفيَّ وأنا أراقبهما. حينها، لم أتذكر أنني شعرت بهبوب نسائم جميلة كتلك التي كانت تهب في ذلك الوقت.

قرر سطار خان هذه المرة أن يتكلم مفصحًا عمَّا يدور في خلده، وليس كما كانا يتحدثان من قبل عن طريق الصمت. وقد كان لديه شيء واحد يود أن يبوح به لزهرة، وهو في الحقيقة ليس سوى الجملة التي علَّمه إياه أرسلان باي هذا الصباح، وجعله يكررها أكثر من مرة، قائلًا:

- «اسمعني يا بُني، يجب أن تبدأ حديثك بقولك: (زهرة هانم)، وكن لبقًا، وتكلم رويدًا رويدًا، ثم قل: أنا أطلب يدكِ للزواج».

ثم أردف:

- «هيا قل الآن: أنا أطلب يدكِ للزواج».

- «أنا طَلَبُ يدكِ للزواج منكِ».

- «يا بُني، ليس طلبُ، بل قل (أطلب)؛ آه منكَ يا ابن العجم، لتلدغ النحل هذا اللسان، قل: أطلب.. أطلب».

فبدأ قائلًا:

- «زهرة هانم، أنا أطلب يدكِ للزواج».

- **«أطلبها لا بلساني فحسب، بل بروحي وعشقي وقلبي وهمي وقدري»**.

فرفعت رأسها ونظرت إلى وجهه، بينما تسمع صوته الخشن كخشونة الصحراء الحارة والجبال الوعرة والعشب البري فيها، وهذه اللكنة الركيكة

التي بسببها يجد صعوبة في إخراج الحروف من مخارجها الصحيحة، ولكن هذا ما جذبها إليه، فهي تشعر بالأمان وهي بالقرب منه، وتحب هذا الشعور؛ شعور أنه قد أحبَّها. ثم طأطأت رأسها، وضمت كتفيها، وراحت تمرر إصبعها التي مررتها بالأمس بحافة السكرية المكسورة على خيوط جلبابها الكحلي هذه المرة.

أما أنا، فوقفت هناك أنظر إليهما كالبلهاء ساندة يديَّ إلى حافة دربزين العريشة. وحينما سمعته قال هذا، اتجهت نحو زهرة، ونظرت إليها، وهمست في أذنها: «نعم، قولي (نعم) أرجوكِ، أو حتى قولي (حسنًا) على الأقل»، ولم يخطر ببالي أنا أقول لها: «قولي نعم كي أكون أنا وأُولَد وأُخلَق»، بل قلت لها: «قولي نعم كي تُكتَب لبطل رواياتي هذا نهاية سعيدة»، فقالت:

- «حسنًا».

منذ اليوم الأول الذي بدأت فيه هذه الرحلة، وصرت طيفًا لا أُرَى ولا أُسمَع، وبعد أن عبرت الزمان والمكان، كانت هذه المرة الأولى التي أعجبتني فيها حالة «الاختفاء» تلك. ولكن كم كنت مخطئة بهذا! فأكثر ما يوده المرء بعد أن يرى ويعرف أشياء كثيرة أن يظهر وأن يُرَى.

اقتربت منهما، ونظرت أولًا إلى يديه وهو شاب، وتذكرت كم من مرة داعبني براحة هاتين اليدين المجعدتين، ومسح بهما على رأسي وأنا صغيرة، وكم مرة شاهدته بفضول وهو يدير هذا الخاتم الفيروزي في أثناء الوضوء، ثم جثوت تحت ركبتي جدتي التي لم أرها في حياتي، ورفعت رأسي وأنا أنظر إلى وجهها، ثم توسلت لهما: «أرجوكما انظرا إليَّ ولو لمرة واحدة، ولن أكترث بعدها بكل ما يحدث، فأنا مستعدة أن أتخلى عن كل ما في هذه الدنيا، ولكن انظرا إليَّ مرة واحدة، وأعدكم بأن أحفظ هذا السر، وألا أبوح به لأحد، بل سأدفنه في أعماق قلبي؛ كل ما أريده الآن أن ألقي بنفسي في حجركما،

وربما أبكي من شوقي لكما، ولكن أرجوكما انظرا إليَّ نظرة واحدة، فقد تكبدت معكما عناء المسير في كل هذه الطرق، وأنا متعبة منهكة مرهقة مثلكما، ويؤلمني أن أكون غير معروفة بعد كل هذا، أرجوكما انظر إليَّ».

نظرت إليه وكلي أمل، ثم أدرت وجهي نحوها وأنفاسي تمتزج مع أنفاسها قائلة: «انظري إليَّ»، ولكن لم يرني أي منهما.

لم أعد قادرة على الوقوف مكاني، فقد شعرت كأن الشرر ستتطاير من كل ذرة من كياني ووجودي الذي كان دون جسد. لم أعد قادرة على تحمل أن أبقى هناك بلا صوت أو صدى أو حركة. ولا أذكر كيف نزلت من ذلك الدرج، ورميت بنفسي على الطريق، ثم نظرت إلى منزل تيكفور شيار الذي لطالما سرت مع أمي عليه عندما كنت طفلة، ورحت أنزله بكل ما أوتيت من قوة.

كانت سرعتي تتزايد أكثر فأكثر حتى بدأت أشعر بأن أقدامي لم تعد تلامس الأرض، فيما رأسي يلامس الغيوم، لأرى عندها كل ما حولي من زمان ومكان من منظور عين الطائر، ثم رحت أنزل على الأرض حينًا، وأرتفع حينًا آخر حتى أصل إلى عنان السماء. في البداية، كنت أجري بإرادتي، ولكن جاءت عليَّ لحظة أدركتُ فيها أنني لم أعد قادرة على التوقف، حتى إن أردت ذلك، إذ لم أعد قادرة على التحكم برجليَّ، فكلما حاولت أن أخفف من سرعتي تزداد أكثر، حتى وجدت نفسي في مقبرة العمارة، ثم عبرت كالسهم بأقصى سرعة بين حشود الرجال الذين يخرجون من المسجد، والنساء اللواتي يثرثرن، والأطفال المشاكسين، والآباء الغاضبين منهم، وكثير من المحتشدين هناك. وبينما أنا على هذه السرعة، ارتطمت بشيء ما.

لعله هو الذي ارتطم بي، وربما يكون أحدنا قد ارتطم بالآخر. على أي حال، لم تسنح لي الفرصة حينها كي أفكر كيف حصل هذا، ولماذا. ففجأة، وجدت نفسي على الأرض وأصبع سبابتي اليمنى قد ارتطمت بحجر كبير وتهشم ظفري، فرأيت دمًا ينزف من اللحم بين إصبعي وظفري، وشعرت بأن هذا الألم قد وصل إلى عظامي، كأنني حينها قد حمَّلت كل الأعباء التي تثقل كاهلي وتتعبني على هذا الجرح لأجد متنفسًا ومندوحة كي أجهش بالبكاء.

وفي تلك الأثناء، حال بيني وبين الشمس شيء سقط ظله عليَّ، ثم سمعت صوتًا كله حنان ورأفة:

- «لا، لا يا بُنيتي، لا تبكي؛ لم يحدث لكِ شيء».

فجلست على الأرض، وضممت ركبتيَّ إلى صدري، ثم وضعت رأسي فوق ركبتي. وبعد قليل، رفعت رأسي فرأيت شخصًا يقف فوقي وجهه شاحب أشعث أغبر، تشع عيناه نورًا، وعلى جبينه بقعة سوداء، ويرتدي بردة مرقعة، ويحمل عصًا بيده؛ كان نحيلًا كالعصا التي بيده، كأن الريح إن هبت بقوة قليلًا يمكن أن تأخذه معها. فسألته بصوت يملؤه الخوف والدهشة والذهول:

- «هل تراني؟!».
- «نعم».

قالها وعلى فمه الخالي من الأسنان ترتسم ابتسامة لطيفة، ثم أردف:

- «ولِمَ لا أراكِ؟».

حقًّا، لِمَ لا يراني؟!

عندها، ابتسمت، ورحت أكفكف دموعي، وأمسح أنفي الذي يسيل بظهر كفي، ولم أجرؤ على طرح مزيد من الأسئلة عليه، إذ لا أشعر بحاجة لأن أسأل أكثر. وعندما مدَّ لي يده المليئة بمسامير لحمية وهو يبتسم كي يساعدني أن أقوم، قمت ورحنا نمشي في شارع مقبرة العمارة تحت ظلال أشجار السرو جنبًا إلى جنب تارة، ويسبقني أو أسبقه تارة أخرى.

وبعد أن جلست على الأرض، وأسندت ظهري إلى سور مقبرة العمارة، سألته:

- «من أنتَ؟».
- «أنا يوسف».

فتذكرت حينها قصة يوسف التي حكتها جدتي لأمي، ثم حكتها أمي بدورها لي، عن رجل نزل -فيما يُروَى- إلى المدينة من قرية جبلية، دون أن يدري أحد هل وُلِدَ على هذا الشكل أم أنه أصبح هكذا مع مرور الزمن، ولكن لم يُسمَع عنه قط أنه آذى شخصًا صادفه؛ إنه يوسف الذي يتجول في الأزقة صباح مساء، وينام حيث يجد ما يظله، ولا يسأل الناس أن يطعموه أو يعطوه شيئًا، فإن هم أعطوه لقمة قنع بها، وإلا لم يطلب أبدًا. كان يوسف مجنون المدينة (المجنون يوسف)، وكانت أمي تقول: «كل المجانين في العالم متشابهون؛ يكفيكِ أن تتعرفي على واحد حتى تعرفي كل المجانين في الدنيا. أما المجذوبون، فلكلٍّ حكايته الخاصة به».

لم تكن ليوسف إذن حكايته الخاصة، فهو لم يجرِ بسرعة الريح دون أن يتوقف، ولم يطر في الهواء، ولم يغص في الأرض، ولم يصنع شيئًا خارقًا، ولم تُؤثَر عنه مناقب وكرامات المجذوبين، كأنه كتم كل هذه الأمور الخارقة في قلبه ولم يفصح عنها، فأصبح ذا شخصيتين: واحدة يعرفها الناس، وأخرى راحت ضحية سرٍّ حفظه في قلبه.

حسنًا، ولكن مَن قال كل هذا؟ ومن أين أتى به؟ كنت قديمًا أضحك، ولا أتوقف كثيرًا عند هذا الكلام عندما أسمعه، بل كنت لا أصدقه. أما الآن، ف

رفعت رأسي أريد أن أنظر إليه كي أسأله عن حكايته، ولكنه فجأة اختفى!

حينها، فهمت ذلك الشعور الذي لم يفارقني منذ بداية هذه الحكاية؛ أن عيونًا تراقبني طوال وقتي، فتارة تكون خلف السحاب، وتارة بين الأشجار والأغصان، وتارة أشعر بصوت يهمس في أذني، ولكنني ما كنت ألتفت لكل هذا. أما الآن، فقد أدركت أني لم أكن وحدي وأنا أصارع العواصف على متن «جول جمال»، أو أجابه الموت في قافلة النزوح بتلك الطرق الوعرة، أو أكاد أموت متجمدة على قمم جبل سهند، أو أرتجف من البرد في مهجع

«مستشفى الحميدية للأطفال»، بل كان معي مرشد ودليل يرافقني في ذلك كله؛ ألهذا لم أشعر بالخوف ولم أته؟

رفعت رأسي صوب السماء التي بدت لوحة مرسومة بريشة فنان، الغيوم فيها ناصعة البياض، وخيوط الشمس الذهبية تتسلل من خلالها في منظر بديع يسحر عينيَّ. ومن ثم، وقفت، ورحت أمشي مجددًا.

عندما عدت لأرض الواقع، لم تكن النادلة وضعت فنجان القهوة على الطاولة بعد؛ لم أزل في مطار تفليس. شكرتها بسرعة، ثم التفت حولي أبحث عن يوسف، تُرَاه هنا؟ لا، ليس هنا!

نظرت إلى الخارج من خلال النافذة الواسعة عن يميني، فوجدت السماء ملبدة بالغيوم مليئة بأشعة الشمس، كأن غيومها رُسِمَت بريشة فنان أخذت تخرج أسهمًا من أشعة الشمس لتخترقها. وبينما أبتسم بحرقة وأنا أرى هذا المنظر، شعرت بألم بسبابتي اليمنى، ورأيت قطرات من الدماء تسيل من ظفري.

الآن، شعرت كأن قلبي ينزف ويبكي دمًا، فها أنا أعرف قصة سطار خان مع زهرة، وقد أنهيتها، وهذا يعني أنه حتى إن بقي شيء أرغب في معرفته، فإنني لن أتمكن من الغوص في تاريخ الصور التي معي، سواء كنت في مطار أو غرفة فندق أو خلف مكتبي، إذ لم أعد قادرة على السفر عبر الزمان، ولن تعود تلك الأضواء لتشع أمامي مرة أخرى، ولن يتحقق أكبر حلم في حياتي. ومع أني رضيت بأن أكون كالكاهنة كاساندرا، فإنني لم أعد قادرة على أن أجد نفسي في زمان ومكان مختلفين، أعايش أحداثًا وأناسًا أكون معهم بطيفي فقط دون بدني؛ لن أحاول مرة أخرى أن أقول لمن حولي: «انظروا إليَّ».

أخرجت دفتري غير المتناسق مع لون حبر قلمي، ثم تركتهما على طرف، وأغمضت عينيَّ بينما أسند ظهري إلى الكرسي، ثم كررت أكثر جملة بديعة -برأيي- في هذه الحكاية كلها:

- «لا، لا يا بُنيتي، لا تبكي؛ لم يحدث لكِ شيء». لا أدري أينا أكثر جنونًا: أنا التي تقص عليكم كل أحداث هذه الحكاية، وتخفي في

كثير من الأوقات في قلبها أكثر مما تبوح، أم المجنون يوسف؟ لقد حدثت لي أشياء كثيرة جدًّا أيها المجذوب، ولكن إن كنت تقول إنه لم يحدث لي شيء، فأنا أصدق ما تقول دون شك.

حملت حقيبة ظهري، وسرت نحو البوابة كي أصعد على متن الطائرة التي ستقلني إلى إسطنبول بعد قليل.

وأخيرًا

بعد أن بقيت عشرة أيام في إسطنبول، عدت إلى طرابزون. لقد مرَّ على رجوعي إلى إسطنبول شهر، وها نحن في بداية تشرين الأول، حيث بدأت الرياح تشتدُّ، والأوراق تصفرُّ، والأمطار تنهمر، معلنة عن بداية أجمل فصل في السنة.

لقد أمضيت الشهر كله وأنا أنظر إلى آلاف الصور التي عثرت على قسم كبير منها بعد طول عناء وبحث على مواقع الإنترنت حتى وجدت في النهاية جزءًا في كتالوجات لمتاحف أو معارض، وجزءًا في بعض المدونات غير المشهورة على الإطلاق، بل ربما لم يسمع بها أحد من قبل. وعندما وجدت ضالتي، كنت كمن وجد كنزًا لا يُقدَّر بثمن؛ لقد أظهرت لي هذه المجموعة من الصور الوجه الحقيقي للمدن في الماضي التي تدفقت خلالها هذه الأنهار العظيمة. وقد كنت أنظر إلى الآلاف من هذه الصور بدقة وتركيز منصب على حركة الناس والحياة، إذ أنظر إلى وجوه الناس أكثر من المناظر الطبيعية التي فيها، حتى أنني نظرت إلى تلك الصور وأنا أمسك مكبرة أحاول أن أدقق في كل تفصيلة فيها، بل كنت أحمِّل تلك الصور على الحاسوب، ثم أكبِّرها لآخر درجة حتى تصبح على شكل وحدات بكسل متناثرة، وصارت عيناي تؤلمني من كثرة النظر لشاشة الحاسوب لساعات وأيام حتى ظننت أنني سأصاب بالعمى.

في تلك الصور، رأيت آلاف الوجوه، من الحكام والشاه والأباطرة والمتسولين والسياسيين والسجناء والمحتالين والمنفيين السياسيين ومرتكبي جرائم الزنا والقتل ومغتالي الشاه والخونة؛ مَن كل هؤلاء الذين أمعن النظر في وجوههم لأيام وأسابيع؟ وما هذه الوجوه كلها؟ أليسوا ظلالًا قد مضت؟ فما الذي أبحث عنه في وجوههم؟!

655

لا أحد منهم على قيد الحياة في يومنا هذا، ولم يتبقَّ أثر مغامرة أو حركة لأحد منهم، بل كلٌ عاش قصته وما قُدِّرَ له ثم رحل، وإن كان بعضهم قد اهتز مسرح الحياة لموته، وبعضهم لم يشعر أحد بموته مثلما لم يشعر أحد بقدومه. ولكن عندما أمعنت النظر أكثر في آلاف الوجوه التي طُبِعَت على الصور الكرتونية وهم ينظرون مباشرة إلى عدسة الكاميرا، شعرت بأن لحظة التقاط هذه الصور قد تجمَّد كل شيء فيها وخُلِّدَ، وكلما نظر المرء إليها شعر بأنها تحدث الآن، أو بشكل أدق: كأنها تُعَاش في الوقت الحاضر.

إذن، حتى أنتم عندما تقرءون هذه السطور التي خططتها بيدي، فإنكم تبعثون هذه الحروف من جديد كأنني ما أزال أخطها أمامكم، إذ تمتزج كل الأزمنة والحياة وتُعَاش في لحظة واحدة.

إن مثل ذلك كمثل الشعور الذي ينتاب المرء عندما يكون في متحف بانوراما دائري بـ360 درجة متكاملة، إذ يشعر أن «كل شيء يحدث الآن أمام عينيه»، تمامًا كشعورك عندما تعتقد أن الانعكاس في البحيرة الساكنة لكهف تحت الأرض كان حقيقيًّا، أو كالركض على ظهر سفينة تبحر ببطء في نهر عكس جهة إبحارها، حيث يمر المرء مرة أخرى بالشجرة التي مرَّ بها قبل قليل، أو كالنظر إلى مياه النهر فوق سفينة راسية كل ما حولها ثابت، ولكن تدفق الماء دون النظر إلى ما حولك يشعرك بأنك تبحر.

لهذا السبب غصت في كل صورة عندما كنت أحكي لكم حكاية هذين النهرين العظيمين؛ لم أكن أذهب لأسير مع الزمن هناك، بل لأقف على تلك اللحظات، وأراقب المجريات حينها.

أعرف أن صورة تخت سليمان تختزل الزمان والمكان، وتزيد من عمق الزمان وتوسعه أكثر، لتريني عالمًا خفيًّا من الصور الحية، فكلما نظرت إليها تجاوزت حدود الزمان حتى أكون نقطة الباء في البسملة المنقوشة على

جدرانها، أو درة من الدرر واللآلئ التي ترصع تخت سليمان، فأكون في زمن القلب والحب والشعر، زمن الجنة؛ أكون في اللازمان.

إني متعبة جدًّا، فقد اقتربت من الانتهاء من هذه المغامرة في هذه الرواية التي تشبه «سياحة نامة»، وها قد حان الوقت لأنظر إلى كل تلك الصور التي التقطتها في أثناء رحلاتي، علها تكون المرة الأخيرة التي أنظر فيها إلى تلك الصور.

حلَّ المساء، فضغطت على زر كي أشعل سيدي المطرب «إيرج»، لأشعر بنفسي في تلك اللحظة كأنني في صحراء بين جبال، والرياح تهب ساعة الغروب، والغيوم ملبدة في كبد السماء. ثم مددت الخريطة على الطاولة، وأخذت قلمًا رحت أُعلِّم به على كل نقطة مررت بها أو نزلت فيها: طرابزون، باكو، تخت سليمان، أصفهان، شيراز، يزد، باطوم، تفليس، إسطنبول. يا للعجب، كأنني لم أعد من هناك أبدًا!

وبعد ذلك، فرزت مئات الصور، ثم وضعتها في ملفات ومجلدات مرتبة من نقطة البداية إلى النهاية، ورحت أنظر إليها صورة صورة، فوجدت فيها كثيرًا من الصور المكررة أو الباهتة أو غير الواضحة أو حتى غير الصالحة؛ أو بتعبير أرباب مهنة التصوير «صور تالفة». ورغم ذلك، ما استطعت أن أتلف صورة واحدة منها، فكلٌّ شاهدة على لحظة عشتها وشهدت فيها على الحياة. ومن ثم، رحت أمعن النظر في تلك الصور جميعها مرة أخرى، فاسترجعت كل الذكريات والأحداث والأشياء التي رأيتها وتعرفت عليها في تلك الرحلة، وعشت ذلك الشعور ثانية.

ولكنني هذه المرة لم أتتبع في تلك الصور أثر زهرة ولا أثر سطار خان ولا أثر صوفيا، بل كنت أنظر فيها إلى ظلِّي المتعب الملقى على طول ذلك الطريق، وإلى صورة ظلي المنعكسة على بحيرة تخت سليمان الخضراء

عندما كنت أقف هناك وأنا أحمل شمسية فضية، وعلى عنقي قلادة لؤلؤية ناعمة، وقد أسدلت وشاحًا أسود على وجهي.

ورحت أتخيل الشخص الذي سيحدق في هذا الوشاح الأسود بعد مئة عام أيًا كان، بينما كانت هرتي في حجري عندما أمسكت دفتري الذي تركت في كل صفحة فيه آخر ثلاثة أسطر فارغة، ورحت أكتب فيها «بسم الهادي.. بسم الله»، ثم أضفت صورتي تلك إلى ألبوم الصور ذاك.

في منتصف تشرين الأول، كانت الأوراق قد اصفرَّت وجفَّت وهزلت حتى أنها ستتساقط مع أول هبوب لنسمة عابرة. في تلك الأثناء، رن الهاتف، وسمعت صوت ياسمين المحمل بنسائم بحر قزوين وهي سعيدة تزف لي هذه البشرى:

- «أستاذتي، هل تذكرين المؤتمر الذي شاركتِ به عندما جئتِ إلى هنا؟».
- «لا يمكن أن أنساه أبدًا».
- «سوف تُنظَّم دورة ثانية من هذا المؤتمر في منتصف تشرين الثاني؛ لقد حدث هذا بشكل مفاجئ، ولكننا سجلنا اسمكِ في الهيئة العلمية للمؤتمر، فهل ستأتين؟».

فابتسمت وأنا أقول:

- «طبعًا سآتي، ولكن عليكِ من الآن أن تحجزي لي غرفة في فندق مطلٍّ على بحر قزوين، فسوف أحكي لكِ حكاية طويلة، ولكن يجب أولًا أن أمرَّ بأحد الأماكن».

فلم يتبقَّ أمامي سوى المرور بهذا المكان.

في الواقع، لقد التقى ذلك النهر المتدفق من تبريز بالبحر الأسود منذ مدة طويلة، ولا أظن أن أحدًا يعرف أكثر مما أعرفه، أو يعرف ما يمكن إضافته إلى هذه الحكاية، ولكن إلى الآن ثمة فضول في قلبي لمعرفة جواب لسؤال لطالما دار في رأسي دون أن أجد له جوابًا، حتى غدا كنقطة سوداء وعقدة لا أجد لها حلًّا، ألا وهو: ماذا جرى عندما اقترب سطار خان من أعظم وبيروز وهما عند بحيرة تخت سليمان؟ فحينها، حجبت عني الرؤيا

فجأة، ولم أرَ سوى مياه بحيرة تخت سليمان وقد تكدرت! كما أنني كنت أرغب في رؤية عينين قد رأتا جدي في شبابه، طبعًا لا أقصد جدي بطل هذه الرواية، بل سهند والد العم باهزات.

وفي الأسبوع الأول من تشرين الثاني، أرسلت رسالة عبر البريد الإلكتروني إلى نظام، مع أنني لم أتلقَّ منها ردًّا على معظم الرسائل التي أرسلتها منذ تعرفت عليها، ولكنني كنت أتفهم عدم ردها، فربما لم تصل بعض الرسائل إليها، خاصة أن إيران هي الدولة الثانية في العالم التي بها أبطأ خدمة إنترنت (إن جازت تسميتها خدمة)، وأكثر الدول انقطاعًا لهذه الخدمة، أو بالأحرى تفتقر إليها؛ وربما كان ذلك لأسباب أخرى. على أي حال، لم أقدر على إعادة هذا الصلة التي مرَّ عليها أكثر من ثلاثين سنة. ولكن في النهاية، وصلتني رسالة إلكترونية منها بعد طول عناء، تخبرني فيها بأنه «أرسل لنا العم باهزات رسالة يخبرنا فيها بأنه في يزد، وهو ينتظرك».

حددت لهم موعد قدومي، وجهزت حقيبة الظهر التي آخذها معي في كل رحلاتي إلى إيران، وقد بدأت أشم عبق ياسمين إيران من الآن، ولكني هذه المرة لن أمر بأبراج الصمت ولا المدن القديمة، بل سأبقى ليلة واحدة فقط، أزور فيها العم باهزات ثم أعود إلى باكو؛ أي أنني لست بحاجة إلى دليل سياحي أو سائق، بل سأذهب بمفردي.

وما إن حطَّت الطائرة في مطار يزد حتى رحت أنظر في وجوه سائقي سيارات الأجرة في المطار. ومن النظرة الأولى، تعرفت على أحدهم، وأدركت بسهولة أنه من أذربيجان، فاتجهت نحوه وأعطيته العنوان. وبعد مدة، وصلنا إلى الدار التي تعرفت عليها عندما جئت إليها في المرة الأولى، فطرقت الباب، ثم أخبرت السائق بأن يأتي ليأخذني من هنا غدًا صباحًا إلى المطار.

فتحت معصومة الباب مبتسمة، ورحَّبت بي بلكنة ركيكة:
- «أهلًا أهلًا، تعالي».
ثم صافحتني بقوة، وقالت:
- «تفضلي، إنه في انتظارك بالداخل».
وبالفعل، ما إن دخلت حتى رأيته هناك مستلقيًا ينتظر قدومي.

نظر إليَّ العم باهزات نظرته إلى أحد أفراد عائلته، وكان في غرفة قد غُطِّيَت جدرانها كلها بسجاد عجمي، منه سجادة تبريزية بأرضية كستنائية عليها حديقة فيها ألف وردة ووردة. أما هو، فكان مستلقيًا على فراش فوق تخت خشبي، وسادته مغطاة بالسجاد أيضًا، واضعًا يده تحت رأسه وهو يغوص في سلطنة السجاد الشرقي.

جثوت على ركبتيَّ بالقرب منه، ثم انكببت على يديه كي أضمها، فوجدتهما ترتجفان، ورأيت وجهًا بلون القمح، وعينين عسليتين، وشعرًا مُخضَّبًا قليلًا لم يتساقط بعد، وحاولت أن أجد في ملامح وجهه وتجاعيده شيئًا مشتركًا يربط أحدنا بالآخر؛ على الأغلب ثمة ما يجمع بيننا. وحينها، أدركت أنني قد وجدت ضالتي.

هذا العجوز الذي يناهز التسعين عامًا، والذي لا يزال حتى الآن يذهب إلى مشهد مع حفيده، يتذكر جيدًا كل شيء، سواء في الحاضر أو المستقبل، وقد بدا أنه من الذين سيرحلون عن الدنيا وهم بكامل قواهم، دون أن يضعفوا أو يصابوا بعجز، بل سيرحلون منها كما جاءوا إليها. حينها، خطرت في بالي ابتسامة سهند المنكسرة، وصورته عندما وصلت لأول مرة مع سطار خان إلى تخت سليمان وقد خرج لاستقباله، فقلت في نفسي: «مع أن هذا ابن ذاك، كم هي ضئيلة نسبة الشبه بينهما!». ربما نسي العم باهزات والده، ولكن هذه الأوقات التي كانت في نظرهم قد مضت، وصارت مما يُواريه النسيان، هي اللحظات التي أعيش أنا فيها، ولا تبتعد عني إلا طرفة عين.

بدأ العم كلامه، قائلًا:

- «آه يا بُنيتي العزيزة، من أين أتيتِ؟ وإلى أين أنتِ ذاهبةٌ؟ وهل أنتِ بصحة وسلامة؟ كيف حالكِ؟ لعلكِ بخير».

وبعد التعرف والسؤال عن الأحوال، دخلت في صلب الموضوع مباشرة:

- «عم باهزات، احكِ لي عن سطار خان».

لم أكن مخطئةً، فما يعرفه لم يكن أكثر مما أعرفه أنا. ورغم ذلك، أصغيت إليه وهو يتكلم ببطء كأنني أسمع ما يحكيه لأول مرة. والحق أن ما يرويه كان دقيقًا كالتاريخ غامضًا كالذكريات جميلًا كالروايات. ولكن حتى الآن لا تزال آلاف الأسئلة تدور في ذهني، بيد أني لا أستطع أن أطرح بعضًا منها؛ فقط سألته سؤالًا واحدًا:

- «عم باهزات، ما الذي جرى لأعظم؟».

فابتسم، ثم قال:

- «تعرفين أعظم أيضًا؟».

- «أجل، أعرفها».

قلتها وأنا أشعر بقلبي يخفق بقوة بين ضلوعي، ولكن لم يخطر بباله أن يسألني من أين عرفتها، بل قال:

- «العمر لكِ، لقد ماتت هي أيضًا».

ثم ذكر لي التاريخ الذي ماتت فيه، ولكنه كان تاريخًا فارسيًّا، فحاولت أن أحسب في ذهني ما يوافق هذا التاريخ ميلاديًّا، ولم أصدق النتيجة، فأعدت الحساب ثانية، فكانت النتيجة ذاتها! ومن ثم، قلت:

- «كيف هذا؟ هل عاشت حتى ذلك الزمن؟!».

فتوجهت كل الأنظار إليَّ مستنكرة سؤالًا رأوه غير مناسب، ولا معنى له. أما هو، فأكد:

- «عاشت طبعًا، ولِمَ لا تعيش؟ بل إنها رأت أبناء أحفادها، ولو رأت أحفاد أحفادها لكانت من المبشرين بالجنة».

حينها، لم أتمكن من كتم ما كان على طرف لساني، فسألته صراحة:

- «ألم يرمهما جدي سطار خان في بحيرة تخت سليمان؟!».

- «مَن؟!».

- «أعظم وبيروز! أو أعظم وحدها على الأقل!».

- «أهو مَن قال لكِ هذا؟».

ما الذي يمكنني أن أقوله له الآن؟! هل أقول: «لا، لم يخبرني أحدٌ بشيء، بل رأيت كل ما جرى بأم عيني؛ أو بالأحرى كنت أرى كل شيء، ولكن عند تلك اللحظة بالتحديد لم أرَ سوى المياه المتكدرة، ولم أعد أقدر على استيعاب ما حدث حينها»؟! ما كان ليصدقني لو قلت له إنني عشت معه كل شيء لحظة بلحظة، لذا لزمت الصمت ناظرة فقط إلى وجهه، ثم أعدت صياغة سؤالي:

- «إذن، لم يدفع جدي أعظم وبيروز، أو أحدهما، في بحيرة تخت سليمان!».

فرفع العم باهزات رأسه متعجبًا، ثم ارتسمت على وجهه ابتسامة لطيفة جدًّا جعلتني أشعر برغبة عارمة في معانقته ثانية، ثم قال:

- «لا، فقد كان لجدك قلب رحيم طيب رقيق يمنعه من إيذاء هرة أو ذبح دجاجة».

كان يتحدث عنه كأنه يعرفه، رغم أنه لا بد قد وُلِدَ بعد رحيله عن تخت سليمان بفترة طويلة، فقلت:

- «حسنًا، ما الذي جرى إذن لأعظم؟».

- «ماذا تقصدين بما جرى لها؟».

- «أقصد ماذا جرى لها بعد أن عشقت شخصًا آخر، رغم أنه كان المخطط أن ترتبط بجدي، خاصة أن مَن عشقته وهربت معه كان زردشتيًّا؟».

- «وماذا في ذلك؟!».

- «ألم يكن ميرزا خان يستشيط غضبًا منها، وقد طلب من سطار خان أن يقتلها؟!».

- «نعم، حتى هنا كل ما قلتهِ صحيح، فقد أخبرني والدي -رحمة الله عليه- عن هذا، وإلى الآن ما تزال كلماته التي قالها لي ترن في ذهني. حسنًا، سأحكي لكِ ما قاله لي بالضبط: (لقد شوهت هذه القصة سمعة عائلتنا، وجعلتنا نطأطئ الرأس خجلًا، ولكن لم يكن لدينا مَن هو أغلى من أعظم. ومن ثم، بقينا مدة مجبرين على تحمل نظرات الازدراء، ثم زوجناها بأنفسنا، وأخرسنا جميع الألسنة، بعد أن وافق بيروز طبعًا على الدخول في الإسلام). وقد كان والدي -رحمه الله- دائمًا يضحك هنا، ويقول: (لقد زوجنا أعظم، وأرسلناها إلى بيتها على أصوات قرع الطبول والأبواق)».

- «حسنًا، ولكن لماذا عليَّ أن أصدق هذه الرواية؟ ومن أين جاءت من الأساس؟».

- «إن عمي سطار خان غادر تخت سليمان وتبريز، بل إيران كلها، غاضبًا حانقًا وهو يشعر بأن ماضيه يكاد يخنقه، فقرر أن يسدل الستار على كل ما كان في الماضي. وقد كان والدي يحكي أنه عندما التقى أعظم عند بحيرة تخت سليمان، طلب منها أن تنسى ما كان، وعرض عليها أن يسامحها ويتزوجها ويذهبا معًا للعيش في إسطنبول، فرفضت عرضه، وقالت إنها تفضل الموت على الزواج بشخص غير بيروز».

- «حسنًا». ثم سألته دون تردد سؤالًا لم يخطر على بالي من قبل:

- «ولكن كيف استطاعا المكوث في تخت سليمان دون أن يراهما أحد؟ وكيف تمكنا من الهرب معًا؟ إن هذا يبدو غير منطقي، بل مستحيلًا، في منطقة صغيرة كتخت سليمان».

فضحك العم باهزات، ثم قال:

- «بل هو ممكن يا عزيزتي! فعندما يتفق سهند مع العمة جيجك على مساعدتها، يصبح البقاء والاختباء في تخت سليمان، وحتى الوصول إلى بر الأمان دون أن يصابا بأذى، ممكنًا».

وفي الصباح، عندما جاء السائق، كان الكل مستيقظًا كي يودعني، مع أن الوقت كان مبكرًا جدًّا. حينها، اقتربت من سرير العم باهزات، وجثوت على ركبتيَّ بالقرب منه، وأخرجت من حقيبتي مسبحة الكهرمان الأصفر التي اشتريتها، وكنت قد نويت أن أعطيها لصاحب النصيب عندما وضعتها في حقيبتي أول يوم قررت فيه السفر في هذه الرحلة، وها أنا أخيرًا أجد صاحب النصيب. وضعتها بين راحة كفيه، ثم عانقته، ورحت أجهش بالبكاء. حينها، خطر على بالي ذلك البيت لحافظ الذي لم أدع أحدًا يترجمه لي، فقد نسيته عندما وضعته في حقيبتي. فأخرجت ديوان حافظ من حقيبتي، وكانت العلامة التي وضعتها على تلك الصفحة التي فتحت عليها عندما كنت بالقرب من مزار حافظ موجودة في مكانها، ففتحت عليها، وقلت:

- «عم باهزات، هل يمكنكَ أن تترجم لي هذا؟».

ثم أعطيته ديوان حافظ، وأشرت بإصبعي إلى البيت، فطلب نظارته من معصومة، وعدَّل من جلسته، ورفع رجله اليمنى، وأبعد الديوان عنه قيد ذراع، وراح يقرأ البيت في سره وهو يحرك شفتيه، ثم أعاد قراءة ذلك البيت بالفارسية بصوتٍ عالٍ:

»Be ser-i türbet-i mâ çün güzer-i himmet-hâh

Ki ziyâret-geh-i rindân-ı cihan hâhed bûd«

ثم تهلل وجهه، وقال مبتسمًا:

- «إنكِ تكتبين رواية، أليس كذلك؟».

فابتسمت أنا أيضًا، وفعلت أفضل ما أتقن: الصمت.
ثم شعرت كأن حمامة قد طارت، وراحت ترفرف بجناحيها فوق وجهي، فيما السائق يستعجلني:

- «هيا يا سيدتي».

عندما نزلت في باكو، لم يكن الظهر قد حلَّ بعد. وقبل أن أخرج من المطار، اتصلت بياسمين:

- «لقد وصلت يا ياسمين، وها أنا الآن في طريقي إلى الفندق».
- «أستاذتي، لماذا لم تخبريني بأنك قادمة كي آتي لاستقبالكِ؟».
- «ها أنا هنا الآن... دعينا نلتقي في الفندق».

ثم ركبت سيارة أجرة، وأعطيت السائق العنوان. وبعد أن سرنا مدة على ضفاف بحر قزوين، توقفت السيارة، فنزلت وسرت نحو مدخل الفندق تحت ضوء خريفي خافت وأنا أدوس على أوراق الشجر الذهبية التي تساقطت من الأشجار. وفجأة، غيرت رأيي، ورحت أسير نحو الحديقة كي أمشي قليلًا في ذلك الممر الذي بها، وأسند ظهري إلى إحدى تلك الأشجار، وألتقط أنفاسي.

وبعد أن سرت قليلًا، أسندت ظهري إلى شجرة زانٍ، وأغمضت عينيَّ، ورحت أصغي لهمس الريح والنسائم الخريفية. وفجأة، سمعت صوت شيء يدوس على أوراق الأشجار اليابسة ويجري بسرعة، ففتحت عينيّ لأرى شيئًا يجري نحو بأقصى سرعة، فحاولت أن أبتعد عن طريقه، ولكنني لم أفلح في ذلك، فارتطم بي بالسرعة نفسها التي يجري بها. ورغم ذلك، بقيت واقفة على رجلي، فيما سقط هو على الأرض.

سمعته يتأوه وهو يتلوى على الأرض؛ كان شابًّا في عمر السابعة أو الثامنة عشرة، وقد جُرِحَت يده، فمددت يدي له وساعدته على النهوض، وأنا أقول له:

- «لا تخف، لم يحدث لكَ شيء».

فرفع رأسه، وسألني بدهشة:
- «هل يعني ذلك أنكِ ترينني الآن؟!».

فهز السؤال كياني أولًا، ثم ابتسمت، ولم أقل له شيء، بل رحت أنظر إليه والألم يعتصر قلبي، ثم حولت نظري عنه ونظرت إلى الأرض. لو أنني سألت الراهبة كاساندرا التي تعرف ما الذي ينتظر تركيا وهذه الدنيا، وهل ستقوم الحرب العالمية الثالثة أم لا، والتي تعرف عاقبة إيران وأمريكا، لربما أجابتني عن هذه الأسئلة، فقلت له وأنا أكوِّن جملة بزمن المستقبل، ولكنها قد تحولت إلى الزمن الماضي: «كلهم ماتوا!». ومن ثم، رفعت رأسي، ورحت أنظر إلى وجهه الذي كشف أنه يكتم في قلبه شيئًا كان يود قوله لي.

تركته، ودخلت الفندق، وصعدت إلى غرفتي، وكتبت هذا القسم الأخير من الرواية «وأخيرًا» الذي لا يعد من نهايات الروايات التي تعجب الناشرين في العادة. وإذا كنتم تقرءون هذه الرواية الآن، فهذا يعني أنني مَن أقنع الناشر كي ينشر هذه الرواية، وليس العكس، وكل هذا الإصرار مني لأنني لا أتحمل ألم فراق هذه الرواية.

جاءت ياسمين، فقلت لها:
- «ياسمين، اطلبي من خدمة الغرف إبريق شاي كبير».

ثم خرجنا معًا إلى الشرفة، حيث كان أمامنا بحر قزوين في تشرين الثاني، ورياح لم أصادفها من قبل أول ما أتيت إلى باكو تهب؛ لقد كان البحر مقبلًا عليَّ، وكل ما في الخريف من رياح وأمطار وألوان وروائح وأمواج وآفاق، كل هذا قد تجمع وهو يهب عليَّ ويقبل على روحي. وبعد أن ارتشفنا رشفات من الشاي، كأننا نلتقط أنفاسنا من التعب، نظرت إليَّ، وقالت:
- «أنا أنتظر، أستاذتي».

فأخرجت من حقيبتي رزمة ورق سميكة، ورحت أقرأ:

نظرتُ إلى العنوان المدون على ظهر الظرف الذي أمسكه، ثم رحت أقرأ حرفًا حرفًا اسم المكان الذي أُرسِلَ هذا الظرف منه قبل ثلاثين سنة:

تاء-خاء-تاء.. تخت.سين-لام-ياء- ميم- ألف-نون.. سليمان.

ثم وضعت ألفًا بعدها كي أنطقها كما هي في الفارسية: «تختى سليمان».

فأيٌّ قصة لم تنتهِ من حيث بدأت؟

شكر خاص لـ:
كتاب الفوج 87 في حرب البلقان ومتطوعو طرابزون
الذي استعنت به للخلفية التاريخية لرحلة «جول جمال»
ويوميات إسماعيل في حرب البلقان
الناشر: المستشار ناجي إعداد: وايسل أسطة
منشورات سراندار
طرابزون 2009

ديوان حافظ
الذي استعنت به من أجل أبيات حافظ
المترجم إلى التركية: كنان سراي علي أوغلو
منشورات إيي شيلر
إسطنبول 2000

«على كتفي زوادتي» لعلي كمال سارا
الذي استعنت به من أجل الدروس التي واجهتها الراوية أيام الحشد والتعبئة
ولقصة
«آه يا بُنيتي لا تخافي...»
منشورات قرطبة
2009